VIDA VADIA

RICHARD PRICE

Vida vadia

Tradução
Paulo Henriques Britto

Copyright © 2008 by Richard Price

Grafia atualizada segundo o Acordo Ortográfico da Língua Portuguesa de 1990, que entrou em vigor no Brasil em 2009.

Título original
Lush Life

Capa
warrakloureiro

Imagens da capa
© Bruce Davidson/ Magnum Photos/ LatinStock

Preparação
Denise Pessoa

Revisão
Marise Leal
Angela das Neves

Dados Internacionais de Catalogação na Publicação (CIP)
(Câmara Brasileira do Livro, SP, Brasil)

Price, Richard
Vida vadia / Richard Price ; tradução Paulo Henriques Britto. —
São Paulo : Companhia das Letras, 2009

Título original: Lush Life
ISBN 978-85-359-1464-1

1. Romance norte-americano I. Título.

09-04148   CDD-813

Índice para catálogo sistemático:
1. Romances : Literatura norte-americana   813

[2009]
Todos os direitos desta edição reservados à
EDITORA SCHWARCZ LTDA.
Rua Bandeira Paulista 702 cj. 32
04532-002 – São Paulo – SP
Telefone (11) 3707 3500
Fax (11) 3707 3501
www.companhiadasletras.com.br

*Como sempre, para
Judy, Annie e Gen, com amor*

PRÓLOGO

PESCARIA NOTURNA NA DELANCEY

Qualidade de vida
23h00

A Força-Tarefa Qualidade de Vida: quatro caras de moletom num falso táxi parado na esquina da Clinton Street junto ao viaduto de saída da Williamsburg Bridge para assuntar os tipos que estão chegando na rampa dos salmões; o mantra do grupo: drogas, armas, hora extra; seu lema: todo mundo tem algo a perder.

"Hoje está fraco."

Os quatro carros parados até agora não deram em nada: três servidores públicos — um inspetor postal, um funcionário da área de trânsito e um lixeiro, todos empregados do município fora da área deles — e um sujeito que tinha um canivete com uma lâmina de quinze centímetros debaixo do banco, mas não era automático.

Uma caminhonete desce da ponte e para ao lado deles no semáforo da Delancey Street, o motorista é um homem alto, grisalho, narigudo, com paletó de tweed e boné.

"O Caladão", murmura Geohagan.

"Tá bom, porra", acrescenta Scharf.

Lugo, Daley, Geohagan, Scharf; de Bayside, New Dorp, Freeport, Pelham Bay, todos na faixa dos trinta, sendo portanto, naquela hora avançada, os brancos mais velhos do Lower East Side.

Quarenta minutos, e ninguém mordeu a isca...

Inquietos, enfim resolvem vasculhar por uma hora as ruas estreitas, curvas fechadas para a direita: restaurante árabe, casa de jazz, lanchonete, esquina. Pátio de escola, creperia, imobiliária, esquina. Cortiço, cortiço, o museu dos cortiços, esquina. Pink Pony, Blind Tiger, butique de sonhos, esquina. Artigos eróticos, casa de chá, sinagoga, esquina. Padaria, bar, chapelaria, esquina. *Iglesia, gelateria*, loja de matzá, esquina. Bollywood, Buda, *botanica* porto-riquenha, esquina. Artigos de couro, artigos de couro, artigos de couro, esquina. Bar, escola, bar, escola, parque, esquina. Mural de Mike Tyson, mural de Celia Cruz, mural de lady Di, esquina. Joalheria, barbearia, oficina mecânica, esquina. E então, finalmente, num trecho da Eldridge todo sujo de fuligem, algo de promissor: um chinês de Fujian com blusão SÓ PARA ASSOCIADOS, cigarro pendurado no canto da boca, sacos plásticos pendendo dos dedos tortos como baldes cheios d'água, subindo com passos pesados a rua escura e estreita, seguido por um garoto negro que vem mancando meio quarteirão atrás.

"O que é que você acha?", Lugo dá uma olhada no retrovisor. "Caçando chinês?"

"É o que eu faria", diz Scharf.

"O cara está com jeito de cansado. Pelo visto, a semana dele acabou de acabar."

"Melhor ainda pro garoto. Sexta-feira, dia de pagamento, completou as oitenta e quatro horas semanais, voltando para casa com quanto, quatro? Quatro e cinquenta?"

"De repente está levando o salário todo, se não tem conta em banco."

"Vamos lá, garotão" — o táxi no encalço da presa, meio quarteirão separando o grupo do menino e o menino do chinês —, "melhor que isso, impossível."

"Mas sabe o Benny Yee, do programa comunitário? Ele diz que os chineses finalmente aprenderam a não fazer mais isso, andar com tudo que têm."

"É, tá legal, eles não fazem mais isso."

"E aí, vamos avisar o garoto? Vai ver que ele nunca ouviu falar do Benny Yee."

"Eu é que não vou atrapalhar os sonhos de ninguém", diz.

"Lá vai ele, lá vai ele..."

"Já era, ele se deu bem", diz Daley quando de repente o garoto deixa de mancar e toma o sentido leste, voltando para o conjunto habitacional ou o metrô, ou então, como eles, apenas dando um tempo, para depois recomeçar o jogo.

Virar à direita, virar à direita, virar à direita, tantas vezes que quando por fim param alguém, e isso vai acabar acontecendo, vão levar algum tempo para imobilizar as pernas, parar de se inclinar para dar o próximo passo; viram à direita tantas vezes que às três da manhã, depois do sexto chope no Grouchie's, todo mundo vendo em silêncio, com raiva, o único sortudo com uma mulher no colo num sofá perto dos banheiros, todos vão estar tortos para a direita sentados no balcão, e depois, mais tarde, na cama, tendo espasmos para a direita em pleno sonho.

Na esquina da Houston com a Chrystie, um Denali vermelho-cereja para na frente deles, três peruas no banco de trás, o motorista sozinho na frente, de óculos escuros.

A janela do lado do carona se abre. "Seu guarda, onde é o Hotel Howard Johnson aqui perto…"

"Em frente, três quarteirões, na esquina", explica Lugo.

"Obrigado."

"Pra que óculos escuros?", pergunta Daley do banco do carona, se debruçando sobre Lugo para encarar o homem mais de perto.

"Eu tenho fotofobia", responde o tipo, dando um tapinha na armação.

A janela se fecha, e ele dispara na Houston sentido leste.

"Ele chamou a gente de guarda?"

"É essa sua mania de cortar o cabelo à escovinha."

"É esse seu bonezinho idiota."

"Eu tenho fotofobia…"

Logo em seguida passam pelo Howard e ficam vendo o cara do Denali bancando o cocheiro, segurando a porta enquanto as peruas saem uma a uma do banco de trás.

"Olha o Huggy Bear", resmunga Lugo.

"Quem foi o babaca que abriu um Howard Johnson aqui?" Scharf gesticula em direção ao hotel vagabundo, que tem como vizinhos uma confeitaria judaica antiquíssima e uma igreja adventista do sétimo dia cuja cruz de alumínio foi colocada sobre uma estrela de davi esculpida na pedra. "O que é que passou pela cabeça do cara?"

"Vinte e oito sabores", diz Lugo. "Meu pai me levava lá todo domingo depois do jogo."

"Você está falando da sorveteria", diz Scharf, "aí são outros quinhentos."

"E eu que nunca tive pai", retruca Geohagan.

"Quer um dos meus?" Daley se vira no banco. "Tive três."

"Só posso sonhar com um pai me levando no Howard Johnson depois do jogo."

"Ei moleque." Lugo mira os olhos de Geohagan pelo retrovisor. "Quer bater uma bola comigo mais tarde?"

"Quero sim, seu moço."

"Está fraco mesmo, não é?", comenta Daley.

"É porque é a sua vez de prender", diz Lugo, despachando com um gesto um bêbado que acha que acaba de chamar um táxi.

"Alguém lá em cima me odeia."

"Peraí…" Scharf de repente se retesa, a cabeça um periscópio. "Esse aí parece interessante. Farol alto, sentido oeste, quatro corpos."

"Sentido oeste?" Lugo pisa fundo no trânsito pesado. "Apertando bem, a gente passa", diz, e sobe com as rodas do lado do motorista na divisória de concreto para ultrapassar um táxi de verdade que espera o semáforo abrir, depois faz um cavalo de pau e encosta no carro-alvo, olhando lá dentro. "Mulher, duas mães, duas garotas", passando por elas, agora mais ávidos, todos eles, e então Scharf canta outra vez: "Honda verde, sentido leste."

"Então agora é leste, ele diz." Lugo dá mais um giro de cento e oitenta graus e encosta na traseira do Honda.

"E então…?"

"Dois homens na frente."

"E…?"

"Placa com contorno de neon."

"Insulfilm nos vidros."

"Olha a lanterna de trás, a da direita."

"Passageiro da frente acaba de enfiar uma coisa embaixo do banco."

"Obrigado." Lugo aciona a sirene e gruda na traseira do Honda, o motorista leva meio quarteirão para parar.

Daley e Lugo se aproximam devagar, um de cada lado, de olho no banco da frente.

O motorista, um jovem latino de olhos verdes, abre a janela. "Seu guarda, que foi que eu fiz?"

Lugo apoia os braços cruzados na janela aberta como se fosse uma cerca num quintal. "Carteira de habilitação e documento do carro, por favor."

"Sério, que foi que eu fiz?"

"Você sempre dirige assim?", a voz quase delicada.

"Assim como?"

"Fazendo sinal de que vai trocar de pista, todo educadinho, essas paradas."

"Como é que é?"

"Ah, vem cá, ninguém faz isso se não estiver nervoso por algum motivo."

"Pois eu estava."

"Nervoso?"

"Você estava me seguindo."

"Um táxi estava seguindo você?"

"É, tá bom, um táxi." Entregando os documentos. "Fala sério, seu guarda, com todo o respeito, vai ver que eu vou até aprender alguma coisa, mas o que foi que eu fiz?"

"Primeiro, tem neon na sua placa."

"Ah, não fui eu que pus, não. O possante é da minha irmã."

"Segundo, a janela está muito escura."

"Bem que eu falei pra ela."

"Terceiro, você avançou quando já estava amarelo."

"Pra contornar um carro parado em fila dupla."

"Quarto, você está parado na frente de um hidrante."

"Porque o senhor mandou eu parar."

Lugo hesita por um momento, tenta avaliar o grau de desaforo de que está sendo alvo.

De modo geral ele não fala alto, abaixa até a altura da janela do motorista para conversar, explicar, com a cara murcha de paciência, olhando bem nos olhos do outro para ter certeza de que sua explicação está sendo digerida, aparentemente sem ligar para os perdigotos inevitáveis, as impertinências verbais, mas... se o motorista diz aquela palavra em particular, ultrapassa certa linha invisível, então, sem mudar de expressão, sem qualquer aviso a não ser talvez o gesto lento de empertigar-se, um olhar de esguelha triste/indignado, ele dá um passo para trás, põe a mão na maçaneta da porta, e o mundo tal como eles o conheciam deixa de existir.

Mas este garoto não é dos piores.

"Isso é pro seu próprio bem. Sai do carro, por favor."

Enquanto Lugo leva o motorista até o para-choque traseiro, Daley enfia a cabeça pela janela do carona e inclina o queixo em direção ao passageiro, o outro garoto, que finge estar em coma, as pálpebras pesadas, boné grande demais na cabeça, olhando fixo para a frente como se ainda estivessem indo a algum lugar.

"E aí, qual é a tua?", pergunta Daley, abrindo a porta do carona, oferecendo a calçada a esse rapaz também, enquanto Geohagan, todo tatuado com nós, cruzes e padrões celtas, vasculha o porta-luvas, o porta-copos, o compartimento de cassetes, e Scharf se ocupa do banco de trás.

Junto ao para-choque traseiro, o motorista faz pose de espantalho com uma expressão lânguida no rosto enquanto Lugo, apertando os olhos por causa da fumaça do cigarro, percorre com os dedos os bolsos dele e encontra um gordo maço de notas de vinte.

"Grana de respeito, cara", diz, contando o dinheiro e depois enfiando-o de volta no bolso da camisa do garoto para continuar a revista.

"É, é o dinheiro da mensalidade da faculdade."

"E que merda de faculdade aceita pagamento em dinheiro vivo?" Lugo ri, e depois, tendo terminado, indica com um gesto o para-choque. "Pode sentar."

"A Burke Technical, no Bronx. É nova."

"Eles aceitam dinheiro vivo?"

"Dinheiro é dinheiro."

"Lá isso é." Lugo dá de ombros, aguardando a revista do carro. "E você estuda o quê?"

"Gerência de mobiliário."

"Já foi em cana alguma vez?"

"Qual é, cara, meu tio é… tipo detetive no Bronx."

"*Tipo* detetive?"

"Não. Detetive mesmo. Acabou de se aposentar."

"É mesmo? Qual distrito?"

"Não sei direito não. O sessenta e nove?"

"O famoso sessenta e nove", exclama Geohagan, agora com a mão debaixo do banco do carona.

"Não existe distrito sessenta e nove", diz Lugo, jogando a bituca na sarjeta.

"Sessenta e alguma coisa. Eu disse que não sabia direito."

"Qual é o nome dele?"

"Rodriguez."

"Rodriguez, no Bronx? Só deve ter um. E o primeiro nome?"

"Narcisso."

"Não conheço, não."

"Um que teve a maior festa quando ele se aposentou."

"Desculpa."

"Eu até andei pensando em tentar a academia de polícia."

"É mesmo? Que ótimo."

"Donnie." Geohagan sai de costas da porta do carona, exibe um saco plástico cheio de fumo.

"Porque a gente está precisando mesmo de mais chincheiro."

O garoto fecha os olhos, levanta o queixo em direção às estrelas, à lua acima da Delancey.

"É seu ou dele?" Lugo indica o outro garoto em pé na calçada, rosto ainda impassível como uma máscara, o conteúdo dos bolsos espalhado no capô. "Alguém tem que assumir, senão dançam os dois."

"Meu", o motorista finalmente murmura.

"Vira de costas, por favor."

"Cara, vai me prender por causa disso?"

"Olha, não tem um minuto você estava bancando o homenzinho. Continua assim."

Lugo o algema e o vira de frente outra vez, mantendo-o à distância de um braço esticado, como que para apreciar sua indumentária. "Mais alguma coisa lá dentro? Diz logo senão a gente arrebenta essa porra desse carro."

"Não, cara, era só aquilo mesmo."

"Então tá bom, pode relaxar", levando-o de volta até o para-choque, enquanto a busca prossegue.

O garoto olha para o lado, balança a cabeça, murmura: "Seu bostinha".

"O quê?"

"Nada não, só falei" — apertando os lábios, indignado consigo mesmo —, "nada a ver com o senhor."

Geohagan se aproxima e entrega o saco.

"Tá bom, escuta só." Lugo acende mais um cigarro e dá uma longa tragada. "Isso aqui? A gente está cagando. Estamos atrás de coisa mais grossa." Acena com a cabeça para uma viatura que passa, alguma coisa que o motorista disse o faz rir. "Está me entendendo?"

"Coisa mais grossa?"

"Isso aí."

"Eu só tenho isso."

"Não estou falando do que você tem. Estou falando do que você sabe."

"O que eu *sei*?"

"Você sabe muito bem aonde eu quero chegar."

Os dois se viram e olham na direção do East River, dois caras dando um tempo, um com as mãos nas costas.

Por fim o garoto suspira forte. "Bom, posso te dizer onde tem uma boca de fumo."

"Tá de sacanagem comigo, é?" Lugo recua um pouco. "*Eu* é que vou te dizer onde tem uma boca. Onde tem cinquenta bocas. Eu descolo um bagulho melhor do que esse pela metade do que você pagou, sete dias por semana, de olhos fechados."

O garoto suspira, tenta não olhar para os passantes não muito curiosos que saem do caixa eletrônico do Banco de Ponce e da Dunkin' Donuts, os universitários entrando e saindo de táxis.

"Seguinte. Tu me dá uma mãozinha que eu te dou outra." Lugo joga o saco de uma mão para a outra, distraído, deixa-o cair no chão, se abaixa para pegá-lo.

"Mãozinha como?"

"Eu quero uma arma."

"Uma *o quê*? Não sei de arma nenhuma."

"Não precisa saber. Mas você conhece alguém que conhece alguém, é ou não é?"

"Putz..."

"Pra começo de conversa, você sabe quem foi que te vendeu esse bagulho, não sabe?"

"Não sei de arma nenhuma. Isso aí que o senhor pegou é quarenta dólares de fumo. Paguei com o meu dinheiro, porque me ajuda a relaxar, a curtir. Todo mundo que eu conheço é assim, trabalha, estuda e dá dois. É isso aí."

"Hmm… quer dizer que não tem ninguém que você pode ligar e dizer: 'Aí, maluco, dancei numa parada, tô precisando de um ferro, dá pra encontrar comigo não sei onde?'."

"Um ferro?"

Lugo faz uma arma com os dedos.

"Um berro, é isso?"

"Ferro, berro…" Lugo se vira para o lado e aperta o rabo de cavalo.

"Pfff…" Agora é o garoto que se vira, e em seguida: "Eu sei de uma faca."

Lugo ri. "Faca a minha mãe tem."

"Essa que eu estou falando é usada."

"Deixa pra lá." Então, apontando o outro garoto com o queixo: "E o seu cupincha aí?".

"O meu primo? Ah, ele é meio retardado."

"E a outra metade dele?"

"Ah, qual é?" O motorista abaixa a cabeça como uma vaca.

Outra viatura se aproxima, para recolher o prisioneiro.

"Tudo bem, pensa um pouco nisso, oquei?", arremata Lugo. "Te vejo na delegacia daqui a umas horas."

"E o meu carro?"

"O Gilbert Grape, ele tem carteira?"

"O irmão dele tem."

"Então diz pra ele chamar o irmão, que é pra ele vir correndo antes que reboquem o carro."

"Porra." E mais alto: "Raymond! Você ouviu?".

O primo faz que sim mas não esboça nenhum gesto de pegar o celular em cima do carro.

"E você nem respondeu a minha pergunta", diz Lugo, segurando-lhe a cabeça enquanto o coloca no banco de trás da viatura. "Você já foi preso alguma vez?"

O garoto vira para o lado e murmura alguma coisa.

"Tudo bem, pode contar pra mim."

"Eu disse que sim."

"Preso por quê?"

O garoto dá de ombros, constrangido, e responde: "Mesma coisa".

"É mesmo? Neste pedaço?"

"Foi."

"Há quanto tempo?"

"Na noite de Natal."

"Na noite de Natal — por *isso*?" Lugo faz uma careta. "Maldade. Mas quem é que ia... Se lembra quem foi que te pegou?"

"Lembro", murmura o garoto, e depois olha Lugo bem nos olhos. "O senhor."

Uma hora depois, com o garoto na detenção do Oitavo Distrito, ainda exigindo mais uma hora ou duas de discussão sobre armas, que provavelmente não daria em nada, e mais algumas horas de processamento para Daley, o policial responsável pela prisão, o que o manteria ocupado, já estavam de volta nas ruas tentando encontrar um freguês para Scharf, uma última volta antes de escolher um dos parques locais para uma incursão pós-meia-noite de último recurso.

Saindo da Houston e virando na Ludlow sentido sul pela quinquagésima vez naquela noite, Daley percebeu algo nas sombras encadeadas perto da Katz's Deli, nada que ele pudesse identificar de modo objetivo, mas... "Donnie, dê a volta."

Lugo percorreu com o táxi um quadrado de quatro quarteirões: da Ludlow à Stanton, à Essex, à Houston, depois entrando na Ludlow pela esquerda devagar, passando pela Katz, para em seguida encostar num carro estacionado cheio de policiais à paisana do Departamento de Narcóticos, o motorista a expulsá-los dali com a força do olhar: Quem pesca aqui somos nós.

UM

FERRO

Às dez da manhã, Eric Cash, trinta e cinco anos, saiu de seu prédio sem elevador na Stanton Street, acendeu um cigarro e seguiu para o trabalho.

Quando se mudou para lá, oito anos antes, sentia-se dominado pela ideia de que o Lower East Side era um lugar mal-assombrado e, em dias raros como aquele, uma simples caminhada ainda conseguia evocar seu fascínio, vestígios oitocentistas do bairro judeu por toda parte: na estreiteza claustrofóbica daquelas ruas que pareciam cânions, com seus jardins suspensos de velhas escadas de incêndio; nas cabeças de sátiros de pedra gasta sorrindo debochados entre três fileiras esburacadas de janelas acima da Erotic Boutique; nas letras hebraicas já apagadas na entrada da velha lanchonete socialista transformada em casa de massagens asiática transformada em ponto de encontro da garotada; tudo isso e muito mais no trecho de quatro quarteirões percorridos diariamente por Eric. Mas tendo vivido ali quase dez anos, até mesmo numa manhã ensolarada de outubro como aquela toda essa salada de frutas etno-histórica estava, tal como ele, ficando velha.

Ele era um judeu do norte do estado, afastado desse bairro há cinco gerações, porém sabia onde estava, compreendia a piada; o *laboratorio del gelati*, as butiques tibetanas de chapéus, a 88 Forsyth House, com seus apartamentos sem água quente estoicamente restaurados, não muito diferentes dos cortiços jamais restaurados que havia a sua volta, e na condição de gerente do Café Berkmann, o abre-alas do pedaço, nos raros dias em que a besta-fera tirava um cochilo, ele gostava de fazer parte do desfecho da piada.

Mas o que realmente o atraía àquela área não era a ironia da volta às origens e sim sua agoridade, seu aqui e agora, que falava ao verdadeiro motor de seu ser, um desejo de sucesso tornado mil vezes pior pelo total desconhecimento do modo como esse sucesso haveria de se manifestar.

Eric não tinha nenhum talento nem habilidade em particular, ou, o que era pior ainda, tinha um pouco de talento, um pouco de habilidade: tinha desempenhado o papel principal numa produção semiamadora de *O dibuk* patrocinada pela 88 Forsyth House dois anos antes, seu terceiro papel pequeno desde a faculdade, tinha publicado um conto numa revistinha literária, já falecida, em Alphabet City no ano anterior, seu quarto conto publicado em dez anos, e nenhuma dessas realizações levara a coisa nenhuma; e esse anseio insatisfeito de reconhecimento estava começando a fazer que lhe fosse quase impossível assistir um filme ou ler um livro ou até mesmo explorar um restaurante novo, todos esses empreendimentos cada vez mais protagonizados por pessoas de sua idade ou mesmo mais jovens, sem ficar com vontade de enfiar a cara numa parede.

Ainda a dois quarteirões do trabalho, parou quando se viu na retaguarda de uma fila que se arrastava, estendendo-se a oeste pela Rivington a perder de vista.

Fosse o que fosse, aquilo não tinha nada a ver com ele; as pessoas eram em sua maioria latinas, muito provavelmente gente que morava nos prédios sem elevador, jamais reformados, entre a Delancey e a meia dúzia de imortais conjuntos habitacionais que a cercavam, a nata, o centro dourado do Lower East Side, como uma pá de pelota basca. Todos pareciam estar endomingados, indo para a igreja ou alguma espécie de festa religiosa, e havia um grande número de crianças.

Aquilo também não parecia ter nada a ver com o Café Berkmann, e de fato a fila não apenas passava diretamente pela porta do café como também bloqueava sua entrada do modo mais categórico e indiferente; Eric viu dois grupos distintos tentarem com muito jeito atravessá-la e logo desistirem, indo comer em outro lugar.

Olhando por uma das amplas vitrines laterais, Eric viu que o salão estava quase vazio, o que era raro, e havia mais funcionários da equipe reduzida que trabalhava no meio da manhã do que fregueses. Mas a pancada no estômago mesmo foi ver o proprietário, seu patrão, Harry Steele, sentado sozinho nos fundos numa mesa para dois, o sempiterno rosto de homem triste reduzido por aquela agitação ao tamanho de uma maçã.

De onde Eric estava agora, ao menos dava para ver finalmente aonde levava a fila: ao Sana'a 24/7, um pequeno mercado administrado por dois irmãos iemenitas, três quarteirões a oeste do Café Berkmann, na esquina da Rivington com a Eldridge.

A primeira coisa que lhe ocorreu foi que certamente algum freguês de lá tirara a sorte grande da Powerball na véspera, ou então era a loteria estadual que mais uma vez acumulara o prêmio de centenas de milhões de dólares, mas não, era outra coisa.

Eric acompanhou a fila no sentido oeste, passando pelas ruínas da sinagoga que desabara recentemente, passando pelo People's Park ao lado, até chegar à esquina que ficava na diagonal do Sana'a, onde as sombras projetadas pelas bandeirinhas já esfarrapadas que haviam anunciado a inauguração do estabelecimento dois anos antes dançavam em seu rosto.

"Oi, Eric…" Um jovem chinês de uniforme, Fenton Ma, que trabalhava naquele cruzamento, acenou para ele. "Maluquice, não é?"

"O que foi?"

"Maria está lá dentro", disse Ma, sacudido pela onda que percorreu a multidão que ele estava contendo.

"Que Maria?"

"A Virgem Maria. Ela apareceu na condensação na porta de um dos freezers ontem à noite. As notícias se espalham depressa aqui, né?" Levando mais um encontrão nas costas.

Então Eric viu uma segunda multidão se formando no lado oposto da rua em relação às vitrines laterais: uma multidão observando a primeira multidão, essa segunda formada principalmente de jovens brancos perplexos.

"Ela está aquiii", gritou um deles.

Eric sempre foi bom em matéria de atravessar uma multidão, praticava isso dezenas de vezes por dia tentando chegar ao balcão de reservas do Berkmann, e assim conseguiu chegar até o mercado estreito sem que ninguém atrás dele o chamasse para a briga. Lá dentro, um dos irmãos iemenitas, Nazir, alto e ossudo, com um pomo de adão que parecia uma machadinha de índio, estava bancando o caixa-porteiro, parado com um gordo maço de notas de um dólar numa das mãos, e com a outra espalmada para cima, as pontas dos dedos se dobrando na direção dos peregrinos que entravam.

"Vem cumprimentar Maria", a voz musical e eficiente, "ela te ama muito."

A Virgem era um contorno em forma de cabaça com uns quarenta centímetros de altura, formado pela condensação nas portas de vidro diante das prateleiras de cervejas e refrigerantes, um pouco inclinada para um lado no alto e alargando-se para baixo, guardando uma vaga semelhança com todas aquelas Marias que ele já vira em livros de história da arte, a cabeça coberta por um véu voltada para o bebê que tinha nos braços, mas na verdade aquilo era uma tremenda forçação de barra.

As pessoas ajoelhadas ao redor de Eric levantavam os celulares para fotografar e gravar em vídeo, deixando oferendas de buquês comprados na mercearia, velas, balões de ar — um deles com os dizeres VOCÊ É MUITO ESPECIAL —, recados escritos à mão e outros mementos, mas a maioria ficava só olhando, sem nenhuma expressão no rosto, alguns com os dedos entrelaçados, até que o segundo irmão iemenita, Tariq, se aproximava e dizia: "Agora Maria vai dizer até logo", fazendo todos saírem pela porta dos fundos, a das entregas, de modo a abrir espaço para o próximo grupo.

Quando Eric finalmente conseguiu dar a volta e chegar à entrada da loja, Fenton Ma já havia sido rendido por um guarda mais velho, cujo crachá exibia o nome LO PRESTO.

"Posso te perguntar uma coisa?", indagou Eric com jeito, pois não conhecia o policial. "Você viu ela lá dentro?"

"Quem, a Virgem?" Lo Presto lhe dirigiu um olhar neutro. "Depende do que você quer dizer com 'viu'."

"Você sabe. Viu?"

"Pois bem, eu vou te falar." Desviou a vista, apalpou o bolso da camisa procurando um cigarro. "Por volta das oito da manhã. Uns dois caras do Nono Esquadrão entraram lá, sabe, por curiosidade. E ajoelhado diante daquela coisa estava o Servisio Tucker, aquele que matou a mulher na Avenue D coisa de seis meses atrás. Ora, esses caras estavam virando o bairro do avesso procurando o Servisio esse tempo todo, certo? E hoje foi só eles entrarem assim, na maior, e lá estava o cara, ajoelhado. Ele levanta a cabeça para eles, os olhos cheios de lágrimas, estende as mãos para ser algemado e diz: 'Oquei. Tudo bem. Estou pronto'."

"Hum." Eric fascinado, sentindo um leve barato de entusiasmo.

"Quer dizer…" Lo Presto finalmente acendeu o cigarro, soltando uma boa baforada. "Se eu *vi*? Quem é que vai saber? Mas se isso que eu te contei não é um milagre, puta que o pariu, então não sei o que é milagre não."

Em manhãs luminosas e tranquilas como esta, quando o Berkmann estava vazio, livre da multidão frenética e bêbada da noite anterior, o café era um palácio de ar, e não havia naquele bairro lugar melhor para se instalar numa cadeira de palhinha e mergulhar no luxo sereno de um café com leite acompanhado do *New York Times*, com o sol transbordando nos ladrilhos amarelados, as fileiras de garrafas de vinho com números misteriosos traçados em estêncil, o vidro protegido com arame e os espelhos já descascados, tudo encontrado em diversos galpões de Nova Jersey pelo proprietário, Harry Steele: um restaurante vestido de teatro vestido de nostalgia. Para Eric em particular, os primeiros instantes logo ao chegar ali todos os dias eram como os primeiros instantes dentro de um estádio de beisebol da primeira divisão: aquela sensação inebriante de espaço e perfeição geométrica, tendo ele saído de um apartamento de dois quartos, com uma janela dando para o poço de ventilação do prédio, que na verdade não servia para ventilar, e sim, desde os tempos do assassinato de McKinley, como um bom lugar para jogar o lixo.

Porém, não tendo mais o que fazer naquele momento a não ser arrumar os jornais do dia numa estante tratada para parecer velha, ou ficar encostado no balcão, tremendo como um floco de neve depois de tomar xícaras e mais xícaras de café servidas pelos dois aprendizes de barman, até mesmo esse prazer momentâneo lhe foi negado. Naquele tédio nervoso, pôs-se por um momento a examinar os novos funcionários atrás do balcão: um garoto negro de olhos verdes com cabelo rastafári chamado Cleveland e um garoto branco — Spike? Mike? — apoiado na cobertura de zinco do balcão, conversando com um amigo gorducho que conseguira passar pela multidão que bloqueava a porta. Esse amigo, Eric percebeu, estava com uma ressaca ainda pior que a sua.

As pessoas diziam que, tendo trabalhado catorze anos, com interrupções, para Harry Steele, Eric acabara ficando parecido com ele; os dois tinham olhos empapuçados e melancólicos, como Serge Gainsbourg ou Lou Reed, o mesmo físico neutro; a diferença era que, no caso de Harry Steele, essa ausência de atrativos físicos só aumentava a mística de seu toque de Midas.

Uma garçonete do Grouchie, que tinha todos os sete anões tatuados em miniatura na coxa, subindo em direção à virilha, uma vez dissera a Eric que as pessoas ou eram gatos ou eram cachorros, e que ele sem sombra de dúvida era um cachorro, vivia tentando de modo compulsivo antever as necessidades de todo mundo, uma coisa terrível de dizer para a pessoa com quem se acabou de transar, mas mesmo assim tinha tudo a ver, ele achava, porque naquele exato momento, embora não parasse de repetir seu mantra "eu sou mais do que isto", a irritação impotente de seu patrão desencadeou nele uma vontade de agir.

Pelo menos Steele não estava mais sozinho, dividindo a pequena mesa com seu fornecedor, Paulie Shaw, um sujeito com cara de fuinha que, com seus olhos ariscos, seu jeito de falar cuspindo fogo e sua aura de tensão, fazia Eric pensar em muitos tipos mal-encarados de seus tempos escusos. Provando a quinta xícara de café, viu Paulie abrir uma pasta de alumínio e retirar de seu interior, forrado de veludo, alguns negativos de vidro retangulares, cada um dentro de um estojo protetor.

"*Confecção na Ludlow Street*", disse, segurando o negativo pelas beiras. "*Mendigo cego, 1888. Bilha de cerveja. Covil de bandidos* — está aí, como eu te falei pelo telefone, vale mais que todas as outras juntas. E, pra terminar, *Quartel na Mott Street.*"

"Fantástico", murmurou Steele, o olhar mais uma vez resvalando para a fila do *milagro*, para seu café vazio.

"Cada um deles pessoalmente colorido pelo próprio Riis, pras palestras dele", disse Paulie. "O homem estava anos-luz à frente do tempo dele, multimídia total, projetava de sessenta a cem fotos dessas, numa tela enorme, com acompanhamento musical! As viúvas ricas da plateia deviam chorar até Deus dizer chega."

"Certo", disse Steele, sem prestar muita atenção.

"Certo?" Paulie se abaixou para encontrar os olhos do outro. "Você está falando no... no que nós... na quantia que a gente combinou?"

"Isso, isso." Os joelhos de Steele tremelicavam debaixo da mesa.

O garoto de ressaca sentado junto ao balcão de repente começou a rir de alguma coisa dita por seu amigo, o ruído grosseiro ressoando nas paredes de azulejos.

"Mike, certo?" Eric virou o queixo para o aprendiz de barman.

"Ike", ele corrigiu tranquilo, ainda debruçado no balcão como se fosse o dono do pedaço.

Tinha a cabeça raspada e um bestiário de tatuagens retrô nos dois braços — garotas havaianas, sereias, caras de diabos, panteras —, mas seu sorriso era tão limpo quanto uma plantação de milho; o garoto, pensou Eric, podia posar para um pôster representando todo o bairro.

"Ike, vai ver se eles querem alguma coisa."

"Falou, patrão."

"Pra ontem", acrescentou o amigo.

Enquanto Ike saía de trás do balcão e ia em direção à mesinha nos fundos, Paulie levantou o interior de veludo de sua valise, revelando uma segunda camada de produtos, de entre os quais tirou uma brochura grande, de um alaranjado queimado.

"Você gosta de Orwell, não é?", disse a Steele. "*O caminho para Wigan Pier*, Victor Gollancz Left Wing Book Club, prova de galé, 1937. Isso que você está vendo aqui simplesmente não existe."

"Só os negativos de Riis." Os olhos de Steele mais uma vez se dirigindo àquela fila quase imóvel. "Não dá pra acreditar, porra", exclamou para o salão em geral.

"E Henry Miller", Paulie foi logo dizendo, enfiando a mão na valise. "Você se amarra no Henry Miller?"

A sombra de Ike se projetou na mesa, Paulie se torcendo e chegando um pouco para trás a fim de encará-lo. "Quer alguma coisa?"

"Vocês querem alguma coisa?", perguntou Ike.

"Mais nada", disse Steele.

"Henry Miller." Paulie apresentou um volume encadernado. "*Pesadelo refrigerado*, primeira edição, sobrecapa em perfeito estado, e saca só, com dedicatória pra Nelson, A., Rockefeller."

Lá fora, na Rivington, explodiu uma discussão em espanhol, alguém sendo empurrado contra a vitrine do café com um baque abafado.

"Esse bairro", disse Steele, alegre, olhando diretamente para Eric pela primeira vez naquela manhã mais que morta. "Isso aqui é meio misturado, é ou não é?" Então virou para o fornecedor: "Você teria pra vender uns pedacinhos da autêntica cruz de Cristo?".

"O quê?"

Depois dessa, Eric, o cachorro com cara de rapaz, saiu fora.

A um quarteirão do restaurante, o coração batendo forte enquanto ele tentava imaginar de que modo faria o que tinha de ser feito, alguém gritou: "Aí, cara"; ele se virou e viu Ike se aproximando, acendendo um cigarro.

"Vai ver a Virgem?"

"Mais ou menos", respondeu Eric.

"Estou dando um intervalo, posso ir com você?"

Eric hesitou, sem saber se uma testemunha tornaria as coisas mais fáceis ou mais difíceis, mas quando viu Ike já estava caminhando a seu lado.

"Eric, certo?"

"Certo."

"Ike Marcus", estendendo a mão. "E aí, Eric, o que é que você faz?"

"Como assim, o que é que eu faço?" Eric sabendo exatamente o que ele queria dizer.

"Quer dizer, além de…" O garoto pelo menos foi arguto o bastante para não terminar a frase.

"Eu escrevo", respondeu Eric, odiando dizer aquilo, mas querendo tirar os dois daquela saia justa.

"Ah, é?", exclamou Ike, com gratidão. "Eu também."

"Ótimo", disse Eric, seco, pensando: quem te perguntou?

Seu único projeto viável no momento era um roteiro cinematográfico, cinco mil palavras prontas, faltando mais vinte mil, qualquer coisa sobre o Lower East Side na sua fase áurea, o tempo dos judeus, encomendado por um freguês do Berkmann, que havia começado acampando num apartamento abandonado em Alphabet City e terminara virando um mandachuva do mercado imobiliário, que agora queria virar cineasta; todo mundo agora queria virar cineasta…

"Você é daqui mesmo?", perguntou Ike.

"Todo mundo é daqui mesmo", disse Eric, e depois, deixando de lado a pose: "Interior do estado".

"Não fode. Eu também."

"De onde?"

"Riverdale?" Ike agarrou o braço de Eric e parou: "Nossa, olha isso!".

O telhado da enorme sinagoga havia desabado duas noites antes, deixando só a parede do fundo de três andares com as duas estrelas de davi ligeiramente danificadas, feixes de sol entrando pelas fendas. Abrigados por essa parede, a mesa do *chazan*, a arca da Torá, uma menorá larga feito galhada de alce e quatro candelabros de prata ainda estavam de pé, como adereços num palco, com uma fileira intacta de seis bancos acentuando ainda mais a impressão de um teatro ao ar livre. Todo o resto fora reduzido a um campo ondulado de detritos. Eric e Ike pararam a caminho do minimercado para ficar em frente ao trecho da calçada isolado com cordas, junto com um punhado de empregados de delicatéssens com *kufis* na cabeça, trabalhadores de folga e garotos de várias nações, todos matando aula.

"Olha isso", disse Ike de novo, indicando com a cabeça um judeu ortodoxo grandalhão com um terno suado e um chapéu de feltro, celular grudado no ouvido, caminhando por cima das pedras e resgatando pedaços rasgados de livros de oração, colocando páginas soltas e rasgadas debaixo de tijolos e pedaços de gesso para não serem levadas pelo vento. Dois adolescentes, um de pele clara, o outro latino, iam atrás dele enfiando em fronhas as folhas recuperadas.

"Parece uma dessas montagens modernas de Shakespeare, não é?", comentou Ike. "Bruto e Pompeu com uniformes de camuflagem, correndo de um lado para outro com pistolas semiautomáticas."

"Me lembra mais Godot."

"Quanto você acha que ele está pagando pra esses dois?"

"O mínimo possível."

Um sujeito jovem, alto, com um quipá verde-amarelado ostentando o logotipo dos New York Jets, estava parado ao lado deles, rabiscando furiosamente num bloco. Eric teve a sensação desagradável de que o homem estava anotando a conversa deles.

"Pra quem você está escrevendo?", perguntou Ike sem malícia.

"Pro *Post*", ele respondeu.

"Sério?"

"É."

"Excelente." Ike sorriu e chegou mesmo a apertar a mão do homem. Esse garoto é uma viagem, pensou.

"E aí, o que foi que aconteceu aqui?", perguntou Ike.

"A porra toda desabou." O repórter deu de ombros, fechando o bloco. Quando se afastou, os dois perceberam que ele tinha um pé deformado.

"Deve ser uma merda, isso", cochichou Ike.

"Com licença, meu senhor!", um negro de óculos, roupas quase em frangalhos, porém levando uma pasta de executivo, gritou para o judeu ortodoxo, ainda falando ao celular. "Vocês vão reconstruir?"

"É claro."

"Muito bom", disse o homem esfarrapado, e foi embora.

"A gente devia ir também", disse Ike, dando um tapa no braço de Eric e seguindo em direção à Virgem.

Quando chegaram no Sana'a, Eric virou-se para Ike a fim de lhe ensinar como furar a fila, mas o garoto já o havia feito, entregando um dólar a Nazir e desaparecendo no interior da loja.

Cercados de suplicantes, ajoelharam-se lado a lado como rebatedores de beisebol no círculo de espera diante da Virgem; a pilha de oferendas triplicara desde a visita anterior de Eric.

A primeira coisa que lhe ocorreu foi procurar um dos irmãos e pedir-lhe que ao menos reorganizasse a fila lá fora para não atrapalhar todos os outros estabelecimentos comerciais do pedaço, mas se deu conta de que a fila fugia a qualquer controle. Restava a possibilidade de pedir que abrissem mão da Virgem, o que era pouco provável, já que estavam faturando com ela. Só restava...

"Puta merda", murmurou Eric, e depois para Ike: "Posso te fazer uma pergunta pessoal?", a voz abafada pela tensão.

"Claro."

"Essas tatuagens todas, o que é que você vai dizer pros teus filhos algum dia?"

"Meus *filhos*? Eu sou meu próprio filho."

"Meu próprio filho", disse Eric, massageando o peito como que para entrar mais ar dentro dele. "Gostei dessa."

"É mesmo? Que bom, porque é verdade."

"Porra", cochichou Eric. "Como é que a gente faz isso…"

"Faz o quê?", sussurrou Ike, e em seguida, com um gesto displicente, abriu a porta de vidro por alguns segundos e fechou outra vez. "Isso?"

Um minuto depois, a entrada do ar úmido alterou o padrão de condensação e acabou com a raça da Virgem. Passados quinze minutos, à medida que a notícia se espalhou pela Rivington, a fila do *milagro* se desfez. Quando deu meio-dia, no Café Berkmann, o tempo de espera por uma mesa já era de vinte minutos.

"Saquei que você não morava aqui quando a coisa estava quente, quer dizer, não tem como você saber, mas dez, doze anos atrás." Little Dap Williams falava pelos cotovelos enquanto parava para pegar mais um maço de páginas da Bíblia de baixo de um tijolo. "Cara, vou te contar, isso aqui era uma barra-pesadona. Tinha os Purples na Avenue C, os irmãos Hernandez na A e na B, a Delta Force no Cahan, um crioulo chamado Maquetumba bem no Lemlich. Metade deles foi enquadrado na lei contra o estelionato e ficou de molho um bom tempo, a outra metade morreu, todos os mais fodões, quer dizer, agora só tem os Old Heads enchendo a cara e contando histórias dos velhos tempos, eles e mais uns neguinho tipo Danoninho, cada um cuidando da sua vida, ninguém mandando no pedaço."

"Maquetumba?" A fronha de Tristan já estava quase cheia.

"Um cara dominicano. Já morreu. Meu irmão me falou que ele e a galera dele mandava e desmandava lá no Lemlich."

"Que diabo de nome é esse."

"Eu te falei. Dominicano."

"Mas o que quer dizer."

"Maquetumba? Cara, tu que devia saber, tu fala dominicano."

"Porto-riquenho."

"É tudo a mesma merda, não é?"

Tristan deu de ombros.

"Sss", Little Dap sugou ar. "Tipo assim, 'aquele que cai mais', uma porra dessas."

"Cai como?"

Little Dap ficou só olhando para o outro.

"Certo." Fingindo que tinha entendido. Tristan gostava de estar com Little Dap, de estar com qualquer um, tendo que viver o tempo todo com o ex-padrasto, a nova mulher do cara, crianças, regras e porrada. Até mesmo o modo como foram parar ali, catando pedaços de Bíblia no meio de toda aquela merda, parecia uma espécie de milagre; depois de largar os hamsters — os irmãos que não eram irmãos — cada um em sua escola, pela manhã, ele próprio não sentira vontade de ir à aula.

Assim, às dez horas estava sentado diante da Seward Park High School, sem saber o que fazer e não tendo com quem fazer o que quer que fosse, quando Little Dap de repente saiu do prédio, passou por ele com uma saudação, depois um dar de ombros, voltou e perguntou se ele não queria ganhar uns trocados no desmoronamento dos judeus.

Tristan tinha a impressão de que toda vez que resolvia matar aula, todo mundo escolhia o mesmo dia para ir à aula, e vice-versa; se não tivesse que levar os hamsters na escola de manhã cedo, podia ficar na doceria ao lado da Seward comendo bolinho de chocolate regado a coca-cola como café da manhã com todo o pessoal do Lemlich enquanto eles resolviam o que iam fazer naquele dia, mas nunca dava para chegar lá na hora; a mesma coisa na parte da tarde, todo mundo se reunia depois da última aula e resolvia na casa de quem ia rolar tudo; Tristan mais uma vez tinha que recolher os hamsters e ficava sem saber onde estava todo mundo. E seu ex-padrasto não queria lhe dar um celular.

"É, o pedaço não é mais de ninguém", disse Little Dap outra vez.

"E o teu irmão?"

Tristan sabia tudo a respeito de Big Dap, todo mundo sabia, o único crioulo na história que saiu no pau com um policial dentro de um elevador, terminou dando um tiro na perna do sujeito com a arma dele e saiu limpo da história.

"O Dap? Pfff... Esse negão é um preguiçoso. Ele podia *mandar* no Lemlich se quisesse, todo mundo lá se caga de medo dele, sabe, era só ele se esforçar. Mas que nada, ele só quer ganhar grana do jeito mais fácil que tem. Para numa esquina, 'Aí, moleque, tem coisa boa aí? É cem por semana'. Aí pega, volta para a casa da Shyanne, fuma até sair fumaça pelo ouvido e fica vendo tevê. Isso não é vida não."

"Isso vezes dez bocas?"

Tristan ganhava só vinte e cinco, trinta dólares, fazendo entregas para Smoov, e Smoov só recorria a ele se não houvesse mais ninguém à mão.

"Não é de ninguém não…" Little Dap balançou a cabeça como se fosse uma tragédia.

"E aí? Todo mundo agora vai virar fodão?"

"Porra nenhuma. Pra depois acabar na segurança máxima? Um coroa me falou que cada ano que tu fica num lugar assim tu envelhece dez anos, o carinha fica dia e noite pensando num jeito de se matar."

"Sério?"

"Mil vezes dançar como de menor."

"Pode crer."

Tristan nunca tinha ido para o reformatório nem, desde que completara dezessete anos, no ano anterior, para a cadeia de Tombs, no máximo fora detido e liberado sem fiança umas poucas vezes como todo mundo, pelas coisas de sempre: posse, invasão de propriedade — isto é, ficar no parque depois do toque de recolher —, por brigar, uma vez, por mijar da janela do quarto.

"Agora, vou te dizer o que eu vou fazer", disse Little Dap. "Agitar um peso hoje à noite. Passar adiante, ficar doidão, dormir e curtir."

"Quanto é que tu paga de aluguel pro teu irmão?"

"Eu ele não cobra não."

"Tu tem grana pra um peso?", perguntou Tristan.

Dap fazia a mesma coisa que Tristan, entregas, talvez mais porque era mais popular, mas além disso a avó lhe dava dinheiro, e de vez em quando ele fazia cobranças para o irmão.

"Agora, agora, não, mas hoje à noite vou ter. Saio na rua, acho um mané, faço o serviço nele, aí estou com tudo em cima."

"Oquei." Tristan na verdade não estava entendendo muito bem.

"Sabe um barbeiro lá em Washington Heights? Se você é um *hermano dominicano*, eles te vendem uma grama por vinte paus, aí o lance é fazer o serviço num mané, pintar por lá, aí você dá um plá neles, depois a gente volta pro Tompkins Park, vende a grama por cem pra galera branca que está saindo dos bares, né? A gente vai lá levando, sei lá, duzentos paus, compra dez gramas, volta pra cá, vende por mil, tu faz as contas."

Nós...

"É, né?"

"É sim, porra."

Mas Washington Heights. Ou até mesmo voltar aqui. Eles estavam só a cinco ou seis quarteirões do Lemlich, mas Tristan quase podia contar nos dedos as vezes que havia se afastado tanto de sua casa quando não estava fazendo uma entrega. Não gostava de ir a norte da Houston nem a oeste da Essex, e odiava entregar drogas para os médicos e enfermeiros no Bellevue ou no NYU Special Joints, tão longe que parecia outro país. Na verdade, o único lugar onde ele gostava de fazer entregas era o escritório de advocacia na Hester Street, bem perto, se bem que o advogado ruivo de lá, o Danny, às vezes quando ficava doidão começava a chamar Tristan de "Che" por causa da barbicha, e Tristan não sabia como lhe dizer para parar com aquilo.

Era incrível ver como Smoov, apenas um ano mais velho do que ele, tinha segurança para ir a todos aqueles bares mais ao norte perto dos hospitais e conversar com todos aqueles médicos, enfermeiros e advogados e sabe lá mais o quê, tentando aumentar a freguesia. Porra, ele não estaria nem mesmo ali naquele desabamento se Little Dap não tivesse lhe dito: vamos lá.

"E aí, vai nessa?"

"Sei não." Pensando na hora de se recolher, nas porradas. "De repente vou ter que cuidar dos garotos."

"Não falei?" Little Dap se dirige ao entulho. "Só tem neguinho Danoninho."

"De repente dou um jeito de cair fora", murmurou Tristan.

"Aí, ô", gritou Little Dap para o rabino ou seja lá o que for. "O que é que o senhor vai fazer com aqueles candelabros ali?"

"Isso não é da sua conta."

"O quê?" Little Dap começando a se emputecer.

O da barba, falando de novo ao celular, fez que não ouviu.

"Fiz uma pergunta educada. O senhor acha que eu vou *roubar* ou o quê?"

O cara sorriu, por alguns instantes afastando o telefone do queixo. "Vão pro novo templo."

"Tô pouco me fodendo", exclamou Little Dap, jogando para o alto a fronha.

Tristan olhou para toda aquela gente assistindo à cena do outro lado da corda — turcos, chineses de cara chata, *blancos*, outros garotos —, imaginando que estavam todos ali só para olhar para ele, para ver o que a sua barbicha estava escondendo, o relâmpago embaixo dela, sabendo que aquilo não era verdade mas mesmo assim não gostando da ideia, por isso concentrou a atenção do trabalho pelo qual estavam lhe pagando. Vinte dólares, uma nota preta.

Quando levantou a vista outra vez, o rabino ou coisa que o valha estava olhando fixamente para ele, com um sorriso doído nos lábios.

"Que foi?" Tristan ficou vermelho, e aí acompanhou a direção do olhar do cara e baixou a vista para seus próprios pés, vendo que estava pisando numa página da Bíblia.

Na hora morta ao final da tarde, Eric foi atrás do balcão e preparou para si próprio um drinque de club soda com Hennessy. Não costumava beber durante o dia, mas estava sentindo uma ansiedade amorfa desde a hora em que acabaram com a Virgem. O patrão não havia nem mesmo agradecido, sequer um olhar significativo, se bem que, na posição em que estava, talvez fosse mais prudente para Steele adotar uma postura do tipo não pergunte, não responda.

Tendo visto os dois novos barmen se virarem no aperto na hora do almoço, Eric achou que os dois se sairiam bem. Cleveland, o negro, não era nenhum ás da coqueteleira, mas era simpático e bom de conversa, o que era muito mais importante; e Ike, que sabia preparar drinques, tinha um riso fácil. Eric imaginava que em um mês os dois iam ter uma freguesia considerável.

Não havia gostado da proeza de Ike. Não que ele não estivesse pensando em fazer a mesma coisa, mas o garoto não teve nem mesmo paciência para olhar a sua volta e ver o porte dos peregrinos presentes para ver se não corriam o risco de levar umas boas porradas antes de terem tempo de escapulir dali. Por sorte, demorou alguns instantes para que a Virgem evaporasse, e quando começou a choradeira eles já estavam tão longe que mal conseguiram ouvir alguma coisa.

"Eric." Ike foi se aproximando enquanto ele guardava o conhaque. "Se você quiser, eu preparo pra você."

"Eu sou bom nisso."

Embora três mulheres tivessem entrado, chegando das compras, indo direto para o bar, Ike continuou ao lado de Eric, deslocando o peso de uma perna para outra, nervoso. "Posso te dizer uma coisa?" Baixou a voz. "Não sou supersticioso nem nada, mas sabe isso que eu aprontei hoje de manhã? Estou com uma sensação ruim de que vou me foder por conta disso."

Comovido com a franqueza desarmada do garoto, Eric quis dizer alguma coisa seca e tranquilizadora, mas o outro foi mais rápido, com um sorriso e um soco no ombro: "Estou só de sacanagem com você, meu irmão", e foi servir as mulheres.

Tristan aceitou o baseado oferecido e cravou os pés no cascalho do terraço do prédio em que moravam no Lemlich, os dois contemplando o prédio altíssimo do quartel-general da polícia a poucos quarteirões dali. Ele não apenas estava violando seu toque de recolher naquela noite como também não havia ido buscar os hamsters na escola naquela tarde — pela primeira vez. Depois o bicho ia pegar, mas naquela casa o bicho pegava sempre, e ele mal conseguia acreditar que Little Dap ainda estava com ele, então foda-se.

"Vamos pra Washington Heights?", murmurou.

"Uma coisa de cada vez."

"O quê?"

"Que história é essa de o quê?..." Little Dap inclinando a cabeça. "Primeiro a gente tem que descolar aquela grana, maninho."

"Ah", disse Tristan. "Merda."

De tão preocupado com a grande viagem até Washington Heights, havia se esquecido desse detalhe.

"O quê?" Little Dap tragou fundo. "Tu nunca...?"

"É, não, quer dizer..."

Little Dap deu de ombros. "Isso aí não é nada", passando-lhe o baseado.

Tristan, envergonhado, não conseguia parar de sorrir.

"Mas não dá pra fazer nada sem o meu getequepê." Little Dap o cutucava devagar no peito. "Saca?"

Uma lua cor de sangue saiu de trás do prédio da polícia.

"Tu podia procurar os caras lá na esquina", disse Tristan, tossindo para limpar a garganta. "Diz que está recolhendo dinheiro pro Big Dap, a gente vai lá e compra um lance" — tossindo outra vez —, "volta aqui e agita a transa antes dele ficar sabendo, depois é só dar o dinheiro a ele como sempre."

Era o maior número de palavras que ele tinha dito de uma vez só no espaço de um ano.

"Naaããoo, não." Little Dap esticou o pescoço. "Isso eu tentei uma vez, mas deu problema, né? Não é boa ideia não. Não tem nada a ver mexer com o dinheiro do Dap. Quer dizer, posso até ir parar na cadeia, eu encaro legal esse lance, pra falar a verdade, eu podia te dar aula disso, mas aí e depois, quando o Dap sair da cadeia e partir para cima de você? Tô fora.

"E tem mais, isso tem que ser no segredo, porque sabe os caras da oitava? Eles vive procurando motivo pra sentar porrada no meu irmão por causa que ele atirou naquele policial, aí, sabe, eles me pegam, e aí: 'Ah, Little, cadê o Big?'. Tipo assim, como se ele é que me controla, e aí eles têm mais uma desculpa pra ficar procurando ele por aí. Mas tudo o que eles fazem com ele, sabe? Volta pra mim dobrado."

Tristan desencavou a lembrança de Big Dap arrastando e estapeando Little Dap na frente de todo mundo na rua, no ano passado, cada tabefe parecia um disparo de arma.

Então pensou nos olhos de seu ex-padrasto, como ficavam esbugalhados quando ele enchia a cara, pronto para arrancar o couro de alguém.

Tristan não estava mais a fim. "De repente é melhor você não entrar nessa", tentando dar a impressão de que estava dizendo isso por se preocupar com o outro.

"Nada, tudo bem, eu mando legal."

Ficaram fumando algum tempo em silêncio; Tristan concluindo que a Manhattan Bridge era o antebraço de Deus, impedindo o acesso ao Brooklyn.

"Vou te falar", Little Dap se engasgou. "Sabe a única coisa que interessa quando a gente estiver lá? Não se meter com os chineses, que eles são muito fissurados, nego chega lá e eles já não têm mais nada, e mesmo quando têm. Tu chega pra eles, aí eles vão logo assim: 'Toma', e põem logo dinheiro na tua frente e tu nem teve tempo de dizer nada."

"E aí, o que é que tem?"

"Tem que é falta de respeito."

"É o quê?"

"Como é que eles sabem qual é a minha se eu ainda nem cheguei pra dar um toque neles."

"Certo."

"Mas esses garotos *brancos*?" Little Dap riu, soltando fumaça. "Puta que o pariu, esses, sabe..." Dobrando-se para a frente, tapando a boca com a mão. "Ano passado teve um cara que eu encostei o ferro nos cornos dele, ele estava sem nenhum, aí ele vira e me pergunta se pode fazer um cheque, tipo assim, em nome de quem?"

"O quê?" Tristan agora rindo também, como se todo mundo ali fosse profissional tarimbado.

"Ó só." Little Dap enfiou a mão no bolso de trás e tirou um cheque azul-claro amassado. Era de um banco em Traverse City, Michigan, com data de seis meses antes, ao portador, no valor de cem dólares.

"Tu vai descontar?" Tristan de repente tonto de amizade.

"Qual é, cara, se eu desconto esse cheque eles vão atrás. Eu guardo só de sacanagem."

"Mas se nego encontrar com você, é uma prova, não é?", Tristan murmurou. "Ligam pro banco, quem é esse cara, será que ele foi roubado em Nova York..."

Mais um silêncio se impôs, Tristan com medo de ter desrespeitado Little Dap, como se ele fosse um mané.

Mas Little Dap estava chapado demais para se dar conta, os olhos pareciam duas cerejas flutuando no leite.

"E aí, o que é que tu me diz", passando a bagana para Tristan. "Tu vai ser meu getequepê ou não... tu tem que dizer qual é."

Tristan deu um último tapa. "É, tudo bem." As palavras saíram como sinais de fumaça.

"Então vamos lá." Little Dap oferecendo o punho cerrado para um soco, Tristan tentando conter mais um sorriso descontrolado, aquilo era muito bom, alguma coisa ali era muito boa.

"Cara, tu é o maior sorrisão, hein", disse Little Dap, enfiando a bagana na boca, tirando a arma de dentro do suéter e tentando entregá-la ao outro.

Tristan recuou e riu, se é que se pode dizer que aquilo foi um riso.

"O quê?" Little Dap piscou.

"Naaaão."

"*Não?* Então tu acha que tu vai lá e aí qualquer coisa é só gritar com o filho da puta?" Segurou Tristan pelo punho. "Não é pra *usar* não, cara", colocando a arma na mão do outro. "É só pra mostrar."

De início Tristan quis devolvê-la, mas foi dominado pela sensação da coisa na mão, o peso fascinante.

"Ó, cara, vai te fazer bem", disse Little Dap. "Tipo batismo de sangue, saca? Primeira vez é como primeira trepada, tu faz só por fazer, depois começa a caprichar cada vez mais, curtir o lance."

"Oquei." Tristan olhando que olhando para o objeto em sua mão. "Posso te perguntar uma coisa?"

Little Dap esperou. E esperou.

"Que porra é essa de getequepê."

"Getequepê? Guerreiro que topa qualquer parada."

"Oquei."

"Oquei?"

"Oquei." Sorrindo, sorrindo.

"Agora tu entrou na brincadeira, meu filho." Little Dap contemplava Tristan contemplando a arma. "Hora de mostrar quem você é."

DOIS

MENTIROSO

Às quatro da madrugada, os primeiros a entrar em cena foram os da equipe Qualidade de Vida de Lugo, voltando de um turno duplo, ainda passando um pente-fino pelo bairro no táxi falso, mas desde a uma da madrugada emprestados para a Força-Tarefa Antipichação, com um laptop recém--instalado no painel exibindo um slide show ininterrupto de fotos de grafiteiros do pedaço.

No silêncio, naquele horário de limbo, eles viram dois corpos, olhos virados para o céu, bem debaixo de um semáforo em frente ao número 27 da Eldridge Street, um velho prédio de seis andares sem elevador.

Desceram com cautela do táxi para investigar; nesse momento um homem branco de olhos esgazeados saiu do prédio de repente correndo em direção a eles, com um objeto prateado na mão direita.

Cheios de adrenalina, todos sacaram as armas, e quando o homem viu as quatro apontadas para seu peito, atirou longe o objeto prateado, um celular, quebrando a vitrine do mercado Sana'a, ao lado; segundos depois, um dos irmãos iemenitas irrompeu da loja com um porrete apoiado no ombro esquerdo feito um taco de beisebol.

Às quatro e quinze, Matty Clark recebeu um telefonema de Bobby Oh, da Patrulha Noturna: vítima fatal, morta a tiros, no seu distrito, talvez você esteja interessado, no momento em que ele estava saindo, pela última vez, do local onde fazia bico de meia-noite às quatro da manhã, três noites por semana, como segurança, um bar estreito na Chrystie Street, que não tinha placa nem constava na lista telefônica, e cuja clientela só podia entrar "com hora marcada", a porta era aberta acionando-se uma chave por trás de uma porta estreita toda arranhada nesse trecho obscuro de uma rua transversal dominada pelos chineses; rum das ilhas Virgens, absinto e drinques preparados com gengibre ou açúcar queimado eram as especialidades da casa.

Matty era um irlandês queixudo, de cabelo claro, com físico de jogador de futebol americano aposentado, ombros caídos, atarracado, com um centro de gravidade baixo que, apesar de seu peso, fazia que ele parecesse deslizar em vez de andar. Quando lhe perguntavam alguma coisa, seus olhos, já estreitos, se reduziam a fendas, e os lábios desapareciam por completo, como se falar, ou mesmo até pensar, fosse doloroso para ele. Isso fazia que uns o julgassem obtuso e outros o tomassem por um sujeito com o pavio bem comprido; ele não era uma coisa nem outra, se bem que sem dúvida conseguia viver sem jamais sentir necessidade de verbalizar a maior parte de seus pensamentos.

Não houve uma única noite, em todo o tempo que Matty trabalhou no No Name, em que ele não fosse a pessoa mais velha presente; o proprietário e barman, Josh, tinha cara de bebê e parecia um garoto de doze anos vestido de adulto, com elásticos nas mangas e suspensórios, cabelo com franja e brilhantina, mas sério como um pesquisador do projeto Kinsey, meditando antes de preparar cada drinque, anunciando aos fregueses igualmente jovens: "Hoje estamos oferecendo...", todo o ambiente, estreito e alongado, recendendo a velas de réchaud, única fonte de luz do lugar, cheirando a coisa especial...

Embora os clientes fossem basicamente Elois do Lower East Side e Williamsburg, um incidente ocorrido um mês antes envolvera um grupo de Morlocks cobertos de joias extravagantes, oriundos do Bronx: trocaram-se alguns comentários a respeito de voltar para tocar fogo naquele lugar, e logo em seguida combinou-se, através de um intermediário que era ex-policial, uma reunião com Matty, e seu emprego informal nas últimas semanas o obrigava a ficar sentado quietinho num lugar mal iluminado pelas velas, aprendendo a curtir gravações arranhadas de Edith Piaf, sem pôr a mão nas sedosas preparadoras de drinques e sem ficar tão bêbado que não pudesse entrar em ação se necessário. Era um trabalhinho bem maré mansa, especialmente para um homem que, aos quarenta e quatro anos de idade, continuava a considerar um castigo ter de fechar os olhos à noite, que gostava de sentir no bolso o peso de um dinheirinho não declarável, como qualquer policial, e que se divertia vendo a preparação de drinques que ninguém tomava, ele imaginava, desde os tempos do Stork Club.

E agora aquele emprego dançara, seu único consolo nesta última noite fora violar sem querer a regra que o proibia de pôr a mão nas preparadoras de drinques; sem querer, porque foi ela que começou; uma moça recém-contratada, alta, morena e imprevisível como uma longa pluma de fumaça, de olho nele a noite toda, passando-lhe amostras do outro lado do balcão quando o bebê-rei não estava olhando, e por fim lhe fazendo um sinal no intervalo das três da manhã; Matty foi atrás dela, saindo pela porta dos fundos, usada para entregas, até um pátio oculto, cercado de cortiços. Matty não aceitou o baseado que ela lhe ofereceu e ficou vendo a moça dar algumas barrufadas, então ela simplesmente saltou em cima dele, abraçando seu pescoço, envolvendo sua cintura com as pernas, e ele começou, mais por uma questão de equilíbrio e para aliviar o peso sobre a lombar, a apertá-la contra a parede de tijolo. Ela devia ser quinze anos mais nova que ele, mas Matty não conseguia sequer relaxar o bastante para apreciar esse fato, continuava sua exploração, era só engatar, encaixar, enfiar, até que ela começou a chorar de um jeito assustador, e ele passou a enfiar com mais delicadeza, o que a fez secar de repente: "O que é que você está fazendo?".

"Desculpe", voltando a fazer com força, como quem empurra uma arca. Aqui, moça? Assim, moça? Uma trepada estranha, não exatamente divertida, mas ainda assim uma trepada. Além do quê, ela parecia satisfeita outra vez, voltando a chorar.

Pois é.

Quanto ao telefonema da Patrulha Noturna...

Matty podia deixar que eles cuidassem da investigação até começar seu turno, às oito, ou então partir para a ação agora; resolveu cair fora porque o bar era tão perto da cena do crime que dava para ele ver a fita amarela de onde estava. Voltar para casa para quê, para dormir só algumas horas?

Além disso, seus filhos tinham vindo passar uns dias com ele, e Matty não gostava muito deles.

Eram dois: o que ele chamava mentalmente de Grandalhão, um babaca que trabalhava como policial de cidade do interior em Lake George, no norte do estado, para onde sua ex-mulher se mudara após o divórcio, e o mais moço, que naturalmente na sua cabeça era O Outro, um adolescente caladão que ainda usava fraldas quando eles se separaram.

Ele era no máximo um pai mais ou menos, mas não sabia o que fazer para melhorar; e os garotos já estavam meio condicionados a encará-lo como um parente distante que morava em Nova York, um cara que, por direito de sangue, era obrigado a aceitar a presença deles de vez em quando.

Além disso, mais ou menos um mês antes, sua ex-mulher havia telefonado para lhe dizer que tinha certeza de que O Outro estava vendendo fumo no colégio. A reação de Matty foi visitar o Grandalhão na delegacia onde ele trabalhava, no interior; ele disse "deixa isso comigo" um pouco rápido demais, o que fez Matty concluir que os dois estavam metidos naquela história, e resolveu deixar andar.

Melhor continuar trabalhando...

Quando voltou à cena do crime, às quatro e trinta e cinco, vinte minutos depois do telefonema, ainda estava escuro, embora o primeiro pássaro do dia já estivesse cantando numa árvore baixa ali por perto, e os contornos dos telhados dos velhos cortiços da Eldridge Street já começassem a se destacar contra o céu.

Bem embaixo do semáforo em frente ao prédio, um cone de plástico amarelo fora colocado ao lado de uma cápsula deflagrada, vinte e dois ou vinte e cinco, pensou Matty, mas os dois corpos já tinham sido retirados: um fora levado por uma ambulância, deixando um fio de sangue quase tão vívido quanto acrílico escorrendo lentamente em direção ao meio-fio; o outro agora estava em pé, vomitando na frente de um prédio um pouco mais para o sul, as pálpebras pesadas de álcool. Um policial tomava conta dele, discreto, a sota-vento, fumando um cigarro.

Matty preferia que os crimes ao ar livre ocorressem de madrugada, quando o silêncio lúgubre da rua permitia um diálogo mais aprofundado com a cena; assim, foi examinar a cápsula, vinte e dois ou vinte e cinco, pensando: amadores, quatro da manhã é a hora dos desesperados, o assassino ou assassinos são jovens, provavelmente viciados em heroína querendo descolar uns trocos, não estavam pensando em usar a porra da arma, agora vão ter que ficar escondidos uns tempos, um olhando para a cara do outro, "Ih, cara, não é que a gente...", aí dão de ombros, fazem a cabeça e depois voltam para aprontar mais uma, Matty dizendo a si próprio: verificar quem acabou de ser solto, ligar para o pessoal do Livramento Condicional, de Conjuntos Habitacionais, ir bater nas bocas, apertar os traficantes.

Nazir, um dos dois iemenitas que trabalhavam no minimercado vinte e quatro horas, havia voltado para dentro da loja e estava sentado, de cara amarrada, atrás da vitrine quebrada, que exibia produtos farmacêuticos recomendados para ressaca, com o portão de segurança, que raramente era usado, baixado sobre a porta estreita — a pedido da polícia, imaginava Matt.

Ele contou seis uniformes, quatro suéteres, mas nenhum paletó. Então Bobby Oh, o supervisor da Patrulha Noturna que lhe havia telefonado, saiu do prédio no número 27 da Eldridge.

"Só você?", perguntou Matty, com um aperto de mãos.

"Hoje estou correndo dum lado pro outro que nem barata tonta", disse Bobby. Era um coreano baixo, magro, de meia-idade, com um jeito expedito e olhos febris. "Tiroteio num bar em Inwood, estupro em Tudor City, atropelamento com fuga em Chelsea..."

"...falta um menino numa tropa de escoteiros, o Khruchióv chegou pra passar o mês inteiro..."

"...e um policial atingido por uma bola de gude no Harlem."

"Atingido pelo quê?" O olhar de Matty percorria a rua, procurando câmeras de segurança.

"O cara era tenente." Bobby deu de ombros.

"Então como é que foi", tirando um bloco do bolso do paletó.

"Seguinte..." Bobby abriu seu bloco. "Três homens brancos, depois de algumas horas bebendo de bar em bar, a última parada no Café Berkmann, na Rivington com Norfolk, saíram andando de lá no sentido oeste pela Rivington, depois viraram pro sul na Norfolk, foram abordados por dois homens, negros e/ou hispânicos em frente ao número 27 da rua, e um dos dois puxou a arma dizendo: 'Passa tudo pra cá'. Um dos caras, a nossa testemunha, Eric Cash, entrega a carteira dele, e aí se afasta. O segundo cara, Steven Boulware" — Bobby apontou com a caneta para o vomitador, que abraçava a si próprio

47

na entrada do prédio —, "está tão chumbado que a reação dele é tirar um cochilo na calçada. Mas o *terceiro* cara, o Isaac Marcus, esse aí reage chegando pro assaltante e dizendo o seguinte: 'Hoje não, meu caro'."

"'Hoje não, meu caro'", admirou-se Matty, balançando a cabeça.

"Suicídio verbal. E aí é só um tiro", apontando com a caneta para a cápsula caída junto ao cone amarelo. "Direto no coração, e o atirador e o parceiro dele correm pro leste pela Delancey."

Leste pela Delancey: Matty olhando para as duas possibilidades, os diversos conjuntos habitacionais de lá ou o metrô, sendo o Lower East Side um lugar isolado demais, bizantino demais para garotos que não morassem nos conjuntos ou então no Brooklyn, aproveitando as vantagens da linha Brooklyn--Manhattan.

"O Qualidade de Vida aparece cinco minutos depois, um ônibus da Gouverneur daí a um minuto, o Marcus é oficialmente considerado morto, eu mesmo falei com o médico."

"Nome dele?" Matty de cabeça baixa, anotando tudo.

Bobby consultou suas anotações. "Prahash. Samram Prahash."

"Alguma ligação pra emergência?"

"Não."

Matty continuou a correr os olhos pela rua à procura de câmeras de segurança, imaginando que não ia achar nenhuma, olhou para as janelas dos cortiços, perguntando a si próprio se daria para fazer um levantamento antes da chegada do esquadrão das oito. Apesar do limbo da hora, o quarteirão estava fervilhando com a interseção de dois grupos: a última leva de garotos voltando dos lounges e bares com música para casa, tal como o morto e seus amigos; e o pessoal da antiga, que chegara em Manhattan quando aqueles terrenos ainda não valiam ouro, os chineses, porto-riquenhos, dominicanos e bangladeshianos que estavam começando o dia, ou debruçados nos parapeitos gastos das janelas ou saindo para o trabalho.

Muitos dos garotos que estavam voltando para casa haviam se detido atrás da fita, mas a cena do crime parecia não ter o menor interesse para as minorias étnicas, especialmente os sem documentos, que seguiam para os mercados, restaurantes e fábricas espalhados pela cidade.

O céu continuava a clarear de modo quase imperceptível, os pássaros agora se fazendo ouvir com mais empolgação, dezenas deles dando voos rasantes de árvore a árvore, sobrevoando a cena do crime como se estivessem trançando uma corda.

Matty fez sinal com a cabeça para Nazir, em sua loja agora em quarentena, o sujeito se estapeava de frustração, pois tanto os garotos voltando para casa quanto os trabalhadores começando o dia costumavam entrar para tomar um café aguado com um pãozinho por volta daquela hora.

"Alguém falou com o nosso amigo Naz?"

"O árabe? Eu falei. Não viu nem ouviu porra nenhuma."

Matty então gesticulou em direção ao bêbado de boca mole na entrada do prédio. "Boulware, não foi isso que você disse? Por que é que ele ainda está aí?"

"Os paramédicos disseram que ele está só bêbado."

"Não, por que ele não está na delegacia?"

"A gente bem que tentou levar, ele vomitou no banco de trás de dois carros, aí achei melhor deixar ele aqui, e encher ele de café, pra ver se tem alguma coisa a dizer."

"E então?"

"Ele ainda está tão mal que vai ter que fazer terapia de regressão a vidas passadas só pra conseguir lembrar o nome dele."

"Então não quero ele aqui não. Será que não dá pra arranjar alguém pra levar ele até lá? É pertinho. Quem sabe com isso ele não melhora do porre. E o cara que está falando?"

"O Cash? Logo ali na esquina numa viatura. Eu achei que você ia querer que ele reencenasse o crime, aí…"

A Patrulha Noturna costumava pegar leve nos interrogatórios, não queriam encurralar ninguém antes da chegada dos policiais da equipe local e depois ter de entregar-lhes uma testemunha ou um suspeito já munido de advogado antes mesmo que eles pudessem fazer alguma coisa.

Matty havia cometido esse erro na primeira vez que se ofereceu para trabalhar na equipe noturna, que estava sempre mudando, sendo agressivo demais com o provável agressor, e o olhar gélido que a equipe local lhe dirigiu quando ele lhes entregou o elemento já devidamente acompanhado de seu representante legal ficou na sua cabeça por algumas semanas.

"A Unidade de Cena de Crime está vindo?"

"Foi chamada há uma hora."

"Quem mais que você chamou?"

"Você, o capitão do departamento."

"O chefe dos detetives?"

"Isso é com você."

Matty consultou o relógio. Quase cinco. O chefe dos detetives recebia um relatório diário às seis da manhã, Matty não sabia se era o caso de acordá-lo uma hora mais cedo, depois pensou: vítima branca, agressor negro nessa gracinha de bairro — um prato cheio para a mídia, sem sombra de dúvida.

"É, manda ligar pra ele agora." Matty pensou: proteger a própria pele protegendo a do outro, e em seguida: "Peraí, dá um tempo primeiro", querendo ao menos uma hora de trabalho antes de ficar todo mundo bafejando na sua nuca.

"E você, é claro, mandou alguém avisar a família."

"Pô, era justamente o que eu ia fazer, aí você chegou."

Isso não era função de Oh, mas...

Um tapinha no ombro o fez virar-se e encontrar um entregador, cigarro pendendo dos lábios, os braços cheios de sacos compridos de papel pardo contendo pães e bagels.

Nazir bateu na vitrine quebrada e estendeu os braços como se o homem estivesse trazendo seus filhos.

"Posso?" Um sujeito obeso, barbudo, entediado, a fumaça que saía do canto da boca entrando-lhe direto no olho.

Matty fez sinal a um policial para que deixasse o homem fazer a entrega. "Depois quero esse portão fechado de novo."

Quando ele ia dar uns telefonemas, para acordar alguns homens de seu esquadrão, dois sedãs se aproximaram e pararam, mais gente da Patrulha Noturna, voltando do Harlem, de Inwood.

"Que foi, chefe?" dirigindo-se a Bobby.

"Matty?" Bobby cedendo a palavra à equipe local.

Estavam lhe oferecendo quatro, dois homens e duas mulheres, sendo três hispânicos, o que era uma sorte, levando em conta o lugar onde estavam. "Tá bom, vamos pro levantamento", indicando com um gesto os cortiços, vendo agora que algumas das portas da frente estavam ligeiramente entreabertas, talvez fosse essa a condição normal delas, sempre emperradas, efeito da superpopulação de gente de Fujian, dezenas de homens amontoados no mesmo apartamento, tendo que entrar e sair o tempo todo. "Vocês sabem, o máximo que for possível. Acho que aqui não tem nenhuma câmera de segurança virada pra rua, mas quem sabe as câmeras do metrô pegaram eles, se foram pro Brooklyn. A estação mais próxima é em Delancey com Chrystie, conversem com os carregadores e a equipe noturna, vocês sabem como é", e depois para Bobby: "Onde mesmo que está o outro cara?".

Matty estava debruçado, com uma das mãos no teto da viatura para que sua cabeça ficasse no mesmo nível que a cabeça da vítima/testemunha sentada imóvel no banco de trás.

"Eric?" Quando ele abriu a porta, Eric Cash virou-se para ele com olhos marcados pelo choque. Havia um leve travo de álcool no ar, se bem que Matty tinha certeza de que aquele sujeito já estava sóbrio havia um bom tempo. "Sou o detetive Clark. Lamento muito o que aconteceu com seu amigo."

"Posso ir pra casa agora?", indagou Eric, animado.

"Claro, claro, daqui a pouquinho. É só que eu estava pensando que seria ótimo pra nós… Será que não dava pra você ir até a esquina de novo e me mostrar exatamente o que aconteceu?"

"Sabe", Eric continuou falando naquele tom animado, dissociado, "eu sempre ouvia as pessoas dizendo: 'Pensei que fosse uma bombinha de fogo de artifício'. E foi assim mesmo. É que, tipo assim, sei lá há quantos anos, eu li um romance, não sei mais qual, o personagem está numa cidade e vê uma pessoa levar uma facada, ele diz que é como se o homem da faca, é mais ou menos assim que está no livro, como se o homem da faca, tipo assim, desse um tapinha no peito do outro cara com a faca, só um tapinha, bem de leve, e o cara que levou a facada com todo o cuidado se deitou no paralelepípedo, e pronto." Eric olhou para Matty, depois desviou a vista depressa. "Foi assim, pof, baixinho. E pronto."

Dando a volta na esquina e chegando à Eldridge Street, Eric Cash deu uns passinhos de bebê, assustado, quando viu o sangue ainda lá, Matty segurando seu cotovelo para lhe dar apoio.

O dia agora nascia mais depressa, tenro e suave, a rua um hospício de pássaros. Uma brisa matinal fazia as bandeirolas em farrapos de Nazir estalarem no alto da loja como se hasteadas num mastro, os cortiços pareciam avançar sob as nuvens que recuavam.

Todos os policiais presentes, até mesmo os da Patrulha Noturna, à paisana ou de uniforme, ou estavam falando ao celular, recebendo chamadas, dando chamadas, ou então passando informações para outro policial; Matty sempre ficava atento àquilo, podia-se literalmente ver a narrativa se formando diante dos próprios olhos num coral cruzado de dados: nomes, horas, ações, falas, endereços, números de telefone, números de ocorrências, números de policiais.

A essa altura os boêmios já haviam se recolhido quase todos, mas estavam sendo substituídos por outro grupo, os cinegrafistas freelances que saltavam das vans, um deles até mesmo chegando numa bicicleta de dez marchas, com um rádio de polícia amarrado ao guidão.

"Oquei", Cash começou, fazendo uma careta e repuxando o cabelo como se tivesse se esquecido de algum detalhe crucial. "Oquei."

"Não estamos com pressa", disse Matty.

Bobby Oh se afastara para administrar um interrogatório dos garotos que ainda permaneciam no local, para ver se algum motivo pessoal os havia impedido de ir dormir.

"Oquei, vamos lá... Estávamos atravessando a Rivington, saindo do Berkmann, nós três, indo pro apartamento do Steve ali", apontando para o cortiço ao lado do 27. "Ele estava... a gente tinha que carregar ele, ele estava com uma cara péssima, eu não conheço ele não, acho que foi colega de faculdade do Ike, também não conheço o Ike direito, e aí..." Ele estava se perdendo, girando um pouco como se procurasse alguém.

"E aí..." cutucou Matty.

"E aí dois caras saíram da escuridão que nem lobos, apontaram a arma pra nós e disseram: 'Perdeu'. E eu, eu na mesma hora entrego a minha carteira, pra fazer isso tive que largar o Steve, e aí ele caiu na calçada, mas então o Ike, sei lá, o Ike vira pra eles e diz: 'Vocês escolheram o cara errado', como se ele estivesse disposto a brigar, e aí pof, só isso, pof, e os caras vão embora."

"'Vocês escolheram o cara errado'", Matty anotou. O garoto tinha dito a Bobby Oh, segundo seu amigo: "Hoje não, meu caro".

"Eles não disseram mais nada?"

"De repente um deles disse 'ah'."

"'Ah'?"

"Tipo assim, 'Que merda', aí acho que o outro disse: 'Vam'bora'."

"Só isso?"

"'Ah' e 'Vam'bora'. Eu acho."

"E foram pra onde."

"Pra lá", apontando para o sul. "Mas eu não garanto não."

Sul, agora, e não leste, como ele tinha dito a Bobby. O sul abria um novo leque de conjuntos habitacionais, mas a estação de metrô estava fora, donde se concluía que os agressores eram dali mesmo, muito provavelmente do enorme conjunto Clara Lemlich Houses. A menos que o sujeito tivesse acertado da primeira vez e eles tivessem corrido para o leste...

Terminado o interrogatório, dois detetives da Patrulha Noturna saíram do cortiço que ficava logo em frente da cena do crime, um detetive puxando os cantos dos olhos com os dedos, ou seja: cheio de chinês até as tampas.

Matty viu que Bobby Oh percebeu o gesto, com uma expressão, Matty foi obrigado a reconhecer, inescrutável.

"E só mais uma vez", ele disse a Cash. "Dá pra descrever os dois?"

"Sei lá. Negros. Hispânicos. Sem querer ser racista, sabe? Mas fecho os olhos e vejo dois lobos."

Matty percebeu que Nazir, da sua loja, estava observando o sujeito enquanto ele falava, dirigindo-lhe um olhar duro.

"Tirando essa história de lobos..."

"Sei lá. Magros, eram magros, de cavanhaque."

"De cavanhaque, os dois?"

"Um deles. Eu acho. Sei lá, eu estava olhando mais era pra baixo. Vem cá", disse ele, inconscientemente dançando o twist outra vez enquanto vasculhava a Eldridge Street com um olhar cego. "Eu já disse tudo isso pro detetive asiático, a essa altura a minha memória está piorando em vez de melhorar..."

"Sei, olha aqui, isso é muito difícil pra você. Eu entendo, mas..."

"Eu não fiz nada de *errado*", a voz começou a falhar.

"Ninguém disse que você fez", replicou Matty, cuidadoso.

Nazir bateu na vitrine para chamar a atenção de Matty. Parecia furioso.

"Tenha paciência comigo, Eric. Eu sei que você quer pegar esses caras que mataram o seu amigo tanto..."

"Eu *já disse*, ele não é meu amigo. Nem conheço ele direito."

Matty percebeu que Eric usava o verbo no presente, ficou se perguntando se o rapaz sabia que Marcus estava morto. Cash ainda não havia perguntado como o outro sujeito, amigo ou não, estava passando.

"Dava pra você descrever a arma?"

Eric relaxou, respirou fundo. "Acho que era uma vinte e dois."

"Você entende de arma?"

"De vinte e dois eu entendo. Meu pai me fez trazer uma quando me mudei para Nova York. Eu joguei ela fora assim que cheguei."

"Certo", disse Matty após uma pausa, "então o que foi que aconteceu?"

"O quê?"

"Os caras atiraram no Ike e correram. Então o que foi que aconteceu?"

"Eu tentei ligar pra emergência do meu celular, mas não tinha sinal, aí entrei correndo ali naquele... naquele prédio, pra tentar lá de dentro."

"Você correu lá pra dentro."

"Também não deve ter dado sinal, aí eu voltei correndo pra rua pra pedir socorro, e de repente tinha quatro policiais apontando as armas pra mim." Eric respirou de novo. "*Uau!*"

"Que foi?"

"Acabei de me tocar... Nas últimas duas horas, cinco armas apontaram pra mim."

Enquanto uma viatura levava para a delegacia do Oitavo Distrito Eric Cash, que protestava sem muita ênfase, Nazir bateu no vidro outra vez, irritado, fazendo sinal para Matty.

Bobby Oh tinha dito que o sujeito não vira nada, mas a loja ficava no distrito de Matty, por isso ele daria ao homem alguns minutos para se queixar do fechamento da loja, esbravejar que ia cobrar do município o preço da vidraça quebrada.

Quando ele chegou à loja, o iemenita levantou o portão pelo lado de dentro.

"Nazir, o pessoal da Cena do Crime está meio atrasado, mas eu mando abrir a sua loja assim que puder, meu chapa."

"Não. Isso também, mas eu quero te dizer uma coisa. Aquele filho da puta que você estava falando com ele. Nem sei o que ele disse, mas não confia nele não. Ele não presta."

"É mesmo?" Matty olhava a ramificação irregular da fratura da vidraça. "Por quê?"

"Ontem a gente estava com a Virgem Maria aqui, sabia?"

"É, eu soube. Parabéns."

"Parabéns? Aquele sacana entrou aqui com um amigo e eles acabaram com ela na hora." Estalou os dedos. "Deixou todo mundo arrasado."

"Decepcionou o fã-clube dela, não é?", disse Matty, consultando o relógio. "Tá bom, chefe, eu mando reabrir assim que der."

"Pera aí", insistiu Nazir, enfiando a mão no bolso e tirando um celular. "Foi isso que o sacana jogou na minha vitrine", entregando o aparelho. "*Aqui que eu vou devolver pra ele, ó.*"

Abrindo o aparelho, Matty constatou não apenas que o celular de Eric Cash estava com a bateria carregada e que o último telefonema dado não fora para a emergência, mas também, quando consultou a lista dos últimos números discados, que nenhum deles era da emergência. Quando apertou o botão para repetir a última ligação, atendeu uma mensagem gravada no Café Berkmann, fechado àquela hora, mas o sinal estava perfeito.

Está bem, de repente o cara estava em estado de choque e imaginou que havia ligado. Ou por alguns instantes deu um problema na bateria, ou no sinal. Ou então Matty não ouviu direito o que ele disse, ou então…

Daley, da turma da Qualidade de Vida, um halterofilista que parecia duas vezes mais forte do que era por conta do colete à prova de balas que usava por baixo do suéter, fez sinal para que ele se aproximasse. Daley estava com dois jovens, um garoto alto, forte e ruivo, o cabelo comprido e crespo preso num rabo de cavalo, e uma moça negra tão alta quanto ele, esguia como uma ginasta, cabelos curtos com uma franja fixada com laquê.

"Fala com esse aqui." Daley indicou Matty com um gesto.

"O que foi?", perguntou Matty.

"Como eu estava contando pra esse policial, eu e a minha namorada, a gente estava ouvindo aquele cara dizendo pro senhor o que aconteceu", disse o rapaz ruivo. "Aliás a gente até ficou parado pra ouvir o que ele estava dizendo, porque a gente estava aqui mesmo deste lado da rua quando a coisa rolou."

"Pera aí", Matty interrompeu, depois apontou para Oh na multidão. "Tommy, dá pra trazer ele aqui?"

Daley enfiou-se na multidão enquanto Matty segurava o braço do ruivo para que ele se calasse enquanto Bobby não chegasse e eles pudessem separar o casal. O garoto parecia cansado pelo avançado da hora, porém sóbrio, a namorada um pouco nervosa mas também com os olhos límpidos.

Logo em seguida, Matty saiu andando com o garoto até virar a esquina, e a namorada olhava para trás na direção dele enquanto Oh saía com ela no sentido oposto.

"Oquei", disse Matty quando os dois finalmente ficaram a sós na frente de um *shteibel* improvisado, uma sala para a leitura do Talmude na Allen Street. "O que foi?"

"Como eu falei, eu e a minha namorada estávamos bem ali quando a coisa toda rolou."

"Rolou o quê?"

"O tiro."

"Oquei."

"O que esse cara falou dos dois negros, dominicanos, sei lá o quê, que apareceram de repente saindo do nada." O garoto acendeu um cigarro e deu uma baforada rápida. "Esse puto é o maior mentiroso."

Às cinco e meia, Eric Cash, rígido, saltou do banco de trás da viatura e se viu diante da delegacia do Oitavo Distrito, uma fortaleza octogonal, construída no governo Lindsay, em tempo de mentalidade de estado de sítio, num trecho arrasado do Lower East Side, parecendo um punho armado de soco-inglês a ameaçar os conjuntos habitacionais que o cercavam — Lemlich, Riis, Wald, Cahan e Gompers —, sendo o resto da vizinhança um amontoado de prédios baixos, caídos e remotos, uma região ainda não tocada pela febre imobiliária onde proliferavam os últimos disso e daquilo: o último asilo de idosos judeus, a última loja de bebidas com janelas blindadas, o último restaurante de comida chinesa para viagem instalado num cubículo mínimo e a última feira de aves vendidas vivas, tudo e todos numa escuridão perpétua sob os imensos arcos de pedra da Williamsburg Bridge.

Enquanto era levado até a entrada principal, subindo uma pequena escada, as portas da frente abriram-se de súbito, dois paramédicos saíram correndo com uma maca apontada para ele como se fosse um trenó, e no último instante dobraram à esquerda e pegaram a rampa para cadeira de rodas ao lado do prédio, com o amigo de Ike, Steven Boulware, que levantou a vista para ele, os olhos fundos, a cabeça balançando a cada tranco que levava.

Na mesma hora, dois detetives da Patrulha Noturna atravessaram o piso de ladrilhos octogonais rachados do saguão do prédio número 27 da Eldridge e começaram a subir a escada de mármore de degraus gastos rumo ao último andar, para dar início a mais um levantamento.

Havia três apartamentos em cada andar, cada um tendo na entrada uma casca secular, recoberta de camadas sucessivas de tinta, do que outrora fora um mezuzá, as portas da frente pintadas no mesmo tom de carmesim fosco que o revestimento de zinco das paredes da escada que ia do saguão até o telhado.

Cada um escolheu uma porta, girando as chaves das velhas campainhas com um gesto de quem torce o nariz de alguém, produzindo um som metálico frágil. De início ninguém atendeu no andar de cima, mas quando já estavam descendo a escada, quase chegando ao penúltimo andar, uma das moradoras, que pelo que dava para ver parecia ser uma pequenina mulher asiática, pôs a cara na fenda da porta entreaberta.

"Com licença, senhora?" Kendra Walker subiu de novo a escada correndo, exibindo sua identidade ao se aproximar.

A noite fora quente, e ela levava a jaqueta jogada sobre o braço, revelando um nome de homem tatuado abaixo do ombro carnudo, com uma letra floreada como se fosse um logotipo de time de beisebol.

"A senhora fala inglês?", ela perguntou, falando alto como se isso facilitasse a compreensão.

"Inglês?", repetiu a mulher.

Atrás dela, o apartamento apinhado de móveis, iluminado por um único halo fluorescente no teto, era pouco mais do que um cômodo único de pé-direito alto, com alguns recantos e nichos.

"Não fala inglês?"

"Não." A mulher não conseguia desviar o olhar da tatuagem de Kendra.

"É o nome do meu filho", disse Kendra, quando viu o garoto saindo do banheiro. "Oi." Ela sorriu, e o garoto imobilizou-se no momento em que fechava a braguilha. "Você fala inglês?"

"Falo", ele respondeu, seco, parecendo sentir-se um pouco insultado. Aproximou-se da porta sem que nada lhe fosse pedido.

"Ela é a sua mãe?"

"Minha tia", disse ele, e então: "Kevin", leu no braço de Kendra.

"Qual é o nome da sua tia?"

"An Lu."

"An Lu." Escrevendo "Lou". "Dá pra perguntar a ela…" Kendra hesitou, o menino não tinha muito mais que dez anos. "Umas horas atrás alguém deu um tiro. Um homem morreu."

"Morreu?" Ele fez uma careta, exibindo os dentes.

"Dava pra você perguntar pra sua tia se ela…"

"Morreu como?", perguntou o garoto.

An Lu virava-se de um interlocutor para o outro sem piscar.

"Como eu falei, ele levou um tiro."

"Tiro?"

"É, um tiro", disse ela devagar. "Dava pra você perguntar à sua…"

O garoto traduziu para a tia, a mulher permaneceu com uma expressão neutra e depois, virando para Kendra, balançou a cabeça dizendo que não.

"Oquei, dava pra perguntar agora se ela ouviu alguma coisa?"

Mais uma vez o menino traduziu, e desta vez a mulher tinha algo a dizer.

"Ela ouviu gente gritando, mas não fala inglês, quer dizer…"

"Essas pessoas que ela ouviu, pareciam o quê?, brancos, pretos, hispânicos…?"

Mais uma tradução rápida e depois: "Diz que pareciam americanos".

"Será que ela não conseguiu entender nem uma palavra, nem um nome, nada?"

O garoto fez um gesto de que aquilo era perda de tempo. "Por que é que não pergunta pra mim?"

Kendra hesitou, não era hora de brincar, mas se o menino tinha ouvido alguma coisa…

"Tá bom." Manejando a caneta como um bastão de maestro, exibindo-se para o menino. "Como você se chama?"

"Winston Ciu."

"Oquei, Winston Ciu. E você? Viu ou ouviu alguma coisa?"

"Não", ele respondeu. "Mas queria ter ouvido."

* * *

No terceiro andar, a mulher dominicana que veio abrir a porta pulou para trás, levando a mão ao peito, quando viu a detetive no corredor.

"Puxa, será que estou tão feia assim?", disse Gloria Rodriguez, ajeitando o cabelo. "Desculpa incomodar a senhora tão cedo, mas alguém deu um tiro bem aqui em frente."

"Faz uma hora", disse a mulher. Usava óculos de leitura comprados na farmácia, um vestido de andar em casa com padrão de florzinhas e chinelos de vinil.

"A senhora viu?"

"Ouvi. Eu estava na cama."

"Ouviu o quê?"

"Parecia um tiro, ou tiros."

"Um ou mais de um?"

"Só um, que nem uma bombinha, assim, 'pof pof'."

"Aí são dois."

"É... não, só um."

Gloria ouviu Kendra batendo numa porta um andar abaixo e obtendo informações.

"Está bem, a senhora ouviu o tiro, pof. A senhora olhou pela janela?"

"Não, isso eu não faço não."

"A senhora ouviu vozes? Uma discussão?"

"Também não faço isso não. Quando ouço alguma coisa, não presto atenção."

"Mas de repente a senhora ouviu assim mesmo. De repente..."

"Pode ser, uma discussão. Eu posso ter sonhado."

"Estavam discutindo por quê?"

"No meu sonho?"

"Isso mesmo."

"Eu nunca lembro dos meus sonhos."

Gloria encarou a mulher. "A senhora sabe que ainda tem gente ruim aqui nesse bairro, que a gente está tentando pegar."

"Que bom."

"A senhora vê essa gente todo dia, não é?"

A mulher deu de ombros.

"Essa gente que eu estou falando…"

A mulher deu de ombros.

"Quem é que tem arma aqui, hein?"

A mulher apontou com o queixo para a cintura de Gloria. "Você."

Descendo a escada, Gloria ouviu outra moradora falando sobre uma discussão na rua, mas quando chegou no andar em questão viu que a pessoa com quem ela falava não era Kendra, e sim um repórter.

Às quinze para as seis, Bobby Oh estava do outro lado da rua, em frente à cena do crime, ainda movimentada, com Nikki Williams, a namorada do garoto ruivo.

"Continuo sem conseguir acreditar, é tipo assim, sabe, a sua vida. Quer dizer, é só você entrar na rua errada…" A garota alta e esguia estremecia, os olhos arregalados.

"Nikki…"

"Tipo assim, por nada. Como se Deus estalasse os dedos."

"Nikki" — Bobby esboçou um gesto discreto —, "você tem que me dizer o que foi que você viu."

"Tem aquele verso famoso assim, 'o mundo não vai acabar com um estouro, mas com uma lamúria'."

Bobby respirou fundo e falou olhando nos olhos dela. "'É assim que o mundo acaba. Não com um estouro, mas com uma lamúria.'"

Nikki ficou olhando para ele com uma surpresa indisfarçada.

"Agora, por favor, o tempo é precioso. Me diz o que você viu."

Ela respirou fundo, estremecendo, levou a mão espalmada à altura do coração, acompanhou o voo de um pombo que sobrevoava o rebuliço.

"Nikki."

"Está bem. Eu e o Randal, a gente estava indo um em direção ao outro na Eldridge."

"Um em direção ao outro?" Bobby inclinou a cabeça. "Eu achava que vocês estavam juntos."

Nikki sorriu para ele por um momento. "Como é que o senhor conhece T. S. Eliot?"

"Os gorilas que me criaram eram muito inteligentes. Então vocês estavam andando um em direção ao outro?"

"É, quer dizer, a gente tinha vindo da Delancey juntos, virando a esquina, mas acho que ele parou pra acender um cigarro ou não sei o quê, e eu não reparei, e aí de repente eu estou descendo a Eldridge sozinha, aí eu me virei pra ver onde é que ele estava, e ele, sabe, tinha acabado de virar a esquina e *entrar* na Eldridge, e foi aí que eu comecei a *voltar* pra me encontrar com ele, e aí eu vi três caras do outro lado da rua meio que entre nós dois, sabe? Eles estavam assim parados, e de repente eu ouvi uma espécie de estalo forte, e aí foi a maior agitação, todos eles correndo de alguma coisa, aí dois deles caíram e o terceiro entrou correndo no prédio com uma coisa de metal na mão."

"Metal." Bobby precisou recuar um pouco, pois Nikki era uns bons dez centímetros mais alta que ele.

"Achei que era um tiro porque os dois estavam deitados, mas só vi uma coisa brilhando na mão dele, então…"

"E você viu os três pela primeira vez quando estava voltando pra encontrar com seu namorado?"

"Isso."

"Eles estavam virados pra você?"

"Não, estavam mais de costas pra mim, tipo de frente pro prédio."

"Você viu mais alguém com eles?"

"Não vi não. Não tinha mais ninguém na rua, só o Randal." Então: "Não acredito que estava parada bem ali", passando o polegar de leve por cima dos lábios.

"E quanto tempo você diria que passou entre você ver os três e ouvir o tiro?"

"Não sei. O tempo que eu levei pra voltar pro Randal com ele andando em minha direção, isso dá o quê, dez segundos? vinte segundos? Eu não sou muito boa de calcular tempo, não."

"E você estava olhando pra eles o tempo todo?"

"Não, quer dizer, assim, *olhando* mesmo pra eles não, mas vendo com o canto do olho, porque era só nós e eles na rua."

"Você ouviu alguma coisa?"

"Eles falando?"

"É."

"Assim tipo conversa?"

"Qualquer coisa. Conversa, palavras soltas, um nome, um xingamento…"

"Acho que não. Senão eu lembrava, eu acho."

"Tem uns moradores que dizem que ouviram gente discutindo ou gritando antes do tiro. Mas você não ouviu nada?"

Nikki hesitou, inclinou a cabeça como se estivesse tentando se decidir, começou a dizer alguma coisa e depois acabou dizendo outra. "Ficou ofendido quando me espantei de ver que o senhor conhecia o verso de T. S. Eliot?"

"De jeito nenhum", disse Bobby. "Então você não ouviu nenhuma discussão?"

"Entre eles, não."

"O quê…?", disse Bobby.

"Quer dizer, quando aqueles policiais saíram do táxi logo depois com arma na mão, eles estavam gritando, sabe, assim: 'Polícia. Larga isso. Não se mexe. Larga a porra da arma'. Aí é que foi a maior gritaria, e o cara daquela lojinha saiu, quebraram a vidraça dele, alguém quebrou, e ele também ficou gritando um bom tempo. De repente foi isso que essas pessoas ouviram, mas eu não, eu não ouvi os três caras dizendo nada."

"E não viu ninguém mais com eles? Alguém que estivesse virado pra eles, talvez conversando com eles…?"

"Não. Quer dizer, é como eu falei, eu não estava observando eles, mas não."

"E você e o Randal, onde vocês estavam um em relação ao outro quando ouviram o tiro?"

"Eu diria que eu estava exatamente aqui", disse ela, abraçando o próprio corpo e olhando para os sapatos. "E o Randal acho que estava ali perto daquele prédio, aquele com as cabeças de sereias" — apontando para um cortiço cerca de trinta metros para o sul, a três portas da esquina com a Delancey, onde agora havia dois repórteres, os dois falando em celulares.

"Tenho uma imagem mental exata de mim e dele andando um em direção ao outro com aqueles três do outro lado da rua entre nós, de modo que nós todos formávamos uma espécie de triângulo, e aí de repente ouvi aquele pof e vi os dois caírem e o terceiro com a coisa prateada na mão correr pra dentro do prédio. Quando vi, o Randal estava em cima de mim, tentando me empurrar pra baixo desse carro", apontando para um Lexus estacionado. "Sir Galahad", acrescentou, irônica.

"O que é isso?", sorriu Bobby.

"Nikki, você está bem?" Um casal jovem, ainda com roupas de sair à noite mas carregando café e jornais, se interpôs entre Bobby e a moça como se ele nem estivesse ali. A garota era loura, o rapaz negro de pele clara como Nikki.

"Acabei de ver alguém levando um tiro", ela foi dizendo.

"O quê?", exclamou a garota.

"Foi assim sem mais nem menos. Como se ele tivesse escorregado no gelo."

"É, é assim mesmo", disse o rapaz negro, sabendo das coisas, enquanto Bobby pensava: esse aí deve morar em Scarsdale.

"Morreu?"

Nikki virou-se para contornar o amigo e extrair a resposta de Bobby, que deu uns tapinhas no relógio de pulso.

"Eu ligo pra você." Nikki afastou-se deles.

"Cuidado com o que fala", murmurou o rapaz enquanto ia embora com a moça.

"O quê?" Nikki ficou olhando para ele. "Por quê?"

O rapaz indicou Bobby com um olhar desconfiado, depois seguiu em frente.

"Por quê?" Nikki olhou para Bobby, ansiosa.

Bobby deu de ombros. "Seu amigo vê televisão demais. Por que é que você chamou seu namorado de sir Galahad?"

"Fiz o quê?" Ainda perplexa, depois apertando os lábios e olhando por cima da cabeça de Bobby. "É que… eu estava brincando."

Bobby pensou por um segundo, ia insistir, quando o barulho abrupto de um portão de segurança abrindo na fachada de um templo budista a fez levitar.

"Estou correndo algum risco por conversar com o senhor?"

"Absolutamente nenhum", ele respondeu sem piscar. "Mas então, vocês estavam vindo de onde antes de se separarem?"

"Da festa de aniversário da minha amiga. Sabe o Rose of Sharon, na Essex?"

"Você estava bebendo?"

"Não posso beber. Tenho alergia a álcool."

"Estava alterada por algum outro motivo?"

"Se eu tinha fumado um?"

63

Bobby esperou.

"Tinha dado uns tapinhas antes, mas muito antes, por volta da meia-noite, e foi só por pressão social, pra não ficar todo mundo me alugando porque eu não estava bebendo. Então, quatro horas depois?" Ela deu de ombros. "Eu estava só cansada."

"Tá bom." Bobby balançou a cabeça. "Tá bom." Então: "Olha, eu tenho que fazer essa pergunta. Você tem passagem na polícia?".

"Tipo assim, se eu já fui presa?", ela perguntou, inclinando a cabeça.

Bobby esperou.

"O senhor me faria essa pergunta se eu fosse branca?"

"Num caso como este? Mesmo se você fosse coreana."

"Não, nunca tive passagem na polícia", disse ela, seca. "Agora, posso *eu* perguntar uma coisa pro senhor?"

"Claro", disse Bobby, já pensando no que ia fazer em seguida.

"Tá bom, é o seguinte: tem uns policiais com as armas apontadas pra você, e eles estão gritando pra você largar a sua arma, largar a porra da arma, mas eles também estão mandando você ficar parado. E aí, o que é que você faz?"

"O que é que você acha?", ele respondeu. "Mas devagar."

Um minuto depois, Matty voltou da conversa com o namorado dela, Bobby vendo nos olhos dele a nova história, também.

A primeira coisa a fazer agora era encontrar a arma que Eric Cash havia jogado fora. Depois de fazer uma solicitação para que uma equipe de busca dos Serviços de Emergência revirasse o prédio número 27 da Eldridge de alto a baixo, Matty voltou para a sala de reunião, ficou sentado em silêncio à sua mesa por um minuto para relaxar, depois começou a fazer requisições de pessoal adicional.

Quando terminou, telefonou para Bobby, que continuava no local, e pediu-lhe que encaminhasse a equipe de Cena do Crime, quando ela chegasse, se chegasse, diretamente para a delegacia antes de examinar a rua. Em seguida, levantou-se e, pela janela da sala de interrogatório, ficou olhando para Eric Cash, com a cabeça repousando na beira da mesa arranhada, uma xícara de café intacta a poucos centímetros dele. Matty queria que a unidade de Cena do Crime viesse fazer naquele sujeito um exame de resíduo de pólvora, sem o qual, se ele de fato fosse o criminoso e se a arma do crime não fosse encontrada, eles talvez se dessem mal, dependendo do quanto ele resistisse aos interrogatórios, e do tempo que levasse para arranjar um advogado.

Matty pôs a mão na porta, depois recuou; que o sujeito ficasse se roendo por dentro.

Voltou à mesa e começou a ligar para seu chefe imediato, o tenente Carmody, mas desistiu antes de terminar de discar o número. Era de praxe informá-lo a qualquer hora do dia ou da noite sempre que um caso mais sério ocorresse no distrito, mas o homem era novo no cargo, ia atrapalhar, e no fundo não queria ficar sabendo dessa história, mesmo.

Em vez disso, ligou de novo para Bobby Oh.

"Cadê a porra da cc?"

"Eu que sei?"

"Arma, nada?"

"Se fosse o caso eu avisava." Depois: "Melhor você ligar pra eles".

Matty se deu ao luxo de respirar por mais um último momento, imaginando uma floresta de bambus ou um riacho nos Alpes, fosse lá o que fosse uma coisa dessas, e em seguida ligou para a equipe da Cena do Crime, rezando para que não atendesse o Goleiro.

"Baumgartner."

"Alô, oi, sargento", Matty pensando, que merda, "aqui é o Matty Clark, Oitavo Esquadrão. Tenho um homicídio aqui, um possível culpado detido, mas não tenho a arma, e preciso de um exame de parafina."

"Homicídio?"

"Exato."

"Confirmado?"

"Exato."

"O corpo está onde?"

"Gouverneur."

"Nome do médico?"

Matty conferiu suas anotações. "Prahash, Samram Prahash."

"E o cara é suspeito por quê?"

"Temos duas testemunhas."

"Tem algum resíduo visível na roupa ou nas mãos?"

"Acho que tem, sim", mentiu Matty.

"Que horas a coisa aconteceu?"

Matty respirou fundo, sabendo onde aquilo ia terminar. "Mais ou menos às quatro e meia", cerca de meia hora depois da hora verdadeira.

"E que horas são agora?"

Olhe para a porra do relógio na parede; Matty visualizou Baumgartner sentado em sua sala, aquele sujeito do tamanho de um leão-marinho, com bigode e tudo.

"Sargento?", cantarolou Baumgartner. "Que horas são agora?"

"Seis e meia, mais ou menos." Pentelho.

"Tá bom", suspirou o Goleiro, "vou falar com meu chefe, mas uma coisa eu te digo, o que aliás você já deve estar sabendo: passou de duas horas, o exame de parafina não é conclusivo."

"Olha aqui", disse Matty, trincando os dentes, "quando você falar com seu chefe sobre isso, diz a ele que o pessoal lá do alto já está sabendo dessa história aqui", mentiu outra vez. "Diz a ele que lá já tem mais repórter do que morador. Diz a ele que estamos com um belo abacaxi na mão."

"Tá bom", disse Baumgartner. "Te ligo depois."

"Liga direto pra mim." Matty lhe deu o número de seu celular.

"Como é mesmo o teu nome?"

"Clark. Sargento Matthew Clark. Oitavo Esquadrão."

Às sete da manhã, dois dos detetives de Matty, Yolonda Bello e John Mullins, estavam em 2030 Henry Hudson Parkway, Riverdale, uma monstruosidade de tijolo branco com vinte e cinco andares de altura, de frente para o rio, com uma vista quase primordial das Jersey Palisades. Não era o endereço atual de Isaac Marcus, uma espécie de república dividida por cinco homens em Cobble Hill, um apartamento no térreo que recendia a maconha, onde nenhum de seus colegas, recém-acordados, sequer sabia dizer aos detetives qual o endereço de origem de Ike. Riverdale era o endereço da sua carteira de motorista, onde morava um certo William Marcus, provavelmente o pai ou pelo menos algum parente dele.

Os dois policiais encarregados da visita foram escolhidos porque o endereço de Riverdale ficava mais ou menos no caminho deles quando iam para o trabalho: Yolonda morava a apenas três quarteirões, e Mullins dez minutos ao norte, em Yonkers. John costumava impressionar as pessoas com seu tamanho descomunal e seu ar impassível, o que na verdade não era culpa sua, mas Yolonda, quando estava motivada, era melhor que todos nesse tipo de trabalho, com olhos enormes e líquidos que pareciam estar sempre prestes a chorar e uma voz que era como um abraço. Quando se identificaram como detetives à mulher de cerca de quarenta anos, descalça, que foi abrir a porta, ela passou de sonolenta para indignada numa fração de segundo.

"Ah, pelo amor de Deus, será que aquela psicótica deu queixa?"

"O quê?" Uma adolescente assustada anunciou sua presença na sala de jantar. "Queixa, que queixa? O que é isso?"

"Essa garota passou o jogo todo batendo nela, por isso foi bem feito. O juiz nem marcou falta", a mulher foi dizendo a Yolonda. "*Ela* é que estava dando rasteira, botando o cotovelo pra fora, dizendo um monte de merda, e tinha uma porrada de testemunha assistindo. E afinal de contas, meu Deus, você viu o *tamanho* dela?"

A mulher usava um jeans cuidadosamente rasgado e uma camiseta branca recém-passada.

"Hoje fico em casa, eu morri." A garota agora estava em pânico. "Bem que eu te falei!"

"Calma, Nina. Ninguém morreu", disse a mulher, e em seguida virou-se para os detetives calados. "Essa história toda é uma babaquice total."

Fosse o que fosse o que aquelas duas estavam dizendo, ou bem era relevante ou bem não era, pensou Yolonda, mas a coisa ainda devia durar pelo menos alguns minutos.

"Isaac Marcus mora aqui?", ela perguntou por fim.

"Isaac?" O tom de voz delicado e suave de Yolonda imediatamente fez a mulher desacelerar. "Não, ele mora no Brooklyn, eu acho." Então: "O que é que vocês querem com o Ike?".

"Hoje eu não vou à escola nem amarrada", a menina gemeu baixinho.

"O que é que vocês querem com o Ike?", a mulher repetiu, com uma voz mais retraída.

"A senhora é a mãe dele?"

"Não. Sou. Não, não." Agora de olhos arregalados, começou a se compor, o dedo em riste como uma santa. "Sou casada. Com o pai dele. Segundo casamento. Qual o problema?"

67

"Desculpe, como a senhora se chama?"

"Eu?"

Yolonda esperava, pensando: ela já chegou lá.

"Minette. Minette Davidson."

"Minette", disse Yolonda, e em seguida, sem pedir licença, entrou no apartamento e foi guiando a mulher até o sofá, seguida por Mullins em silêncio, o olhar dele se desviando para os penhascos pré-históricos do outro lado do rio.

Perdida em seu próprio pânico, a garota fez um favor para todos saindo da sala com passos irritados. Um instante depois, uma porta bateu.

"Por favor", disse Minette, uma súplica vaga.

"O pai dele está em casa?", perguntou Yolonda, seguindo o roteiro.

"Está no interior do estado."

Yolonda e John trocaram um olhar, para eles "está no interior" era um eufemismo.

"Num congresso. Ele volta hoje à noite. O que foi…"

"Sabe como a gente pode entrar em contato com ele?"

"Ah, *por favor!*"

Chega.

"Minette…" A mulher tentou se levantar, mas Yolonda pôs a mão em seu ombro, depois pôs-se de cócoras para ficar com os olhos na altura dos olhos dela. "Nós temos uma notícia muito ruim."

Minette levantou-se de supetão, apesar da mão de Yolonda, e em seguida, sem esperar os detalhes, foi caindo no chão como uma folha seca.

Para não deixar Minette Davidson sozinha com a filha, Yolonda ligou para Matty, e depois ela e John ficaram no apartamento durante a meia hora que a irmã de Minette levou para chegar lá. Nesse intervalo, ninguém se aproximou da garota, que, fechada em seu quarto, não sabia de nada.

Segundo Yolonda, através da mulher do sujeito, que era professora de espanhol num colégio particular de segundo grau em Riverdale, o pai do rapaz morto trabalhava na Con Ed, como gerente de projetos sobre gerenciamento de resíduos tóxicos, o que quer que isso fosse, e no momento estava em Marriott, perto de Tarrytown, participando de um seminário de dois dias sobre dessorção de locais altamente contaminados, o que quer que fosse isso também.

Matty estava prestes a telefonar para a polícia de Tarrytown para solicitar uma notificação quando Kendra Walker, detetive da Patrulha Noturna, entrou para usar o banheiro, já começando a tirar o cinto antes mesmo de saber onde ficava o banheiro.

"É pra lá." Matt apontou sem se levantar de seu lugar. "Vem cá, o pessoal da CC foi lá?"

"Eles foram, sim, chegaram logo quando eu estava indo embora. O Bobby está falando com eles agora, tentando convencer eles a vir fazer o exame de parafina que você queria. Mas acho que ouvi um deles dizendo que não recebeu ordem disso, e aí…"

"*O quê?*"

"Pois é, que chato, sargento." Kendra deu de ombros e partiu para o banheiro.

"Baumgartner."

"Já falou com o seu chefe?"

"Quem é?"

"Matty Clark, Oitavo Esquadrão."

"Ele só chega às oito."

"Eu pensei que você ia ligar pra ele logo depois da nossa conversa. *Oito?* Você não me disse isso." Matty tentou conter a irritação, porque criar caso com aquele sujeito não valia a pena, da próxima vez que precisasse com urgência da CC Matty iria para o final da fila.

"Bom, eu posso te falar agora mesmo o que ele vai dizer." Baumgartner mastigou alguma coisa. "Que um pedido desse tipo tem que partir de alguém mais graduado que você, capitão de divisão no mínimo."

"Escuta" — Matty num esgar de raiva —, "não dava pra me dizer isso quando liguei antes? Sabendo que a gente está aqui lutando contra o tempo?"

"Eu estou só explicando a você como é que a coisa funciona."

"É bom que seja sério." Ao telefone, a voz de Mangini, o capitão da divisão, parecia cola ressecada.

"Capitão" — Matty com uma careta —, "é Matty Clark, do oitavo, o senhor já levantou?"

"Agora levantei." Mangini tossiu.

"Desculpe, chefe. Que horas o senhor pega no serviço?"

"Meio-dia."

"Pois é, estamos com um problema aqui, um homicídio, temos um sujeito que talvez seja o criminoso, duas testemunhas oculares dizem que foi ele que deu o tiro, mas ainda não achamos a arma, e preciso da equipe de CC para fazer o exame de parafina."

"E...?"

"Preciso de um chefe para fazer o pedido."

"Que porra, ainda não deu nem sete horas."

"Sete e meia. O problema é que tenho que fazer isso agora, já faz três horas e meia."

O capitão cobriu o fone de repente, Matty ficou rabiscando com um lápis enquanto aturava o som abafado de Mangini discutindo com a mulher, que ele provavelmente havia acordado naquele momento por atender o telefone na cama.

"Tá bem, mas e aí?" O capitão de volta na linha.

"Tenho uma ideia..." Matty sentado, as mãos estendidas sobre a mesa, palmas viradas para cima. "E se um dos meus homens ligar pra lá e disser que é o senhor."

"Tudo bem, tem problema não." Então: "Peraí. Exame de parafina?".

"É."

"Você não acaba de me dizer que tem duas testemunhas oculares?"

"É, mas..."

"Então por que é que precisa de exame de parafina?"

"Porque eu quero. Porque seguro morreu de velho."

O capitão suspirou. Matty o visualizou na cama, o cabelo levantado pelo travesseiro.

"Está bem." Mangini tossiu, fungou. "Quer me fazer um favor? Liga pro vice-inspetor, resolve isso com ele."

"O Berkowitz?" Matty franzindo a testa. "Que horas ele chega?"

"Oito, por aí."

Para os chefes, oito horas podia ser oito horas, nove ou dez; dez horas, seis depois do tiro.

Matty desligou o telefone, ligou para o vice-inspetor Berkowitz, atendeu a secretária eletrônica, ele explicou a situação e deu o número do seu celular; mais que isso não podia fazer.

Levantou-se para ver Eric Cash outra vez, depois parou, o que era mesmo que estava esquecendo...?

Sentando-se outra vez, finalmente ligou para a polícia de Tarrytown para que avisassem o pai de Isaac Marcus no hotel, se bem que àquela altura a mulher dele, em Riverdale, já devia ter lhe dado a notícia.

Ninguém fazia ideia do paradeiro da mãe do rapaz.

Assim que ele desligou, o celular começou a tocar, Matty torcendo para que fosse Berkowitz, ou Bobby Oh.

"Oi, Matty." O chefe do esquadrão, Carmody, na linha. "Acabei de ver o noticiário. Que diabo está acontecendo aí?"

"Pois é, pois é, tenente, eu que não quis incomodar o senhor, está tudo sob controle."

"Precisa que eu vá até aí?"

"Está tudo bem, chefe, obrigado."

"Oquei, me liga se acontecer alguma coisa."

"Com certeza, chefe."

Da sua mesa, viu Eric Cash sendo levado até o banheiro, saindo da sala de interrogatório, caminhando como se estivesse usando uma daquelas camisolas de hospital, abertas atrás.

Às sete e meia, cerca de três horas e meia após o assassinato, uma testemunha, o rapaz ruivo, Randal Condo, pela terceira vez desde que havia se apresentado, estava de novo na calçada em frente ao número 27 da Eldridge, do outro lado da rua, desta vez com Kevin Flaherty, promotor assistente.

"...os três de braços dados, que nem coristas. Bem debaixo da luz do poste. Parecia que estavam num palco."

Àquela altura a cena do crime se reduzira à fita amarela, uma mancha de sangue na calçada, um par de luvas cirúrgicas usadas viradas do avesso e um punhado de repórteres sem importância, como garotos num baile tentando descobrir a melhor maneira de se aproximar do promotor e da testemunha do outro lado da rua.

"Eles estavam virados pra você?" O promotor, um ex-policial ainda jovem, ofereceu goma de mascar, estendendo o braço e revelando no pulso uma tatuagem da qual agora se arrependia, a representação realista de um anel de arame farpado, que surgia debaixo da manga da camisa social engomada como se fosse uma pulseira.

"Não, de costas pra mim. Eu estava vindo da esquina em direção à Nikki."

"A sua namorada."

Por um breve momento, os dois deram um tempo quando uma moça loura alta, de bicicleta, parou bem na frente deles para ver o que estava acontecendo, com uma tatuagem na base da coluna que parecia subir da bunda, por baixo do jeans, como um fiapo de fumaça azul.

"A sua namorada", repetiu Flaherty.

"É, ela vinha na minha direção, e eles estavam meio que entre nós dois, do outro lado da rua, aí…"

"Você ouviu alguma coisa que eles disseram?"

"Não ouvi direito, não." Randal protegia da luz do dia os olhos, agora vermelhos como seu cabelo.

"Muita gente aqui do quarteirão disse que ouviu gente discutindo."

"Eu não ouvi nada, não, de repente a Nikki ouviu. Alguém está dando uma prensa nela?"

"Com certeza. Então, os três de braços dados, de costas pra você…"

"É, e a gente estava indo um em direção ao outro, eu e a Nikki, aí a gente ouviu um tiro, o cara que estava no meio desabou no chão, o da esquerda caiu duro com os braços abertos e o terceiro correu pra dentro do prédio."

"Você viu alguma arma?"

"Não, nesse momento eu e a Nikki meio que nos encontramos, cada um vindo de um lado, por sorte, e eu liguei o piloto automático, sabe, e puxei ela pra baixo desse carro aqui", pondo a mão na porta do carona de um Lexus surrado, "então não estava olhando."

"Quer dizer que você não viu mesmo arma nenhuma."

"Não, mas tenho certeza que, quando eu estava chegando perto da Nikki, vi o cara que correu pra dentro do prédio levantar o braço antes, e eu aposto que o cara que morreu levou um tiro."

"E você não viu ninguém mais com eles."

"Não. Só esses três."

"Só esses três." O promotor estourou uma bola de chiclete. "Tinha alguém passando?"

"Ninguém aqui, só nós, as galinhas."

"Quem?"

"É uma música."

O promotor ficou olhando para o outro.

"Deixa isso pra lá." Condo desviou a vista, com um meio sorriso nos lábios. "Não. Ninguém mais."

"E não havia nada bloqueando a sua visão, carro estacionado, trânsito..."

"Parecia uma cidade fantasma."

O promotor fez uma pausa para trocar de marcha, os dois olhando para uma mulher chinesa grisalha que carregava dois sacos plásticos cheios de legumes, pisando no sangue distraída.

"Eu soube que você ouviu aquele outro cara contando ao detetive a versão dele do que aconteceu."

"Ouvi sim."

"Então está sabendo que segundo ele foram dois negros ou hispânicos que atiraram."

"É, claro, o que é que você acha que ele ia dizer?"

"E o que é que você acha disso?"

"Está me perguntando isso porque a minha namorada é negra?"

Flaherty esperou.

"Está me perguntando se eu seria capaz de mentir e tentar foder com um sujeito só porque ele é racista? Ou está me perguntando se eu sou capaz de mentir para proteger dois filhos da puta só porque eles são da mesma cor que a mulher que transa comigo?"

"Uma coisa ou outra."

"Nem uma coisa nem outra."

"Cá entre nós." O promotor despachou com um gesto um repórter antes mesmo que ele conseguisse terminar de atravessar a rua. "Andando por aqui às quatro da manhã, você não estava doidão nem nada?"

"Eu não fumo um há nove meses."

"Nem tinha bebido nada?"

"Por que é que você está me perguntando isso, como se eu fosse o criminoso?"

"Antes eu que um advogado de defesa, vá por mim. Não tinha bebido nada?"

"Umas cervejas." Condo deu de ombros. "Na real, sabe, o negócio comigo agora é cara limpa."

"Já foi preso alguma vez?"

Randal olhou para o outro. "Eu tenho dois mestrados, um do Berklee College of Music e outro da Columbia University."

O promotor voltou a proteger os olhos do sol. "Então, foi ou não foi?"

Trinta minutos depois, de volta à delegacia, o promotor olhou de relance para a namorada de Randal, Nikki Williams, através da persiana semicerrada da sala do tenente em que ela aguardava sozinha a chegada de alguém da promotoria para fazer mais um interrogatório.

"O rapaz estava bem confiante", disse. "E a garota?"

Matty deu de ombros, cruzando os braços sobre o peito. "Segundo Bobby Oh, ela se saiu muito bem. Sóbria, enxerga bem, diz que viu tudo com o canto do olho antes porque eles eram os únicos na rua. Quer dizer, foi visão periférica, ouviu o tiro, focou, viu dois caídos e um correndo para dentro do prédio com uma coisa na mão. E parece que eles dois estavam andando um na direção do outro, ele vindo da esquina da Eldridge com a Delancey e ela descendo a Eldridge em direção à Delancey, quer dizer, foram dois ângulos de visão completamente diferentes, então…"

"É, foi o que ele disse. Ela ouviu alguma discussão?"

"Não", respondeu Matty. "Não ouviu discussão nenhuma."

"Então como é que todo mundo ouviu uma discussão, menos esses dois?"

"Sei lá." Matty deu de ombros. "Nova York à noite, ruído ambiente, ou então o que todo mundo ouviu foi o Lugo e os homens dele gritando depois, ou o árabe reclamando da vidraça quebrada, você sabe, eles trocaram a ordem dos acontecimentos."

"E como é que foi lá com o Farrapo Humano?"

"O Boulware? Inútil", disse Matty. "Acabaram levando ele lá pra Gouverneur pra fazer uma lavagem estomacal."

"E cadê o tal do Cash?"

"Aqui." Matty conduziu o promotor pelo corredor até um cubículo de observação ao lado da sala de interrogatório, de onde dava para ver Eric Cash mais uma vez debruçado sobre a beirada da mesa, a testa apoiada no braço.

Flaherty olhou para o relógio na parede: oito horas.

"Já falou com ele?"

"Não. Quero fazer isso com a Yolonda."

"Aprender com a professora, hein?"

"Vai tomar no cu", disse Matty com indiferença. "Ela foi fazer a notificação e está voltando."

"Parece que a ficha dele é meio suja."

"Foi pego há coisa de uns seis anos no condado de Broome por vender pó", disse Matty. "Conseguiu sursis. Não tirei nenhuma conclusão disso."

"Ele não pediu advogado?"

"Não pediu nem pra dar um telefonema." Matty pôs as mãos nos bolsos, de repente tão cansado que conseguia sentir uma papada se formando embaixo do queixo. "Seria legal se alguém tivesse alguma ideia do motivo."

"Então vai lá e descobre um motivo", disse o promotor.

"Também seria legal ter aquela arma."

"Sargento." Um dos detetives recém-chegados do turno do dia fez sinal para ele da entrada. "O vice-inspetor Berkowitz na linha três."

"Concordo, seguro morreu de velho", disse Berkowitz. "Por outro lado, com essas duas testemunhas, parece que o negócio são favas contadas."

"Não, eu sei." Matty começando a desanimar do pedido de exame de parafina com o passar das horas. "Só estou dizendo que se a gente não achar aquela arma…"

"Já falou com o cara?"

"Vou agora."

"Ele é durão? Ou mole?"

"Minha intuição diz que é mole, mas…" Não havia como decidir essas coisas no olho; os sujeitos mais mal-encarados do gueto às vezes choravam como crianças depois da primeira rodada de perguntas, enquanto havia rapazes saídos de universidade de elite que reagiam com um olhar de seca pimenteira capaz de atravessar uma montanha.

"Tá bom, olha, vou te dar uma sugestão", disse Berkowitz. "Vai lá, sente o clima, e se continuar achando que precisa do exame, provavelmente não é uma má ideia, aí é só ligar pro meu chefe que ele vai topar."

"O Upshaw?" O rosto de Matty doía.

"O Upshaw."

Pensando, a primeira rodada que se foda, Matty ligou para Upshaw, o chefe dos detetives de Manhattan, foi atendido pela secretária eletrônica, contou sua história e desligou.

Em seguida, arrastou a carcaça de volta para o saguão e contou tudo para Kevin Flaherty.

"Bom, com arma, sem arma, com exame, sem exame, eu te falo agora mesmo o que é que o *meu* chefe vai dizer." O promotor examinava Cash através do vidro. "Quantas vezes a gente consegue ter duas testemunhas oculares de um assassinato?"

Logo em seguida Yolonda Bello entrou com estardalhaço. "Aí, Kevin!" Aproximando-se do promotor e abraçando-o. "O que você anda fazendo, marombando?" Dando um passo para trás e apalpando seus peitorais. "Tá bonito, hein." Depois, para Matty: "Ele não está bonito? Sempre digo pra ele que logo quando comecei a trabalhar eu trepava com o pai dele, ele nunca acredita em mim".

Quando Yolonda entrava nessa, Matty ficava só sorrindo educadamente até a coisa terminar.

"Pois é, falei com a mulher do pai do garoto que morreu, foi barra-pesada, eles têm outra filha, uma fofa, é meia-irmã ou sei lá o quê da vítima. O Mullins vai trazer as duas aqui assim que elas se acalmarem. Mas então…" Esfregando as mãos enquanto olhava através da persiana. "Qual é a dele…? Durão? Mole?"

"Você está bem, Eric?" Yolonda foi a primeira a entrar na sala de interrogatório, ela e Matty instalando-se um de cada lado do rapaz. "Está precisando de alguma coisa? Café, refrigerante, sanduíche? Abriu um restaurante cubano na Ridge que tem delivery…"

"Do jeito que eu estou me sentindo, dá vontade de estar algemado a isso aí", ele murmurou, voltando o olhar para a barra de ferro fixada numa das paredes menores da sala.

"É mesmo?", exclamou Matty sem ênfase, olhando para baixo e sorrindo enquanto mexia em seus papéis de anotações. "Por que é que você se sente assim?"

"Não sei." Eric arqueou os ombros e desviou o olhar.

"Escuta o que eu vou te dizer", disse Yolonda, pondo a mão em cima da mão dele e lhe dirigindo seu olhar de mãezona. "Você tem que entender que o que aconteceu não foi culpa sua. Vocês estavam se divertindo, você bebeu um pouco, mas não fez nada de errado, não é? O cara é que fez, não é? *Ele* é que fez."

"Tá bom", disse Eric. "Obrigado."

"Bom. Antes de mais nada, precisamos que você mais uma vez descreva as pessoas envolvidas da melhor maneira, da maneira mais detalhada possível."

"Ah, meu Deus", ele gemeu baixinho, "eu já fiz isso pelo menos umas três vezes." Seus olhos eram duas feridas inchadas.

"Eu sei, eu sei." Yolonda levou os dedos às têmporas como se aquele pedido também a estivesse enlouquecendo. "Mas às vezes, quanto mais você repete uma coisa, começam a surgir uns detalhes assim do nada, não é? Eu nem saberia te dizer quantas vezes a gente já se sentou aqui nessa mesa, repetindo a mesma história com uma testemunha não sei quantas vezes, até que de repente: 'Ah, peraí, é mesmo, ah meu Deus'."

"Vive acontecendo", disse Matty.

"Tá bom." Eric balançou a cabeça olhando para as próprias mãos cruzadas. "Tá bom."

"Olha, o negócio é o seguinte, o disque-denúncia não para de tocar, dando informação sobre o caso", mentiu Matty. "Além disso, esses caras se mandaram a pé, e não de carro, quer dizer, não tem erro, é tudo pessoal aqui da área, devem estar escondidos num desses conjuntos habitacionais, a Unidade de Emergência já está entrando em vários lugares, tudo isso pra te dizer que esses caras já estão praticamente no papo. Só tem uma coisa, Eric." É a vez de Matty mobilizar seu olhar. "Tem uma coisa que preocupa a gente… Segundo você, os caras estão armados, e esse tipo de informação deixa os policiais com a pulga atrás da orelha, eles podem entrar numa de atirar primeiro e depois fazer perguntas, sabe como é? E aí se eles encontram um gaiato lá que tem o azar de se enquadrar mais ou menos nessa descrição vaga, e se o cara fizer um gesto mais precipitado na hora de pegar a carteira de identidade, o cartão de imigrante…"

"Pera aí." Eric empertigou-se na cadeira, uma veia pulsando no oco da têmpora. "*Segundo eu* os caras estão armados? Quer dizer que de repente eles não estão?"

"Não, não, não, Eric." Yolonda mais uma vez. "O que ele está dizendo é que você é a nossa única testemunha ocular, a Unidade de Emergência está atuando com base no que *você* disse, e a gente precisa da descrição mais detalhada possível porque ninguém quer atirar no cara errado, e Deus me livre da gente se meter numa tragédia dessa."

"Tá bom."

"Pensa no que quase aconteceu com você quando saiu correndo daquele prédio com o celular na mão."

"Tá bom."

"Aqueles policiais iam ter que viver com isso na consciência o resto da vida. E a família do sujeito azarado. E também, é bom lembrar, você."

"Não, é claro, tá certo."

"Quer dizer que… eram dois caras."

"Eram."

"Os dois negros?"

"Negros e/ou hispânicos, um com a pele um pouco mais clara que o outro, mas não tenho certeza."

"Qual deles estava com a arma?"

"O mais claro."

"O que você acha que era hispânico?"

"Acho que sim."

"A arma era uma vinte e cinco?"

"Não", disse Eric, cuidadoso. "Eu já falei. Era uma vinte e dois."

"Peraí." Matty dedilhou suas anotações. "Certo. E você reconheceu porque" — apertando a vista, afastando a cabeça de sua própria anotação — "o seu pai fez você trazer uma vinte e dois com você quando você veio morar em Nova York?"

"É." O tom de Eric cada vez mais cauteloso.

"Mas você se livrou dela assim que chegou aqui."

"Assim que cheguei aqui." O corpo de Eric começou a se acomodar em si mesmo, como uma goteira lenta.

"Só por... como é que você fez isso?"

Eric demorou um pouquinho para responder, examinando o rosto dos dois. "Esta delegacia, esta mesma, aqui, estava fazendo uma campanha de pagar pelas armas devolvidas. Eu dei a arma pra vocês, vocês me deram cem dólares, ninguém perguntou nada."

"Ninguém perguntou nada", repetiu Matty, Eric olhando para ele.

"Ainda bem que *alguém* aproveitou essa campanha", disse Yolonda, contendo um bocejo.

"Tá bom, vamos lá. O cara com a vinte e dois... Tem mais alguma coisa além da cor da pele que fez você achar que ele era hispânico e não negro?"

"Não sei." Eric deu de ombros. "Por que é que a gente acha que um cara é irlandês e não italiano?"

"Porque ele gosta mais de beber que de foder", disse Yolonda.

Surpreso com o palavrão brusco, Eric virou-se para Matty como que esperando que ele piscasse ou fizesse um segundo gracejo, mas Matty continuava olhando para ele como se Yolonda tivesse feito um comentário sobre o tempo.

"Isso de hispânico, foi só uma impressão que eu tive", Eric respondeu por fim. "Nada em particular."

"Bom, quem sabe a gente pode ajudar você." Era a vez de Yolonda. "O cara que atirou. Como é que era o cabelo dele? Liso, raspado, pixaim" — ela estendeu a mão para tocar no dele —, "crespo como o seu?"

"Não lembro." Ficando vermelho quando ela o tocou.

"E barba, bigode?", indagou Matty.

"Acho que eu falei cavanhaque. Está nas suas anotações."

"Esquece as minhas anotações. Fecha os olhos e vê a cena de novo."

Eric, obediente, fechou os olhos e imediatamente mergulhou numa espécie de limbo hipnagógico. Yolonda e Matty se entreolharam.

"Eric", Yolonda pronunciou seu nome em voz baixa, e com um tremor ele voltou à realidade. "Você está bem?"

"O quê?" Enxugando os lábios.

"E as roupas?"

"Roupas?" Fazendo força para não dormir. "Não sei. O que foi que eu disse? Capuz?"

"Os dois estavam de capuz?"

"Não sei. Um deles estava."

"Qual a cor?"

"Mais pra escuro, preto ou cinza. Eu, eu não…"

"Alguma coisa escrita?"

"Escrita?"

"No peito, nas mangas."

"Não sei."

"Algum slogan, logotipo, desenho?"

Eric balançou a cabeça, olhando para os dedos entrelaçados.

"Sapato? Tênis?"

"Tênis, eu acho. É. Tênis, tênis branco." Agora havia conseguido retornar ao momento por completo. "Não entendo nada de marca, modelo, essas coisas. Mas sim, tênis branco, sem dúvida."

Matty recostou-se na cadeira e recitou: "Homem negro ou hispânico com capuz escuro e tênis branco", massageando a testa de modo ostensivo, como se mais um caso Diallo estivesse prestes a acontecer.

"Vocês têm que entender", explicou Eric, oferecendo as mãos espalmadas. "Quando vi aquela arma, eu entreguei a minha carteira sem olhar pra ele, *de propósito*. Fiquei olhando *pra baixo*, pra ele não ficar achando que eu ia me lembrar do *rosto dele*. Eu não queria *morrer*."

"Você é um cara esperto", disse Matty.

"Esperto?" Eric parecia ter levado um tapa.

"Esperto, quer dizer, não é otário", disse Yolonda mais que depressa.

"Bom, pelo menos em relação ao tênis você não tem dúvida", retomou Matty.

A ironia fez Eric contrair os músculos, Yolonda olhando irritada para Matty; ainda era muito cedo para esse tipo de coisa; mas era só uma tentativa, Matty queria confirmar sua impressão de que aquele sujeito, por algum motivo, achava quase insuportável qualquer manifestação de desagrado de sua parte.

"Está bem, você não viu muita coisa", disse Yolonda, ainda encarando Matty. "Mas os ouvidos você não tapou, não é? Quer dizer… quando ele falou, como é que era o jeito dele falar, porto-riquenho, negro, estrangeiro…"

"Não faço ideia."

"E o que foi mesmo que ele disse exatamente?", perguntou Matty.

"Por favor", implorou Eric. "É só consultar as suas anotações."

"Eu pensei que a gente tinha combinado que era pra esquecer as minhas anotações."

"Eric." Yolonda fazendo malabarismos para olhá-lo nos olhos. "Você quer fazer um intervalo?"

"Olha aqui", disse Matty, "desculpe se estou parecendo insistente ou agressivo ou sei lá o quê, mas é como eu falei antes, o interrogatório repetitivo…"

"Às vezes desperta lembranças novas, e vocês estão correndo contra o tempo e só têm uma descrição vaga", completou Eric, quase irritado, olhando para a mesa. "Eu estou *tentando*, né?"

Houve um momento tenso de silêncio, Yolonda com um meio sorriso, como se estivesse orgulhosa dele, Matty franzindo a testa enquanto abria seu bloco com uma relutância exagerada.

"Eu estou tentando", repetiu Eric, num tom mais baixo, meio que pedindo desculpas.

"A gente sabe disso", disse Yolonda.

"Oquei, você me falou que ele disse…" — Matty olhando para suas próprias garatujas — "'Perdeu'?"

"Se foi isso que eu disse."

"E não" — consultando as anotações outra vez — "'Passa tudo pra cá'? Que foi o que você disse à Patrulha Noturna."

"Foi o que eu disse que foi", implorou Eric.

"Aí o seu amigo Ike disse pra ele: 'Vocês escolheram o cara errado'?"

"O Ike? É. Foi isso."

"Ou ele disse: 'Hoje não, meu caro', porque mais uma vez você nos deu duas versões diferentes."

Eric olhava fixo para Matty.

"Lembra de mais alguma coisa que foi dita?", perguntou Yolonda.

"Não."

"Pelo Ike pra um dos bandidos, ou de um bandido pro outro… qualquer coisa. Uma palavra, um palavrão, uma ameaça…"

"Não."

"Não vai dizendo 'não' assim tão depressa", disse Matty. "Pensa um minuto."

"Tipo assim: 'Ei, Jose Cruz!', 'Sim, Satchmo Jones?', 'Vamos atirar nesse cara, jogar fora a arma naquela sarjeta na esquina da Eldridge com a Delancey, e depois a gente corre pro nosso esconderijo no 433...'" Eric parou, parecendo ofegante de repente.

Os dois o encaravam.

"Desculpe", ele disse, as pálpebras desabando.

"Isso deve estar sendo um pesadelo pra você", disse Matty.

"Estou tão cansado." Eric olhou para eles com os olhos em frangalhos. "Quando é que vou poder ir pra casa?"

"Prometo que assim que a gente terminar com isso", disse Yolonda com sua voz melancólica, "você vai poder ir embora."

"Terminar com o *quê?*..."

"Vamos falar um pouco mais sobre o tiro."

Eric levou as mãos em concha às têmporas, olhando para a mesa com os olhos esbugalhados.

"O cara que deu o tiro."

"O quê?"

"Que atirou", disse Yolonda.

"Sim."

"Como é que ele segurava a arma?"

"Como?" Eric fechou os olhos e, após hesitar por um momento, estendeu o braço, a mão da arma virada para o lado, o cotovelo um pouco mais alto do que o ombro, de modo que a bala descrevesse uma trajetória descendente.

"Que nem gângster de filme?", perguntou Matty.

"É, acho que sim."

O legista verificaria se isso era verdade.

"Tá bom. E depois?"

"Depois eles se mandaram."

"Depois eles se mandaram. E você fez o quê?"

"Eu? Tentei ligar pra emergência."

"Você estava exatamente onde."

"Primeiro tentei ligar da calçada, mas não dava sinal, como eu já disse antes, aí corri pra dentro do prédio pra ver se de lá eu conseguia."

"Não conseguiu?"

"Não."

"Mas tentou, sem sombra de dúvida. Discou 911?", indagou Matty.

"Disquei." Examinando o rosto dos dois. "Claro."

"Quanto tempo você diria que ficou dentro do prédio?"

"Não sei. O tempo que a gente leva pra tentar fazer uma ligação mais de uma vez?"

"Mais de uma vez."

"É."

"Quanto tempo? Chuta."

"Um minuto?"

"Um minuto", repetiu Matty, pensando em todas as possibilidades de esconder uma arma pequena num prédio caindo aos pedaços, tendo sessenta segundos para agir.

"E onde exatamente você estava no prédio?"

Mais uma vez, a cada pergunta as respostas de Eric ficavam ao mesmo tempo mais inseguras e mais atentas.

"No saguão, né? No hall de entrada."

"Mais algum lugar?"

Eric hesitou neste ponto. "Talvez na escada."

"Na escada? Por que é que você subiu na escada?"

"Pra ver se lá o sinal estava melhor." A exaustão havia desaparecido por completo de seus olhos.

"Você conhece alguém no prédio?", indagou Yolonda.

"Não." Eric mais uma vez olhando o rosto deles alternadamente.

"Só estou perguntando", ela explicou, "porque na maioria dos prédios a porta da rua fica trancada, de modo que se você não conhece ninguém que aperte o botão pra abrir…"

"É, mas essa porta estava aberta."

"Oquei."

"Deve ser um edifício entra e sai."

"Edifício entra e sai?"

"Sabe como é, duzentos chineses no mesmo apartamento, a porta da frente tem que ficar aberta, senão iam ter que fazer um milhão de chaves."

"Edifício entra e sai." Matty virou-se para Yolonda. "Essa eu não conhecia."

A porta se abriu, Fenton Ma, chapéu na mão, enfiando a cabeça dentro da sala.

"Com licença, estou procurando as testemunhas do crime desta madrugada que trouxeram pra cá."

"Quem, ele?" Yolonda apontou com o polegar.

Ma o reconheceu, Matty percebeu, com uma expressão de surpresa indisfarçada que fez Eric Cash se sentir ao mesmo tempo humilhado e perdido.

"Não", respondeu Ma. "Os... os chineses do interrogatório. Eu vou atuar como intérprete, e disseram pra eu falar com vocês."

"Não estão com a gente, não." Yolonda deu de ombros.

"Devem estar por aí", disse Matty. "Pergunta lá na recepção."

"Tá bom." Ma fixou um último olhar em Eric. "Obrigado."

"Eles encontraram umas duas pessoas nos prédios perto do número 27 da Eldridge que disseram que viram tudo pela janela", disse Yolonda.

Eric não esboçou nenhuma reação, muito provavelmente, pensou Matty, por ter que refazer toda a sua história ou então por ainda estar perdido nos olhos do policial chinês.

"Pra mim", disse Matty, "o máximo que a gente vai conseguir dessas pessoas é uma contagem feita do alto, quer dizer, quantas pessoas estavam lá quando elas ouviram o tiro."

"Eram cinco, não é?", disse Yolonda.

"É", concordou Eric, cauteloso, "cinco."

"Bom", disse Matty, e depois silenciou sem perder o contato visual com Eric, como se fosse obrigação do outro manter a conversa fluindo.

"Eu não sabia..." Eric finalmente disse, só para dizer alguma coisa. "Vocês podem entrar assim de repente um na sala do outro?"

"E por que não?" Yolonda deu de ombros. "A gente não está no meio de um interrogatório, nada disso."

Uma batida na porta assinalou o fim do primeiro round, um detetive aguardando que Matty dissesse sim para enfiar a cabeça na sala.

"Sargento, o chefe Upshaw."

Deixando Yolonda a dizer algumas banalidades antes de sair, Matty olhou de relance para o relógio enquanto seguia para sua mesa: nove horas. Cinco horas desde o tiro, péssimo com relação ao exame, mas...

"Alô, sim, chefe, obrigado por retornar a ligação." Matty atendendo o telefone em pé para não dormir.

"Que história é essa de exame de parafina?" O chefe dos detetives de Manhattan não parecia muito satisfeito.

"Bom, a situação é a seguinte…"

"Eu sei qual é a situação, e a resposta é não."

"Chefe, foram só cinco horas, ainda dá pra ter um resultado positivo, senão…"

"Olha, a essa altura, se foi ele mesmo que deu o tiro, e pelas duas testemunhas parece que foi mesmo, o mais provável é dar um falso negativo."

"Chefe…"

"Falso negativo, falso positivo, uma boa maneira de melar tudo. O problema é que o chefe Mangold não confia nesse exame nem mesmo nas melhores circunstâncias. Todo mundo com quem você falou antes de mim hoje, se você perguntasse eles diriam a mesma coisa."

Matty e Yolonda, atrás do espelho de observação, olhavam para Eric Cash, que estava com um técnico vendo um álbum de fotografias digitais, olhando com olhos esgazeados para os bonecos que apareciam na tela, seis de cada vez.

"Sabe o quê?", disse Matty. "O Mangold acha que esse exame não tem nada a ver, não autorizava nem que fosse dois minutos depois do tiro. Baumgartner, Mangini, Berkowitz, Upshaw, um empurrando o abacaxi pro outro."

"Que merda." Yolonda deu de ombros, examinando Cash pelo espelho. "Ele parecia um rato encurralado ali dentro."

"Ou então não sabia qual era a nossa", completou Matty.

"É. O que eu falei."

"Bom, essa história de que ele ligou pra emergência é mentira."

"Não tem erro."

"Não sei não. De repente ele estava em estado de choque e achou que tinha ligado."

"Achou que tinha ligado várias vezes?", ela duvidou.

"Posso abrir o jogo com você?", começou Matty, mas deixou pelo meio.

"Ele não perguntou como estava o Marcus", disse Yolonda. "Ou fui eu que não reparei?"

"Não perguntou, não."

"Ele não sabe que o cara morreu não, né?"

"Acho que não", respondeu Matty.

"Bom." Então: "Fique de olho", apontando com o queixo para Eric, os olhos a meio pau, balançando devagar diante da tela do computador. "Ele não está nem olhando pra tela."

"Vamos pegar leve até eles encontrarem a arma", disse Matty.

Fenton Ma se aproximou deles, de chapéu na mão. "E aí, me saí bem?"

"Muito bem", aprovou Matty. "Obrigado."

"Você foi tão convincente que devia ser ator", disse Yolonda, olhando-o nos olhos. "Matty, você não acha que ele dava pra ator?"

"Deu a impressão de que você reconheceu ele", comentou Matty.

"É, Eric não sei das quantas. Trabalha naquele restaurante onde ninguém consegue arranjar mesa, lá na Rivington." Então, recuando um pouco: "Foi *ele*?".

"A gente está só conversando", disse Matty. "Você pode nos dizer alguma coisa sobre ele?"

"Me deixou furar a fila uma vez com minha namorada." Ma deu de ombros. "Pra mim é um cara legal."

"É como eu falei, a gente está só conversando."

"Obrigada de novo", disse Yolonda.

Ma continuava parado.

"O que foi?", perguntou Matty.

"É que…" Ma remexeu-se, inquieto. "Quer dizer que não tem testemunha chinesa nenhuma, né?"

"E ainda por cima é bonito", disse Yolonda, dando-lhe um tapinha no rosto.

"Pegaram alguém?" Eric Cash perguntou quase lânguido quando Matty e Yolonda voltaram para a sala trinta minutos depois de saírem.

"Ainda não", disse Matty, desabando na cadeira.

Fosse pelo tédio das fotos ou apenas pelo interlúdio em si, o sujeito parecia transformado: emocionalmente esvaziado e quase excitado de tão exausto.

Matty já vira isso acontecer naquela sala; às vezes a primeira sessão tinha o único efeito de determinar a linha de prumo da resistência, fazendo que o sujeito ficasse muito menos ardiloso no segundo round; era a técnica de boxe do *rope-a-dope* aplicada ao interrogatório.

"Eric?" Yolonda por um instante pôs sua mão sobre a dele. "A gente vai precisar que você conte como é que foi a sua noite."

"Até onde?" Ele levantou os olhos para ela como se houvesse pedras penduradas nas pálpebras. "Começando de onde?"

"Sei lá. Da hora que você largou o trabalho."

"Desde que *eu* larguei o trabalho?"

"Por que não?"

Eric hesitou, e então, apoiando o peso da testa nas pontas dos dedos, falou dirigindo-se à mesa. "Sei lá, saí do Berkmann às oito, fui pra casa, tomei um banho e depois passei num café que tem na minha esquina."

"Qual?", perguntou Yolonda.

"O Kid Dropper, na Allen. Você sabe, é aquele onde fica todo mundo com um caneco de café e um laptop. Menos eu, depois do trabalho gosto de um martíni. Lá tem um bar, e aí…"

"Isso que horas?"

"Oito e meia, quinze pras nove? Na sala dos fundos estava rolando uma leitura pública, com microfone. Fui lá dar uma olhada e vi o Ike no palco, lendo."

"Lendo em voz alta?", indagou Yolonda.

Eric a encarou. "O microfone era pra isso."

"Lendo o quê?"

"Devia ser poesia, porque ele estava lendo daquele jeito, sabe, pronunciando cada palavra como se estivesse com raiva dela."

"Oquei", disse Matty, registrando o novo tom.

"Dei uma olhada, aí fui até o bar, tomei o meu drinque, e meia hora depois ouvi muitos aplausos e todo mundo saiu da sala dos fundos. O Ike me viu no bar, disse que estava indo no Congee Palace com o amigo dele pra jantar, se eu não queria ir também."

"Então vocês são amigos?"

"Eu e o Ike? Não. Eu já disse. A gente só trabalha no mesmo lugar."

"Quer dizer que vocês nunca tinham saído juntos antes?", perguntou Matty.

"Não… Mas aí eu fui com eles, eu, ele e o tal do Steve, que… que estava com a gente ontem à noite." Eric hesitou, a boca entreaberta.

"O quê?", disse Yolonda.

"Nada."

"E aí…"

"E aí… A gente foi lá no Congee, na Allen." Eric hesitou, ainda com a boca aberta. "Porra, o babaca já estava meio bêbado durante a leitura. E onde já se viu pedir *mojito* num restaurante chinês?"

"Você está falando do Ike?"

"Não. Do Steve… *Stevie.*" O cansaço começando a causar, como costuma acontecer, uma franqueza relaxada e mal-humorada.

"Que horas eram?"

"Nove e meia, mais ou menos."

"Vocês conversaram sobre o quê?"

"Eu? Eu mal abri a boca. Mas os dois estavam na maior empolgação, parece que o Steve tinha sido chamado pra voltar depois do primeiro teste, sabe? A primeira vez, e daí pro Oscar é um pulo, depois é a vez do Ike, vai criar uma revista literária on-line, levantar grana pra fazer um documentário, todos nós vamos colaborar no roteiro, patati, patatá, aquela conversa-fiada de sempre." Matty e Yolonda concordando com a cabeça, muito sérios, não querendo interromper o fluxo.

"Alguém ali estava chateado com alguém?", perguntou Matty.

"Quer dizer eles dois?"

"Eles, você, qualquer um…"

Eric hesitou. "Não."

"O que é que foi?" Yolonda sorrindo.

"O que é que foi o quê?", ele retrucou, e em seguida: "É que eu fico de saco cheio de ouvir esses papos, sabe como é? Todo mundo aqui vive cheio de planos incríveis".

"Claro."

"Eu também tenho os meus, não é? Só que eu não…"

"Não…"

Eric levantou a mão, virou-se de perfil para a mesa.

"E aonde vocês foram depois?"

"Depois?" A voz de Eric de repente animada pela raiva. "O *Steve*, como se já não estivesse bastante chapado, levou a gente no bar secreto dele na Chrystie. Pra ir lá tem que fazer reserva, mas se você é uma pessoa que tem nome aqui, eles te deixam entrar na maior. Eu imaginava que eles dois nem tinham ouvido falar desse lugar."

"E como é que foi?", perguntou Matty, pensando que eles certamente teriam estado lá e ido embora antes de ele pegar no serviço.

"Bom, os dois começaram a beber absinto. E começaram a me dar uma aula, dizendo que absinto de verdade é só o da Tchecoslováquia, e que mesmo o da Tchecoslováquia tem que conter artemísia ou arsênico ou sei lá mais o quê…"

"Quer dizer que você não estava se divertindo muito com esses caras, né?", comentou Yolonda.

"Não sei. Tem vezes que fico achando que todo mundo que eu conheço aqui foi colega na mesma escola de arte ou coisa parecida, porra." Olhos marejados, mirou as mãos, em seguida acrescentou, como que envergonhado: "O Ike estava oquei".

"Mas o tal bar secreto foi de que horas a que horas?", ela perguntou.

"A gente deve ter saído de lá por volta das onze."

"Todo mundo ainda estava numa boa?"

"É, acho que sim. Não sei se falei pra vocês que eles todos terminaram o mestrado em B. A. uns três meses atrás, e agora o Steve não para de dizer: 'Eu não vou mudar pra Los Angeles não, cara, nem fodendo. Nova York me alimenta, alimenta a minha alma. Se eles estão a fim de mim, *eles* que venham pra cá. E eu não vou fazer porra nenhuma pra estúdio'.

"E o Ike: 'E eu não vou escrever pra estúdio'.

"Aí todo mundo, em coro: 'Prefiro morrer de *fome*, cara'.

"Qual é, porra, esses caras têm o quê, dois anos de idade? É a primeira vez que chamam esse cara pra voltar depois do primeiro teste. Vocês fazem ideia de quantas…?"

A sala mergulhou no silêncio por um instante, Yolonda concordando com a cabeça, solidária.

"O que que é mesmo B. A., hein?", perguntou Matty.

"Belas-artes."

"Certo."

"E aí, depois vocês foram pra onde?", perguntou Yolonda.

"Depois disso era a vez do Ike, ele levou a gente num bar de poetas na Bowery, um bar beatnik, sei lá."

"Como é que chama?"

"Zeno's Conscience."

"Cabe tudo isso na placa?"

"Ele disse que tinha um show pornográfico de marionetes à meia-noite que era imperdível."

"O quê?", sorriu Yolonda.

"Sabe o que é? Esses caras, os dois caras, eles se mudaram pra Manhattan, sei lá, faz um, dois meses? A gente entra num lugar, eles conhecem todo mundo. O Ike, ele parece prefeito da rua. Tá sabendo de todas. Porra, se o cara sabe se virar desse jeito, de repente ele acaba mesmo se dando bem, quem sabe."

"A minha irmã era assim", disse Yolonda. "Minha mãe virava e me dizia: 'Yolonda! Por que é que você não… sorri, hein? Não dói não. Por que é que você não pode ser educada com as pessoas? Por que é que você não é mais parecida com a Gloria?'. Eu tinha vontade era de matar as duas."

"E aí, como é que foi o show de marionetes?", indagou Matty.

"O quê?" Eric bocejou, um espasmo percorrendo todo o seu corpo. "Ele se enganou, não era naquela noite."

Outra batida à porta, Matty e Yolonda se entreolharam.

"Com licença", disse Matty, depois saiu e encontrou o vice-inspetor Berkowitz lá fora, baixinho, alinhado, com uma pele extraordinariamente lisa, parecendo um adolescente grisalho.

"Como é que está indo a coisa lá dentro?", ele perguntou.

"Está indo", respondeu Matty.

"Só uma coisa, o outro cara, o Steven Boulware, ele dá alguma pinta de também ser suspeito?"

"Não, não, por enquanto ele é só testemunha, e olhe lá. Ele estava no maior porre."

"Tá bom." Berkowitz enfiou as mãos nos bolsos do paletó, como se eles tivessem todo o tempo do mundo. "Só pra você ficar sabendo, o pai do Boulware parece que lutou na mesma unidade que o chefe de polícia, no Vietnã."

"Como eu falei" — Matty olhava fixo para o outro —, "ele estava de porre."

"Tá bom." Berkowitz deu meia-volta. "Se alguma coisa mudar em relação a ele, você me liga."

"Desculpe", disse Matty, voltando ao seu lugar, depois enfiando o punho embaixo da mesa, Yolonda segurando-o sem mudar de expressão.

"Então, o bar das marionetes, o bar beatnik…" Matty hesitou, olhou para Yolonda, que consultou suas anotações.

"Zeno's Conscience", disse Eric devagar.

"Isso", disse Matty.

"Aconteceu alguma coisa lá? Você encontrou alguém que você ainda lembra?", indagou Yolonda.

"Não. Não sei. A essa altura acho que eu também já estava bem alto. Mas não, acho que não."

"Bom, então…"

"Então era a hora da gente encerrar o expediente, era o que a gente *devia* ter feito" — o rosto ficando sério de repente —, "é claro."

"Não falei pra você não ficar se sentindo culpado?", alertou Yolonda.

"Certo… Seja como for, a essa altura o grande artista já estava vomitando na calçada…"

"O Steve."

"…falando uma média de uma palavra por hora, mas, não sei como, a gente foi parar no Cry."

"O bar na Grand Street?"

"Esse mesmo."

"E que horas eram?"

"Não sei, mas devia ser uma da manhã, por aí."

"E lá, como é que foi?"

"Como é que foi? Cinco minutos depois da gente entrar, o Ike desapareceu com uma garota que estava no bar."

"Desapareceu pra onde?", perguntou Yolonda.

Eric olhou para ela outra vez. "É por isso que se diz que desapareceu."

"Quanto tempo?"

"O bastante. Quinze, vinte minutos ele me deixou com o Steve, e o sujeito olhando pra mim de esguelha, como quem diz: 'Quem é esse cara, porra?'."

91

"Você conhecia a garota?"

"Se eu conhecia? Conheço. Trabalha no Grouchie, na Ludlow. Mora aqui há milênios. Essa é antiga aqui."

"Só por curiosidade", indagou Matty, "que idade tem uma pessoa antiga?"

"Bom, essa aí, essa já deve ter mais de trinta, trinta e lá vai pedrada. Eu acho que ela começou como artista-performática-barra-garçonete. Agora é só garçonete. É tipo assim…" Eric se interrompeu outra vez.

"Tipo assim…?"

"Sei lá, as pessoas *dizem* que são isso ou aquilo. Aí chega uma hora que elas são só o que elas são."

"Estou ouvindo", disse Matty.

"Está me ouvindo?"

"Você está bem, Eric?", perguntou Yolonda. "Se quiser dar um tempinho, é só dizer."

Eric não respondeu.

"Então, como é que ela se chamava?", indagou Matty.

"Quem?"

"A garota."

"Não sei direito. Sarah alguma coisa. Sarah… sei lá."

Matty também não sabia o sobrenome da garota. O Grouchie era um bar de policiais, um dos poucos lugares no Lower East Side onde a pessoa podia beber se sentindo no Queens.

"Ela tem uma tatuagem", acrescentou Eric, contra a vontade. "Um personagem de desenho animado. Um dos sete anões… Não tenho certeza."

"Tatuagem onde?", perguntou Yolonda.

Ele hesitou. "Na perna, do lado de dentro."

"Na perna, do lado de dentro. Você quer dizer na coxa?"

"Nessa região…" Desviando o olhar.

"Eric", disse Yolonda, "você sabe que ela tem uma tatuagem do Atchim ou do Zangado ou sei lá quem 'nessa região', mas não sabe direito o nome dela?"

"Eu falei Sarah alguma coisa."

"Eric." Yolonda com um esgar melancólico.

"O quê?"

"O quê?", ela o imitou com delicadeza.

"Foi só uma vez." Ele deu de ombros. "Faz mais de um ano."

"Isso parece papo do meu marido."

"O que é que você quer que eu diga?" O sujeito de repente parecia derrubado.

Matty lembrava-se da moça agora; na verdade, eram todos os sete anões, como ele próprio naquela noite, assobiando enquanto iam subindo pela perna dela.

"Depois, quando vocês três estavam juntos de novo, alguém falou alguma coisa sobre o Ike ficar com ela?", perguntou Matty.

"Se *eu* falei alguma coisa com o Ike? Não. Ele não me conhece. E por que é que eu ia dar uma informação como essa? Pra ser humilhado?"

"Quer dizer que ele não fez nenhum comentário. Nem com o babaca do amigo dele, o Steve? Você sabe, só pra contar vantagem, pra fazer graça, sem se dar conta de que você conhecia a moça…"

"Não, mas mesmo que ele dissesse, o que é que isso tem a ver com a história?"

Deixaram passar mais um instante de silêncio, um pequeno teste para ver se ele percebia para onde estavam se encaminhando.

"Afinal, a que horas vocês saíram do Cry?", ela perguntou por fim.

"Acho que você não ouviu o que eu falei", insistiu Eric, com um pouco daquela ansiedade alerta do primeiro round de novo em seu olhar. "O que é que isso tem a ver com a história?"

Matty lançou um olhar despreocupado para Yolonda, que, mirando a mesa, fez que não rapidamente com a cabeça, era cedo demais para correr o risco de que ele pedisse um advogado.

"A gente está só tentando entender a personalidade dele", disse Matty. "Pra ver se era o tipo de cara que costuma provocar as pessoas."

"E então, a que horas vocês saíram do Cry?"

"Vocês acham que eu ficava o tempo todo olhando pro relógio cada vez que tomava mais um trago?", disse Eric, irritado, porém recuando, como se ainda não estivesse preparado para levar adiante suas suspeitas a respeito do que estava se passando.

"Bom, quanto tempo você acha que vocês ficaram lá?", perguntou Matty.

"Só posso dizer que chegamos no Berkmann quando só dava pra fazer o último pedido. Então devia ser por volta das duas, duas e meia."

"É o quê, uma caminhada de três quarteirões?"

"Mais rastejando que caminhando. Mas não", cobrindo o rosto com a mão espalmada. "A essa altura eu já estava sóbrio de novo. Acho que o Ike também. E lá no Berkmann eu não bebi nada. Não gosto de beber no lugar onde eu trabalho. E é claro que eu não queria ir no meu trabalho com um babaca que já estava trêbado, mas o Ike meio que segurava ele pra ele não cair, a gente já estava no caminho de volta pra casa, eles dois tomaram uma saideira, e pronto. Quando a gente saiu de lá, a gente ia carregar o Steve até a casa dele, na Eldridge, e cada um ia pro seu lado, mas aí…"

Eles esperaram.

"Sabe", Eric disse finalmente, os olhos brilhando de repente como se tivessem virado geleia, "acho que eu sou alcoólatra. Mas não fico totalmente chapado na frente das outras pessoas. Não dou vexame nem me meto em confusão. Esses caras assim… eles aprontam e depois vão pra casa. Alguém tem que levar eles em casa. Babaca." Eric se escondeu em algum lugar atrás de seus próprios dentes, depois voltou, com uma voz que era um burburinho passional. "*Ele* é que devia ter levado aquele tiro."

Matty e Yolonda aprumaram-se na cadeira.

Outra batida na porta, os dois policiais ficaram tensos. Eric nem aí.

"E sabe o que mais?", fazendo uma careta lívida, lágrimas nos olhos.

Yolonda e Matty esperaram, o sangue zumbindo nas veias, até que as batidas na porta se tornaram tão persistentes que Eric por fim perdeu a concentração e o momento passou.

"O quê, Eric?", insistiu Yolonda assim mesmo.

"Quando ele acordar hoje", olhando para a mesa, "não vai nem saber o que aconteceu. Nenhuma lembrança, nenhuma imagem… Porra nenhuma."

Matty quase arrancou a porta das dobradiças, o tenente Carmody, do lado de fora, num reflexo, deu um passo para trás.

"Acabei de chegar", disse ele. "E então, como é que estão as coisas aí dentro?"

"Eric", disse Yolonda quando Matty voltou. "A gente ainda precisa trabalhar mais um pouco. Eu sei que você está batendo pino, mas acha que dá pra aguentar mais um pouquinho? A gente vai precisar falar com você mais uma meia dúzia de vezes hoje, é batata."

"Por quê?"

"Mil coisas, ver mais umas fotos, fazer um reconhecimento se a gente der sorte, esclarecer uma coisinha aqui ou ali. É difícil dizer agora, assim."

"Esclarecer o quê?"

"Umas coisas", disse Matty, se levantando. "A gente tem que ver aonde essa história vai levar."

"Eu não posso ir pra casa, não?" Olhando para um e outro.

"Poder, pode, mas…"

"Tipo assim, se eu me levanto e saio por essa porta, vocês não podem me obrigar a ficar contra a vontade, certo?"

"É isso mesmo que você quer fazer?", disse Yolonda em voz baixa, ela e Matty olhando para ele, o sujeito sabendo de algum modo o que estava acontecendo, mas ainda com medo de deixar que essa constatação viesse à tona em sua consciência.

Deixando Cash fazendo um retrato falado para ganhar tempo na busca da arma, Matty e Yolonda subiram para o terraço para fumar.

Lá em cima estava quente, e Yolonda, mãe de dois garotos filhos de pai irlandês, tirou o suéter, exibindo a camiseta em que se lia: NÃO SOU BABÁ.

"Ai, meu Deus", disse. "E eu que achava que ele estava no papo."

"Posso te dizer uma coisa?", Matty estava tão cansado que os reflexos do sol sobre o East River lhe pareciam opressivos. "Eu ficaria muito mais tranquilo com esse sujeito se a gente achasse a tal arma."

"Eles vão achar", disse Yolonda, acendendo um cigarro.

Matty balançava a cabeça de um ombro para o outro, ouvindo o rangido da cartilagem no pescoço. "Seria bom ter um motivo, também."

"Três bêbados enchendo a cara de bar em bar, um deles é um cara ressentido que anda armado. Motivo pra quê?" Yolonda conteve mais um bocejo. "A gente pegou ele mentindo que tinha ligado pra emergência, mentindo quando disse que nunca tinha saído antes com a vítima, tentando mentir que não trepou de novo com a mesma garota, que foi só uma vez, está na cara que ela deu o fora nele, o cara é ciumento, de mal com a vida, e até agora não perguntou como é que está o falecido. Ah, e mais uma coisa, eu estava esquecendo: duas testemunhas."

Matty fechou os olhos por um segundo, adormeceu em pé.

"Bom se tivesse um motivo", murmurou Yolonda. "Por que foi, mesmo, que aquele garoto, o tal de Salgado, levou um tiro no ano passado, lembra? Pediu emprestado um iPod, devolveu com a bateria descarregada."

"Peraí, isso foi lá no Cahan."

"Ah. Certo. Desculpa. Esqueci. Esse cara é branco. Desculpa. Onde é que eu estava com a cabeça."

"Ah, qual é?"

"Tem vezes que você parece um racista babaca, juro por Deus."

O bolso interno do paletó de Matty começou a vibrar.

"Clark."

"É, sargento, aqui é o capitão Langolier, do Centro de Comunicações? O chefe quer saber a quantas anda."

"Bom, no momento, ou é um assalto, ou uma briga, duas testemunhas dizem que quem atirou foi o amigo do cara, mas o acusado diz que eles foram assaltados à mão armada."

Foi-ele-que-matou, Yolonda formou as palavras com os lábios, Matty despachou-a com um gesto. "A gente precisa de um tempo pra ver tudo direitinho."

"O que se diz é que eles estavam bebendo todas em todos os bares?"

"É, eles foram a vários bares, sim", disse Matty, cauteloso. O pessoal de Comunicações muitas vezes obtinha informações tanto dos repórteres que ligavam para confirmar algum fato ou boato quanto dos próprios detetives. E quando ligavam desse jeito para confirmar o que os repórteres estavam dizendo, o círculo se fechava.

"Vem cá, tá sabendo alguma coisa de uma briga entre a vítima e o Colin Farrell?"

"Colin Farrell, o ator?" Matty massageou as têmporas.

"O próprio."

"E onde foi que isso aconteceu?" Matty olhou para Yolonda, depois para o céu.

96

"Era o que a gente queria confirmar se você estava sabendo."

"Por enquanto não temos nada sobre isso, mas vou procurar, chefe."

"Me dá um retorno."

Matty desligou.

"Colin Farrell?", disse Yolonda, batendo a cinza na beira do terraço. "Ele deu o banho naquele filme, *Cabine telefônica*, você viu?"

"Filho da puta."

"Quem foi?" Yolonda batendo a cinza. "Aquele sujeito manco do *Post*?"

"Tá na cara, né?" Matty piscando, e então: "Oi, Mayer. É o Matty Clark. Me faz um favor, para de ficar ligando pro Langolier e enchendo a cabeça dele com todas as bobagens que você ouve na rua. Ele desliga o telefone e na mesma hora vem cobrar os boatos mais idiotas, e aí é a maior perda de tempo. Se você quer perguntar alguma coisa, fala comigo, não com o Langolier, senão, juro por Deus, toda vez que você quiser saber alguma coisa comigo eu mando *você* falar com o Langolier, está ouvindo?... O que foi? Fala de novo."

Matty afastou o telefone do ouvido para que Yolonda pudesse escutar também.

"É verdade que o criminoso combateu no Vietnã?"

"Ai, meu Deus..."

"O que foi que eu fiz?", reclamou o repórter. "Estou só te perguntando, não é?"

"E me faz um favor, por enquanto escreve só sobre a vítima, tá bom?"

"Oquei, o que é que você pode me dizer?"

"Eu te dou um retorno."

Matty desligou e ficou mirando o bairro, seria possível enxergar o prédio número 27 da Eldridge não fosse um puxado vertical sendo construído num cortiço na Delancey, uma obra que ainda nem tinha começado da última vez que ele subira no terraço.

Ele queria a arma.

"Mas sim, tem um pessoal lá reconstituindo os acontecimentos da noite", disse Yolonda, iniciando o terceiro round. "Entrevistando algumas das pessoas que estavam nos bares que você mencionou."

"Por que é que vocês estão fazendo isso?" A voz de Eric começou a se alterar. "Foi um assalto."

"É o mais provável. Mas a gente quer ter certeza de que não havia ninguém de olho em vocês, de repente um barman que vocês nem prestaram atenção nele, ou então o Ike se meteu em alguma confusão que vocês não estavam sabendo."

"E aí?"

"Aí que não deu em nada. Sabe os vizinhos, os chineses que estavam aguardando um intérprete? Eles todos disseram que quando olharam pela janela viram *três* pessoas lá na rua, e não cinco."

"O quê? Não, não. Eles só devem ter olhado depois do tiro."

"O problema é que eles estavam em vários prédios na Eldridge, ao norte da cena, ao sul, bem do outro lado da rua."

"Eles todos só olharam depois do tiro. Não sei o que mais eu posso dizer."

"Talvez", disse Yolonda baixinho.

"Mas foram várias pessoas", interveio Matty. "Vários ângulos de visão. O cara que atirou e o amigo dele, pelo visto eles passaram sebo nas canelas, não é?"

"Tudo aconteceu muito depressa." Eric levou a mão espalmada ao coração. "Vocês não imaginam."

"Você me disse que eles correram pro sul, certo?", perguntou Matty, conferindo suas anotações.

Eric fechou os olhos, evocando a cena. "Pro sul. Isso mesmo."

"Porque a gente mandou verificar todas as câmeras de segurança viradas pra Eldridge, da Delancey até a Henry", disse Matty. "Não vimos ninguém correndo naquela hora em nenhuma dessas câmeras."

"De repente eles viraram pra esquerda depressa e foram pro oeste. Ou pro leste", disse Eric. "Eu não fiquei parado anotando para que lado eles estavam indo."

"Certo. Você estava tentando ligar pra emergência."

"É", disse ele, com uma expressão atônita. "Ora. Então era pra eu sair correndo atrás deles?"

"Seria a maior burrice", disse Yolonda. "Por falar nisso, a Sarah Bowen ficou arrasada."

Eric olhou para os dois sem entender.

"A moça tatuada que ficou com o Ike lá no Cry? Você sabe, uma hora está transando com um cara e depois, sem mais nem menos, fica sabendo que ele…"

Eric corou, desviou a vista.

"E por falar nisso, parece que ela se lembra de você bem mais do que você se lembra dela."

"O que é que você quer dizer com isso?"

"Ela diz que você ficou meio que dando em cima dela no ano passado."

"O quê?"

"Ficava ligando pra ela."

"Não, um momento, peraí. É porque toda vez que eu ligava pra ela, ela dizia que naquela noite não dava, como quem diz, amanhã pode ser." Eric quase engrolando as palavras enquanto examinava o rosto dos dois. "Era só ela me dizer na lata: 'Não estou a fim de você não, não estou interessada em você', que eu deixava ela em paz. Porra, afinal, o que foi que ela disse pra vocês, que eu estava assediando ela? Essa não."

"Só estou dizendo que, quando a gente conversou antes, você sabia muito bem com quem o Ike ficou ontem à noite, não é? Porque você ficou meio que se fazendo de, sei lá…"

"Fiquei envergonhado, e aí…" Então: "O que é que está acontecendo?". Seu pânico voltou a crescer, e os dois de repente começaram a pôr panos quentes, primeiro Yolonda.

"O quê…?", disse ela bem baixinho, sorrindo. "Com medo que a gente contasse pra sua namorada?"

"E vocês lá sabem se eu tenho namorada?"

"Não tem?"

Ainda imerso na sua consternação, Eric ficou olhando fixo para a mesa, como se houvesse alguma coisa escrita nela.

"Não tem?"

"Não tenho o quê?"

"Namorada."

"Tenho", disse ele, com ênfase. "É claro."

"Claro por quê?", retrucou Yolonda. "Qual é o nome dela?"

"Alessandra. Por quê?"

"Ela é aqui do pedaço?"

"É. A gente mora junto, mas no momento ela está nas Filipinas, por quê?"

"Ela é filipina?"

"Não. Está fazendo pesquisa pro mestrado dela. Vocês vão me dizer por que é que estão perguntando tudo isso?"

"A gente está só tentando ter uma ideia da situação geral."

"A minha situação?"

"Numa investigação, sabe", Yolanda deu de ombros, "tem horas que a gente corre, tem horas que a gente espera. No momento, a gente só vai poder avançar depois de umas pessoas recolherem umas informações na rua. Isso aqui são só perguntas pra encher o tempo."

"Mestrado em quê?", perguntou Matty.

"Estudos de gênero. Ela está pesquisando o movimento pra organizar profissionais do sexo em Manila."

"Profissionais do sexo", repetiu Yolanda.

"Há quanto tempo ela está lá?", indagou Matty.

"Uns nove meses, mais ou menos", disse Eric, parecendo constrangido.

"Vocês conversam muito pelo telefone? Ou trocam e-mails?"

"Um pouco das duas coisas."

Ele estava mentindo, Matty percebeu, aquele relacionamento muito provavelmente já tinha ido para o espaço.

"Com licença."

Ele se levantou, saiu da sala de interrogatório e se aproximou de um detetive. "Jimmy, daqui a uns quinze, vinte minutos, bate na porta, diz que tem uma ligação."

"Certo." Então: "Vem cá", fazendo um gesto para que Matty se aproximasse. "O motorista do chefe de polícia, o Halloran, telefonou…"

"E aí?"

"O chefe quer saber se você vai convocar o Phillip Boulware."

"Quem?"

"O pai do garoto que tomou porre. Parece que eles jogaram no mesmo time de futebol americano no colegial."

"Sinto muito", disse Matty, voltando para a sala de interrogatório.

"Mas então, Eric", foi dizendo Yolanda, "quer dizer que você passou um tempo em Binghamton?"

"Eu nasci lá, por quê?"

"Ah, não leva a mal não?" Ela pôs a mão nele outra vez. "Mas a gente teve que fazer um levantamento de dados, é assim com todo mundo que a gente interroga, e…"

"E vocês viram que eu já fui preso."

"Parece que foi uma bobagem", ela disse em tom de quem pede desculpas. "Você quer nos contar o que foi que aconteceu?"

"Eu tenho que falar?"

"Isso é *você* quem decide", respondeu Matty.

"Vem cá, desculpa, mas não estou entendendo, o que é que isso tem a ver com a história?"

"Eu acho que a gente já explicou o que está acontecendo agora, mas se você preferir a gente pode ficar aqui sentado um olhando pra cara do outro", disse Matty.

"Olha, não…" Eric tentou resistir, mas mais uma vez a irritação de Matty foi demais para ele. "Eu nem sei por onde começar."

"Ora, o que é isso?", disse Matty. "Não custa tentar."

"Não sei", começou Eric, parecendo constrangido por não conseguir manter a firmeza. "Coisa de uns quinze anos atrás, fui colega de faculdade do Harry Steele lá. suny Binghamton. Eu era calouro, ele era formando, e ele teve uma ideia, queria alguém do alojamento que estivesse disposto a transformar o quarto em bar… Meu pai era dono de um bar e restaurante em Endicott, uma cidade vizinha, quer dizer, eu meio que cresci nesse ambiente, e disse que topava. Fizemos um estoque, botamos umas luzes coloridas, umas mesas de carteado, contratamos como segurança um cara da equipe de luta livre…"

"Você está falando sério?" Matty empertigou-se na cadeira, inclinando a cabeça.

"Estou, sim." Eric esboçou um sorriso. Matty mais uma vez sentiu o poder que lhe fora concedido naquele espaço, o estado de espírito do sujeito subia e descia de acordo com o tom de sua voz. "Eu ganhava uns quinhentos por semana."

"E aí, quanto tempo durou até eles pegarem você?", indagou Yolonda.

"Mais ou menos um mês."

"E você foi preso por *isso*?"

"Não, não. A faculdade disse que se eu pulasse fora imediatamente eles não iam me processar. Aí eu pulei fora."

"O que aconteceu com o Steele?", perguntou Matty.

"Nada. Ele só fazia financiar, nunca pôs o pé lá, e eu não toquei no nome dele. Assim…"

Eric foi a algum lugar e voltou. "Eu no fundo estava cagando e andando pra faculdade, a única coisa…"

"A única coisa…" Yolonda debruçou-se sobre a mesa, dirigindo a ele seu sorriso triste.

"Nada. Quer dizer, eu estudava teatro, né? Tinha acabado de ser escalado pro papel principal do *Círculo de giz caucasiano*, e os ensaios iam começar, e eu ia ter que fechar o bar de qualquer jeito, em uma ou duas semanas, quer dizer…"

"*O círculo de giz*, isso é uma peça?"

"É, uma peça", disse Eric, em voz baixa. "Eles quase nunca davam papéis pros calouros, muito menos o papel principal, quer dizer, eu não era, sabe, um cara sem talento."

"Que merda", disse Yolonda.

"É, mas também, eu estava querendo vir pra Nova York de qualquer jeito, e aí vim, e não foi fácil não, mas acabei conseguindo alguma coisa. Um pouco de teatro infantil, uma peça alternativa, um anúncio da Big Apple Tours, outro da Gallagher's Steak House…"

"Posso te fazer uma pergunta sobre um ator?", disse Yolonda.

Eric olhou para ela.

"Você já teve alguma ligação com o Colin Farrell?"

Eric continuou a olhar, e então: "Mas por que cargas-d'água você está me perguntando isso?"

"Deixa pra lá."

"Quer dizer que você estava fazendo anúncios", retomou Matty.

"Pouca coisa… E aí o Steele veio pra Nova York pra abrir um lounge na Amsterdam Avenue, e eu estava devendo… *ele* estava me devendo uma, e a gente tem que comer, não é? Aí eu comecei a trabalhar pra ele, trabalhei uns sete, oito anos, mas aí entrei numa, sabe, que era a minha hora, agora ou nunca, aí pulei fora, peguei uma grana emprestada, voltei pra Binghamton e comprei o restaurante que, anos antes, tinha sido o primeiro lugar que o

Steele abriu logo depois que se formou. O restaurante estava em execução hipotecária, e aí eu pensei, sabe, de repente eu ia conseguir acompanhar os passos do Steele, sei lá."

"Há um tempo pra todas as coisas…", disse Yolonda, séria, e Matty teve que desviar a vista.

"Como é que era a comida lá?", perguntou Matty.

"Eclética… sabe como é, bife, crepe, uns pratos chineses."

"Não é isso que chamam de *fusion*?", quis saber Yolonda.

"Era mais *con-fusion*, só sei que me dei mal desde o começo", disse Eric, começando a relaxar um pouco, Matty tendo uma ideia de como ele devia ser quando tudo estava bem.

"Mas na verdade eu só faturava mesmo era com o bar, e naquela época o pó estava voltando à moda, não tinha como impedir que as pessoas cheirassem dentro do restaurante, tinha sempre fila no banheiro, e às vezes o freguês queria saber se eu sabia onde que descolava, e eu sabia… aí comecei a ter sempre um pouco de pó atrás do balcão, só um pouquinho, pros fregueses que chegavam. Eu nem ganhava dinheiro com isso. Se sobrava algum dinheiro, eu cheirava na hora, mas gostava de ver aquelas caras satisfeitas no bar." Então, sem mais nem menos, Eric mergulhou em seus próprios pensamentos, os lábios ainda se mexendo, como se fossem os últimos movimentos de uma cabeça decepada.

"Eu gosto de ajudar as pessoas às vezes." Olhava direto para os dois, mas sem nenhum desafio no olhar. "Isso apesar, não é?, das consequências, eu acho."

"Sou igualzinha a você", disse Yolonda em voz baixa, num tom tão solidário que Eric olhou para ela quase com desejo.

"Mas então", Eric prosseguiu sem que ninguém lhe dissesse nada, "o restaurante ainda estava indo de mal a pior, e aí o meu fornecedor dançou, e foi logo entregando meu nome, e aí quando vejo estou vendendo droga pra um policial no meu bar, o restaurante é fechado e me levam embora algemado." Eric se perde outra vez, e depois: "Você tem direito a dar um telefonema, não é?… Sabe pra quem eu liguei? Pro meu pai é que não podia ser, seria… Não. Aí eu liguei pro Steele, em Nova York. Eu estava tão envergonhado, quer dizer, afinal o restaurante era dele antes, não é?, e ainda por cima ele não ficou muito satisfeito quando eu pedi demissão".

Yolonda emitiu um grunhido de solidariedade.

"Mas sabe o que ele fez? Ele me mandou dinheiro pra pagar a fiança uma hora depois. Passei uma noite na cadeia, consegui sursis, e aposto que isso foi coisa dele também. Uma semana depois pedi concordata e em menos de um mês estava de volta a Nova York, trabalhando pra ele de novo, ajudando ele a abrir o Berkmann."

"Puxa", exclamou Yolonda, olhando de relance para o relógio na parede.

"O fato", disse ele, dirigindo-se a suas próprias mãos, "é que já faz o quê, sete, oito anos? Eu continuo esperando que ele toque no assunto. Mas acho uma maneira de agradecer a ele todo dia."

"Então o seu negócio, quer dizer, é só com o Harry Steele, não é?"

"O quê?" Eric corou.

"Você não ouviu uma palavra do que ele disse?", Yolonda zangou-se com Matty.

"O quê, o trabalho de ator?" Matty recostou-se na cadeira, esfregando os olhos. "Ouvi tudo, sim. Mas parece que essa história já ficou pra trás, não é?"

"Eu nunca disse isso. Quando foi que eu disse isso?"

"É, você tem razão, não disse não, desculpa. Mas então, o que é que você está fazendo agora?"

"Agora?" Eric apoiou o rosto na palma da mão, fechou os olhos. "Agora eu estou mais, sabe, é escrevendo."

"É mesmo? Escrevendo o quê?"

"Só escrevendo." O cara estava apagando.

"Romance policial?", perguntou Yolonda.

"Policial por quê?" Eric irritado.

"Sei lá." Ela deu de ombros. "Era o que eu escreveria se pudesse."

Eric enfiou o rosto na dobra do braço.

"Estou fazendo um roteiro." Como se estivesse constrangido.

"Pra um filme?"

"Pra ganhar uma grana."

"O quê, pra se lançar como ator?"

"O quê?" Eric levantou a cabeça, o rosto vago.

"Pra se lançar como ator?", disse Yolonda. "Foi isso que o Sylvester Stallone fez. Ele não conseguia emplacar como ator, aí escreveu o roteiro de *Rocky* pra ele mesmo. Queriam comprar o roteiro dele e botar o Steve

McQueen no papel principal. O Stallone disse, nem pensar, ou eu faço o Rocky ou então vocês vão tomar no cu. E olha só onde ele chegou."

Eric parecia prestes a chorar.

"Você devia pensar nisso."

"Mas afinal, é sobre o quê?", perguntou Matty. "Você deixou a gente curioso."

"Deixa pra lá." Eric voltou a encostar a cabeça no braço.

Yolonda olhou para Matty: *insiste.*

"Eric", começou Matty num tom mais neutro. "É sobre o quê?"

Eric emergiu outra vez, respirou, a boca entreaberta.

"É um tema histórico, sobre o bairro."

"Sei…" Esperando.

"É uma espécie de história de fantasma. Mas não é fantasma *fantasma*, não, né? É mais assim tipo fantasma metafórico, quer dizer, sei lá, não dá…"

"Então é de terror?", perguntou Yolonda. "Ou não é?"

A pergunta dela pareceu ter o efeito de fazê-lo afundar ainda mais.

"Eric?", ela repetiu. "É…"

"É uma bobagem", ele a interrompeu, com uma voz que era pouco mais que um sussurro. "Uma babaquice total."

"Mas então", disse ela. "Como foi que você conheceu o Ike?"

Eric ainda estava tão mergulhado na depressão que Yolonda foi obrigada a repetir a pergunta, e quando o fez, os olhos dele ficaram apáticos e desconfiados de novo.

"Pela décima vez. Ele foi contratado na semana passada. Não fui eu que contratei. Lá é um tal de nego entrar e sair. Um dia é um cara que está no balcão, no dia seguinte já é outro."

"Quer dizer que tirando ontem à noite, vocês nunca saíram antes, nunca conversaram…?"

"Também já disse isso."

"Nunca saiu pra fumar um cigarro, bater um papo?"

"Não."

"Vocês não foram juntos no Sana'a Deli ontem?"

"Onde?"

"Ali na esquina da Rivington com a Eldridge."

"Peraí. Peraí. Isso foi uma coincidência."

"A gente soube que vocês apagaram a Virgem Maria."

"*Eu*, não. Foi ele."

"Então vocês estavam juntos? Ou não estavam?"

"A gente se esbarrou na rua, só isso."

"Essa história da Virgem Maria. Como você se sentiu em relação a isso?"

"Como eu me *senti*?" Eric ofereceu as mãos espalmadas outra vez. "Era só um vidro embaçado. O que é que você está perguntando?"

"Tem gente que leva isso muito a sério."

"Eu?"

"Bom, você não, mas de repente alguém lá ficou muito incomodado. Nesse caso…"

"Ah, isso é, sim. O cara lá que estava cobrando um dólar por cabeça dos babacas do bairro. Vocês deviam falar com ele."

"Já falamos."

"Eric, por falar nisso, a gente encontrou seu celular na frente da loja do cara."

"O quê?" Apalpando os bolsos. "Eu perdi?"

"Será que a gente podia perguntar…?", Matty começou.

"Como foi que eu perdi?"

"Você disse que ligou pra emergência, não foi?"

"Eu disse que tentei ligar."

"Oquei. É… Mas não aparece o 911 na relação de números discados."

"Já falei sobre isso. Não consegui fazer a ligação. Foi por isso que corri pra dentro do prédio."

"Pra ver se lá o sinal estava melhor."

"Isso." A expressão de Eric era uma careta agitada. "O que é que você está dizendo?"

"Só não entendi por que é que não está na lista de números discados", disse Matty. "Porque no meu celular…"

"Vocês acham que eu sou o Thomas Edison?", guinchou Eric. "Eu mal sei dizer alô nesse troço."

"Tá bom, tá bom", Matty recuou.

"Eric, deixa eu te perguntar outra coisa." Yolonda aproximou-se mais dele. "Ontem à noite, será que tem alguma possibilidade de, durante…

durante aquele encontro, você ter encostado na arma? Sei lá, você tentou agarrar a arma ou desviar o tiro, ou então quando entregou a sua carteira você esbarrou nela sem querer…"

"Tá falando sério?"

"Ela está perguntando isso", explicou Matty, "porque a gente tem que fazer o exame de parafina em você, pra encontrar resíduos de pólvora." Ainda furioso por não ter conseguido o exame. "É só um procedimento de rotina."

"E a gente tem que perguntar isso a você agora porque se você de fato pegou nessa arma, ou em qualquer *outra* arma nas últimas vinte e quatro horas, aí o exame vai dar positivo, e se a gente já não estiver sabendo disso antes… a essa altura, qualquer surpresa…"

"Não peguei não." Eric hesitou, e então: "Peraí. Mas que diabo está acontecendo?".

Ouviu-se uma batida na porta, Jimmy Iacone olhando pela fresta. "Telefone."

Matty olhou para Yolonda. "Desta vez atende você." Esperou até que ela saísse.

"Você está bem, Eric? Parece meio abalado."

"Estou correndo algum risco?"

"Não que eu saiba."

"Quando é que eu faço o tal exame?"

"Relaxa. Você não vai ter que estudar nada pra não levar bomba", disse Matty. "Se disse a verdade quando falou que não pegou em nenhuma arma nas últimas vinte e quatro horas, não tem nenhum motivo para se preocupar."

"E não peguei mesmo."

"Então tudo bem… Mas deixa só eu te perguntar uma coisa. Só curiosidade minha… Quando foi a última vez que você pegou numa arma?"

"O quê?" Eric inclinou a cabeça, Matty na mesma hora puto consigo mesmo. "Peraí. Quer dizer que eu preciso…", ele ia dizendo e, então, para imenso alívio de Matty, hesitou, começou a respirar pela boca.

Yolonda voltou. "Uma ótima notícia."

Os dois se viraram para ela.

"O seu amigo Ike." Ela sorriu para Eric. "A operação acabou agora mesmo. Parece que ele vai sobreviver."

Eric parecia aparvalhado.

"Está vendo?" Matty fazendo que sim com a cabeça, depois virou-se pra Yolonda. "Quem é que está no hospital?"

"O Mander e o Stucky." Yolonda fez uma careta.

"Bom, nesse caso a gente devia dar um pulo lá, não é? Ele está podendo falar?"

"Vai poder, daqui a pouco."

Matty se levantou. "Ainda bem que a Virgem Maria não ficou muito puta com o teu amigo, não é?"

Eric olhava para ele com uma cara de estrangulado.

"Você está bem, Eric?"

"O quê? Não, estou bem sim, estou só é muito cansado."

"Imagino", disse Matty, sorrindo para ele.

"A gente vai lá agora", disse Yolonda. "Mas antes da gente sair, tem mais alguma coisa que você quer dizer? Alguma coisa que não deu tempo da gente perguntar?"

"Não, eu só… Ele vai sobreviver?"

"Pelo visto, vai", disse Matty, com uma mão na maçaneta, mas sem se mexer.

Os olhos de Eric rodavam, sem focalizar.

"O que foi, Eric?"

"O que…"

"Você parece que está querendo dizer alguma coisa."

"Isso…"

"Isso o quê?"

"Isso quer dizer que eu já posso ir pra casa?"

Ninguém disse nada por um momento, Yolonda dirigindo a ele aquele seu meio sorriso.

"Se você conseguir segurar as pontas mais um pouquinho", disse Matty, "a gente gostaria muito que você esperasse até a gente voltar do hospital."

Eric olhou para o nada, se apalpou como se estivesse procurando o celular outra vez.

"Só não te ofereço uma cama no dormitório", disse Matty, "porque, falando sério, o lugar é tão desagradável que seria mais confortável pra você ficar numa cela."

"Por que é que você não encosta a cabeça na mesa, aí mesmo onde você

108

está", disse Yolanda. "A gente manda alguém te arranjar um travesseiro se você quiser."

Eric não disse nada.

"Se o Ike estiver consciente", disse Matty, "tem alguma coisa que você quer que a gente diga pra ele? Algum recado?"

"Recado?", Eric repetiu sem entender.

"Tudo bem, vamos lá." Matty começou a guiar Yolanda em direção à porta, mas ela o contornou e voltou para a mesa.

"Posso te perguntar uma coisa?", foi dizendo, quase tímida. "Não quero ser dura, nem criticar você, sei que ele era só um colega de trabalho... Mas me diz como é que, depois de todo esse tempo que a gente está aqui, você não perguntou nem uma vez como ele estava, nem mesmo se ele estava vivo ou morto."

Ela aguardou a resposta.

"Não perguntei?", Eric disse finalmente, procurando freneticamente com os olhos alguma coisa nas paredes nuas.

"Não."

Os dois ficaram olhando para ele.

"Não. Como que eu... que eu *não* perguntei?"

"Abaixa a cabeça e dorme", disse Yolanda baixinho. "A gente vai ver se não demora."

"Pra mim, não precisa de mais prova nenhuma", disse ela do outro lado do espelho de observação, vendo Eric dormindo e tendo um espasmo, como um cachorro que sonha.

"Pode ser só o cansaço", disse Matty.

"Ah, é claro, então é isso", disse Yolanda.

"Ora, ele nem me pediu um advogado", disse Matty. Então: "Bom, ele quase pediu. Eu cheguei a achar que se ele realmente pedisse aí era a prova de culpa. Mas aí é que está, um sujeito realmente durão vai pensar assim?".

"Ele nunca fez isso antes. Ele não sabe jogar o jogo. E daí?"

"Me dá um motivo razoável, um só."

"Você quer um motivo?", disse Yolanda, seca. "Pois vou te dar um. Os homens reagem de modo exagerado à dor. E o que eles fazem? Arrastam os outros com eles."

"Mas que merda é essa que você está dizendo?"

"Que o motivo é esse, porra. Eu sou boa nisso."

Quando Matty descia a escada, com a intenção de usar o resto daquele intervalo para voltar ao número 27 da Eldridge e procurar mais uma vez a arma, estando agora no banco de trás do carro, instintivamente deu uma olhada nos clientes na sala de espera no andar de baixo: um casal de chineses idosos, o homem com pontos recentes no rosto, sujos de sangue coagulado; uma indiana jovem segurando um tíquete de carro rebocado; e um homem branco de meia-idade, nervoso, com paletó de terno e calça de moletom. O de sempre, mais ou menos.

Quando chegou à porta da rua, seu celular tocou, um número vagamente familiar.

"Detetive Clark?"

"Eu."

Matty ficou constrangido quando reconheceu a voz do filho mais velho.

"Ué, vocês já acordaram? Ainda não é nem meio-dia."

"Onde fica a Audubon Avenue? Eu e o Eddie estamos dando voltas aqui há uma hora."

"Vocês estão em Washington Heights? O que é que estão fazendo em Washington Heights?"

"Procurando um amigo."

"Você tem um amigo de Lake George que mora em Washington Heights?" Matty sentiu um calafrio no estômago.

"Um amigo do Eddie."

"O *Eddie* tem um amigo…" Matty encostou o celular no peito e suspirou. "Põe o teu irmão na linha."

"Ele não está aqui."

"Você acabou de falar 'eu e o Eddie'."

"Pai, a Audubon Avenue. Você sabe ou não sabe onde fica."

Matty sentiu-se mal, de raiva, de desprezo por si próprio.

"Não posso te ajudar, Matty", disse por fim. "Pergunta pra um policial."

Perturbado, dizendo a si mesmo que não devia tirar conclusões apressadas, aproximou-se da rampa para cadeira de rodas na lateral do prédio para fumar um cigarro antes de voltar para a cena do crime e viu o Toyota Sequoia, parado quase no meio da Pitt Street, vazio, a porta do motorista aberta, fumaça saindo do cano do escapamento, nem sinal do motorista. Quase sem pensar, jogou fora o cigarro e entrou de novo no prédio para dar mais uma olhada no sujeito branco sentado, encurvado, cotovelos apoiados nos joelhos, olhando para as placas comemorativas em baixo-relevo fixadas na parede, como se quisesse decorar o que estava escrito nelas. Tinha uma tez vermelha e manchada de bebum, mas Matty não achava que o problema dele fosse esse.

"Senhor Marcus?"

O sujeito virou a cabeça assim que ouviu a voz, e imediatamente pôs-se de pé.

"Sim", estendendo a mão. Seu olhar era ao mesmo tempo alerta e desfocado.

"Detetive Clark." Matty apertou-lhe a mão e sentiu um tremor por trás do aperto excessivamente firme.

"O senhor é o detetive que me falaram?"

"É, sou eu mesmo. Há quanto tempo o senhor está esperando aqui?"

"Não sei."

"Alguém telefonou lá pra cima?"

Marcus não respondeu. Matty ficou olhando para o policial na recepção, ainda imerso na leitura do *Post*, e resolveu deixar pra lá. "Olha, lamento muito encontrar com o senhor nessas circunstâncias." Ele próprio achava que estava falando como um robô simpático.

"Só não vim antes", disse Marcus, "porque não consegui encontrar o lugar."

"Pois é, não é?, as ruas aqui são complicadas, mas se eu soubesse que o senhor estava vindo, teria…"

"Não, eu não conseguia achar era… era a porra da cidade, Nova York. Peguei a Saw Mill em vez da Thruway e fui parar na Whitestone Bridge, e aí…"

"O senhor está vindo de…"

"Tarrytown, do seminário da Con Ed, mas se isso tivesse acontecido um dia antes eu teria vindo de Riverdale, que está só a meia hora daqui."

Matty concordava com a cabeça, como se tudo que estava ouvindo fosse ao mesmo tempo razoável e interessante.

"O senhor veio sozinho?"

"Sozinho, sim."

"Veio dirigindo."

"É, mas não foi…"

Tomando Marcus pelo braço, Matty foi guiando-o até a rua e indicou com um gesto o utilitário que estava em ponto morto no meio do quarteirão.

Marcus levou um susto, como se tivesse caído de uma árvore.

"As chaves ainda estão lá dentro?"

"Não consigo acreditar…"

Matty fez sinal para Jimmy Iacone, que estava saindo do prédio para fumar. "Ô Jimmy? Você estaciona o carro do senhor Marcus, por favor?"

Iacone recuou um pouco diante daquele pedido, então Matty viu que seus olhos estavam registrando o reconhecimento daquele nome.

"É só botar no estacionamento." Então, virando-se para Marcus: "Mas é como eu ia dizendo, lamento encontrar com o senhor nessas circunstâncias."

"Sabe, me acordaram hoje de manhã, os policiais de lá, na verdade foi o vice-presidente da Con Ed, acho que pra dar um toque pessoal, e, não sei não, sabe?, falando sério, acho que estou me saindo muito bem até agora, mas preciso perguntar uma coisa ao senhor, e isso é o mais…" Marcus desviou o olhar por um segundo, levando a mão à boca. "O senhor está com a carteira de motorista dele?"

"Nós estamos com as coisas dele", disse Matty, cauteloso, lamentando que fosse ele a estar ali, e não Yolonda.

"Oquei. O senhor reparou… o senhor reparou se ele assinalou que autorizava a doação dos órgãos? E se ele fez isso, será que eu, como pai dele, posso dar uma contraordem? Eu realmente não quero que ninguém fique com os órgãos dele. Não quero, mesmo."

"Não, não. A gente dá um jeito."

Dois jovens policiais latinos, com blusões de náilon da polícia, em preto e azul, e capacetes de fibra de vidro, saíram pela porta da frente e foram descendo a rampa para cadeira de rodas com suas bicicletas. Jimmy Iacone, que voltava depois de estacionar o carro de Marcus, mexeu com eles: "Vocês dois parecem que estão numa capa de revista gay".

"Pô, seu sacana, você me garantiu que aqui ninguém lia aquela revista", comentou um dos policiais ciclistas com o outro, e os três riram baixinho, um riso tipo a vida é assim mesmo, e depois foram trabalhar.

"Senhor Marcus, o senhor quer ir lá pra cima comigo? Pra gente conversar."

"Claro", concordando com a cabeça.

Matty virou-se para o prédio, mas sentiu que de repente Marcus não estava mais com ele. Virando-se para trás, surpreendeu-se ao ver John Mullins amparando uma mulher ruiva aos prantos e uma garota adolescente transtornada, vindo em direção ao prédio.

Ele começou a perguntar a Marcus se aquelas duas eram sua mulher e sua filha, mas o sujeito de repente saiu em disparada na direção do prédio, sem ele, e quando Matty chegou lá só conseguiu ver os sapatos de Marcus, correndo, já no alto da escada, o policial da recepção finalmente em pé, mas sem fazer nada.

Marcus não estava no segundo andar nem em nenhuma das salas e banheiros, nem no terceiro andar, na academia de araque nem nos vestiários, e sim no quarto andar, onde não havia nada, apenas os depósitos e os armários onde ficavam as armas. Pelo visto, o sujeito tinha simplesmente subido a escada até não ter mais escada para subir.

Matty o encontrou andando de um lado para outro, entre os armários trancados e as capas para proteção contra substâncias tóxicas penduradas em cabides.

"Senhor Marcus."

"Por favor." Ele respirava depressa, quase sufocando. "Não quero ver elas agora."

"Não é a sua família?"

"Dá pra tirar elas daqui?"

Matty não sabia dizer se Marcus estava transtornado ou apenas esbaforido.

"Eu lhe peço encarecidamente."

A sala do capitão no térreo estava sendo reformada, e Carmody estava falando ao telefone na sala do tenente, de modo que em matéria de privacidade o máximo que Matty podia oferecer ao pai da vítima era o cantinho onde os policiais comiam, separados daquele mar de mesas amontoadas por uma divisória que ia até a altura do peito.

Matty fez Marcus sentar-se atrás da mesa de fórmica velha usada para as refeições, desligou o televisor portátil antes que aparecesse alguma cobertura jornalística do assassinato, empilhou e jogou fora as várias seções dos jornais *Post* e *News* espalhadas pela mesa. Não podia fazer nada a respeito dos cheiros espectrais de comida chinesa e dominicana que pairavam no ar, nem sobre o banheiro a alguns metros dali, onde alguém estava no momento fazendo ruídos líquidos.

Ele daria tudo para ter Yolonda a seu lado naquele momento. Mas, pelo menos em termos de visual, ele provavelmente era a pessoa mais indicada. A maioria das famílias se sentia melhor diante daquele tipo de irlandês grandalhão e queixudo, com jeito de durão implacável, do que na presença daquela latina com olhos de Bambi, muito embora Yolonda, apesar de todo o seu jeito de mãezona, tivesse um faro que ele jamais conseguiria ter.

Marcus agora estava menos falante e mais estupefato, ainda que desse um salto a todo momento, quando soava a descarga a alguns metros dele, ou quando tocava um telefone ou interfone, ou quando de repente apareceu um detetive debruçado sobre a divisória e, vendo que o banheiro estava ocupado, apertou a gravata contra o peito e, sem a menor cerimônia, cuspiu um bocado de colutório dentro da lata de lixo cheia de jornais.

Quando a porta do banheiro finalmente se abriu, Jimmy Iacone apareceu, ainda ajustando o cinto, de início surpreso, depois constrangido, ao ver Marcus sentado a poucos metros dele. Tossindo e cochichando "com licença", virou-se para trás para conferir se a porta do banheiro estava fechada, e depois, ao passar de fininho, murmurou para Matty: "Me mantém informado".

"Desculpe a bagunça, nós não…" Matty interrompeu-se e virou para trás, acompanhando a direção do olhar fixo de Marcus, voltado para o boné que estava em cima da televisão, no qual estava escrito, em letras vermelhas: UNIDADE DE CENA DO CRIME, e embaixo: NOSSO NEGÓCIO É DEFUNTO.

"Desculpe", disse Matty. "É assim que a gente aguenta o tranco."

"Humor negro", comentou Marcus, indiferente.

Levantando-se para guardar o boné, Matty olhou pela janela e viu John Mullins levando a mulher e a filha de Marcus, em prantos, para o carro dele.

"Com todo o respeito", disse Matty, virando-se para a mesa, "acho que o senhor devia ficar com a sua família agora."

"Foi um assalto?", perguntou Marcus, num tom tranquilo, o rosto readquirindo a cor normal.

Matty hesitou, pensando em voltar a defender ao menos a presença da mulher, mas aquela pergunta capciosa o deixou sem saber o que dizer. "Bom, no momento a gente acha que não." Fez uma pausa, depois prosseguiu. "Vou lhe dizer exatamente o que está acontecendo. No momento temos duas testemunhas confiáveis dizendo que viram três homens brancos parados na frente do prédio, e que um deles sacou a arma, deu um tiro no seu filho e correu pra dentro do prédio."

"Certo", disse Marcus, desviando o olhar.

"Quando... quando chegaram os primeiros policiais, o mesmo homem que havia corrido pra dentro do prédio já tinha saído, e esse homem disse a eles que ele e os amigos tinham sido assaltados à mão armada por dois homens negros ou hispânicos, um dos quais deu o tiro. Mas, como eu disse, as duas testemunhas viram outra coisa."

Matty não podia garantir que suas palavras tinham sido minimamente compreendidas por Marcus, mas sabia que havia uma boa possibilidade de que esse enredo que ele esboçara viesse a dominar a vida daquele homem até ele morrer.

"O senhor quer um copo d'água?"

"Por que é que ele fez isso?"

"Sinceramente? A gente não sabe. Estavam bebendo muito, pode ter havido uma discussão, talvez por conta de uma garota, mas..."

"Eles eram amigos?"

"Trabalhavam juntos no Café Berkmann, o nome dele é Eric Cash. O senhor já ouviu o seu filho falar dele?"

"Não." E então: "Ele está aqui?".

"Ainda não foi acusado, mas estamos interrogando."

"Aqui?"

"É."

"Posso falar com ele?"

"Isso a gente não pode fazer, não."

"Só queria perguntar a ele..."

"A gente não pode, senhor Marcus, tente compreender."

"Está bem. É só porque eu fico achando, o senhor sabe, seria bom tanto para vocês quanto pra mim, se eu pudesse..."

"Isso não é..."

"Eu compreendo", disse Marcus, razoável. Depois: "Onde foi que ele levou o tiro?".

Mais uma vez, Matty hesitou. "No tórax."

"Não foi *isso* que eu perguntei!", gritou Marcus, e de repente a sala toda, do outro lado da divisória, mergulhou no silêncio.

"Desculpe", disse Matty, cauteloso, "eu entendi errado a sua pergunta."

"*Onde*, em que lugar de *Nova York*."

"Na Eldridge, uns quarteirões ao sul da…"

"Eu… na Eldridge? Posso lhe perguntar em que número da rua?"

"No 27."

"Nós morávamos lá na Eldridge, altura da Houston… o avô do Ike." Era a primeira vez que Matty o ouvia pronunciar o nome do filho, e Marcus levou um momento para recuperar o fôlego, abrindo um vazio que foi preenchido pelos ruídos ambientes.

"Número 27 da Eldridge", disse Marcus finalmente, balançando a cabeça devagar. "Ele sofreu?" E antes que Matty tivesse tempo de responder: "Não. Claro que não. Como que o senhor me diria outra coisa."

"Não sofreu não", disse Matty assim mesmo, torcendo para que fosse verdade.

"Foi instantânea?" A pergunta era verdadeira, Marcus não estava conseguindo manter o tom irônico.

"Instantânea."

Ficaram mudos por um momento, Matty vendo uma dor um pouco menos aparvalhada surgir no rosto do homem.

"Olha", ele insistiu. "Sei que o momento não podia ser pior, mas falando sério, a gente não está conseguindo entender a causa da coisa, de modo que se o senhor puder nos dar alguma informação sobre o seu filho…"

"Não lembro quando foi a última vez que falei com ele", disse Marcus. "A última vez que estive com ele. Um minuto." Ficou de boca aberta, vasculhando o teto. "Só um minuto."

E Matty se deu conta de que aquele sujeito não ia ajudar a investigação nem um pouco. O importante agora era fazê-lo se reunir com a família.

"Tem alguma coisa que eu possa fazer pelo senhor…?"

"Fazer por mim?"

"Se o senhor não quer ficar com a sua família, o que, como eu já disse, acho que era o que o senhor devia fazer, tem mais alguém que eu possa chamar?"

Marcus não respondeu.

"O senhor precisa de um lugar para ficar?"

"Ficar?"

"A gente pode dar um jeito..."

Marcus deu um salto quando Yolonda surgiu de repente a seu lado, encostada na divisória.

Ela pôs a mão em seu ombro, num gesto solidário, exibiu-lhe seu rosto tristonho e ele por fim começou a chorar.

O celular de Matty tocou: Bobby Oh. Deixando que Yolonda cuidasse do pai, afastou-se para falar ao telefone

"Bobby, me dá uma notícia boa."

"Nada", disse Oh, e bocejou.

Matty ficou a imaginá-lo depois de oito horas na cena do crime, os olhos vermelhos, as fraldas da camisa ao vento, o cabelo ralo em torno da calva espetado para cima, como fogo congelado.

"Ninguém no prédio conhecia o sujeito, nem nunca tinha visto ele antes, daí que ele não deve ter passado a arma pra um conhecido no prédio, o telhado está limpo, os telhados dos prédios ao lado também, as escadas de incêndio, as calhas, as escadas, o subsolo, examinamos as latas de lixo em seis esquinas, localizamos o caminhão que recolhe o lixo da vizinhança, vamos examinar o lixo direitinho, chamei a Agência de Proteção ao Meio Ambiente para examinar os bueiros e esgotos... Faltou alguma coisa?"

"Esse cara é o maior Belo Adormecido", disse Yolonda, apontando com o queixo para Eric Cash do outro lado do vidro. "Se eu conseguisse dormir desse jeito, remoçava dez anos."

"Na real, eu não estou sentindo que é ele."

"Pois eu estou."

"E vou te dizer mais uma coisa. Se ele está mesmo falando a verdade, escapou de levar um tiro por uma questão de centímetros. E a gente ainda está fazendo ele passar por isso?"

"Você é tão bonzinho", disse Yolonda. "E aí, o que é você propõe?"

"Não sei. Vamos dar mais uma prensa nele, depois a gente deixa por conta do promotor."

"Tá bom. E então, o que é que você propõe?"

"Deixa eu pegar pesado com ele."

"Você, por quê? Você diz que nem está gostando disso."

"É, mas ele fica muito incomodado quando eu me decepciono com ele."

O vice-inspetor Berkowitz materializou-se ao lado deles, com um sobretudo London Fog jogado sobre o braço.

"Como é que estamos indo?" Abaixando-se um pouco para encarar Cash do outro lado do vidro. "Os nativos estão ficando muito indóceis."

Matty e Yolonda começaram a discutir de novo, como um casal de velhos em torno de um mapa rodoviário.

"Vou dizer uma coisa pra vocês." Berkowitz empertigou-se e consultou o relógio: meio-dia e quarenta e cinco. "Se eu fosse vocês, ia me preparar para despachar esse cidadão."

"É isso aí, chefe", disse Yolonda, olhando para Matty como se estivesse doida para esticar a língua para ele, triunfante.

Como Billy Marcus não estava em condições de dirigir, e ainda por cima não queria voltar para junto de sua família em Riverdale, Matty reservou um quarto para ele no Landsman, um hotel novo na Rivington que tinha um convênio informal com a delegacia, oferecendo acomodações a preços módicos para casos de envolvidos com tráfico, quartos de solteiro econômicos para testemunhas de outras cidades e, de vez em quando, para parentes aguardando a liberação de um corpo. O Landsman romperia aquele convênio se pudesse. Os proprietários haviam entrado em pânico antes mesmo de terminar a construção do prédio, começando a tentar formar laços duradouros com a comunidade, com medo de ter superestimado os atrativos daquele bairro, mas na verdade o hotel estava tendo sucesso desde o dia em que abrira.

Jimmy Iacone ficou encarregado de fazer o check-in de Marcus. Como não havia bagagem e a procura de uma vaga para o carro poderia levar meia hora, Iacone decidiu levar Marcus a pé da Pitt à Ludlow, sete quarteirões dos pequenos. A caminhada foi lenta, pois o sujeito parecia estar atravessando um bairro recém-bombardeado, com lojas pegando fogo e corpos espalhados pela calçada; e não conseguia tirar os olhos de qualquer jovem que passasse, homem, mulher, careta, doidão, negro ou branco. Então, na esquina da Rivington com a Suffolk, parou de repente e ficou boquiaberto olhando fixo para alguém que havia passado, e Iacone teve certeza de que Marcus tinha acabado de ver seu filho, era o que quase sempre acontecia; era por isso que detestava aquele tipo de serviço: melhor invadir a porta reforçada de uma boca, engalfinhar-se com um brutamontes surtado que não estava tomando a medicação psiquiátrica, comprar anfetamina de um motoqueiro em plena crise de abstinência — qualquer coisa, menos lidar com o pai ou a mãe de um jovem recém-assassinado.

Como o hotel estava quase cheio, o jeito foi colocar Marcus num quarto perfeito para uma sessão de fotografia, um cantinho com paredes de vidro no alto do décimo sexto andar, que era mais um mirante que um refúgio, tudo em branco: móveis brancos, TV de plasma na parede e cama king-size coberta de pele sintética branca. Apesar da sua opulência despojada, o quarto era do tamanho de uma caixa de sapatos, com pouco mais de trinta centímetros entre a cama enorme e a varanda de três lados, que oferecia uma vista panorâmica da vizinhança: um mar de prédios espremidos, todos sem elevador, e escolas primárias seculares; as únicas construções que se elevavam um pouco mais eram alguns puxados verticais aleatórios, recobertos de polietileno de um amarelo vivo, e, mais ao longe, tendo o rio ao fundo, os conjuntos habitacionais e prédios construídos por sindicatos que ladeavam o leste daquela vista nada gloriosa, como torres de cerco.

Marcus estava sentado no canto da cama polar, recurvado, enquanto Iacone andava de um lado para outro, nervoso, como um homem prestes a largar a mulher, sem saber o que dizer, com medo de provocar uma cena.

"O senhor precisa de alguma coisa?"

"Tipo o quê."

"Comida, remédios, roupa limpa…"

"Não. Agora eu estou bem, obrigado."

"Está mesmo?"

"Estou, sim. Obrigado, muito obrigado." Estendendo o braço e apertando a mão do outro.

Iacone tirou um cartão do bolso do paletó, colocou-o sobre a mesa de cabeceira e continuou naquele chove não molha, sentindo-se um pouco culpado por estar saindo dali com tanta facilidade.

Uma hora depois de deixarem Eric em paz, voltaram para a sala de interrogatório, Matty batendo a porta com força na parede para despertá-lo.

"O quê?" Ele empertigou-se de repente, a boca branca de sono. "Ele está bem?"

"*Agora* é que você pergunta?"

"Ainda não fomos lá. Surgiu um fato novo." Yolonda puxou a cadeira tão para perto da dele que seus joelhos se entrelaçaram.

"O quê?"

"Eric, você tem certeza de que tudo que você disse pra nós corresponde ao que você se lembra?", ela indagou, inclinando-se para a frente, ficando ainda mais próxima.

"Levando em conta que eu estava bêbado", disse ele, cauteloso.

"É, mas agora você está sóbrio", retrucou Matty, encostando-se contra a parede.

"O quê?", repetiu Eric, olhando para um e outro.

"Logo que entrou nesta sala, você olhou pra aquela grade ali", disse Matty, ríspido, apoiando-se na mesa, os ombros mais altos do que a cabeça, "e falou: 'Dá vontade de estar algemado a isso aí'."

"O que é que você estava tentando nos dizer?", perguntou Yolonda.

"Nada." Recuando para afastar-se dos dois. "Eu estava me sentindo mal."

"Se sentindo mal. Com relação ao Ike ou a você mesmo?"

"O quê?"

"O fato novo é o seguinte." Matty empertigou-se. "Tem duas testemunhas que acabaram de chegar, elas disseram que estavam do outro lado da rua esta noite na hora do tiro. E sabe o que elas viram? Viram você, o Steve e o Ike, e mais ninguém. Agora explica isso pra mim."

"Não. Não foi assim não."

"Elas ouviram o tiro, viram o Ike cair e viram você entrar correndo no prédio."

"Não."

"Não, é?" Bufando. "Não."

"Olha, a gente não está aqui pra prejudicar você, não", disse Yolonda. "Acontecem coisas horríveis por mil motivos diferentes. Vocês estavam de bobeira, na maior bebedeira, e a porra da arma disparou."

"O quê?" Eric começou a tremer, parecendo constrangido por não conseguir controlar o próprio corpo.

"Sei lá, a gente não sabe, o Ike pode ter arrancado a arma da sua mão, ou então o outro sujeito, como é mesmo, o Steve", sugeriu Yolonda. "A gente não faz ideia, isso é você que tem que explicar, mas eu estou te dizendo, Eric, maior burrice a sua sair armado numa noitada assim, não é? Mas você deu foi sorte, a sua situação podia estar muito pior. O Ike podia estar no necrotério agora e *você* estar sendo acusado de assassinato."

"Não. Peraí..." Parecia estar gritando no meio de um pesadelo.

"Eric, presta atenção, sabe eu e o Matty? A gente passa todos os dias enfiados no lixo humano. Psicopata, sociopata, marginal pé de chinelo. Todos os dias. Você tem alguma coisa a ver com isso? Eu acho que não. Sabe o que eu acho? Você é quase tão vítima quanto o Ike. Daí a minha proposta. Você diz pra gente como foi que a coisa rolou, onde é que está a arma, e a gente vai tentar limpar a sua barra o máximo que a gente puder. E com o maior *prazer*. Mas quem tem que dar o pontapé inicial é você."

Eric, cenho franzido, contemplava a mesa vazia, então de repente retesou-se, enfiando o queixo no peito.

"Porra, Eric, ajuda a gente."

"Ajudar vocês..."

"Usa a cabeça", exclamou Matty. "Quando a gente for falar com o Ike, ele vai contar pra gente o que aconteceu mesmo, é ou não é?"

"É o que eu espero", Eric falando baixo, os olhos ainda fixos na mesa.

"Você o quê?" Matty levou a mão em concha ao ouvido.

Eric não repetiu.

"Por que é que você acha que a gente está adiando a nossa ida ao hospital até agora?" Os olhos de Yolonda brilhavam de emoção.

Eric ficou olhando para ela.

"Se ele contar tudo pra gente e você ainda estiver repetindo essa história? E aí, o que é que você acha que a coisa vai parecer? Pra nós, pro promotor, pro juiz. A gente está adiando pra te dar uma última chance de limpar a sua barra."

"Não estou entendendo." Eric quase sorria de incredulidade.

"Olha, eu sei que você está assustado, mas por favor, confia em mim." Yolonda pôs a mão no coração. "Não vai ser nada bom pra você insistir nessa mentira."

"Não é mentira não."

"Não? Pois bem, vou te dizer uma coisa", interveio Matty. "Se eu fosse, como você diz que é, inocente, estava agora pulando de um lado pro outro dentro dessa sala que nem siri na lata. *Qualquer* pessoa inocente faria isso. Essa é que é a reação instintiva natural. Mas você está sentado aqui há horas, parece que está um pouco entediado, um pouco deprimido, um pouco nervoso. Como se estivesse na sala de espera do dentista. Você chegou até a *dormir*, pelo amor de Deus. Eu *nunca* vi um inocente apagar desse jeito. Em vinte anos de trabalho. *Nunca.*"

De início, não estando olhando nos olhos do outro, Matty pensou que ele estivesse literalmente dando de ombros diante daquele ataque; porém percebeu que o corpo dele estava tendo espasmos.

"Eric", disse Yolonda. "Conta pra gente o que aconteceu antes do Ike falar."

"Foi o que eu fiz."

"Fez o quê?", insistiu Matty.

"Eu contei o que aconteceu."

Yolonda balançou a cabeça abaixada, numa atitude de resignação dolorosa.

"Você é um péssimo ator, sabia?" Matty ajeitando a gravata. "Por isso acabou trabalhando num restaurante."

"Olha, e se, Deus me livre, o Ike não sobreviver?" Yolonda outra vez. "Você acha que isso vai acabar sendo bom pra você? Aí vai ser só a sua versão contra a das testemunhas. E você, onde é que fica, hein?"

"Eu fico onde vocês quiserem que eu fique." A voz ainda baixa, mas com um toque trêmulo de desafio.

Ele está pagando um preço, pensou Matty. Este homem é um fracote, e para enfrentar toda essa pressão é preciso mobilizar tudo o que ele tem, esgotar-se por completo.

"Essa história de que você correu pra dentro do prédio pra ver se o sinal estava melhor", disse Matty. "Você nem *tentou* ligar pra emergência, é ou não é?"

Eric curvou os ombros como quem aguarda um soco.

"Pelo menos *isso* você tem que reconhecer, pelo amor de Deus."

Silêncio. Então: "Não tentei não".

"O seu amigo caído no chão com uma bala no peito, e você, tão inocente que você é, você se recusa a discar os três números que podiam salvar a vida dele? Como é que pode? Mesmo que fosse verdade essa história dos assaltantes afro-hispânicos, e não é, a pergunta permanece: que espécie de ser humano se recusa a fazer isso por um amigo? Não, desculpe, um *conhecido* do trabalho."

"Eu só queria cair fora", disse Eric com uma voz mínima, dirigindo-se ao espaço entre as mãos. "Eu fiquei assustado."

"Ficou *o quê?*" Matty apertou os olhos, sem acreditar, depois virou-se para Yolonda. "Ele ficou *o quê?*"

Yolonda parecia perdida, arrasada, uma mãe impotente vendo o filho levando uma surra de seu marido.

Eric por fim levantou o rosto e olhou para Matty, boquiaberto.

"Isso mesmo, me encara de frente, seu verme de merda."

"Matty..." Yolonda finalmente estendeu a mão.

"Estou aqui o dia inteiro ouvindo as suas mentiras. Você é um cara autocentrado, medroso, covarde, invejoso, ressentido e fracassado, um garçom de carreira. Isso aí é o seu dia a dia. E se acrescentar uma arma e o bucho cheio de vodca? Eu não acredito que esse tiro foi acidente. Acho que você era uma bomba-relógio ambulante e que ontem finalmente explodiu."

Eric estava num êxtase de atenção, o queixo levantado, como que aguardando um beijo, os olhos pregados nos de Matty.

"Estamos te dando uma última oportunidade de dizer o que foi que aconteceu. Pode proteger a sua pele e dizer a versão que você quiser pra justificar a sua participação, mas você vai ter que começar a falar aqui e agora... E, puta que o pariu, juro por Deus, se você falar mais uma vez nessa história de... de hispânico e... ou... sei lá... *negro* que saiu das sombras ou sei lá o quê, eu vou fazer *tudo* pra que isso termine da pior maneira possível pra você."

Eles aguardavam, Eric estremecendo na cadeira, Yolonda dirigindo a ele seu olhar melancólico, Matty fuzilando-o com os olhos, mas rezando para que houvesse um mínimo de justificativa para atacar o sujeito daquela maneira.

"Eu só posso dizer o que aconteceu", Eric disse afinal, a voz infinitesimal, os olhos ainda fixos nos de Matty.

E pronto.

Jimmy Iacone voltava para o Landsman fervendo de raiva; Matty não precisou dizer nada, bastou lhe dirigir aquele olhar tipo o-que-deu-em-você para ele dar meia-volta na sala de reunião sem dizer nada.

Mesmo assim, a um quarteirão do hotel, ficou surpreso quando encontrou Billy Marcus na rua diante do monte de destroços da sinagoga recém-desabada na Rivington, contemplando a devastação como se não soubesse se o que estava vendo de fato existia ou era apenas uma extensão alucinatória de seus novos olhos.

E fosse por efeito do peso das duas sacolas de compras transbordando que levava nas mãos, da exaustão emocional ou simplesmente do sol sobre suas pernas, Marcus a toda hora se abaixava um pouco, e em seguida mais que depressa se empertigava, de modo que, para quem não soubesse da história, parecia sem sombra de dúvida ser um viciado em heroína totalmente baratinado.

"Senhor Marcus?"

Billy virou-se, um pote grande de condicionador de cabelo quicando na calçada.

Jimmy abaixou-se para pegá-lo, com todo o cuidado recolocou-o numa das sacolas transbordantes.

"Desculpe, esqueci de perguntar. Precisa de alguém pra levar o senhor pra fazer a identificação? Ou tem outra pessoa da família fazendo isso?"

Matty, Yolonda, o promotor assistente Kevyn Flaherty e o vice-inspetor Berkowitz, que fora escolhido para coordenar os detetives de Manhattan nesse caso, estavam todos do outro lado do espelho de observação outra vez, vendo Eric Cash sentado na cadeira, caído para a frente, a testa apoiada na beira da mesa, as mãos entrelaçadas entre os joelhos.

Tanto Flaherty quanto Berkowitz haviam passado horas andando de um lado para outro na sala, conversando com seus respectivos chefes.

"Isso vai dar merda", disse Matty.

"Por quê?", perguntou Yolonda. "Porque você pegou pesado com ele e ele não confessou?"

"Ele é ingênuo demais pra estar resistindo desse jeito. A gente ataca ele com duas testemunhas oculares e mesmo assim ele não pede um advogado? Não pede nem pra dar um *telefonema*? Que merda é essa, psicologia reversa?"

Berkowitz permanecia em silêncio, observando-os como um pai que deixa os filhos resolverem sozinhos um problema.

O celular de Flaherty começou a tocar e ele se afastou dos outros, tampando o outro ouvido com um dedo.

"É, bom, mas e essas testemunhas?"

"Peraí." Matty levantou as mãos. "Eu não sei o que dizer sobre isso. Agora, uma coisa eu digo: se de alguma maneira, sei lá como, elas estiverem enganadas e esse pobre-diabo estiver dizendo a verdade?" Virando-se para Berkowitz: "Chefe, a gente está punhetando, desperdiçando todo esse tempo enquanto o verdadeiro criminoso está caindo fora, ganhando doze horas de vantagem sobre nós".

"Kevin." Yolonda estalou os dedos para atrair a atenção do promotor. "Quantas vezes você reinterrogou aqueles dois?"

"Não vê que estou falando no telefone?", ele bradou, irritado, tapando o bocal com a mão.

"Olha lá." Yolonda cutucou o braço de Matty. "Ele dormiu outra vez."

"O promotor manda fazer a acusação?", Matty perguntou a Flaherty assim que ele desligou o telefone.

"Diz que tem uns problemas, mas que também temos uma causa provável."

"Isso vai dar merda", disse Matty outra vez.

"Eu também não estou muito empolgado", disse Flaherty, "mas é como estou dizendo desde o início. Duas testemunhas visuais pesam mais do que a ausência de prova física. Vai que a gente deixa esse cara sair daqui e ele resolve ir esquiar na Suíça antes da gente ter certeza de que ele está limpo? Não dá pra correr esse risco."

"A Suíça? Esse cara é um garçom, fodido e mal pago."

"O que é que eu posso dizer?"

"Quer que eu faça as honras?", indagou Yolonda. "Ele gosta de mim."

"*Eu* vou", disse Matty.

"Tanto faz", disse Berkowitz. "Mas vamos resolver logo essa história, pelo amor de Deus."

Além de Marcus e Iacone, só havia duas pessoas na sala de espera do andar térreo do departamento médico-legal, um casal negro impassível, os dois mais moços do que Marcus, sentados um ao lado do outro mas sem se tocarem, a mulher apertando nas mãos um lenço de papel amassado, porém seco.

E após vinte minutos de silêncio, em que ficaram respirando o ar levemente refrigerado, vagamente malcheiroso, olhando para uma pintura a óleo de grandes proporções, propriedade da prefeitura, que representava um pôr do sol dourado, pendurada na parede imediatamente acima deles, Marcus levantou-se de repente, atravessou o recinto e, abaixando-se com as mãos apoiadas nos joelhos para ficar com o rosto na altura do rosto deles, disse ao casal: "Meus sentimentos pela sua perda", falando como se fosse proprietário do lugar, e então retomou seu assento.

Alguns minutos depois, um detetive parrudo, com ombros caídos de lutador de boxe, entrou por uma porta lateral e murmurou: "William Marcus?" Billy levantou-se de um salto outra vez, como se o tivessem bolinado. Depois de se apresentar como detetive Fortgang, da Unidade de Identificação, e saudar Iacone com um movimento de cabeça — os dois haviam jogado no time de futebol americano da polícia, antes de Iacone arrebentar o joelho e engordar trinta e cinco quilos —, fez sinal para que os dois entrassem por aquela mesma porta e desceram dois lances de escada de cimento, o cheiro de desinfetante aumentando a cada degrau.

Seguiram por um corredor de concreto, Fortgang com o braço estendido atrás das costas de Marcus mas sem tocá-las nem uma única vez, e foram recebidos na sala que Iacone mais odiava em toda a cidade de Nova York, uma sala grande quase vazia, contendo apenas uma escrivaninha e duas cadeiras. Havia uma janela retangular comprida, coberta por persianas metálicas de lâminas finas, numa das paredes.

Permanecendo em pé enquanto Fortgang oferecia ao pai a segunda cadeira, Iacone ficou observando Marcus enquanto o homem corria a vista, nervoso, pelos objetos que havia na mesa: uma foto de Fortgang de moletom ao lado das meninas de um time de softbol feminino, um caneco de café com a inscrição ESQUECER JAMAIS e a sigla da polícia nova-iorquina por cima de um desenho das torres gêmeas, e uma pilha de envelopes de papel pardo rotulados a esferográfica, com nomes, datas e iniciais que não pareciam difíceis de decodificar.

Desviando a vista, Iacone viu uma foto polaroide enfiada debaixo de um dos pés da mesa, o retrato de um latino de meia-idade, os olhos quase pulando fora das órbitas, como um lobo sacana de desenho animado, com um tubo de plástico de balão de oxigênio ainda enfiado na boca. Então percebeu que Marcus também estava olhando para a foto.

"Desculpe", disse Fortgang, e em seguida abaixou-se para pegá-la e guardá-la numa gaveta.

Marcus expirou ruidosamente e depois indicou com um movimento de cabeça a janela comprida, coberta pela persiana.

"O corpo está lá dentro?"

"Não, isso não é necessário."

"Está bem."

Fortgang pegou um envelope do meio do maço, com *Isaac Marcus* escrito numa letra curvilínea feminina, e depois: *homic., AF, 08/10/02.*

"Senhor Marcus, temos aqui um indivíduo" — a voz do detetive era retumbante — "que pode ou não ser o seu filho. Basta o senhor olhar para essas fotos, são duas, e se for mesmo, já sabe... É só assinar atrás delas, e pronto."

"Está bem."

"Antes... eu preciso dizer ao senhor que essas polaroides às vezes são um pouco turvas."

"Turvas?"

"A pessoa não sai muito bem nelas."

"Tudo bem."

"O senhor está bem?" A mão de Fortgang já no fecho no envelope.

"O quê?"

"O senhor quer um copo d'água?"

"Água? Não."

Fortgang hesitou, dirigiu um olhar rápido a Iacone, fazendo-lhe sinal para que se preparasse, depois tirou duas fotos sete por doze, colocando-as lado a lado com cuidado, viradas para o pai. Na primeira, Ike Marcus estava com o rosto voltado para cima, a boca entreaberta, um olho parcialmente coberto pela pálpebra semicerrada, Iacone não entendia por que eles não tinham ao menos fechado aquele olho antes de tirar a foto; quase sempre quem acabava vendo aquelas fotos era um dos pais, e desse jeito o filho parecia retardado.

Marcus examinava as fotos de cenho franzido, como se as tatuagens nos braços, a sereia, a pantera e a cabeça de diabo, não lhe fossem familiares e estivessem atrapalhando a sua concentração. O orifício de entrada da bala parecia insignificante, um terceiro mamilo não exatamente no ponto médio entre os outros dois.

Fortgang esperava, observando os olhos do homem.

A segunda foto mostrava o rapaz deitado de bruços, o rosto virado para a esquerda, os olhos não inteiramente fechados sob as sobrancelhas, como se o despertador tivesse começado a tocar naquele instante e ele estivesse remanchando antes de se levantar. Os ombros estavam levantados em direção às orelhas, as mãos viradas para trás, as palmas voltadas para a câmera. Marcus examinou o cabelo raspado a máquina e a parte traseira da tatuagem que contornava o antebraço esquerdo, uma faixa com um desenho meio celta, meio navajo, e balançou a cabeça como se aquele misticismo babaca fosse uma decepção para ele; como se pensasse que seu filho fosse mais irônico do que era na realidade. Mais uma vez, o orifício de saída, na altura do lombo, parecia uma coisa sem a menor importância, do tamanho de um morango.

Marcus pegou uma das fotos, depois largou-a na mesa.

"Não é ele, não."

Iacone estremeceu, mas Fortgang não pareceu surpreso nem irritado.

"O senhor preferia que viesse uma outra pessoa da família?"

"Por quê? Se não é ele, é a família errada, então pra quê? Eu sou o pai, então eu não sei?"

Fortgang concordou com a cabeça. "Eu entendo."

"Lamento."

"Tudo bem. A gente pode fazer a identificação de outra maneira."

"Que outra maneira?"

"Dentária."

"Mas se não é ele, pra que ir atrás do dentista dele? Isso não faz sentido."

Fortgang respirou fundo, olhou para Iacone e deu de ombros. "Tá bom, senhor Marcus, pode deixar que eu cuido de tudo. Obrigado por vir."

Marcus levantou-se, trocou um aperto de mãos com o detetive, endireitou a camisa, deu um passo em direção à porta, depois deu meia-volta de repente e emitiu um único soluço, meio uivo, que teria sido ouvido em todo o prédio não fossem as paredes acusticamente tratadas: instaladas, disseram uma vez a Iacone, para eventualidades como aquela.

"Temos uma notícia ruim, Eric", disse Matty, quase como se pedisse desculpas, puxando a cadeira para bem perto dele sem chegar a tocá-lo.

Eric endireitou a coluna, esperando.

"O Ike morreu."

"Ah." Seus olhos esgazearam-se de caos.

"E depois de consultar o promotor, levando em conta o depoimento das duas testemunhas, não temos outra alternativa senão acusar você."

"Me acusar? Quer dizer que vão me prender?"

"Isso."

"Eric", Yolonda apelou para ele com voz trêmula. "Você ainda pode fazer alguma coisa por si mesmo. Conta pra nós o que aconteceu."

Mas em vez disso, ele fez uma coisa que realmente chocou Matty.

Com a boca travada num ríctus, Eric levantou-se e estendeu os punhos.

Matty sentia o *Eu não disse?* de Yolonda a lhe atravessar o crânio.

"Relaxa", disse Matty, pondo a mão no ombro de Eric e pressionando-o de leve, "ainda vai demorar um pouco."

"Eric, por favor", gemeu Yolonda, mas depois, diante da expressão vazia do outro, não disse mais nada.

Quando mais uma vez chegou ao número 27 da Eldridge, Matty sentiu, só de olhar para os repórteres, que alguma coisa havia acontecido. Estavam quase todos em silêncio, ao mesmo tempo concentrados e hesitantes, olhando para uma mulher de meia-idade, de costas para eles, ao lado do trecho da rua que fora isolado, com as mãos repousando com uma pressão leve sobre aquela fita de plástico sem peso, como se fosse um teclado de piano.

Sem perceber a atenção voltada para ela, a mulher olhava fixo para o cortiço sem vê-lo, a cabeça inclinada de lado. De vez em quando um dos fotógrafos avançava um pouco para captar-lhe a imagem, um estalido solitário, o zumbido da câmera de vídeo que parecia alto demais naquela rua incerta.

Matty, como a maioria das pessoas, estava pensando que devia ser a mãe, ainda que ninguém soubesse como ela havia chegado lá, ou mesmo se informado do ocorrido, pois nem sequer o pai do rapaz fazia ideia de onde ela estava, em que país, em que continente.

Com quarenta e tantos anos, trajando blusa de seda e saia preta, ela tinha o porte tranquilo e a ossatura de uma jovem atleta, mas seu rosto, até onde Matty podia vê-lo, guardava a marca dos anos, um rosto gasto e inchado.

Mentalmente Matty preparou-se, e em seguida aproximou-se dela, pelas costas.

"Ele disse alguma coisa?", ela lhe perguntou sem se virar, sem nenhum preâmbulo.

"O quê?"

"Qual foi a última coisa que ele disse?" Ela falava com um sotaque que ele não conseguiu identificar.

"Isso ainda estamos tentando descobrir." Ele ia dar os pêsames rotineiros, mas se conteve; ela não o ouviria mesmo.

"Onde ele estava exatamente", a mulher indagou, em voz baixa, por fim virando-se para o policial. Tinha olhos azuis rasgados, como um cristal rachado.

Matty olhou, num reflexo, para o sangue seco, a mulher acompanhou a direção de seu olhar e de repente gemeu, um som que parecia de flauta, um soluço musical.

"Idiota." Enxugou os olhos com um gesto brusco, como se desse um tapa no próprio rosto.

Matty não conseguia se lembrar de seu nome, nem o primeiro nem o sobrenome.

"A senhora tem família aqui?", ele perguntou.

"Família?"

"Parentes."

"Tenho." Apontando para o sangue sem olhar para ele outra vez.

"Este lugar não é bom pra senhora agora", disse ele.

"Elena?"

Os dois se viraram e viram Billy Marcus caminhando, trôpego, em direção à fita que delimitava o local do crime como se ela assinalasse a linha de chegada de uma maratona.

Ao vê-lo, o rosto dela inchou-se de raiva, e por um segundo Matty julgou que ela ia atacá-lo. Pelo visto, Marcus pensou a mesma coisa, parando de repente e fechando os olhos de leve, como que se preparando para o golpe, mas então a mulher começou a chorar, e ele, de início hesitante, depois mais enfático, tomou-a nos braços, ele próprio soluçando, os fotógrafos se esbaldando até que Matty e alguns outros os puseram para correr.

"Tudo bem", disse Marcus, e em seguida, com o braço em torno de sua ex-mulher, foi levando-a embora dali, os dois parecendo muito mais velhos do que eram.

Bobby Oh saiu do prédio e seu olhar cruzou com o de Matty; ele deu de ombros, como quem pede desculpas: nada da arma.

Quando finalmente chegou a viatura para transportar o prisioneiro, noventa minutos depois de ser chamada, Yolonda e Matty entraram mais uma vez na sala de interrogatório, e Eric mais uma vez levantou-se e estendeu os punhos.

"Não é assim", murmurou Matty, virando-o pelos ombros e pondo as algemas de modo que suas mãos, relaxadas, ficaram pousadas nas costas.

"Hã", disse ele. "Lá em Binghamton eles prenderam pela frente."

A porta do quarto de Billy Marcus no Landsman estava destrancada, mas ninguém veio abri-la por mais que Matty batesse, e assim, fazendo uma saudação hesitante, ele próprio abriu e entrou. Era como penetrar numa caverna, pois as cortinas haviam sido fechadas de modo a impedir por completo a entrada do sol.

A primeira coisa que chamou a atenção de Matty naquela penumbra foi o cheiro: suor encharcado de álcool, com um toque de alguma coisa alcalina. A segunda coisa, depois que sua vista se adaptou, foi a cama king-size, com uma enorme colcha de pele sintética branca formando um monte num lado, os travesseiros e lençóis embolados ou jogados no chão.

A terceira foi o silêncio: um silêncio tão completo que Matty imaginou estar sozinho, quando então um rápido farfalhar de meias de seda atraiu sua atenção para um canto escuro, e o som de alguém respirando o fez virar-se para o outro lado.

"Posso?", perguntou Matty, e em seguida abriu a cortina com todo o cuidado, só um pouco, para não desrespeitar o desejo de escuridão.

Estavam sentados em cantos opostos do quarto, a mãe numa espreguiçadeira de plástico duro, o pai no aquecedor, ambos com as roupas em desalinho; Elena calçava apenas um sapato, Marcus estava descalço, os dois olhando fixo para ele, sem piscar, sem o menor constrangimento, um olhar animal, de quem está em estado de choque.

O assoalho estava igualmente caótico, malas abertas e objetos pessoais escolhidos e largados sem pensar: roupas e chinelos, frascos de remédios e um ferro de passar de viagem, um litro de condicionador de cabelo com essências de ervas e meio litro de óleo mineral, que, virado para baixo, vazava lentamente sobre um tapete, acrescentando um odor de nozes à atmosfera. Matty contou três copos de plástico espalhados pelo quarto, contendo quantidades variáveis de gelo derretido e o que lhe parecia ser vodca, e encontrou um quarto copo na mesa de cabeceira, usando uma Bíblia de hotel como descanso.

Pegando uma cadeira junto a uma pequena escrivaninha, Matty posicionou-se num ponto intermediário entre os dois e respirou o ar pesado. "Vim aqui pra dizer a vocês que prendemos Eric Cash."

"Tudo bem", disse o pai, indiferente.

"Mas ele ainda não confessou, e não vou enganar vocês. Tal como eu disse antes, senhor Marcus, ainda temos muito trabalho pela frente pra garantir que a acusação vai se sustentar."

"Ele está preso?"

"Ele… está, sim."

"No tribunal?" Marcus parecia falar dormindo.

"Ainda está na polícia, o processo está em andamento."

A mãe olhava direto para Matty desde o momento de sua entrada, mas ele tinha certeza de que ela não tinha ouvido uma única palavra de tudo o que dissera.

"Por que foi mesmo que ele fez isso?", indagou Marcus.

"Essa é uma das coisas que ainda estamos tentando entender."

"Mas ele está no tribunal?"

Matty respirou fundo. "Vai chegar lá, sim."

"Bom, tudo bem", disse Marcus, quase inaudível. "Obrigado."

Mais um silêncio se impôs, Matty examinando a mãe com o canto do olho, no momento um tanto aparvalhada, acariciando de leve a têmpora direita com a ponta de um dedo.

E mais uma vez ficou intrigado com o contraste entre o rosto e o corpo da mulher; a graça felina e a flexibilidade ágil de uma mulher vinte anos mais moça, porém olhos que traíam a idade, e uma infelicidade que não parecia ter começado apenas alguns dias antes.

"Tem mais alguma coisa que eu possa fazer por vocês? Precisam de alguma coisa?"

"Não, não, obrigado", disse Marcus. "Muito obrigado."

Matty hesitou. "Mais gelo?"

"Não. Obrigado."

Matty inclinou-se para a frente a fim de levantar-se. "Eu soube que vocês já estiveram no departamento médico-legal. Vocês teriam alguma…"

"Não!", gritou a mãe, levantando-se de repente, confusa, correndo em direção a Marcus: "*Ele* é que foi!". Golpeando o rosto do homem, que levantou uma das mãos sem muito ânimo para se proteger. "*Ele* é que foi!"

Os olhos de Marcus afundavam nas órbitas.

Matty permanecia imóvel.

"Eu vou lá pra ver o Isaac, e me dizem que *não*. Que o pai já foi e a gente não mostra duas vezes.

"Eu digo: eu sou a mãe, por favor, me deixem ver, por favor, que diabo de regra é essa? Não. Desculpe. Não."

"Como é que eu ia saber?", disse Marcus, sem nenhuma irritação.

"*Ele* é que foi!" Ela o atingiu no rosto com a unha, uma linha na carne se desenhou branca, ficou rosada e começou a gotejar, como um filme em ritmo acelerado.

"Elena, eu já te expliquei, eles só mostram uma foto", implorou Marcus. "Você não ia poder…"

"Não me diga que eu *não ia*! Não me diga *coisa nenhuma*!"

Ela se virou, atravessou o quarto, escancarou a porta e saiu. Matty não sabia dizer se ela estava mancando por ter bebido ou por estar calçando apenas um pé de sapato.

Marcus passou do aquecedor para a beira da cama desfeita e enxugou o sangue do rosto com a ponta do lençol. Parecia estar reparando pela primeira vez na confusão geral do quarto

"Quer que eu vá atrás dela, pra ver se está tudo bem?"

"Não", disse Marcus. "Ela está..."

"Sabe, eu posso pedir pra eles me quebrarem um galho no médico-legal, se ela realmente precisa..."

"Não", disse Marcus, com uma súbita irrupção de energia. "Você não conhece ela, ela não precisa, ela... Não. Por favor. Obrigado."

"Então tá bom."

Marcus expirou fundo, exausto, então apontou para os lençóis úmidos de sexo.

"Ela disse que a gente devia fazer outro imediatamente", acariciando a pele sintética. Então, após uma hesitação momentânea: "Isso é maluquice, não é?".

A entrada do Tombs era surpreendentemente atamancada para uma prisão tão famosa: um pequeno portão corrediço numa ruela estreita em Chinatown. Dentro do prédio, todas as etapas burocráticas entre a entrada e as celas guardavam as mesmas proporções mesquinhas: armazenavam-se as armas dos policiais da escolta no armário apropriado, preenchiam-se os formulários, tiravam-se impressões digitais, fotografava-se o preso, realizava-se uma entrevista médica com ele e por fim ele era revistado, sendo cada etapa separada da anterior e da próxima por um modesto portão de segurança de arame, tudo sob um teto baixo cheio de dutos de ar condicionado; essa instituição enorme, pelo que Eric podia ver, era um labirinto claustrofóbico de escadas e corredores curtos em diversos níveis, uma versão em escala real de um tabuleiro do Jogo da Vida. Ele já estava lá dentro havia cerca de meia hora, escoltado o tempo todo pelos dois detetives que o tinham levado para a delegacia, a poucos quarteirões dali, e ainda não tinha visto nenhum outro prisioneiro. Esses detetives, embora de uma polidez impessoal e um humor inalterável no trato com ele a caminho da prisão, uma vez transposto o portão foram ficando cada vez mais tensos, mais ainda do que ele próprio estava; provavelmente, imaginava Eric, temendo que algum problema processual os mantivesse presos ali por horas.

Ele próprio não estava com medo; era mais uma espécie de preocupação excessiva, ainda vibrando com fragmentos de coisas ditas ou não ditas por ele e a ele; coisas feitas ou não feitas, também por ele e com ele; e, por fim, atacando-o de modo sorrateiro como uma febre recorrente, o que ele tinha visto.

Matty entrou no Berkmann no seu momento mais ensolarado, no final da tarde, e foi sentar-se junto ao balcão vazio. O lugar estava silencioso como uma biblioteca, e os únicos ruídos vinham de uma reunião da equipe, Harry Steele dirigindo-se a seus gerentes nos fundos do restaurante.

"Infelizmente, neste momento temos que pensar na contratação de um barman."

Houve um silêncio incômodo.

"Eu sei, eu lamento", ele murmurou, "mas..."

"Dan, o bonitão?", sugeriu um dos gerentes por fim.

"O garçom?" Steele quase sorriu. "Esse ia precisar de um ventiladorzinho pro cabelo dele."

"Nesse caso, a gente podia contratar aquele sujeito inglês que trabalha no Le Zinc, aquele que parece que foi mordido por um crocodilo."

"Nem oito nem oitenta."

"E aquele garoto que eu falei, o que trabalhava no caixa no refeitório da NYU, botou vodca na máquina de Hawaiian Punch e a fila dele dava a volta no quarteirão."

"Não", disse Steele. "Não gosto de espertinhos."

"Ele nunca foi pego."

"Justamente."

Sem saber se Steele sabia que ele o estava esperando, Matty afastou-se um pouco do balcão para ser visto, e o proprietário levantou um dedo, só mais um minuto, sem olhar para ele.

"Sabe de uma coisa?", disse uma gerente em voz baixa. "Acho que não consigo falar sobre isso agora."

O silêncio se instalou mais uma vez na mesa, até que Steele concordou com ela: "É, você tem razão".

Houve mais uma pausa reflexiva, as pessoas concordando com a cabeça, roendo as unhas, olhando para dentro das xícaras de café, até que Steele disse afinal: "Então, é isso".

Enquanto os outros começaram a se levantar e se dispersar, Steele permanecia sentado, imerso numa contemplação interior, de olho vidrado.

"Lisa", disse ele, fazendo uma de suas empregadas se imobilizar ao levantar-se da cadeira, com um sorriso de sobrancelha erguida, esperando que as outras pessoas se afastassem e em seguida indicando com um gesto que ela devia voltar a sentar-se. "Por que você pôs aqueles dois na mesa perto de mim ontem de manhã?", fazendo uma careta. "O restaurante estava completamente vazio, foi constrangedor, dois homens sozinhos tão perto um do outro. A gente *nunca* põe duas pessoas sozinhas do mesmo sexo uma ao lado da outra. Parece um anúncio de solidão. Um quadro ruim do Hopper."

"O cara queria ficar perto da vitrine", disse ela.

"Você está me ouvindo?"

Olhando pelas vitrines, Matty contou quatro detetives na rua, passando um pente-fino na Rivington.

Três outros detetives entraram no restaurante exibindo os sobretudos, cumprimentando Matty com um aceno e mentalmente dividindo o ambiente entre eles.

Matty ocupou o lugar dos gerentes dispersos na mesa dos fundos, e aceitou uma cafeteira oferecida pelo cumim, agradecendo com um aceno de cabeça. Em todo o restaurante, havia mais mesas com detetives e empregados do que com clientes, e os cilindros altos de vidro cheios de café moído flutuavam de um lado para o outro como helicópteros.

"Terrível", disse Steele em voz baixa, com olheiras que pareciam de barro sob os olhos nervosos. "Metade dos fregueses hoje eram repórteres."

"Você disse a eles alguma coisa que devia ter dito primeiro pra mim?" Os dois se conheciam desde que aquele café fora inaugurado, oito anos antes, e Matty havia prendido de modo discreto, fora do estabelecimento, um garçom que roubava carne da cozinha para revender a outros restaurantes.

"Você conhecia ele direito?", indagou Matty.

"O Marcus?" Steele deu de ombros. "Com toda a franqueza, só contratei ele porque parecia um cara direito."

"Ele tinha algum problema com alguém?"

"Em dois dias de trabalho?"

"Quem é que devia conhecer ele melhor aqui?", indagou Matty.

"Não faço ideia." Steele deu de ombros. "Vocês têm alguma pista?"

"A gente fez uma prisão", disse Matty, relutante, e então: "Me fala sobre o Eric Cash".

"Eric?" Steele sorriu, com uma combinação de afeto e algo menos intenso, e depois: "O *Eric?*".

Matty bebeu mais café.

"Você não pode estar falando sério", disse Steele. "Por que é que ele ia fazer uma coisa dessa?"

"Ele está com você há muito tempo?"

"Desde moleque."

Matty esperou, querendo mais.

"Você está maluco."

"Grande novidade. Me fala sobre ele."

"O Eric?"

Matty esperou.

"Ele faz muito bem o que sabe fazer." Steele abraçou com as mãos a cafeteira, franziu a testa e pediu mais uma. "É um ótimo psicólogo."

"Psicólogo..."

"Você sabe. As caras. Freguês descontente, garçom doidão, quem é que está passando mal lá fora" — Steele indicou a rua com o queixo —, "qual dos nossos queridos vizinhos está se preparando pra atacar a gente mais uma vez na próxima reunião da Comissão de Controle do Álcool. Um puta psicólogo, prevê o que vai acontecer, sempre ligado em tudo. Só pode ser um equívoco."

"O que mais?"

"Lealdade? Eu não sei o que você quer."

"Ele tinha alguma pinimba com o Marcus? Alguma briga?"

"Não faço ideia. Mas acho difícil."

"Ele diz que os dois estiveram aqui ontem por volta das duas e meia."

"Eu nunca dou as caras aqui depois das nove. Pode dar uma olhada nas fitas se quiser."

"O que você está sabendo sobre o incidente da Virgem Maria, ontem?"

"O quê?" Steele piscou.

Matty ficou olhando para o outro, mas não insistiu naquele assunto.

"Quer dizer que... que essa história não faz sentido pra você?"

"O Eric Cash..." Steele balançou a cabeça, como que para livrar-se de algo, depois debruçou-se sobre a mesa. "Aliás, por falar na Comissão de Controle, será que você não podia dar um pulo lá no mês que vem e dizer alguma coisa a nosso favor?"

"Tipo o quê?"

"Você sabe, que somos bons vizinhos, que a gente ajudou vocês no caso do assassinato do Lam."

"Vou consultar o meu chefe, mas imagino que ele não vai ter nada contra, não."

Dois meses antes, quando um chinês idoso havia sido assaltado e baleado na Rivington Street no meio da noite, a três quarteirões do Berkmann, sem testemunhas, os policiais tinham passado horas examinando as fitas de segurança do café, tanto as das câmeras internas quanto as das voltadas para a rua, e conseguiram encontrar uma imagem do criminoso, passando pelo restaurante com pressa alguns minutos depois do crime.

Também pegaram imagens de um dos cozinheiros debruçado em cima de um cumim junto à pia externa e dois garçons no vestiário dividindo uma garrafa de Johnnie Walker Blue Label de duzentos e cinquenta dólares, uma fita que jamais saiu do restaurante, embora se dissesse que Steele a havia exibido numa reunião geral, a que compareceram desde os cumins até os gerentes, antes de despedir os protagonistas.

"Garanto que não vai ter problema não. Me avisa um ou dois dias antes", disse Matty, começando a se levantar.

"Você soube o que houve na última reunião?", indagou Steele, sem fazer menção de se levantar. "Tentaram convencer a Comissão a revogar nossa licença de vender bebida porque a gente fica a menos de cento e cinquenta metros de uma escola." Steele virou-se para a vitrine e olhou para a escola secundária, construída no século XIX, que ficava do outro lado da rua. "Você já viu os garotos que estudam lá? Meu Deus, *nós* é que precisamos ser protegidos *deles*. Afinal, quem é que dá trabalho pra vocês aqui?"

"Estou te ouvindo", disse Matty, indiferente.

"E você sabe quem é que sempre faz as reclamações nessas reuniões, não sabe?"

"Quem?" Matty voltou a recostar-se na cadeira, pensando: lá vai, pensando: cinco minutos.

"Os brancos. Os, os 'pioneiros'... Os latinos? Os chineses? Os que moram aqui desde os tempos do dilúvio? Esses acham ótimo. Porque cria empregos. Agora, sabe, os que reclamam? *Eles* é que começaram tudo. A gente só faz ir atrás deles. Sempre foi assim, sempre vai ser. Eles vêm pra cá, compram da prefeitura um prédio abandonado, fazem uma reformazinha, transformam num tremendo estúdio, alugam o espaço que sobra, se misturam com os étnicos, ficam se achando politicamente corretíssimos. Mas e esses lofts, agora? Esses prédios? Duzentos e cinquenta metros quadrados, quarto andar, sem elevador, Orchard esquina com a Broome. Dois milhões e meio, na semana passada."

Matty viu três técnicos da polícia entrarem, indo direto à sala no subsolo onde ficavam as fitas.

"Um bando de artistas sem talento e socialistas de botequim, de meia-idade, reclamando das pessoas que fizeram a fortuna deles. Dizendo que têm direito de ter paz e tranquilidade absoluta no bairro deles... Não. Não têm coisa nenhuma. Estamos em *Nova York*. Aqui a gente tem direito a paz e tranquilidade *relativas*.

"Quer dizer, *eu* também moro aqui. Eu convivo com o barulho, os bêbados, os ônibus de turismo. É o que se chama de revitalização do bairro.

"Você lembra como era isso aqui quando a gente abriu? Um inferno. Só dava drogado. Vocês andavam com colete à prova de balas como se estivessem em Bagdá."

"Lembro muito bem", disse Matty, pensando em outra coisa, aquela diatribe já era um disco arranhado.

"É o que se chama de *resgate* de um bairro."

"É isso aí", repetiu Matty, levantando-se e vestindo o paletó.

"Juro por Deus" — Steele olhou para a vitrine, feroz —, "eu queria que esses caras vendessem tudo o que eles têm aqui, pegassem o dinheiro e se mudassem pro interior do estado."

"Só uma coisa." Matty, em pé, aproximou-se dele. "O que aconteceu com o Eric Cash lá em Binghamton uns anos atrás. Perdeu o restaurante e foi preso por tráfico. Eu soube que você ajudou ele."

Steele olhou para o outro lado, deu um sorriso apertado. "Como eu falei, o Eric faz muito bem o que ele sabe fazer. Mas às vezes você tem que deixar as pessoas se soltarem." Então, olhando direto para Matty, agora numa postura professoral: "Vai por mim, você acaba recebendo o dobro do que deu".

Ao sair do restaurante, Matty cruzou com Clarence Howard, o porteiro-segurança, que estava chegando para trabalhar, e quando deu por si o outro o havia envolvido num abraço completo, com tapinhas nas costas, antes que ele tivesse tempo de se equilibrar. Howard era halterofilista e ex-policial, tinha sido demitido ainda no primeiro ano de serviço por sair da cena de um crime que estava sob proteção sua com um selo, um "Flying Jenny" defeituoso de 1918, impresso de cabeça para baixo, que valia centenas de milhares de dólares. Só não o acusaram formalmente porque o selo foi encontrado grudado na sua calça, e não dentro do bolso; assim, havia margem para dúvida. Matty achou que o rapaz tinha sido injustiçado e ajudou-o a arrumar esse emprego com Steele, mas um ano depois, quando bebia com Clarence nos bares da Ludlow uma noite, ficou sabendo que ele tinha sido não apenas o mais jovem como também o primeiro afro-americano a se tornar presidente do Clube de Filatelia de Forest Hills.

Matty continuava a gostar do sujeito.

"Que merda, hein?", disse Clarence, bebendo um gole de café para viagem.

"Você conhecia ele?"

"Quem, o Eric?"

"A vítima."

"Não. Ele tinha acabado de ser contratado, trabalhava de dia. Eu sou da noite."

"E como foi ontem à noite?"

"Era o que eu ia te dizer, vi os três quando fizeram o último pedido da noite."

"E..."

"O gordinho estava chumbadão, o que morreu já estava quase sóbrio de novo."

"E o Cash?"

"O Cash..." Clarence balançou a cabeça, soprou o café. "Falando sério, cara, espero que vocês tenham provas bem concretas, porque o *Eric*... Não dá pra acreditar."

Matty sentiu uma pontada de náusea. "Ele já apareceu aqui armado?"

"Não que eu saiba."

"E ontem à noite, não?"

"Eu pelo menos não vi."

"Como é que você diria que ele estava quando saiu daqui?"

"Triste. Você sabe, o Eric é um cara legal, mas eu sempre achei que ele devia se divertir um pouco mais, você entende?"

Clarence fez uma pausa para ver um táxi parar, três mulheres saltando do banco de trás com sacolas de compras.

"Mas acho que hoje não é um bom dia pra ele começar não, né?"

Embora ainda não tivesse pegado no serviço, Clarence abriu a porta do restaurante para as mulheres entrarem, sendo que a última virou-se para trás e jogou uma moeda dentro do copo de café dele, fazendo o líquido transbordar.

Morrendo de vergonha, ela foi correndo atrás das amigas em direção ao balcão.

"Vive acontecendo", ele murmurou, despejando o café na sarjeta.

"Então está tudo bem com você, Clarence?"

"Eu estou fazendo o que tenho que fazer, né?" O rapaz estava doido pra falar mais, mas aí tocou o telefone, Yolonda.

"Oi, Matty", disse ela. "Adivinha quem acordou."

Entraram no quarto do hospital e cada um foi para um lado da cama de Steven Boulware.

Intoxicado, saído de uma lavagem estomacal, em decúbito dorsal, tubos de soro nos dois braços, o rapaz ainda conseguia projetar um ar de sensualidade densa, os olhos semicerrados ao mesmo tempo vazios e ávidos.

Ele olhou para as identidades dos dois policiais e desviou a vista, como que envergonhado. "Como é que está o Ike?" A voz metálica de ressaca.

"O Ike?", exclamou Matty.

"O que aconteceu ontem à noite?" Yolonda apontou o queixo para ele.

"Você está falando sério?"

Os dois olhavam fixo para ele, esperando.

Ele devolveu o olhar, como se a pergunta fosse capciosa.

"Do que é que você se lembra?", indagou Matty, com o máximo de serenidade possível.

Lentamente Boulware inspirou, expirou, permaneceu calado.

"Eu sei", disse Yolonda, com ternura, tirando o cabelo de sua testa. "Mas fala com a gente."

"A gente estava perto do meu prédio, nós três, era bem tarde", ele começou. "E aí apareceram dois caras do nada, pelo visto estavam na tocaia, esperando alguém. Um deles estava armado, e disse alguma coisa tipo 'Perdeu, passa tudo pra cá'. Aí eu pensei, puta merda…"

Matty e Yolonda se entreolharam, a mente de Matty um caos total. "Aquele cara mais velho do restaurante do Ike estava com a gente, não me lembro o nome dele, acho que ele fez o que eles pediram." Boulware deu uma pausa. "Mas aí o Ike, o Ike resolveu dar uma de macho, ouvi ele dizendo uma coisa pro cara, tipo 'Hoje não, meu caro', ou então, sei lá, mandou o cara se foder… E aí, eu acho… eu acho que ele tentou partir pra cima do sujeito." Boulware fechou os olhos, depois cruzou os braços sobre o peito, um faraó em repouso.

"O que é que você quer dizer com 'eu acho'", perguntou Yolonda, com voz calma, começando a inchar de raiva.

Boulware continuou a bancar o defunto, dando a Matty ganas de arrancar os tubos de seus braços.

"A gente vai precisar que você dê uma olhada numas fotos, e que converse com um desenhista da polícia", disse Yolonda, com o olhar feroz para Matty. "Hoje mesmo."

"Sério?" Boulware estremeceu, abriu os olhos. "Acho que eu não vou conseguir isso não."

"A gente traz tudo pra cá", disse Yolonda, num tom que dava a entender que seria muito divertido. "Você nem precisa sair da cama."

"Não, não é…" Espichou o pescoço para a direita, revirando os olhos, querendo escapulir.

"Qual é o problema, Steve?", indagou Matty, a tensão contida tornando seu tom um pouco mais áspero do que o normal.

"Olha. Ontem à noite, sabe? Eu… eu estava totalmente fora. O Ike e o outro cara estavam praticamente me segurando. Mas foi só eu ver a tal arma, eu caí e não levantei mais. E não abri mais os olhos."

"Fingindo de morto, é?", disse Yolonda, como se achasse graça.

"Não vou mentir pra vocês não. Eu fiquei com medo. Quer dizer, estava totalmente de porre, mas me cagando de medo." Fez uma pausa, olhando para os dois, tentando encontrar solidariedade. "Aí dei uma de bêbado."

"Deu uma de bêbado."

"Não que eu estivesse fingindo, pode perguntar a qualquer um aqui, mas às vezes, quando estou muito doido, sabe, eu entro numa que começo a me convencer de que estou mais assim, ou mais assado, do que estou na verdade, e... a coisa acaba virando verdade. E não é só ficar mais bêbado do que estou, não. Pode ser tipo ficar mais forte, mais rápido, ter uma voz melhor, sei lá."

"Você já entrou numa de voar?", perguntou Yolonda.

"Olha, eu vi aquela arma e esse meu lance simplesmente entrou em ação, uma espécie de reflexo, instinto de sobrevivência. De repente até salvou minha vida, mas... quer dizer, não é uma coisa de que eu me orgulho, não. Eu não me sinto... porra, mesmo depois que a polícia chegou, eu estava tão chapado que não conseguia nem falar. Eu não conseguia..."

Mais uma vez, tentou angariar compreensão, jogando verde, porém só recebeu olhares fixos.

"Mas você tem certeza que sofreu um assalto à mão armada", disse Matty.

"Ah, claro. Claro..."

"Eram dois homens."

"Isso." E então: "Tenho certeza que eram dois, pode ter sido mais, mas como eu disse..."

"Os seus olhos estavam fechados."

"E aí, quantas vozes você se lembra de ter ouvido?"

"Foi o que eu disse. O Ike e o cara da arma."

"Pensa de novo."

"Às vezes ajuda fechar os olhos", disse Yolonda. "Você sabe, pra entrar no clima."

Matty feriu-a com o olhar, Yolonda torceu os lábios.

"Acho que tinha uma garota lá."

"Uma garota com eles?"

"Não. Separada, tipo atrás da gente, do outro lado da rua, talvez, não tenho certeza."

"Uma garota, como assim? Uma criança?"

143

"Não. Uma moça, tipo da minha idade. Tipo discutindo com alguém, eu acho."

"Discutindo sobre o quê?"

"Não sei."

"Ela tinha voz do quê, branca, negra, latina…?" A raiva de Yolonda a fazia desfiar aquela ladainha como se estivesse entediada.

"Negra. Meio que parecia negra."

"'Meio que', como assim?"

"Tipo pessoa instruída."

"Gostei", disse Yolonda.

"O quê?"

"Essa moça negra instruída, com quem que ela estava discutindo, homem ou mulher?"

"Homem, tenho certeza."

"Branco, negro?"

"A voz dele?"

"É", disse Yolonda, "a voz dele."

"Acho que branco…? Não… não sei não."

Matty olhou para Yolonda, os dois pensando a mesma coisa.

"Não", disse Yolonda a Matty, "não tem jeito, fodeu."

Matty não conseguiu responder, exprimir a ordem de grandeza do problema que tinham na mão enquanto tentava calcular as dezenas, as centenas de mandados que executariam no Lower East Side nas próximas vinte e quatro horas, apostando na possibilidade de que um dos caguetes deles na região conhecesse alguém que conhecesse alguém que conhecesse alguém que tivesse ouvido alguém dizer alguma coisa; enquanto tentava calcular as centenas de relatórios de assaltos antigos a ser analisados, interrogatórios a ser refeitos, investigações, ameaças, seduções, negociações, conversas fiadas, blefes, a merda no ventilador em que esse caso ia se transformar se o relato de Boulware fosse de fato verídico, o que era o mais provável; se os depoimentos das testemunhas se revelassem defeituosos, o que era o mais provável; e eles tentando pegar os responsáveis por um latrocínio quase catorze horas depois do fato consumado.

"E o Ike, está bem?", perguntou Boulware, tímido.

"O seu amigo Ike?", retrucou Yolonda, animada. "Morreu."

* * *

Às seis da tarde, Kevin Flaherty, o promotor assistente que havia reinterrogado Randal Condo na rua naquela manhã, voltou à carga mais uma vez, agora numa das saletas da delegacia, com Matty andando de um lado para o outro do lado de fora, como o pai da criança na sala de espera da maternidade.

"Voltemos para o momento logo antes de você ouvir o tiro. O que é que você estava fazendo?", indagou Flaherty.

"Subindo a Eldridge na direção da Nikki, que descia a Eldridge na minha direção." Condo parecia não ter dormido desde a noite anterior.

"Falando um com o outro?"

"Muito provavelmente."

"Com meio quarteirão separando vocês?"

"Acho que sim."

"Ou seja, estavam falando bem alto. Você estavam falando bem alto um com o outro?"

"Não tenho certeza."

"Discutindo?"

"Não."

"Tem certeza disso?"

Condo hesitou por um momento, depois deu de ombros. "É possível."

"Comigo, quando alguém diz é possível, normalmente a pessoa quer dizer que é provável."

"E o que é que tem se a gente estava discutindo?" A voz era mais tímida do que o teor belicoso da frase dava a entender.

"Randal, alta madrugada, a sua namorada está andando meio quarteirão à sua frente. Vocês estavam brigando, não estavam?"

Ele não respondeu, Flaherty irritado consigo mesmo, que merda, isso agora está na cara.

"Ora, eu disse a você hoje de manhã que várias pessoas que foram interrogadas disseram que ouviram gritos na rua por volta da hora do tiro, não é? Gritos tão altos que dava pra ouvir do quarto, do quinto, do sexto andar dos prédios, você se lembra de que eu perguntei isso a você?"

"A gente não estava gritando tanto assim."

"A tua garota está meio quarteirão na sua frente e você continua falando com ela? Vai por mim: você estava gritando mesmo."

Condo expirou pelo nariz e desviou o olhar. "É possível."

"E vou te dizer mais uma coisa. As pessoas que discutem na rua, em público, assim, chega uma hora que a pessoa está cagando e andando se tem alguém ouvindo. Pode estar rolando um verdadeiro circo a dez metros dela que ela nem se toca."

Condo fechou os olhos, esfregou a mão no rosto.

"Quer dizer, eu estou pensando, se quando vocês saem da Delancey e entram na Eldridge, vocês dois estão tão putos que ela sai em disparada na sua frente e aí vocês têm que começar a *gritar* pra continuar a discussão, não tem como vocês acompanharem o que está acontecendo do outro lado da rua."

"Eu não inventei nada."

"Aí a coisa fica pior. Por que teve uma hora que você disse alguma coisa, gritou uma coisa pra essa moça que ela ficou *tão* puta que de repente ela deu meia-volta e começou a *voltar* na sua direção. Ora, *nesse* momento é claro que *toda* a sua atenção está voltada pra ela. Não tem como você ver o que está acontecendo do outro lado da rua. Seria que nem um jogador na linha de ataque ficar olhando pra uma loura na arquibancada na hora exata em que o jogador da defesa do time está partindo pra cima dele. E *isso* me leva a concluir que a *primeira* coisa que atraiu a sua atenção pro que estava acontecendo foi o *tiro*, e aí, quando você realmente olhou, o que aconteceu já tinha praticamente acabado de acontecer. No máximo você viu os dois caindo e um terceiro correndo pra dentro do prédio, mas acho que não tem como você me dizer que antes desse momento tinha três, quatro ou cinco pessoas ali, quem estava com a arma na mão, ou se mais alguém saiu correndo além do cara que correu pra dentro do prédio." O promotor assistente deu um tempo para que o outro assimilasse seu raciocínio. "Era só eles saírem correndo uma fração de segundo antes de você olhar, pra eles sumirem nas sombras como se nunca tivessem existido."

"Olha, eu vi o que eu vi."

"Justamente aonde eu quero chegar."

Condo respirou fundo. "Posso fumar aqui dentro?"

"Poder, não pode não, mas vá lá."

Flaherty ficou vendo o rapaz acender o cigarro e pensar.

"Tem um cara preso, na cadeia, neste momento, com base no que você disse pra nós", prosseguiu Flaherty, e então inclinou-se para a frente e baixou o tom. "Não é um crime a gente se enganar, Randal. Às vezes a gente confunde as palavras *ver* e *ouvir*, principalmente quando uma coisa acontece muito depressa, uma coisa inesperada."

"Certo", disse o outro, com voz rouca.

"Pois é." O promotor assistente deu um tapinha no joelho de Condo. "Você continua tendo certeza de que a gente pegou o cara certo?"

"Eu vi o que eu vi."

"Diz sim ou não."

"Não."

Flaherty recostou-se na cadeira e correu os dedos por entre os cabelos, resistindo ao impulso de arrancar fora um chumaço.

"Só por curiosidade", ele próprio com a voz rouca, "qual era o motivo da briga?"

"A definição de uma palavra."

"Que palavra?"

Condo fechou os olhos. "Namorada."

"Eu perguntei claramente se você tinha ouvido alguém discutindo." Bobby Oh não tinha o hábito de levantar a voz, de modo que não o fez agora, mas seus olhos injetados equivaliam a isso.

"Ora, se era a gente que estava discutindo, eu não podia dizer que tinha 'ouvido alguém discutindo', não é?", respondeu Nikki Williams, trêmula.

Bobby inclinou-se para a frente de modo tão abrupto que ela recuou. "Diz isso de novo?"

"Tipo assim, se você está debaixo d'água, você se considera molhado?"

Ele ficou olhando para a moça até que ela desviou o olhar.

"Ele sempre me dizia que só tinha tido uma relação com uma mulher de cor antes de mim, aí alguém na festa vem e me diz que na verdade eu era a quinta." Nikki agora falava olhando para o próprio colo, evitando os olhos de Bobby. "É uma mentira assustadora."

Agora foi Bobby quem desviou o olhar.

"Aí, voltando pra casa, pra melhorar a situação, ele começa a gritar a meio quarteirão de mim que as outras três foi só sexo."

Bobby Oh era da Patrulha Noturna. Estava ali, *ainda* estava ali, dezoito horas depois de começar o seu turno, apenas como um favor para Matty Clark, porque havia estabelecido uma ligação com aquela testemunha, aquela testemunha enroladora. Podia ir para casa agora que ninguém o criticaria, muito embora ele tivesse ajudado a foder esse caso tanto quanto todos os outros.

"Eu não queria falar sobre isso", disse Nikki, "porque não é da conta de ninguém."

Depois: "Uma coisa humilhante".

Depois, começando a chorar: "Desculpa, desculpa".

Eric estava em pé num canto da cela de detenção havia três horas. Quatro celas ficavam diretamente viradas para a mesa da comandante, cada uma com capacidade para vinte prisioneiros. Na cela em que ele estava, treze prisioneiros, a maioria dos quais não parecia se incomodar muito de estar ali, em pé ou sentados em grupos, conversavam como se estivessem num bar ou num alojamento militar, só ocorrendo uma interrupção quando um novo detento atravessava todo o labirinto e surgia diante daquela mesa devidamente escoltado e acompanhado por sua papelada. A maioria dos presos via essa ocasião como uma oportunidade para grudar-se às grades e gritar para os policiais ou para a comandante que havia um homem inocente ali dentro, que ainda estavam aguardando o Tylenol ou o advogado ou o remédio para asma ou fosse lá o que fosse que tinham pedido. Os únicos na cela que não pareciam conhecer ninguém nem participar dessa corrida recorrente às grades eram Eric e um negro de olhar faiscante e pança caída, doido de pedra, com a camiseta pendurada no pescoço como um colarinho postiço, andando a esmo de um lado para o outro, dando a volta na cela, cochichando. Havia já algumas horas que o sujeito estava cismado com Eric, interrompendo sua trajetória rumo a lugar nenhum o tempo todo para ir até o canto onde ele estava e lhe pedir emprestado seu cartão eletrônico de pedágio, e Eric o ignorava e voltava para seu zumbido interior como quem volta para a cama: ele entrou correndo no prédio número 27 da Eldridge porque... não ligou para a emergência porque... nunca nem pensou em perguntar se Ike Marcus estava vivo porque... dera respostas mentirosas a tudo que lhe haviam perguntado porque...

Estava tão perdido naquelas ruminações descosidas e incompletas que nem sequer se dava conta do fedor daquela jaula; nem sentia as mãos espectrais que de vez em quando se enfiavam em seus bolsos, as ameaças murmuradas; nem mesmo o seu próprio nome sendo repetido insistentemente pela comandante grávida conseguiu arrancá-lo daquele incêndio em sua mente, até que afinal ela gritou: "Ô Cash, você quer ou não quer ir pra casa?".

Quando levantou o olhar, viu que os mesmos detetives que o haviam trazido ali três horas antes tinham voltado, e tanto quanto antes pareciam doidos para sair daquela porra de lugar.

O primeiro carro detido na noite foi logo após o pôr do sol, o táxi da Qualidade de Vida por acaso estava passando quando um Nissan Sentra passou o sinal vermelho bem na frente do condomínio Dubinsky, na extremidade leste da Grand; nem foi necessário dar uma desculpa para mandar o motorista encostar.

Lugo e Daley, desta vez trabalhando só os dois, se aproximaram do carro, um de cada lado, vasculhando com lanternas os bancos da frente. Quando o motorista, um sujeito branco atarracado, cabelo raspado a máquina, com uma caixa aberta da KFC no colo, abriu a janela, o cheiro de maconha saiu de dentro do carro como o vapor de uma sauna.

"Brincadeira." Lugo recuou, abanando o ar. "Porra, vamos facilitar o meu trabalho, mas assim é demais!"

"Desculpe." O motorista, ainda mastigando, deu um meio sorriso, com um pedaço reluzente de carne escura grudado no canto da boca.

O passageiro, também branco, um adolescente de olhar vazio, cheio de bijuterias hip-hop, usando uma roupa maior do que ele e de boné virado de lado, olhava direto para a lanterna de Daley, como se fosse uma tela de cinema.

"Salta." Lugo abriu a porta do motorista, mas em vez de pular fora o homem limpou a gordura dos dedos um de cada vez, depois estendeu o braço por cima do passageiro para abrir o porta-luvas.

"Epa!" Lugo avançou e agarrou o punho do homem com uma das mãos, tentando sacar a pistola com a outra.

"Tudo bem, tudo bem", disse o motorista, tranquilo. "Eu ia só pegar a minha identidade."

"E eu pedi?" Lugo quase gritou, a mão, ainda trêmula, agarrada à coronha de sua Glock, no coldre.

Agora o garoto do banco do passageiro estava sorrindo, os olhos vermelhos e inquietos. Daley estendeu a mão e o puxou pelo colarinho, jogou-o de bruços sobre o capô e o manteve ali.

"Eu mandei saltar da porra do carro", gritou Lugo, escancarando com tanta violência a porta do motorista, já aberta, que ela fechou de novo.

O motorista esperou que Lugo desse um passo para trás e depois saltou, com as mãos para cima. "Eu estou a serviço, pessoal", disse ele, tranquilo, ainda mastigando o frango. "Pode olhar no porta-luvas."

Daley abriu o porta-luvas e logo em seguida tirou de dentro dele uma identidade de policial de Lake George, estado de Nova York, e a mostrou a Lugo por cima do carro.

"Qual é a tua, fazer uma coisa dessa", rosnou Lugo. "Você devia saber disso melhor do que ninguém."

"Desculpe", disse o motorista. "A gente passou o dia inteiro rodando, estou meio zonzo."

"Zonzo, é? Esse carro está é *fedendo*."

O adolescente deu uma risadinha.

"Só uma presencinha pro passeio", disse o policial do interior.

"Uma presencinha, é?" Lugo não ouvia essa expressão havia uns dois anos.

"Posso te fazer uma *perguntinha*?", indagou Daley ao garoto cheio de bijuterias. "Como é que é essa história de derrubar vaca?"

"Tô sabendo não", respondeu o garoto, emburrado.

"Onde é que vocês estão indo?", perguntou Lugo ao motorista.

"Pra lá." O homem apontou para o condomínio. "O apartamento do meu pai."

"Me faz um favor." Lugo acendeu o cigarro, a mão ainda trêmula. "Sabe a sua presencinha? Guarda ela pra quando você estiver lá dentro."

"É, o meu pai ia adorar", disse o rapaz mais moço. "Ele também é policial."

O irmão lhe dirigiu um olhar.

"Policial daqui?", perguntou Daley.

"Daqui *mesmo*", triunfou o garoto; o motorista estava menos eufórico agora, um pouco irritado.

Daley releu a identidade do homem. "Hmmm", rosnou, e lançou um olhar para Lugo.

Desta vez, cortinas abertas e portas de vidro escancaradas, a experiência de entrar no quarto 1660 do Landsman foi como se aproximar da beira de um precipício. Billy Marcus, reduzido a uma silhueta, estava sentado na grade baixa, de costas para a rua, dezesseis andares abaixo.

Matty foi até a varanda ter com ele.

"O Derek Jeter recebeu uma ameaça pelo correio", disse Marcus, inclinando-se para trás um pouco, virando a cabeça e olhando para a rua. "É a manchete, a manchete de hoje."

"Eu ouvi", murmurou Matty, segurando o cotovelo de Marcus com um gesto despreocupado e afastando-o da grade.

Na verdade, tinha sido a manchete da véspera, mas Matty resolveu não dizer isso.

Com jeito, Matty foi levando Marcus de volta para dentro do quarto, depois fechou todas as portas da varanda.

"Cadê a Elena?"

"Foi embora."

"Pra onde?"

"Não sei."

"Vai voltar?"

"Acho que não."

Examinando a bagunça no chão, Matty percebeu que não havia nenhum objeto claramente feminino.

"Eu tinha esperança de encontrá-la aqui", disse Matty, puxando a cadeira da escrivaninha.

"Por quê?"

"Tenho uma notícia."

E quando o rosto do sujeito deu um salto, Matty se deu conta de que havia cometido um erro, a palavra *notícia* provavelmente fora entendida por Marcus como uma preparação discreta para a divulgação de uma milagrosa reversão dos eventos recentes, de algum modo seu filho teria escapado daquela ou parado de aprontar merda, enlouquecendo todo mundo.

"Tivemos que soltar o Eric Cash. Sabe o terceiro membro do grupo de seu filho, o Steven Boulware? Ele acordou e meio que confirmou a versão do Cash." Matty fez uma pausa, deixou que o outro assimilasse a informação. "Aí nós reinterrogamos as testemunhas oculares, e constatamos que infelizmente o depoimento delas é muito menos seguro do que a gente tinha achado antes." Mais uma pausa. "Quer dizer, sem nenhum testemunho sólido, sem nenhuma prova concreta, sem…"

"Quem é Eric Cash?", perguntou Marcus.

"O suspeito inicial", disse Matty, sem se alterar. "O que a gente prendeu."

"Certo." Marcus concordou com a cabeça, cauteloso.

Matty olhou para as mãos. "Olha, a gente tinha que agir depressa com base no que a gente achava que era um relato confiável."

"Sim, claro."

"Mas agora a gente voltou ao local, tentando encontrar outras testemunhas, a arma…"

Marcus continuava a fazer que sim, como que para mostrar a Matty que estava prestando muita atenção.

"Posso me abrir com você?", perguntou Matty. "A gente fez merda. Desperdiçamos um dia inteiro, apostando tudo que a gente tinha no suspeito errado e… fizemos merda. Mas agora vamos agir depressa e fazer tudo direitinho."

"Que bom", disse Marcus, num tom categórico forçado, e depois estendeu a mão. "Obrigado."

Tendo se preparado para uma explosão de raiva desde o momento em que entrara no quarto, Matty ficou triste diante da total incompreensão daquele homem.

"O senhor tem certeza que a Elena não vai voltar?"

"Sei lá, mas não, acho que não."

"Senhor Marcus, eu não tenho muito tempo livre, mas…" Matty aproximou-se dele mais um pouco. "O senhor gostaria que eu tentasse contatar a sua mulher pro senhor?"

"Sabe", disse Marcus, o olhar focalizado num ponto entre os dois, "quando eles são pequenos, a gente gosta deles, se orgulha deles, e depois que eles crescem, a gente continua gostando, mas é estranho quando outras pessoas, pessoas desconhecidas, olham pra ele e pensam: esse rapaz, esse jovem adulto, faz isso ou aquilo muito bem, e você vê as outras pessoas elogiando ele, num tom de respeito e seriedade, e aí você, eu não consigo deixar de rir, pensando, que esse jovem que nada, esse aí é o Ikey, você nem imagina as bobagens que ele fazia quando era pequeno, mas não é que ele agora está sendo respeitado? Não que *eu* não tenha respeito também, de modo algum, mas sempre me dá vontade de rir, não é um riso pra colocar ele no lugar dele não, é só um riso do tipo: ah, o que é isso?, é o *Ike…*"

"Senhor Marcus…"

"Me chama de Billy, por favor?"

"Tá bom, Billy, olha, eu entendo que o senhor, que você está transtornado, mas é importante me levar a sério quando eu digo que você não devia ficar sozinho neste momento. Isso, essa coisa que você está passando agora, isso vai durar um bom tempo, pra você e a sua família. A família pode salvar a sua vida."

"É que…" Marcus olhava fixo para a grade da varanda. "As pessoas tentam te convencer, e acabam conseguindo, de que não é possível fazer uma criança feliz se você mesmo não é feliz. Quer tomar conta dela? Então primeiro toma conta de si mesmo."

Balançou a cabeça, sem conseguir acreditar, e depois, desviando com relutância o olhar da grade, encarou Matty. "E com o Ikey?… Eu simplesmente fui embora." Então, numa explosão de soluços secos, as palavras saindo como que rolando escada abaixo: "Ele ainda era tão pequeno, e eu simplesmente fui embora, entendeu?".

"Senhor Marcus, Billy" — Matty era péssimo nesse tipo de coisa —, "algum serviço de atendimento a vítimas já entrou em contato com você?"

Como não lhe ocorresse mais nada para dizer, quando deu por si Matty estava catando objetos aleatórios espalhados no chão: uma toalha, uma garrafa vazia de vodca tirada do frigobar e pelo menos uma dúzia de cartões de visitas de repórteres de todos os órgãos de imprensa dos três estados da região.

"Olha, senhor Marcus, Billy, eu vou ter que ir embora."

"Eu entendo", disse Marcus. "Preciso me deitar um pouco, para pôr ordem nas ideias."

"Vou tentar voltar, pra te manter informado, ver como você está."

Marcus desviou o olhar, falando sozinho em voz baixa.

Mas quando Matty virou em direção à porta, Marcus disse: "Não fica se sentindo muito culpado, não. Você fez o que achou que estava certo", e encostou a cabeça no travesseiro.

Era importante transferir Marcus para um quarto num andar mais baixo. Por um lado, se a pessoa estivesse decidida a morrer, cair da janela do quarto andar funcionaria tão bem quanto do décimo sexto, mas por outro, aquela vista panorâmica era um tanto sedutora demais.

Saltando do elevador no saguão, Matty ficou surpreso ao ver a mulher de Billy Marcus, com jeans e uma camiseta amassada, debruçada sobre a mesa da recepção, tentando atrair o olhar da funcionária, uma louraça espetacular com uma túnica Mao vermelho-sangue que combinava com o tom infernal das paredes a ponto de servir de camuflagem.

"Ele é meu marido, ele perdeu o filho, não estou te pedindo nada *de mais*, só quero o *número* do quarto dele."

Sufocada por trás de sua espetacularidade inocente, a funcionária olhou para Matty, boquiaberta de constrangimento. "A senhora me desculpe", num tom baixo, implorando. "Eu perco meu emprego."

Matty deu um passo em direção a ela, então parou; havia passado o dia inteiro defendendo aquela aproximação, mas agora que o marido e a mulher estavam sob o mesmo teto, ele se deu conta de que poucas horas antes Marcus havia trepado e brigado com a mãe do garoto morto, a qual talvez resolvesse voltar, e de que promover reconciliações familiares não fazia parte de seu trabalho.

"Olha." A esposa de Marcus estendeu as mãos para a moça, respirou fundo. "Não posso imaginar que uma pessoa de bem seria capaz de castigar você por fazer uma coisa movida pela compaixão."

Realmente, nem pensar em se envolver ainda mais naquela história; assim mesmo, não conseguiu se afastar dali, só para ficar olhando para ela.

Aquela mulher era incrível: exausta, transtornada, tinha talvez passado todo aquele dia esbarrando numa parede após a outra, e no entanto continuava de algum modo mantendo o autocontrole, fazendo mais uma investida sem perder a compostura, sem degenerar em agressividade nem raiva; para Matty, ela era uma nobre guerreira, de verdade.

"Está bem, e se…", a mulher começou, os dedos longos e finos de uma das mãos pairando acima de uma tigela decorativa com maçãs verdes de aparência indestrutível. "Será que não tem uma pessoa que você possa chamar, alguém pra tirar a responsabilidade dos seus ombros?"

A funcionária, cada vez mais infantilizada, pegou o telefone, obediente. Matty esperou até ouvir uma voz gravada do outro lado da linha, e então saiu do hotel.

Na rua ligou para Yolonda, e constatou que a autópsia confirmara o que Eric Cash dissera sobre a posição em que a arma fora segurada, levantada para cima com o pulso dobrado para baixo, numa pose de gângster, tendo a bala entrado pelo coração e saído pouco acima da cintura; que o cartucho encontrado não tinha ligação com nenhum outro do sistema; e que doze bueiros e sarjetas num raio de três quarteirões da cena do crime haviam sido examinados, tendo sido encontrados seis facas, onze estiletes e um pedaço de uma espada de samurai, mas nenhuma arma de fogo.

Voltou para a delegacia pelo caminho mais longo, a fim de passar mais uma vez pela cena do crime, e não ficou muito surpreso quando viu que começava a se formar uma espécie de memorial improvisado: alguns buquês comprados prontos, ainda presos no celofane grampeado, alguns cartões de pêsames e duas velas votivas, uma de santa Bárbara, a outra de são Lázaro.

Ele havia se esquecido de pedir que transferissem Marcus para um andar mais baixo.

Poderia ter resolvido isso pelo telefone, deveria ter feito isso pelo telefone, mas o que deveria mesmo ter feito era insistir em reunir Marcus com a esposa. No estado em que ele estava, que ideia a sua, impedir o encontro com uma mulher como aquela… Voltou para o hotel.

O saguão estava vazio, com exceção da funcionária loura, imóvel atrás da severa pirâmide de maçãs.

"Ela subiu?", perguntou Matty.

"Foi embora", a moça se apressou em explicar. "Eu ia perder meu emprego", a voz subitamente grudenta de lágrimas.

"Não, tudo bem, eu entendi", Matty tranquilizou-a, ocultando seu desapontamento.

"Ela deixou um bilhete pra ele", disse a moça.

"Você mandou lá pra cima?"

"Eu estava esperando o mensageiro."

"Eu levo pra você."

Matty nem precisou se identificar.

Subindo no elevador até o décimo sexto andar com um jovem casal discutindo em alemão, Matty resistiu ao impulso de desdobrar o bilhete.

A porta da frente estava semiaberta, as portas da varanda escancaradas. Marcus não estava lá.

Em pânico, Matty foi até a varanda, olhou para a rua, não viu nada. Pessoas.

O sujeito havia simplesmente sumido.

O bilhete da esposa era curto e ia direto ao ponto: BILLY POR FAVOR.

Mesmo nos dias mais ensolarados, a persiana de aço que cobria a janela da sala de visitas do apartamento de Eric, uma sala e dois quartos em forma de halter, fazia que a sequência de cômodos escuros parecesse uma cela de penitente, que dava para uma grade idêntica diante da janela que ficava do outro lado da rua estreita; mas à noite o apartamento parecia um túmulo vertical.

Eric não aceitara a carona oferecida pelos detetives, viera a pé, atordoado, da prisão até seu prédio, entrou no pequeno vestíbulo que cheirava a mijo de gato, umidade, incenso e um toque de putrefação, paredes, escadas, portas, tudo inclinado em relação à terra, subiu os cinco lances de escada até seu andar, passou pelos banheiros do corredor, abandonados, chegou a seu apartamento, entrou, passou a tranca dupla, tomou uma chuveirada sem acender as luzes, vomitou na privada, tomou um segundo banho, escovou os dentes, foi para a sala nu, ligou a televisão, não se via nada na tela porém ouviam-se vozes falando rápido, que para ele eram tão tranquilizadoras quanto uma dose dupla de vodca, que ele preparou e bebeu num gole só antes mesmo de voltar para o sofá, um futon fajuto, e depois ficou sentado, o olhar vidrado, pensando se valia a pena se levantar e preparar outra dose. Foi então que percebeu a cópia impressa dos vinte por cento já prontos de seu roteiro, aquele roteiro de merda, moça judia imigrante encontra *dibuk* na Delancey Street, que estava em cima do baú/mesa de centro. Pegou a primeira página, tentou lê-la, mas as palavras escorriam de seus olhos sem ser entendidas, tão desprovidas de significado e idiotas quanto as que estavam saindo da televisão; o mundo não precisava daquilo; largou o texto de volta no xale de veludo que servia de toalha de mesa ou coisa que o valha, além de ser um sinal deixado por sua suposta namorada para assinalar que até aquilo de algum modo pertencia a ela; levantou-se, caiu sentado de novo, levantou-se; de repente a assombração voltou, ele viu, ouviu aquele estalo aparentemente inofensivo, aquele som nítido, o zumbido daquela abelha de aço, seguido pela lenta queda do corpo de Ike, lenta como a imagem de um folioscópio, caindo na calçada, Eric imitando-a agora e machucando a clavícula no canto do baú, mas tudo bem, ele merecia, isso e mais ainda, pôs-se de pé, passou pelas estantes de sua namorada cheia de livros tanto acadêmicos quanto pornográficos sobre prostituição e sadomasoquismo, junto com guias práticos de idiomas do Sudeste Asiático e roteiros de turismo sexual, e também revistas de fetichismo e reedições de revistinhas de sacanagem, todos esses livros acadêmicos, revistas baratas e livrecos vagabundos cheios de anotações feitas à mão por ela; abriu a grade de segurança da janela, voltou para o banheiro, enrolou uma toalha na cintura, atravessou o único closet, que supostamente dividia com ela, atulhado de bolsas fechadas com zíper contendo todo tipo de roupa que não é usada em Manila, encontrou o fogão portátil numa prateleira alta, cercado por botas e sapatos dela, foi com ele até a escada de incêndio, voltou para a quitinete, tomou mais uma dose, remexeu em todas as bolsas e potes contendo coisas dela, lentilhas secas, feijão, espelta e o cacete, até que achou o saquinho de briquetes, pegou uma caixa de fósforos de cozinha. Estava voltando para a escada de incêndio quando uma batida rápida e súbita na porta do apartamento o perfurou como uma flecha, fazendo-o rodopiar como um pião.

"Eric."
Lá estava Yolonda, no corredor, parecendo pequena e cansada, as mãos enfiadas nos bolsos do casaco.
Ele ficou olhando para ela, as pernas tremendo embaixo da toalha.
"Só vim ver como você estava. Desculpe fazer você passar por tudo aquilo. Eu já devia ter ido pra casa, mas não consigo parar de pensar em você. Você está bem? Me diga que está bem."
Ele fez que sim, sem conseguir falar nem tirar os olhos dela.

"Escuta, a gente precisa que você apareça lá na delegacia, pra nos ajudar a identificar esses caras."

"Agora não." A voz dele era um assobio rouco, a tremedeira cada vez pior.

"Você está com frio? Não quer pôr uma roupa?"

"Agora não."

"Claro, você deve estar cansado, eu entendo. Mas a gente precisa pegar esses caras, entendeu? Você sabe, cada minuto é precioso."

"Eu já fiz isso." A voz parecia um gargarejo.

"O quê?" Yolonda apertou a vista.

"Eu já fiz, *isso*."

"O quê...?"

"Tentar ajudar *vocês*."

"Sabe, você está tremendo feito vara verde. Por favor, não quero bancar a mãezona não, mas você vai ficar doente. Veste alguma coisa, eu não vou nem entrar, fico esperando aqui fora."

"Agora" — fechando os olhos — "não."

Yolonda respirou fundo. "Eric, me escuta. Nós sabemos que não foi você. Agora a gente sabe. Por que é que você acha que sou justamente eu quem está aqui batendo à sua porta? Porque, pra te pedir isso, antes a gente tem que pedir desculpas, e quem mais precisa pedir desculpas sou eu. Você não tem nenhum motivo pra ficar nervoso. Juro pelo meu filho."

Eric continuava olhando fixo para ela, seu corpo estremecendo como se pertencesse a outra pessoa.

Yolonda esperou mais um instante. "Tudo bem, então que tal... eu volto amanhã pra pegar você bem cedo, aí você pode descansar um pouco."

"Amanhã eu preciso trabalhar."

"Não tem problema não. Que horas você tem que estar no trabalho?"

Ele fechou a porta na cara dela.

Yolonda ligou para Matty enquanto descia a escada.

"Sabe uma coisa chata? Acho que com esse cara a gente se queimou feio."

Na rua, um pequeno grupo de pessoas na calçada em frente ao prédio de Eric olhava para a única janela de seu apartamento.

Yolonda atravessou a rua para ver o que estavam vendo: Eric ainda enrolado na toalha, colocando uma folha depois da outra no fogão portátil instalado na escada de incêndio, cada página pegava fogo e se enroscava antes de ser levada pelo ar quente e depois descia até a Stanton Street num torvelinho de neve negra.

Era uma prova da reputação de Yolonda que, depois de passar o dia inteiro tentando fazer o sujeito confessar e prendê-lo por algo que ele não havia feito, ela continuasse sendo considerada a melhor opção para recrutá-lo como testemunha logo depois de ele ser solto. Matty sabia que ele próprio teria fracassado por completo nessa missão, embora até certo ponto tivesse vontade de tentar assim mesmo, menos para pedir desculpas em pessoa do que para ao menos explicar o que acontecera.

Fosse como fosse, agora que Cash fora solto e eles tinham voltado à estaca zero, na verdade nem isso, levando em conta que tinham dado quase um dia inteiro de lambuja para o criminoso, àquela altura tudo o que Matty podia fazer era examinar os relatórios sobre os assaltos ocorridos em Manhattan nos últimos seis meses, os boletins mensais de crimes não resolvidos, porém mantendo-se perto de casa, os esquadrões número 8, 5 e 9, porque um veado nunca se afasta mais de um quilômetro e meio do lugar onde nasceu e sempre caminha nos passos de seus ancestrais. Os conjuntos habitacionais da região eram o lugar mais provável, mas mesmo assim era necessário consultar vários volumes de folhas impressas em computador depois de entrar com os detalhes classificados do caso Marcus: local do incidente, número de criminosos, raça dos criminosos, arma usada, teor da ameaça, ângulo de abordagem da vítima, modalidade de fuga.

Havia também suas pilhas pessoais de fotografias de marginais do pedaço, divididas entre os que estavam no momento na rua, os que estavam presos e os que tinham acabado de ser soltos. Matty examinava em particular duas categorias de elementos: os que haviam sido presos por assalto à mão armada e por posse de arma de fogo. Não era o caso de examinar especificamente criminosos que haviam atirado em pessoas, pois ele achava que o tiro não tinha sido intencional, o mais provável era que a vítima tivesse tentado reagir ou tivesse de alguma maneira assustado o criminoso. Continuando a jogar aquela sua paciência de psicopatas, eliminou todas as fotos daqueles que, com base nas descrições vagas dadas por Cash, pareciam velhos demais ou diferentes demais, ou então cujas preferências profissionais eram outras: gatunos, especialistas em comércio, todos aqueles mais chegados a roubar entre quatro paredes. Quando a pilha de suspeitos havia diminuído de cinquenta para vinte, montou um arquivo contendo as fotos de todos eles, o *modus operandi* de cada um e uma lista de comparsas, e depois enviou pelo computador o documento para todas as delegacias da cidade; se algum daqueles sujeitos fosse detido em qualquer dos cinco distritos de Nova York, um pop-up vermelho apareceria na tela: CONTATAR MATTY CLARK, DO OITAVO ESQUADRÃO; o criminoso em potencial era apresentado como possível testemunha, e não como assassino, para evitar precipitações da parte de tantos policiais rápidos no gatilho.

Mais coisas a fazer: dar uma busca nos marginais do pedaço contra os quais havia mandados de prisão; sujeitos com a corda no pescoço que eram capazes de dar com a língua nos dentes para desapertar um pouco o laço da corda; especialmente os que já haviam dançado três vezes, ou melhor ainda, os comparsas lado B, os cupinchas também à sombra da tripla detenção que haviam sido forçados a participar daquelas aventuras; esses também eram vítimas, ou pelo menos era isso que seria dito a eles.

Mais coisas a fazer: conversar com encarregados de monitorar pessoas que receberam livramento condicional, descobrir quem é que está tendo dificuldade para andar na linha fora da prisão, quem não costuma obedecer ao toque de recolher, quem apresenta sinais de drogas no exame de urina, quem não aparece no trabalho; esses são bons de pressionar, fáceis de violar.

Mais coisas a fazer: cumprir os trâmites burocráticos para oferecer a recompensa automática da prefeitura no valor de doze mil dólares, com mais dez mil dólares do Fundo do Prefeito para homicídios com muita exposição na mídia.

Mais coisas, mais coisas, Matty folheando fotografias, digitando dados, examinando, procurando alguém, alguma coisa que lhe saltasse aos olhos.

À meia-noite chegou uma nova leva de detetives, e quando viu aquelas pessoas relativamente descansadas Matty finalmente foi embora.

Quando Matty saía da sala, Lugo, parado à porta da sala da equipe Qualidade de Vida, do outro lado do corredor, chamou-o em voz baixa e fez sinal para que subisse a escada.

Matty sentou-se no parapeito poeirento de uma janela no corredor longo e lúgubre do quarto andar desabitado onde, algumas horas antes, Deus sabia quantas, ele havia alcançado Billy Marcus, fugindo do que restava da sua família.

"Pois é, a gente estava detendo uns carros esta noite, sabe?", foi dizendo Lugo, e Matty já sabia mais ou menos o que estava por vir. "E aí a gente acabou pegando os seus filhos."

"E daí?", indagou Matty, tranquilo.

"Daí, nada." Lugo acendeu um cigarro. "Mas só pra você saber, o carro fedia a maconha."

Matty fez que sim com a cabeça, balançou a cabeça mais um pouco e por fim estendeu-lhe a mão. "Fico te devendo essa, Donnie."

"É assim que a gente faz, meu irmão."

"Então, tudo bem." Matty sentia-se com noventa anos de idade.

"Só queria perguntar…" Lugo cuspiu fora um pedaço de fumo do cigarro. "O seu filho, o mais velho, que deu uma carteirada na gente, que tipo de policial ele é?"

"Mais ou menos o que você imagina", disse Matty, e saiu em direção à sua casa, um quarto e sala sublocado no condomínio Dubinsky, na Grand Street, onde seus dois filhos estavam dormindo, o Grande esparramado no sofá, o Outro num saco de dormir, no chão.

Matty pôs num copo dois dedos do conteúdo da primeira garrafa que encontrou, andou até a pilha de roupas jogada sobre o braço do sofá e pegou a chave do carro na calça do Grande.

Revistando o Sentra estacionado na sua vaga no subsolo do prédio, Matty encontrou um baseado pelo meio no porta-luvas, e mais nada de importante. Então abriu o porta-malas e encontrou duas bolsas de ginástica da polícia de Lake George cheias de maconha, já dividida em saquinhos plásticos, pronta para ser revendida no interior.

Um amigo em Washington Heights…

Voltou ao apartamento, sentou-se numa poltrona e ficou vendo os dois dormindo.

Eles voltariam para Lake George na manhã seguinte.

Recolocou as chaves no bolso do jeans do Grande, depois saiu do apartamento e voltou para a delegacia.

Uma hora depois, deitado de olhos abertos no dormitório fétido, onde o ar não circulava, Matty pensou na morte de Isaac Marcus.

Embora existissem uns poucos autênticos atletas do mal, a maioria dos assassinos, quando ele finalmente os prendia, quase nunca atendia a suas expectativas. De modo geral, eram burros e incrivelmente autocentrados; era muito raro, pelo menos à primeira vista, eles parecerem capazes de cometer as monstruosidades bíblicas que haviam cometido.

Os sobreviventes, por outro lado, até mesmo os que eram tão obtusos e embrutecidos quanto os assassinos que haviam matado suas esposas e filhos, quase sempre lhe pareciam figuras colossais; e a tarefa de atender pessoas que estavam passando por esse tipo de sofrimento muitas vezes o deixava sentindo-se ao mesmo tempo humilhado e dignificado.

"Não fica se sentindo muito culpado, não." O sujeito estava em estado de choque ao dizer essas palavras, mas isso as tornava ainda mais potentes, porque naquele seu transe de horror e entorpecimento ele havia recaído na solidariedade.

Tentando não pensar em seus filhos, que dormiam no apartamento, Matty ficou contemplando a escuridão e pensando sobre o calvário de Billy Marcus.

Embora já tivesse testemunhado de fora aquele tipo de sofrimento, jamais conseguiria imaginar o que seria viver uma coisa assim, ainda bem. Mas, de todas as incógnitas, a que naquele momento lhe parecia mais incompreensível — não que ele não fosse capaz de compreender o impulso de se esconder — era que motivo poderia levar uma pessoa, por mais traumatizada que estivesse, a fugir do conforto de uma mulher como a esposa de Marcus.

Às três e meia da manhã, o cenário em frente ao número 27 da Eldridge era mais ou menos típico: os últimos remanescentes da fauna de fim de noite, muitos deles caminhando como se estivessem tentando patinar no gelo pela primeira vez; um garoto no banco de trás de um táxi de porta aberta olhando para o maço de notas úmidas nas mãos e tentando entender o que estava escrito no taxímetro; e um pouco acima, no mesmo quarteirão, um homem barbudo, sem camisa, debruçado na janela do sexto andar de um cortiço gritando com todos para que parassem de fazer aquela merda de barulho e voltassem para Nova Jersey, depois batendo a janela com tanta força que choveu vidro, fazendo as pessoas que estavam na rua assobiarem e aplaudirem.

"Com licença", o detetive magérrimo da Patrulha Noturna dirigiu-se ao homem descabelado sentado num degrau na entrada do prédio, diante do santuário cada vez maior. "Tudo bem com o senhor?"

"Tudo bem." O sujeito parecia fuligem humana.

"O senhor mora aqui?"

"Não exatamente."

"O senhor é desse bairro?"

"Cresci aqui."

"Houve um assassinato na frente deste prédio por volta desta hora ontem à noite, o senhor está sabendo?"

"Estou." Coçando com vigor o pescoço.

"Estamos procurando pessoas que estavam aqui na hora, que podem ter visto ou ouvido alguma coisa."

"Desculpa, mas não."

"Tudo bem." O detetive foi se afastando, depois voltou. "Posso perguntar o que é que o senhor está fazendo aqui agora?"

"Eu?" O homem deu de ombros. "Estou esperando uma pessoa."

Yolonda, tendo se oferecido para trabalhar na Patrulha Noturna para não ter que voltar para casa nem dormir naquele dormitório repulsivo, estava num carro estacionado do outro lado da rua, vendo seu parceiro voltar após uma conversa com o pai do rapaz morto, tendo a impressão de que Marcus ia ficar sentado naquele degrau até que o tempo desse um jeito de voltar atrás.

"É uma tristeza", disse ela ao detetive quando ele voltou para dentro do carro.

"O quê?"

"Parece que está esperando o filho voltar, não é?"

"Aquele é o pai?" Ele tomou um susto. "Obrigado por me avisar."

"Coitado", disse Yolonda. "Tomara que ele não acabe virando um pé no saco por causa dessa história, né?"

TRÊS

PRIMEIRO PÁSSARO
(ALGUMAS BORBOLETAS)

O esquema era o seguinte: cada um de um lado da rua; se vissem um grupo interessante, o que estivesse do outro lado da rua em relação ao grupo subia um quarteirão, depois atravessava a rua e voltava, formando uma pinça, mas como quem estava com o ferro era Tristan, Little Dap tinha sempre que fazer de conta que também estava sendo assaltado, só que ficando um pouco atrás das vítimas de verdade, para o caso de elas tentarem fugir ou reagir. O plano era esse, e passaram horas andando cada um em uma calçada de todas as ruas entre a Bowery e a Pitt, da Houston à Henry, os dois mancando a fim de não chamar a atenção para o ritmo lento de caçador na tocaia que eram obrigados a manter, depois de algum tempo cansando e esquecendo de mancar, depois lembrando outra vez, depois dando um intervalo para comer uma pizza ou coisa parecida, durante horas.

No começo tinha gente demais, depois não tinha ninguém, então apareceu aquele táxi da polícia e ficou de olho em Little Dap, seguindo-o por vários quarteirões até que ele entrou na conveniência árabe vinte e quatro horas só para se livrar deles.

Então, às duas, duas e meia, quando os bares e boates começaram todos a esvaziar, de início havia gente demais outra vez, depois ninguém outra vez, até que às três e meia Litte Dap disse porra, chega por hoje, e os dois começaram a voltar juntos para o Lemlich. Tristan, já pensando preocupado que teria de atravessar o apartamento na ponta dos pés para não fazer barulho ao passar pela porta do ex-padrasto, imaginava como seria se ele levasse o ferro para casa com ele, quando de repente viram três caras brancos na Eldridge vindo em direção a eles, o do meio bêbado, semicarregado pelos outros dois, e, antes mesmo que se dessem conta, a coisa já estava acontecendo — Tristan, o coração batendo forte, apontando a arma para eles, o bêbado caindo no chão enquanto os outros dois se separavam para organizar suas reações individuais à exigência de Little Dap. O da esquerda fez tudo direitinho, entregando a carteira e desviando a vista para o chão; mas o outro estragou tudo, quase sorrindo ao aproximar-se dele, da arma, como se estivesse vivendo uma cena de seu filme predileto, dizendo: "Hoje não, meu caro".

Quando o cara branco disse aquela babaquice, Little Dap viu Tristan ficar todo rígido, entrar numa piração, Little Dap lamentou que a arma não estivesse com ele naquele momento, que ele dava uma coronhada naquele herói e o fazia mudar de atitude na hora. Na verdade, estava mesmo prestes a tirar a arma da mão em garra de Tristan, mas então — pof — tarde demais, o cara levou um tiro no peito, levantou a cabeça de repente como se alguém o tivesse chamado pelo nome de uma janela, depois desabou sem sequer olhar para baixo, Tristan rapidamente debruçando-se sobre ele, como se fosse morder-lhe o rosto, cochichando: "Nossa!", e Little Dap cochichando: "Vam'bora!", dando um puxão no outro, então os dois dispararam pela Eldridge em direção ao sul, chegando tão rápido no Lemlich que Little Dap só viu um monte de portões de segurança passarem borrados pelas bordas de seu campo de visão. Contornaram um casal bêbado como as águas de uma corredeira contornam uma pedra, depois deram com um velho chinês, o homem arregalou os olhos na mesma hora e automaticamente foi tirando a carteira. Mas assim que chegaram do outro lado da Madison, Dap agarrou a ponta do capuz de Tristan, obrigando-o a parar: "Não corre", um sussurro ofegante, em seguida: "Terraço", depois deu meio quarteirão de distância do outro, descendo a Madison até a esquina da Catherine para que os dois chegassem separadamente no Lemlich, ambos respirando pela boca, olhando direto para a frente como se um não enxergasse a existência do outro, entrando no conjunto habitacional, depois seguindo para o número 32 da St. James, entrando no saguão ao mesmo tempo, justo o que *não* devia acontecer, depois subindo por escadas separadas, uma de cada lado dos poços dos elevadores, subindo atropeladamente os trinta lances até o décimo quinto andar, depois juntos, em silêncio, subindo a última escada, que levava ao terraço, pisando no cascalho e quase esbarrando nos dois policiais do Departamento de Conjuntos Habitacionais que estavam de costas para eles, debruçados sobre a grade que dava para o rio, descansando depois de uma ronda vertical, batendo a cinza do cigarro enquanto conversavam sobre a vista: Wall Street, o Brooklyn Promenade, Jersey City Heights. "Uma puta vista, tipo Donald Trump", disse um dos policiais, e então começou a especular o quanto ela valeria no mercado. "Era só dar um sumiço nesses quinze andares de vagabundo aqui embaixo."

Little Dap e Tristan se esconderam atrás da porta do terraço, agora escancarada, ofegantes, a mão de Tristan como uma garra sobre a maçaneta virada para o lado de fora. Os dois ficaram acocorados, imóveis, até que as guimbas de cigarro foram largadas no abismo e os policiais se viraram, voltando, Little Dap rezando para que não percebessem que a porta do terraço agora estava escancarada, eles dois escondidos atrás dela; então, no último instante Little Dap teve que arrancar a mão de Tristan da maçaneta para que os policiais pudessem fechar a porra da porta ao sair.

Ainda acocorados, ouviram os ecos dos passos arrastados descendo a escada, e finalmente saíram, correndo em direção à beira do terraço voltada para o oeste, para ver o lugar de onde tinham vindo. Não dava para enxergar, eram tantos os prédios velhos, as torres de vidro esverdeado mais novas e os puxados verticais, e também não ouviam sirenes nem qualquer outro som de alarme, mas que o corpo estava lá, isso estava.

Os pés de Tristan estavam fincados no chão de cascalho do terraço, a língua seca como couro dentro da boca, imagens e sensações pululando ao seu redor, o pequeno coice na sua mão no momento em que ele apertara o gatilho, o cara olhando para cima na hora do impacto, o branco dos olhos inteiramente visível embaixo da íris, e depois, repetidamente, aquele golpe inesperado na sua mão, como a mordida de um cão, o coice da vinte e dois. Tivera mesmo a intenção de atirar? Não sabia. Mas tudo bem.

Para sua própria surpresa, Tristan deu por si relembrando os tempos de menino, quando morava em outros conjuntos habitacionais do Brooklyn, com a avó, aquela época em que ele e os outros garotos brincavam dentro dos poços dos elevadores, pulando do telhado do que estava subindo para o do que estava descendo, quando um deles, o Neville, escorregou e ficou preso entre dois elevadores que iam em direções opostas, as plumas do casaco acolchoado que ele estava usando simplesmente explodiram quando o elevador que estava subindo rasgou o casaco, e rasgou o Neville também, e depois mais plumas saíram quando os paramédicos cortaram o casaco pela parte de trás, tentando chegar ao que restava dentro dele.

"Está *surdo?*" Little Dap cochichava sem desviar o olhar. "Já falei, me dá essa merda dessa arma!"

Tristan enfiou a mão no bolso do casaco, entrou em pânico por um segundo ao não encontrar nada dentro dele, depois constatou que a arma continuava agarrada a sua mão direita, estava ali desde o momento em que dera o tiro.

"Oquei." Little Dap pegou a arma, ainda olhando fixo na direção do cadáver. "Oquei. Tu contou pra alguém?" Balançando a cabeça, ofegante. "Contou pra alguém? *Hein?*" Respirando. "Agora está comigo", levantando a vinte e dois. "Com as tuas impressões digitais."

Tristan pensou: e agora com as suas também, se você está segurando, mas imaginou que a coisa não devia ser tão simples assim, não é?

Então de repente Little Dap o abraçou por trás, com força, apertando a virilha contra os fundilhos do seu jeans e cochichando em seu ouvido: "Então, gostou? Lá é assim dia e noite, o tempo todo, tá ouvindo? Só que tu não vai durar nem até chegar lá". Tristan teve vontade de rir, o fodão que conhecia a prisão por dentro, mas então Little Dap se acocorou atrás das pernas de Tristan e abraçou-lhe as coxas, levantando-o do chão, virando-o quase de cabeça para baixo acima da grade baixa demais, Tristan mudo de terror, o sangue pulsando nas têmporas enquanto ele tentava se agarrar na grade metálica externa que o separava de uma queda de quinze andares.

"Ninguém tá sabendo de nada. Tu não diz nada, e ninguém vai ficar sabendo de nada", sussurrava Little Dap, sua mão escorregando um pouco. Tristan aproximou-se alguns centímetros do chão, gritando por dentro. "Escuta só. Tu sabe que eles vão vir aqui, batendo em tudo que é porta, procurando, então é bom não dar nenhum motivo pra eles bater na tua porta não, olha pra mim, tá me *escutando?* Porque *eu* não volto pra aquele lugar, não." Mesmo em pânico, Tristan percebeu o tremor na garganta de Little Dap.

Little Dap puxou-o de volta, Tristan em silêncio ajoelhou-se com um joelho só, para sentir o contato do cascalho.

"Eu vou descer", disse Little Dap, a voz ainda trêmula. "Você espera vinte minutos, depois desce também." Partiu em direção à porta do terraço, depois virou-se outra vez. "E, daqui pra frente, tu *nem olha* pra mim."

Meia hora depois, Tristan passou silencioso como um ninja pela porta do quarto do ex-padrasto e entrou no que ele dividia com os três hamsters, os quatro colchões tão juntinhos um do outro que era como se formassem uma cama só de parede a parede. A cama de Tristan era a terceira ou a segunda, dependendo de se a gente contasse a partir da janela ou do armário. O menino, Nelson, à sua esquerda, tinha seis anos; a menina, Sonia, à direita, tinha cinco; a caçula, Paloma, três.

Havia um recado no seu travesseiro: NÃO PENSA QUE VOCÊ NÃO VAI PAGAR POR ESSA, com a mesma letra de imprensa caprichada com que estava escrito o Regulamento da Casa, pregado na parede do quarto com um alfinete de mapas.

Tristan entrou no banheiro e olhou-se no espelho. Depois de um longo momento, abriu a água quente, fazendo o mínimo de barulho possível, pegou dentro do armário de remédios o aparelho de barbear descartável de seu padrasto e começou a fazer a barba pela primeira vez desde que teve idade suficiente para cultivar seu cavanhaque. Quando terminou, aquele relâmpago branco grosso continuava traçando um S irregular na face esquerda até o canto da boca, saindo do lado oposto e descendo até o lado direito do maxilar. Antes a barba espessa recobria uma parte do risco, de modo que não era a primeira coisa que ele via quando captava seu reflexo numa vitrine de loja, porém ao vê-lo agora totalmente exposto depois de tanto tempo Tristan teve uma sensação de choque, e lembranças indesejáveis foram despertadas.

Voltando ao quarto, pegou o caderno espiral debaixo do colchão e tentou anotar alguns versos.

Me pega uma vês que eu te pego duas

Mas nada mais lhe veio à mente, de modo que ele recolocou o caderno no esconderijo.

Alguns minutos depois, quando finalmente estava deitado no colchão, ouviu o primeiro passarinho lá fora, o primeiro pássaro do mundo, meia hora para o dia nascer, mais meia hora para as escolas abrirem.

Fechando os olhos, sentiu de novo o coice da vinte e dois, viu os olhos daquele cara virando para cima, subindo mais e mais, então ouviu o passarinho novamente, aquela melodia enlouquecida. Voltando-se para a janela, viu a silhueta trêmula e ampliada do pássaro contra a corrediça balançada pela brisa: pássaro monstruoso.

Ficou olhando para o teto por um tempo, depois fechou os olhos outra vez.

Tudo bem.

QUATRO

DEIXA MORRER

Na manhã seguinte, dando as costas para a bagunça deixada pelos filhos, que já haviam partido, Matty estava debruçado sobre a grade do gramado artificial da sua varanda, no décimo sétimo andar, xícara de café na mão, contemplando as ruas vizinhas para os lados do oeste, um tabuleiro de xadrez de demolições e reconstruções onde parecia não haver um único terreno ou cortiço intacto; em seguida, voltou o olhar para o sul, em direção ao centro financeiro, onde antes ficavam as torres gêmeas. Aquele prédio comercial de obsidiana reluzente que até o ano anterior dominava o panorama sempre lhe parecera constrangido, como uma pessoa exposta quando a cortina do chuveiro é aberta de repente.

Ele próprio se sentia um pouco constrangido, por ter evitado os filhos mais uma vez, por ter dormido na delegacia. Pelo menos foi só uma noite; Jimmy Iacone, sem conseguir se recuperar da separação, e preferindo gastar o dinheiro que sobrava depois de pagar as contas nos bares da Ludlow Street, estava morando naquele bunker sem janelas havia seis meses.

A vizinha de Matty, uma mulher gorda de pernas curtas, apareceu na varanda ao lado e, ignorando-o, começou a bater num tapete pequeno, como se fosse uma criança desobediente. A família dela era a única de judeus ortodoxos do prédio que se permitia utilizar o elevador pré-programado em vez de usar as escadas desde o pôr do sol de sexta-feira até o final da tarde de sábado, e portanto a única família ortodoxa que conseguia ou topava morar acima do sexto andar. Porém o apartamento tinha apenas dois quartos e ela estava grávida outra vez, a terceira em cinco anos, por isso o mais provável era que eles se mudassem em breve, o imóvel valeria pelo menos quinhentos mil dólares, na certa seria comprado por um jovem casal de Wall Street interessado em ir a pé ao trabalho. Todo ano, em dezembro, era fácil constatar o número crescente de casais gentios morando ali onde outrora só havia judeus: bastava contar os apartamentos enfeitados com luzes natalinas no prédio de vinte andares; no ano anterior, o número de cristãos foi por fim suficiente para que o condomínio resolvesse colocar um pinheiro de dois metros de altura ao lado da tradicional menorá de Chanucá.

O celular começou a vibrar no bolso da camisa. Matty olhou para o número que surgiu no identificador: Berkowitz. E foi assim que a coisa começou.

"Tudo bem, inspetor?"

"Ele quer falar com você."

"É mesmo?"

"Você tem muita coisa pra explicar."

"É mesmo, é?" Matty derramou a borra do café na Essex Street.

"Por que é que você não disse pra gente que as provas eram tão fracas?", perguntou Berkowtiz.

"Por que eu não disse?" Andando de um lado para o outro pela grama artificial. "Quantas vezes o senhor não me ouviu dizer: 'Eu estou meio na dúvida se esse cara é mesmo o culpado'? Quantas vezes?" Aquela mulher batendo tapete na varanda ao lado estava começando a lhe dar dor de cabeça. "E vocês todos só faziam me dizer que o negócio era pegar o sujeito e encerrar o assunto, pegar o sujeito e encerrar o assunto. O promotor também. Eu expliquei tudo muito bem. Aí neguinho me diz: 'Duas testemunhas contam mais que a ausência de arma, temos uma causa provável e duas testemunhas'. O promotor manda a gente tocar pra frente, e quando é que a gente diz não? Me diz *uma* vez."

"Onze horas."

A sala do chefe dos detetives no quartel-general da polícia era como uma cabana no céu, a área de recepção no décimo quinto andar imitava uma delegacia bagunçada, com uma mesa de recepcionista velha e arranhada, aquários malconservados, balaústres com a tinta descascando, paredes cobertas com fotografias mal emolduradas, avisos administrativos triviais e uma bandeira americana do tamanho de uma cama king-size.

Porém, deixando para trás aquele cenário de fachada e penetrando nas salas internas, tudo era madeira de lei, silêncio e poder.

E foi lá que Matty se viu duas horas depois, já exausto, com seu melhor terno, parado diante da porta da sala de reuniões dos chefes dos detetives, o vice-inspetor Berkowitz a seu lado, uma das mãos pousada na maçaneta, mas imobilizado por um momento.

"A situação não é nada boa." A voz de Berkowitz era um sussurro tenso.

"Foi o que o senhor disse."

"Todo mundo está tentando achar uma saída."

"Imagino."

"Meu chefe não quer sair mal dessa história."

"Imagino."

"Mas sim. Quem foi que autorizou essa detenção?"

"Ele."

Expirando pelo nariz, Berkowitz rapidamente correu os olhos pelo corredor vazio, depois aproximou seu rosto ainda mais do de Matty.

"Quem foi que autorizou essa detenção?"

"O senhor?" Matty sabia o que Berkowitz queria ouvir.

Mais uma expiração, mais um correr de olhos.

"Outra vez."

"O senhor está de brincadeira?"

Berkowitz lhe dirigiu um olhar feroz, Matty pensando: tá bom.

"Fui eu."

Berkowitz hesitou por um segundo, vasculhando o rosto do outro, então por fim abriu a porta, sentando antes mesmo que Matty tivesse tempo de entrar na sala.

Apesar de sua truculência indignada, quando deparou com os sete homens que o esperavam em torno da longa mesa polida, com a paisagem do East River lá fora, quinze andares abaixo, por um instante Matty se viu reduzido à condição de menino.

O chefe dos detetives, Mangold, impecável, telegênico, puto da vida, estava sentado na extremidade oposta, ladeado por Berkowitz e Upshaw, o chefe dos detetives de Manhattan; entre os outros, dois inspetores; Mangini, o capitão da divisão; e, no ponto mais distante dos outros chefes, Carmody, o tenente do Oitavo Esquadrão.

"Mas então." Mangold espichou o queixo mais ou menos na direção de Matty. "Que diabo foi que aconteceu?"

Pela milésima vez, Matty desfiou sua narrativa: que estava preocupado com a ausência da arma, a ausência de motivo, que por outro lado havia duas testemunhas oculares aparentemente inquestionáveis, e mais o promotor dizendo que havia uma causa provável, dizendo que seguro morreu de velho.

"Deixa eu te fazer uma pergunta simples", disse Mangold, olhando para o rio e a cordilheira de pardieiros decrépitos. "Pelo menos você fez um exame de parafina?"

Matty teve vontade de rir, achando que aquilo só podia ser uma pegadinha de televisão, ou um primeiro de abril; mas não. Todo mundo estava olhando com ferocidade para a janela ou para as próprias unhas.

"Havia uma corrida contra o tempo, segundo a Unidade da Cena do Crime", ele disse por fim, preparando-se para o próximo golpe.

"Nesse caso, tenho outra pergunta simples." Mangold ainda não tinha olhado direto para ele. "Quem é que estava encarregado desse caso, você ou os técnicos?"

Matty sentiu que enrubescia. "Eu."

"E assim mesmo deixou que eles te convencessem a não fazer o exame de parafina. Não tinha arma, não tinha um motivo, uma situação dessa, quer dizer, o tipo mais elementar, mais básico..." Balançando a cabeça, incrédulo. "Um detetive experiente como você."

"Isso é novidade pra mim, chefe", disse o chefe dos detetives de Manhattan, parecendo ao mesmo tempo lúgubre e perplexo.

No instante seguinte, todos que estavam em torno da mesa começaram a balançar a cabeça, desanimados, todos os membros da rede e mais Carmody, totalmente por fora do caso, um sujeito que, mesmo no caso mais simples imaginável, seria incapaz de encontrar um pedaço de carvão numa bola de neve.

"Sem essa de balançar a cabeça pra mim", explodiu Matty, sem conseguir se conter, dirigindo-se ao tenente, pois Carmody era quase o único ali presente com quem ele podia explodir impunemente. Quase.

Todos agora estavam olhando para Matty — para que lado ele vai agora? — até que Mangold finalmente interveio: "Tá bom, chega", como que entediado. "Agora vamos fazer tudo como eu acho que deve ser feito."

Todo mundo expirou.

"Você contatou o pessoal da Costumes?", perguntou Mangold a Matty.

"Costumes?"

"Em 92, aquela área estava assim de prostituta. Chama o pessoal da Costumes, pergunta se eles não têm nenhuma reclamação sobre aquele pedaço, quem sabe não foi algum cliente de prostituta."

"Vamos nessa", disse Berkowitz.

Cliente de prostituta…

"Vamos atrás de tudo que é boate, lugar de jogatina." Mangold falava olhando para o rio de novo. "Os caras em liberdade condicional por assalto no oitavo, vocês sabem quem são?"

"Eu sei", disse Matty. "Quase tudo na faixa dos trinta, quarenta, ninguém que se encaixe."

"Aciona o pessoal da Condicional assim mesmo. Tinha um agente de condicional lá, no tempo que eu patrulhava o bairro nos anos 80, sabe? Ele fechou bem uma meia dúzia de casos para nós. Tremendo computador humano."

"Anos 80?"

"E também aquele bar, onde eles estiveram logo antes do crime."

"O Berkmann."

"Tem alguém lá que está sabendo de alguma coisa que ainda não falou pra nós. Eu quero que o pessoal da Costumes faça uma busca de menores de idade, entre em contato com a Narcóticos, pra ver se tem algum informante no lugar. Quero um esforço de reportagem lá, até que alguém entregue o serviço."

Matty pensou em abrir um bar, virar professor secundário, primário, qualquer coisa. O que é que ele saberia ensinar…?

"Tá bom, bola pra frente. O cara dizia que tinha arma?"

"Que cara."

"O cara que você prendeu."

"Tinha antes, não tem mais", respondeu Matty. "Diz que levou ela pra polícia numa dessas entregas remuneradas lá no oitavo uns anos atrás."

"Oquei, certo. Verifica se ele fez isso mesmo."

"Não dá, chefe." Matty outra vez. "A gente não guarda registro disso."

Mangold por fim o encarou, os olhos brilhando de espanto. "Mas você, hein, me apronta cada uma."

Porém Berkowitz surpreendeu Matty ao intervir com um comentário que na verdade nada mais era que o óbvio: "A própria razão de ser dessa história de entrega de armas remunerada, chefe, é não pegar nome de ninguém, não fazer nenhuma pergunta, porque se não for assim…".

"Então volta pro oitavo, descobre em que ano foi que ele devolveu a tal arma, confere na relação de armas entregues se teve alguma vinte e dois que entrou lá naquela época. Faz alguma coisa para levantar o meu moral, porra."

"Isso aí é uma agulha num palheiro, chefe." No seu desespero, Matty estava começando até a sentir prazer com todas aquelas suas respostas negativas. "Com todo o respeito."

"Mas pelo amor de Deus, o cara não mora mais ou menos perto da cena do crime? Então vai lá na casa dele, entra e conversa com ele, pressiona o sujeito, eu quero saber mais sobre a arma. A gente ainda não terminou com ele."

"Chefe" — Matty ficou vermelho —, "peraí, por que é que a gente está queimando as pontes, esse cara é a nossa única testemunha e ele já está com ódio de nós. Não entendo…"

Ignorando-o, Mangold virou-se para Upshaw. "Isso não está legal. A imprensa? Vai ser um problema."

"Por causa disso?", disse o chefe dos detetives de Manhattan em voz baixa, como se estivesse comentando o estado de um paciente no quarto ao lado. "Acho que o melhor é deixar a coisa morrer e segurar a peteca."

Mais uma vez todos balançaram a cabeça, com expressões sérias, Matty compreendendo tudo: no momento, nada de se abrir com a imprensa. Então, inevitavelmente, dentro de um ou dois dias, um assassinato mais midiático, tendo noventa por cento dos detetives com quem ele trabalhara voltado discretamente para seus distritos; deixando Matty no meio da sala com uma caixa de papelão cheia de relatórios de detetives e ninguém do seu lado além de Yolonda, talvez movida pela piedade, todos os outros evitando-o discretamente como se ele fosse um capitão Ahab de terra firme, um monomaníaco pé no saco, como se ele tivesse mau hálito cerebral.

O silêncio meditativo que havia se imposto na sala de reunião foi finalmente interrompido pelo próprio Mangold, que dirigiu o olhar a Matty pela segunda e última vez.

"Um simples exame de parafina", disse ele, sonhador, com laivos de espanto na voz.

Matty deu por si levitando, as pernas semiesticadas, as mãos esparramadas sobre a mesa, os dedos vermelhos e brancos, e por um ou dois segundos tensos pareceu que ele ia explodir, soltar o verbo em cima de todos os presentes, abrir o jogo com Mangold, contar como fora cada telefonema, todos agora com uma expressão pétrea no rosto, lendo seus pensamentos, mas então... então... ele simplesmente engoliu, qualquer um daqueles carreiristas presentes tinha cacife suficiente para pôr a pique a carreira dele, transferi-lo para Staten Island, obrigando-o a pagar sete dólares de pedágio pelo resto de sua vida profissional.

Quando Matty se deixou cair de novo na cadeira, percebeu o alívio estampado por trás das fachadas dos outros.

Foda-se. Bom, pelo menos eles todos estão sabendo.

"Olha, é só ir na casa dele, bater na porta, pedir desculpas e voltar", disse Matty a Iacone e Mullins, fazendo o possível no sentido de obedecer às ordens sem deixar Eric Cash mais nervoso do que já estava.

"Não é pra revistar?"

"Não. Não é pra revistar não." Então, acrescentando contra a vontade: "Sei lá. Vê se ele tem mais alguma coisa a dizer sobre a arma, mas vai manso, e depois cai fora."

O tenente passou por ele sem lhe dirigir um olhar.

Matty esperou até que a porta da sala de Carmody batesse, e em seguida ligou para um amigo da Costumes. "Vem cá. Vocês vão receber um telefonema da chefia, dando ordem de dar uma busca de menores de idade num bar, o Berkmann."

"Já aconteceu."

"Vocês já deram a busca?"

"Não. Já recebemos o telefonema. Devemos ir lá esta semana. Amanhã, depois de amanhã, por aí."

"Olha aqui, o dono lá é amigo da polícia, nunca criou problema pra nós, sempre nos ajudou, quer dizer, só por curiosidade, quem é que vocês estão mandando pra lá?"

O amigo de Matty hesitou por um instante, e depois: "Tem uma garota dominicana, ainda é cadete, mas já fez isso antes".

"É mesmo? Bonita?" Matty pegou uma caneta.

"Até que não, meio baixinha, gorducha, mas tem um piercing na sobrancelha esquerda."

"Brincadeira." Anotando a informação.

"Tem uma mecha vermelho metálico no cabelo."

"Essa garotada de hoje, hein?" Matty deu uma risada, ainda anotando. "Você me dá um aviso antes da busca?"

Não sabia exatamente em que aquela operação iria dar, mas como a investigação estava nos estertores, deu-se conta de que fora uma boa jogada fazer que Harry Steele ficasse lhe devendo um favor.

Quando Eric abriu a porta, não se espantou ao constatar que a polícia nova-iorquina ainda não o havia deixado em paz. Tinha passado a manhã inteira sentado no seu sofá-cama futon, esperando que algo assim acontecesse.

"Eric?" Jimmy Iacone estendeu-lhe a mão. "Sou o detetive Iacone, e este grandalhão aqui" — apontando com o polegar para trás — "é o detetive Mullins. A gente veio aqui mais pra saber se você está bem, e também, você sabe, pra pedir desculpas mais uma vez pelo que aconteceu."

Aqueles dois pareciam a concretização de um sonho: Mullins, enorme, louro e mudo, os olhos sem cor fixos no meio da testa de Eric; o outro, gordo e visivelmente seboso, como um bandido de faroeste italiano.

"Felizmente", prosseguiu Iacone, "a gente continuou tentando ajudar você, até encontrar alguém que desse apoio à sua história… *In*felizmente, falta resolver um pequeno detalhe."

Os ombros de Eric começaram a estremecer de novo, forçando Mullins a desviar o olhar daquele ponto acima de seus olhos.

Iacone deu um passo à frente, sorrindo, levando Eric a recuar. "Podemos entrar?"

O apartamento não tinha nenhuma porta entre a entrada e a janela, e enquanto Mullins entrava na sala cheia de livros, Iacone guiou Eric até a cozinha da quitinete e depois o virou para que ele ficasse de costas para seu parceiro.

"Você disse que tinha uma vinte e dois?"

"É, eu falei pro detetive, como é que...?" Os dedos de Eric remexeram na carteira até encontrar o cartão de visitas de Matty. "Clark. Detetive Clark. Que eu troquei a arma por dinheiro." Ele ouvia os passos de Mullins atrás de si.

"Certo", disse Iacone, pondo a mão de leve em seu braço para que ele não se virasse. "Seria possível confirmar que você de fato..."

"Entreguei a arma? Bom, o policial que recebeu me deu um recibo, isso faz anos, não faço ideia do nome dele, e, peraí, acho que fui com um amigo, o Jeff Sanford."

Iacone anotou o nome. "Como é que eu posso entrar em contato com o Jeff?"

"Pra ver se eu não estou mentindo?"

"O procedimento é esse." Iacone deu de ombros, como se pedisse desculpas, a caneta pousada acima do bloco.

"Ele está lá pro interior do estado, Elmira."

"O complexo presidiário de lá?"

"O quê?" Eric recuou. "Não, a cidade. Ele é professor secundário." Então, ao ouvir um livro caindo: "O que é que ele está fazendo?" Por fim virou-se e viu Mullins examinando as estantes cheias de livros da pesquisa de Alessandra.

"Não é o que você está pensando", disse Eric. "Tudo isso é da minha namorada, é da pesquisa de mestrado dela, pode perguntar pro detetive Clark, a gente... tudo isso é material de pesquisa, é tudo..."

Com um guia de turismo sexual em árabe sobre a Tailândia numa mão e uma revista alemã de sadomasoquismo na outra, Mullins dirigiu a Eric um olhar que pulverizou o que ainda restava dele.

"Por favor." Sua voz rateava.

"Johnny", disse Iacone em voz baixa.

Mullins, com gestos exagerados, recolocou cada volume no lugar de onde o havia retirado, mas as estantes estavam cheias demais, e cada um que entrava fazia cair outros tantos livros e revistas, um mais chocante que o outro.

"Deixa que eu pego. Deixa que eu pego." Eric ajoelhou diante de Mullins e começou a guardar os objetos caídos com as mãos trêmulas.

"O que é que tem aí dentro?" Mullins perguntou, apontando para um baú fechado com cadeado, coberto por um xale com bainha de brocado, entre o futon e a televisão.

"Sabe de uma coisa?", Eric ainda ajoelhado no chão, olhando para o outro. "Não faço ideia. Já estava trancado quando me mudei pra cá, ela nunca me deu a chave, eu nunca vi ela abrir. Deve ser alguma coisa muito constrangedora, mas é dela. Tudo aqui é dela, sabe?"

Levantando-se, entrou na cozinha da quitinete e abriu os armários, exibindo as prateleiras cheias de feijões, lentilhas e suplementos alimentares. "Tudo dela." Então foi até o único guarda-roupa, cheio de sacos fechados com zíper contendo casacos, suéteres, vestidos. "Tudo dela."

Depois foi ao banheiro, onde abriu a cortina do chuveiro e mostrou dezenas de decalques de golfinhos, lulas gigantes e baleias colados à parede de ladrilhos. "Tudo dela. E quer saber mais? Nem sei quando ela vai voltar, nem se ela vai voltar, entendeu?"

"Certo, certo", disse Iacone, levantando as mãos, recuando. "É como eu falei, a gente veio só pra esclarecer alguns detalhes."

"E pedir desculpas", acrescentou Mullins.

Eric ficou ouvindo os dois conversando enquanto desciam a escada com passos pesados.

"A gente devia conseguir um mandado pra revistar aquele baú, sabia?", disse Mullins.

"Deixa pra lá", retrucou Iacone, e acrescentou: "Pesquisa".

"Só você vendo a cara deles, Yoli." Matty estava sentado na beira da mesa dela. "Que nem barata quando a gente acende a luz. 'Eu não estava sabendo disso.' 'Você nunca disse isso pra gente.' 'Isso pra mim é novidade.' 'Grande ideia, chefe.' E tive que engolir tudo. Todo mundo, tipo assim, se escondendo debaixo do tapete, e eu tive que engolir."

"É, tá vendo, por isso nunca fiz exame pra sargento", disse ela. "É o primeiro passo pra acabar desse jeito. É igual a droga, começa com maconha…"

Mullins e Iacone voltaram para a sala de reunião.

"Então, como é que foi?" Matty temendo ouvir a resposta.

"Foi bem", disse Iacone.

"Você acha que ele vai querer nos ajudar?"

"Não vejo por que não."

* * *

Sentado na mesma cadeira que seu novo cliente ocupara na sala de interrogatório do Oitavo Esquadrão, Danny Fein, também conhecido como Danny Vermelho, da assistência jurídica Hester Street Legal Initiative, dentes grossos e quadrados brilhando como pedras de majongue velhas por entre os fios da barba ruiva, encarava Matty, Yolonda e Kevin Flaherty, o promotor assistente.

"Olha", disse Flaherty, "temos uma descrição básica dos criminosos, conhecemos a maioria dos marginais do pedaço, a gente só quer que o Eric dê uma olhada numas fotos, e de repente dê uma descrição pra um desenhista da polícia, pra gente conseguir uma imagem mais fiel que ajude a resolver o caso."

"'Uma imagem mais fiel.' Ou seja, um desenho que não pareça só uma tática para ganhar tempo de arranjar provas contra ele?"

"Justamente", disse Flaherty.

"Tudo bem." Danny levantou uma perna e a colocou sobre a outra. "É como eu falei, assim que eu tiver uma certidão assinada dizendo que ele está livre de ser indiciado."

"Você não…" Flaherty desviou o olhar, riu trincando os dentes. "Ah, qual é, Danny, tudo indica que não foi ele, mas a gente não pode fazer isso, você sabe. É uma investigação em aberto."

"Lamento."

Matty e Yolonda trocaram um olhar tenso, Matty já tendo no colo algumas pastas de fotos.

Corria o boato de que Danny tinha acabado de abandonar a esposa, uma negra chamada Haley, e os dois filhos, Koufax e Mays, para ir viver com a ex-namorada judia, dos tempos da faculdade, e que na assistência jurídica todo mundo tinha parado de falar com ele.

"O que a gente está pedindo", disse Yolonda, "são descrições de roupa, barba…"

Danny entortou a cabeça, numa demonstração ostensiva de espanto. "Vocês ficaram oito horas interrogando ele e não conseguiram essas informações?" Então, inclinando-se para a frente: "Me mostra o documento".

"Nós abrimos o jogo totalmente com você", disse Flaherty. "Eles passaram o dia inteiro tentando achar provas pra reforçar o depoimento dele."

"Reforçar, é? Sorte de vocês que ele não quer processar a polícia."

"Ninguém lamenta mais o que aconteceu do que nós", finalmente Matty interveio, "mas a gente tinha duas testemunhas oculares. O que é que *você* faria no nosso lugar? A gente soltou o cara assim que foi possível. Mas agora ele é a nossa única testemunha de verdade, e por uma questão de humanidade ele precisa nos ajudar."

"Me mostra o documento."

"Esse garoto, o Issac Marcus, ele tem pais", disse Yolonda. "Você sabe por que eu disse *tem*, e não *tinha*? Porque quando um filho é assassinado e alguém pergunta aos pais, na maior inocência: 'E aí, quantos filhos vocês têm?', eles sempre incluem o filho morto na contagem. Não tem erro. É que nem dor em perna amputada."

"Yolonda", advertiu Flaherty. Ela era a única que nunca havia conversado com Fein antes.

"O senhor alguma vez já conversou com os pais de um filho assassinado, senhor Fein?"

"Ah, porra", murmurou Flaherty, Matty pensando: pronto, lá vai.

"Já, sim", respondeu Danny prontamente. "Os do Patrick Dorismond, entre outros."

Um suspiro silencioso encheu a sala.

"Desculpe", Yolonda outra vez, "nós matamos o seu cliente ontem?"

"Me mostra o documento."

"Ora, Danny", Flaherty tentou voltar à carga. "O Ike Marcus e o Eric Cash eram amigos. Eram colegas…"

"Me mostra o documento."

Por fim o promotor perdeu a paciência. "Você acha que a gente não vai chamar a mídia? Como é que ele vai mostrar a cara dele?"

"Então vocês ficam oito horas interrogando um sujeito, jogam ele na cadeia sem provas, e agora vocês, o quê…?, estão ameaçando ele com uma humilhação pública?" Danny recostou-se em sua cadeira, como que para enxergá-los melhor. "Eu não canso de me espantar com a cara de pau de vocês."

"Cara de pau, é?" Yolonda tentou fazer cara de insultada.

"Olha, você pode deturpar a situação como você quiser", disse Matty, "mas sabe que o que a gente está pedindo está certo."

"Me mostra o documento."

❊ ❊ ❊

Matty saiu do prédio com Danny, falou com ele na rampa para cadeira de rodas.

"Soube que você e a Haley se separaram."

"É, mas foi amigável."

Dois homens de uniforme escoltavam um latino algemado, um dos olhos inchado, já ficando roxo, rampa acima, e Danny enfiou seu cartão no bolso da frente do jeans do sujeito quando passaram por ele.

"Deixa eu te perguntar uma coisa", disse Matty, "não leva pro lado pessoal, não, mas o que é pior pra uma mulher negra — o marido branco largar ela pra ficar com outra negra ou pra ficar com uma branca?"

"Eu detesto esse tipo de generalização", disse Danny. "Como é que vou saber, porra. E se troca ela por outro homem?"

"Então quem ficou mais feliz, a sua família ou a dela?"

"Quer saber? Ninguém ficou feliz. Todo mundo se dava muito bem."

"É mesmo?" Matty acendeu um cigarro. "E como é que estão os meninos?"

"Enlouquecidos."

"Lamento."

"Não, lamentável seria a gente continuar juntos."

Fizeram uma pausa para ver uma briga de vagabundos começar diante da loja de bebidas com fachada à prova de balas do outro lado dos pilares da Williamsburg Bridge, dois garotões envelhecidos trocando golpes inofensivos.

"Essa história sua de 'me mostra o documento', sabe?", disse Matty. "Você podia ter dito isso ao Flaherty pelo telefone."

"É, de repente."

"Então por que você veio, pra bancar o Daniel na cova dos leões?"

O advogado bufou, desviou o olhar com um sorriso.

"Ou você fez questão de ver a cara da gente enquanto dizia isso."

Danny ficou olhando para o trânsito que ia em direção ao Brooklyn na Williamsburg Bridge. "As duas coisas."

"Ah, nem vem, Danny", disse Matty, "você está usando esse rapaz só pra nos sacanear."

"E se for, qual o problema?", disse Danny começando a descer a rampa, voltando para seu escritório a poucos quarteirões dali. "Você não acha que a polícia merece ser sacaneada de vez em quando?"

"Corta essa. Fala sério, quem é que tem razão aqui?"

"Razão?" Danny andando de costas. "Vocês têm que aprender a se responsabilizar pelo que fazem."

"Vai se foder, seu comunista filho da puta", disse Matty, sem muita ênfase.

"Ora, se eu não precisasse de outra pessoa pra foder, eu nem saía de casa."

Tristan precisava ir ao banheiro, mas de seu quarto ouviu a cadeira se arrastando e depois o ruído da multidão na tevê, o locutor dos Yankees dizendo: "Segunda metade da entrada", e se deu conta de que estava preso. Seu ex-padrasto havia jogado no Yankee Stadium no campeonato das escolas públicas em 1984, atuara como interbases com James Monroe, acertou todas as bolas e chegou uma vez à primeira base com uma bola lançada pelo arremessador da DeWitt Clinton, que acabou jogando com os Expos, e agora trabalhava como garçom num café no Bronx chamado Dino, onde muitos dos Yankees e jogadores de times visitantes iam jantar com as namoradas, e embora o amor-próprio o impedisse de mencionar seu passado na presença deles, esses fregueses sabiam que ele não era um garçom qualquer; Bernie Williams e El Duque sempre o chamavam pelo nome, e mesmo quando não ganhava o bolo das apostas, durante a temporada de beisebol ele quase sempre ia para casa com mais dinheiro no bolso do que qualquer um; tudo isso para dizer que toda vez que ele não estava de serviço e os Yankees jogavam, seu ex-padrasto arrastava a cadeira de seu lugar no canto até o centro da sala, a cadeira era *dele*, sentar-se nela era morte certa, e todo mundo tinha que passar as próximas horas pisando mansinho. Quando chegava a terceira entrada, na maioria das vezes ele já estava perigosamente bêbado, ainda alerta o suficiente para poder usar aquelas mãos rápidas e cruéis de jogador da defesa; na sexta entrada ele já estava trôpego demais para inspirar medo, mas mesmo assim tentava partir para cima de quem lhe impedisse a visão ou a audição do jogo, de modo que o melhor a fazer era esperar até depois da sétima entrada, o som de seus roncos na oitava era o sinal de que todo mundo podia voltar a levar a vida normalmente. Mas como o jogo ainda estava na quarta entrada, Tristan não tinha outra saída senão mijar pela janela do quarto.

Depois de examinar os prédios em frente para verificar se havia alguém olhando que pudesse chamar a patrulha do conjunto habitacional, como acontecera no ano anterior, ele ficou na ponta dos pés, abriu a braguilha e jogou os quadris bem para a frente, para que o fluxo não caísse no parapeito externo. Achou que estava se saindo muito bem, até que ouviu, sentiu o contato e o cheiro de urina escorrendo da parede; levantando a vista viu o menino de seis anos o imitando, com seu negocinho na mão e rindo ao ver seu mijo se espalhando pelo chão do quarto, chegando aos sapatos de Tristan.

Tendo passado quatro horas examinando os arquivos mais uma vez, verificando as prisões feitas naquele distrito nos últimos dois anos, Matty voltou à rampa para fumar um cigarro. Nesse momento a porta do motorista de um Mini Cooper abriu-se do outro lado da rua, e Mayer Beck, um jovem repórter do *New York Post* que tinha um pé deformado, saltou com dificuldade, com um sorriso sem graça no rosto cujo sentido era: na verdade, eu não estou aqui, não.

O constrangimento de Beck era dolorosamente visível enquanto ele atravessava a Pitt com seu passo de saca-rolhas em direção à rampa diante de uma plateia, Matty desviando o olhar para atenuar a vergonha do outro, balançando a cabeça como se já não aguentasse mais esses abutres da imprensa. Na verdade, ele até gostava do rapaz.

"Sem comentários, certo?" foi dizendo Beck, endireitando o quipá de time de futebol americano. "Deixa morrer sem a imprensa ficar sabendo?"

"Nada disso", respondeu Matty. "Tem até uma reportagem exclusiva. Do Colin Farrell."

"Desculpa." Beck deu um meio sorriso. "Fala sério, dá pra gente conversar?"

Matty jogou a guimba na sarjeta. "Até mais, Mayer", virando-se para voltar para dentro do prédio.

"Tem certeza?", insistiu o repórter, refletido nas portas giratórias de vidro. "Última chance."

Eram dez horas da noite e Eric estava escondido outra vez, agora no santuário que era seu último recurso, o porão de guardar carvão, onde outrora se guardava carvão, um lugar cheio de fungos dois andares abaixo do Café Berkmann, uma espécie de cripta. A parca iluminação que vinha das quatro luminárias espalhadas pelo chão de terra destacava os tijolos irregulares das paredes, tijolos de um tipo que não era mais utilizado na cidade desde o tempo da Guerra de Secessão, e as quatro lareiras rústicas que permaneciam, como fornos neolíticos, uma em cada canto, fontes ao mesmo tempo de calor e luz para aqueles que antigamente moravam ali, gente da qual só restavam os nomes e expressões em iídiche, alguns em caracteres romanos, outros em hebraico, traçados a canivete nas vigas enegrecidas do teto, que podiam ser alcançadas sem sequer esticar o braço.

Lá em cima, o Café Berkmann estava a todo vapor, o balcão lotado e as mesas, como sempre, com um número de reservas trinta por cento maior que o de lugares e uma quantidade imprevisível de gente entrando e saindo.

Normalmente, quando o café estava bombando daquele jeito, tudo funcionava melhor do que quando metade dos lugares estava vazia, pois a confusão tinha o efeito de obrigar todo mundo a funcionar no piloto automático, fazer o que fora contratado para fazer; ninguém se desligava, sonhava acordado nem remanchava. Quer ser bem atendido, vá para um restaurante cheio, Steele costumava dizer, mas com Eric Cash no comando aquela noite, a coisa tinha virado um verdadeiro inferno; ele próprio sentia estar provocando uma reação em cadeia de mau humor e ineficiência que se estendia da porta até as mesas e seguia até a cozinha, a começar pelos fregueses, Eric desde o início desencadeando o que havia de pior neles, encaminhando-os às mesas como se isso não fosse sua obrigação, deixando os cardápios caírem no chão, depois virando as costas para eles, fazendo os garçons inocentes se tornarem alvos de todas as reclamações; para piorar, de vez em quando aceitava um pedido como se ele próprio fosse um garçom e o entregava a um deles sem dizer uma palavra, como se eles fossem lerdos demais para ter o direito de viver, fazendo a mesma coisa com os cumins, limpando as mesas com as próprias mãos, ignorando as reclamações dos empregados sobre a falta de integração com a cozinha, sobre pedidos anotados errado, fregueses protestando, gorjetas ridículas.

E o barman que Steele havia contratado para substituir Ike Marcus desde o começo o estava deixando enlouquecido; todas as vezes que olhava para ele,

Eric via a mesma atitude negativa de sua parte: o rosto impassível e estoico de quem se imaginava ser o único ali que merecia estar trabalhando num ofício mais nobre; falando com os fregueses como se cada palavra sua lhe custasse sangue, contemplando as próprias unhas nos intervalos...

Eric havia assumido aquele turno apenas porque Steele lhe havia sugerido que retomasse logo o trabalho; e sem dúvida estava se esforçando: havia passado a noite toda tentando escapulir para algum lugar e se acalmar, mas a pergunta era sempre onde, onde, ele não podia sair, não podia sair, e já havia ido aos banheiros com o pretexto de colocar mais papel higiênico, toalhas de papel, sabão líquido, já fora até a escada para vigiar as pilhas de cadeiras extras como se as cadeiras fossem capazes de fugir sozinhas, fora até o galpão de suprimentos no pequeno pátio dos fundos para contemplar as lâmpadas e talheres de reserva, e agora, por fim, estava no porão...

Só queria dez minutos, cinco minutos para fumar um cigarro, ficar sozinho, sendo que "sozinho" era um termo relativo ali, com tantas câmeras de segurança, mas toda vez que se afastava do serviço depois voltava para o salão sentindo-se ainda pior, porque o tempo silencioso que passava lá embaixo tinha o efeito de aumentar o caos lá em cima, e assim durante toda a noite, após um ou dois minutos em algum recanto malcheiroso, Eric voltava ao salão, à porta, e a multidão no balcão de reservas havia dobrado durante a sua ausência, ninguém conseguia sequer entrar no restaurante vindo da rua, o que o obrigava a fazer uma triagem; Eric analisando os rostos numa fração de segundo, mandando uns de volta para Nova Jersey, Long Island, o Upper West Side ou onde quer que fosse, e encaminhando outros para o bar apinhado, com uma promessa falsa de que a espera seria de apenas alguns minutos, enquanto o sacana do barman...

E assim mais uma vez chegara a hora, Eric sentou-se no chão úmido e contemplou pela última vez a galeria de palavras acima de sua cabeça, encontrando sua favorita, um dos poucos termos em iídiche que ele compreendia: *Goldeneh Medina*, "Cidade de Ouro"; alguém que vivia aqui naquela época tinha um senhor senso de humor.

"Eu não sofro apenas pelo meu amigo e a família dele", dizia Steven Boulware, o rosto amolecido pelo álcool e emoldurado pela televisão da copa do Oitavo Esquadrão, "sofro pelos assassinos, pela sua própria degradação humana. Nós, na condição de sociedade, precisamos encarar a nós mesmos, a nossa cultura de violência, de insensibilidade..."

Yolonda saiu do banheiro ao lado, recolocando o coldre no cinto.

"Enquanto nossos legisladores continuarem recebendo dinheiro da National Rifle Association, enquanto eles continuarem a aprovar um comércio que coloca armas nas mãos dos marginalizados e desesperados, de crianças que não veem outra maneira de ter acesso ao sonho americano..."

"A gente não pediu a esse babaca pra ele não falar com a imprensa?" Jogando uma toalha de papel amassada na lata de lixo.

"Pois é, mas posso te dizer uma coisa?" Matty enxugou os lábios úmidos de molho de tomate, depois jogou fora a ponta do pão. "No momento eu estou cagando e andando, porque pelo menos por enquanto essa coisa ainda está na televisão, no jornal, né? Eles não podem fingir que não aconteceu."

Tudo havia acontecido tal como ele previra. Um detetive apanhado em flagrante falando com a imprensa só não era transferido para Staten Island se já morasse lá, caso em que ele seria transferido para o Bronx. E agora que noventa por cento dos homens que ele havia posto em ação já tinham retornado a seus esquadrões de origem, menos de quarenta e oito horas após o início da investigação — nem se deram ao trabalho de fingir que estavam tentando —, o caso Marcus havia mergulhado num estado quase absoluto de negação em tempo recorde.

Dentro de quatro dias, pelo menos haveria a obrigatória reinvestigação do sétimo dia; a Patrulha Local vasculharia todos os cantos da área em torno da cena do crime, procurando testemunhas habituais que talvez tivessem passado por ali no mesmo dia e hora uma semana antes. Isso, ao menos, eles teriam de lhe conceder; mas até lá seu esquadrão teria de se virar sozinho.

Com todo o tempo que Matty passara examinando o arquivo referente a Lower Manhattan, apenas três assaltos cometidos na rua ainda sem solução lhe haviam chamado a atenção: as vítimas, dois chineses e um israelense, tinham sido assaltadas à mão armada no Lower East Side por gangues de jovens negros e/ou latinos. A menos que algum daqueles cujos rostos apareciam nos seus cartazes de "procura-se" fosse preso e entregasse os criminosos, a única coisa que podiam fazer era tentar mais uma vez entrevistar aquelas pessoas que haviam dado queixa.

* * *

"Olha, eu sei que hoje é a minha primeira noite, e eu sei que você não me conhece, por isso você vai ter que acreditar em mim se eu te disser que não sou de reclamar não." A nova garçonete, Bree, tinha olhos irlandeses que pareciam estrelas úmidas, e um jeito de inclinar o rosto que dava a impressão de que ela estava sempre prestes a se entregar num estado de êxtase. "Mas agarraram a minha bunda de novo."

"De novo, é?" Eric tentou conter-se, mas... "Foi outro freguês? Ou o mesmo de uma hora atrás."

Ela hesitou, ficou vermelha e depois murmurou: "Foi outro".

É, podia ser verdade.

O táxi da Qualidade de Vida passou como um bólido pela vitrine grande virada para a Norfolk, e Eric conteve uma onda de pânico quando as luzes rotativas no alto do carro rapidamente riscaram o rosto delicado da nova garçonete.

Podia ser verdade...

"Está bem, troque de mesa com o Amos", sem conseguir continuar olhando para ela.

Eric ficou vendo a moça ir até a extremidade do bar para pegar uma bandeja cheia de martínis incrementados e trocar algumas palavras com Amos, que dirigiu a Eric um rápido olhar do tipo "que porra é essa?", Eric gesticulando para ele apenas fazer o que ela estava dizendo, criando assim mais um foco de contentamento no ambiente de trabalho, e então virando e quase esbarrando a cara num sujeito de aparência familiar com um quipá de um verde bem vivo.

"É só você?"

"Só eu."

"Está meio lotado, você topa comer no bar?"

"Claro." Sorrindo para Eric como se soubesse de alguma coisa fantástica. "E aí, cara, está segurando as pontas?"

"Segurando as pontas?" Eric de início sem saber o que dizer, depois: "Porra nenhuma".

"Não?"

"Sem comentários."

"Não, eu só... Deve ter sido uma barra-pesadíssima."

"Você quer ou não quer comer no bar?"

"Claro, eu só... É que vejo você muito por aí. Eu sou daqui deste pedaço."

"Metade do país é deste pedaço."

"Lá isso é verdade", concordou Beck, escolhendo um banco, tamborilando um ritmo nervoso no balcão e depois fazendo sinal para o novo barman, que de início apenas o olhou de alto a baixo e continuou a enxugar algumas taças de vinho, depois foi se aproximando dele como se estivesse caminhando descalço sobre cacos de vidro.

E Eric simplesmente pirou, quase se jogando em cima do balcão. "Posso falar com você?"

"Aguarde um minuto", disse o barman, como se Eric estivesse falando com ele ao telefone.

Cleveland, o outro barman, o das tranças de rastafári, aproximou-se para ouvir a ordem de Eric. "O senhor está precisando do quê, chefe."

Eric despachou-o com um gesto. "Você." Apontando para o funcionário novo, que agora estava tirando um chope para o repórter. "Agora mesmo."

"Posso terminar de servir antes?"

Eric esperou, abraçando uma coluna para conter a fúria.

"Como é mesmo o seu nome?"

"Eric", disse o barman.

"Eric, é? Não brinca. É o meu nome também. Mas então, qual é o seu problema, Eric, você acha que foi predestinado a coisas melhores?"

"Como assim?"

"Uma pessoa absolutamente singular."

"Como assim?"

"Vou te dizer uma coisa. Você não está aqui pra ensaiar o seu próximo papel. Isso aqui é um *emprego*. Aliás, a gente está *pagando* você. E tem mais. Nesse emprego tem que ter *iniciativa*. O freguês não vem num bar por causa da bebida, ele vem por causa do barman. Todo barman que não é um merda sabe disso, mas você, você fica parado, responde tudo com uma palavra só: *ãã*, *ah, é, não, talvez*. Você faz as pessoas se sentirem fracassadas, como se você fosse um instrumento punitivo de um Deus invejoso, sei lá. Está vendo o Cleveland?" Indicando com a cabeça o rastafári na outra ponta do balcão. "Esse cara pra fazer um martíni fica cheio de dedos, mas ele é duas vezes melhor que você como barman porque ele se esforça. Todo mundo vira freguês desse cara, ele não para um segundo, nunca fica com cara de quem está aqui pagando penitência enquanto não pinta um belo papel na off-Broadway. Eu estou olhando pra vocês dois lá de longe, sabe? É um corisco e um rochedo. E pra ser sincero, mesmo agora, com o movimento que a gente está hoje, eu preferia despedir você aqui e agora e deixar ele trabalhando sozinho, ou então escalar um dos garçons ou então eu mesmo ficar aqui no bar, qualquer coisa é melhor do que aturar esse seu gênero tipo 'eu preferia estar ensaiando' por mais dez minutos, *ouviu?*"

"Sim." O sujeito estava branco.

"Perdão, o que foi mesmo que você disse?" Levando a mão em concha ao ouvido.

"Sim." Os olhos arregalados. "Ouvi, sim."

"Ótimo. Não esqueça: não tem energia? Então pula fora. Tem que conversar. Sorrir. Faz o que eu estou dizendo. Você está por um fio."

"Posso dizer uma coisa?" Meio que levantando a mão.

Eric aguardou.

"Por acaso eu sou estudante de medicina."

"Dá no mesmo", disse Eric, pensando: é tudo igual, não, é pior ainda, *por acaso eu sou*, parece um lorde. Eric lhe deu as costas, então viu o do quipá sentado junto ao balcão, sem dúvida teria ouvido todo o diálogo, ele que se foda também, em seguida esbarrou de novo naquela garçonete, a deslumbrada, ele contendo um impulso anárquico de desejo. "E agora", ele perguntou. "Uma *terceira* mão na bunda?"

Ela recuou, como se tivesse levado uma bofetada. "Eu só vim pra agradecer a troca de mesa", olhando-o de alto a baixo com o rosto vermelho como um pimentão. "Está dando certo."

"Ótimo", ele disse, esperou até ela se afastar e em seguida voltou para o porão.

Um dos mais antigos pardieiros da cidade, o número 24 da East Broadway era um prédio baixo e comprido, num quarteirão cheio de construções igualmente antigas e amorfas, a porta da rua àquela hora da noite era mantida aberta graças a um pedaço de fita-crepe que bloqueava a lingueta.

Matty e Yolonda começaram a subir as escadas em direção ao último andar com uma cópia de uma queixa de agressão, assinada pela vítima, Paul Ng, um documento que havia sido entregue três semanas antes; dois homens de pele escura e uma arma, a três quarteirões do local do assassinato de Marcus, mais ou menos à mesma hora da noite. Ng, com um empregado de restaurante de Fujian que estava no país havia menos de dois anos, fizera aquela queixa, Matty imaginava, muito provavelmente contra a vontade, mas não tivera escolha porque quase fora atropelado pelo táxi da Qualidade de Vida quando estava parado, aparvalhado, no meio da Madison Street cinco minutos depois do crime, os bolsos da calça virados do avesso como orelhas de elefante, sangue pingando de um canto de sua boca, golpeada com uma pistola. Se Matty quisesse tentar adivinhar o que acontecera em seguida naquela noite, ele diria que Ng havia passado meia hora rodando de um lado para o outro no banco de trás do falso táxi, procurando os agressores, uma perda de tempo, já que para ele todos os rapazes negros eram iguais e os próprios policiais provavelmente também não estavam muito animados, com base em experiências passadas com outros Paul Ng sentados no banco de trás.

Então, Matty ainda continuava a imaginar, quando o falso táxi já seguia de volta para a delegacia a fim de entregá-lo aos detetives, Ng provavelmente começou a se arrepender de ter sido encontrado por eles, talvez por sua situação de imigrante não estar lá muito certinha, ou por ele morar num prédio ilegalmente ocupado, ou por ter lembranças desagradáveis dos policiais de sua terra, porém muito provavelmente, além de todas as razões enumeradas acima, porque o tempo que ele gastaria relatando o roubo do dinheiro era um tempo em que ele poderia estar ganhando dinheiro, o que era a única maneira realista de recuperar a perda, de modo que...

Mas Matty estava apenas imaginando.

No último andar do prédio número 24 da East Broadway havia um único apartamento, cuja porta também estava entreaberta. Matty olhou para Yolonda, depois escancarou a porta ao bater nela e dizer: "Ó de casa, polícia", com a identidade aberta na mão. A primeira coisa que viu quando entraram foi uma pirâmide irregular de sapatos masculinos, mais de vinte pares de sapatos, chinelos pretos ou então tamancos de plástico empilhados em frente a uma natureza-morta comprada numa loja de departamentos que representava faisões baleados e um polvorinho. Ninguém veio à porta, mas ouvia-se música popular asiática vinda da extremidade do corredor.

"Ó de casa, polícia", mais uma chamada aleatória, e então começaram a seguir em direção à música. O apartamento consistia num longo corredor central com quartos dos dois lados, a maioria deles com várias divisórias de gesso, formando pequenas celas, cada uma contendo um colchão de espuma e lençóis retorcidos em cima, com exceção de dois cômodos maiores, um de cada lado do corredor, sendo que neles os únicos móveis pareciam ser estantes de livros muito largas presas nas paredes em pilhas verticais de três cada uma. Numa dessas prateleiras havia homens ou fumando no escuro ou dormindo, os que estavam acordados viraram o rosto devagar em direção à parede quando os vultos dos detetives surgiram na entrada do cômodo. O apartamento terminava numa cozinha mais larga, onde havia quatro homens sentados em torno de uma mesa, comendo algo que vinha dentro de conchas pequeninas e uma verdura que parecia brócolis, usando folhas de jornal como pratos, e um quinto homem cantando ao microfone voltado para o monitor de um aparelho de caraoquê. Num balcão de fórmica atrás da mesa de jantar havia um aquário contendo uma única carpa, tão grande que não conseguiria dar a volta naquele espaço, e Matty pensou que aquele peixe infeliz já devia ter enlouquecido há muito tempo.

"Tudo bem com vocês", disse ele, exibindo a identidade da polícia sem necessidade.

Os homens acenaram com a cabeça, como se dois policiais andando pelo apartamento deles sem ser anunciados fosse uma ocorrência normal, depois voltaram a dar atenção ao cantor. Apenas um deles, um sujeito baixinho, compacto, sorridente e vigoroso, saiu correndo da cozinha e voltou trazendo mais duas cadeiras. "Senta", apontando para as cadeiras, depois sugerindo com um gesto que eles deveriam prestar atenção na voz do homem ao microfone. "Senta."

"Agora não", disse Matty, falando alto e pausadamente. "Precisamos conversar com o Paul Ng." E então: "Ele não está metido em nenhuma encrenca, não".

A canção terminou, o sujeito do microfone entregou-o para um dos outros.

"Senta", repetiu o homenzinho cheio de energia, ainda sorrindo de orelha a orelha.

"Onde está o Paul Ng?", perguntou Matty bem alto.

"Non."

"Não o quê?"

O cantor seguinte começou a entoar o que parecia ser uma versão chinesa de "Dream baby", de Roy Orbison.

"Não *o quê?*"

"Vai ver que você não pronunciou direito", arriscou Yolonda.

"Estou falando certo. É assim que aquele menino, o Fenton, pronuncia." Então berrou: "Paul *Eng*".

"Meu Deus, não precisa gritar", irritou-se Yolonda, "eles não são surdos."

"Vem cá, pessoal, presta atenção. Quem é Paul Ng?"

Os homens não esboçaram nenhuma reação, a não ser desviar o olhar do cantor para os policiais, com sorrisos de expectativa nos lábios, como se perguntassem a si próprios se eles estavam apreciando o espetáculo.

"Qual o *seu* nome?" Yolonda perguntou ao que trouxera as cadeiras.

"Eu?" O sujeito riu. "Non."

"Não? O seu nome é Não?"

"Hein?"

"O doutor No", disse Yolonda.

"Qual o nome *dele*." Matty apontou para o cantor.

"Bom, non?"

Matty virou-se para Yolonda. "Eles estão gozando com a nossa cara?"

Ela deu de ombros e ficou olhando para o peixe.

"Olha, a gente vai voltar quantas vezes tiver que voltar, até…"

"Oquei." O carregador de cadeiras se despediu, ainda sorrindo.

"Vamos voltar aqui com o Bobby Oh", disse Yolonda.

"Ele é coreano."

"Tá bom. Então a gente traz aquele garoto, o Fenton."

Saíram do apartamento sem dizer mais nada, porém antes que começassem a descer a escada o carregador de cadeiras veio até o corredor e, agarrando Matty pelo braço, fez sinal para que eles o seguissem, subindo uma pequena escada que levava à porta do terraço, passando por um patamar em forma de cunha sobre os beirais que estava cheio de frascos vazios, fósforos queimados, colheres tortas e agulhas de injeção. Estando alguns degraus acima dos dois policiais, o sujeito fez uma mímica rápida e eficiente de uma pessoa se aplicando uma injeção, usando o polegar como se fosse uma seringa e exclamando "Psiu!" e depois bancando uma pessoa trôpega de heroína puxando briga. "Aah! Vem bligá comigo! Psst! Aah!"

"Mas o que é que ele queria", disse Matty, "se ele mantém a porta da rua aberta daquele jeito?"

"Vocês vêm mais!", disse o homem.

"É, a gente vai ficar de olho", disse Yolonda, sem muita ênfase. "Boa noite pro senhor."

Steven Boulware entrou no Berkmann sozinho, e com um ar de atenção periférica seguiu direto para o bar.

Eric não pensava naquele sujeito desde o assassinato. Desorientado, até mesmo um pouco assustado, não sabia o que dizer nem como agir. Porém, quando Boulware passou por ele, Eric percebeu que o outro não o havia reconhecido.

Boulware, porém, sabia que estava sendo reconhecido, pois seu rosto fora estampado nas capas ou nas primeiras páginas de todos os jornais expostos no café. Durante toda aquela tarde, tanto as estações de tevê locais quanto a CNN tinham reprisado trechos da entrevista que ele dera antes.

Parado de perfil diante do bar cheio, com um gesto pediu um drinque a Cleveland, Eric percebendo que o barman o havia reconhecido, percebendo que Boulware percebera que fora reconhecido, seu rosto ficara mais animado, preparando-se para uma noitada gratificante.

Tendo esperado até que Boulware fosse servido, Eric abandonou seu posto e fez sinal a Cleveland para que ele viesse até a outra extremidade do balcão.

"Escuta uma coisa." Pondo a mão no braço do outro. "Sabe aquele cara? O do noticiário? Quando ele estiver quase acabando uma dose, serve outra. Não espera. Não quero que ele tenha que pedir nenhum drinque, não quero ver um copo vazio na frente dele a noite toda."

"Quer que eu diga que é você que está pagando?"

"Não."

"Tá bom." Cleveland fez que sim, quase sorrindo, interpretando erroneamente a generosidade anônima de Eric.

Matty estava encostado no capô de um carro a poucos metros da natureza-morta urbana que florescera diante do número 27 da Eldridge. O santuário já existia havia alguns dias, e ameaçava cobrir todo aquele trecho da calçada, da entrada do prédio até o meio-fio.

As oferendas, ao que parecia, representavam três dos mundos que compunham o universo do pedaço: latino; jovem, talentoso e branco; e vagabundo/maluco/hippie — e nada representando os chineses.

Havia dezenas de velas votivas acesas, um punhado de moedas sobre um pedaço de veludo, uma cruz de juncos em cima de uma pedra grande e redonda, um aparelho de CD tocando a "Hallelujah" de Jeff Buckley sem parar, um videocassete da *Paixão* de Mel Gibson numa caixa que ainda não fora aberta, um exemplar em brochura de *Black Elk speaks*, uma pele de animal branca identificável, uns poucos baseados de aparência petrificada, sacos contendo vários tipos de ervas, espirais de incenso ainda acesas competindo com seus cheiros diferentes, e um pote de azeite. Presa com fita na parede de tijolo imediatamente acima desses objetos, via-se a foto sorridente de Isaac Marcus tal como aparecera na primeira página do *New York Post* logo depois do assassinato, tendo como manchete suas últimas palavras, que tinham ficado famosas: HOJE NÃO, MEU CARO (Matty não fazia ideia de quem dera essa informação aos jornalistas), sendo que alguém colocara ao lado da foto, por motivos misteriosos, uma velha fotografia, retirada de um tabloide, de Willie Bosket, o garoto de quinze anos que se transformara numa espécie de bicho-papão urbano nos anos 70 quando matou um homem no metrô "só pra ver como é que era", e ao lado dessa foto uma diatribe manuscrita que começava com "A guerra contra a pobreza na Amérikkka é uma guerra CONTRA os pobres", sendo o restante ilegível. Havia objetos comemorativos presos à fachada do cortiço em paus que pareciam mastros de bandeira, para que ficassem pairando diretamente acima do local do crime: um guarda-chuva aberto de cabeça para baixo, contendo um urso de pelúcia e uma águia de pano; e um móbile improvisado feito de tubos de aço, emitindo naquela noite quase sem vento notas desconexas realmente melancólicas.

Matty estava ali em seu tempo de folga, contando com a possibilidade de que alguém conhecido pelo seu esquadrão aparecesse para admirar ou preocupar-se com o resultado de seu ato; ou quem sabe ele ouviria alguma coisa, um boato de rua; possibilidades remotas, porém Matty já sentia que aquilo se tornaria um ritual noturno seu, até que o santuário se dispersasse, talvez uma semana depois.

A maioria das pessoas que passavam por ali não deixava de parar, se bem que no mais das vezes por apenas alguns segundos, com comentários divididos em partes iguais entre melancólicos e sarcásticos; os piores eram os adolescentes do sexo masculino do bairro, como se todo aquele santuário representasse um desafio para eles improvisarem uma tirada de humor negro diante dos amigos. Algumas pessoas ficavam um tempo ali, o rosto contorcido de dor, mas ninguém que despertasse o interesse de Matty; eram mulheres latinas de meia-idade, alguns moradores mais recentes na faixa dos vinte.

"Sabe o que foi?" Um porto-riquenho de baixa estatura, musculoso, carregando um pote cheio de líquido da cor do tabaco, estava parado a seu lado agora. "Um ritual de iniciação dos Bloods. Os filhos da puta que mataram ele eram Bloods, eu sei porque a minha filha está andando com um Blood, está esperando um filho dele, o que também é um ritual de iniciação, e depois *eu* é que sou preso por pedofilia?" Batendo no próprio peito.

"É mesmo?"

"Dois mil e quinhentos dólares de fiança, eu tenho ficha limpa na polícia, e eles não têm nenhuma prova, mas sabe por quê?" O olhar do sujeito parecia estar fixo em alguma coisa atrás de Matty. "É porque eles têm medo de mim, a polícia, medo do que eu sei que rola naquele distrito, o que está acontecendo lá. Eu nunca que ia fazer isso com a minha filha, pode perguntar a qualquer um naquele prédio, lá as paredes têm ouvidos. Pedofilia coisa nenhuma, eles queriam era me botar na cadeia. Dois mil e quinhentos dólares de fiança, eu que nunca fui preso por nada, e inocente ainda por cima? Ora, faça-me o favor..."

O porto-riquenho virou-se para ir embora, não conseguiu, voltou atrás, olhou para Matty e começou outra vez. "Mas isso aqui?" De dedo em riste, apontando para o santuário. "Isso aí é com vocês que são brancos, vocês é que têm que acabar com essas gangues pra essas merdas não voltarem a acontecer. As gangues, os conjuntos habitacionais, todo esse bairro, tudo isso." Afastando-se outra vez, de costas para Matty. "Tudo isso!" Gritando para os telhados, depois desaparecendo nas sombras com dois passos largos, exemplificando a única coisa que havia ficado dolorosamente óbvia naquela noite: como era fácil para dois marginais tentar roubar uma carteira, dar um tiro e depois simplesmente desaparecer na escuridão num piscar de olhos.

O Berkmann estava esvaziando mais cedo do que o normal naquela noite, ainda não era nem uma da madrugada e os garçons estavam começando a não ter o que fazer. Eric escutava as conversas entre as pessoas sentadas no bar tão nitidamente como se estivesse ao lado delas.

Boulware tomava sua sétima ou oitava vodca Grey Goose com tônica por conta da casa; já quase caindo do banquinho, a boca transformada numa cortina de saliva enquanto ele cortejava não uma, mas duas garotas ao mesmo tempo, sim senhor, uma delas batendo o polegar nas costas de sua mão como se fosse um metrônomo amoroso.

Cleveland estava doido para se livrar dele, mas Eric não deixava.

"A... a ironia... é que, se o Ike..." Boulware hesitou, deu um branco, levou a mão aos olhos rapidamente, talvez sua consciência estivesse começando a pegá-lo pelo pé, era a esperança de Eric. "Se o Ike entrasse por aquela porta ali? Se pudesse dar a opinião dele? Ele seria o primeiro a defender aqueles caras. Não, não pelo que eles fizeram, mas porque... porque ninguém nasce com uma arma na mão... é que... é que aqui tem... tem essa cultura de violência, de desigualdade, de insensibilidade..."

Não aguentando mais ouvir nem uma palavra, Eric olhou Cleveland nos olhos e finalmente fez o gesto de passar a mão pela garganta.

Quando a rua finalmente parecia estar se preparando para a noite, três jovens negras passaram pelo santuário e, atraídas pelos objetos, pararam para absorver a narrativa, duas delas levando a mão ao rosto num gesto automático de sofrimento solene. A terceira, que tinha uma criança pequena dormindo sobre o ombro, balançou a cabeça devagar.

"Meu Deus, ele era um menino." A voz bem aguda, a ponto de explodir em lágrimas.

"Mas o que é que você está dizendo?", exclamou uma das outras.

"Olha só pra ele." Apontou para a foto antiga de Willie Bosket.

"Esse não é ele não", corrigiu a amiga, apontando para a foto de Ike Marcus. "Esse aqui é que é o rapaz que morreu. Você não assiste o noticiário?"

A terceira mulher rosnou, passando a criança adormecida para o outro ombro. "Esse?" disse ela. "Agora esse circo todo aqui faz mais sentido."

Boulware estava debruçado, vomitando tudo o que bebera na frente do portão de segurança de uma joalheria dominicana na Clinton Street, quando Eric veio por trás e lhe acertou um soco nas costelas. Como nunca havia socado ninguém em sua vida adulta, provavelmente o soco doeu mais na sua mão do que nas costas do outro; assim mesmo causou-lhe uma sensação tão boa, tão salutar que ele só conseguiu parar de socar quando os nós de seus dedos estavam inchados como jujubas e Boulware estava agachado em cima do vômito.

Ficando de cócoras, Eric dirigiu-se ao único olho que estava entreaberto. "Sabe quem eu sou?" O cheiro fazia seus olhos se encherem de lágrimas. "Lembra de mim? Eu devia ter feito isso assim que você entrou no café hoje, mas você é muito maior do que eu, e eu estou cagando pra essa história de 'covardia'."

O olho aberto de Boulware começou a se fechar, como um pôr do sol.

"E aí? Vai querer o quê, me processar? De repente você devia me processar, sim, o que é que você acha?"

Boulware apagara.

"Fala sério…"

Quando os primeiros raios de sol começaram a iluminar os últimos andares das torres que margeavam o East River, a equipe da Qualidade de Vida entrou no Sana'a para tomar o café da manhã com que encerrava sua jornada. Nazir fez uma meia mesura, depois andou os dois metros que separavam a caixa registradora cercada de cartões telefônicos da chapa de assar pão.

"Fiquei sabendo", disse ele, pegando o pão branco, "que vocês prenderam aquele sacana que quebrou a nossa vitrine."

"Pois é", os olhos de Lugo fixos na pequena televisão atrás do balcão. "Acho que soltaram ele."

"O quê?", Nazir empertigou-se. "Por quê?"

"Parece que não foi ele não."

"Ah, não vem com essa."

"Enfim…"

"Eles não dizem nada pra gente", comentou Scharf.

"Não querem que a gente se meta no trabalho deles", disse Daley.

"Chefia é chefia", acrescentou Geohagan. "A gente é soldado raso."

"Mas isso é um absurdo." Nazir brandia uma faca de pão. "Quem é que passa o tempo todo na rua, vocês ou eles?"

"E eu não sei?", disse Lugo.

A loja mergulhou num silêncio momentâneo enquanto todos viam uma menina comer um sanduíche de lesmas num episódio antigo de *Fear Factor*.

"Mas isso não tem porra nenhuma a ver com medo", explodiu Daley. "É uma questão de nojo."

"Se você quer ver gente boa mesmo pra participar do *Fear Factor*, tem que ir ao meu país", disse Nazir, preparando o primeiro sanduíche de ovos com bacon. "Lá a gente ia ganhar sempre."

Um garoto com uma cicatriz no rosto entrou ruidosamente, com um traje azul dos Crips tão ostensivo que ninguém o levou a sério.

"Preciso de quatro moedas de vinte e cinco", jogando uma nota de um dólar no balcão da caixa registradora, onde não havia ninguém no momento, a cabeça virada para a rua como se houvesse alguma coisa lá fora.

"Epa!" Lugo recuou, fazendo uma careta. "Onde foi que você levou esse corte?"

"Hein?", disse o garoto, e então: "Na bochecha".

Daley trocou a nota para ele.

Enquanto Nazir pegava mais um ovo frito na grelha, teve início o noticiário das seis, o presidente aparecendo na tela numa imagem cheia de fantasmas.

"Ele vem a Nova York esta semana, não é?" perguntou Daley.

"Depois de amanhã, sei lá", disse Lugo. "Naz, você ouviu o discurso dele ontem à noite?"

"Ouvi, mas no rádio."

Lugo e Daley se entreolharam.

"Tudo que ele disse eu concordo." Rapidamente preparando o segundo sanduíche gordurento. "Meu irmão também."

"Bom", disse Lugo. "É bom saber disso."

"Os iemenitas acham que pai tem que ser forte. A gente gosta de pai forte. Os jovens que vêm aqui, eles ficam debochando dele e do que ele tem que fazer agora."

"Aqui no bairro?" Scharf acendeu um cigarro. "Me fala sobre isso."

"Às vezes o seu pai faz coisas que você não entende, mas o pai não tem que explicar tudo que ele faz", disse Nazir. "Você tem que ter fé e confiar que por trás de tudo que ele faz tem amor. Então depois você olha pra trás, pensa tranquilo e entende que essas coisas todas que pareciam muito duras naquela época, elas te salvaram. Você era muito criança pra entender, mas agora é um homem, com saúde e prosperidade, e só tem que agradecer."

"É por aí." Lugo deu uma dentada monstro no sanduíche.

Precedido por seu cheiro, Boulware entrou aos tropeções, os botões abotoados errado, o rosto todo esfolado.

"Aqui tem caixa eletrônico?", ele perguntou a Nazir.

"Ih, maninho." Lugo endireitou-se na cadeira. "Acabou de acontecer?"

"O quê…" Boulware piscava.

"Porra, isso aqui virou um clube de pancadaria hoje, Naz", comentou Daley.

"Como é que você ficou nesse estado?", indagou Lugo.

"Como?" Boulware ajeitou as roupas num gesto descuidado.

"Não tem caixa eletrônico não", mentiu Nazir.

Boulware saiu, e a equipe da Qualidade de Vida, comendo seus sanduíches, ficou vendo-o driblar o trânsito matinal.

"Oi." Minette Davidson entrou na sala trazendo consigo um pouco do dia lá fora, o rosto vermelho, a respiração ofegante.

"Oi, como vai?" Matty levantou-se de um salto, endireitando a gravata e oferecendo-lhe a cadeira ao lado da sua.

"Eu sou a mulher do Billy Marcus, Minette Davidson."

"Claro, eu sei. Detetive Clark. Matty Clark."

"Eu sei", apertando a mão que ele estendera de modo mecânico. "O... o Billy entrou em contato com vocês?" Os cantos de seus olhos estavam marcados pela insônia, o cabelo avermelhado escovado de qualquer jeito.

"O Billy? Não."

"Então você não sabe onde ele está..."

"Se eu sei?" E então: "O que está acontecendo?".

"Nada. Ontem de manhã ele finalmente voltou pra casa, depois saiu de novo à noite e aí não voltou mais. Eu estava pensando... fiquei achando... quem sabe ele não estava aqui, não veio procurar você."

"Tentou ligar pra ele?"

"Ele não levou o celular." Inconscientemente, começou a pegar em objetos aleatórios sobre a mesa de Matty.

Ele conteve o impulso de ficar olhando para os dedos inquietos da mulher.

"Mas você acha que ele está por aqui em algum lugar?"

"Por quê?" O sorriso dela era um espasmo. "Onde *você* acha que ele está?"

"Eu?" Matty pensando: e eu lá sei? E então: "Imagino que ele deve estar em algum lugar por aí, tentando colocar os pensamentos em ordem".

Minette ficou olhando para ele com os olhos muito vivos, como que pedindo mais.

Mais.

"Eu, se estivesse no lugar dele, ia querer estar com a minha família agora, mas nesse tipo de situação, com base na minha experiência, as pessoas, elas… nunca se sabe o que vão fazer, não é?"

Minette continuava a olhar para ele, ávida, como se cada palavra fosse uma chave.

Então, saindo daquele estado, ela abriu a bolsa, pegou uma caneta e um bloco, e anotou seu telefone.

"Preciso te perguntar duas coisas." Entregando a folha a ele. "Se ele vier procurar vocês ou se você esbarrar nele, por favor me avisa, tá bom?"

"É claro." Ele enfiou o papel no canto superior de seu mata-borrão.

"A outra coisa é o seguinte. Se surgir alguma novidade…" Virou a cabeça para trás de repente quando Yolonda entrou na sala. "Se der me mantenha informada."

"Com certeza."

"E eu, enquanto isso…" Não completou a frase.

"Você está bem?"

"Acho… estou bem, sim. Espero que seja só… deve ser mesmo o que você disse, ele provavelmente está por aí em algum lugar, tentando botar ordem nas ideias."

"Tudo bem." Matty dirigiu um olhar rápido a Yolonda, sentada à sua mesa, remexendo os registros de prisões daquele distrito mais uma vez, mas de ouvido atento.

"Porque ele está numa de, sabe, se ele… não sei… Se ele tivesse feito *isso* em vez daquilo, ou *aquilo* em vez disso…"

"Você não imagina quantos pais passam por esse inferno."

"Está me dizendo que isso não faz o menor sentido, não é?", ela perguntou, cautelosa, os dedos voltando a mexer nos objetos sobre a mesa de Matty.

"Vou te dizer uma coisa", interveio Yolonda, Minette virando-se em direção a sua voz. "Um pai ou mãe numa situação como essa, que está a fim de assumir a culpa, motivo pra se sentir culpado é o que não falta."

"Certo. É isso." Minette concordando com a cabeça.

"A cabeça da gente vira uma espécie de depósito de desgraças, não é?"

"É." Minette agora era toda dela.

"Se bem que não adianta muito a gente dizer isso, não é?"

"Não, não, tudo, qualquer coisa."

"Você acha que de repente ele está tentando encontrar o assassino sozinho?", perguntou Matty, fazendo Minette virar-se de repente para ele.

"E como é que ele ia conseguir fazer uma coisa dessa?" O rosto contorcido de incredulidade.

Matty não disse nada, ficou só olhando nos olhos dela.

"Isso é loucura."

"Certo."

"É coisa de filme."

"Isso."

Em seguida ela se desconectou outra vez, alguma coisa fazendo-a respirar mais fundo, os lábios entreabertos.

"Minette…"

"O quê?"

"Você está preocupada com a possibilidade de que ele faça alguma besteira?"

"Besteira?"

Matty esperou, em seguida tocou-lhe a mão de leve. "Não é uma pergunta capciosa."

"Eu acho que… Não. Não."

Yolonda virou-se parcialmente para eles, observando-os.

"Oquei. Tudo bem." Ele retirou a mão. "Pra falar com franqueza, a gente não tem tempo de ficar atrás do seu marido e ainda fazer o nosso trabalho, que é procurar o criminoso."

"Eu entendo."

"Mas vou avisar as pessoas."

"Obrigada."

"Todo mundo aqui é capaz de reconhecer o seu marido."

"Obrigada."

"Aqui neste bairro tem gente patrulhando as ruas vinte e quatro horas por dia, a semana toda", disse Yolonda. "Se ele estiver andando por aqui, vai ser encontrado."

"Obrigada."

"Não quis assustar você", disse Matty.

"Não me assustou, não." Então, após um longo momento de silêncio: "Não me assustou, não". A voz grave e distante.

Ela fechou os olhos e imediatamente cochilou, o queixo caiu, e na mesma hora levantou a cabeça de repente.

"Epa", exclamou. "Desculpe."

Não havia mais nada, nenhum assunto a discutir, mas Minette continuava sentada e Matty não estava inclinado a expulsá-la dali.

"Posso lhe trazer alguma coisa?", ele indagou. "Café?"

"Sabe, quando o Billy se separou da mulher e foi morar comigo e com a minha filha, o Ike tinha, sei lá, dez anos?", olhando para Matty como se quisesse que ele confirmasse. "Ele morava com a Elena, mas vinha ficar conosco todo fim de semana, e quando ele vinha, sabe, era assim, eu, o Billy e a Nina assistindo televisão e o Ike olhando pra nós. Quer dizer, ah meu Deus, a gente ia pra um restaurante, o cinema, um jogo de basquete, era sempre a mesma coisa. Ele nunca sorria, só falava se a gente falava com ele, e não tirava o olho da gente."

Minette se perdeu em suas recordações, enquanto Matty ficou olhando, olhando para ela...

"Mas não era que ele estava emburrado, não, era mais assim, tipo, observando. Juro por Deus, nunca me senti tão observada na vida." Sorrindo para ele, mas não era para ele.

"Quer dizer, a Nina também ficava meio cismada com o Ike e o Billy, ela era bem menor que ele, quase um bebê, e com ela eu podia falar, mas naquele primeiro ano, com o Ike, não era nada fácil. Eu fazia tudo que podia pra ele se sentir em casa com a gente. E o Billy também, é claro, mas o garoto mantinha uma distância da gente, ficava nos olhando, era que nem *A estirpe dos malditos*, sabe?"

"Esse filme quase me matou de medo", disse Yolonda.

"Aí, mais ou menos depois de um ano inteiro dessa história, um domingo nós resolvemos ir ao Van Cortlandt Park, nós e as duas crianças. O Billy queria que o Ike treinasse beisebol com ele, e o garoto com o nariz enfiado num livro, mas o Billy acabou convencendo ele a jogar, o Ike pegava e lançava a bola como se ela fosse um peso de chumbo, e aí de repente ele vê uma coisa atrás do pai, larga a luva e sai correndo gritando: 'Ei! Ei!'.

"Aí a gente saiu correndo atrás dele, o que foi? E acabou que uns dois garotos mais velhos tinham encurralado a minha filha junto de umas árvores e estavam tentando roubar todas as coisinhas que ela tinha, brincos, pulseira, bolsa de brinquedo, ela estava tão assustada que não conseguia pedir ajuda, mas o Ike, o Ike não quis nem saber, ele partiu pra cima dos garotos, e olha que eles eram maiores que ele, pois ele partiu pra cima deles como se fosse uma motosserra, mas antes que os caras reagissem e dessem uma surra no coitadinho eles viram eu e o Billy correndo atrás, e aí deram no pé. Mas o Ike não se deu por satisfeito não, ainda saiu correndo atrás deles pelo gramado, depois parou e ficou gritando: 'Quero ver vocês mexerem com a minha irmã, seus putos!'.

"A irmã dele." Minette se desconectou outra vez, voltou rindo. "E a minha filha, ouvindo ele, vira pra mim e pergunta: 'O Ike tem irmã?'."

"Pô." Matty passou os dedos nos lábios.

"Pois é. E com isso a coisa começou a deslanchar. E quando a gente se casou, dois anos depois, as crianças fizeram um brinde pra nós."

Matty permaneceu imóvel, o rosto enfiado nas mãos.

"Sabe o que eu mais gostava do Ike? Ele era um bom menino e tudo o mais, mas a melhor coisa nele era que ele sempre parecia estar *pronto*. Isso faz sentido?"

"Claro", disse Matty.

"E a… a ironia da coisa é que o Billy sempre se martirizava por ter largado o Ike, mas na verdade, sabe, aquele garoto ficou muito bem sozinho. Uma pessoa boa e feliz. Muito mais feliz que os pais dele."

Minette levou a bolsa até o ombro e enxugou os olhos.

"Às vezes essas coisas acontecem, sabe?"

Um momento depois que ela foi embora, Yolonda murmurou para a tela do computador: "Se esse garoto não estivesse sempre tão 'pronto', ele podia até estar vivo ainda, entende o que eu quero dizer?". Olhando para Matty, que continuava olhando para a porta.

Eric estava sozinho no escritório apertado do Café Berkmann, no subsolo, a mesa estreita à sua frente coberta com pilhas organizadas de dinheiro e envelopes vazios.

Embora os nós de seus dedos tivessem continuado a inchar a ponto de a pele rachar, seus dedos dançavam sobre a superfície da calculadora num frenesi controlado. E, como sempre acontecia quando ele roubava do bolo de gorjetas, não só movia os lábios como também cochichava os números em voz alta, como se a TI-36 fosse sua cúmplice.

Na condição de gerente — em comparação com a situação de barman, por exemplo — Eric achava bem mais difícil roubar, ou, como preferia chamar a coisa, descontar, porém ele fazia o que podia.

Ao dividir o bolo de gorjetas da noite, era preciso calcular o valor de um "ponto", que mudava a cada noite, e qual a fração desse ponto que correspondia a cada função.

Os gerentes, as recepcionistas e os garçons ganhavam um ponto por hora, e as funções de menos status ganhavam de três quartos a um quarto de um ponto.

Na noite anterior, o café arrecadara dois mil e quatrocentos dólares em gorjetas, o que, dividido por setenta e sete, o número acumulado de pontos de todas as pessoas que estavam trabalhando, dava ao ponto o valor de 31,16 dólares.

Assim, um garçom que tivesse trabalhado por oito horas deveria ganhar 31,16 multiplicado pelos oito pontos correspondentes ao tempo que havia trabalhado, ou seja, 249,28; já um cumim, que recebia um terço de um ponto, ganhava por volta de oitenta e três dólares por noite se trabalhasse o mesmo número de horas.

Porém, porém... Se Eric cometesse um "erro de cálculo" e declarasse que o valor do ponto naquela noite não era 31,16 e sim 29,60 dólares (ninguém jamais refazia seus cálculos), então aquele garçom levaria para casa apenas 236,80, o cumim ficaria com 78,93 e ele embolsaria treze dólares e quatro dólares respectivamente, multiplicado por dez garçons e sete cumins, juntamente com todos os outros que haviam trabalhado e recebido gorjetas, e assim ele iria para casa levando no bolso algumas centenas de dólares a mais a cada semana.

Para não ser descoberto, o importante era ter autocontrole; ele nunca descontava mais do que um dólar e meio do valor real de um ponto, e raramente dava o golpe mais de uma vez por semana; nunca mais de duas.

Mas desde o dia do crime, ele estava subtraindo dinheiro do bolo de gorjetas todos os dias, e na véspera descontara do valor real do ponto nada menos que dois dólares e meio, um recorde para ele.

Alguma coisa peluda cruzou o escritório em direção ao depósito, e Eric rabiscou um recado para si próprio: chamar o serviço de desratização. Então viu a mesma cena se repetir, desta vez o bicho correndo em sentido contrário — uma ilusão de óptica. Desde que fora solto da cadeia, não havia conseguido dormir mais que umas poucas horas por noite, pelo efeito combinado de sonhos em que estava caindo num abismo e excesso de álcool antes de deitar. Assim, no silêncio subterrâneo do escritório, por um instante Eric encostou a cabeça na mesa entre o dinheiro e os envelopes, fechou os olhos e apagou. Quando despertou, Matty e Yolonda estavam sentados do outro lado da mesa, os olhos de Yolonda cheios daquela sua piedade impiedosa, os de Matty indevassáveis... Quando despertou, estava em pé, olhando fixo para a parede de tijolo. Tentando se livrar do pesadelo, obrigou-se a levar adiante sua tarefa de colocar o dinheiro nos envelopes, desta vez roubando mais de três dólares por ponto, a primeira vez que fazia tal coisa; provavelmente um gesto suicida, mas ele precisava cair fora; daquela cidade, daquela vida, e faria o que fosse preciso para tornar isso possível.

Avner Polaner, um israelense asquenazim de origem iemenita, um homem alto e ossudo, olhava com indiferença para a tela do computador, que exibia uma sucessão de fotos de criminosos, seis de cada vez, repetindo: "Não, não, não", a cabeça apoiada na mão.

Dos três assaltos registrados praticados por dois homens de pele escura armados, o que vitimara Polaner era o que mais se aproximava do caso Ike Marcus; às três da manhã, num lugar bem próximo, Delancey esquina com Clinton. O problema era que o crime ocorrera dez dias antes, e Polaner jamais fora entrevistado porque, cinco horas após o assalto, ele estava num avião indo para Tel Aviv. Mas agora que Eric Cash estava fora de questão, Avner era a única pista de que Matty e Yolonda dispunham.

"Não, não, não." O sujeito estava quase enlouquecido de tédio.

Yolonda, que operava o programa, olhou para Matty.

Polaner parecia ter trinta e poucos anos, alto como um jogador de basquete, o cabelo longo e encarapinhado amarrado no cocoruto, dando-lhe a aparência de um samurai urbano. Uma hora antes, quando ele entrou na delegacia carregando no ombro uma bicicleta tão comprida e fina quanto seu corpo, Matty achou que ele tinha a graça toda desengonçada de um flamingo.

"Não, não, não." Então, mergulhando o rosto nas mãos: "Chega, vamos parar", recuando. "Olha, um crioulo armado é um crioulo armado. É o preço que a gente paga por morar aqui, de vez em quando isso vai acontecer, e o jeito é não fazer a burrada que fez o cara de quem você me falou, é não ligar e tocar a vida em frente. É isso."

"Você tem medo de alguém revidar?"

"Ah, faça-me o favor. Eu servi dois anos na fronteira do Líbano, ser assaltado de vez em quando não é nenhum fim do mundo pra mim. Além disso, como já expliquei, não sou besta de ficar encarando marginal, quer dizer, isso aqui é uma perda de tempo, pra mim e pra vocês." Respirou fundo e endireitou o corpo. "Dito isso, queria perguntar uma coisa."

Eles esperaram.

"Como é que eu faço para pôr na cadeia o Harry Steele?"

"Peraí, explica melhor, Avner."

"Você sabe por que é que eu fui pra Tel Aviv logo depois do assalto em vez de vir aqui ficar olhando pra esse computador? Pra conseguir *dormir*."

"Avner", repetiu Matty, "explica melhor."

"De todos os inquilinos dele, eu sou o que paga mais, mil e seiscentos dólares por um apartamento tão pequeno que se eu quiser mudar de ideia tenho que sair do quarto, porque no resto do prédio todo mundo mora lá desde o tempo do dilúvio. A desempregada do apartamento embaixo do meu paga seiscentos, a solteirona hippie do andar de cima paga mil, e o milionário, um homem de oitenta e cinco anos de idade que diz que uma vez apertou a mão do Fiorello La Guardia no hall do prédio, que lembra do tempo do entregador de soda, do entregador de gelo, dos banheiros no corredor, que é dono de três motéis de alta rotatividade no Bronx e de metade da cidade de Kerhonkson, interior de Nova York, esse aí paga trezentos e cinquenta dólares.

"E só você vendo como é que eles cuidam dos apartamentos, tem uma crosta de comida velha dentro do forno, cortinas nos chuveiros que parecem culturas de penicilina, gatos mijando no carpete, barata, rato... Sabe o que é que tem no chão do meu apartamento? Tábua corrida. Eu mesmo instalei, eu mesmo paguei. E sabe uma coisa, quando eu sair de lá? Vou levar o piso

213

comigo, só pra não dar ao Steele mais um motivo pra ele aumentar o aluguel do otário que vai me substituir."

"Isso é no prédio do Berkmann?", perguntou Yolonda, girando devagar a cabeça de um lado para outro.

"Pior ainda. Eu moro em frente, aí não só ouço aquele bando de babacas bêbados saindo do bar pra fumar até as três da manhã, *todas* as noites, não só ouço todo mundo vomitando, as pessoas assobiando pra parar o táxi, os que uivam pra lua, mas ainda por cima da minha janela dá pra *ver* essa gente toda. E sabe o que é que o Steele tem a cara de pau de dizer? 'Avi, você é o único que reclama.' Ele diz que sou um 'hipocondríaco ambiental'. É mole?"

"Hmm."

"Eu tenho amigo que é dono de restaurante, de loja no bairro, todo mundo me diz: 'Avi, você tem que ficar na sua. O cara está cuidando do negócio dele que nem você. Seja realista, entenda o lado dele'. Mas não. Que nem eu coisa nenhuma. Eu sou dono de duas delicatéssens aqui. Uma na Eldridge com a Rivington…"

"O Sana'a Deli?"

"Isso mesmo."

"Eu pensava que os donos eram os dois irmãos."

"Os Dois Patetas? Esses caras não estão com nada. Eles trabalham pra mim."

"E aí, você gostou da aparição da Virgem Maria na sua loja no outro dia?", perguntou Yolonda.

"Quem?"

"A Virgem Maria."

Avner deu de ombros. "Ela comprou alguma coisa?"

"Com licença." Matty levantou-se e deu uns passos em torno de si mesmo.

A ideia de voltar à torre de Babel com um policial chinês para mais uma vez tentar localizar Paul Ng lhe dava vontade de cair de joelhos em desespero.

E a única outra vítima nos registros que parecia ter algo em comum com o caso Marcus era um sujeito chamado Ming Lam, também chinês, que também não queria dar queixa, e ainda por cima era velho — setenta e seis anos, segundo constava.

Sem Eric Cash eles estavam fodidos; disso não havia dúvida.

"O que estou dizendo", prosseguia Avner, "é que nunca uma loja minha foi objeto de nenhuma queixa. Aí vou nas reuniões da Comissão de Controle todo mês, e dou queixa daquele café por excesso de barulho. 'Avi, você é o único que reclama.' É mesmo? Já consegui tantas assinaturas de adesões às minhas queixas que dava pra fundar um partido. Vou lá e falo que ele está vendendo bebida alcoólica a menos de cento e cinquenta metros de uma escola, falo da fumaça que sai dos caminhões de entrega, que a placa dele é luminosa demais, grande demais. Eu pesquiso tudo, tento tudo. A essa altura já chamo todos os membros da Comissão pelo primeiro nome, mas acontece que ele é o Harry Steele, todo mundo come na mão dele, e fim de papo."

Matty chegou a pensar em fazer discretamente um pedido a Danny, o Vermelho; implorar para que ele parasse com aquela frescura de pedir um documento de imunidade.

"Ele diz que me paga dez mil se eu mudar dali. Diz que paga a mudança, me ajuda a encontrar outro apartamento no pedaço, que me dá até o depósito do novo aluguel, que o que eu estou pagando já é bem perto do valor de mercado, de modo que não faz diferença. O problema, meu caro Harry Steele, é que eu já estava aqui *antes* de você abrir o seu restaurante, eu cheguei primeiro. Quem tem que ir embora é *você*."

"Por que é que você não volta pra Israel?", disse Yolonda, movida mais pelo tédio que por qualquer outra coisa.

"Se eu fosse negro e estivesse fazendo essa queixa" — Avner sorriu —, "você ia sugerir que eu voltasse pra África?"

"Sim, se você tivesse sido criado lá."

"Eu adoro Israel, vivo indo pra lá. Só que adoro Nova York ainda mais. Meus empregados são árabes, meu melhor amigo é um negro do Alabama, minha namorada é porto-riquenha e o meu senhorio é um filho da puta que também tem sangue judeu. Sabe o que eu fiz hoje de manhã? Ontem eu li no jornal que vai ter um circo no Madison Square Garden, dizia que os elefantes iam passar pelo Holland Tunnel ao raiar do dia. Eu também sou meio fotógrafo, sabia? Aí acordei hoje às cinco da manhã, peguei a bicicleta e fui até o túnel e fiquei esperando. Só que o jornal errou, os elefantes passaram mas foi pelo Lincoln Tunnel, mas mesmo assim… você entende? Eu adoro esse lugar."

"Avner." Yolonda apoiou os cotovelos nos joelhos e aproximou-se dele. "Quero que você continue olhando pra essas fotos."

"É uma perda de tempo."

"É um assassinato", revidou Matty. "Os assassinos ainda estão soltos, e a vítima podia muito bem ter sido *você*."

Avner pareceu pensar um pouco sobre isso, desapareceu em algum lugar por trás daqueles olhos de guaxinim, e de repente voltou a si. "E tem mais." Ele se inclinou para a frente, com um sorrisinho. "Agora ele quer pôr mesas na calçada."

Eric estava sentado no bar tomando um conhaque com soda, enquanto os últimos raios do sol atravessavam a persiana e o atingiam.

Ele ficou surpreso ao reconhecer a silhueta de Bree por trás da corrediça da vitrine da Rivington Street, e pegou o envelope da moça antes mesmo que ela entrasse.

Bree parou diante da recepção e ficou procurando por Eric, que mais uma vez pensou: olhos irlandeses, um pouco pelo nome da canção, totalmente pelo clichê.

Ela teria vinte, vinte e um anos de idade, catorze ou quinze menos que ele, usava uma blusa indiana laranja-claro, estilo hippie, e um jeans desbotado grande demais para ela nos fundilhos. Ele a imaginava levantando-se naquela manhã e pegando aquela calça no meio de uma pilha de roupas amassadas ao lado do colchão colocado diretamente no assoalho.

"Oi." Ela foi até ele junto ao balcão, pegou seu envelope e depois respirou fundo, como que para se segurar. "Olha."

Ele olhou. O rosto dela estava tão branco que chegava a parecer azulado, como leite desnatado.

O que era mesmo que aquele policial bêbado disse uma vez? Pele irlandesa barata.

Nada disso.

"Eu não sei quem você pensa que eu sou, nem quem você pensa que é, mas o tom em que você falou comigo ontem à noite foi completamente injustificado."

Aquilo parecia ensaiado, como se não fosse fácil para ela dizer tal coisa, e o efeito sobre Eric foi devastador.

"Completamente injustificado", ele concordou, fixando a vista nas mãos que seguravam o envelope. "Desculpe." Então, impulsivo, acrescentou: "Não consegui parar de pensar nisso a noite toda. Nem dormi". As palavras saíram com um toque de rouquidão que nem ele levava mais a sério nesses últimos tempos, mas enfim.

Ela ficou parada por um momento, medindo-o de alto a baixo, e depois disse devagar: "Eu também não".

E sem mais nem menos começaram a falar sobre outra coisa.

"Então, tudo bem?", ele perguntou, obrigando-se a levantar os olhos e encará-la.

"Claro."

Agora ela deveria ir direto para o serviço, descer até o vestiário, porém hesitou, deixou-se ficar por mais um segundo, Eric sabendo muito bem o que significava aquele segundo a mais, tudo o que estava contido naquele segundo a mais.

"Mas então, você é de onde?"

"Eu?" A pergunta pareceu deixá-la aliviada, os dois na mesma página. "Você nunca ouviu falar."

"Experimenta."

"Tofte, Minnesota?"

"Sério?" Fazendo-a rir.

Catorze, treze anos de diferença, talvez menos.

"E aí, há quanto tempo você está aqui?"

"Aqui em Nova York?"

"Aqui em Nova York."

"Seis semanas." Os olhos ardendo com a loucura daquilo tudo.

Seis semanas...

"E você... é..." De repente, coisa assustadora, sentiu que estava começando a enfraquecer.

"Eu sou o quê? Tipo assim, que religião?"

"Não, não. O que você quer..." Não conseguia fechar a pergunta, com dificuldade articulou o verbo "ser".

"Idealmente?", ela começou, e ele não escutou o que ela disse depois.

"Interessante", disse ele, automático, e então: "Pois é".

Ela sentiu que ele a estava despachando, e exprimindo ao mesmo tempo decepção e constrangimento, seguiu em direção ao vestiário no subsolo.

"Peraí", ele chamou, e quando ela se virou com aqueles olhos brilhantes e insuportáveis, ele estendeu a mão para pegar de volta seu envelope. "Deixa eu dar mais uma olhada, pra ter certeza que eu te dei o certo."

Pegou o envelope e o levou para a cozinha, ficou olhando para ele sem abri-lo, depois voltou e devolveu a ela, ainda com vinte e nove dólares a menos.

"Tudo certo." Olhando pela última vez para aquela garganta alva como pó de arroz, aquelas mãos cor de pérola, pensando: ou vai ou racha.

Estavam todos sentados na cama de Irma Nieves: Crystal, Little Dap, David, Irma, Fredro, Tristan e Devon, passando o cigarro de tabaco com maconha e comendo batatas fritas, quando a porra do Fredro começou.

"*Bzzt.*" Os outros olhando para ele.

"O quê?"

Fredro indicou o queixo nu de Tristan e repetiu: "*Bzzt*". Como um zumbido elétrico: o som da cicatriz em zigue-zague que cruzava a boca de Tristan.

A maioria deles, apesar do desbunde, entendeu, virou e caiu na gargalhada; Tristan mais uma vez sentindo o peso resignado de ser o alvo natural dos outros. Bom, se não fosse a cicatriz, seria outra coisa; não precisavam de nada em particular, e a coisa já estava entranhada na rotina de todos; o que Tristan está fazendo ou não está fazendo, dizendo ou não dizendo; as pessoas contavam com ele como fonte de diversão, tal como o desempregado conta com a chegada do carteiro.

A alternativa, porém, era ficar em casa; era cuidar dos hamsters.

"Ah, cara." Fredro com lágrimas nos olhos, recuando, fingindo-se horrorizado. "Por favor, deixa crescer de novo a porra do cavanhaque."

"Ah!" A cama tremia com risos reprimidos.

"Pelo menos amarra um *lenço* em volta, sei lá." Era a vez de Devon.

"Agora tu não pega mais ninguém."

"Estou pegando geral", disse ele, não conseguindo se conter, sabendo que a pior coisa que podia fazer era responder.

"'Pegando geral'…" Irma soltando fumaça, provocando mais gargalhadas.

Ele gostava de Irma assim mesmo, gostava de sua boca dentuça, de seu hábito de deixar as mãos com as palmas para cima sobre o colo quando não estava fazendo nada.

"Sacana pôs uma linguiça em volta do pescoço só pro cachorro querer brincar com ele." Devon outra vez, Tristan vendo os olhos daquele garoto branco subindo, subindo, enquanto ele descia, descia, depois fazendo de conta que era Devon aquela noite, e não o outro, que era Fredro, que era todos eles, menos Irma.

"Você não assusta aqueles garotinhos com isso?" Fredro levantou-se da cama para imitar um dos hamsters de Tristan, levantando os braços e olhando para cima.

"Tio Tristan, me pega no colo, limpa minha bunda — ih, caceta!" Como se estivesse vendo a cicatriz pela primeira vez, todo mundo gritando outra vez, o quarto apinhado de gente, denso de fumaça.

Apenas Little Dap se continha, mas olhava para ele feroz, odiando-o por suportar aquele fardo.

"Pô, foi mal, bro", disse Fredro entre gargalhadas, as lágrimas escorrendo no rosto. "É que eu não consigo…" Mais gargalhadas.

"Ah, vou chegar." E em um minuto todos haviam saído da cama desfeita, ainda fungando e gargalhando, saindo em fila indiana do apartamento imundo e grudento.

Só restaram ele e Irma, Tristan na cabeceira da cama grande, muito alerta, Irma ao pé da cama, ainda tirando baforadas, até que por fim ela levantou a vista e se deu conta de que só estavam ali eles dois.

"Esqueceu onde fica a porta?"

Pelo menos seu ex-padrasto fazia questão de manter a casa limpa.

Ela achava que a sereia seria a mais fácil. Sabia copiar direitinho, mesmo que não tivesse o modelo ali na frente, e de início sua intenção era apenas desenhar, estava saindo direitinho, mas quando a ponta da caneta começou a ir um pouco mais fundo do que era sua intenção, quando começou a furar a pele, quando começou a doer demais, mas nem tanto que ela quisesse parar, ficou cada vez mais difícil manter a mão firme.

E uma hora depois, quando sua mãe entrou sem bater na porta, com um único olhar viu a pilha de toalhas ensanguentadas a seus pés e começou a gritar como uma doida, Nina se deu conta de que a pantera e a cabeça de diabo de Ike teriam de ficar para a próxima vez.

* * *

"Onde é que ele mora?", perguntou Fenton Ma.

"24 East Broadway."

"É de Fujian?"

"Não faço ideia", respondeu Matty.

"Se for, não falo a língua. Vamos torcer pra que ele fale mandarim."

"Você é mandarim?"

"Mandarim é a língua. Eu sou cantonês. Cantonês de Flushing. Mas na East Broadway só dá gente de Fujian. Quem está por baixo mora no fundo."

Era uma noite quente, e sob a sombra férrea dos viadutos da Manhattan Bridge, a East Broadway cheirava a peixe congelado, o cheiro dos peixes à venda em todas as calçadas, Fenton Ma ficando cada vez mais estressado cada vez que passava um bando de mulheres tagarelando.

"Elas todas falam essa língua de caipira. É sério, cara, não entendo uma palavra."

Mais uma vez, subiram direto da rua até o apartamento do último andar sem encontrar uma única porta trancada. Enquanto seguiam em direção à cozinha comunitária no final do corredor, olhavam dentro dos quartos e cubículos improvisados, vendo os homens deitados em beliches e tábuas, os cigarros tremeluzindo na escuridão como vaga-lumes.

Na cozinha vazia, a mesa estava impecável, o aparelho de caraoquê estava desligado, o aquário de carpas estava vazio.

"Ó de casa, polícia", disse Matty, dirigindo-se a ninguém.

O sujeito jovem e compacto que os havia seguido até a entrada na noite anterior saiu do banheiro.

"Acho que esse é o cara que sabe das coisas aqui", disse Matty a Fenton, e depois se afastou para deixar que os dois conversassem.

"Eles comeram aquele peixe?", cochichou Yolonda, indicando o aquário vazio.

Depois de uma rápida conversa, o gerente levou Fenton, passando por Matty e Yolonda, de volta para o corredor, e com ele entrou num dos quartos maiores, onde disse algo a um dos fumantes na escuridão e depois os deixou a sós.

A tábua do sujeito era a terceira contando de baixo para cima, e assim, embora ele estivesse deitado, sua cabeça estava na altura da de Ma, os rostos iluminados por um instante toda vez que ele tragava.

Um momento depois, Fenton saiu, murmurando: "Diabo de língua desgraçada", e fez sinal para que o gerente viesse servir de intérprete.

"É o cara que a gente quer?", perguntou Yolonda.

"Não", respondeu Fenton, e voltou com o gerente para conversar com o homem.

Depois de algum tempo, os odores combinados de suor e fumaça que vinham do quarto os fizeram voltar à cozinha, onde ficaram aguardando em silêncio até que Fenton saiu no corredor e fez sinal para que fossem embora.

"Não era o Paul Ng?", indagou Matty, descendo a escada na frente dos outros.

"É o inquilino dele."

"Inquilino de quem?"

"Do Paul Ng."

"Inquilino onde?"

"Na tábua."

"O quê?"

Fenton parou no patamar do segundo andar.

"O Ng aluga aquela tábua por cento e cinquenta dólares por mês do cara que a gente viu na cozinha, que alugou o apartamento inteiro, mas três vezes por semana o Ng vai trabalhar num restaurante em New Paltz, e aí ele subloca aquela tábua pro sujeito que está deitado lá, por setenta e cinco dólares."

"Meu Deus."

"Olha, ele deve estar devendo uns setenta mil pro traficante de gente que trouxe ele pra cá, e ainda manda um dinheirinho pra família na China. Nem chega a pôr no bolso oitenta por cento do salário de merda que pagam a ele, tudo isso pra vocês entenderem por que é que ele subloca a porra da tábua."

"Você pegou o nome do tal lugar em New Paltz?"

"Golden Wok."

"A gente devia mandar alguém lá", sugeriu Yolonda.

"É." Matty deu de ombros, ninguém tinha muita esperança de que saísse alguma coisa daquela história, nem mesmo de Paul Ng.

"E aí, querem que eu ajude em mais alguma coisa? Estou gostando da mudança de ritmo aqui."

"Já que você falou", disse Matty, "tem mais um caso de assalto semelhante, a vítima também é um chinês."

"Vamos nessa."

"O cara se chama" — verificando as anotações — "Ming Lam."

"Oquei."

"Você topa?"

"Claro. Outra cabeça de porco?"

"Não, esse mora com a mulher."

"Por aqui?"

"155 Bowery."

"Com a mulher? Idade?"

"Setenta e seis anos."

"Ah, nem adianta." Fenton ficou vermelho de repente, por conta do fracasso antecipado. "Esses velhos nunca falam."

"Isso porque nunca ninguém como você falou com eles." Yolonda olhando o garoto nos olhos, Fenton ficando vermelho outra vez. "Não seja tão negativo o tempo todo."

Quando saíram do prédio na East Broadway, o carro da Qualidade de Vida estava estacionado bem em frente ao prédio, as luzes rodando no teto, um Toyota velho com vidro escuro estava parado algumas vagas à frente, esperando.

Matty enfiou a cabeça na janela do carona enquanto Lugo pesquisava a placa do Toyota no computador de bordo.

"Vai logo, que porra." Scharf deu um tapa na máquina enquanto aguardava a informação.

"E aí, pegaram muita droga hoje na rua?", perguntou Matty.

"O normal pra seis horas de trabalho", respondeu Geohagan, seco.

Uma cópia ampliada da carteira de motorista de Billy Marcus estava afixada com fita adesiva no porta-luvas.

"Nem sinal?"

"Você vai ser o primeiro a ser avisado", disse Lugo.

Achando que o rapaz precisava de um fortificante antes da próxima entrevista, pegaram uma mesa na pizzaria kosher da Grand Street, perto do apartamento de Ming Lam, e pediram algumas fatias.

O restaurante era grande e estava quase vazio naquela hora, um mar de mesas de piquenique entre quatro paredes, apenas mais um grupo do outro lado do recinto, um judeu ortodoxo pesadão, barba grisalha, em mangas de camisa, acompanhado de um rapaz com um terno elegante, colete e tudo, queimado de sol, que parecia preparado para uma entrevista coletiva.

Yolonda apoiou os cotovelos na mesa e aproximou o rosto de Fenton, cochichando: "Sabe aquele cara ali? Se ele faz assim com o dedinho, morrem cinco pessoas em Oklahoma".

"Dá pra acreditar."

"Esse não. O gordão."

Chegou a pizza, três fatias flutuando num líquido alaranjado translúcido.

"Vou contar uma pra vocês." É a vez de Matty cochichar. "Eu estava há três anos tentando arranjar apartamento aqui, não é? Sabe o condomínio Dubinsky, neste quarteirão? Lista de espera de três anos. Tinha uns cinquenta nomes na minha frente. Quer dizer, eu nem ia ter dinheiro pra morar lá, mas enfim, o rabino ali, dois anos atrás o filho dele é preso com uma prostituta na Allen. Trazem o rapaz, eu conheço ele aqui do pedaço, sei que é casado, tem três filhos, a mulher é doente. Enfim, levam todo mundo pro Oitavo Esquadrão. Eu vejo o sujeito algemado, com cara de quem vai se suicidar. Tenho um conhecido lá na Costumes, ele me deve um favor, pra encurtar a história ele me deixa tirar o cara do grupo, levar ele pra porta dos fundos e dizer: Vá, e não peques mais."

"'Não peques mais'", riu Yolonda.

"Não peques mais. Fiz a minha boa ação da noite, certo? No dia seguinte, me chamam pra ir na sala do capitão, e eu pensando: o que foi que eu fiz? Entro lá, o velho, o rabino, está sentado ao lado do capitão *e mais*, vai vendo, o vice-inspetor Berkowitz, do quartel-general da polícia. Eu entro, o capitão e o vice-inspetor me olham meio esquisito e saem de cena. O rabino fica, me convida para sentar e diz: 'Soube que o senhor está procurando apartamento'. E eu: 'Como foi que o senhor ficou sabendo?'. O cara dá de ombros, aí eu lembro quem ele é, e digo: 'É sim, eu estou na lista de espera do Dubinsky'. E ele: 'Por coincidência, tem um casal lá, eles acham que já estão ficando velhos demais pra essa história de ir pra Flórida todo ano, e estão procurando uma pessoa responsável pra sublocar o apartamento deles o ano todo. O aluguel é bem razoável…'. Uma semana depois já estou na minha varanda, com vista da esquina, dá pra ver as três pontes, sala e dois quartos, mil e quatrocentos por mês."

"Você ouviu essa?", disse Yolonda. "Vou viver no pé desse garoto agora, para ver se ele apronta mais uma, aí eu salvo a pele dele e quem sabe consigo ir embora da porra do Bronx."

"O gozado é que ele não falou do filho nem uma vez, do lance que aconteceu. Só aquela história: 'Eu soube que o senhor está procurando'."

"Isso tudo só porque ele é rabino?"

"Isso tudo porque ele diz pra umas quinze mil pessoas daqui em quem elas devem votar."

"É claro que o Matty vai ter que ficar limpando a barra do filho dele enquanto morar no pedaço, mas…"

"Moleza", disse Matty, e então, abrindo o celular: "Alô?"

"Detetive Clark?"

"Ele mesmo."

Um momento de hesitação, Matty pensando que talvez fosse a mulher de Marcus, mas esperando.

"É… aqui é Minette Davidson", como se ela mesma não tivesse certeza.

"Minette." Confundido por um instante pelo sobrenome dela.

Yolonda reconheceu a voz antes dele, dirigindo-lhe um olhar enquanto pegava um guardanapo para enxugar um pouco da gordura de sua segunda fatia.

"A mulher do Billy Marcus", disse Minette.

"Claro. Desculpa."

Ele ouvia uma voz monótona amplificada ao fundo: aeroporto ou hospital.

"Vem cá. Tem alguma…" Ela não concluiu a frase.

"Estamos entrevistando possíveis testemunhas, neste exato momento, mas…"

Fenton levantou-se para pedir uma terceira fatia, passando devagar pelo rabino, examinando-o.

"Nada do Billy?"

"Ele não me procurou. Mas o pessoal está atrás dele."

Mais uma voz amplificada ao fundo, alguém sendo chamado.

"Minette, onde você está."

"Onde?"

Outra voz, desta vez de alguém ao lado dela, chamando um tal de Miguel Pinto, como se estivesse lendo algo escrito por outra pessoa.

"Você está num hospital?"

"Estou... não... não é nada."

"O que é que não é nada? Você está bem?"

"Eu? Estou sim." Então, colocando a mão sobre o bocal e falando alto: "Com licença, moça?". Voltando a Matty: "Tenho que desligar". E desligou.

Fenton voltou com sua fatia.

"Era a sua namorada?", perguntou Yolonda, olhos arregalados.

"Ligou de algum hospital."

"Ela está bem?", Yolonda perguntou, direta.

"Não faço ideia."

Matty apertou o botão do identificador de chamadas, e recebeu a mensagem: "sem identificação".

"Merda."

"Você não anotou o número dela no escritório?"

"Deixei lá."

"De repente você podia ir correndo até lá pegar", disse ela, com a cara mais séria do mundo.

Então o telefone dele desligou por completo.

"Afinal, em que hospital ela está?"

"Eu já disse. Não faço ideia."

"Ela está bem?"

"Acabei de falar, não sei."

"Afinal, em que hospital ela está?"

"Por que é que você está me sacaneando?"

"Eu?"

Fenton começou a comer sua terceira fatia.

O rabino levantou-se, limpou os lábios, apertou a mão de seu comensal e foi andando em direção à porta, apertando o ombro de Matty sem olhar para ele ao passar pela mesa.

"Rabino", disse Matty.

Fenton inclinou-se e olhou para fora para vê-lo sair na Grand Street. "É, tem caras assim como ele lá em Chinatown", disse, endireitando-se. "Mas eu estava em Brooklyn North até seis meses atrás, de modo que não conheço eles."

"Você tem mais é que conhecer", disse Yolonda.

"Meu Deus." Matty olhava para seu telefone desligado.

Acabou que o tal de Ming Lam falava inglês, o que não adiantou grande coisa, já que a primeira parte da entrevista ocorreu na rua, através de um interfone, sendo necessários vinte minutos de insistência para que o velho os deixasse entrar.

Ele morava num apartamento de sala e cubículo com a mulher, a banheira ficava na cozinha, coberta com uma tábua para servir de mesa de jantar.

Mais uma vez, Matty e Yolonda se afastaram para que Fenton conversasse com o homem, enquanto a mulher de Ming Lam, uma criaturinha idêntica ao marido em tamanho e forma, convidava-os com relutância a sentar num sofá coberto com um lençol, cheio de pilhas de jornais chineses.

De saída eles perceberam que Fenton não ia conseguir extrair nada daquele velho, por mais que ele ficasse encantado de ver um rapaz chinês de uniforme.

"O senhor precisa nos ajudar."

"É mesmo?", disse Ming Lam. Os dois estavam em pé, um de frente para o outro, no meio da saleta. "E quando vocês pega ele, o que vocês faz?, corta fora mão dele? Dá surra nele? *Não*. Dia seguinte, ele está na rua. Aí vem me pegar."

"Não vai pegar o senhor não. Se o senhor nos ajudar, ele vai pra cadeia. E se não ajudar, aí sim, ele é bem capaz de voltar e pegar o senhor de novo. Essa é a mensagem que o senhor passa pra esses caras."

Matty sabia que a presença dele e de Yolonda dificultava o serviço do rapaz.

"Vocês *nunca* prende ninguém. Eu sou assaltado doze vezes, três primeira contei polícia, depois desisti. Vocês prendem *um* sujeito *um* dia, depois ele sai de novo, e eu tenho que esconder porque ele sabe que eu falei pra polícia."

"Mas desta vez vai ser diferente."

"É mesmo?"

"É. Agora eu estou aqui."

"E daí?"

"Sabe o último cara que roubou o senhor? Eu sei que ele ainda está de olho no senhor, pensando em roubar de novo. Mas sabe o que mais? *Eu* também estou de olho no senhor. O senhor estava na Essex Street ontem, não é? Não é?" O garoto estava improvisando. "Eu vi o senhor mas o senhor não me viu, não é? E não viu o ladrão. Eu *já estou* protegendo o senhor. E prometo que vou prender esse ladrão se o senhor me ajudar."

"Não. Ele volta no dia seguinte e me mata."

"Sabe o que mais?" disse Fenton, começando a gaguejar. "Se o senhor não me ajudar a tirar esse cara da rua, aí mesmo é que ele vai matar o senhor. Ou a sua mulher. Ou os seus filhos. Como é que o senhor vai se sentir, eu pedindo pro senhor me ajudar e o senhor dizendo não, aí ele vai e faz mal a alguém da sua família, hein?"

"Não."

Sentindo pena do rapaz, Matty fez menção de se levantar para ajudá-lo, mas Yolonda pôs a mão em seu braço e ele desistiu.

"Olha, a gente se quiser pode intimar o senhor a depor, *obrigar* o senhor a nos ajudar. É isso que o senhor quer?"

"Não tenho medo de você."

"A gente só está pedindo pro senhor olhar pra umas fotos, fazer um reconhecimento, não tem nada de advogado nem tribunal."

"Não."

Fenton virou-se para Matty e Yolonda, no sofá, dirigindo-lhes um rápido olhar do tipo bem-que-eu-falei.

"Mas sabe de uma coisa?" A voz do velho obrigou Fenton a virar para trás. "Isso", batendo a mão no peito do rapaz, no uniforme, e sorrindo, "me deixa feliz."

Sentado no sofá bolorento, Matty pensou: estamos fodidos.

Descendo a escada, Matty pôs a mão no ombro de Fenton. "Posso lhe dizer uma coisa em segredo?", afastando-se de Yolonda embora soubesse que ela sabia o que ele ia dizer. "Sabe aquela história que contei sobre o filho do rabino que não deixei prender aquela noite? Conversa fiada. Eu sempre soube que o filho do rabino gostava de puta, todo mundo sabia, e meu conhecido na Costumes sabia que tinha de me avisar se alguma vez o cara fosse preso, sabe por quê? Porque eu *também* sabia que se alguma vez tivesse oportunidade de salvar o cara, o pai dele provavelmente ia conseguir me arrumar alguma coisa no Dubinsky." Matty parou de andar e olhou para ver como o garoto estava reagindo à história. "Arranjar apartamento aqui é um inferno."

Matty lhe dissera a verdade como uma espécie de prêmio de consolação pela vergonha que ele passara com o velho, mas Fenton Ma visivelmente ainda estava ardendo de vergonha e não tinha ouvido uma palavra do que ele dissera.

Havia chovido muito por algumas horas na parte da manhã, e naquela noite, a quarta desde o assassinato, o santuário já estava com um aspecto um tanto estranho, encharcado e chamuscado, sarcástico e vagamente ameaçador; como que dizendo: é isso que o tempo faz, é isso que acontece com a gente poucas horas depois das lágrimas e das flores. Alguém mexera na posição do urso de pelúcia de tal modo que ele agora parecia estar enrabando a águia empalhada, os outros animais de pelúcia estavam caídos de lado como ratazanas afogadas, as moedas colocadas diante das imagens de são Lázaro e santa Bárbara tinham sido todas roubadas, o incenso reduzira-se a montinhos de cinza. O móbile de aço tubular que antes pendia de um mastro improvisado fora saqueado, restando um único tubo enfiado num buraco onde antes havia um portão de segurança, e que agora se transformara na linha divisória entre o santuário e o monte de sacos de lixo na porta do Sana'a Deli. A única coisa que parecia intacta era uma camiseta branca com o logotipo dos Hells Angels, muito bem dobrada e colocada no chão como uma fria oferenda de vingança.

De todas as imagens e mensagens afixadas na fachada do cortiço, apenas as últimas palavras de Ike, HOJE NÃO, MEU CARO, pareciam resistir aos rabiscos dos grafiteiros e aos estragos das intempéries, legíveis e intactas como se gravadas na parede.

Hoje não, meu caro... De cada cinco ou seis pessoas que passavam por ali, uma parava para ler as palavras, algumas em silêncio; dava para ver os olhos delas correndo pelas letras, algumas murmurando, outras pronunciando a frase em voz alta e balançando a cabeça, retorcendo os lábios, com um sorriso sarcástico. Que babaca. Alguns chegavam a dizê-lo diretamente a Eric, parado ao lado do santuário: É ou não é?

Diziam-lhe outras coisas também; quem era o culpado: a máfia albanesa, a gangue chinesa dos Ghost Shadows, os Five Percenters, que tinham sua base na prisão de Rikers Island, os terroristas islâmicos do Brooklyn, a polícia, o governo; e também qual o motivo: vingança por ele ter trepado com a namorada de um membro da gangue Latin King, para que ele não falasse tudo que sabia sobre Cheney e a Comissão Trilateral, os Illuminati, a Ku Klux Klan, para que ele não delatasse Sputnik e Skeezix, dois detetives de Alphabet City que lhe haviam dado um banho numa transação de drogas; todas essas pessoas que sabiam das coisas eram nervosas sem motivo, tinham um olhar arisco, dirigiam-se a Eric em particular porque, embora ele não entendesse nada do que lhe era dito, não se afastava, parecia estar prestando atenção, como se realmente quisesse saber.

Hoje não, meu caro...

Eric era dominado por um desespero terrível quando ouvia alguém recitar as últimas palavras de Ike, fazer troça daquele suicídio verbal, suicídio via oral, suicídio provocado por cerveja; indignado por estar metido naquela história, ele que não queria ter nada a ver com nada daquilo; ele que fora envolvido por aquele babaca ingênuo que resolvera morrer com uma frase de efeito que provocaria apenas riso em Eric se não tivesse causado um transtorno tão grande em sua vida, virando-a do avesso.

No final das contas, ele realmente não sabia por que não estava pelo menos fingindo que ajudava a polícia, nem que fosse só para que todo mundo o deixasse em paz... Mas uma coisa ele sabia: o sujeito tinha morrido, e não voltaria à vida nem sua morte seria vingada se Eric não olhasse para nenhum rosto nem ouvisse nenhuma frase comprometedora. E sabia também outra coisa: depois que os criminosos o partiram ao meio naquela noite, os filhos da puta que o tinham interrogado naquela saleta terminaram o serviço, livrando-o dos últimos vestígios de inocência, inspiração e otimismo que ainda lhe restavam depois de tantos anos, roubando-lhe o pouco que ainda havia nele de esperança ou ilusão, todos os anseios amorfos que ainda tinha no sentido de brilhar, de *ser* alguma coisa; antes estava se segurando pelas pontas dos dedos, na melhor das hipóteses, e agora, agora só dizia não. Não iria mais fazer de conta que estava tocando em frente. Não queria ser partido outra vez. Talvez estivesse dizendo não no pior contexto possível, mas não podia fazer nada.

"Covarde."

Eric levantou a vista e viu um homem de meia-idade, parado exatamente do outro lado do círculo de luz lançado pelo poste de iluminação.

"Covarde filho da puta."

Era o pai de Ike, quem mais poderia ser?, de pescoço espichado, olhando para o santuário como quem olha para uma fogueira. Em transe, Eric foi andando na direção dele, para se explicar, se defender.

"Cadela filha da puta."

E então parou, recuou; o sujeito nem se dava conta da presença de Eric, estava falando sozinho.

Um maluquinho de rua, magro como uma cegonha, trajando um albornoz improvisado, saiu das sombras e passou pelo santuário puxando um carrinho de supermercado. "Hoje não, meu caro. Hoje *sim*, babaca filho da puta, palavras ao vento afundam navios, agora é tarde demais." Quase atropelando Eric com o carrinho.

Depois de a preparadora de drinques morena e magrinha do No Name ter aprontado com ele mais uma vez na noite anterior, chorando o tempo todo durante a transa e desta vez ainda por cima continuando a soluçar e chorar depois, "Não é nada pessoal, nada a ver com você", Matty foi o primeiro a chegar à sala de reunião na manhã de domingo, quando as badaladas dos sinos das igrejas rivais — a católica dos hispânicos na Pitt, a episcopal dos negros na Henry — agitavam as partículas de poeira que pairavam acima do mar de mesas desocupadas atulhadas de objetos. Matty sentou-se diante de sua mesa e ficou com as mãos entrelaçadas, olhando para a primeira página do *Post* daquele dia. A foto embaixo da manchete era de Steven Boulware, que parecia ter levado uma surra, deixando, muito sério, um arranjo de flores diante do santuário improvisado da Eldridge Street, cada vez mais esculhambado, e a legenda era "Relembrando um amigo após escapar da morte".

Mas a manchete do jornal tinha a ver com um escândalo do Departamento de Saneamento, estando o caso Marcus já relegado à página 5, uma matéria que não continha nenhuma novidade.

Deixa morrer; cinco dias depois do assassinato, Matty não tinha porra nenhuma: nem pistas nem quase ninguém mais trabalhando no caso, apenas Yolonda, Iacone e Mullins, mas na verdade só Yolonda, porque ela lhe devia um favor, porque ele tinha ficado a seu lado num caso de assassinato do tipo deixa-morrer um ano antes.

Faltavam dois dias para a reinvestigação do sétimo dia, mas aquilo já estava ficando com cara de caso perdido. Aliás, os sinais que ele vinha recebendo do quartel-general o faziam achar que nem mesmo isso haveria.

Ignorando a montanha de papel em cima da mesa, pegou a pilha de fotos de criminosos da vizinhança e começou a examinar os que haviam sido distribuídos como procurados, reavaliando os que antes lhe tinham parecido improváveis.

Então deu com o número do telefone de Minette Davidson enfiado no canto do mata-borrão.

"Ela se cortou fazendo um sanduíche", explicou Minette.

"É mesmo?" Matty não engoliu aquela. "Levou ponto?"

"Pouca coisa. A gente teve que esperar quase seis horas pelo cirurgião plástico, mas finalmente ele veio."

"Que bom."

"Você não podia ter chamado alguém no hospital pra dar um jeito de a coisa andar mais rápido, não, né? Por favor, diz que não, senão eu vou me socar."

"Não."

"Obrigada."

"Ela está bem?"

"Está. Mais ou menos."

"Que bom." O celular de Matty começou a tocar, o amigo dele da Costumes. "E imagino que o senhor Marcus não está sabendo dessa história?"

"O senhor Marcus?" disse ela, Matty sentindo um toque de aspereza. "Como é que ele podia estar sabendo?"

"Claro", ele concordou, e então: "Olha, eu sei que parece muito mais tempo, mas faz só um pouco mais de quarenta e oito horas", pensando se seria o caso dar uma busca no necrotério.

"Eu sei." Ela parecia exaurida demais para se preocupar com isso no momento. "Mas é, é isso mesmo."

"Pois é, desculpa eu não poder ajudar você ontem."

"Obrigada. Muito obrigada."

"E, como você sabe, meus sentimentos estão com você e os seus."

Ela hesitou por um momento, e então: "Obrigada".

Como você sabe, meus sentimentos estão com você e os seus; Matty fez uma careta enquanto retornava a ligação do amigo da Costumes, que por sua vez o fez ligar para Harry Steele.

"Professor Steele." Matty segurava o celular entre o queixo e pescoço enquanto pegava um copo de café largado pelo meio na véspera na cesta de papéis e bebia o resto. "Estou sabendo de fonte limpa que vão fazer uma operação de busca de menores no seu café hoje à noite. Fica de olho numa moça hispânica, com uma mecha vermelha no cabelo, piercing na sobrancelha, meio gorducha. Não esquece de verificar a identidade dela. Avisa o Clarence e fica na porta com ele."

Passou um carro na Pitt Street com um *subwoofer* tão forte que os lápis rolaram na mesa.

"Que hora vai ser, não faço ideia. Não é como uma reserva pra jantar. É bom investir bastante na vigilância, tá bom? Então... eu preciso de um favor seu..." Matty ia lhe pedir que o ajudasse a contatar Eric Cash quando uma confusão no andar de baixo o fez desligar, o policial da recepção gritando "Ei, ei!", depois passos subindo a escada correndo, o homem da recepção vindo atrás. "Eu mandei *parar*, porra!" Matty levantou-se e retesou os músculos quando a porta se escancarou de repente e entrou Billy Marcus, ofegante, olhos saltados, o bafo de álcool chegando antes dele, a proclamar: "Eu sei quem foi", antes de ser abraçado por trás pelo recepcionista com tanto ímpeto que os dois caíram, Billy de cara, os braços presos contra o corpo, o nariz desprotegido esguichando sangue no chão quando o policial, que pesava cem quilos, irritado e esbaforido, desabou sobre ele.

"Eu sei quem foi", Billy repetiu, e desta vez as palavras saíam achatadas e anasaladas; estava sentado numa cadeira inclinada para trás diante da mesa de jantar improvisada, olhos pregados no teto, Matty em pé atrás dele, segurando um maço de toalhas de papel sob seu nariz. "Eu sei quem foi."

"Oquei, tá bom. Mas fica calmo." O bafo de uísque matinal batia com tanta força no rosto de Matty que seus cílios tremiam.

"Oquei, tá bom. Fica calmo", repetiu Marcus, bufando como uma serpentina de calefação.

"Senhor Marcus, o senhor tem asma?"

"Billy. Meu nome é Billy. Já te disse isso" — fez uma pausa para recuperar o fôlego — "da outra vez. É, tenho um pouco, sim."

Matty pegou a mão de Billy e colocou-a sobre as toalhas de papel, foi até uma das mesas vazias e pegou o inalador Advair que John Mullins guardava num estojo na gaveta de baixo.

"Sabe usar isso?" Agitando o frasco antes de entregá-lo ao outro.

"Sei sim, obrigado." Com a mão livre, tomou uma dose.

Enquanto olhava para Billy a poucos centímetros de distância, deu-se conta de que, embora tivessem se encontrado várias vezes nos últimos dias, jamais havia olhado direito para o rosto daquele homem. Suas feições pareciam ao mesmo tempo parcialmente apagadas e constantemente oscilando, como se o trauma tivesse tido o efeito de deixá-lo instável não apenas no plano mental, mas também no físico; em condições normais, seu rosto não seria tão inchado nem tão macilento; a tez, nem tão pálida nem tão vermelha; os olhos, nem tão apagados nem tão ardentes; o cabelo, nem tão escorrido nem tão eriçado. Parecia ao mesmo tempo mais velho e mais jovem do que era na verdade, o corpo esguio e ágil, e no entanto Matty já o vira movendo-se com a insegurança geriátrica de quem tenta atravessar no escuro um quarto desconhecido; e agora, mesmo olhando para ele tão de perto e com tanta concentração, Matty não conseguiria dizer como era o rosto de Billy Marcus.

Uma coisa que ele sabia, sem sombra de dúvida, porém, era que o sujeito continuava usando a mesma roupa de três dias antes.

"Deus me livre de passar sermão, mas você está bêbado?"

Marcus ignorou a pergunta, enfiou a mão no bolso da calça, tirou uma página amarrotada do *Post* daquele dia.

"Por favor." Oferecendo o jornal a Matty.

Era uma página da seção de esportes, um editorial sobre a imaturidade de um jogador recém-contratado pelos Knicks, e então Matty viu algo rabiscado a esferográfica na margem: "22 Oliver lat mg caramelo jaq avel rosa zip stwash nike pr".

"O que é isso?"

Marcus levou a mão espalmada ao peito, depois abaixou a cabeça entre os joelhos.

"O que é isso?"

Marcus levantou-se, olhos fixos no teto. "Eu estava", recuperando o fôlego, "eu estava no jornaleiro, vendo os jornais, a primeira página. Se você viu, hoje, tinha a foto do prédio da Eldridge com as flores e tudo o mais. Essa foto aí, na sua mesa." Falava agora depressa, batendo queixo, como se a sala estivesse gelada. "E aí, parada ao meu lado, tinha uma garota, uma latina, e ela pega o jornal, olha pra foto e aí ela, sabe, arregala os olhos. E diz: 'Que merda. E eu crente que neguinho tava de onda'. Então ela larga o jornal e vai se afastando, e eu vou atrás dela, porque ela falou como se tivesse ouvido os caras que fizeram a coisa contando vantagem, você não acha?"

Ou então amigos lhe haviam falado sobre o assassinato que tinham visto no noticiário da televisão. Pistas bestas como essa, já tinham rolado mais de dez.

"Aí você foi atrás dela."

"Fui. Um quarteirão depois, me toquei que devia ter comprado o jornal que ela estava segurando, sabe, por causa das impressões digitais dela. Mas... fui seguindo a moça até... o quê?" Tentando ler de cabeça para baixo suas anotações, que estavam agora na mão de Matty.

"22 Oliver?" disse Matty.

"Isso."

"O conjunto habitacional Lemlich?"

"Um conjunto habitacional, sim. Incrível, não guardei o nome."

"Nós sabemos."

"Aí ela entrou no prédio, achei que não seria uma boa ideia eu entrar também, então anotei a roupa dela, como você está vendo, e vim direto pra cá."

Marcus não piscara nem uma vez desde que Matty e o outro policial o levantaram do chão.

Por outro lado, 22 Oliver era um endereço razoável; ficava mais ou menos na direção em que os criminosos haviam fugido, e desde o início eles estavam desconfiados do Lemlich.

"E isso aqui é a descrição dela."

"É."

"Você podia ler pra mim?" Entregando-lhe o jornal.

"Latina, magra, cor de caramelo, jaqueta aveludada rosa com zíper, jeans stonewashed, tênis Nike preto."

"Idade?"

"Segundo grau."

"E onde fica esse jornaleiro?"

"Eldridge com Broome. Você sabe, virando a esquina da…" Marcus agitou o inalador mas esqueceu de tomar outra dose. "Não acha que é uma boa pista?"

"Vamos conferir. Mas posso lhe perguntar…" Matty hesitou, e então: "Billy, por que é que você continua indo lá?"

"Por quê?" Boquiaberto, sem entender a pergunta.

Matty recuou.

"Então, quando é que vocês vão?"

"Vão aonde?"

"Encontrar a tal garota."

"Em breve."

"Quando?"

"Assim que eu conseguir despachar você."

"Como?"

"Levar você pra casa."

"Não."

"A sua mulher esteve aqui. Ela está louca procurando você."

Billy desviou a vista.

"E a sua filha esteve no hospital ontem à noite."

"O quê? O que aconteceu?"

"Ela se cortou."

"Se cortou?"

"Acho que ela está bem", disse Matty, "mas precisou levar ponto. Você devia ir pra casa pra ver o que houve, não é? Eu peço alguém pra te levar de carro."

"Mas você não disse que ela está bem?"

Matty teve vontade de socá-lo. Indicou o telefone em sua mesa. "Liga pra sua mulher, diz a ela onde você está."

"Eu ligo." Desviando a vista, as mãos no colo.

Que porra, Matty ligaria para ela depois.

236

"Eu preciso ir com você", disse Billy.

"Ir aonde?"

"Nesse lugar." Indicando suas anotações.

"Senhor Marcus, a gente não faz isso"

"*Tem* que fazer. Essa descrição que eu dei pode ser de um milhão de garotas. Mas *eu* vi a cara dela."

Matty muitas vezes se perguntava o que seria pior, saber quem matou seu filho, sua mulher, sua filha, ou não saber. Ter o nome e o rosto associados a seu demônio particular, ou não.

"*Tem* que fazer." Billy quase se levantou da cadeira de repente. "Façam o que eu..." Então, não sabendo mais o que dizer, finalmente piscou, e aí parecia não conseguir mais parar de piscar. "Não estou tão bêbado quanto você imagina. Nem tão maluco."

"Eu não disse nada disso."

"É uma boa pista. Eu sei que é. Estou *implorando*."

Yolonda entrou na sala com um café com leite.

"E aí, aconteceu alguma coisa?" Então, vendo Marcus: "Ah, meu Deus", sua voz automaticamente ficando mais aguda e carinhosa. "Como é que o senhor está?"

"Ouvi uma garota falando sobre o crime e fui atrás dela até chegar a um prédio."

Yolonda olhou para Matty, que deu de ombros e disse: "Eu estava explicando ao senhor Marcus que a gente ia verificar, mas que ele não pode ir conosco."

Yolonda soprou no café. "Por que não?"

Matty pegou o telefone e o entregou a Billy. "Liga pra sua casa." Então pegou Yolonda pelo cotovelo e foi com ela até a saleta de jantar.

"O que foi que deu em você?" O rosto dele quase encostado no dela.

"Ah, o que é que tem, deixa ele ir também."

"Ele não tem contato com a família há dias."

"Que nem você."

"Muito engraçado. O cara está enlouquecido."

"É claro que ele está enlouquecido. É só olhar pra ele que a gente vê que ele precisa fazer alguma coisa, precisa sentir que está fazendo alguma coisa, senão vai acabar se matando."

"Ele que tome conta da família dele. Já é fazer alguma coisa."

Yolonda deu de ombros, provou o café.

Jimmy Iacone, precedido por um torvelinho de cheiros noturnos, saiu pé ante pé do dormitório, com uma toalha e uma escova de dentes na mão esquerda.

"Será que vocês não se tocam de que estão berrando?"

Matty olhou para a sala ao lado, Billy desligando o telefone depois de ter ligado para a mulher, de ter supostamente ligado para a mulher. Então pegou um bloco na mesa de Mullins e começou a escrever.

Matty andava em círculos enquanto Yolonda tomava café. "Ele não pode sair do carro."

"Então, senhor Marcus." Yolonda virou-se para trás, apoiando o cotovelo no descanso do banco. "Sei que é uma pergunta complicada, mas como é que o senhor está aguentando o tranco?"

"Não... eu estou tentando, tentando, você tem que usar a cabeça, pra... enfrentar isso."

"Tudo bem", disse ela, apertando o punho dele. "Mas tem que ser paciente. Não é como uma escada que a gente sobe, cada dia melhor do que antes, o senhor entende o que eu estou dizendo?"

Mas Marcus já havia se desligado, e mirava com olhar morto o mundo que passava pela janela do carro. A seu lado, Jimmy Iacone fazia mais ou menos a mesma coisa, os dois parecendo naquele momento meninos entediados numa viagem comprida. O carro recendia a álcool, o álcool que alguém estava suando, mas podia perfeitamente ser Jimmy.

"E a sua família", perguntou Matty, tentando captar o olhar de Marcus pelo retrovisor. "Como é que elas estão?"

"Elas compreendem", disse Marcus, distante.

"O quê?", perguntou Matty. "Compreendem o quê?"

Yolonda tocou no braço de Matty. O bloco que Marcus levara da delegacia estava aberto no seu colo, Matty leu o que estava escrito nele pelo retrovisor:

ALGUMA VEZ EU DEI UMA FORÇA A VOCÊ?

"E a sua filha?", ele insistiu. "Como ela está? Como foi lá no hospital?"

"Eu tenho... eu tinha asma na infância." Marcus disse a Yolonda. "Voltou. Trinta anos depois, voltou."

"É o stress", disse Yolonda.

"Não, eu sei disso, eu sei..."

"Vai por mim, é o stress. Eu conheci uma mulher, sabe? O filho dela..." Yolonda desistiu. "Pois é."

Enquanto estacionavam na Madison Avenue em frente ao Lemlich Houses, Marcus olhava fixo para cada morador que passava como se quisesse abrir os olhos mais do que era possível.

"Vamos lá." Matty virou-se para trás. "Temos a sua descrição da garota, temos o endereço. Eu e a detetive Bello vamos entrar e tentar encontrar a garota. O detetive Iacone vai ficar aqui com você. Se a gente encontrar uma que for parecida, a gente passa com ela pelo carro. Você faz a identificação pro detetive Iacone. Mas não pode sair de dentro do carro em hipótese nenhuma. Entendeu?"

Tão concentrado que nem conseguia falar, Billy continuava a examinar cada rosto que passava pelo carro, cada par de olhos niquelados.

"Você... entendeu?"

"Esse conjunto habitacional é barra-pesada?", disse Billy, num tom despreocupado, o peito ofegante.

"Não muito", disse Yolonda.

"E então?" Matty olhou para ele.

"Entendi."

Enquanto Matty copiava a descrição feita por Billy em seu caderno, Yolonda virou-se para o banco de trás outra vez.

"Sabe por que esse conjunto não é dos piores? Aqui a garotada está perto de todo tipo de coisa, entendeu? A maioria dos conjuntos habitacionais, sabe, quem mora neles não conhece outra vida, mas aqui, você sobe ou desce dois quarteirões pra um lado ou pro outro, você está em Wall Street, Chinatown, Lower East Side, são verdadeiras válvulas de escape, entende? Isso dá confiança pra eles abraçarem o mundo..."

"E pra assaltarem todo mundo que encontram", murmurou Iacone.

"Meu Deus, você é terrível", disse Yolonda. "*Eu* fui criada num conjunto habitacional e nunca assaltei ninguém." Então, dirigindo-se a Billy outra vez: "*Detesto* esse papo de garoto de conjunto habitacional, garota de conjunto habitacional, como se isso definisse a pessoa".

"Está pronta?", Matty perguntou a ela.

Saindo do carro, Yolonda deu a volta e se aproximou da janela de Jimmy Iacone, fez sinal para que ele abaixasse o vidro e cochichou-lhe no ouvido: "Vai tomar no cu, seu gordo escroto sem-teto".

O conjunto Clara E. Lemlich Houses era formado por vários prédios altos e sujos, construídos cinquenta anos antes, um sanduíche entre dois séculos. A oeste, os prédios de catorze andares ficavam à sombra da torre do quartel-general da polícia e da sede da Verizon, duas imensas estruturas futuristas cuja única característica distintiva era a extensão vertical cega e implacável; e ao leste, os edifícios do conjunto dominavam as pequenas construções sem elevador da Madison Street, do tempo da Guerra de Secessão.

Quando Matty e Yolonda entraram no terreno do conjunto naquele domingo morto e nublado, seguindo em direção ao número 22 da Oliver, muitos dos jovens parados em grupos diante dos prédios foram se afastando, o rosto impassível, à medida que os dois se aproximavam, e reagrupando-se depois que eles passaram.

"O canal Nature", murmurou Matty.

"O que deu em você hoje?"

"O sacana está mentindo."

"Quem?"

"O Marcus. Ele não ligou pra casa."

"Tá bom, então ele não ligou. E daí, você é a mãe dele?"

Matty caminhava em silêncio, tentando entender. "Semana passada eu prometi a ele que a gente ia fazer tudo direitinho, e agora as coisas estão degringolando tão depressa..."

"E aí você desconta nele?"

"Quando foi que você já me viu fazer uma promessa como essa? Quem trabalha na porra da polícia há mais de dois minutos não é idiota de fazer uma promessa como essa."

"E aí você desconta nele?"

"Só você vendo eles lá, Yoli. Que nem barata tonta quando a gente acende a luz."

Yolonda começou a fazer uma imitação perfeita de Matty: "'Eu não sabia de nada.' 'Você nunca disse isso pra gente.' 'Mas *como* você não fez um exame de parafina?' E eu tive de engolir tudo. Todo mundo correndo pra baixo do fogão, e eu tive que engolir".

Três garotos de capuz estavam sentados no banco de ripas que havia na entrada do número 22 da Oliver, um negro, um branco, um latino, como se fossem a vanguarda de uma brigada jovem da ONU, todos olhando fixo para o chão, os olhos bandeiras desfraldadas.

"E aí, tudo bem com vocês?" Yolonda se aproximou deles, Matty sempre deixando que ela assumisse o primeiro plano na rua. "Vocês viram passar uma garota por volta de uma hora atrás, uma latina de pele clara, quinze, dezesseis anos, com uma jaqueta cor-de-rosa com zíper, mais pra magra."

Eles continuaram de cabeça baixa e rosnaram, Matty pensando que provavelmente eram meninos bem-comportados, já que estavam carregando demais no papel de durões.

"Não?" Yolonda sorriu. "E você?" Dirigindo-se ao rapaz negro, cento e cinquenta quilos e testa proeminente de homem neolítico. "Nenhum de vocês conhece, não?"

"Não", ele respondeu, sem levantar o olhar. No colo, tinha caixas de dois games: *Carlito's way 3* e *Danger Mouse: Likely to die.*

"Não mora ninguém aí mais ou menos assim? Ninguém aqui do pedaço?"

Os três balançaram a cabeça encapuzada, feito monges melancólicos.

"Ela não se meteu em nenhuma encrenca não…"

Saiu do prédio uma moça mais ou menos como a que Yolonda tinha acabado de descrever.

"Oi, tudo bem?" Yolonda colocou-se à sua frente. "Vem cá, tem uma garota aqui que parece mais ao menos com você, mora aqui, ou então tem amigos aqui, usa uma jaqueta cor-de-rosa aveludada. Ela não se meteu em nenhuma encrenca não."

"Parece comigo?", disse a moça, devagar.

"É, talvez não seja tão bonita…"

Yolonda pegou-a pelo braço e começou a caminhar com ela em direção ao carro.

"A Irma, de repente?", disse a moça.

"Irma de quê?"

"Não sei o sobrenome dela não."

"Mora aqui?"

"Não sei. De repente."

"Quantos anos?"

"Ela tá no colegial. Mas eu não sei, não."

"Quem mais mora com ela?"

"Não conheço direito."

"Como você se chama?"

"Crystal."

Yolonda esperou.

"Santos."

Estavam de volta à Madison Street.

Yolonda olhou para o carro. Iacone encostou-se em Billy, depois fez não com a cabeça.

"Sua família tem orgulho de você, Crystal?"

"Não sei."

"Tem sim, não tem?"

"No momento?"

"De modo geral. No dia a dia."

"É."

Quando Yolonda voltou para a entrada do número 22 da Oliver, os três garotos continuavam de cara fechada, apertando os olhos, como se sentissem dor, cada um olhando numa direção diferente, Matty parado diante do banco com as mãos entrelaçadas nas costas.

"Irma", disse Yolonda a Matty, e depois, virando-se para os três: "Qual é o apartamento da Irma?" Os garotos olharam para Yolonda como se ela estivesse falando em urdu.

"Eles todos sabem, os sacanas", murmurou Yolonda. "Chama o pessoal do Departamento de Conjuntos."

A linha de informação do Departamento de Conjuntos Habitacionais da polícia tinha três Irmas no número 22 da Oliver: Rivera, 46 anos; Lozado, onze; e Nieves, quinze.

"Quero a de quinze anos", disse Matty, obtendo o número do apartamento. "Como é a ficha dos moradores?"

De acordo com o departamento, no 8G não havia ninguém com um mandado pendente, ninguém que, ao abrir a porta, fosse tentar fugir ou enfrentá-los.

O elevador cheirava a frango frito e mijo, as paredes pareciam ser forradas com papel laminado amassado. A cabine estava cheia; uma mãe africana e três filhos, a mulher com um turbante complexo, de cores vivas, endireitando com gestos bruscos os casacos e chapéus dos filhos, como que irritada por algum motivo; e um casal de chineses idosos cercando seu carrinho de compras em marcação cerrada.

No oitavo andar, mal iluminado, por trás de pelo menos três portas ouviram vozes altas ou então ruídos de televisão, mas quando Matty tocou a campainha do 8G, conforme já esperava, instalou-se o silêncio. Ele olhou para Yolonda, depois começou a bater na porta com o punho cerrado. Nada.

"Que merda", ela murmurou, e começou a tocar todas as campainhas, em vão.

Quando já estavam voltando para os elevadores, porém, a porta do 8F entreabriu-se um pouco.

"Oi, tudo bem?" Yolonda se aproximou do olho que espiava pela fresta e exibiu seu distintivo. "Sou a detetive Bello."

A mulher abriu a porta um pouco mais, estava com um vestido de andar em casa e um suéter.

"Por favor, precisamos falar com a Irma Nieves, a garota que mora ao lado. A senhora conhece, não é? Ela não está metida em nenhuma encrenca não, eu posso…"

"Anna!", a mulher gritou abruptamente, então a porta do 8G abriu-se um pouco, e apareceu uma mulher recurvada, com uma calça de malha disforme e uma camiseta grande demais para ela, apertando os olhos, nenhum dente do lado esquerdo da boca.

"¿Tu eres la abuela de Irma?" Mais uma vez, Yolonda exibiu o distintivo.

A mulher imediatamente arregalou os olhos, levando as mãos à boca.

"*No, no, no, no es nada malo.*" Yolonda tocou-lhe o braço de leve. "*Ella no tiene ningún problema, solamente tenemos que hablar con ella. Tenemos que preguntarle algo de su amiga.*"

A velha afundou em seu próprio interior, as pálpebras tremendo de alívio.

"*¿Está ella en la casa?*"

"*Entra.*" Escancarando a porta.

O apartamento era estreito e sujo, o linóleo grudava na sola dos sapatos. Na saleta em que a velha os deixou para ir chamar a neta havia pilhas de roupas por toda parte, nos sofás, nas cadeiras, em sacos de lixo abertos no chão, e transbordando dos recipientes de plástico empilhados. Nas paredes nuas só umas poucas gravuras de Jesus recortadas de revistas, afixadas com percevejos.

Dois meninos pequenos saíram do quarto dos fundos e ficaram olhando para eles.

"O que ela foi fazer?", indagou Matty. "Foi acordar a garota?"

"Acho que sim", disse Yolonda.

"Se ainda está dormindo, não é ela." Ele deu de ombros, encaminhando-se para a porta.

"É, mas dá um tempo." Yolonda tocou-lhe o braço. "Já que estamos aqui…"

Matty ficou olhando pela única janela da sala, uma vista que provavelmente já fora bucólica, o rio largo e o Brooklyn do outro lado, mas agora mal dava para ver uma faixa de água cor de chumbo entre os prédios altos e a expansão de ferro e aço da Manhattan Bridge.

A avó voltou à sala e fez sinal para que eles a seguissem.

O quarto de Irma Nieves era pequeno e amontoado, três quartos do espaço ocupados por três colchões de casal empilhados. A garota estava sentada num canto da cama desfeita usando uma calça de pijama e uma miniblusa, as mãos viradas para cima no colo. Tinha olhos oblíquos, o que acentuava seu ar sonolento, era esguia e seria bonitinha não fossem os dentes de crocodilo proeminentes e uma faixa estreita de espinhas escuras numa das faces.

"Oi, Irma, eu sou a detetive Bello. Estamos procurando uma garota que parece um pouco com você, deste prédio, de repente ela só frequenta o prédio, uma latina de pele clara, da sua idade, tem um casaco aveludado cor-de-rosa. Ela não está metida em nenhuma encrenca, não, é só que a gente precisa conversar com ela."

Os dois menininhos entraram correndo no quarto e pularam na cama, Irma estalou a língua com uma irritação lânguida.

"Parece comigo?", disse finalmente, e depois pareceu desinteressar-se da conversa.

"Por acaso não seria a Crystal Santos?"

"A Crystal? Ela não parece comigo."

Yolonda dirigiu um olhar rápido a Matty: não te falei?

A avó, nervosa, sem entender, aguardava na porta.

Matty examinou o resto do quarto: uma pequena cômoda, e sobre ela alguns potes de óleo para bebês, vaselina, um Big Mac comido pela metade, um livro, *The bluest eye*, com uma etiqueta da Seward Park High School; um espelho cheio de fotos de adolescentes latinos e negros num parque de diversões; e vários pares de tênis limpíssimos onde quer que houvesse espaço para eles. A vista que se tinha da única janela do quarto era quase abstrata, o céu tapado pelo quadriculado dos dois monolitos a oeste: o prédio da polícia e o da Verizon.

"Tem que haver alguém parecida com você por aqui", disse Yolonda. "Talvez não tão bonita quanto você."

"Tania?", disse Irma. "Mas eu não sei, não."

"A Tania mora aqui?"

"Comigo?"

"Neste prédio."

"Acho que sim, mas não sei."

Os dois meninos começaram a lutar. Irma estalou a língua outra vez, então olhou para a avó parada na porta, para que ela fizesse alguma coisa, mas a mulher parecia ter medo de transpor a soleira.

"Como é mesmo o sobrenome da Tania?"

"Não sei."

"Onde é isso, o Rye Playland?" Yolonda apontou para as fotos em torno do espelho.

"É, isso mesmo."

"Ela aparece nessas fotos?"

"Não, não conheço ela tão bem assim, não."

"Ela é saidinha, é comportada…?"

"Saidinha?" E então: "Eu sei lá".

"Então, essa tal de Tania, quem mais conhece ela?"

Um terceiro menino pequeno entrou correndo no quarto, com um filhote de gato debaixo de cada braço.

"Quem mais conhece a Tania, Irma?"

"Ela anda com um garoto gordão, o Damien, às vezes."

"*¿Moreno?*", arriscou Yolonda, em espanhol.

"Crioulo, sim."

Matty pensou no garoto grande que estava sentado no banco.

"Como é o Damien?"

"Gordo."

"Não, como pessoa."

"Legal, eu acho."

"Com quem mais ela anda?"

"Tem um garoto, acho que o nome dele é True Life."

"Bom menino? Mau elemento?"

"Não conheço, mas esse é mesmo do mal."

"*¿Moreno?*"

"*Dominicano*. Não. Quer dizer, tipo assim, meio a meio."

"Meio a meio?"

"Parece, mas não sei."

"Já foi preso?"

"Acho que já."

"Sabe o nome dele?"

"True Life."

"Não, o nome de verdade."

"Não sei não."

"Onde ele mora?"

"Não sei."

"Quantos anos ele tem?"

"Tipo assim, dezoito, vinte. Mas não sei, não."

"Mas ele é do mal?"

"Ah, é, sim."

"Qual é a dele?"

Irma deu de ombros. "Não sei direito."

"Ele tem arma?"

"Talvez."

"E um camarada? Um cara que sai com ele pra aprontar."

Irma deu de ombros.

"Dava pra você ir até a delegacia, olhar umas fotos?"

"Aquele lance das caras?" Sorriu. "Tudo bem."

"Daqui a uma hora mais ou menos?"

"Uma hora? Eu vou me encontrar com uma pessoa."

"Quem."

"Meu namorado. A gente vai na casa da minha prima lá no Brooklyn."

"Não dá pra ir no Brooklyn depois?"

"Não sei."

"Acho que dá, sim", disse Matty. "Passa lá daqui a uma hora pra gente resolver logo isso, tá bom?"

"Você soube do crime da Eldridge Street na semana passada?", indagou Yolonda.

"O garoto branco que levou um tiro?"

"Você ouviu alguém falar nisso?"

"Acho que não."

"A gente está procurando um pessoal que é realmente do mal", disse Matty.

"Tudo bem."

"Você não está metida em nenhuma encrenca, não", disse Yolonda.

"Tudo bem."

Yolonda virou-se para a avó. "*Ella no tiene ningún problema.*"

"Tudo bem", disse a avó.

"Sua família é muito simpática", Yolonda disse à garota. "A sua *abuela* toma conta de um monte de criança."

"Obrigada", disse Irma.

"Você já fez ela se preocupar com você?"

"Ela é uma pessoa tipo nervosa", disse Irma, e aí indicou com a cabeça um dos meninos. "Este é que é o menino mau daqui."

"A menina é meio Forrest Gump, não é?", disse Yolonda quando saíam do elevador.

"A avó também, eu acho", disse Matty. "Mas cuida direitinho da casa."

Os três garotos continuavam sentados no banco, Yolonda partiu direto para o gordão, ainda com as caixas de games equilibradas na coxa. "Oi."

Surpreendido, o menino por fim olhou direto para ela, com olhos que pareciam emergir de uma caverna debaixo daquela testa saliente.

"Você é o Damien, não é?"

Ele não conseguiu conter a indignação, enquanto os outros dois na mesma hora baixavam a cabeça para ocultar as risadinhas.

"Não", disse ele, com uma voz surpreendentemente aguda. "Esse é o outro."

"O outro o quê?"

"O outro crioulo gordo", explodiu o latino, quase em lágrimas.

O gordão expirou pelo nariz, tolerante.

"E você, você é quem?", insistiu Yolonda.

"Donald."

"Tipo Donald Trump?", ela indagou, simpática.

"Você sabe onde é que a gente pode encontrar o Damien, Donald?", perguntou Matty.

"Não." O garoto fez uma careta. "Eu só conheço ele de..." Olhou para baixo, para seu próprio corpo enorme.

"Ha." O garoto branco fazia tanta força para não rir que seu capuz tremia.

"E uma garota chamada Tania, você conhece?", Yolonda perguntou ao menino branco, para fazê-lo parar de rir.

"Tania?", ele replicou. "Eu conheço uma *porrada* de Tania aqui." E bateu a mão espalmada contra a do garoto latino.

"E um cara chamado True Life, você conhece?"

"True Life? Não sei, quer dizer, de repente, não tenho certeza, não."

"Como é que você pode não ter certeza se conhece um cara chamado True Life?", perguntou Matty.

"Eu conheço um garoto chamado Blue Light", disse o branco.

"True Life", repetiu Yolonda.

"Não sei."

"E você?", ela se dirigiu ao latino.

"Hein?"

"Você?" Agora dirigia a pergunta a Donald, ainda agarrado às caixas de games.

Mas ele não ouviu a pergunta, assustado diante da figura de Billy Marcus, que havia escapado do carro e agora estava parado olhando para ele, o rosto cheio de lágrimas.

Iacone, atrás dele, olhou para os outros e deu de ombros: eu bem que tentei.

Yolonda olhou para Matty: ponto pra você, some com esse cara daqui.

"Então tá bom", disse ela.

Os três garotos se levantaram num movimento único, viraram e começaram a se afastar com um passo arrastado e desconfiado, com uma apatia songamonga, repleta de tédio dominical.

Iacone fingiu puxar um capuz até cobrir o rosto, e disse, com uma voz fininha: "Eles mataram o Kenny, os desgraçados".

"A gente se encontra atrás do prédio?", Yolonda perguntou a Matty, apontando com o queixo para Billy, em prantos: tira esse cara daqui.

"O que foi que eu pedi?", disse Matty já no carro, seguindo para o norte, Billy Marcus no banco do carona, de olhos vermelhos.

"Não sou criança", ele murmurou, olhando para a frente.

Matty começou a dizer mais alguma coisa sobre o assunto, depois desistiu.

Atravessaram a Canal Street e entraram no Lower East Side, onde os nomes de atacadistas de meias permaneciam legíveis, embora a tinta já estivesse descascando, acima das portas pregadas com tábuas.

"Eu ajudei um pouco?" A respiração de Billy ainda estava ligeiramente alterada, chiando como uma chaleira longínqua entre as palavras.

"Espero que sim", disse Matty, contendo o impulso de dizer que Eric Cash não estava mais cooperando, que agora o negócio era deixar a história morrer.

"Acha que foi o True Life?"

"Sinceridade? Não."

"True Life", Marcus repetiu, e então, quando Matty virou para oeste na Houston, indo em direção à West Side Highway: "Onde é que a gente está indo?".

"Estou te levando pra casa."

"Para." Marcus levantou a mão. "Não estou lá não."

Matty parou junto ao meio-fio na frente de uma kebaberia vinte e quatro horas.

"Então onde é que o senhor está?"

Marcus apoiou a cabeça no punho, os olhos ficando avermelhados outra vez. "Sabe... eu acordo todo dia, e por um momento parece que está tudo bem..."

"Senhor Marcus, onde o senhor vai ficar?"

"... o que faz tudo ficar pior ainda. Não dá pra me chamar de Billy? Pelo amor de Deus."

"Billy, onde você vai ficar?"

"Eu fico o tempo todo achando que estou vendo ele, sabe? Quer dizer, não *ele*, mas sabe, o jeito de andar, se afastando de mim, e aí ontem à noite senti o cheiro dele naquela bodega na Chrystie, mas bem fraco, como se ele tivesse saído dali há um segundo."

"Billy, deixa eu te levar pra casa."

"Não. Não é..." Marcus interrompeu-se, seus olhos se encheram de planos. Um zumbido fraco vinha por trás do chiado, uma vibração de plano central, mas Matty tinha certeza de que não era nada, um castelo de açúcar produzido pela loucura.

"Isso não está nada bom." Matty balançou a cabeça, sério.

Billy olhava pela janela, os joelhos tremelicando furiosamente.

"Olha, desculpa, mas é que você está só se torturando mais ainda, e torturando elas também. Sem querer..."

"Não, você tem razão", disse Billy, ainda olhando pela janela, como se procurasse alguém.

"A sua mulher entra pela minha porta todo dia. 'Cadê ele. Cadê ele.' A sua filha, eu nem consigo imaginar..."

"Eu *já disse*, você tem razão. Tem razão. Tem razão. Tem razão."

Matty esperou um instante, e depois: "Me dá de novo seu endereço, por favor?".

"Pega a Henry Hudson até Riverdale", disse Billy após uma longa pausa. "Daí em diante eu vou te dizendo onde é."

Nas tardes de domingo, o traje era informal na delegacia, o tradicional paletó e gravata era substituído pela camiseta com o logotipo do distrito e calças jeans, só as cabeças raspadas à maneira militar continuavam iguais.

"Alguém aqui conhece um cara chamado True Life?", perguntou Yolonda, jogando a bolsa na mesa.

"Eu conheço um Half Life", disse John Mullins.

"Eu conheço um Twenty-five to Life."

"Eu conheço um Blue Light."

Yolonda sentou-se diante do computador e digitou True Life; não havia nenhum rosto no sistema associado àquele nome. Então começou a colocar dados para preparar uma sessão para Irma Nieves: raça, idade, lugares frequentados.

Estavam em Riverdale, sentados dentro do carro parado junto à entrada do prédio de Billy na Henry Hudson Parkway.

"Desculpe se eu fui meio brusco."

"Tudo bem", disse Billy, distante, olhando de soslaio para o toldo na entrada do prédio.

Mais uma vez, Matty se perguntava se devia ou não lhe dizer o quanto aquela investigação havia degringolado; muitas vezes as famílias gostavam até de notícias ruins; para elas, qualquer informação nova era preciosa, bastava ser nova. Ele compreendia o fenômeno, mas nunca conseguira aceitá-lo. Além disso, mesmo ali, no lugar onde morava, mesmo tendo passado todo aquele dia com ele, Matty continuava achando que não tinha conseguido captar a atenção daquele sujeito.

"Esse negócio de você ficar seguindo uma pessoa no jornaleiro, ir atrás dela até onde ela mora, isso vai parar, não vai?"

"Eu não tinha intenção de fazer isso", disse Marcus, ainda olhando para seu prédio. "A coisa aconteceu."

"Mas agora vai parar, certo?" Matty olhava fixo para o rosto de Marcus, de lado, as olheiras machucadas sob o olho esquerdo. "Porque eu não vou poder trabalhar direito no caso se tiver que me preocupar com você também."

"Certo."

"O quê?"

"Certo. Tá bom." Então, virando-se para encarar Matty: "Entendi".

Marcus saltou do carro e se aproximou do prédio, mas no meio do caminho voltou e apoiou-se na janela do motorista. "Sabe, você passou o dia inteiro falando 'a sua família, a sua família'. Você precisa entender uma coisa. Eu adoro a Nina, mas ela não é minha, não. Quando conheci a Minette, ela já estava com seis anos." E então: "O Ike é que é meu".

Irma Nieves entrou na sala da delegacia, sem pressa, duas horas depois do combinado, mas era mais ou menos o que Yolonda já esperava.

"Vou te mostrar seis rostos de cada vez", disse Yolonda depois que instalou a menina diante da tela. "Se não reconhecer ninguém, é só dizer não que a gente toca pra frente, tá bom?"

Irma abriu um saco de Cheetos. "Tá bom."

Yolonda exibiu a primeira leva.

"Não", disse Irma, levando os Cheetos do colo para a boca sem olhar para eles. A tela ficou cinzenta, surgiram os dizeres: FAVOR ESPERAR.

"A sua família é legal", disse Yolonda.

Apareceram mais seis rostos.

"Não."

"Todos os garotos são mentirosos, você sabe, não é?"

Mais uma vez, FAVOR ESPERAR, mais seis rostos.

"Não."

"Você é bonitinha, mas ser inteligente é melhor."

"Não."

"Você mata muita aula?"

"Não." Depois: "Não".

"Você tem que dar valor à sua *abuela*, não faça nada que depois ela vá ficar arrasada."

"Não." Dois dos rostos na última leva estavam ensanguentados e eram de homens com mais de cinquenta anos.

"Nunca deixe um cara que você acabou de conhecer te oferecer uma bebida."

"Não."

"Você usa proteção?"

"Não." Então, olhando para a Yolonda pela primeira vez: "O quê?".

"Não vá engravidar, pra coitada da sua avó ter que cuidar dos seus filhos também."

"Ele."

"O quê?"

"Ele." Apontando. "True Life."

Yolonda leu o que saiu na cópia impressa: "Shawn Tucker, vulgo Blue Light".

"Abotoa o casaco, eu morro de frio só de olhar pra vocês", disse Lugo aos dois jovens latinos sentados no para-choque traseiro do carro deles enquanto Daley examinava os bancos de trás.

"É, esfriou", murmurou o motorista, com uma civilidade resignada.

"Que noite, hein?" Lugo acendeu o cigarro. "Você é de onde?", perguntou ao motorista.

"Maspeth."

"Você?" Dirigindo-se ao outro menino, que usava um tapa-olho.

"R. D."

"R. D. República Dominicana? Eu estive lá no ano passado. Aposto que você preferia estar lá agora, né? *Eu* preferia. Você é de onde, lá?"

"Playa."

"Ah, é bonito pra caralho, né? A gente ficou no Capitán, você conhece?"

"Meu tio trabalha lá."

"Com licença, por favor?" Daley os fez sair de cima do para-choque, então abriu o porta-malas.

"O Capitán é o melhor, né?", disse Lugo. "As garotas. A gente tinha uma espécie de guarda-costas, guia turístico, sabe? O cara levava a gente pra tudo que era lugar, falava com as pessoas, mostrava as atrações… E andava armado."

"Cara esperto", disse o motorista, um pouco mais animado, talvez imaginando que dentro de poucos minutos aquilo ia acabar e ele iria embora. "Quanto é que ele cobrava?"

"Cinquenta por dia", disse Lugo, balançando os braços distraído, socando a palma de uma mão com o punho da outra.

"Peso ou dólar?"

"Dólar, maninho."

"Isso lá é a maior grana", disse o passageiro.

"A gente só vive uma vez, não é? O que aconteceu com o teu olho?"

"Meu primo me espetou com um arame quando a gente era pequeno."

Lugo fez uma careta. "Arrancou fora?"

"Só cegou."

"Que merda." Então, dirigindo-se ao motorista: "Não é uma merda?".

O motorista deu de ombros, dirigiu um sorriso tímido aos sapatos.

O garoto do tapa-olho riu. "Foi ele que furou."

"E você ainda anda com ele?", espantou-se Lugo.

"Ele é meu primo." Deu de ombros.

"Olha isso." Daley trouxe do porta-malas uma placa de papelão, tempo-rária. "Alguém mexeu nos números aqui, está vendo?"

Todos se reuniram para olhar, Daley exibindo a placa com as duas mãos como se fosse um bebê recém-nascido. "Está vendo? O sete virou nove. Isso aqui é fraude."

"É o quê?", perguntou o garoto do tapa-olho.

"Eu acabei de comprar esse carro", disse o motorista. "Isso estava no porta-malas?"

Lugo e Daley afastaram-se um pouco dos outros para conversar.

"O que é que você quer fazer?"

Lugo olhou para o relógio: dez horas. "Vamos fazer o que é pra fazer."

Voltaram para os primos atrás do carro.

"Isso estava no porta-malas?" repetiu o motorista, os olhos carregados de ansiedade. "Não é nem o número da placa que está no carro, pode olhar."

"Vira de costas, por favor."

"Ah, seu guarda", disse o motorista. "Eu comprei esse carro dum sujeito ontem. Nem olhei lá dentro. Nem sei o que é isso."

"O problema não é meu", disse Lugo, distante.

"Mas isso é pra quê?" A voz do motorista cada vez mais tensa.

"Porra, maninho, seus pulsos são grossos, hein?", disse Daley.

A duas camas da dele, Paloma, a menorzinha, tinha acordado, pela terceira vez na noite, gritando uma bobagem qualquer, que tinha um homem no ouvido dela, e Tristan teve que pular por cima da cama que os separava e massagear-lhe as costas até ela voltar a se deitar. Mas agora ela estava mais desperta, virou-se para o outro lado e olhou para ele, os olhos como raios X na escuridão.

"Vai dormir, cara."

Mas ela continuava olhando para ele com aquele olhar adulto no rosto de três anos de idade, Tristan teve de desviar a vista mais uma vez enquanto insistia na massagem tal como a mãe lhe havia ensinado.

"*Mami*", gritou a criança, se bem que o grito não incluía seus olhos, o que apavorou Tristan.

"Cala a boca, cara."

"*Mami!*" Um grito seco.

"Droga…" Tristan sussurrou.

"MAMI!"

A porta do quarto finalmente se abriu, a mãe da menina entrou com um farfalhar de camisola, estalando a língua de irritação.

"Eu *não gosto* mais do Tristan."

"Shhh." Caminhando entre eles como se Tristan não estivesse presente.

"*Não gosto* do Tristan."

"Que bom, sua putinha", ele murmurou, "estou pouco me fodendo."

A mãe ficou rígida quando ele disse isso, então pegou a filha para levá-la de volta para sua cama, enquanto a menina continuava fixando nele aqueles olhos calmos de adulto, a cabeça apoiada no ombro da mulher.

"Eu não fiz nada." O rosto de Tristan ao luar vermelho como um camarão.

Pegando seu caderno embaixo do colchão, escreveu com fúria no escuro:

> *Vontade de ter o que fazer*
> *matar ou morrer*
> *o homem para ou então encara*
> *cruza os braços ou manda pro espaço*
> *Meu não*
> *é um safanão*

no teu sim
Meu poder
cresce ao léu
até chegar ao céu

"Oi! Está muito tarde pra eu ligar?", disse Matty baixinho ao celular.

"Quem é?", atendeu Minette, um pouco trêmula.

"Mat… o detetive Clark." Contendo uma onda de constrangimento, apoiado na grade da varanda e bebendo mais um gole de cerveja.

"Ah, oi", ela disse. "Alguma novidade?"

"Não… Eu só liguei pra saber como estão as coisas."

"Bom…", ela quase cantarolou, uma pergunta tão difícil.

"A sua filha está bem?"

"Ela… A gente está assistindo um filme."

"É mesmo?"

Dezessete andares abaixo, duas ambulâncias, uma da Hatzolah, a outra da Cabrini, vinham correndo das extremidades opostas da Grand Street em direção ao mesmo acidente de carro, os efeitos da cerveja e da altitude fazendo os dois veículos parecerem insetos elétricos.

"E o maridão, como está?"

"Quem?"

Matty hesitou. "O seu marido."

Fez-se um silêncio prolongado do outro lado da linha, e depois: "O que é que você quer dizer?".

"Eu levei ele pra casa hoje à tarde, não foi?"

"O quê?" A respiração de Minette um pouco alterada. "Quando?"

Matty começou a andar de um lado para outro pela grama artificial. "Hoje à tarde."

"Eu passei o dia em casa." A voz dela começou a subir. "Ele esteve *aqui*?"

Matty sabia que devia ter esperado mais alguns minutos antes de ir embora quando aquele idiota entrou no prédio.

"Bom, pelo menos ele está inteiro", disse Matty quando ela começou a chorar. "Isso, pelo menos, eu garanto."

Ela continuava a chorar em seu ouvido, a proximidade da sua frustração o deixava tonto.

"Então", ele começou a dizer, depois se perdeu. "Tem mais alguma coisa que eu possa fazer por você?"

Vinte minutos depois que a mulher veio pegar sua hamster no quarto, Tristan foi levantado do colchão por um puxão do ex-padrasto.

"Que foi que você disse pra minha mulher?"

"O quê?" Tristan, movido por um reflexo, agarrando os braços que haviam agarrado os seus.

"*O quê? O quê? O quê?*" O cara com os olhos saltados cheios de álcool.

"Nestor." Um sussurro vindo de algum lugar nas sombras.

"Você desrespeitou a *minha mulher?*" Soltando uma chuva de perdigotos no garoto.

Tristan agarrara seu ex-padrasto para não apanhar dele, e agora percebeu que seu polegar alcançava as pontas de seus dedos em torno dos punhos do outro.

O ex-padrasto tentou liberar uma das mãos para levantá-la e lhe dar um tapa, só a título de experiência Tristan resolveu impedi-lo, e os olhos do homem agora pareciam saltar, como ovos.

Tonto, fascinado, apavorado, de repente Tristan começou a gritar: "EU SOU O MARINHEIRO POPEYE…".

O ex-padrasto tentou soltar a mão outra vez, Tristan agarrou-o com mais força, gritando mais alto: "SE EU ENTRO NINGUÉM SA-AI".

Então, ficou tão desorientado ao perceber como era fácil segurar aquele cara que o soltou, sabendo o que aconteceria se fizesse isso.

Um segundo depois, estava deitado no colchão outra vez, com um gosto de cobre escorrendo no fundo da garganta.

Os socos vinham um depois do outro, todos ecoando atrás dos olhos, Tristan cada vez mais distante, a sensação de que seu polegar tocava as pontas dos dedos em torno dos punhos do cara a toda hora lhe voltando.

Por fim a mulher disse "Nestor" outra vez e os golpes cessaram, o ex-padrasto debruçou-se sobre ele como se fosse lhe dar um beijo de despedida. "Você é um destruidor, mas a *minha casa* você não vai destruir, não." Então levantou-se e saiu do quarto; a mulher, de olhos esbugalhados e escrota igual a ele, foi atrás.

Na escuridão, no silêncio, Tristan sorria, os dentes margeados de sangue.

* * *

Enquanto no andar de cima a equipe anticrime interrogava os outros três detidos, o garoto dominicano da placa de papelão estava sentado, algemado, entre Lugo e Daley, na minúscula sala de interrogatório para menores de idade no térreo da delegacia.

"Pra começar, pode dar adeus pra aquele carro."

"O quê?" O garoto jogou-se para trás. "Não. Por que vocês vão levar meu carro?"

"A Perícia vai desmontar ele todinho", disse Daley.

"Ah, não diz isso, vai."

"Não tem erro, vão checar no sistema de roubos e furtos e vai dar que ele foi trocado por um carro velho que já não existe há muito tempo. Mas a lei não faz a menor diferença entre você e a gangue de ladrão de carro que te vendeu ele."

"Não diz isso, cara."

"A posse de carro roubado é noventa por cento do problema."

"Do ponto de vista criminológico? A placa adulterada enquadra você na legislação antifraude. Vinte anos no mínimo."

"De cadeia."

"Não diz isso, cara!" O garoto balançava a cabeça tão depressa que não dava para ver o cabelo com nitidez.

"E aquele bebê que vai nascer daqui a cinco meses?", bocejou Lugo.

"Vai ter que chamar de pai outro cara qualquer", concluiu Daley.

"Você vai ser o tio Atrás-do-Vidro."

Um silêncio machucado se instalou na sala.

"Ideias?", disse Daley por fim. "Comentários? Sugestões?"

"Não entendo por que vocês têm que levar o meu carro."

"Aí, maninho… não ouviu o que a gente falou?"

"Ouvi, mas por que é que tem que levar o meu carro?"

Daley e Lugo se entreolharam.

"Esse não é o seu problema mais sério, maninho."

"Se eu perder esse carro, cara, eu juro por Deus…"

Lugo arregalou os olhos e delicadamente pousou as pontas dos dedos nas têmporas. "Deixa eu te perguntar uma coisa", disse em voz baixa. "Quando você era pequeno e a professora via você entrando na sala de aula, ela ficava branca e começava a tremer?"

"O quê?"

"Olha aqui, cá entre nós." Daley aproximando o rosto do dele. "A gente está cagando pra aquela placa adulterada. A gente está aqui com você até agora porque você parece ser gente boa e, franqueza, você vai se foder legal."

"Mas é aquilo que a gente falou, maninho, a gente só pode rezar pra você arranjar uma arma." Lugo adotou um tom lúgubre. "Sem isso, a gente não pode fazer nada."

"E tem que ser no máximo daqui a uma hora, porque a gente só pode ficar aqui esse tempo, então…"

"Pô, cara, se eu pudesse ajudar eu ajudava."

"Não, maninho, é justamente o contrário." Daley inclinou-se para trás e cruzou as mãos sobre a barriga. "*Nós* é que estamos tentando ajudar você."

"Eu não sei de arma nenhuma."

"Não precisa saber, não", Daley pressionando por um lado. "É só saber de um cara que sabe de um cara."

"Você não é do mal." Lugo vindo do lado oposto. "A gente sabe."

"Por isso que a gente está falando com você."

"As outras vezes que você dançou, algum policial ficou conversando com você assim? Ele se deram ao trabalho de levar um papo assim?"

"Não."

"Olha aqui." Daley tocou-lhe o braço, olhou-o nos olhos. "Eu e ele, a gente já fez isso mais de quarenta vezes, no mínimo. O cara diz: 'Não sei de arma nenhuma', e no final a arma aparece."

"E não é que eles estavam enrolando a gente, não", disse Lugo.

"Bom, uns até estavam."

"É, mas a maioria… é… tipo assim, seis graus de separação. O cara liga pra um cara que liga pra um cara, e aí, créu. Sabe o último cara que estava sentado aí onde você está agora? Situação muito pior que a sua, sério, e se abriu com a gente? Saiu daqui quando o dia estava clareando, esfregando os pulsos, procurando um lugar pra tomar café da manhã. Essas coisas acontecem, maninho. Mas no teu caso? Devido às exigências técnicas do momento, tem que ser agora."

"Não sei de arma nenhuma."

"A gente não disse que você sabe. Você não está ouvindo o que a gente diz?"

Pelo visto, não; o garoto falava sozinho, olhava fixo para o próprio colo.

Lugo e Daley se entreolharam, depois deram de ombros e engataram outra marcha. "E o priminho aí?"

"O Benny? Ele é o meu melhor amigo."

"O que mais tem aqui é melhor amigo fodendo com o outro. Mas não é nem isso que a gente está pedindo."

"O Benny não sabe de arma nenhuma."

"Não? Você acha que ele não consegue falar com ninguém?"

"Não, cara, o Benny trabalha de cumim, faz... tipo seis anos, lá no Berkmann. Ele não... Foi *ele* que me ensinou a trabalhar."

"Tem certeza mesmo?"

"Tenho."

"Então, vai me desculpar, maninho, mas você está ferrado."

O garoto balançou a cabeça, arrasado, depois olhou para Lugo. "Mas por que é que vocês têm que levar o meu carro?"

Depois de ficar uma hora no santuário, na esperança de pelo menos pegar Billy, já que não pegava mais ninguém, Matty apertou a campainha do No Name e atravessou a dupla camada de espessas cortinas de teatro, de isolamento acústico, que imediatamente surgiram à sua frente assim que passou pela porta da rua, um portão de fábrica todo arranhado.

Apesar da hora, a sala estreita estava cheia, os dois que trabalhavam no bar, o jovem proprietário que usava laquê no cabelo e a italiana alta responsável pelos dois entreveros sexuais mais deprimentes que ele vivenciara naquele ano, sacudindo as coqueteleiras prateadas como se fossem maracás.

A nova recepcionista, como nunca o vira antes, começou a perguntar se ele tinha feito reserva, depois mudou de ideia e, com um gesto gracioso, ofereceu-lhe o único lugar vazio no bar; não por saber que ele era um ex-empregado, mas por perceber que era policial, e nenhum bar ou restaurante do pedaço jamais impedia a entrada de um policial.

Matty ficou olhando para sua melancólica amante intermitente de uma distância de poucos centímetros, o rosto fino, moreno e sério iluminado por baixo pelas lâmpadas fracas e discretas instaladas sob os quatro recipientes de gelo de tipos diferentes: raspas, cubos, pedaços grandes e icebergs.

"E aí, como é que você está?" Falando o mais baixo que podia sem cochichar.

"Bem", disse ela, seca, sem desviar a vista do trabalho, acrescentando quantidades iguais de gengibre liquefeito e suco de maçã fresco com uma dose dupla de vodca de batata e um bloco irregular de gelo.

"Está com uma cara boa, isso aí", disse ele.

"*Sazerac* e um *sidecar*", o único garçom solicitou, como se estivesse chamando um hóspede no saguão de um hotel chique.

Matty ficou parado naquele ambiente sépia, olhos fixos nos luminosos recipientes de gelo.

A questão era que Minette não era nenhuma garota, era — não havia outra maneira de dizer — uma mulher, um mulherão, uma presença; objetiva, madura, com uma sela de sardas avermelhadas traçada sobre o nariz. Matty pensando: então o negócio que importa mesmo é isso? Olhos, vibrações, sardas num nariz bem definido? Sim e não, sim e não, mas sim, claro, sim até a morte; é o visual que desencadeia o devaneio.

"Sabe de uma coisa?" Ele se aproximou da moça no bar, falando sem querer no tom delicado que o ambiente parecia exigir. "É mesmo pessoal. Tem a ver comigo, sim."

Ela nem olhou para ele nem interrompeu sua atividade frenética. Matty pensando: preparadora de drinques, já prestes a ir embora quando, ainda sem sorrir e sem olhar para ele, ela empurrou na sua direção um daqueles copos de vodca com maçã e gengibre, Matty agradecendo em silêncio aquela maneira dela de, no último instante, salvar sua dignidade, e tentando de todo modo lembrar seu nome.

CINCO

PROCURA-SE

O telefonema de Kenny Chan, um sargento do Nono, de Assaltos, chegou a Matty quando ele estava entregando uma foto ampliada da carteira de motorista de Billy Marcus ao barman diurno do Kid Dropper.

"Senhor Matty, nós pegamos um dos seus procurados hoje de manhã, o Shawn Tucker."

"Quem?"

"Tucker, conhecido como Blue Light. Foi dedurado pelo parceiro dele num assalto."

"Um dos *meus* procurados?" Não se lembrava. "Quem é o parceiro?"

"Em que assalto? A gente fez uns reconhecimentos, o Tucker foi identificado três vezes até agora, mas cada vítima descreve um parceiro diferente. Pelo visto o tal de Blue Light não discrimina ninguém, ele pega quem estiver de bobeira, usa qualquer coisa que estiver à mão, pistola, faca, corrente, tacape, diz: 'Vamos fazer um serviço', e lá vão eles. Ainda tem mais sete vítimas pra entrar, a gente está fazendo a maior festa com esse babaca. Quer esperar até a gente terminar ou quer falar com ele agora?"

"Eu espero. Primeiro deixa todo mundo reconhecer."

"Uma das vítimas é aí do seu pedaço."

"É mesmo?"

"Um chinês velho, Ming Lee?"

"Quem?"

"Peraí." Pondo a mão no bocal para falar com alguém, e então: "Desculpe. Ming Lam." Depois: "O Fenton Ma manda um abraço".

Matty não fazia ideia de quem era o tal Blue Light, mas como ao menos uma das vítimas comparáveis do registro havia feito uma identificação positiva, Matty agora precisava desesperadamente que Eric Cash desse uma olhada no sujeito — fizesse um reconhecimento, olhasse um álbum de fotos, passasse de carro por ele, qualquer coisa —, e assim acabou ligando para Danny Vermelho, para tentar pedir sua cooperação sem que o promotor ficasse sabendo. Atendeu a secretária eletrônica, primeiro em espanhol, depois em inglês.

"Danny. É o Matty Clark. Me telefona. Por favor." Imaginando que ele não ia ligar.

Na esperança de encontrar mais alguém que identificasse Blue Light, ligou para o magricela israelense, Avner Polaner. Outra secretária eletrônica: "Se você está ligando pra pedir informação sobre o Movimento Anti-Berkmann, por favor vá até o Sana'a Deli, no número 31 da Rivington Street, e mande chamar Nazir ou Tariq. Se estiver ligando pra falar comigo pessoalmente, eu, Avner Polaner, vou estar em Tel Aviv até o final do mês".

Nada. Matty pensou por um momento, depois lembrou-se de Harry Steele; hora de cobrar seu favor.

"Preciso que você me ajude a falar com uma pessoa."

"Que pessoa?"

"O Eric Cash. Ele precisa sair dessa. Imagino que você sabe do que estou falando."

"Você lembra onde eu moro?"

"A sinagoga?"

"Passa daqui a uma hora. Não. Uma hora e meia. Uma hora e meia é gênio."

"Como assim, 'gênio'?"

"É força de expressão."

"Quem é esse tal de Blue Light?", Matty perguntou a Yolonda quando entraram no elevador cheirando a produto de limpeza do Esquadrão de Assaltos, no terceiro andar do Nono Distrito.

"Blue Light é True Life", disse ela. "A Albertina Einstein errou o nome dele. Espalhei o cartaz de procurado ontem à noite."

No corredor, perto da sala de reunião, Ming Lam estava sentado num banco, curvado para a frente, o rosto desidratado de tanta agitação. Fenton Ma, com um dos braços no encosto do banco, numa atitude de proprietário, estava sentado ao lado dele, um orgulho feroz estampado no rosto.

Quando Lam viu Matty e Yolonda caminhando na sua direção, quase chegou a rosnar.

"Esse tal de Tucker, vão prender e jogar fora a chave, não é?", disse Ma, bem alto.

"Com certeza", respondeu Yolonda, no mesmo volume. Ma repetiu a resposta lacônica para o velho, primeiro em inglês, depois, de modo mais elaborado, em mandarim, num misto de fala e grunhido, exprimindo igualmente medo e raiva.

"Você mandou bem", disse Matty baixinho para Ma.

Viram Shawn "Blue Light" Tucker assim que entraram na sala de reunião; mulato comprido, recém-saído da adolescência, emburrado no canto de uma das duas pequenas celas que havia ali, na postura do *Pensador* de Rodin.

Kenny Chan saiu de sua sala com um maço de relatórios de incidentes debaixo do braço. "Depois que a gente conversou, teve mais quatro identificações desse cara, inclusive dois casos de roubo, o que dá um total de sete."

"À mão armada?", perguntou Matty.

"No caso daquele velho chinês lá no corredor e também no que a gente pegou ele."

"Calibre?"

"Sabe o parceiro, o que dedurou? O cara nem sabia que o Tucker estava armado, só viu quando ele sacou, e o Tucker está puto com a gente, por isso não quer falar."

"Quem é o parceiro?"

"Um garoto lá do Wald, Evan Ruiz."

Matty e Yolonda se entreolharam: um negro e um latino.

"Peraí", disse Yolonda, e foi para o lado oposto da sala, enquanto Tucker a seguia com os olhos. Ao voltar, sorriu para ele, e o rapaz desviou o olhar.

"Desculpa", disse ela. "Continua."

"Mas o Ruiz alega que só participou do lance em que ele foi pego. É o que eu te falei pelo telefone — o Tucker não pensa duas vezes na hora de arranjar parceiro."

"Ele é garoto de conjunto habitacional?", perguntou Yolonda.

"É, do Cahan, mas parece que a família é direitinha. O pai é motorneiro, a mãe é caixa do Chase. Ele é meio ovelha negra."

"O cabelo dele é lindo", murmurou Yolonda.

"Pois é, mas agora ele não quer falar com ninguém."

"Não?", disse Yolonda, e então se virou para Matty. "Você não acha que o cabelo dele é lindo?"

Quando Matty saiu, Yolonda continuou na sala de reunião do Nono Distrito, instalando-se numa mesa que estava desocupada para verificar seus e-mails e trabalhar um pouco no computador. De vez em quando se levantava e ia até a cafeteira do lado oposto da sala, e cada vez que o fazia Tucker se levantava e, como quem não quer nada, se aproximava da grade para acompanhá-la com o olhar, mas desviava a vista sempre que ela o olhava nos olhos ou sorria para ele.

Depois de uma hora dessa rotina, Yolonda finalmente chegou perto da cela e fez sinal para que ele se aproximasse da grade.

"Qual é a sua história?", perguntou, quase num sussurro. "Todo mundo aqui diz que você tem uma boa família. O que aconteceu, te tratavam mal? Porque você era o mais claro, sei lá?"

Tucker deu um sorriso de desprezo.

"Sua pele é bonita, tom *café con leche*", disse ela. "É assim que a gente chamava."

"A gente quem."

"A minha família. Aposto que foi isso. Seu pai é mais escuro que você, certo? Os irmãos também? Acertei?"

Ele estalou a língua e voltou a sentar-se no banco, Yolonda ainda esperou um instante e depois se afastou.

Alguns minutos depois, ela saiu da sala de reunião, foi até a Katz e voltou com um sanduíche matador, três andares, quinze centímetros de altura, pastrami com pão de centeio, preso por dois palitos extralongos, entortados pelo celofane.

Desembrulhando o sanduíche na mesa, exclamou: "Onde é que eu estava com a cabeça?" Partindo-o em dois, embrulhou metade numa toalha de papel, voltou até a cela e entregou-a ao rapaz por entre as grades.

"Você é um garoto bonito, mas magro demais."

"Hã hã." Mas aceitou o sanduíche antes de dar as costas para ela.

"Como é que você virou Blue Light?"

Tucker deu de ombros e murmurou, com a boca cheia de sanduíche: "Como é que você virou detetive?".

Yolonda ia responder, a história era interessante, mas mudou de ideia.

"Alguém te chama de True Life?"

"Neguinho entende errado", ele explicou.

"Ah."

Yolonda voltou à mesa e devorou sua metade do sanduíche, depois entrou na sala de Kenny Chan.

"Me faz um favor? Independente do que acontecer nos alinhamentos de hoje, não deixem ninguém levar esse garoto daqui, o Tucker. Segura ele pra mim, tá bom? Eu volto hoje à noite." Mais uma vez foi até a mesa, pediu uns vídeos pela Netflix para seus filhos em Riverdale, despediu o treinador de cães que seu marido insistira em contratar na semana anterior e foi embora sem olhar de novo para Tucker.

Harry Steele morava numa sinagoga dessacralizada na Suffolk Street, a qual em sua origem fora um cortiço normal, transformado em sinagoga noventa e cinco anos antes. E agora era um palacete particular, com um enorme vitral acima da porta atrás de uma estrela de davi de madeira, o único sinal externo de que o lugar havia funcionado por quase um século como uma casa de oração.

Uma moça indiana com um piercing que parecia uma argola de touro no nariz, uma dessas empregadas produzidíssimas que não pareciam empregadas e sempre confundiam Matty naquele bairro, abriu a porta para ele e, após hesitar por um momento, o deixou entrar, levando-o a subir um lance de escada que dava numa galeria que circundava todo o andar térreo.

O prédio tinha três andares, sendo que os dois pisos superiores tinham sido removidos pela congregação para formar um salão de pé-direito alto, estreito e comprido, com apenas aquele balcão interior para que as mulheres pudessem assistir as cerimônias.

Lá embaixo, as paredes de gesso ocre eram enfeitadas por pinturas toscas que representavam o zodíaco hebraico, seis de cada lado, e numa arca da Torá embutida na parede Harry Steele guardava seus livros de culinária dos séculos XVIII e XIX, além de peças de cerâmica antigas e panelas da Ásia e do Oriente Médio.

Quem falara a Matty a respeito desse lugar fora um detetive do Oitavo Esquadrão, chamado por conta de um caso de tentativa de arrombamento; também já lera a respeito da casa; mas mesmo se não soubesse nada teria percebido a aura de Santo dos Santos que ainda perdurava no local, muito embora os imigrantes que ali rezavam outrora, já falecidos há muito tempo, tivessem sido substituídos por um grupo de gerentes, recepcionistas e barmen do Berkmann, banhados na mesma luz furta-cor filtrada pelo vitral oval, sentados em torno da ilha culinária de granito que substituíra a plataforma do *chazan* no centro da casa.

Steele não lhe dissera nada a respeito daquela reunião, e certamente não lhe informara que Eric Cash estaria presente. Matty viu o pobre-diabo ficar lívido ao deparar com seu ex-interrogador debruçado sobre a grade do balcão das mulheres, agora reforçada e à prova de crianças, seis metros acima de sua cabeça.

Isso era uma merda. Legalmente, ele não poderia falar com Cash de jeito nenhum, mas mesmo que pudesse, o ideal era ter um interlocutor que mediasse a conversa.

Matty recuou e voltou para a sombra.

"Se alguém aqui esqueceu que a gente mora numa cidade complicada", disse Steele à sua tropa reunida, "o incidente trágico que ocorreu alguns dias atrás…" Todos ao redor da cozinha olharam, num ato reflexo, para Cash, que começou a sacudir os ombros como se tivesse sido apunhalado. Steele mudou de tom.

"Vamos ser realistas. O que aconteceu não foi uma onda de crimes, não foi nada disso, mas o fato é que aconteceu, e uma das estações dessa via-crúcis foi o nosso bar, o que levanta a questão de que a gente tem que proteger nossa clientela e também se proteger, de modo que todo mundo…" Steele correu o olhar pelos rostos que o cercavam. "Vocês têm que desenvolver um sexto sentido pra essas coisas. Não gostou da cara do freguês? Vai lá na porta e chama o Clarence." Indicando com um gesto o protegido de Matty, o qual, com uma expressão muito séria, estava sentado sozinho na outra extremidade da cozinha, os braços cruzados sobre o peito descomunal.

Matty percebia que Cash estava fazendo um esforço sobre-humano para não levantar a vista e olhar para ele, mantendo os olhos fixos num ponto bem na sua frente e balançando-se na cadeira como se estivesse recebendo o espírito de um daqueles leitores da Torá mortos há tantos anos.

"Tem um freguês com fala arrastada, dormindo, falando sozinho, incomodando os outros?", prosseguiu Steele. "Chama o Clarence. Ele não precisa ficar na porta o tempo todo. Ele vai começar a entrar uma vez por hora, pra ver como vão as coisas. Quer dizer, a situação é delicada, não dá pra ele ficar encarando o freguês, a gente vai ter que bolar uma solução, mas de modo geral, por ora, basta a gente ter a menor suspeita que tem um freguês que não vai conseguir chegar em casa direito, a ordem é não esperar."

Steele fez uma pausa quando um empregado trouxe uma bandeja que, vista de cima, parecia conter uma variedade de minitortilhas, os gerentes esperando até que o patrão se servisse para só depois avançar.

"O caso mais crítico, é claro" — Steele engoliu —, "é a hora de fazer os últimos pedidos. Chega essa hora e o freguês, principalmente se for mulher, não consegue ficar em pé, está caindo de porre, é uma tentação, uma bomba pronta pra explodir, aí é chamar o Clarence e ajudar a pôr a mulher dentro de um táxi. Você e o Clarence colocam a mulher no táxi juntos, porque aí, qualquer coisa, um pode ser testemunha do outro. É importante ela ter dinheiro suficiente pro táxi. Anota a placa do táxi. O motorista tem que *saber* que vocês anotaram a placa. Pra ela chegar em casa sem problema."

"E se o freguês não quiser ir embora?"

"Aí é usar o bom-senso. O freguês não consegue nem andar? Chama a polícia. Senão os responsáveis somos nós. Faz de conta que é um parente seu. Trata como se fosse um parente."

"Parente idiota mesmo assim é parente", contribuiu um dos gerentes.

"Além disso", disse Eric Cash, com voz rouca, "tem que lembrar os barmen que eles têm o poder de parar de servir um freguês. E devem usar esse poder."

Os gerentes ficaram olhando para ele, como se esperassem mais, porém Cash finalmente levantou a vista, olhou Matty nos olhos e perdeu o fio da meada.

"Isso mesmo", disse Steele, quebrando o silêncio. "E não fica preocupado de magoar a pessoa, não. Se o cara está tão bêbado que você está pensando em parar de servir, no dia seguinte ele nem vai lembrar mesmo."

O rosto de Eric, ainda voltado para Matty, mantinha a mesma expressão estranhamente submissa do dia do interrogatório, quando Matty o havia chamado de fracassado, covarde, poço de autocomiseração e, francamente, assassino.

Mais uma vez Matty retirou-se de cena, afastando-se da grade e caminhando ao léu por entre os divãs, as espreguiçadeiras de couro e as estantes de livros que cobriam as paredes. Tal como os livros de culinária na arca do térreo, aqui os livros velhos, encadernados e forrados de poliéster, misturavam-se a artefatos: um livro de registros do Oitavo Distrito escrito à mão, de 1898; uma maleta de médico, de couro, contendo instrumentos utilizados para detectar o tracoma e outras doenças oftalmológicas que podiam barrar a entrada de um imigrante na Ellis Island; um cachimbo holandês de argila, do século XVIII, desenterrado no banheiro externo do quintal de Steele, ao lado do cachimbo de vidro usado para fumar crack encontrado perto dele na grama; um revólver ainda carregado que pertencera a Dopey Benny Fein.

Porém, apesar da reforma engenhosa feita naquela antiga cocheira, da tentativa ardilosa de afirmar seu passado e ao mesmo tempo bradar o *dernier cri*, era a dupla camada de fantasmas expulsos — inquilinos paupérrimos, imigrantes recém-chegados — que ainda dominava, ao menos para ele, Matty, que sempre sofrera de uma espécie de mal, o olho de policial: a compulsão a imaginar a sobreposição de mortos onde quer que ele estivesse.

Caminhando pela galeria com passos silenciosos até chegar à frente do prédio, Matty olhou pelo triângulo inferior da estrela de davi e viu lá fora o People's Park, na esquina da Stanton, uma área cercada de mil metros quadrados, cheia de esculturas malucas, pirâmides feitas com baldes de plástico e uma bandeira que não era de nenhum país que existisse fora da cabeça de alguém, onde um motoqueiro coberto de tatuagens fazia malabarismos num trepa-trepa, e Matty riu, mas de repente ouviu alguém arquejando perto de seu ouvido, um som gutural porém humano, que o atingiu no coração, depois sumiu, porra de lugar mal-assombrado, ele era capaz de jurar.

Então outro som abrupto o fez virar-se de repente da janela, com a boca seca, e ele viu uma moça aparentemente surgir da parede do outro lado da galeria.

"Cacete", explodiu, e alguns dos gerentes levantaram os olhos para ver o que estava acontecendo.

Mas a mulher era de verdade, Matty agora divisava os contornos da porta pela qual ela havia entrado.

"Oi", ele sussurrou.

"Oi." Ela se aproximou dele, junto ao vitral. "Você é o novo segurança?"

"Mais ou menos", a pergunta abrindo um abismo instantâneo, se bem que a ideia de arranjar esse bico de meio período não fosse de jogar fora. "Matty Clark", estendendo a mão.

"Kelley Steele."

Ao ouvir a voz dela, Harry Steele olhou para cima rapidamente, com um sorriso, e acenou para ela.

"O que é que tem do outro lado?" Matty apontou para a porta oculta.

"A outra casa."

"Que outra casa?"

"Antigamente os nossos quartos ficavam todos no porão daqui, né? O rabino morava lá embaixo com a família, mas era úmido demais, e aí compramos a casa ao lado pra fazer os quartos lá."

Ela era muito bonita, alta, olhos cinza, vinte e um anos no máximo, Matty pensando: esses caras...

"E aí, o que vocês fizeram com o porão?", perguntou só para ela não ir embora.

"Virou sala de malhação", disse ela, debruçando-se na grade ao lado dele.

"Gostei dos zodíacos", ele comentou, mais uma vez só para dizer alguma coisa.

"Então é melhor fotografar, que os dias deles estão contados."

"Vocês vão pintar por cima?", tentando dar a impressão de estar chocado. "É uma pena."

"Você acha? Eu acho eles meio sinistros. Tipo assim, pros judeus é proibido pintar rostos, não é? Então o arqueiro, como é mesmo que se diz, Sagitário?", ela apontou. "Olha, é só um arco e um braço, uma arma e um pedaço do corpo. Virgem é a mesma coisa, tá vendo? Uma mão de mulher e umas espigas de trigo. E o touro na verdade é uma vaca, porque os touros são considerados pagãos."

"Brincadeira."

Lá embaixo, Cash, depois de olhar de relance para o lado vazio da galeria, meio que se ergueu da cadeira para entregar a travessa vazia a um dos empregados.

"Está vendo aquele cara?", Kelley apontou com o dedo. "O Eric?"

"Estou."

"Ele é que estava naquele assassinato. Você não imagina o que a polícia fez com ele."

"É mesmo?"

"Um bando de babacas."

"Ouvi dizer que ele não está mais querendo cooperar."

"Claro, você cooperava se fosse ele?"

Aquele jogo era uma bobagem, Matty deu de ombros para mudar de assunto.

"Sabe qual é a minha favorita?", ela perguntou.

"Favorita do quê?"

"Câncer."

"O quê?"

"Aquela." Ela apontou para uma pintura que Matty achou parecida com uma lagosta sul-africana.

"Câncer é caranguejo, certo? Mas o artista era todo kosher, nem fazia ideia do que é um caranguejo. Aí algum outro judeu kosher mostrou pra ele uma lagosta na vitrine de um restaurante e disse: é isso aí. E pronto."

"Puxa."

"O Harry adora essa pintura. Essa ele provavelmente vai deixar ficar, fazer um restaurante novo em torno dela."

Lá embaixo, a reunião finalmente chegava ao fim, as pessoas formavam pequenos grupos contando histórias, espreguiçando-se, os rostos menos tensos, prestes a rir de alguma coisa. Uma das gerentes, uma mulher esguia que usava uma camisa social masculina engomada e grande demais para ela, começou a contar uma história, uma vez estava no vestiário e na sala ao lado o cozinheiro chinês e o auxiliar de cozinha dominicano estavam tendo uma conversa altamente pornográfica sobre as trepadas que davam com suas respectivas esposas. Ela contou que ficava fazendo barulho, esbarrando nos objetos e pigarreando, para que eles parassem de falar e ela pudesse passar pela cozinha sem ninguém ficar constrangido, mas que não adiantava, eles não percebiam nada.

"Fiquei presa ali quase meia hora."

"Então, o que é que eles estavam falando?", indagou Steele.

"Prefiro não dizer."

"Ah, qual é, não faz isso com a gente", disse Cash, alto demais, num tom jocoso curiosamente atonal, como se estivesse lendo aquela fala num roteiro.

Enquanto as pessoas iam embora, Matty ficou esperando Cash sair da casa para só então descer da galeria.

"Mas então." Steele lhe ofereceu um lugar em torno do espaço culinário.

Entre eles havia três candelabros feitos de garrafas cheias de Campari dispostas em círculos em volta de lâmpadas halógenas, cujos fios desapareciam nas nebulosas regiões superiores do prédio.

"Por que você não me disse que o Cash estaria aqui?"

"Se eu dissesse pra ele, acho que ele não vinha."

"Não. Por que você não disse pra *mim*?"

"Se dissesse pra você, ia ter que dizer pra ele também."

Matty hesitou, vendo que Steele estava curtindo demais aquele jogo.

"É, tá bom, mas seja como for eu não posso chegar e ir falando com ele sem mais nem menos", observou Matty. "Você conversou com ele?"

"Sobre o que aconteceu? Conversei." Steele deu uma meia risada. "Vocês aprontaram mesmo, hein?"

"Eu sei. Por isso tinha esperança que você me ajudasse a desarmar os espíritos."

"Olha, eu pensei, você ia estar aqui, ele também, na casa de uma terceira pessoa… O que mais que eu podia fazer?"

"A questão", explicou Matty, "é que legalmente eu não posso mais abordar esse cara. Por isso pedi pra você."

"Não pode abordar… Por causa do advogado?", perguntou Steele, e depois, como se falasse com seus botões: "Eu nem imaginava".

Matty examinou-o por um momento. "Você não… Ah, foda-se. Foi você que arranjou esse advogado pra ele?"

Steele desviou o olhar. "Você não tem o direito de fazer essa pergunta."

Matty inclinou-se para trás, contemplou os painéis do zodíaco, as imagens virginais e marciais, o recanto da Torá cheio de livros de culinária.

"É você que está pagando ele também, não é?" Sorria amarelo enquanto falava.

Steele o fitava com aquele olhar de pobre-diabo.

"Vou te falar quem mais está curtindo essa história adoidado", disse Matty. "Aquele advogado. Eu conheço o sacana, ele gosta dos discos do Kingston Trio, fica rindo de orelha a orelha. E é você que paga. Não vou parar de pressionar, não, por isso é bom você não esquecer que o meu taxímetro está ligado."

Steele deu de ombros, num gesto de impotência.

Mas ele continuava sendo o único acesso a Cash, de modo que…

"Tentaram botar aquela policial menor de idade aqui dentro ontem?"

"Tentaram." Steele bocejou. "Mas já passava da meia-noite. Fiquei horas parado na porra da porta."

"Antes assim, não é?"

"Lá isso é."

"Pois bem, eu gostaria de poder avisar você com antecedência da próxima vez, também, sabia?"

"Gênio."

"É, não é? Então fala com esse cara. Por favor. E larga aquele advogado filho da puta."

"O advogado é dele."

"O dinheiro é seu."

Kelley Steele apareceu outra vez, agora vindo de algum lugar atrás da arca, apoiou-se no ombro de Steele, bebeu um gole do café frio dele e saiu da casa.

"Não sei como é que vocês conseguem", disse Matty, tentando ser simpático.

"Conseguem o quê?"

"Sabe quando foi a última vez que eu andei com uma garota de vinte e um anos? Eu tinha vinte e dois."

Steele recuou um pouco, fez uma careta. "É a minha filha."

"Não diga." Matty ficou vermelho. "Pelo visto, como detetive não estou com nada, né?"

Mas se sentia um pouco melhor por ter dito aquilo.

Voltando para o trabalho depois da reunião na casa de Harry Steele, Eric pôs o pé na frente de uma van estacionada e vazia na esquina da Rivington com a Essex e, tendo a impressão de que ela se movimentara, deu um pulo, apavorado.

O aparecimento inesperado de Matty Clark o havia paralisado, e continuava a transformar num caos sua percepção do mundo físico.

Aquele veado daquele policial; quaisquer que fossem os outros motivos que levaram Eric a não se apresentar, e eles mudavam quase de hora em hora, uma coisa ele aprendera sem sombra de dúvida naquele dia: antes passar uma navalha na garganta do que se fechar numa sala com aquele sujeito ou a parceira dele. Seria mais rápido.

Às sete da noite, Yolonda voltou para a sala de reunião do Nono carregando duas sacolas de compras. Três outros prisioneiros estavam na cela junto com o garoto, e quando ela terminou de cozinhar na quitinete havia preparado sanduíches de ovo frito para todos eles, sem favorecer o rapaz nem olhar nos olhos dele.

Depois de passar meia hora sentindo o olhar de Tucker cravado em suas costas, voltou para junto das grades, e ele se aproximou dela sem que fosse necessário nenhum movimento de sua parte.

"E aí, tudo bem?", ela perguntou, num cochicho de conspirador, os longos dedos morenos enroscados nas grades.

Ele deu de ombros.

"Ainda está com fome? Tem mais dois ovos."

Outra sacudida de ombros, mas ele não se afastou das grades.

"Bom, se quiser é só pedir." Yolonda lhe deu seu sorriso triste e depois voltou para sua mesa.

"Aquilo que você falou é verdade", ele disse alguns minutos depois.

Yolonda virou-se na cadeira e perguntou: "Sobre o quê?".

"Eles não gostam muito de mim."

"Eles quem?", voltando para perto das grades.

"Meus pais. Meus irmãos, eles são iguais ao meu pai."

"Escuros, né?"

Ele olhava fixo para ela. "Minha mãe também era escura."

"É mesmo?"

Yolonda fez sinal para uma das mesas e mandou que transferissem Tucker da cela para uma sala de interrogatório, onde o detetive o algemou à barra de ferro na parede. "É o regulamento", disse Yolonda, como quem pede desculpas, então esperou que o outro policial os deixasse a sós.

"Shawn, quantos anos você tem?", perguntou, aproximando-se tanto quanto possível sem sentar no seu colo.

"Dezenove."

"Dezenove, e já foi pego por sete assaltos." Inclinando-se para trás como que pasma, as mãos espalmadas de perplexidade.

"Sete, só que me pegaram", ele murmurou, ao mesmo tempo contando vantagem e reclamando.

"E por quê?"

"Sei lá… bobagens. Você está com fome, não tem dinheiro, telefona pro restaurante, dá porrada no garoto de entrega, pega a comida e ainda leva o que está no bolso dele." Deu de ombros. "Tem vezes que eu nem lembro o que fiz, de tão doidão."

"Pena eu não ser a sua irmã mais velha." Yolonda cerrou o punho. "Eu ia entender qual é a sua antes de você ter tempo de sair de casa. Mas afinal, qual é o seu problema?"

Ele deu de ombros outra vez, correndo o olhar pelo teto cheio de marcas de infiltração.

"Você sabe que vai pra cadeia, não sabe?"

"Eu já estou na cadeia."

"Não. Cadeia *mesmo*. Você sabe do que eu estou falando."

"Você vai lá me visitar?", ele perguntou sem olhar para ela.

"Quero te prometer uma coisa." Pôs a mão no braço do rapaz. "Você é muito jovem. Não vá desperdiçar o seu tempo na cadeia. Aprenda uma coisa, uma profissão."

"É, tava pensando em virar chaveiro."

"Tá de sacanagem comigo, né?"

Ele olhou duro para ela.

"Você acabou de ser identificado em dois casos de roubo."

"E daí? Agora já era."

"Não. Melhor eletricista, pedreiro, encanador. Esse pedaço aqui está explodindo. O seu bairro. Reconstrução, reforma, demolição. A gente nem dorme direito mais aqui. Você aprende uma profissão na área de construção, que daqui a um ano ou dois, quando sair da cadeia, a menos que os terroristas joguem uma bomba nuclear aqui ou coisa que o valha, você vai poder ir a pé pro trabalho."

"Tá bom, é isso aí."

Yolonda esperou um instante, o silêncio agora pertencia só a eles dois, então pousou de novo a mão no braço dele. "Deixa eu te perguntar uma coisa... Você disse que sete foi só os que te pegaram. Teve mais alguma coisa lá na Eldridge Street?"

Tucker esperou um longo momento, respirou fundo. "Teve. Mais uma. Um cara branco."

Yolonda concordou com a cabeça, fez mais uma pausa solidária, depois calmamente perguntou: "O que aconteceu?".

"Acho que atirei nele."

"Você acha?" A mão dela ainda no braço dele, o garoto olhando para o teto de novo.

"Eu tava doidão. Acho que foi, não sei."

"Quando foi isso?"

"Dia 8 de outubro."

Yolonda fechou os olhos rapidamente, um tanto decepcionada; ninguém jamais dava datas exatas; no máximo o que se conseguia era o dia da semana.

"Mais ou menos que horas?" A voz dela perdendo o pique.

"Quatro da madrugada."

"Exatamente onde, na Eldridge?" Ligeiramente interessada agora, o suficiente para perguntar.

"Bem na frente do número 27."

"Ué, você não estava doidão?"

"Tava sim."

"Você lembra do dia exato, a hora exata, o número do prédio, mas não lembra bem se atirou no cara ou não? Barato estranho, esse."

"Lembro sim."

"Lembra o quê?"

"Atirei nele. Atirei sim. Eu não queria, mas…"

"E fez isso sozinho?"

"Eu e o meu amigo."

"Quem é o seu amigo?"

"É ruim, hein, e eu vou contar?", bufando.

"Mas quem atirou foi você."

"Foi."

"Com que tipo de arma?"

"Que tipo?"

"É, que tipo?" E então: "Quarenta e cinco, né?"

"Isso."

"Agora você está me ofendendo. O que foi que eu te fiz?"

"Eu sei lá do que você está falando."

"Shawn, por que você está mentindo pra mim?"

"Mentindo…" Recuando de repente.

"Você está assumindo um assassinato que não cometeu." Ela teve que se esquivar e se contorcer para conseguir mirar os olhos dele. "Olha pra mim."

"Podia ser eu." Desviando o olhar.

"Por quê?"

"Por que o quê?"

"Você está me deixando muito triste." Yolonda fazendo os olhos brilharem. "Está me magoando."

"Sei lá." Olhava para os nós dos dedos. "Achei que seria bom pra você."

"Pra mim?"

"Você sabe, pra sua carreira."

Ela se aproximou tanto que daria para mordê-lo. "Minha *carreira*?" Yolonda às vezes era tão boa no que fazia que ficava indignada com seus próprios atos. "Como é que ficou sabendo dessa história?"

Tucker deu de ombros mais uma vez, massageando a nuca com a mão livre.

Foi só quando o levou de volta para a cela que ela viu o cartaz relativo ao assassinato de Marcus afixado na parede, o cartaz que provavelmente estava afixado nas paredes de todas as celas, casas de detenção, delegacias e escritórios de livramento condicional em todo o sul de Manhattan, o cartaz que tinha passado o dia inteiro olhando pra ele.

O policial responsável pela condicional de Alvin Anderson tinha dito a John Mullins algumas horas antes que Anderson costumava não levar muito a sério o toque de recolher, e assim, quando por fim ele entrou no apartamento de sua mãe no conjunto habitacional Lemlich Houses, às nove e quinze da noite, quinze minutos depois do toque de recolher, Matty, Yolonda e Mullins o aguardavam. Estavam sentados na sala de visitas em cadeiras trazidas da área de refeições, formando um semicírculo irregular, como um tribunal improvisado. A mãe, que de má vontade abrira a porta para eles poucos minutos antes das nove, estava sozinha no sofá forrado de plástico.

"Oi." Alvin, cabeça redonda raspada, ficou parado à porta, tentando desesperadamente entender a natureza da confusão em que estava metido. "Qual é?"

"Você é que tem que explicar", respondeu Mullins, inclinando-se para a frente e olhando ostensivamente para o relógio de pulso, de cara feia.

Ele havia prendido Anderson pouco mais de um ano antes.

"Aí. Eu estou há uma hora tentando voltar pra casa. Tem uma greve de trânsito rolando."

A mãe dele levou a mão espalmada à boca e balançou a cabeça devagar, entregando os pontos.

Matty encontrara Alvin Anderson quando analisava os registros de prisões feitas no distrito nos últimos dois anos; a situação que o levara a ser detido: três homens, duas armas, um turista; Alvin rapidamente entregou os nomes dos outros em troca de uma sentença mais branda; um alvo fácil, segundo Mullins.

"E aí, o que é que está acontecendo?", perguntou Matty de uma das outras espreguiçadeiras.

"Nada." Alvin continuava em pé, como se estivesse cogitando a possibilidade de sair correndo de repente. "Vocês estão aqui pra me pegar?"

"A gente não queria, mas…"

"Mas…?"

"Trabalhando?", indagou Mullins.

"Procurando."

"Procurando onde?"

"Tudo que é lugar", disse Alvin com ar de cansaço. "Pergunta só pra minha mãe, pergunta pro meu supervisor de condicional. Eu fui lá na Old Navy no outro dia, tá sabendo? Tudo bem, tudo certo, até que eles descobrem que eu já estive preso lá em Cape Vincent, aí…"

"A Divisão de Transportes Públicos está contratando carregadores", disse Yolonda. "Lá eles não ligam pra sua ficha."

"É mesmo?" Alvin tentou dar a impressão de que se sentia ajudado. "Legal, legal."

"Como vai a sua namorada?", perguntou Mullins.

"Qual delas?" Tentava parecer tranquilo e esperto.

"Você não presta, mesmo", disse Yolonda.

"Vou ser pai de novo", ele disse a Mullins.

"É mesmo?" Mullins se abriu no que ele tinha de mais parecido com um sorriso.

A mãe de Alvin olhou para o outro lado outra vez, suspirou, depois levantou-se e saiu da sala, sob o olhar atento de todos.

"Senta aí", disse Matty.

Alvin instalou-se numa cadeira junto à mesa de jantar como quem entra numa banheira cheia de água quente. "E aí, por que vocês vieram aqui?"

"O que você acha?", indagou Matty.

"Porque eu cheguei quinze minutos depois da hora?" Franziu a testa. "Três policiais?"

Os policiais ficaram olhando para ele, à espera.

"Aí." Ele empertigou-se na cadeira. "Ó, se foi aquele lance da semana passada, isso que vocês ouviram dizer não tem nada a ver, eu não tava lá não. Esse tipo de coisa, agora eu tô fora. Pode perguntar pra minha mãe onde eu tava aquela noite."

"Então nós estamos falando sobre a mesma coisa, certo?", perguntou Matty.

"Isso. A loja chinesa de noivas, não é?"

"Então, se não foi você", indagou Yolonda, "foi quem?"

"Um maluco mexicano."

"Quem?" A vez de Mullin.

"Um cara."

"Que cara?"

"Um cara mexicano. Só sei isso, não sei mais nada não, juro por Deus." Então, com um gesto para Mullins, o figurão presente: "Pode perguntar pro detetive Mullins como é que eu ando me comportando".

"Então quem foi que te falou sobre isso?", perguntou Mullins.

Alvin hesitou, e então: "O Reddy".

"O Reddy Wilson?", indagou Matty. "Ele saiu da cadeia?"

"Tipo semana passada."

Se Matty soubesse que Reddy Wilson estava solto, teria espalhado um cartaz de procurado com sua foto automaticamente. Isso já era alguma coisa.

"Fora isso" — Alvin olhava para cada um dos detetives —, "não sei o que eu posso fazer pra vocês."

"Não?" Mullins olhou fixo para ele.

"Pô, fala logo."

Yolonda levou sua cadeira de volta ao local de refeições e pôs a mão sobre a de Alvin, como que para prendê-lo à mesa. "Está sabendo daquele assassinato semana passada?"

"O garoto branco?"

Mais uma vez um silêncio eloquente, Alvin olhando de um rosto para outro. "Ah." Bufando: "Pô, fala sério".

Ficaram olhando para ele, obrigando-o a continuar falando, embora no fundo ninguém acreditasse que ele estivesse envolvido.

"Ah, qual é?", disse Alvin com um riso nervoso.

"Você ouviu alguma coisa?", perguntou Matty.

"A única coisa que eu ouvi foi: 'Porra, você já soube da última?'." O rosto de Alvin banhado em alívio.

"Só pra sua informação", disse Yolonda, "tem uma recompensa de vinte e dois mil dólares."

"Vinte e dois?" E então: "Quer dizer que vocês conseguiram mais dez mil do Fundo das Vítimas Brancas?".

"O nome é Fundo do Prefeito", disse Matty, tentando não sorrir.

"É, isso aí."

"A questão", disse Mullins, "é que um cara como você deve estar sabendo de alguma coisa, e aí de repente você podia faturar uns cobres."

"Tudo bem", disse Anderson. "Fica entre nós, certo?"

"Sempre."

"Então tá bom." Dando tapas nos joelhos e semierguendo-se da cadeira, como se fosse ele quem decidiria quando os outros iriam embora. "Vou ficar ligado."

"Bom", disse Yolonda, levantando-se. "E não esquece o que eu te falei sobre a Divisão de Transportes."

"Divisão de Transportes?" Alvin, piscando.

Saíram do apartamento, chamaram o elevador e ficaram aguardando em silêncio.

"Que loja chinesa de noivas é essa?", Matty perguntou por fim.

"Não faço ideia", disse Mullins, apertando o botão do elevador com impaciência, a orelha encostada na porta para saber se ao menos o carro estava em movimento. "Deve ser alguma coisa lá no Quinto."

Quando finalmente o elevador chegou, estava cheio de policiais indo para um andar mais acima.

"Ih", exclamou Matty, "qual é a última que a gente não está sabendo?"

Pegaram carona e subiram até o décimo quarto andar, onde mal havia espaço no corredor, dezenas de policiais já espremidos entre o apartamento e as portas dos elevadores. A polícia fora chamada por um morador.

Era uma noite típica daquele pedaço, mais tranquila, de modo que todo mundo que captou a transmissão resolveu vir, só para ter o que fazer: havia uniformes do Oitavo, de Conjuntos Habitacionais, supervisores de ambos, Qualidade de Vida e outras unidades anticrime, e agora Matty e os outros dois detetives; a mulher magérrima, de olhos arregalados, parada à porta do apartamento, estava assustada de ver tanta gente, repetindo sem parar: "Agora já está tudo bem. Não foi nada, não".

"O que é que está acontecendo?", Matty perguntou a Lugo.

"Sei lá, uma pancadaria em família", fazendo sinal para que sua equipe fosse embora. "Vamos aproveitar e fazer a nossa vertical." E foi na frente dos outros, em meio à multidão, na direção da escada.

Matty estava disposto a segui-los, mas Yolonda, como de praxe, já havia começado a se infiltrar por entre a massa de policiais entediados, rumo ao apartamento.

"Qual é a tua, meu chapa?", Matty ouviu Lugo dizer a alguém do outro lado da porta no vão da escada.

"Estou só sentado aqui." A voz parecia familiar.

"Sentado fazendo o quê?"

"Pensando."

"Você mora aqui?

"Não."

"Identidade, por favor."

Matty abriu a porta e enfiou a cabeça, e viu Billy Marcus sentado num degrau entre o décimo quarto e o décimo terceiro andar, com aquele bloco que ele havia roubado do distrito caindo do colo quando ele se virou para entregar ao policial a carteira de motorista.

"Você está de sacanagem?", John Mullins cochichou alto para Matty quando se juntou a ele.

Lugo devolveu o documento. "E aí, por que você não vai ficar pensando lá em Riverdale?"

"Minha mulher não deixa eu fumar."

"É, mas você não está fumando."

Matty pôs a mão no ombro de Lugo. "Esse aí eu conheço."

"Todo seu." Lugo deu de ombros, e a Qualidade de Vida deu início à sua patrulha vertical da noite, dividindo-se, dois homens em cada escada para vasculhar o prédio, alternando andares até chegar ao térreo, Daley e Lugo andando de lado para passar por Marcus, que continuava sentado, e dando início a sua descida silenciosa.

Esperando até que os outros desaparecessem abaixo do décimo terceiro andar, Matty entrou no vão da escada e, de um jeito não muito delicado, obrigou Marcus a ficar em pé. "Com todo o respeito, estou começando a ficar de saco cheio de você." E o revistou para ver se ele estava armado.

Yolonda por fim conseguiu entrar no apartamento em meio a um engarrafamento de policiais, alguns dos quais, como torcedores saindo do estádio antes do final da partida, estavam indo embora, tentando chegar em casa antes da hora do rush.

Não havia hall, a porta da rua dava direto para a sala de visitas, onde um latino na faixa dos quarenta, cheirando a bebida e com um corte recém-aberto no malar por causa de um soco, estava parado em pé bem no meio do cômodo como se estivesse num palco, fazendo um discurso para meia dúzia de policiais ainda presentes. Sua esposa, uma mulher pequena, de olhos arregalados, estava num canto agora, protegendo com os braços duas crianças também pequenas, também de olhos arregalados, porém impassíveis, que ela apertava contra o vestido de andar em casa.

Yolonda nunca vira uma sala tão limpa e arrumada; havia capas de plástico ou de pano em todos os móveis, incluindo o videocassete e o aparelho da tevê a cabo. A televisão transmitia uma partida de beisebol com os Yankees, sem som.

"Pois é, e se ele agora está assim, pra mim a culpa é da mãe", afirmava o sujeito, num tom de quem não se tocava de que a plateia estava cagando para o que ele achava.

A mulher acuada não reagiu; ele não está falando dela, pensou Yolonda. Acompanhando com a vista a direção para onde o homem apontava com ênfase, descobriu quem supostamente era o "ele" em questão: um adolescente magricela, com uma cicatriz na boca, na área de refeições separada da sala por uma meia parede, um policial de Conjuntos com a mão pousada de leve em seu peito, como que para segurá-lo. Sem dúvida nenhuma, a mulher no canto não era sua mãe.

"Pra mim, ela é que tem culpa de não ter ensinado a ele os princípios básicos da... da responsabilidade e da prudência, de como lidar com os impulsos, do autocontrole."

"O senhor quer ou não quer fazer uma acusação formal...?", foi dizendo um dos outros policiais.

O adolescente estava tranquilo, uma das mãos apoiada na mesa de jantar, com o policial uniformizado a seu lado para mantê-lo sob controle, mas no fundo não havia necessidade, pois ele estava inteiramente absorvido na contemplação daquele homem mais velho, estudando cada palavra e gesto dele, com um ar ao mesmo tempo de derrota e triunfo discreto estampado na boca e nos olhos.

"Porque a minha mãe soube nos criar direito", dizia o homem, tentando ganhar tempo. "Estou com quarenta e seis anos, vivi muito mais do que muitos homens da minha geração que foram criados aqui nesse conjunto, mas como ela me dizia…"

"Senhor…", repetiu o policial de Conjuntos.

O homem não ia fazer porra nenhuma e o garoto sabia disso, porém, era o que dizia a intuição de Yolonda, havia acabado de fazer essa descoberta, daí o sorriso discreto. Yolonda olhou de novo para a cicatriz no rosto do garoto, um risco irregular que atravessava a boca e saía do outro lado como uma linha de gráfico, pensando: é a primeira vez que ele reage.

Ela passou pelos outros policiais, muitos dos quais estavam indo embora, e aproximou-se do garoto. "Me mostra o seu quarto?".

Depois de conduzir Billy pelo cotovelo, descendo dois andares para se afastar da multidão, Matty de repente o empurrou contra a parede. "O que é que você está fazendo aqui?"

"Não tenho medo deste lugar", disse ele, batendo com a cabeça na parede enegrecida de fuligem e desviando o olhar para escapar dos olhos de Matty.

"Responde a minha pergunta", ordenou Matty, chegando mais perto e inclinando a cabeça.

"Só você vendo os conjuntos de merda onde eu fui criado." Falava olhando para a escada que levava de volta ao décimo quarto andar.

"Estava procurando alguém?"

"Além disso" — Billy deu de ombros —, "o que é que eles podem fazer comigo agora?"

"Eles *quem*? Quem é que você estava procurando?"

Billy a toda hora espichava o pescoço para escapar do olhar de Matty.

"Quem, o True Life?"

"Não sei."

"Você estava procurando o True Life?"

"Não sei."

"Não sabe?"

"Não."

"E o que é que você ia fazer se encontrasse ele?"

"Eu só quero…"

"O quê? Você quer o quê?"

"Eu só quero que alguém me explique."

"Você quer que o True Life te explique? O que é que você quer que ele explique? Quer explicação?, vai conversar com a sua mulher. Com o padre. O analista. O True Life não explica coisa nenhuma. Então eu vou perguntar outra vez: o que é que você está fazendo aqui?" E em seguida: "Me dá isso aí", tirando o caderno aberto de seus dedos, que não ofereceram resistência.

Matty meio que esperava encontrar alguma espécie de vingança, um manifesto violento, mas encontrou uma lista de tarefas.

Aceitar

Encontrar um sentido mais elevado

Família

Amigos

Oração (??)

As forças de caráter que restam

Não virar uma segunda vítima — férias, hobbies etc.

Matty releu o papel: *hobbies*.

"Eu só quero…" Billy dirigia-se à escada vazia. "Eu estou aqui… estou aqui porque… porque preciso me localizar, você sabe, me orientar, pra eu poder começar a…"

"Tá bom, pode parar", disse Matty.

"Quer dizer, pra onde é que eu vou agora?, o que é que eu faço com a minha vida?…" O rosto dele formava um ângulo reto com o de Matty. "Eu só quero me orientar, e aí…"

"Para."

Billy finalmente parou.

"Tá bom." Matty contemplou a escada como se houvesse alguma coisa ali que não estava à vista. "Vamos embora daqui." Conduziu Billy escada abaixo, onze degraus, até o hall, e depois para a rua.

* * *

O quarto das crianças era tão limpo e organizado quanto a sala, embora pelo visto toda uma multidão dormisse ali. Iluminadas por uma lâmpada nua pendurada no teto, havia quatro camas de solteiro, uma ao lado da outra, numa das quais dormia uma criança de três ou quatro anos, uma fileira de cômodas surradas e um cesto de vime grande cheio de pedaços de bonecas, carrinhos de controle remoto e outras peças de brinquedos pouco identificáveis, mas não havia nenhum pedaço de plástico no chão, estando o quarto tão cheio que Yolonda optou por ficar parada à porta.

O adolescente sentou-se numa das camas vazias, aparentemente a sua, e ficou olhando para o nada.

"Qual é o seu nome?", perguntou Yolonda.

"Tristan", ele murmurou.

"É assim que te chamam?"

"Hã?", disse, sem olhar para ela.

"Os seus amigos."

"Sei lá", o refrão tradicional, e depois um dar de ombros.

Yolonda entrou no quarto com todo o cuidado para ter uma conversa mais íntima, sentou-se na beira da cama ao lado da dele e viu, daquele novo ângulo, as REGRAS DA CASA, escritas com pincel atômico num papelão pregado na parede bem acima da porta:

1. TOQUE DE RECOLHER às vinte e duas horas nos dias de semana, meia-noite nos fins de semana — sendo que a noite de domingo é considerada dia de semana porque deságua na MANHÃ DE SEGUNDA-FEIRA

2. Levar crianças na escola — na HORA CERTA

3. Pegar crianças na escola — na HORA CERTA

4. NINGUÉM EM CASA quando eu estiver trabalhando. Também se aplica a quando minha mulher está e eu não estou.

5. BEBIDAS ALCOÓLICAS SÃO PROIBIDAS nesta casa, inclusive as minhas, que são para MEU USO EXCLUSIVO

6. PROIBIDA A ENTRADA DE DROGAS, o que nem precisava dizer

7. Proibido ouvir música barulhenta ou CONTENDO PALAVRÕES, e proibido usar fones que deixam a pessoa sem ouvir em caso de EMERGÊNCIA

8. CONTRIBUA PARA AS DESPESAS DA CASA com metade da sua renda —
com CASA e COMIDA de graça é A MAIOR PECHINCHA DO SÉCULO
9. FALTA DE RESPEITO é igual a INGRATIDÃO

A letra era caprichada, cheia de floreios e arabescos, tão opulenta que chegava a ser opressiva.

"Foi teu pai que escreveu isso?"

"Ele não é meu pai, não." O rapaz mantinha a cabeça baixa, recusava-se a olhar para ela.

"Padrasto?"

"Já foi."

"Tirou você da sua mãe?"

"Parece." O olhar feroz fixo nos tênis de cano alto que usava.

"Cadê ela?"

"Não sei."

"Você dorme aqui?"

"Durmo."

"Toma conta dos pirralhos."

"Isso." Bufou sem muita ênfase.

"E a mulher dele?, sempre que você apronta ela fica do lado dele, certo?"

Ele deu de ombros, aborrecido, fascinado pelos próprios tênis.

Yolonda aproximou-se mais um pouco. "Então por quê..." E depois: "O que foi que aconteceu, a sua avó morreu?".

"É." Os olhos apertados começaram a brilhar.

"E morar com a sua mãe, nem pensar."

"Ninguém consegue." Ainda evitando os olhos de Yolonda.

"Então qual é o seu problema?" Dando-lhe um tapinha no ombro. "A casa é dele."

"Eu não tô nem aí."

"Quer virar um sem-teto?"

"Não tô nem aí."

"Você não pode bater nele."

"Ele também não pode me bater." A voz quase inaudível.

"Foi ele que fez isso com você?", olhando para a cicatriz no rosto dele.

"Não."

Yolonda esperou um minuto, o garoto imóvel, porém alerta como um pássaro.

"Escuta aqui", ela disse, e o surpreendeu segurando sua mão. "Meu pai, sabe, ele enchia os meus irmãos de porrada. Eu tinha três irmãos, meu pai chegava bêbado. A única vez que meu irmão Ricky reagiu e bateu nele, quebrou o maxilar do meu pai, e o meu pai botou ele na cadeia. Ele passou seis meses em Spofford. Pode não ser justo, mas é assim que funciona."

O garoto não disse nada, mas Yolonda sabia que ele tinha ouvido.

"Mas sabe de uma coisa?" Os lábios dela quase encostavam na orelha dele. "Depois de hoje, acho que ele não vai bater em você nunca mais."

Ainda contemplando os tênis, ele conteve um sorriso.

"Você é um garoto bonito", disse ela, levantando-se. "Não quero ir pra casa preocupada com você, tá legal?"

"Olha, eu não estou completamente impotente, não", disse Billy. "Quer dizer, sem nenhum recurso. Andei fazendo umas leituras, sabe, e com base no que eu li, tem mais ou menos três coisas que preciso fazer pra conseguir sair dessa."

Estavam sentados um em frente do outro em espreguiçadeiras de palhinha no salão dos fundos vazio de uma sub-boate na Delancey, a Chinaman's Chance, dentro de uma boate maior, a Waxey, um olhando para o outro sob a luz fraca das lanternas de papel, paredes e teto pintados de um vermelho uniforme, de modo que tudo parecia estar banhado em sangue.

"Três passos pra chegar a um estado de graça", disse Billy, "a chave da… não só da sobrevivência… mas a gente poder pelo menos…, quem sabe até…, ser uma pessoa melhor do que era antes."

Matty escolhera aquele lugar porque o Chinaman's Chance ficava fechado até meia-noite, abrindo apenas para amigos especiais, isto é, policiais e fornecedores diletos, e ele sabia que lá estariam a sós. Mas Billy, que de início mal conseguia se expressar, assim que entraram disparou a falar de modo ininterrupto, e agora Matty não sabia mais o que fazer.

"Primeiro passo. Aceitar o fato de que o assassinato é um mal que não pode ser desfeito. Tem que aceitar."

"Certo." Matty sabia mais ou menos o que estava por vir, já ouvira variações daquela falação dezenas de vezes, de dezenas de Billys recém-golpeados pelo azar.

"Segundo passo. Encontrar um sentido mais elevado na coisa. Ver a tragédia como parte da condição humana, você sabe, todo acontecimento tem um sentido, ou então... ou então que uma coisa pior foi evitada graças à providência divina. Certo? Aliás, não há por que não manter a sua ligação com a pessoa querida."

"Não."

"Quer dizer, a pessoa continua com você se você quer que ela esteja com você. Talvez mais ainda, agora que ela foi purificada e se tornou puro espírito. E não há motivo pra gente parar de falar com ela só porque..."

"Certo."

"É claro que ela continua vivendo nas suas lembranças, as suas lembranças que não morrem nunca..."

Todas as vezes, aquela ansiedade infeliz lhe dava uma impressão visceral de ser a essência não do adulto sofredor mas da criança perdida, como se os pais estivessem inconscientemente fazendo uma imitação da inocência infantil, e ao menos por um momento, por mais que Matty tentasse se manter distante, aquilo sempre o derrubava.

"E em terceiro lugar, o mais importante..."

"Isso faz sentido, sim, Billy", Matty o interrompeu, inclinando-se para a frente. "Mas espero que você entenda que essas coisas demoram um bom tempo pra ser assimiladas de verdade."

"É", disse ele, seco, "isso também está nos livros."

A garçonete veio do salão da frente trazendo as bebidas. Era Sarah Bowen, a dos sete anões, a última transa de Ike Marcus, mas Matty não ia revelar esse fato a Marcus; ela, por sua vez, percebendo que Matty, com quem ela havia trepado uma vez, há muito tempo, estava com aquele sujeito ali por algum motivo, não deu nenhum sinal de que o conhecia.

Debruçou-se diante da mesa entre eles para servir as bebidas, e os poucos segundos que ela levou para retesar o corpo funcionaram meio como a vara de condão de um mago; quando Matty voltou a olhar para Billy ele estava inteiramente transformado: obscuro, olhar morto, em outro lugar.

"Você está bem?"

"Posso te contar uma coisa?", disse Billy, acariciando a própria garganta. "Quando o Ike tinha sete anos... um garoto mais velho bateu nele na escola e ele voltou pra casa chorando. Eu disse para ele: 'Escuta só. Vai pra lá de novo e só volta pra casa depois de revidar. Só depois de mostrar pra esse garoto que ele não manda em você não, senão...'."

Billy olhou para Matty.

"E foi o que ele fez. Voltou para a escola, deu uma surra no garoto e apanhou também, mas... E quando ele voltou? Eu fiquei tão, tão... *Isso aí!*" Billy brandia o punho cerrado. "Entendeu?" Depois desviou o olhar. "O que é que foi isso? Que merda foi essa?"

"É o que todos os pais fazem", disse Matty, cuidadoso. "O meu também."

"Porra nenhuma. Eu não sou assim, não. Sou o sujeito mais apavorado que conheço. Sempre fui. Pelo visto eu estava em pânico, com medo daquele outro garoto, medo que o Ike fosse..."

Sarah Bowen surgiu no campo de visão de Matty e inclinou o queixo, com ar interrogativo.

Ele fez que não. Não faça perguntas. Com um gesto, pediu a conta.

"Quer dizer... Será que fui *eu* que transformei meu filho naquele rapaz que desafiou um sujeito armado semana passada? Fui eu, sim, né?"

"Escuta, estou pra te dizer uma coisa", interrompeu Matty, tentando furar o autocentramento de Marcus. "Só pra você ficar sabendo — sabe o True Life? A gente encontrou o cara. Ele não está envolvido, não."

Billy levantou os olhos ao ouvir isso. "Então, o que vai acontecer agora?"

"Agora? Tem muita coisa a fazer. Em cima de um caso como esse, sempre tem muita coisa a fazer. Nós distribuímos cartazes de procurado, tem uma linha telefônica só pra denúncias, amanhã à noite vai ter a reinvestigação de sétimo dia, mas", acomodando-se na cadeira, "vou ser franco com você. O que não é bom sinal é que a gente ofereceu uma recompensa de vinte e dois mil dólares e ninguém apareceu. Ninguém está telefonando, e se alguém soubesse, vai por mim, o telefone não ia parar de tocar. Quer dizer, eu diria que esse caso vai ser desses que exigem muita paciência."

"Paciência."

"Ficar esperando que algum um cara que em princípio não ia querer abrir o bico de repente fique na pior. Esse tipo de caso sempre se resolve quando alguém está tentando sair de uma fria."

Sarah Bowen voltou com a conta e o número de seu celular anotado num pedaço de papel, o coração de Matty bateu mais forte, levando-o a revelar mais uma informação.

"Tipo assim, por exemplo, tem um outro caso em aberto, um latrocínio do ano passado, um chinês, assassinado no hall do prédio dele por dois garotos negros, uma bala de trinta e oito, e no momento estou esperando pra viajar pro interior, pra conversar com um sujeito conhecido como D-Block, que fazia parte de uma gangue de assaltantes que gostava de trabalhar dentro dos prédios, não *aquela* gangue em particular, mas ele nunca me contou quem era o parceiro dele, certo? Só que a mulher do tal D-Block foi presa outro dia, e se ela dançar os filhos dele vão parar nas mãos do juizado de menores, de modo que agora de repente ele está me chamando, está disposto a falar, pra mulher dele não ficar presa. Muito bem, a esperança é a última que morre e coisa e tal, mas vou te dizer o que é que provavelmente vai acontecer..."

Matty fez uma pausa para ver se era esse tipo de conversa que ia fazer Billy voltar ao mundo.

"A gente vai até lá, ele entrega o parceiro, a gente vai atrás do parceiro e pega ele, e o sujeito vai dizer que o D-Block é um mentiroso filho da puta, vai dizer: 'Olha bem pra mim. Eu peso cem quilos, sou saradão. Nunca precisei usar arma na minha vida', mas também vai me dizer uma *outra* coisa, por exemplo, que o único cara que ele conhece que usa trinta e oito faz assalto dentro de prédios, é um cara que se chama, digamos, E-Walk. Tudo bem. Vamos atrás do tal do E-Walk. O problema é que o E-Walk só trabalha sozinho, mas por outro lado ele conhece uma *outra* gangue de assaltantes que a gente nunca ouviu falar. Aí a gente vai atrás dessa gangue. O único problema com esses caras é que quando a gente vai ver um estava preso no momento do crime e o outro estava no hospital. Mas peraí! O que está no hospital conhece um cara que usa trinta e oito, que às vezes trabalha com um parceiro, só que o tal parceiro, quando a gente vai ver, é um dominicano de pele clara, parece quase branco. Etcétera etcétera etcétera. A moral da história, Billy, é que o caso do seu filho vai depender de sorte, e a gente vai ter que batalhar, correr atrás..."

"Como é que vocês ficaram sabendo que os assaltantes eram dois garotos negros?", ele perguntou, sóbrio.

"Uma testemunha viu os dois saindo do prédio, correndo, mas não deu pra ver a cara deles."

"E a testemunha no caso do Ike? Esse cara estava bem perto."

"O Eric Cash?"

"Esse é o que estava bêbado?"

"Não. O outro."

"E aí?"

"Ele não quer cooperar."

"Não quer... Eu não entendo. Por que é que ele não quer? Ele estava lá."

"Ele estava lá até demais. Se você se lembra..." Matty interrompeu-se.

É claro que o sujeito não ia lembrar; aquele dia para ele fora como um pesadelo, e não saíra nada no jornal porque a polícia não deixou.

"Um momento. Vocês achavam que tinha sido ele?"

"Agora a gente sabe que não foi. Agora. Mas a gente deu uma prensa nele meio barra-pesada, e ele passou umas horas na cadeia."

"Umas horas?" Billy piscou. "E agora não quer ajudar?"

"Só com garantia escrita de imunidade, que... e aí, nada."

"Mas se não foi ele, por que é que ele precisa de imunidade?"

"Isso, pra mim, é coisa do advogado dele."

"Eu não entendo."

Billy parecia mais perplexo do que zangado, mas era uma dessas sementes que podem da noite para o dia se transformar numa sequoia.

"Olha, não quero que você se preocupe com isso, não. A gente dá um jeito."

Sarah Bowen veio pegar a conta, Matty largou os dólares de qualquer jeito, preocupado com a possibilidade de ter feito alguma bobagem em relação a ela. "Billy, a gente tem que ir embora."

Billy continuava sentado, distante.

"Billy..."

"Não, é que eu estava pensando nesse outro assassinato que você falou, o caso do chinês."

"Sei."

"Como é que eu posso fazer pra você, ou qualquer um, se interessar pelo caso do meu filho, não como um caso, mas como uma pessoa, como se fosse o seu filho, o filho de alguém. Quer dizer, por que *eu* me interessaria pelo filho de outra pessoa?"

"Você não tem que fazer eu me interessar", respondeu Matty. "Eu estou trabalhando nesse caso."

Billy olhou para ele com olhos caninos. "Sabe de uma coisa?" A voz liquefeita. "Ele ia gostar de você. O Ikey. Tenho certeza. E você ia gostar dele."

"Ele parece um garoto muito legal."

"E é mesmo", disse Billy, e então se levantou de repente, empurrando com força a cadeira, que saiu deslizando para trás. "Posso te mostrar uma coisa?"

Saíram para o salão principal, que agora pulsava com uma mistura de ponte e túnel, detetives do Oitavo Esquadrão e um pessoal do pedaço, mais transado, mas naquela noite parecia haver mais policiais do que de costume, Matty percebeu por que na mesma hora, a volta de Lester McConnell, um detetive que seis meses antes tinha sido transferido do Lower East Side para a Força-Tarefa Antiterrorista e enviado para Washington, estava ali, muito provavelmente como parte de um Destacamento de Segurança de Autoridades enviado antecipadamente para preparar a visita do presidente à ONU. Lester era um sujeito grandalhão, enorme, um metro e noventa e cinco, cento e sessenta quilos, estava no bar naquele momento, tomando cerveja, levantando o queixo para o teto e esguichando fumaça de cigarro como uma baleia. E continuava chegando mais gente do esquadrão, todos vinham saudar Lester com abraços e tapinhas nas costas; os que já estavam lá há algum tempo sentados meio de lado nos banquinhos, imóveis como budas, bêbados de cair, as pálpebras se levantando em resposta a alguma voz quando lhes dava na veneta, ou então olhando para o celular preso no cinto e rezando pela paz na terra.

Matty sempre gostara de McConnell. Foi se aproximando do bar para apertar sua mão antes de ir embora.

"Mas aí", dizia McConnell para a multidão com sua voz retumbante, "sabe o que o babaca resolveu dizer? 'Hoje não, meu caro.' Brincadeira, meu chapa."

Matty sentiu o estômago dar uma cambalhota.

Alguns dos policiais, reconhecendo Billy, mais que depressa desviaram o olhar, constrangidos e irritados, e a conversa se dissipou em tosses e murmúrios sufocados pela música. McConnell, percebendo que alguma coisa estava errada, com base na expressão dos outros e no silêncio repentino, no olhar atônito de Billy, na mão autoritária de Matty em seu ombro, que acabara de fazer uma cagada homérica. Assim, em vez de saudar Matty, olhou para ele irritado: que merda é essa?

Matty sentiu-se péssimo tanto por McConnell quanto por Billy, e depois pior ainda quando Billy disse, sem precisar baixar o tom de voz por causa da música: "Ele não tem culpa, não. Eu que não devia ter vindo aqui", e foi em direção à porta, saindo na Delancey Street.

Alguns minutos depois, estavam diante do santuário, que naquela noite parecia mais disperso que nunca; Matty calculava que alguns dias depois ele desapareceria para todo o sempre em meio às trivialidades do crime urbano.

"Você… Já apontaram uma arma pra você em algum momento da sua carreira, não é?", indagou Billy.

"Menos do que você pensa", respondeu Matty.

"Aconteceu comigo uma vez, quando foi?, há uns vinte anos? Eu estava supervisionando um conserto de emergência na Avenue C durante o blecaute? Vou até a esquina, entro na bodega por volta de onze da noite, e aí dois viciados aparecem de repente, saindo da escuridão, um deles com uma pistola vagabunda, uma merdinha que se ele puxasse o gatilho ia mais era estourar na mão dele. Mas juro por Deus, quando uma pessoa aponta uma arma pra você assim, você fica paralisado. A coisa está *ali*. Eu não conseguia tirar os olhos dela. Não conseguia nem me mexer pra entregar a carteira pra eles, só falei em que bolso que estava, e quando vi eu estava sozinho, meus joelhos tremendo feito dois chocalhos. E aí, o que foi que o Ike… que o meu filho fez? Encarar uma arma desse jeito? De onde foi que ele tirou coragem pra fazer uma coisa dessa? Dá pra imaginar?, a coragem pra fazer isso?"

"O que era que você queria me mostrar, Billy?"

"Pra mim tanto faz. Bêbado, sóbrio, esperto, idiota, encarando um cano de arma e tomando uma atitude." Billy estremeceu de repente, um tique nervoso o percorreu rapidamente. "Puta que o pariu."

"Billy" — tocando-o no ombro —, "o que era que você queria me mostrar?"

"Você acredita nos sonhos?"

"Está aí uma pergunta que eu nunca soube responder."

"Sabe ontem à noite?", disse Billy, evitando olhar para a foto de seu filho no jornal, já rasgada, ainda presa com fita na parede do número 27 da

Eldridge. "Sonhei que o Ike estava lutando com um bando de leões. Fiquei tão apavorado que não consegui ajudar. Eu ficava imaginando motivos pra não me meter."

"Isso é só..."

"Culpa. É, eu sei, mas olha."

Billy apontou para a fachada do prédio e lá estavam eles, os leões, meia dúzia deles, enfeitando os andares de cima do prédio em frente ao local do crime; feras esburacadas, encardidas, com um século de idade, a boca escancarada, rosnando.

"Não entendo por que esse cara não ajuda vocês."

"Quem?" indagou Matty, apalpando os bolsos em busca das chaves do carro.

"Se não foi ele, pra que ele quer imunidade?"

Havia algo de perigoso naquela repetição literal da mesma pergunta, pensou Matty. É assim que começa.

Meia hora depois, Matty estava sentado ao lado de Billy, dentro do carro, estacionado na frente do prédio dele em Riverdale, Billy sem nenhuma pressa de subir para seu apartamento.

"Vou te perguntar uma coisa", disse Matty. "Não é da minha conta, mas... a sua esposa..."

Billy olhou para ele.

"De repente você não quer falar com ela sobre esse assunto por algum... Sei lá, você é adulto, ela é adulta. Mas a menina... a garota..." Matty deu de ombros, impotente. "Você parece um cara do bem."

O queixo de Billy desapareceu, estremecendo, no arco debaixo de sua boca. "A gente conversa", ele conseguiu dizer. "A gente conversa."

Minette saiu do prédio um instante depois, atravessou a calçada descalça, chegando ao carro, e pôs o braço dentro da janela do motorista para colocar a mão rapidamente no ombro de Matty. "Desculpe", ela cochichou.

"Não foi nada", retrucou Matty.

Enquanto Billy saltava pela outra porta, ela contornou a dianteira do carro e chegou a ele, que começou a chorar, estendendo os braços para a mulher como uma criança.

Matty ficou vendo a mulher guiar o marido de volta para casa, e continuou parado dentro do carro por alguns minutos depois que eles desapareceram.

No caminho de volta, pela West Side Highway, quase desmontou o carro inteiro procurando o número do telefone de Sarah Bowen, até admitir por fim que o havia perdido.

Algemado ao braço da cadeira na sala de Lugo, Albert Bailey franzia o cenho, demonstrando seu desconforto ostensivamente, enquanto falava com alguém num celular da polícia. Daley e Lugo estavam sentados diante dele, numa sala em que não havia mais ninguém, os dois com os dedos entrelaçados sobre a barriga, os pés com tênis de cano alto cruzados sobre a mesa.

"E aquele garoto, o Timberwolf?", dizia Albert ao telefone. "O Timberwolf do Cahan... Lá ninguém se mete com você se você vai lá a negócios... É só pedir pra ele alugar pra você, ele ou outra pessoa, pago assim que eu sair dessa, assim que sair... Leva lá pra Pitt Street, em frente à igreja de St. Mary, a gente se encontra lá... Não, que nada, que nada, a polícia não vai te fazer nada, não, cara... Olha, eu tenho que arranjar um ferro pra eles senão tô ferrado, juro pelo meu filho que ainda nem nasceu, cara... Tá bom, me liga depois, me liga. Esse número aí. Me liga." Então, fechando o celular: "Vai ligar nada".

"É bom ele ligar, maninho." Lugo bocejou, tapando a boca com as costas da mão. "Bom pra você."

Albert começou a fazer um movimento ondulante, como que para tranquilizar-se.

"Tem mais alguém pra quem você possa ligar?", perguntou Daley, brincando de esconde-esconde com o coldre preso no tornozelo, que entrava e saía da calça conforme ele se balançava na cadeira de encosto flexível.

"Se tivesse eu ligava, cara, mas arma, eu não... Nunca fui de mexer com arma, tô fora..." Fazendo outra careta enquanto tentava ajeitar a algema que lhe machucava o pulso.

"Tá certo, tá certo, eu entendo", disse Lugo, a voz suave, "mas fala sério, tem gente que mexe, é ou não é?"

"É, mas eu... eu não sou... pô, galera, vocês não me conhecem. Só viram um crioulo num calhambeque com cem dólares de heroína."

"E mais um estilete, não esquece."

"Tipo assim, sabe, eu sou muito ligado em notícia. Vocês deram uma geral no meu carro, na certa encontraram um jornal, não foi? Tô sabendo de tudo, Tyco, Amron, esteroides, Bin Laden, Rove…"

"Quem é Rove?", perguntou Daley.

"Pô, sabe a minha garota? Grávida de três meses do meu primeiro filho. Um negro de trinta e cinco anos tendo o primeiro filho. Pra vocês verem como eu esperei."

"Pois é, a gente tá tentando ajudar você", disse Lugo, olhando para o relógio, "mas se não pintar nenhuma arma, de repente você não vai poder ir no aniversário de quinze anos."

"No mínimo", acrescentou Daley.

Bailey fechou os olhos e falou mais depressa, como que para afastar da cabeça aquela ideia, afogá-la em palavras. "Aí, a minha garota, ela não… ela não é menina de rua não… ela tem diploma de faculdade, quer dizer, nem sei o que foi que ela viu em mim, sabe? E, tipo assim, sabe no começo? Foi fácil enrolar ela… É só ficar doidão e dizer que está cansado. Ela é inocente, certo? Mas às vezes ser inocente, tipo assim, quando você tem consciência, às vezes é muito mais difícil mentir pra inocente do que pra esperto. Aí, tipo assim, seis meses atrás eu contei pra ela que sou viciado, saca? Cara, vou te contar, por essa eu não esperava, ela nem piscou. Me amarrou na cama e me deixou lá dois dias até eu ficar limpo, que nem o Wolfman."

"Porra…", exclamou Daley.

"Mas sem falsa modéstia, sabe? Eu até que não sou dos piores…" Bailey falava sem parar, dançando por causa da dor. "Tipo assim, na rua, sou eu que tomo conta das crianças do bairro. Quer dizer, as pessoas sabem que eu sou… não é?… Mas eu nunca faço na frente de ninguém, não fico aliciando, essas porras… Eu fundei, fundei um clube de xadrez, um time de basquete. Sabe, no colegial, eu era o maior atleta. Cara, eu nunca nem fumei cigarro, só quando já tinha vinte e cinco. Eu não aguentava o cheiro."

"E aí, o que foi que aconteceu?"

"Curiosidade", murmurou Albert.

"Que merda", disse Lugo, vendo a hora no aparelho de tevê a cabo: uma e quinze. "Por que você não liga de novo pro teu amigo?"

"Eu até ligo, mas sabe o que vai acontecer? Ele não vai nem atender."

"Tenta", insistiu Daley.

Albert tentou, e atendeu a secretária eletrônica. "Aí, maluco...", ele foi dizendo, desanimado, então de repente levantou-se de um salto, como que tentando catar alguma coisa que estava no chão, e voltou para a cadeira silvando de dor.

"Você está ficando meio desconfortável, né, maninho...? Tá batendo a fissura?"

"Tá." O rosto todo inchado, os olhos arregalados. "Tô começando a sentir. Não vai ter graça nenhuma."

"A gente continua querendo te ajudar, cara." Lugo levantou as mãos. "Mas o lance é toma lá dá cá."

"É, eu sei, eu sei, mas..." As mãos de Albert dançavam por cima do celular. "Puta que o pariu. Eu mereço."

A sala grande, quase vazia, mergulhou num breve silêncio de decepção, interrompido de súbito quando Geohagan e Scharf entraram com a última detenção da noite, um garoto latino gordo, jaqueta de couro com logotipo dos Yankees e uma trança comprida. Levaram o garoto para a mesa mais distante do lugar onde estavam Lugo e Daley, algemaram-no à cadeira e colocaram o celular de Scharf na mesa diante dele.

"Você já sabe como é que funciona, maninho", disse Geohagan, "então pode começar a discar."

Matty estava na praia com Minette e os filhos dele, que tinham voltado a ser crianças, quando o celular o despertou de repente.

"O que é que eu devo dizer pra mim mesmo", sussurrou Billy em seu ouvido, "que a hora dele tinha chegado? Que ele foi chamado? Foi pro bem dele? Ele está melhor onde está agora? Saltitando num... num campo de nuvens? Foi sacrificado pra impedir que uma coisa ainda pior acontecesse?"

"Certo, olha aqui...", começou Matty.

"E o meu filho não está olhando pra mim, não. Ele não continua vivo no meu coração. Ele não fala comigo. *Eu* é que falo comigo, e o que eu digo..."

"Peraí, para com isso."

"Tem que se apegar às lembranças... Mas as minhas lembranças parecem facas, eu queria mais é que elas..."

"Para com isso."

"E esse cara que não está te ajudando? Ele passa umas horas na cadeia e agora não quer folhear um livro de *foto de marginal*? Na cadeia. Foda-se. O meu filho vai passar o resto da... o resto da *eternidade* numa cova."

SEIS

O DEMÔNIO CONHECIDO

Matty estava ao telefone falando com a Patrulha do Distrito, tentando remanejar o pessoal para a investigação daquela noite, quando Steven Boulware apareceu na televisão outra vez, por trás de uma barba de microfones.

"Amanhã à uma da tarde, no Eugene Langenshield Center, na Suffolk Street, haverá uma cerimônia, uma homenagem, uma celebração para Ike Marcus, para o meu amigo Ike Marcus, seguida de uma passeata até o número 27 da Eldridge Street, onde ele..." — Boulware gaguejou —, "onde ele nos deixou. A cerimônia será aberta, eu convido todos vocês, não pra chorar a morte dele... mas pra celebrar a vida, o espírito, o legado de Ike Marcus."

"Esse garoto, esse Boulware, é ator?", perguntou Mullins.

"Aspirante", respondeu Matty.

"É, agora ele está na mídia."

"Matty." Yolonda segurando o fone. "Dargan, da parte do Berkowitz."

Matty respirou fundo, o detetive Dargan, o mensageiro das más notícias do vice-inspetor Berkowitz. "Oi, Jerry."

"Oi, oi Matty, é o seguinte: a gente acabou de ficar sabendo que o presidente chega hoje à noite, e não amanhã."

"Oquei." Matty ficou esperando a má notícia.

"Por isso vamos ter que adiar a sua reinvestigação."

"O quê?" Matty tentou passar a impressão de que estava atônito. "Por quê?"

"A ordem vem lá de cima, pra desviar pessoal de todas as unidades, inclusive a sua. Ninguém vai ser poupado."

"Tá de sacanagem comigo? Estou há dois dias preparando todo mundo. Por que é que não me falaram antes?"

"A gente só ficou sabendo agora."

"Como é que pode, vocês só saberem que o presidente chega *no dia*, porra."

"Olha", disse Dargan, tranquilo, "não tenho nada a ver com isso. Estou só repassando a informação."

O puto do Berkowitz.

"Ele está aí? Deixa eu falar com ele."

"Não é uma boa ideia", disse Dargan.

"E você está levando gente do *meu* esquadrão? É uma reinvestigação de sétimo dia. *Não pode* levar o meu pessoal."

"Ninguém vai ser poupado", disse Dargan. "Desculpe."

"Isso é sacanagem da grossa. Deixa eu falar com ele."

"Acho melhor não. Olha, Matty, fala sério... deixa isso pra lá."

Quando ele bateu o telefone no gancho, Yolonda desligou seu celular. "Eu e o Iacone fomos convocados", disse ela. "Sabe de uma coisa? Acho que nunca entrei no Waldorf."

Às onze naquela manhã, o Berkmann mais uma vez se transformou num sonho todo branco, o sol entrando como uma banda militar pelas vitrines amplas, refletindo nos espelhos cuidadosamente manchados, nos ladrilhos vitrificados brancos como clara de ovo, nos copos reluzentes pendurados no bar.

O único freguês naquele horário de limbo, porém, era uma mulher sentada junto à vitrine, que em silêncio tomava um porre de licor de chocolate enquanto folheava o *New York Times* da véspera.

"Ontem à noite teve um pequeno bafafá no bar." A voz de Eric Cash ressoava no salão cavernoso, diante de uma plateia de garçons e garçonetes nos fundos do café. "O Eric Segundo, que não está mais conosco, passou a mão no troco de alguém, achando que era gorjeta, e o freguês, que estava bêbado, chamou ele de ladrão e deu um soco nele. Aí o Cleveland" — Eric indicou com um gesto o barman de cabelo rastafári — "entrou em cena, saltando por cima do balcão feito o Zorro e levando pessoalmente o cara até a rua, ninguém se machucou e nada foi quebrado."

Alguns aplausos isolados, Cleveland ficou em pé e fez uma mesura.

"Bom, o motivo pelo qual eu convidei o Cleveland pra essa reunião é pra dizer a ele o seguinte: se você tentar fazer isso outra vez, rua."

O rapaz deu um meio sorriso, sem saber se Cash estava brincando.

"Não quero ver segurança preparando margarita, e muito menos bancando o herói amador. Você gosta de ler, Cleveland?"

"Às vezes." O rapaz ainda estava processando aquilo tudo, confuso e humilhado.

"Então deve saber que heroísmo volta e meia acaba em tragédia", disse Cash, despachando-o com um aceno em direção ao bar, esperando que ele voltasse a seu posto para retomar a reunião.

"Oquei, e pra encerrar", disse Cash aos outros, "todo mundo aqui... quando o lugar está cheio como tem estado nos últimos tempos, e os cumins estão sobrecarregados, vocês têm que ajudar, sem essa de 'esse serviço não é meu'. Quando este restaurante começa a parecer uma lanchonete soviética, tipo não-estou-nem-aí, que é o que tem acontecido nos horários de pico, o serviço é de vocês, é isso aí.

"Todo mundo aqui é substituível, e este bairro está *assim* de garçom experiente. Pois é. Você leva a conta mas deixa os pratos sujos? Tá errado. Você deixa o ketchup na mesa depois que traz a sobremesa? Errado.

"Quando chega a conta, a mesa tem que estar limpa. Quer servir? Tem que limpar a mesa."

Eric Cash voltou para a primeira folha do bloco. "Por mim, não tem mais nada. Alguém tem mais alguma questão pra levantar? Perguntas? Sugestões?"

Até mesmo naquele seu estado incorpóreo, Eric percebia que ninguém naquela mesa se arriscaria a abrir a boca, com medo de dizer o que provavelmente achavam daquela entidade escrota e repressora que havia baixado nele. Era como se estivesse vendo a si próprio de fora, transformando os empregados em inimigos.

"Então tá bom." Levantou as mãos e baixou-as na mesa. "Ainda estou organizando os envelopes, devem estar prontos por volta das três. Todo mundo dispensado."

Todos se levantaram em silêncio, não ousando sequer se entreolhar.

Ele, porém, ficou ali sentado, olhando para um ponto bem na sua frente, o nervosismo de sua expressão se transformando num ar pensativo e relaxado enquanto ele calculava o quanto já havia embolsado do bolo de gorjetas naquela semana: quase quinhentos dólares; dinheiro demais, dinheiro insuficiente.

O loft de Boulware, no prédio ao lado do número 27 da Eldridge, fora convertido dois anos antes, e não conservara nem um traço do exterior oitocentista do edifício; paredes, portas, instalações, tudo novo e barato; Matty pensou que o prédio original devia ter sido inteiramente eviscerado e reconstruído para essa garotada acostumada com alojamentos de universidade.

"Essa cerimônia?" Matty, sentado numa cadeira de lona em frente a Boulware, uma mesa de centro entre eles, inclinou-se um pouco para a frente. "Acho muito bacana o que você está fazendo pelo seu amigo, e nós damos todo o apoio. Só uma coisa: seria bom pra nós saber o que é que você pretende falar amanhã."

"O que eu pretendo falar?" Boulware pegou uma das duas cervejas sobre a mesa. "Vou falar sobre o Ike, é claro."

O celular dele tocou. "Desculpa", levantando um dedo e dizendo o nome da pessoa que estava do outro lado da linha. "Você vem, não vem?"

Matty levantou-se e foi até a única janela do apartamento, que dava para as latas de lixo nos fundos de um restaurante chinês na Forsyth Street.

Nas paredes nuas só havia três cartazes emoldurados do teatro da SUNY em Buffalo — *Mãe Coragem*, *Equus* e *Perdidos em Yonkers* —, o nome de Boulware como protagonista ou ator secundário em cada um deles.

O único outro toque pessoal que havia no apartamento eram as dezenas de soldadinhos de plástico e figuras de *Guerras nas estrelas* marchando no encosto do sofá-cama e nos balcões da cozinha ou escalando cadarços pendurados na televisão e na geladeira.

Depois do telefonema de Dargan, Matty havia passado o resto da manhã ao telefone, tentando formar outro grupo para a reinvestigação daquela noite, desrespeitando o adiamento decretado por Berkowitz; tentou cobrar todos os favores que havia prestado para gente da Mandados, da Costumes, da Narcóticos e da Patrulha do Distrito, e foi rejeitado por pessoas que lhe deviam muito, o que deveria deixá-lo com a pulga atrás da orelha, mas ele estava excitado demais para perceber.

"Juro por Deus, se você não vier amanhã…" Boulware riu da resposta, disse "Paz e amor" e desligou, o rosto eletrizado. "Desculpa, você estava dizendo…" O celular tocou outra vez. "Desculpa, só um… Alô? Oi. Olha, eu te ligo depois… Agora não dá, eu ligo… Certo… Certo… Oquei, oquei." Desligou. "Desculpa, é esse lance de amanhã, vai *bombar*, sabe como é?"

"Ótimo, muito bom mesmo. A gente só precisa saber se você vai dizer alguma coisa sobre a investigação."

"Tipo o quê?"

"Tipo qualquer coisa."

"Não entendi." E Matty acreditou que ele não tinha entendido mesmo.

"Tem alguma coisa que vocês *querem* que eu diga?"

"Que você *não* diga."

"Que eu não diga."

"É que, sabe, a coisa tá difícil, essa investigação, quer dizer, qualquer crítica a essa altura, qualquer declaração negativa pra imprensa…"

"E por que é que eu ia fazer isso?"

"Qualquer coisa sobre o Eric Cash…"

De início ele nem registrou o nome, Matty pensou: deixa pra lá.

"Que é que tem ele?"

"A gente está tentando trabalhar com ele, mas a situação está muito delicada. Ele meio que precisa… acha que precisa ficar longe dessa história um pouco, e aí de repente é melhor você deixar ele fora dessa, tá entendendo? Deixa ele curtir a dor no canto dele."

"Ainda não entendi muito bem."

"Não se preocupa com isso."

"Oquei." E então: "Você vem, não vem? Você e a sua parceira?".

"É quase certo."

"Vai ser muito legal." Boulware balançou a cabeça. "Muito legal."

Susto relâmpago
Apêrto no estômago
Prova enaceitável
Poder indivizível
Me pega uma vês que eu te pego duas
Mexe com a minha vida que eu acabo com a tua

Tristan fechou o caderno e saiu para fazer a entrega para Smoov, era a última das três e a mais fácil de todas, o escritório de advocacia na Hester, apenas a dois quarteirões do Lemlich.

Era um salão comprido, forrado de madeira, com cheiro forte, parecia um saloon de antigamente, e, tirando a foto de um velho branco com um violão, nas paredes só havia cartazes com *morenos* e *borinqueños* dos velhos tempos, de cabelão armado de laquê e óculos escuros, punhos cerrados erguidos diante de microfones e multidões.

Normalmente ele ficava tenso quando entrava ali, ficava sem voz, aquilo mal valia os vinte e cinco dólares que ganhava, se bem que desde que a coisa acontecera sentia-se menos nervoso ao entrar em lugares como aquele, até mesmo mais ao norte de Manhattan. Continuava não tendo vontade de falar, mas...

Aproximou-se da recepcionista, uma chinesa com cabelo platinado cortado rente, que se empertigou e sorriu ao vê-lo como se a presença dele a fizesse ganhar o dia, embora ele imaginasse que merecia aquele sorriso só por ter nascido porto-riquenho e morar num conjunto habitacional.

"Che!", gritou Danny da sua mesa, mais para o fundo da sala, fazendo sinal para que ele se aproximasse.

Tristan viu que Danny estava com um freguês, um sujeito branco que parecia familiar, mas o lance era entregar logo o bagulho, pegar a grana e ir embora, sem sair na foto.

"O que eu estou dizendo é que acho que dava pra conseguir uma ordem de proteção específica contra aquele detetive, mas..."

"Já disse que isso eu não quero fazer."

Aproximando-se da mesa de Danny, Tristan congelou ao reconhecer o outro, não conseguia nem comandar os músculos de modo a virar-se para o outro lado.

"Então não sei o que você quer que eu…"

"Nada, eu nem quero… sei lá, sei lá."

"Che!" Danny recostou-se na cadeira como que para admirá-lo, e depois fez cara de espanto ao ver que ele havia raspado o cavanhaque, o relâmpago exposto no queixo. Muita gente estava reagindo desse jeito. Mantendo os olhos baixos, Tristan largou na mesa o saco de papel pardo amarrotado.

O outro cara estava tão imerso na própria infelicidade que lhe dirigiu um olhar desinteressado, mas naquele momento estavam tão próximos quanto na noite em que tudo aconteceu.

Danny esticou-se para trás ainda mais para tirar dinheiro do bolso da frente do jeans, deu um sorriso triste para Tristan, como se não soubesse se devia fazer um comentário sobre a cicatriz ou se era melhor fingir que não estava vendo.

"E aí, maninho, tudo bem?" Danny sorria enquanto alisava com as costas da mão quatro notas amassadas de vinte dólares na frente de seu cliente, que parecia prestes a jogar-se pela janela de puro desespero.

"Tudo bem."

"Como vai La Raza?"

"Tudo bem." O olhar fixo no dinheiro.

Agora estavam todos olhando para o dinheiro.

"Porra, Danny, vinte dólares vale a mesma coisa, amassado ou alisado", o cara explodiu. "Dá logo pro garoto."

"É falta de respeito." Danny piscando para Tristan. "Certo…"

Tristan sabia que Danny ia chamá-lo de Che mais uma vez, porém se conteve, o velho apelido finalmente estava morrendo.

O outro sujeito olhou para ele de novo, e por um segundo seus olhos exprimiram reconhecimento, o estômago de Tristan deu um salto, mas no instante seguinte a luz se apagou, e o cara estava de novo olhando para a mesa.

Enquanto passava pela recepcionista a caminho da porta, Tristan foi obrigado a se segurar para não rir de orelha a orelha. Primeiro aquela detetive na sua casa, e agora esse cara. Ele sempre se achara invisível, mas nunca havia imaginado que aquilo era uma espécie de superpoder.

Voltando do apartamento de Boulware, em direção ao Nono, atravessando a Delancey e seguindo para o lado oeste da Pitt, quando alguém o chamou pelo nome, e ele se virou.

Não havia ninguém na rua.

"Matty."

Dentro de um carro estacionado em fila dupla, Billy e a filha.

"Oi." Matty aproximou-se do Toyota Sequoia, a garota na janela do lado do meio-fio.

Billy inclinou-se sobre a menina para poder olhá-lo nos olhos. "Matty, acho que você ainda não conhece a minha filha."

"É, não conheço, não." Sorrindo para ela, não conseguia se lembrar do nome... o nome... Nina. "Nina, certo?"

Ela fez que sim, e ele lhe estendeu a mão. "Eu sou o Matty. Detetive Clark."

"Oi." Ela parecia forte mas tinha uma voz fraquinha.

Apertando a mão da garota, de dedos longos, ele percebeu o curativo em torno do bíceps, achando que era um lugar um tanto alto para quem havia se cortado fazendo um sanduíche.

"A gente acabou de chegar", disse Billy. "Ela queria te conhecer."

Nina virou-se para ele, mortificada.

"Desculpe", ele se corrigiu, "*eu* queria que ela te conhecesse."

"Olha", Matty apoiou o antebraço na janela aberta do lado da menina, "mil desculpas, mas a gente está fazendo tudo o que é possível."

Ela concordou em silêncio, os olhos rapidamente se encheram de lágrimas.

"Meu amorzinho", Billy abriu a porta, "posso conversar...", e saiu do carro, "só um minuto?"

Pegando Matty pelo cotovelo, Billy afastou-se do carro alguns metros e ficou parado na calçada, apertando os olhos por causa do sol que vinha do outro lado da ponte. Trajava jeans e um suéter com capuz, que nem um garoto, ou um membro da Qualidade de Vida, mas era um daqueles dias em que seu rosto parecia todo enrugado, velhíssimo.

Matty esperou.

"Hoje de manhã jogamos um pouco de basquete."

"É mesmo?"

"Quando eu era garoto, no Bronx, jogava um pouco, e não era dos piores, não, cheguei a ser do segundo time da minha escola, mas ela?" Billy apontou para o carro com o polegar. "Cara, ela… ela é muito melhor do que eu era."

"Não diga." Matty ainda esperando.

"Sabe, eu gostava de ficar vendo eles dois jogando às vezes. O Ike era bom demais, mas ela fazia ele suar a camisa."

"Puxa."

"Ele não podia bobear."

"Incrível."

Instalou-se um silêncio, o rosto de Billy inquieto.

"Estou tentando", ele cochichou, lacrimejante. "Estou tentando."

"Estou vendo", disse Matty, simpático, detestando ter que bancar o pai do outro. "Estou vendo."

"Obrigado", disse Billy, com um aperto de mão, e seguiu de volta para o carro. Matty deu adeus para a menina de rosto melancólico, que em resposta fez um rápido aceno com os dedos. Então Billy deu meia-volta e aproximou-se outra vez.

"Eu queria lhe perguntar, só pra… O tal do Eric Cash…"

Puta que o pariu.

"Você…" Billy lendo seus pensamentos. "Faz de conta que você é ele, certo? Pois bem… O cara matou o seu amigo, sabe que você é a única testemunha ocular. Você não ia ficar preocupado com medo do sujeito voltar pra fazer queima de arquivo? Você não ia ter medo de morrer? Você não ia querer sumir de circulação até a polícia prender o cara? Mas esse Cash, me corrija se estou enganado, ele não faz isso."

"Billy…"

"Que eu saiba, ele continua morando no lugar de sempre, trabalhando no lugar de sempre, levando a vida dele como se não tivesse motivo pra ter medo de nada, de ninguém. Por quê?"

"Você não merece isso", disse Matty.

"Você pode me garantir, sem nenhuma dúvida, que não foi ele?" Apertando os olhos.

"Que o quê?"

"É por isso, no fundo, que não dão imunidade pra ele?"

"Olha, é um homicídio em aberto. Não deram imunidade pra ele porque não dão imunidade pra ninguém. Não dariam nem pra *você*. Entendeu?"

"Mas mesmo assim, você pode me dizer: 'Billy, eu garanto, sem nenhuma dúvida, não foi ele'?"

"Olha…"

"Diz isso pra mim. Diz: 'Billy, eu garanto'."

"Eu *nunca* digo isso."

"Então tá bom", balançando a cabeça. Parecia quase feliz.

Por cima do ombro dele, Matty viu Nina com o rosto apoiado nas costas da mão, olhando as pessoas passarem na Pitt.

"Mas desta vez vou dizer. Não tenho nenhuma dúvida de que não foi ele."

Confuso, Billy ficou andando sem sair do lugar, como um cavalo de circo.

"Quer dizer, eu não estou dizendo que foi ele… ele que… que puxou o gatilho." Billy agora estava mais falando sozinho que com Matty. "Estou só… sei lá, de repente ele tem alguma coisa a esconder."

"Você não ouviu o que eu disse?" Matty aproximou-se dele.

"O garoto passou um mau bocado", murmurou Billy. "É, é verdade, sério, nisso eu concordo. Ele passou um mau bocado, sim…"

"Billy, me ouve."

"Mas sabe quem passou o pior bocado de todos? O meu filho. O meu filho passou o pior bocado que se pode imaginar."

Dito isso, voltou para o carro, Matty olhando para ele. Doido de pedra, pensou Matty, mas pelo menos não perdia o pique, e também… pelo menos por hoje, tinha encontrado seu demônio.

No momento exato em que Big Dap dizia "O que foi que eu falei sobre essa merda?", dirigindo-se a Little Dap, que dava os toques finais com seu pincel atômico no caralho desenhado na orelha do soldado do cartaz de recrutamento no ponto de ônibus, a esquina da Oliver com a St. James foi inundada pela luz giratória do táxi da Qualidade de Vida; os dois Dap e os demais presentes, num gesto automático e resignado, viraram os olhos para o céu, como se posassem para uma pintura sacra.

"O que foi que você falou pra ele?", Lugo perguntou a Big Dap ao sair do táxi, seguido por Daley, Scharf e Geohagan, com um triplo bater de portas.

"O quê?", exclamou Big Dap, levantando as mãos. "Aah."

"Danificar propriedade do governo?" Lugo começou a revistá-lo. "Sabotar a guerra contra o terrorismo?"

"Diz isso pra *ele*", rosnou Big Dap, indicando o irmão com um movimento brusco do queixo; agora era a vez de Little Dap.

"Quem, esse Lex Luthor de araque?", murmurou Daley, enfiando as mãos nos bolsos de Little Dap. "O dia em que esse moleque tiver uma ideia original, ela vai morrer de solidão."

A uma certa distância, Tristan assistia a uma cena que já vira tantas vezes que tinha perdido a conta. Desde quando Big Dap conseguira escapar da cadeia depois de dar um tiro na perna de um policial, no ano anterior, metade das viaturas do distrito tinham a foto dele afixada no painel; se passavam por ele, era dura na certa.

"Epa, o que é isso, Dap", exclamou Lugo, tirando um gordo maço de notas de dentro de um dos meiões de Big Dap. "De onde saiu isso aqui?"

"Estou precisando comprar um berço", murmurou Big Dap, olhando para o outro lado.

"Comprar o quê?"

"Um berço. Pro bebê."

"Isso aqui dá pra comprar uma porrada de berço."

"Eu não sei quanto custa."

"Vai por mim. Eu sou doutor no assunto. Mas e aí, de onde foi que você tirou isso?"

"Do banco."

"Você tem conta no banco? Que banco?"

"Lá na... ali na Grand Street, o banco da minha mãe. Não sei o nome não."

"O banco Me Engana Que Eu Gosto?", sugeriu Scharf.

"Pode ser."

"Vamos verificar", disse Geohagan.

"Pergunta pra minha mãe, cara."

"Vamos perguntar, sim", retrucou Lugo. "Aliás, se o dinheiro for mesmo dela, é só ela passar lá no Oitavo que a gente devolve."

Big Dap balançou a cabeça com um sorriso melancólico.

"Vamos lá", disse Lugo. "Vamos contar juntos pra gente ver quanto tem."

Dap desviou o olhar e rosnou: "Os filhos da puta acaba que vão levar mesmo".

"Acaba o quê?" Lugo apertou os olhos, a boca aberta, concentrado.

"Nada não, cara."

"Dá pra repetir?" Lugo aproximou-se do rosto do outro. "Eu não escuto muito bem."

"Aí, cara, faz o que tu tem que fazer." Dap espichando o pescoço para manter uma certa distância. "Vocês são tudo assim mesmo."

"Assim como?"

"Vai lá, cara, leva que depois a gente vê."

"Como é que é?"

"Depois a gente vê."

"Tá me ameaçando?"

"O quê?"

"Ele me ameaçou?" Lugo perguntou a Tristan.

Lugo de repente pisou no pé de Big Dap com força suficiente para que ele fosse obrigado a jogar o braço para a frente a fim de não perder o equilíbrio; agressão a um policial; depois, um soco no peito o derrubou.

"Olha aqui, pistoleiro." Lugo com uma perna de cada lado dele. "Tá pensando que acabou, é? De você eu não tenho pena nenhuma."

Lugo jogou o maço de dinheiro sobre o peito de Big Dap. Depois, junto com os outros membros da equipe, voltou para o táxi, e foram embora sem olhar para trás.

Big Dap ignorou o dinheiro espalhado pelo chão enquanto se levantava e tirava a poeira da roupa, todos em volta subitamente indignados. Little Dap, agora condenado a levar uma surra, era quem se indignava mais alto, xingando os policiais enquanto corria de um lado para o outro catando as notas do chão.

Tristan, em silêncio, via o garoto saltitar pela calçada como uma galinha depenada.

"Esses brancos veados", murmurava Little Dap. "Aí, Dap, melhor você contar."

"Pega logo esse dinheiro." Despachando-o com um gesto.

"Aí, cara", murmurou a Tristan. "Vem cá."

"Tá vendo não?" Little Dap com os olhos saltados, ainda se abaixando para catar notas.

Tristan acenou para que ele se aproximasse, e esperou.

"Que *foi?*"

"Me devolve aquele ferro", murmurou Tristan, olhando para o outro lado.

"O quê? *Aqui* que eu devolvo. Já te falei, é a minha garantia pro caso de você arregar."

"Eu quero." Nem olhando para ele.

"É mesmo?" Little Dap foi se afastando.

"Você me dá ou então eu pego na marra", disse Tristan, como que falando sozinho.

Little Dap voltou e o encarou.

"Tá bom." Tristan deu de ombros e começou a andar em direção a sua casa. "Como é que se diz, depois a gente vê, certo?"

Little Dap continuou olhando na direção de Tristan até que seu irmão disse: "O que foi que eu falei?, não tinha nada que fazer essa *babaquice*", e quando o irmão se virou acertou-lhe um soco na têmpora que o fez sair dançando até o meio da pista.

O toque do celular fez Matty levantar-se de repente, piscando, na escuridão, três e quinze no aparelho da tevê a cabo.

"Alô."

"Eles finalmente conseguiram." Lindsay, sua ex-mulher, ligando do interior, com uma animação histérica.

"Conseguiram o quê?"

"Conseguiram ser presos."

"O quê?"

"Foi o que eu disse."

"Quem? Os meninos?"

"É. Os meninos."

"O que foi que aconteceu?" Sua cabeça começando a despertar.

"O que eu te falei."

"Presos por quê?"

"Por quê?"

"É, por quê? Quer dizer, qual a acusação?" Deslizou para a borda da cama.

"Não sei. Foi fumo."

"Posse, tráfico…?"

"Não sei. Aliás, obrigado por ter aquela conversa de pai pra filho quando eles estiveram aí na sua casa, foi muito bom."

"Onde foi que aconteceu?" Matty levantou-se e imediatamente esbarrou na quina de alguma coisa.

"Na cidade."

"Na cidade. Lake George?"

"É. É a cidade onde a gente mora."

"Tá bom. O Matty Junior, ele tem o advogado do sindicato, não tem?"

"Acho que tem. Não é automático?"

"E o Eddie?"

"E o Eddie o quê?"

"Você quer me matar, Lindsay?"

"Como é que é?"

Ele levantou as mãos, rendendo-se, como se ela pudesse vê-lo. "O Eddie tem advogado?"

"Não sei. O do Matty Junior não cobre ele?"

"Não, de jeito nenhum."

"Mas o Matty Junior não vai arranjar um pra ele?"

"Se ele estiver pensando no irmão, mas…"

Tateando no escuro, aproximou-se da varanda, com dificuldade abriu a porta de correr, o ar da noite entrou pelas pernas da cueca.

"Sabe de uma coisa? Me dá o telefone de lá." Então, trincando os dentes: "Muitíssimo obrigado".

"Segurança Pública de Lake George, sargento Towne."

"Oi, tudo bem, sargento? Aqui fala o sargento-detetive Matty Clark, polícia de Nova York." Então, fazendo uma careta: "Fiquei sabendo que os meus filhos foram presos, Matthew Clark, Edward Clark".

"Positivo."

"Posso falar com o policial que deu ordem de prisão?"

"Ele saiu a serviço."

"E o supervisor dele?"

Towne expirou forte pelo nariz, murmurou: "Um momento".

Matty imaginava que os policiais estivessem lá mesmo, provavelmente conversando com os garotos naquele momento, e é claro que não iam querer que ele entrasse na história; se ele estivesse no lugar deles, e já estivera no lugar deles tantas vezes que havia perdido a conta, também não ia querer que o pai se metesse; um detetive de Nova York metido a besta, ainda por cima. Matty dizendo a si próprio: vai manso senão vão bater o telefone na tua cara.

"Sargento Randolph, posso ajudá-lo?"

"Oi, sargento, aqui fala o sargento-detetive Matty Clark, polícia de Nova York. Eu soube que meus filhos foram detidos aí."

"É verdade."

"Posso saber qual a acusação?"

"Isso ainda está sendo resolvido. Provavelmente porte de droga."

"Porte... Que categoria? Primeiro grau? Quinto grau? Mais ou menos..."

Fez-se uma pausa prolongada, e então: "Como eu disse, isso ainda está sendo resolvido".

"Eu entendo", disse Matty, conciliador. "Dá pra me dizer mais ou menos qual a quantidade apreendida?"

"Não, isso não."

"Sabe se eles têm representação legal?"

"Ninguém foi chamado, que eu saiba."

"Mas o mais velho tem o advogado do sindicato, certo?"

"Imagino que tenha." O sujeito estava adorando.

"Posso falar com eles?"

"Bom, um deles está dormindo, e o outro está tirando as impressões digitais, quer dizer..."

"Se não for dar muito trabalho, dá pra acordar o que está dormindo? Eu ficaria muito agradecido."

"E se ele ligar quando acordar?"

Matty olhou para o telefone em sua mão.

"Tá legal, olha aqui, eu estou há vinte anos nesse trabalho. Já estive na posição em que você está agora, muitas vezes, em vinte anos. E se fossem os *seus* filhos que estivessem detidos e *você* estivesse me ligando?"

"Meus filhos têm quatro e oito anos", respondeu Randolph.

Respirar.

"Sargento, por uma questão de solidariedade profissional, eu lhe peço… Não falem com eles sem representação legal. Façam tudo da maneira correta."

"A gente sempre faz tudo da maneira correta."

"Não duvido. Eu realmente ficaria muito grato se, por uma questão de solidariedade profissional, eu pudesse falar com um dos meus filhos. Por favor."

Outra pausa para afirmar o poder, e então: "Você é de Nova York?".

"Sou de Nova York, sim."

"Estive aí há uns cinco anos. Me cobraram nove dólares por uma cerveja nacional."

"Você deve ter ido num lugar perto do hotel. Na próxima vez que vier aqui, vou ter o maior prazer em trazer você aqui no meu bairro, a gente toma cerveja por três dólares até não aguentar mais."

Outra pausa de poder, e então: "Um minuto".

Agora que finalmente ia conseguir o que queria, Matty sentiu-se desabar de repente; no fundo não tinha a menor vontade de falar com os filhos.

Ainda esperando, olhou para baixo e viu uma figura solitária, aparentemente vestida de papel laminado, seguindo para o norte na Essex Street, deserta naquela hora.

"Alô." Era o mais velho, a voz pastosa, meio gutural.

"Alô, sou eu. Você está bem?"

"O que é que você acha?" Como se Matty é que fosse o idiota.

"O que é que eu acho? Acho que você está numa fria. Acho que na melhor das hipóteses você vai ser expulso."

"Me acordaram pra eu ouvir essas merdas?"

"Você está falando com eles, Matty? Me diga que você não está falando com eles."

"Não sou idiota."

"Não é?"

"O quê?"

Respirar.

"Qual a quantidade de fumo que eles pegaram com você?"

"Você me pergunta isso pelo telefone?"

"Você está com o advogado?"

"Ele está vindo."

"E o seu irmão?"

"O que é que tem ele?"

"O que é que tem ele?"

"Acho que a minha mãe está cuidando dele."

"Ela acha que *você* é que está cuidando dele. Eles estão falando com ele?"

"Acho que não. Não sei."

"Você pelo menos cochichou no ouvido dele? Pediu pra ele ficar de boca fechada?"

"O que é que você acha?"

"O que é que eu *acho*? Você é um policial preso por tráfico e quer saber o que eu *acho*?"

"Quem é você pra falar assim comigo? Qual é...?"

"Matty, Matty, peraí, pera um pouco, desculpa. Eu só quero que vocês fiquem bem. Só quero que vocês não façam mais nenhuma burrice..."

"Vai tomar no cu."

PT saudações.

Matty debruçou-se no parapeito da varanda, mais e mais, até que seus pés se soltaram no chão, depois voltou atrás.

Lá embaixo, na Essex, o homem laminado estava voltando em sentido contrário, feito uma sentinela.

Ligou para a ex-mulher.

"Escuta. Aquela mulher, estenógrafa do tribunal, ela ainda mora do lado de vocês?"

"O que é que tem ela?"

"Olha aqui. Escuta o que eu vou te dizer. Você tem que ir lá agora mesmo, acordar essa mulher e pegar o nome de um advogado. O Eddie está sem representação e eu não confio naqueles panacas nem por um segundo."

"São três e meia da madrugada, Matty. Eu não vou acordar ninguém."

"Você me acordou."

"Hmm. Por que será que eu abri essa exceção?"

"Não, eu não quis, é só… Por favor, eu não conheço ninguém aí, senão… Você tem que arranjar alguém agora mesmo."

"Não vou bater na porta de ninguém a esta hora, de repente todo mundo vai ficar sabendo da vida da gente."

"E você acha que não vão ficar sabendo?"

"Nem pensar."

"Faz isso pelo seu filho."

"Como é que é?"

"Não estou criticando…"

"Vai tomar no cu."

Matty ficou parado, de cueca, olhando com olhos vidrados para o perfil negro dos prédios do centro financeiro, quando então viu luzes piscando, as luzes da escolta presidencial entrando na cidade adormecida pela Manhattan Bridge, fechada para o trânsito; dezenas de utilitários em formação cerrada, precedidos, cercados e seguidos por motocicletas e viaturas da polícia de Nova York. Depois que toda a caravana, silenciosa salvo pelo ronco das motocicletas, passou por baixo de sua varanda a caminho do centro da cidade, finalmente voltou para dentro do apartamento, foi até a geladeira e abriu uma cerveja.

Moleques de merda.

Tristan levou os hamsters à E. P. 20, caminhou com eles pelo corredor excessivamente iluminado com as paredes cobertas de fotos de ex-alunos famosos, no tempo em que a escola funcionava no prédio já demolido, na maioria judeus, artistas de cinema de antigamente, e os deixou dentro de suas salas de aula, o cheiro de cola branca lhe dando ânsia de vômito.

Saindo de novo na Ridge Street, seguiu em direção ao Seward Park, entrou no hall e se aproximou da cabine de segurança, quando então se lembrou do que estava levando, fez menção de voltar, mas se deu conta de que os guardas só estavam inspecionando as sacolas de livros e revistando as pessoas apalpando-lhes as roupas, sinal de que o detector de metais estava quebrado outra vez, ou seja, daria até para levar um canhão de pequeno porte para dentro do prédio desde que estivesse bem escondido.

A primeira aula era inglês da décima série, matéria que, por ser dois anos mais velho que o resto da turma, Tristan odiava. Mas naquele dia ele se sentia diferente. Por estar carregando a vinte e dois de Little Dap, tinha a sensação de que era seu aniversário, e embora não fosse muita vantagem ser seu aniversário se ninguém mais sabia, para Tristan o barato era justamente esse, o lance da identidade secreta, todo mundo precisa de um pequeno segredo.

Quando a professora, a sra. Hatrack, começou a falar sobre um poema que ela tinha escrito, ele pegou seu caderno de verdade e sapecou umas rimas.

O Cavaleiro Solitário
Não pode ser otário
O mundo está cheio
de perigo e adversário

"Enunciarei, com voz cansada,/ Anos a fio, esta sentença:/ Chegando numa encruzilhada,/ Tomei a estrada abandonada,/ E isso fez toda a diferença."

Se você dá mole
Eles te engolem
E você se fode

"Tristan?"

Ele levantou o olhar e viu a sra. Hatrack a fitá-lo, apontando para o poema dela no quadro-negro. "O que é que você acha que ele está dizendo?"

"Ele?"

"O poeta. 'Fez toda a diferença.' Como assim?"

"Diferença do quê?"

A professora respirou fundo. "Ele pegou a estrada que as pessoas não costumam pegar. O que isso quer dizer pra você?"

Pelo menos três meninas na sala estavam com o braço espetado no ar, segurando o ombro com a mão livre. "Eu, eu, eu…"

"Qual seria a vantagem de tomar a estrada abandonada?"

"Menos tráfego?"

Risos.

"Oquei. É razoável. Mas então por que é que todo mundo não pega essa estrada?"

"Por quê?" Tristan, trincando os dentes. "Porque nego é burro." Então, com o rosto vermelho: "Não sei. Porque as pessoas se perdem?"

"Oquei, talvez elas tenham medo de se perder", disse a sra. Hatrack. "E na vida da gente…" Correu o olhar pela turma, porém fixando a vista nele outra vez. "Você consegue lembrar uma vez na sua vida em que escolheu a estrada que ninguém queria?"

Todo mundo olhando, de boca já entreaberta para rir antes mesmo que ele dissesse alguma coisa, a mulher idiota não percebia — não pergunte nada pra mim. Não dá oportunidade pra eles?

"Tristan? Alguma vez você…"

"Não."

No final da aula, ele saiu do prédio e ficou andando pela rua. Não tinha destino, itinerário, só uma vontade de acertar todo mundo, desde a Pitt até a Bowery, da Houston à Pike, andar por todas as ruas, passar por todos os prédios, entrar em todas as lojas onde ele já havia sentido medo, onde se sentira fazendo papel de bobo na frente de todo mundo, e, com a vinte e dois bem apertada contra o ventre, acertar as contas com todos.

Os primeiros participantes a chegar, fumando e tomando café nos degraus largos do Langenshield Center e ao longo da Suffolk Street, cheia de veículos da mídia, eram o que ele esperava, gente em sua maioria branca e na faixa dos vinte, com um pouco de tudo o mais; rebeldes chiques com cabelo multicolorido, cortes andróginos a máquina zero ou mesmo cabeças raspadas a navalha, botas de cano alto, decotes ousados, todos respeitosamente de preto, o que para alguns não era muito diferente da roupa que usariam em qualquer outro dia. Estavam na crista da onda, jovens, talentosos, privilegiados, por ora levando a sério a intenção de fazer arte ou lançar algum tipo de empreendimento independente ou simplesmente se tornar cidadãos do mundo, e confiantes não apenas na sua capacidade de fazer o que pretendiam fazer, mas também no direito que lhes fora concedido por deus de fazer o que quisessem. E por que não, pensava Eric, por que não.

O Langenshield fora inicialmente um salão de dança para imigrantes, que se tornara tristemente famoso em 1910 como palco de um tiroteio entre exploradores de operários, judeus contra italianos, que se prolongou por quinze minutos e resultou numa morte: a de uma jovem costureira que estava num canto escuro abraçada ao namorado. Posteriormente, o prédio funcionara como loja de sociedade secreta, sindicato, arena de boxe, armazém e, até recentemente, era o maior prédio abandonado de todo o Lower East Side.

Os novos proprietários, que o alugavam como espaço para festas, deixaram o interior artisticamente despojado: vigas expostas, candelabros desdentados, cortinas de belbutina esfarrapadas, luminárias a gás aposentadas destacando-se das paredes, as próprias paredes descascadas aqui e ali de modo a revelar as diversas encarnações do prédio, tudo iluminado de baixo para cima para evocar a atmosfera de uma grande descoberta arqueológica.

Eric entrou junto com os primeiros a chegar, virou para a esquerda e subiu a escada em direção ao mezanino, que havia sido reservado para a mídia. Atravessando uma selva de cabos e câmeras, chegou até a beira e olhou para baixo, contemplando o espaço do tamanho de um auditório de colégio, um mar de cadeiras dobráveis montadas diante de um palco elevado e uma enorme tela de cinema portátil armada ao lado. Quatro organizadores colocavam em cada cadeira um programa da cerimônia e uma vela enfiada num copo de papel. Imediatamente abaixo do lugar dele, Steven Boulware, com uma túnica indiana por cima de uma camiseta preta, falava ao celular enquanto caminhava com três outros pela passagem central em direção à escada dos fundos, em direção aos repórteres que o aguardavam; vestígios da surra que Eric lhe dera, uma meia-lua amarelada em torno do olho direito, ainda podiam ser vistos do alto do balcão.

Quando Boulware e os outros — uma moça com olhos verde-claros e uma boca tensa, mais dois homens de aparência desconfiada — subiram e ficaram visíveis, rapidamente foram cercados por uma ferradura de câmeras e repórteres agressivos, Boulware com uma aparência ao mesmo tempo melancólica e febril, aguardando que os outros se acalmassem.

"Podia contar pra nós o que aconteceu naquela noite?"

"Eu não... Foi tudo muito rápido. Mas uma coisa eu digo. O Ike..." Fez uma pausa e levantou a mão enquanto recuperava o autocontrole. "Não. Deixa eu tentar de outra maneira. O criminoso... Por um breve segundo impressionista antes dele dar o tiro, eu vi medo nos olhos dele. E vi a humanidade. Por mais diminuída que ela fosse, eu não acredito que ele realmente tivesse a intenção de matar uma pessoa. Ele estava contando com nosso medo. Ele não sabia que o Ike era o Ike."

"Você diria que Ike Marcus era uma pessoa destemida?"

"Não", disse Boulware. "Ele era corajoso. Era corajoso porque *não* era destemido. Mas era um leão quando se tratava de defender o que era certo, quaisquer que fossem as consequências."

"Nessa noite ele foi um leão?"

"E como."

"O que, exatamente, ele estava defendendo?", perguntou o repórter alto e jovem, de quipá na cabeça, que havia seguido Eric.

"Os amigos dele", disse Boulware sem hesitar. "E tenho que dizer mais uma coisa sobre o rapaz que atirou nele. Ele vai ser preso, não tenham dúvida disso. Mas aquele olhar que eu vi no rosto dele me disse que ele havia condenado a si próprio no instante em que puxou o gatilho, e não existe juiz pior do que o rosto que a gente vê no espelho."

A fúria de Eric era tão grande quanto sua perplexidade: por que ninguém havia atacado aquele babaca metido a besta? *Ele* era quem estava bêbado naquela noite, *ele* é que havia causado tudo; Eric fizera a coisa certa, a coisa inteligente, e agora todo mundo queria descascá-lo como se ele fosse uma uva.

"E agora, com licença" — Boulware meio que se virou para as três pessoas que o acompanhavam —, "eu gostaria de apresentar a vocês alguns dos... não sei como dizer... alguns dos... celebrantes de hoje."

Eric admirava-se de ver a voracidade estampada no rosto de Boulware, o quanto ele parecia cheio de vida; pensando: eu bati nele foi pouco.

Yolonda e Matty, que haviam comparecido para examinar a multidão, estavam sentados em silêncio junto à passagem central quando Billy, Minette e Nina entraram no salão, de rosto vermelho, como se fossem a família real, e ocuparam as cadeiras logo à frente das deles. Minette, com um vestido negro anônimo de bom gosto e um sorriso fixo, olhava a sua volta como se estivesse preocupada com tudo que há no mundo. Nina, com um vestido semelhante ao da mãe, tinha uma expressão que combinava sofrimento e desafio, como se todos ali estivessem reunidos para gritar com ela. Entre as duas, Billy, agarrado à mão da esposa, parecia um borrão imóvel, capaz de se materializar e desaparecer sem se mexer: uma estação de rádio captada na estrada.

Yolonda cutucou Matty para que ele travasse contato com os três, mas no momento em que ele estendeu a mão para tocar no ombro de Billy a tela que estava no palco de repente entrou em ação, mostrando fotografias de Ike que tiveram sobre a espinha do pai dele o efeito de uma arma de eletrochoque: o filho recém-nascido, no aniversário de cinco ou seis anos, pré-adolescente fantasiado de personagem de *Laranja mecânica* no Halloween, armando uma jogada no que parecia ser uma partida de basquete no primeiro grau, outra dele já no secundário, avançando em direção à cesta.

Então começou a trilha sonora, Joe Cocker cantando "You are so beautiful to me"; Billy reagiu levantando-se de repente, e sentando-se outra vez de modo igualmente brusco, debruçando-se primeiro sobre Nina, depois sobre Minette, cada uma instintivamente agarrando uma de suas mãos para impedi-lo de subir como um balão sem lastro.

À medida que foi diminuindo a luz dos candelabros empoeirados, as imagens foram ficando mais nítidas: Ike numa festa na praia exibindo um daqueles físicos que os adolescentes adquirem sem esforço, com uma garota, com outra garota, com Billy, com a mãe, com Minette e Nina, fazendo o que parecia ser sua primeira tatuagem, os garotos sentados nas cadeiras rindo com o máximo de entusiasmo possível diante daquela cena; Billy agora abrira um sorriso para eles, que se esforçavam para abraçar o eufemismo *celebrar*.

A música mudou para "He's a rebel", mais um soco no estômago para o coitado; porém, qualquer música daria no mesmo, pensou Matty.

As fotos pareciam estar em ordem cronológica: Ike em alguma cidade europeia com amigos, todos na faixa de idade de universitários; num pódio, gesticulando enquanto lia algo para uma plateia semelhante à que estava reunida ali; protegendo os olhos com as costas da mão, deitado num futon com uma moça de cabelo comprido, os dois aparentemente tendo sido despertados pelo flash da câmera. Mais uma vez, a multidão assobiou, aprovando.

Aquelas fotos pareciam ser mais suportáveis para Billy; seu filho homem-feito, especulava Matty, precisando de menos paparicos, mais uma combinação de apoio discreto com admiração, ou fosse lá o que um pai normal devia sentir por um filho pós-adolescente.

O problema de Matty Junior era que ele sempre fora metido a valentão, e era difícil gostar de uma pessoa assim. Mas quando garoto ele era grande demais e não muito inteligente, havia sido pressionado para jogar futebol americano e basquete por causa do seu tamanho, embora fosse inteiramente desprovido de talento atlético, de modo que seu desempenho sempre foi péssimo. Não demorou muito para que Matty passasse a evitar todas as partidas em que o filho jogava. E vivia brigando com Lindsay naquele tempo, bebendo demais; Matty lembrou-se então de uma noite em que o menino foi até a sala de pijama, teria no máximo sete anos, e Matty, meio bêbado, não conteve o comentário: "Meu Deus, olha só o tamanho dele", como se eles tivessem uma boa chance de ganhar um prêmio numa exposição pecuária.

E aos dez anos o garoto foi enviado ao terapeuta da escola por conta de alguma coisa que fez; era para ninguém ter ficado sabendo, mas todos os colegas já sabiam antes mesmo de ele falar com o terapeuta. Matty Junior havia entrado em casa aquele dia rindo de modo histérico e gritando: "Eu sou lelé da cuca! Eu sou lelé da cuca! Me mandaram pro psicólogo e agora todo mundo me chama de lelé da cuca!", rindo até não poder mais porém sem querer que o tocassem, Matty angustiado mas tendo que ir para o trabalho; foi Lindsay que apareceu na escola no dia seguinte e soltou os cachorros.

A última foto era de Ike expondo a bunda para o fotógrafo, e enquanto uma canção de Wilson Pickett, "International playboy", fazia o reboco despencar das paredes, mais uma vez a plateia caiu na gargalhada, e de repente Billy virou-se para trás e disse a Matty, como se estivesse conversando com ele esse tempo todo: "Esses danados desses garotos, não é?", a voz pastosa de gratidão enquanto apertava o braço de Matty.

O primeiro orador, um garoto de olhar aparvalhado da idade de Ike, aproximou-se do microfone no silêncio cheio de expectativa que se seguiu à apresentação de Boulware e ficou parado, olhando para a plateia, piscando como se houvesse uma lanterna apontada para seus olhos. Embora estivesse no meio do salão enorme, Matty percebia que suas mãos estavam trêmulas.

"Meu nome é Russel Cafritz."

"O Russell...", murmurou Billy.

"E... eu conheço o Ike há sete anos, desde que a gente dividiu o mesmo quarto, no primeiro ano de faculdade, na Ohio State." Levou à boca o punho cerrado, tossiu e mudou os pés de posição, fazendo um sapato encostar no outro.

"Vai fundo, Russ", gritou alguém na plateia, e ele sorriu de gratidão. "A primeira... Vou contar pra vocês o que o Ike fez pra mim naquela primeira semana em que eu e ele moramos juntos. Eu estava com muita saudade da minha casa... e toda noite eu ficava chorando antes de dormir, só que eu não queria admitir, até que uma vez o Ike veio e sentou na minha cama e me disse que sentia a mesma coisa. Ele falou: 'Vou te dizer o que eu faço, de repente você devia fazer isso também. Passa um tempo sem ligar pra sua casa. Você não está sozinho, eu estou aqui, sou o seu companheiro de quarto, não fica ligando tanto assim pra sua família e não tenha vergonha de sentir o que você está sentindo. Se correr tudo bem, a gente dá a volta por cima'. E foi o que a gente fez. Bom, pelo menos foi o que eu fiz. Acho que o Ike mentiu pra mim. Acho que ele nunca sentiu saudade da casa dele. Mas o problema... é que eu era de Columbus. Meus pais moravam a dez quarteirões do campus. Mas ele nunca tocou no assunto, e nunca contou pra ninguém. Nunca me fez sentir mais vergonha do que eu já estava sentindo. Ele foi meu parceiro secreto. Meu irmão secreto. E ele me ajudou a aguentar o rojão."

Minette e Nina estavam totalmente absorvidas, mas Billy de repente inclinou-se para a frente, cotovelos apoiados nos joelhos, olhando para o chão, e sacudiu a cabeça. Minette pôs a mão espalmada nas suas costas sem desviar o olhar do orador.

"E tipo assim, de um ano pra cá, quando a gente voltou a ter contato, e voltamos a ser amigos, foi como no tempo da faculdade. Toda vez que eu entrava numa, assim, de ficar em pânico por estar desperdiçando a minha vida, tentando ganhar uma bolsa aqui e ali, arranjando um empreguinho besta num restaurante pra ganhar alguma grana, o Ike sempre me jogava pra cima. Ele dizia que nós dois íamos nos dar bem, a gente ia acabar junto na academia, se bem que não sei muito bem o que é que ele queria dizer com academia. Ele dizia: 'Se você me trair e virar advogado, eu te mato'."

"Isso aí!", gritou alguém, as pessoas começaram a rir, um pondo pilha no outro.

"Ele dizia: 'Não reclama desses trabalhos que pagam as contas, eles vão te dar experiência. Além disso, porra, cara, tempo é o que não falta pra gente'… Tempo é o que não falta pra gente." O garoto começou a tossir no punho cerrado outra vez, para disfarçar o choro. "O Ike me fazia pensar que o mundo era todo meu, quer dizer, não exatamente meu, mas dele, e que eu ia ter passe livre pra entrar nele. O Ike me dava força. Ele me fez acreditar em mim mesmo, me deu esperança… Agora quem é que vai fazer isso pra mim? 'Passa um tempo sem ligar pra sua casa.'" A voz de Russell finalmente começou a fraquejar. "Eu não quero mais ligar pra casa, Ike… eu quero é ligar pra você."

Em meio à fungação geral enquanto o orador voltava para seu lugar, Billy de repente levantou-se outra vez e sussurrou, com voz rouca, para Minette: "Desculpa. Eu não consigo". Já estava a meio caminho da porta antes mesmo que ela tivesse tempo de abrir a boca, mas então deu meia-volta, retornou ao seu lugar e debruçou-se sobre a filha. "Amorzinho, desculpa. Depois a gente se vê lá em casa."

E aí foi embora para valer.

"Mãe?" A voz de Nina se desgarrando dela. "Ele não vai me ouvir falar?"

Minette, de repente debulhando-se em lágrimas, encostou sua testa na da filha.

"*Mãe*", disse Nina, mais ríspida, esquivando-se daquele beijo de esquimó.

"Ele…" Minette sorriu para ela. "Deixa ele em paz."

"*Eu?* O que foi que eu fiz?"

Yolonda inclinou-se para a frente e pôs a mão no ombro de Minette. "Ele está bem?"

Minette virou-se para eles enxugando os olhos. "Ele só precisa ficar na dele."

"A gente pode arrumar alguém do distrito pra levar ele de carro em casa."

"Ele só…" Com um sorriso tenso. "Obrigada, obrigada."

Yolonda acariciou o cabelo de Nina e cochichou, amorosa: "Está tudo bem". Depois recostou-se na cadeira e virou-se para Matty. "Espero que ele não se jogue debaixo de um ônibus."

* * *

No balcão, debruçado entre as teleobjetivas das câmeras, Eric evitava olhar para a família de Ike, para os dois detetives sentados atrás deles. Olhava para as centenas de espectadores, pensando, como não poderia deixar de pensar: se fosse ele que tivesse levado aquele tiro, quantas pessoas estariam ali? Quem teria a ideia de montar uma coisa assim? E o que é que poderiam dizer? Tinha a impressão de que Ike morto estava mais ligado ao mundo do que ele, Eric, vivo.

O segundo orador era um dos que estavam na coletiva do balcão, de terno preto, magro, gravata preta fina e óculos de Elvis Costello que o faziam parecer um músico de *ska* dos anos 70.

"Oi, meu nome é Jeremy Spencer. Eu sou alcoólatra."

"Oi, Jeremy!", gritou metade da garotada na plateia em uníssono. "Nós também somos alcoólatras!" Como se fosse uma piada fantástica.

"Que graça tem isso", comentou Yolonda de lado. "O garoto morreu bêbado."

"Na manhã depois da noite em que conheci o Ike", começou Jeremy, sem consultar anotações, "eu estava começando a sair da minha ressaca, sentado no Kid Dropper com um balde de café na minha frente, e não é que tive a minha primeira ideia boa da semana? Assim que botei a mão no teclado ele apareceu atrás de mim e cochichou no meu ouvido: 'Quem escreve poema chupa rola'."

As pessoas urravam de tanto rir, e Jeremy esperou que elas parassem para aproximar a cabeça do microfone outra vez.

"Sem querer ofender nenhuma das duas partes envolvidas."

Outra onda de gargalhadas, o orador com um meio sorriso nos lábios.

"Como falou o Russell, o Ike sempre teve certeza de que a gente ia chegar lá. Ser amigo dele era ser membro de um clube ultraexclusivo, o clube dos Futuros Famosos da América. Sendo amigo dele você automaticamente virava o melhor escritor, ator, cantor, contador, dançarino, segurança, assistente social ou lutador de luta pornô desconhecido da sua geração, e era só uma questão de tempo que todo mundo ia descobrir isso. E é verdade, o Ike sempre dizia, tempo a gente tem de sobra.

"Eu também, que nem o Russell, toda vez que me sentia deprimido, começava a perder a fé em mim mesmo, eu ia pro bar em que o Ike estivesse trabalhando, ele olhava pra mim, me passava um chope por conta da casa e dizia: 'Nem pensa em desistir. Você vai se arrepender o resto da vida'... Ele me dava a impressão de que todos nós éramos abençoados por ter tanto talento. E aí ele dizia: 'Mas sabe, Jeremy? Talento sem pique é uma tragédia'.

"Ele dizia: 'Olha só pra mim. Você acha que eu ia ficar me matando nesse trabalho de merda todo dia se isso não fosse só um meio pra chegar a um fim?'.

"Aí eu não podia deixar de dizer: 'Mas Ike, você só começou a trabalhar aqui na segunda-feira'."

Mais uma gargalhada geral no mar de rostos, Matty surpreso ao se dar conta de que estava rindo também.

Ele devia pelo menos ligar para Lake George e perguntar o que estava acontecendo com os meninos, mas por sorte seus pensamentos mudaram de rumo quando uma garota que estava no meio da fileira deles passou de lado por seus joelhos, repetindo: "Licença, por favor, licença, por favor", ansiosa para chegar ao palco.

"Oi. Meu nome é Fraunces Tavern."

A plateia riu e assobiou para a moça no palco, toda embonecada, cabelos negros como penas de corvo, botas de cano alto forradas de pele e um vestido decotado de um vermelho-alaranjado bem vivo. "Oi." Acenando para sua gente. "Minha visão do Ike era um pouco diferente da de todo mundo até agora. Pra começar, eu sou diferente. Eu não quero ser nada, não, sabe? Quer dizer, menos quando chega o Halloween.

"Eu conheço o Ike porque a gente, como é que eu vou dizer, a gente ficou, várias vezes, mais ou menos um ano, um ano e meio, não foi tipo namoro. Mas o Ike... Será que eu posso dizer isso?", fingindo pedir permissão a Boulware, o mestre de cerimônias, que estava sentado na primeira fileira. "O Ike", olhando ao longe, "o Ike era assim, tipo, muito bom de cama."

Os aplausos foram entusiásticos, gente pulando nas cadeiras e gritando.

Minette de repente virou-se de perfil para Matty a fim de ocultar seu sorriso de Nina, que permanecia rígida como um pedaço de pau, Matty sorriu, cúmplice, mas teve a impressão de que Minette não percebeu.

"O Ike era como um desses guardas que ficam na frente do palácio de Buckingham. Vocês sabem, totalmente ereto — não, não foi *isso* que eu quis dizer, eu não sou tão burra, peraí, gente." Ela deu um sorriso largo, pairando acima das gargalhadas.

"Eu quis dizer que ele estava sempre pronto, vocês sabem, assim, na hora, sabe como é?... Quer dizer, pode parecer que isso não é nenhuma vantagem, pra um homem. Mas ele estava totalmente *presente* comigo, quer dizer, não era nunca aquele lance de fechar os olhos e meter bronca. Ele realmente se divertia, *junto* comigo.

"E pra mim o lance não era, sabe", e soltou um brado do fundo do peito, as pessoas rolavam de rir. "O lance era estar com uma pessoa que realmente curte você, que faz você se sentir numa boa. O que o Ike sabia, ou melhor, *intuía* talvez seja a palavra mais apropriada, é que o segredo de transar bem é, primeiro, saber que você não está sozinho, e segundo, uma vez que você sabe isso, às vezes a melhor maneira de dar prazer pra outra pessoa é você mesmo ter prazer." Fez mais uma pausa, esperando que as primeiras risadas perplexas se formassem, depois crescessem um pouco mais, sabendo que as pessoas precisavam ruminar aquela ideia, e depois: "Isso não saiu legal. Ah, vocês sabem o que eu quero dizer".

A única pessoa que não estava rindo era a irmã de Ike, que, protegendo com a mão o braço ferido, dirigia aos amigos do irmão um olhar de repulsa explícita.

"Na minha vida...", prosseguiu Fraunces Tavern. "Eu sei, bom, eu *espero*, que eu conheça mais, sabe, mais caras por quem de repente eu sinta mais paixão. Mas vou me considerar uma pessoa de muita, muita sorte mesmo se conseguir me divertir tanto com um homem outra vez.

"Tenho saudade de você, Ikey, e vou te ver sempre nos meus sonhos."

Descendo do pódio em meio a assobios e hurras, vermelha por ter conseguido aquele feito, ela passou pelos joelhos de Matty outra vez e desabou em sua cadeira, mergulhando num mar de cochichos com as amigas, os olhos rodopiando loucamente nas órbitas.

"Sabe, se ela cuidasse melhor da pele...", Yolonda comentou de lado, "até que ficava bonita."

Depois da performance de Fraunces Tavern, o salão afundou num silêncio pontilhado de tosses, todo mundo esperando pelo próximo orador por um tempo meio longo demais. Conferindo o programa, Matty compreendeu o motivo da demora, e então olhou para Minette para ver o que ela ia fazer; e quando com relutância ela mostrou o programa para a filha, Nina congelou, tal como Matty imaginou que fosse acontecer.

"*Agora?*" A menina branca de pavor.

Steven Boulware, levantando-se de sua cadeira junto à passagem, correu os olhos pela plateia. "Nina Davidson."

"Nina."

"Eu não vou lá depois dessa!", a voz fraquejando.

"Quer que outra pessoa fale antes de você?", perguntou Minette, com a voz mais tranquila possível.

Nina livrou-se de suas lágrimas com dois tapas nas faces e ficou olhando fixo para a frente.

"Nina Davidson." Boulware levantou um dedo. "Dou-lhe uma…"

À esquerda de Matty, Fraunces Tavern, as faces ainda coradas pelo sucesso, absorvendo ávida todos os suspiros e gritos, todos os comentários finais, foi atraída pelos cochichos na fileira da frente. E logo compreendendo qual era o drama, e qual o papel que ela havia desempenhado nele sem querer, desabou por completo, e a glória do momento anterior se transformou num sentimento dolorosamente visível de autorrepulsa.

"Nina Davidson, dou-lhe duas…"

"Nina." Minette aproximou os lábios da orelha da filha. "Se você não for lá, vai se arrepender o resto da vida."

"Azar o meu."

Então Boulware olhou direto para ela, sorriu com uma repreensão de brincadeira. "Ah, Ni-na…"

"Mãe", ela sussurrou, numa súplica, e com relutância Minette fez sinal para que Boulware desistisse.

"É, então só falta eu", disse ele, e seguiu em direção ao palco.

A ideia de ficar ali ouvindo o panegírico de Boulware era insuportável, por isso Eric desceu correndo as escadas e saiu fora, e deu por si no meio de uma espécie de banda reunida na escadaria na frente do Langenshield: uma multidão de jovens de cabelo eriçado, que não pareciam ter idade para as barbas e bigodões que usavam, com barretes turcos, cartolas, chapéus-coco, carapuças de bufão e albornozes, túnicas ornadas com alamares e fitas, óculos de aviador e véus de Salomé, com trombones e tubas, flautas de êmbolo e sousafones, cornetas e mirlitons; fosse o que fosse, era um tremendo excesso, e dando meia-volta na mesma hora Eric voltou à cerimônia, e ao esforço cansativo de não olhar para os policiais nem para a família de Ike.

"Dizer o quê, que ainda não tenha sido dito", começou Boulware. "Ele me deu esperança, ele me fez acreditar em mim mesmo, ele me fez... acreditar. Onde que eu vou agora? A quem eu recorro?" Então, olhando para a plateia: "Ah, meu Deus, o perigo de ser o último a falar".

Sem mais nem menos, Nina levantou-se, e com os olhos fixos no chão subiu a pequena escada ao lado do palco, tranquila como se fosse receber um diploma.

Boulware hesitou, sem saber o que fazer. De início fincou pé, depois, incerto, recuou do microfone, e por fim ofereceu-o a ela com uma mesura, passando para trás e mergulhando na escuridão como um apresentador na entrega do Oscar.

Nina ficou parada, olhando para baixo, amassando com a mão seu discurso de muitas páginas.

O silêncio parecia que não ia acabar nunca mais, Matty vendo os ombros de Minette subindo e descendo e depois se imobilizando, a respiração suspensa.

A plateia esperava enquanto Nina criava coragem.

"Meu irmão me convidou pra vir aqui e ficar com ele e ver o novo apartamento dele há duas semanas", murmurou Nina para o microfone. "Eu falei que vinha... Mas não estava muito a fim de vir, e aí telefonei pra ele naquele dia avisando que ia treinar com o meu time."

Mais uma vez o salão esperava por ela.

"Eu lamento...", ela gaguejou. Saiu correndo em direção aos bastidores e voltou ao seu lugar, de onde ficou olhando fixo para a frente, antes mesmo que Boulware tivesse tempo de retomar o microfone.

"Satisfeita?", enxugando as lágrimas.

Minette limitou-se a apertar a mão da filha, o rosto úmido e trêmulo, ao menos o pedaço que dava para Matty ver.

"Preciso dar um telefonema", ele disse a Yolonda.

Distraído, ligando para a ex-mulher a caminho da porta da frente, Matty quase esbarrou em Billy, que estava com um braço apoiado na meia parede curva que separava os fundos do salão do hall, a cabeça baixa, como se estivesse escutando os discursos num rádio cheio de ruídos.

"Oi", disse Matty.

"Oi!" Billy na mesma hora empertigou-se como se o tivessem pegado em flagrante fazendo alguma coisa. "Por que você não me falou que vinha aqui?"

Os olhos empapuçados de insônia, ele dava a impressão de não ter chegado perto de água corrente durante todo aquele dia.

"Eu não sabia que era pra eu vir", disse Matty.

"O tal cara veio?", perguntou Billy. "Como é mesmo o nome, Eric Cash?"

"Não."

"Não. Por que é que essa notícia não me surpreende?"

"O que foi que eu te falei sobre isso?"

"Não, eu sei."

"Quem tem que se preocupar com isso sou eu."

"Eu sei. Desculpa."

"Só estou dizendo…" Matty suavizou o tom de voz, e então deu um salto quando ouviu a voz da ex-mulher no telefone. Desligou o celular. "Sabe, tem uma coisa que eu preciso te dizer, depois de ouvir tudo o que falaram aqui. O teu filho deve ter sido um garoto formidável."

"Eu não te disse?" Billy sorriu de orelha a orelha.

"E aí, como é que você vai indo?"

A pergunta foi como um raio de sol para Billy, provocando nele uma onda de euforia. "Muitíssimo bem, na verdade." E então, com a mesma rapidez com que havia surgido, a euforia murchou, Matty viu as feições de Billy se encolherem no meio do rosto. "Muito bem."

"Ótimo", disse Matty, olhando para o telefone na mão. Ele não ia ligar para a ex-mulher. Não queria saber.

"Você vai voltar lá pra dentro?"

"Não", disse Billy, fazendo um gesto vago em direção à rua. "Eu vou só, você sabe, esperar no carro." E então: "Você podia dizer...".

"Dizer...?"

"Dizer à Nina... dizer a ela que o que ela falou..."

"Vai lá dentro e diz você mesmo isso pra ela."

"Eu vou", fazendo sinal para que Matty fosse em frente.

Quando voltava para seu lugar, Matty esbarrou em Mayer Beck, que agora estava sentado junto à passagem central na fileira de trás, o quipá finalmente em perfeita sintonia com o ambiente.

"Tristeza, hein?" exclamou Beck.

"Agora não."

"Acho que eu devia ter falado no perigo de ser o *penúltimo* a falar", recomeçou Boulware.

"Jeremy, o que foi mesmo que o Ike te falou? 'Quem escreve poema chupa rola'?"

Houve uma onda suave de risos no salão.

"Olha, por mais que eu goste do Ike, que era meu irmão espiritual, meu companheiro de quarto, meu irmão xifópago espiritual, vou ter que entregar ele agora. Essa frase não foi ele que inventou, não. Ele pegou do meu pai. Foi o que o meu pai me disse quando falei pra ele que queria ser ator: 'Quem escreve poema chupa rola'. O Ike sempre achou a frase genial, mas na minha família isso não era brincadeira, não. Lá na minha terra, quem não tinha condição de jogar no time de futebol americano da faculdade, quem não era bom como o Willy Joe, ia trabalhar nas minas de carvão. A primeira pessoa da família a fazer faculdade chega pros pais e diz que quer ser ator? 'Você está de brincadeira com a gente, Steve? Está cuspindo no prato que comeu?' Não era brincadeira não, Ike.

"Mas eu insisti, insisti.

"Até que desisti.

"Um dia o Ike chegou em casa e eu estava fazendo as malas. 'Aí, Steve, qual é?' Eu falei pra ele que estava entregando os pontos. Eu estava cansado.

Quatro anos fazendo dicção, voz, técnica de corpo, análise de roteiro, interpretação, improvisação, Shakespeare, Ibsen, Pinter, Brecht e Tchekhov. Quatro anos de oficinas e estúdios e agentes e testes. Quatro anos de rejeição. Quatro anos ouvindo meu pai na minha cabeça toda vez que eu fracassava: 'Quem escreve poema…'. Ike, chegou a hora. Eu desisto.

"E aí eu me preparei pra mais um daqueles famosos discursos levanta--moral do Ike.

"Mas sabe o que ele me disse? Ele disse: 'Faz bem. Porque você nunca foi ator.'

"Implicância dele, não é? Não. Ele disse que um ator de verdade, um artista de verdade, é incapaz de pronunciar a frase 'Eu desisto'. 'Artista pra valer', ele disse, 'não pula fora, mas vai fundo, rezando pra um dia aprender a ser bom na sua arte. Por isso você fez bem em descobrir agora, Steve. Quer que eu te ajude a fazer as malas?'"

Boulware fez uma pausa para rir, acompanhado por alguns.

"Muito puto…

"Mas enfim, eu ainda tinha um último teste marcado pro dia seguinte. Pra fazer um papel de coadjuvante num filminho aí. O personagem era um tremendo conquistador", olhando para o próprio corpo, aguardando os risos.

"Eu entro, leio as minhas falas, a diretora de casting diz: 'Você não serve'.

"Pô.

"Eu já estou quase saindo fora, aí ela diz: 'Peraí'.

"Ela me entrega um outro maço de papéis e diz: 'Mas o melhor amigo dele é gordo'.

"Primeira vez que me mandam voltar…

"Eu volto no dia seguinte, e sou mesmo o tal gordo. Aí ela diz: 'Volta na semana que vem e lê pro diretor'.

"Segunda vez que me mandam voltar…"

Ele enfiou as mãos nos bolsos e ficou um bom tempo olhando para os sapatos.

"Era isso que a gente estava comemorando aquela noite… Era por isso que a gente estava fazendo aquela romaria de bar em bar. Comemorando o meu *renascimento*.

"Nem sei se vou conseguir ou não aquele papel, mas no final das contas isso não faz muita diferença. Porque, sabe, Ike…", dirigindo-se ao teto, "agora eu sei. Eu sou artista, mesmo. Não vou pular fora, não vou desistir não. Eu continuo aqui, Ike, e vou continuar.

"Eu podia dizer que você vai estar sempre nas minhas lembranças, meu irmão, mas é mais do que isso. Você vai estar sempre ao meu lado."

Eric, não conseguia acreditar no que estava ouvindo, resolveu que só podia estar escutando mal, e assim, no silêncio que se instaurou imediatamente após o panegírico de Boulware, não sentiu nada.

A plateia agora estava imersa num silêncio pontuado por suspiros e sons de gente engolindo em seco, contemplando uma foto ampliada de Ike do álbum da faculdade, enquanto a voz de Eric Burdon surgiu nos alto-falantes cantando "Bring it on home to me". Mas a projeção de slides havia terminado, a imagem não ia a lugar nenhum, o sorriso imutável permanecia na tela, a imobilidade de seus dedos languidamente recurvados não tinha o toque de vida de fotografias expostas em sequência; pelo contrário, parecia negar a própria ideia de vida após a morte. Ninguém pensava em se levantar, ninguém parecia capaz de fazê-lo até o momento em que Boulware se pôs de pé e, com um sinal para os bastidores, fez entrar em cena, de repente, aquela banda fantasiada tipo Sergeant Pepper's Preservation Hall, que começou a entrar por todas as portas e avançar por todas as passagens tocando "St. James Infirmary" como se fossem espalhafatosos anjos de misericórdia. Chegaram à frente do salão e começaram a subir ao palco pelas escadas laterais de ambos os lados, juntando-se no alto e olhando para a plateia enquanto continuavam a tocar a música a todo o volume, o barulho esvaziando o impacto da imagem sem vida na tela, todo mundo sentindo-se cheio de gratidão, levantando-se, e então, como a cereja em cima do sundae, um rapaz negro com cara de bebê fantasiado de Cab Calloway, de casaca branca e tênis da mesma cor, o cabelo alisado formando um topete grande como uma cauda de cavalo, veio subindo a passagem central com uma batuta de marfim na mão, caminhando devagar, as pessoas gritando de prazer, de alívio, os câmeras correndo como besouros em torno do sujeito enquanto ele subia a escada do palco, depois descia aqueles três degraus fingindo escorregar, como se a música o impelisse de dentro para fora, até que por fim ele parou no centro e na frente do palco, e curvando-se para trás começou a reger, com aquela batuta fina e elegante, enquanto os câmeras invadiam o palco como tietes enlouquecidas, a plateia agora às gargalhadas, Ike Marcus sumindo, sumindo, e quando o rapaz começou a cantar, dando uma de Cab Calloway como se estivesse no Cotton Club, Ike sumiu.

Misturado à multidão para não chamar atenção, Matty não conseguia tirar os olhos de Minette e Nina, a menina corajosa, em pé, aplaudindo, mas com o rosto inteiramente murcho.

Por outro lado, Minette estava se esforçando ao máximo, batendo palmas como se tivesse entrado no espírito da coisa, mas ele percebia que ela também estava em outra, dividida entre a preocupação com a filha a seu lado e com o marido lá fora; já havia começado a aceitar a morte de Ike, a fim de manter unida a família, por mais machucada, dispersa e indignada que estivesse no momento.

Porque é isso que a gente faz, pensou Matty, é isso que a gente tem que fazer, é cuidar deles, dar a vida por eles se for necessário, e não passar a noite inteira do resto da vida andando sem sair do lugar feito um rato de laboratório, se acabando e correndo atrás de loucuras, ou esperando que aquele mar de maldade e crime lá fora fizesse tremer o bolso interno do seu paletó.

"Está vendo ele?" Yolonda cutucou de leve o braço de Matty. "Aquele garoto ali?" indicando com a cabeça um adolescente hispânico sério, de barbicha, com um jeans largo e capuz na cabeça, o único que continuava sentado naquela fileira. "Você não acha nada de estranho nele?"

Matty virou-se para olhar, não havia nada de particularmente estranho no garoto, mas provavelmente valeria a pena interrogá-lo lá fora.

"O que foi?", disse Yolonda.

"O que foi o quê?"

Ela pôs a mão no rosto de Matty, e as pontas dos dedos ficaram molhadas.

Enquanto a banda passava de "St. James Infirmary" para "Midnight in Moscow", Boulware, arrastando consigo três dos oradores, subiu no palco e começou a dançar, um rebolado minimalista de uma elegância surpreendente, balançando os quadris, sinuoso como uma serpente, uma mão pousada no ventre, a outra virada para cima e com a palma para a frente, como se estivesse prestando testemunho. Fraunces Tavern tentava imitá-lo, mas ainda ressabiada com o impacto desastroso de sua fala sobre a irmã de Ike, faltava-lhe entusiasmo. Era o mesmo problema de Russell e Jeremy, que pareciam confusos e sem graça, tentando se aproximar o máximo possível dos bastidores.

Calloway Junior tirou uma segunda batuta de dentro do bolso da casaca e a entregou a Boulware, que, depois de correger a banda por um minuto, virou-se para a plateia, para as câmeras, e gritou: "Não se esqueçam das velas!". Era a deixa para que a banda descesse pelos dois lados do palco, atravessasse o salão e saísse à rua, chamando as pessoas para ir embora.

Assim que chegaram à rua, Yolonda partiu para cima do garoto.

"Oi, vem aqui um minutinho?", tocando o cotovelo do moletom do garoto de cavanhaque, e com jeito afastando-o da multidão.

"Pra quê?", como se já não soubesse. Usava um piercing de ouro na extremidade externa da sobrancelha esquerda que o obrigava a fazer certo esforço para manter aquele olho tão aberto quanto o outro, o que lhe dava um ar de surpresa irritadiça crônico.

"Qual é o seu nome?"

"Hector Maldonado. E o teu?"

"Detetive", ela retrucou. "E o nome do morto, qual era?"

"Por que é que você está me perguntando isso?"

"Só por perguntar."

"*Por quê?*", cruzando os braços sobre o peito.

Yolonda ficou só esperando.

"Sei lá o nome do cara. Estou aqui fazendo o dever de casa pra matéria de comunicação, e você *sabe* por que está me perguntando isso."

"É? Então por que é que eu estou perguntando?"

"Por que *você* não consegue encontrar o cara que matou ele, e eu sou um *plátano* que mora num conjunto. E qual é a sua, você, que é porto-riquenha, tirando onda comigo? Que merda."

"Você está com o dever de casa aí?", perguntou Yolonda, tranquila.

"Estou com as minhas anotações." Maldonado tirou do bolso da frente da calça um punhado de papéis soltos e exibiu a ela uns garranchos feitos com má vontade.

NÃO VIRA ADVOGADO LIGA PRA CASA ACREDITA

EM MIM IKE O MUNDO A GENTE SÓ VIVE NELE

"É, *Ike*... tá vendo?"

"Qual é mesmo o seu nome?"

"Eu já disse. Hector Maldonado. Você devia anotar."

"Você é respondão, hein?"

"Você também é!"

"Que tal ir comigo lá pra delegacia pra gente conversar sobre isso?"

"Boa ideia! E eu vou agora mesmo falar com aqueles crioulos ali da imprensa, vou dizer pra eles por que é que você está fazendo isso comigo. Aí é que eu ia fazer um dever de casa do caralho, não é?"

"Some da minha frente."

"*Ha*." Maldonado foi embora triunfante, Yolonda deu de ombros, indiferente.

Desistindo de participar da passeata em direção ao local do crime, a seis quarteirões dali, Matty ficou parado na calçada diante do Langenshield, esperando por Yolonda, porém olhando fixo para Minette, que andava de um lado para o outro enquanto conversava com o marido ao celular, a outra mão tapando o ouvido por causa do barulho. Nina estava a seu lado, e pegou o celular para falar com Billy também, Matty se perguntando se ele contaria a ela que também tinha ficado ali, pelo menos o tempo suficiente para ouvir o que ela dissera no palco.

Fosse o que fosse que Billy estava dizendo a ela, a coisa estava dando certo, Matty examinando Minette examinando a filha, cujo rosto começava a ficar menos tenso.

Yolonda aproximou-se dos três um momento depois e olhou para Matty: o garoto do capuz não dera em nada.

"Meu Deus, você foi muito corajosa", a voz de Yolonda se desmanchando de ternura enquanto abraçava Nina.

"Obrigada", a garota abraçando a si própria.

"Seu marido chegou em casa?", Yolonda perguntou a Minette.

"Se não chegou, está a caminho", disse Minette. "Ele simplesmente não tinha condição de assistir a isso."

"Você vai lá?", Yolonda apontou com o queixo para a passeata que já se afastava.

"Vou." Matty olhando para ela: não faz isso comigo não.

"Então tá bom."

Os três ficaram vendo Yolonda se afastar, a música cada vez mais fraca à medida que a passeata, que já ocupava quase um quarteirão inteiro, virava à esquerda na primeira esquina.

"Então", disse Matty, "está indo pra casa?"

"Daqui a pouco", respondeu Minette. "Pra dar um pouco de espaço pra ele."

"Posso dar uma voltinha?" Nina murmurou para a mãe.

Num ato reflexo, Minette olhou para Matty antes de responder, ele deu de ombros, por que não?

"Não vai muito longe, e não desliga o telefone", disse Minette, como se Nina já tivesse aprontado alguma, "e não fica selecionando as ligações antes de atender."

Na rua, a banda, regida por Boulware e Cab Calloway, parecia ter perdido boa parte da magia, os cerca de cento e cinquenta participantes a seguiam ao som de "Old ship of Zion", parecendo agora um pouco constrangidos, um pouco contrariados, o céu vespertino claro demais para aquelas velas mirradas.

Sem conseguir se livrar da ojeriza por Boulware, Eric acompanhava a passeata da calçada oposta, no meio da manada de câmeras acocorados que filmavam o espetáculo se deslocando pela Suffolk.

Mas quando a banda inesperadamente começou a tocar uma peça de *klezmer* dançante, irresistível, Boulware e o garoto negro começaram a rodopiar devagar, graciosos, como se tivessem passado a noite ensaiando, e os cinegrafistas atravessaram a rua e começaram a dançar uma tarantela cheia de ruídos mecânicos em torno dos dois, deixando Eric sozinho sob o toldo metálico amarelo e vermelho de uma bodega.

Depois de zanzar pelo bairro durante toda a manhã, Tristan acocorou-se junto à vitrine lateral de uma pizzaria perto do Langenshield, o caderno aberto sobre as coxas quentes. Ele imaginava que já teria escrito muito mais àquela altura, mas aquela banda besta que estava parada na escadaria da igreja a um quarteirão dali o desconcentrara. E quando começaram a tocar ao entrar na igreja, transformando o prédio num verdadeiro amplificador, e depois saíram, continuando a tocar, não havia nada a fazer senão esperar até que a música estivesse bem longe e ele pudesse ouvir seu próprio ritmo.

Mas assim que ele começou a entrar na coisa, percebeu a presença de uma garota, mais ou menos da sua idade, a poucos metros dali, olhando para a vitrine ao lado da pizzaria. Normalmente ele nem via os jovens brancos, tal como provavelmente eles não olhavam para ele, mas aquela menina tinha um curativo grande no braço; havia levado pontos ou então era uma tatuagem, ele imaginava.

Olhando para o que havia escrito, imaginou que ele era a menina lendo aquilo.

Dando joias pros bobalhões
As palavras são lições
no alto de uma torre
Quem não faz, morre,
tu não pode me encarar,
porque tu sabe
que eu vou pegar
e a tua turma vai chorar.

Quando levantou o olhar outra vez, a garota havia sumido.

À medida que a passeata seguia do sudoeste para o sul, Yolonda a acompanhava, costurando por entre as pessoas, olhando para os lados, procurando algum rosto suspeito, mas era perda de tempo, todos os marginais do bairro tinham sido atraídos pela passeata, pelas câmeras, por todo aquele circo; perda de tempo.

Em cada esquina havia um cavalete, canalizando a multidão da Suffolk para a Stanton, para a Norfolk, para a Delancey, para a Eldridge.

Levou cerca de meia hora para que todo mundo que tinha saído do Langenshield chegasse ao número 27 da Eldridge, onde estavam estacionados à espera da multidão, no quarteirão fechado ao trânsito entre a Delancey e a Rivington, um caminhão de lixo, um carro do corpo de bombeiros e um boneco de Ike Marcus em tamanho natural, recheado de palha, deitado num estrado de madeira inclinado num ângulo de quarenta e cinco graus, feito um foguete improvisado prestes a decolar. O rosto era de papel machê pintado.

Os músicos e participantes da cerimônia contornaram os veículos da prefeitura, os bombeiros e lixeiros impassíveis encostados nos táxis, e então começaram a fazer um círculo em torno do boneco, formando seis voltas de gente com velas na mão, enquanto as pessoas do bairro, quase todas de minorias étnicas, muitas com crianças pequenas sentadas no ombro, formavam uma sétima volta irregular, e os policiais de trânsito, que voltavam a atuar depois que os cavaletes externos haviam sido removidos, formavam a oitava volta, ainda mais amorfa.

E enquanto todos contemplavam a imagem de Ike, a banda continuava a misturar *klezmer* com jazz e spirituals — "Precious memories", depois "Kadsheynu", "Oh happy day", e depois "Yossel, Yossel" —, Boulware e quem mais ainda estivesse aguentando cantar e dançar, os cinegrafistas dos jornais a enfiar-se entre o Ike de papel e o primeiro círculo de participantes, deitando-se no chão como francoatiradores para se levantar na frente deles.

Andando para trás em direção à calçada, em busca de um pouco de ar livre, Yolonda viu Lugo e Daley, ambos fumando, Daley com os pés afundados até o calcanhar no que ainda restava do santuário.

"Loucura, hein?" Lugo jogou fora a guimba.

"Meu Deus", disse Yolonda, "eles são tão criativos, essa garotada, não é?"

"Eu não ia conseguir fazer um boneco assim nem que a minha vida dependesse disso", disse Daley.

"E aí, como é que está indo a coisa?", perguntou Yolonda. "Vocês estão sacudindo a árvore pra nós?"

"Que árvore?", retrucou Lugo. "Isso aqui é uma porra de uma selva."

Uma mulher hispânica de mais idade, carregando as compras e tentando forçar passagem em meio à multidão para entrar no prédio número 27 da Eldridge, dirigiu a Yolonda e à turma da Qualidade de Vida um olhar de seca pimenteira dos pés à cabeça, murmurou: "*Agora* é que a polícia vem", e entrou no prédio.

Sentado ao lado de Minette na escadaria do Langenshield, agora vazio, Matty improvisava um simulacro de relatório de investigação, omitindo, é claro, o bloqueio imposto à imprensa, ainda em vigor, a reinvestigação de sétimo dia abortada e os telefonemas sem retorno.

"Mas afinal, vocês estão avançando ou não?", ela perguntou.

"Bom, ainda temos muita coisa a fazer. Em casos de assassinato, sempre tem muita coisa pra fazer." Então, ele próprio irritado com aquele seu mantra embromador: "Sabe, tem uma coisa que eu preciso te dizer, eu estava lá vendo vocês, você realmente é muito boa com eles, hein?".

"Com quem?"

"Com a sua família. Eu estava…"

"Você acha?"

Com você teria sido diferente, era o que ele estava pensando.

"Boa com a minha família." Minette começou a chorar. "Ontem o Billy me perguntou onde estava o Ike. Não conseguia lembrar o que a gente tinha feito com o corpo. *A gente.* Que a mãe dele havia cremado e levado as cinzas."

"Isso…" Ele não soube concluir a frase.

"Ou bem ele não consegue mexer nem um músculo, ou bem ele não consegue parar de saracotear de um lado pro outro. Ontem à noite eu saí, aí quando voltei dava pra ouvir a música do elevador, três andares abaixo do nosso. Quando eu entro, ele está na sala ouvindo um rhythm 'n' blues antigo a todo o volume, encharcado de suor, dançando sozinho. Eu: 'Billy, o que é que você está fazendo?'. Ele: 'Estou vendo o Ike dançar'." Enxugando os olhos. "A minha filha, você viu o braço dela?"

"O acidente com o sanduíche."

"O acidente com o sanduíche", ela murmurou, sem dar detalhes.

"Eu lamento."

"Você tem filhos?"

"Dois." Matty desanimou. "Homens."

"Eles são bons?"

Ele respondeu: "São", mas Minette percebeu, examinou seus olhos para ver o que ele não estava dizendo.

Três chefes, um capitão de divisão e dois inspetores, que acabavam de acompanhar a passeata, desfilaram com uniformes de gala, para demonstrar solidariedade à família e aos participantes. Mas quando Matty fez uma espécie de continência para eles, reagiram com olhares fixos e vazios, como se toda aquela papagaiada na rua, na cabeça deles, fosse uma iniciativa de Matty.

"Algum problema?", ela perguntou, assim que os policiais passaram.

"Uniformes apertados demais", respondeu Matty, e não disse mais nada.

O céu acima da Eldridge Street aos poucos passou de azul-claro a um tom mais pesado de crepúsculo, e Boulware continuava atraindo a maior parte das atenções; dançando como Zorba, como um dervixe, como um pastor de gospel numa igreja de negros, e ele era bom, Eric não podia deixar de reconhecer, talvez bem bom, mas quem era ele para julgar essas coisas?

E tal como acontecera no palco do Langenshield, alguns tentavam acompanhá-lo, porém ele era intocável; Eric nem tinha certeza de que aquele cara tinha consciência de que seu Canto de Mim Mesmo estava sendo dançado em cima de uma sepultura.

A música parecia que não ia acabar nunca, mas com a aproximação da hora do rush um dos policiais mais graduados presentes penetrou na multidão até o círculo central, disse alguma coisa a Cab Calloway, e pouco depois Boulware recebeu uma batuta, com uma das extremidades, envolta em algodão, em chamas. E enquanto a banda tocava "Prayer for a broken world", Boulware, num gesto cerimonioso, elevou o fogo em direção aos deuses que por acaso estivessem apreciando a cena e incendiou o boneco; imediatamente Ike virou uma bola feroz de fogo amarelo e azul, como se por fim estivesse manifestando sua indignação com o que acontecera com ele, e apesar de tudo o que havia de ostentação em toda aquela história, Eric ficou boquiaberto, levando a mão ao peito enquanto aquele homem-menino-golem era envolvido pelas chamas grossas que, por um longo momento, pareceram acentuar os contornos humanos antes de começar a destruí-lo.

E quando as ondas de calor, ao se elevarem, lentamente ergueram um dos braços inchados, como que num gesto de adeus, Eric congelou ao ver Billy Marcus atravessar correndo a multidão em direção ao filho, como que para apagar o fogo que o estava matando, e então, como um cachorro perseguindo uma abelha, de repente dar meia-volta, quase derrubando uma senhora idosa que acabara de destrancar a porta da frente de seu prédio, ao entrar correndo no hall escuro.

E em meio a tudo aquilo, a população local continuava assistindo em silêncio: da borda da multidão, das janelas, do alto das escadas à porta dos prédios, a maioria das pessoas com aquele sorriso tímido e perplexo, apenas uma mulher, em pé numa escada de incêndio, cobrindo a boca com as duas mãos, os olhos arregalados, como se só agora tivesse ficado sabendo do ocorrido.

O Ike era meu irmão. Eu queria ser ele. Continuo querendo.

Era tudo que ela queria dizer. Nina indignada consigo mesma, entrando em parafuso na frente dos veados dos amigos dele, mas mesmo assim, lamentava.

Tudo bem, Ike lhe dissera, *a gente se vê na semana que vem...*

Reprimindo a vontade de simplesmente deitar na calçada e fechar os olhos, ela entrou na She'll Be Apples, uma loja na Ludlow Street tão pequena que mal cabiam nela as duas mulheres que trabalhavam lá e ela, a única cliente. Apenas uma arara com roupas à venda, alguns chapéus pendurados em cabides no alto da parede de tijolos aparentes e um punhado de bijuterias de âmbar numas mesas laterais, que para ela pareciam badulaques da penteadeira de sua avó. Fascinava-a a escassez de mercadorias, como é que alguém podia colocar uns poucos artigos num cômodo tão pequeno e dizer que aquilo era uma loja? As mulheres, além disso, eram grandes, mais de um metro e oitenta de altura, conversando com um sotaque britânico que não era exatamente britânico. Ela começou a olhar as roupas da arara, uma coleção aparentemente aleatória de camisetas regata, camisas masculinas de poliéster com colarinho grande, batas riponongas e microssaias de brim, até que encontrou uma casaca de hipismo castanho-avermelhada, com padrão zigue-zague, um tecido que parecia pinicar, nada de interessante além do fato de que servia nela, mas quando ela se virou de lado para olhar as costas, surpreendeu-se ao ver um buraco enorme que ia da nuca ao cóccix, abrangendo as duas omoplatas, um círculo perfeito de nada, um capricho do modista, mas esse toque inesperado abalou Nina profundamente, quase a assustou, e se tornou a coisa mais deslumbrante que ela já vira; transformando aquela loja, aquela rua, aquele bairro, no lugar mais exótico do mundo; e quando uma das mulheres de um metro e oitenta lhe disse: "Ah, meu amor, é a sua cara", com aquele sotaque britânico pouco britânico, Nina começou a chorar.

Na Eldridge, quando as chamas finalmente se extinguiram, apenas umas poucas palhas flutuando preguiçosas no ar até pousarem na rua, o policial de Assuntos Comunitários finalmente deu o sinal a seus comandados: todo mundo fora daqui.

Mas ninguém parecia ter vontade de sair de cena, os músicos lentamente retirando os bocais dos instrumentos, os participantes se abraçando e conversando, Cab Calloway circulando e distribuindo seu cartão de visitas.

Os bombeiros começaram a se posicionar, aproximando-se da pira que ainda soltava fumaça.

"Gente." O policial de Assuntos Comunitários aproximava-se dos grupinhos de pessoas, dando tapinhas delicados em um ombro aqui e noutro ali, como que para avisar aos convidados que o jantar estava sendo servido.

E como a multidão continuasse ali, ignorando os policiais, os bombeiros, ignorando a própria cidade que buzinava do outro lado das ruas bloqueadas, o policial apelou para o sistema de som: "Gente, com todo o respeito. Está na hora de ir embora".

Os bombeiros deixaram um pouco de água sair pela mangueira, esguichando ruidosamente junto dos pés das pessoas.

Calçando as luvas de trabalho, os lixeiros foram chegando dos caminhões.

Mesmo assim quase ninguém ia embora.

Quando as últimas câmeras estavam sendo guardadas nos caminhões da mídia, e à medida que a pressão da água aumentava, Boulware, agora com os olhos meio esgazeados, começou a abordar amigos e fazer planos apressados de se reunirem num bar, e por fim anunciou em voz alta: "Vou começar a chorar!", e Eric, assistindo à cena da entrada de um prédio, começou a sentir algo semelhante a compaixão em relação àquele sujeito. Nos próximos meses, provavelmente seria mais fácil para ele comer mulheres ali do pedaço, beber por conta da casa nos bares, talvez até arranjar um agente não muito bom, mas nada de importante haveria de mudar, ele passaria ano após ano correndo atrás daquela palha em chamas a esvoaçar em direção ao céu, levando com ela todos os seus grandes planos. No fundo, o que aguardava Boulware, Eric sabia, era um longo período de depressão e uma sensação crescente de perda, não pela morte do amigo, mas por aquela tarde, o último melhor dia de sua vida.

"Aquele garoto", disse Minette, balançando a cabeça.

"Qual?"

"O amigo do Ike, o mestre de cerimônias. Quer dizer, não que o Ike fosse exatamente uma pessoa humilde, mas…"

Ainda estavam na escadaria do Langenshield, esperando por Nina.

"É uma coisa que a gente faz às vezes no trabalho", disse ele, olhando para as mãos dela. "Quando a gente está entrevistando uma pessoa que diz que é testemunha mas que a gente acha que de repente ela estava um pouco mais… envolvida, não é? A gente chama de 'teste do *eu*'. A gente pega o depoimento da pessoa, escrito, ditado, seja lá como for, e quando termina a gente conta e divide os pronomes. Se uma garota morre e o relato do namorado tem dezesseis *eu* e *meu*, mas só três *ela* e *dela*, ele é reprovado no teste."

Minette percebeu que ele estava olhando para sua aliança, e enfiou a mão em questão embaixo da coxa.

"O que você quer dizer, acha que ele está envolvido?"

"Não, nada disso." Matty corou. "Estou só observando…"

"Deixa eu te perguntar", ela interrompeu. "Naquele primeiro dia que eu fui ao hotel tentando encontrar o Billy…"

"Sim?"

"Você chegou a entrar naquele quarto?"

"Entrei, sim, rapidamente."

"A Elena estava lá?"

"Acho que sim."

"Como é que eles estavam lá, ele e a Elena?"

"Como assim?"

Ela simplesmente ficou olhando para ele.

"Estavam péssimos."

Minette continuava olhando para Matty, mas ele se recusava terminantemente a ler seus pensamentos.

Então ela pareceu compreender esse fato, e desistiu.

"Como é que pode", disse ela, falando sozinha mais que com ele, Matty ia dizer algo quando de repente ela virou para ele e se inclinou para a frente, Matty pensou que para beijá-lo, mas não, ela tinha visto a filha se aproximando por trás dele.

"Você está bem?", a voz de Minette elétrica de ansiedade.

"Eu usei o cartão de crédito", disse a menina.

"Comprou..."

"Isto", mostrando a eles um button pequeno, já amarelado, da campanha presidencial de Eisenhower: EU GOSTO DO IKE. "Foi trinta dólares, mas o cara me deu outro de graça. Ele disse que era uma variação sobre o tema."

Então ela mostrou o segundo: maior e mais branco, também com as palavras EU GOSTO DO IKE, mas com uma foto de Tina Turner embaixo.

Tristan ainda estava perto do Langenshield quando a garota do curativo no braço voltou e encontrou a mãe e um policial. Eles ficaram conversando por um minuto, o policial pôs a mão dentro do paletó para entregar seu cartão a elas, então foi embora sozinho, as duas caminhando juntas na direção oposta um minuto depois.

Ele meio que se ergueu da posição de cócoras junto à vitrine da pizzaria para ajeitar a vinte e dois que lhe machucava o lombo, depois voltou a agachar-se e releu pela última vez o que havia escrito naquela tarde, gostando bastante do que lia. Começou a levantar-se de novo, agora para ir para casa, quando teve um último lampejo de inspiração, cochichando baixinho enquanto escrevia.

Tem vezes que eu lembro
e me arrependo,
mas fica sabendo
sou um combatente
e não me rendo

Matty acompanhava com os olhos Minette e a filha, que conversando seguiam no sentido norte rumo à Houston. Vistas de trás, com seus vestidos pretos esguios, quase idênticos, poderiam passar por irmãs, ambas altas, ombros arredondados, como nadadoras profissionais. Matty ficou olhando até que elas foram engolidas pelo tráfego, e em seguida pegou o sentido sul e seguiu em direção ao Oitavo.

"Alô", ao celular.

"E aí, como é que foi?", perguntou Yolonda.

"Como é que foi o quê?"

"Conseguiu comer ela?"

Matty desligou.

Um quarteirão adiante, passou por Billy, sentado na escada na porta de um prédio, tão imóvel que Matty já estava três fachadas adiante quando se deu conta da presença dele.

"O que é que você está fazendo aqui", perguntou.

Billy lentamente levantou o olhar, então se pôs de pé. Chegou tão perto de Matty que o obrigou a dar um passo atrás.

"Olha", disse ele baixinho, as pontas de seus dedos dançando delicadamente nas lapelas do paletó de Matty. "Como é que eu posso ajudar?" Sua boca começou a amarrotar-se. "Eu só quero... eu só quero... ajudar."

Uma viatura veio na direção deles na rua estreita. No instante seguinte, Matty estava encarando os rostos pétreos de Upshaw e Langolier no banco de trás, o carro quase parando, e depois, dado o recado, voltando a acelerar.

Matty virou-se para Billy, para aqueles olhos insistentes. "Você quer ajudar?"

Aguardando até que a viatura virasse na esquina, pegou a carteira e tirou o cartão de Mayer Beck, é isso mesmo que eu vou fazer...

"Liga pra esse cara. Eu quero que você diga pra ele o seguinte..."

A mesma coisa aconteceu naquela noite: Eric substituiu um dos outros gerentes para não ficar sozinho com os próprios pensamentos, e então, assim que o café começou a ficar cheio, mais que depressa recolheu-se no porão. Mas quando descia o último lance de escadas, chegando ao chão de terra batida, primeiro ouviu e depois viu Bree, a garçonete de olhos irlandeses, parada, de costas para ele, bem no centro daquele recinto de pé-direito baixo, a cabeça abaixada até quase o queixo encostar no peito, como se rezasse. Então, ainda de costas para ele, ela fungou com força, os ombros se levantando com o esforço, não estava rezando...

Ele não queria assustá-la, mas aquele lugar era seu, e ele precisava ficar ali.

Eric arrastou os pés nos degraus, tossiu, fazendo-a virar-se de repente com os olhos assustados, o pó na palma da mão cuidadosamente fechada.

"Oi", ela suspirou.

"Você está com o nariz entupido? Está tudo bem?"

"Estou com sinusite."

"Você está com sinusite e vem pra esse porão úmido?"

"É uma sinusite estranha."

"É mesmo? Como assim?"

Ela fez uma cara de constrangimento total.

"Quer dizer, eu venho aqui embaixo, já não basta pegar uma funcionária cafungando, e ainda por cima ela ainda nem me oferece uma carreira?"

"Ah!", ela quase gritou, abrindo a mão e empurrando o lance para o rosto dele.

O teto do porão era tão baixo que eles quase precisavam curvar os ombros para andar, os quatro cantos do recinto sumidos na escuridão.

"Olhe onde pisa." Eric seguia à frente, levando uma das luminárias com extensão que ficavam largadas no chão.

"O que é que você guarda aqui, cadáveres?" A voz dela solta e borbulhante, pelo efeito do pó.

"Champignons." Virou a luminária para o canto a nordeste, e a luz por um instante refletiu-se no olho de algum ser que saiu em disparada dali.

"Eca, um rato!", ela exclamou.

"Dá uma olhada." Aproximando-se do canto, ele iluminou uma das lareiras antiquíssimas.

"Parece uma churrasqueira."

"É uma lareira. Em cada canto tem uma, o que quer dizer que as pessoas moravam aqui, encolhidas junto ao fogo. Eu diria que por volta de 1880, 1890."

"É mesmo?" Ela lhe ofereceu mais uma carreira.

"Mas esta aqui" — Eric baixou a cabeça, aproximando-a do papel branco laminado que estava sobre a mão dela, que ele segurou por baixo para que não tremesse — "é famosa. Tem uma foto do Jacob Riis de um homem num porão de guardar carvão sentado na frente de uma dessas, com um pedaço de pão no colo, o cara olhando pra máquina, e no meio da barba e da sujeira mal dá pra ver os olhos dele, é gente quase reduzida à condição de bicho." O queixo de Eric estremecia, ele sentia o gosto ácido correndo no fundo da garganta. "Mas eu estou olhando, e conheço bem a foto, e aí penso, puxa, é igualzinho àquela foto do Riis, e aí vejo isto."

Apontou a luminária para uma viga grossa, enegrecida, poucos centímetros acima de sua cabeça.

"Olha." Ele correu os dedos pela inscrição na madeira, duas palavras, e leu-as em voz alta para ela. "GEDENKEN MIR. 'Lembrem-se de mim.'"

"Isso é holandês?"

"Iídiche."

"Como é que você sabe iídiche?"

"Eu vi no Google. Mas então, só de curiosidade, sabe, fui em casa e achei as fotos do Riis no site da 88 Forsyth House. E tem, a gente vê na foto que é essa inscrição aqui, não dá pra ler, mas é ela, sim. E o lugar é este, exatamente aqui. E agora eu sei o que aquele rabisco, aquela pessoa, estava tentando dizer pra gente. É tipo assim, entre aqueles milhões de pessoas que vieram pra cá, tem uma voz infinitesimal dizendo: 'Eu sou, eu fui', dizendo: 'Lembrem-se de mim', e isso dá vontade de chorar."

Ele chorou um pouco.

"Ah." Ela quase chegou a lhe tocar o rosto. "Mas não fica assim, não. O cara ficou famoso por causa da foto, não é? *Alguma* coisa ele ganhou com isso, não é? Quer dizer, podia ter sido pior."

"Lá isso é", ele concordou, enxugando os olhos. "Mas…" Querendo só mais um pouquinho, indicou o pó com a cabeça. "E aí, tá legal?"

"Você diz isso aí?" Ela corou. "Não, não, eu não, é só pra me dar um pilha. É uma coisa provisória."

"Não, eu falei lá em cima, o seu trabalho."

"O trabalho? Também é uma coisa provisória."

Eric permitiu-se um gengival durante a pergunta seguinte. "Certo. Mas. O que é que você faz? De verdade." E então: "Peraí, deixa eu adivinhar. Dançarina do Riverdance".

Ela ficou arrasada.

"O quê? Não."

"Eu já te falei, não é? Ou então você está sendo sarcástico."

"Meu Deus, não. Eu, ah, meu Deus, eu sou um babaca."

Mas ela o surpreendeu, bufando diante de seu rosto vermelho: "Eu estudo na NYU".

"Ah, graças a Deus." Mãos cruzadas sobre o peito.

"Eu *sabia* que você não estava prestando atenção." Agora era ela que se servia.

"Eu estava, estou com mil coisas na cabeça."

"Ouvi dizer."

"Ouviu dizer o quê?"

"Que você estava lá quando aconteceu."

"Ah, é?" Preparando-se para o pior.

"Eu vi você na cerimônia", disse ela. "Por que não estava sentado junto com todo mundo?"

"Por quê?" Eric ficou mudo, viu o pai de Ike correndo em direção ao filho em chamas. Estremeceu num espasmo, como se alguém o tivesse cutucado nas costelas.

"É complicado", respondeu. "Você conhecia ele?"

"O cara? Não. Mas o chefe da banda, o da casaca branca, é meu amigo da escola."

"Amigo?" Ele não poderia ter sido mais transparente.

"É." Sorrindo para ele.

"Que tipo de amigo?"

"E isso interessa?"

Ele só queria beijá-la. Talvez mais uma carreira, feche os olhos...

356

Mas então Billy Marcus veio vindo de novo, que nem um trem, e Eric começou a falar por falar.

"Eu estava pensando hoje na cerimônia, tipo, tem uma coisa, apesar de todas as diferenças, que a plateia e os caras que mataram ele têm em comum... É o narcisismo. A diferença, e aqui eu estou fazendo uma hipótese, eu sei, é que os assassinos são narcisistas. Mas o autocentramento deles no fundo não tem centro. Eles devem ser meio apáticos em relação a si mesmos e a todo mundo, sabe, tirando as necessidades viscerais, e, tipo assim, as reações impulsivas a certas situações. Mas os... os outros? *Nós*? Também narcisistas, só que tem um centro no nosso autocentramento, tem centro até demais, e um centro que não é muito bonito na maioria das vezes não, mas..." Fazendo piruetas com sua tensão. "Eu gostaria de poder dizer isso a alguém."

"Você acabou de dizer", ela retrucou.

"O quê?"

"O quê?", imitando-o. Eric rindo, tão estranho.

Então ele segurou o rosto dela entre as mãos e ela deixou, ela deixou.

"Tá bom", disse Billy, batendo as mãos nos bolsos à procura do papel. "Tá bom."

Mayer Beck, com o bloco na mão, esperava.

Marcus lhe havia telefonado trinta minutos antes, fazendo-o sair da cama com a namorada, ela ia voltar para Gana dali a três horas, para ir ao casamento da irmã. Era bem provável que não conseguisse renovar seu visto de estudante, e ele jamais voltaria a vê-la, mas o que se há de fazer?

"Tá bom", disse Billy, tendo encontrado suas anotações. "A polícia dessa cidade, pelo que eu sei, até que funciona." Falava com os olhos fechados, de cor. "Mas desta vez eles se deram mal, por causa de um depoimento furado, mas plausível, dado por umas testemunhas oculares, e estavam correndo contra o tempo."

"Certo." Becker escrevendo.

"Esse indivíduo, esse tal de Eric Cash, eu sei que ele passou pelo diabo, mas o meu filho..." Billy fez uma pausa. Beck levantou o olhar.

"Quer dizer, que o Eric Cash passou um mau bocado, isso aí não tem dúvida. Não tem dúvida..."

"Eu ouvi", Beck murmurou.

"É mesmo?" ele explodiu. Dava para Beck ouvir o atrito da porcelana de seus dentes trincando.

"Eu só estava sendo sincero", disse Beck, tranquilo.

Atrás deles, na East Broadway, uma van com placa de Ohio parou, e um grupo irlandês de thrash metal começou a tirar o equipamento de dentro do veículo e levá-lo para dentro do bar ao lado do antigo prédio do *Jewish Daily Forward*. Beck conhecia aquela banda, Potéen, conhecia o bar; teria proposto entrar lá para conversarem, pois com uma dose de alguma coisa ele conseguiria fazer aquele sujeito relaxar, mas até mesmo o volume da jukebox era ensurdecedor.

"É..." Billy fechou os olhos. "Tipo assim, tá bom, Eric, dá um tempo, entra nos eixos, e depois..."

Beck recomeçou a escrever, observado por Billy.

"E depois..." Mayer, instigando-o com jeito.

"Quer dizer, esse filho da puta..."

Billy de repente afastou-se alguns metros e começou a murmurar, brandindo os punhos cerrados como se fossem porretes.

De início Beck ficou tentando entender o que ele estava dizendo, mas logo desistiu. Sabia o que estava acontecendo: Matty Clark tinha enviado aquele sujeito como testa de ferro, sem dúvida, e agora o pobre-diabo estava dividido entre o texto cuidadosamente elaborado que lhe fora entregue e a raiva explosiva que a toda hora vinha à tona.

Bom, ou bem ele ajudava Matty, ou bem saía na página 3.

Trepar com a namorada pela última vez nesta vida já não era uma das opções.

"Senhor Marcus", disse Beck, "pode se abrir comigo."

Quando os últimos raios de sol já passavam por baixo das pontes, Matty, na sua varanda, finalmente resolveu dar um telefonema.

"E aí, como é que foi?", perguntou, "cada um pra um lado?"

"É", disse a ex-mulher. "Passei o dia correndo de um tribunal pro outro, feito uma bola de pingue-pongue."

"E aí?"

"O Eddie foi solto sem fiança e entregue a mim, o Matty Junior continua detido."

"Qual a acusação?"

"Posse criminosa de maconha."

"Qual o grau?"

"Primeiro. Porra, o juiz não deixou por menos. Que ele envergonhou a farda, traiu a confiança da população, desprezível isso, repreensível aquilo."

"Que bom. Gostei de saber. A fiança é de quanto?"

"Cinquenta mil."

"Cinquenta?"

"Estou tentando levantar os dez por cento, dei a casa como garantia."

"Por que é que *você* é que está levantando? Cadê o dinheiro dele, já que o sacana é o rei do crime?"

"Você dar uma ajudinha, nem pensar, né?"

"Você deve estar doidona."

"Só perguntando."

"Só respondendo."

"Então tá bom."

Matty estava a ponto de desligar, e desligou mesmo. Na mesma hora ligou de novo.

"Oi, sou eu."

"O quê."

"O Outro está aí?"

"No quarto dele."

"Posso falar com ele, por favor?"

Matty ficou ensaiando sua fala, enquanto ouvia os passos se aproximando do telefone.

"Alô."

"E aí, como é que você está."

"Tudo bem."

"Deixa eu perguntar uma coisa, quando é que você faz dezesseis anos?"

"Quando é o meu *aniversário*?"

"Só... eu só estou tentando te ajudar."

"Como é que pode você não saber quando é o meu aniversário?"

"Eddie, eu estou virando direto num caso vinte e quatro horas por dia", enrolou Matty. "Não estou com a cabeça boa, tá legal?"

"Dia 28 de dezembro, pelo amor de Deus."

"E aí você faz dezesseis anos?"

"É, pai", Eddie grasnando como um ganso. "Vou fazer dezesseis."

"Certo. Alguém te visitou hoje?"

"Alguém o quê?"

"Um dos amigos do teu irmão, do trabalho dele."

"Veio o Cyril."

"Muito bem, e esse Cyril, te disse o quê? O que foi que ele disse pra você fazer?"

"Não sei."

"Ele mandou você dizer que o fumo era teu e que o seu irmão nem sabia que estava no carro? Ele explicou que se o promotor estiver sabendo que é isso que você vai dizer no julgamento, ele não vai nem perder tempo tentando enquadrar o teu irmão?"

"Não sei."

"Ele te disse que se você *não* fizer isso o seu irmão vai perder o emprego, talvez ir pra cadeia?"

"É mesmo?"

"E que você, como só tem quinze anos, quando chegar dezembro você fica com a ficha limpa de qualquer jeito?"

"É, então por que não?"

"Ele também falou que o mais provável é você pegar três anos de condicional, e que se bobear uma vez só, você dança?"

"E aí?" Hesitando um pouco. "Não vou bobear não."

"Não vai como? Não vai vender fumo, ou não vai ser preso?"

Mais um segundo de hesitação: "Não vou vender fumo. Pô, o que é que você acha?"

"Eddie, eu sei o que você está fazendo, e não deixa de ser nobre da sua parte, mas eu acho um horror ele escapar dessa e deixar você com essa ameaça por três anos."

"É? Por quê?", a voz do garoto variando do agudo ao grave outra vez. "Você acha que eu não vou conseguir?"

"Com toda a franqueza?" Matty de repente exausto. "Não faço ideia se você vai conseguir."

"Muito obrigado, pai."

"Isso depõe mais contra mim do que contra você. Mas a questão não é essa. É que... você está sendo usado."

"Não, nada disso! Estou salvando meu irmão da cadeia. E por falar nisso", Eddie quase gritando a essa altura, "o *seu* aniversário é no dia 6 de maio."

Quatro horas já haviam se passado desde o primeiro beijo no porão, e muito embora o restaurante tivesse ficado cheio a noite toda, de meia em meia hora ou de hora em hora, mais ou menos, eles desciam, para mais uma carreira, seguida de movimentos frenéticos de línguas e mãos, indo um pouco mais longe a cada vez. Nunca passavam mais de um minuto lá embaixo, mas ele sempre voltava para o salão apinhado com o pau mais duro que um cassetete.

Na segunda descida, ela apenas pressionou a palma da mão contra o volume em sua calça.

Depois foi a vez dele, pondo na boca o mamilo dela, dando-lhe uma única sugada lenta, o mamilo endurecendo como borracha e voltando para dentro da blusa com duas vezes o tamanho original; parecia uma cartolinha.

Na vez seguinte ela enfiou a mão dentro da calça dele, dedos brancos como gelo acariciando-lhe os colhões.

Na vez seguinte, foi a mão dele que entrou dentro da roupa dela, tocando-lhe os pelos crespos, sentindo-a respirar dentro do oco de sua garganta.

E cada vez que voltavam para a superfície, um ignorando cautelosamente o outro, o salão parecia pouco mais agitado que antes; mas Eric estava ligado naquela noite; identificando as pessoas na hora, feito um radar; você aí do balcão, volta pra casa, é por aqui; abraçando os fregueses de sempre, dando um rápido aperto no ombro dos garçons e cumins que passavam por ele, um tapinha nas costas, todo mundo satisfeito? Ele certamente estava.

A última vez que desceram, talvez quarenta e cinco minutos antes, ela abriu sua braguilha, tirou seu pau para fora, abaixou-se e o pôs na boca.

E agora eram onze horas, a próxima descida era sua vez de avançar mais um bocado, Eric inebriado só de imaginar as possibilidades, esperançoso. Não entendia mais por que estava relutando tanto em cooperar com a polícia.

Tanto medo. É só ir lá amanhã de manhã e fazer o que tem que ser feito. Para ficar livre logo de uma vez. Depois é escrever, trabalhar como ator, fazer ioga, dar um tempo, qualquer coisa, viver.

Por um momento a porta da rua ficou livre, Eric viu o segurança, Clarence, lá fora, com um sujeito alto, ruivo, fumando sem parar, então o repórter do *Post*, Beck, entrou, Eric tinha até um meio sorriso de reconhecimento pronto para aquele abutre manco.

"E aí, balcão ou mesa?", pegando um cardápio do tamanho das Tábuas da Lei.

"Sabe, eu queria era falar com você por um minuto." Beck com um sorriso de quem pede desculpas.

"Sobre o quê?", perguntou Eric, já perdendo o ânimo.

Ele ouviu as palavras: entrevista, pai, covarde, absurdo, indizível.

"Eu acho que por uma questão de justiça eu devia dar a você uma oportunidade de mostrar a sua versão da coisa antes de isso ser publicado, você entende?"

Eric ficou parado.

E quando finalmente conseguiu virar de frente para o salão, Bree estava abrindo uma garrafa de vinho tinto na mesa de dois lugares mais próxima, dirigindo a ele um olhar cheio de tensão, formando com os lábios a palavra por cima da cabeça dos fregueses: vamos?

Na minúscula Mangin Street, onde não havia mais ninguém, Lugo e Daley caminhavam em direção ao BMW com placa da Carolina do Sul estacionado na sombra imediatamente abaixo da Williamsburg Bridge, cada veículo que passava lá em cima se anunciava com um ronco estridente.

O motorista, um negro de camisa azul, abriu a janela antes mesmo de eles se aproximarem, olhou para Lugo e a lanterna dele com uma resignação sóbria, uma tensão nos cantos da boca cujo sentido era: pronto, lá vamos nós outra vez. Lentamente cruzando os braços sobre o peito, a garota ao seu lado encostou-se no banco e disse: "Não te falei?".

Lugo olhou para um, depois para o outro, então sorriu. "Quer dizer que eu ajudei alguém a ganhar uma aposta?"

Eric chegou ao trabalho na manhã seguinte com uma hora de atraso, os olhos vidrados, como bolas de gude.

Página 3:

Eric Cash passou um mau bocado? Pode ser, mas sabe quem realmente passou um mau bocado? O meu filho. O meu filho passou o pior bocado de todos. Você sofreu uma injustiça, Eric, sem dúvida. Então dê um tempo para se recuperar, depois se manifeste. Senão, é uma atitude covarde, absurda, indizível.

Ele teria ido à polícia naquele dia. Demitiria o advogado e faria o que devia fazer. Na noite anterior, aquela garota de olhos irlandeses, a possibilidade de ganhá-la, lhe dera forças para atravessar aquele NÃO monumental, o terror daquele cubículo sem janelas, a decisão desesperada e desolada de fugir, mas era como se eles estivessem esperando por isso, esperando que seu coração voltasse a se abrir, algum sacana cósmico escondido no meio do mato, cochichando: agora.

Me derrubam. De novo. Então, não. Me levantam para me derrubar de novo. Então, não. Não.

As pessoas olhando para ele...

Até a véspera, a única pessoa que estava sabendo de tudo, além da polícia e do seu advogado, era Harry Steele. E quando ele leu o jornal, seu patrão ficou do seu lado, embora Eric sentisse que havia algo de sinistro na sua solidariedade, uma promessa de cobrança no futuro.

Olhou para os jornais expostos no lado oposto do café; sua humilhação tornada pública. Os descontos que ele fazia no bolo de gorjetas não iam resolver o problema. Eric tinha nove mil dólares, dos quais cinco mil seriam para lançar aquele roteiro de merda que ele jamais terminaria, e mais nada, nenhum talento com valor de mercado, nada além da experiência de administrar um restaurante e o plano de fazer a mesma coisa no interior do estado, ou em qualquer outro lugar...

Pensou na casa dos pais: colchas de chenile branca, papel de parede de florzinhas; pensou em Binghamton: campos cobertos de neve suja, estradas cinzentas que não levavam a lugar nenhum.

Corria um boato de que Steele estava explorando o Harlem à procura de um novo lugar. Mas lá também havia policiais. Lá eles também liam o jornal.

O jeito era ganhar o máximo de dinheiro o mais depressa possível e cair fora.

As pessoas olhando para ele.

Vão todos se foder.

Estou fora.

Matty entrou na sala de reunião ao meio-dia e viu Berkowitz, o vice-inspetor, sentado na cadeira para visitantes diante de sua mesa, o rosto jovem, vermelho, olhando tranquilamente pela janela.

Bom, mesmo que Billy tivesse seguido ao pé da letra seu roteiro, o que é que ele esperava, afinal?

"Chefe."

"Oi." Berkowitz levantou-se, ofereceu-lhe a mão em que o anel da John Jay College refletia a luz. "Ocupado?"

"Dois assaltos a residências na Henry, tiros na Cahan, falta um menino numa tropa de escoteiros..."

"O Khruchióv chegou pra passar o mês inteiro."

"Pois é." Matty sentou-se em sua cadeira e ficou aguardando a porrada.

"Posso?" Berkowitz apontou para o exemplar do *Post* de Matty e foi para a página dos esportes no final: Bosox 6, Yanks 5.

"Esse cara novo, o tal de Big Papi, fez o quê, cinco *home runs* decisivas este ano? O cara já é o máximo, imagina se ele jogasse em Nova York? Com a mídia que a gente tem aqui."

Era isto: Matty decidiu ser esperto bancando o bobo.

Berkowitz primeiro virou para as fotos da pira memorial na página 2, depois para a entrevista enlouquecida, totalmente despirocada, de Billy Marcus na página 3, dobrou o jornal e colocou-o sobre a mesa, com a manchete virada para Matty.

O filho da puta do Mayer.

"Então, quer dizer que você não estava sabendo da ordem de não dizer nada à imprensa?"

"Onde é que o meu nome aparece nisso?" Foi o ponto de partida de Matty. "E a homenagem, o senhor acha que os amigos do garoto que morreu foram me pedir permissão pra fazer aquilo? E esse puto desse repórter, o Beck, está caindo em cima do pai desde o primeiro dia. O que é que eu posso fazer? Eu digo pro cara, por favor não fala com ninguém, principalmente aquele sacana, mas sabe qual é o problema? Ele não trabalha pra mim. Ele pode fazer o que der na veneta dele. E sabe o que mais? Eu queria mais era que esse coitado ficasse em casa com a família dele, porque esse crime está me dando muito trabalho. Eu estou praticamente sozinho no caso. Não consigo pegar ninguém, telefono pra alguém e é sempre assim: 'Ah, o Jimmy? Ele está na rua no momento'. Eu ligo pra todo mundo e está todo mundo na rua, as calçadas devem estar transbordando. Caras que eu sou padrinho do filho deles: 'Ah, pois é, ele acabou de sair'. O senhor acha que eu não estou sacando?"

"Olha", Berkowitz pôs a mão sobre a mesa, "ninguém está querendo a cabeça de ninguém, mas tem uma maneira certa e uma maneira errada de fazer as coisas."

"É mesmo?"

Berkowitz encarou Matty, e Matty baixou a crista.

"A questão é que o Mangold e o Upshaw vão pegar o jornal hoje e vão me ligar: 'Será que o Clark não fala a mesma língua que nós?'."

"Chefe, eu acabei de explicar…"

Berkowitz levantou a mão. "Percepção, realidade, seja lá o que for. Eles não vão gostar, e a merda rola morro abaixo. Eles estão lá no cume, eu estou mais ou menos no meio da encosta e você está lá embaixo. Quer que eu explique a coisa de um jeito ainda mais pitoresco?"

"Tem cacique demais nessa tribo", disse Matty.

"Pode ser. Olha, ninguém está dizendo que você não deve botar pra quebrar, a questão é ser discreto."

"Como é que eu posso botar pra quebrar se a coisa está como eu falei?"

"Ora", com um suspiro, "tudo passa na vida. Se a gente tiver sorte, esta semana vai ter uma nova manchete…"

"E o que é que adianta? O garoto era um cara legal, filho de gente legal, eu não vou ficar esperando até acontecer um novo caso espetacular pra melhorar a imagem da polícia."

"Mas tem a história da montanha, não é?"

"A gente já foi lá na montanha."

"Certo." Berkowitz cruzou as pernas, tirou um fiapo da lapela do paletó.

O vice-inspetor ficou mudo, fervendo de raiva, entre a cruz e a caldeirinha, Matty achando melhor ficar de bico calado, pelo menos por ora.

"Você está jogando no meu colo um abacaxi que é teu, sabia?", Berkowitz disse finalmente, Matty por um triz não concordou com a cabeça. "Mas uma coisa eu tenho que dizer, você agiu direito naquela reunião da semana passada."

"Chefe", Matty quase se deitou na mesa, "o senhor quer me ajudar? Eu preciso de gente disposta a dar duro. Pessoas que, quando eu ligar pra elas, vão atender o telefone, quer dizer, não basta…"

"Tá bom, para com isso, chega." Berkowitz mudou de posição, estrebuchou, pensou. "Certo. Vamos lá", baixando a voz. "Pra eu ajudar você, você tira o meu cu da reta, a coisa tem que ser assim: tudo que você precisar, qualquer coisa, de agora em diante, você fala comigo, só comigo, diretamente, e deixa que eu dou um jeito."

"Sério?"

"Sério."

"Ótimo." Matty recostou-se na cadeira, depois inclinou-se para a frente de novo, apoiando os cotovelos na mesa. "Pra começo de conversa, eu quero a minha reinvestigação do sétimo dia. Antes tarde do que nunca. Mas pra isso eu vou precisar de gente, vou precisar de gente de Mandados, Narcóticos, Patrulha de Bairro, Anticrime…"

O vice-inspetor pegou uma agenda e uma caneta de ouro do bolso de dentro do paletó, e começou a escrever.

"Quero batidas de narcóticos e costumes nos conjuntos de Lemlich e Cahan. Preciso de mandados com alvo certo. Quero uma viatura de Anticrime no Quinto, Oitavo e Nono Distritos, do East River até a Bowery e da Fourteenth até a Pike." Matty tentando não esquecer nenhum pedido e ao mesmo tempo quase virando a cabeça ao contrário para ver se Berkowitz estava de fato anotando tudo aquilo. "De uma hora antes até uma depois do horário do crime, ou seja, quatro da manhã, eu quero policiais distribuindo folhetos em todas as esquinas-chave do pedaço, fazendo levantamentos pontuais…"

Quanto mais Berkowitz escrevia sem reclamar nem perguntar nada, mais inseguro Matty ficava.

"Eu quero detetives indo lá no Oitavo pra entrevistar todos os detidos assim que eles chegarem na delegacia, e preciso de tudo isso pra… Pra quando você acha que é possível…?"

"Domingo à noite", respondeu Berkowitz, fechando a agenda como se fosse uma cigarreira e recolocando-a no bolso. "Pode deixar comigo."

"Domingo à noite entrando pela manhã de segunda?"

"Entrando pela manhã de segunda."

"Chefe, estamos procurando os frequentadores habituais. Quem é que vai estar lá? Quem é que fica indo de bar em bar no domingo à noite?"

"Você quer ou não quer? Sábado é muito cedo, segunda eu não posso prometer, terça é tão imprevisível que vira ficção científica."

"Tá bom. Pode ser, eu…" Sua preocupação seguinte nem mesmo o deixava terminar a frase.

"Certo?" Berkowitz levantou-se da cadeira.

"Peraí, mais uma coisa." Matty estendendo a mão. "É só que, com todo o respeito… É que, deixa só eu pensar, se a coisa não der certo. Estamos falando em domingo, hoje já é sexta…"

"Eu não acabei de dizer que pode deixar comigo?"

"Eu…" Matty pousou as mãos na mesa, fechou os olhos por um instante. "Só estou lhe pedindo um minutinho, vamos imaginar que tudo dê errado.

Tá bom, amanhã é sábado, certo? Eu me conheço, não vou conseguir me segurar e vou telefonar pro senhor no seu dia de folga pra saber como é que as coisas estão caminhando. Se eu tiver sorte te pego preparando o café da manhã das crianças ou então saindo da Home Depot depois de fazer uma compra, mas seja lá como for o senhor vai estar com outra coisa na cabeça, vai dizer: 'Certo, certo, está tudo pronto', e eu não vou ter como pedir detalhes.

"Agora, se mesmo assim eu começar a chamar as pessoas prometidas na manhã de domingo e voltar aquela história de 'Fulano está na rua' outra vez, hein? E se, eu estou aqui pensando na pior das hipóteses, e se tudo furar quando chegar o dia D? Já era. É domingo, eu não vou conseguir pegar o senhor em lugar nenhum. Nem *eu* ia querer falar comigo se estivesse no seu lugar. Chefe, me convence de que vai dar certo?"

"Só posso te dizer que, a menos que ocorra um grande massacre neste fim de semana, eu garanto. Pode deixar comigo."

Berkowitz levantou-se, jogou o casaco London Fog sobre o braço.

"Chefe..." Matty não conseguiu pedir mais garantias, simplesmente lhe faltou pique, e esse era o problema.

"Matty. Você é um cara legal. Eu estou tentando te proteger."

Sozinho no elevador, Tristan cochichava seus novos versos, sacudindo os ombros e riscando o ar com golpes curtos nas mãos viradas para baixo, depois entrou numa de que estava no palco, com Irma Nieves na plateia, talvez Crystal Santos também, mas Irma Nieves na certa — o show é cancelado de repente quando a porta se abre no sétimo andar e entra Big Dap.

Tal como se esperava dele, Tristan recuou para o canto oposto do elevador pequeno, pois fora ali mesmo que Big Dap havia atirado num policial com a arma do próprio, um ano antes.

Dap não se dignava sequer a olhar para ele, mas Tristan aproveitou aquela distância aristocrática para olhá-lo bem dos pés à cabeça; Big Dap até que não era tão grande visto de perto, um pouco mais alto do que ele, bem mais pesado, mas o corpo era em forma de amendoim, de pera, de algum tipo de comida, e era um cara feio; cabelo raspado, olhos reduzidos a fendas sob uma testa pesada, e uma boca mal-humorada que parecia o arco do McDonald's em miniatura.

Então o que é que o Big Dap tinha de *big*? Era o seguinte: quando a merda estourava, ele nem piscava. Num mundo cheio de conversa-fiada, ele pensava com as mãos e depois encarava as consequências. Mas não era isso que Tristan tinha feito? A diferença era que ele era mais feio e maior. E também a diferença entre as pessoas saberem e ninguém saber de nada...

Quando a porta do elevador se abriu no térreo, antes de sair, Big Dap virou a cabeça devagar mais ou menos na direção de Tristan e estalou a língua.

"Pelo menos o meu ficou estendido no chão", disse Tristan um momento depois, quando ouviu o portão da rua bater contra as caixas de correspondência.

Assim que Bree o viu no balcão, Eric percebeu que ela, como todo mundo, tinha lido o artigo.

Ela partiu para cima dele na mesma hora.

"Aquilo é verdade?" Olhando para ele com aqueles olhos vivos de parar o trânsito.

"O negócio é complicado."

"Complicado?"

Tudo terminado entre eles. Antes mesmo de começar.

"Eu não entendo, por que você não quis ajudar?"

Eric não conseguiu dizer nada.

"Quer dizer, ele morreu, você está vivo, e você *conhecia* ele?"

"Não muito bem."

Realmente dissera aquilo?

Agora ela era igual aos policiais, igual ao pai do garoto no jornal, uma porta-voz oficial do desprezo daquela porcaria de bairro.

Cocaína.

Ele teria ganhado uma boa grana daquela vez se não tivesse caído na asneira de vender para todo mundo no próprio bar, se não ficasse querendo que todo mundo o considerasse o cara.

Desta vez, ficar na minha. Até o fim.

"Posso te perguntar", ele suspirou, "aquele negócio que você trouxe ontem?"

Ela olhou para ele. "O quê?"

Mas o que tinha dado na cabeça dele?

"Nada..."

"Eu realmente não entendo você", disse ela, olhando-o pela última vez e depois indo para o vestiário.

Ele já estava fora daquele circuito há um bom tempo. No momento, vinte e oito gramas deviam estar valendo setecentos a novecentos dólares, o que podia ser dividido em papelotes de vinte e quarenta dólares, ou mesmo de cem, isso vezes vinte e oito dava dois mil e oitocentos dólares, menos os novecentos originais, eram mil e novecentos dólares limpos em poucos dias, e isso sem malhar demais o pó.

Havia um exemplar abandonado do *Post* em meio aos restos numa mesa de canto que ainda não fora limpa. Ele foi até lá, enfiou o jornal debaixo do braço e escapuliu para o escritório subterrâneo.

Senão, é uma atitude covarde, absurda, indizível.

E então vinha a citação seguinte, ele nunca havia chegado até aquele trecho das outras vezes em que lera a matéria.

E o povo desta cidade está comigo.

Eric largou o jornal sobre a mesa.

O povo desta cidade não está com ninguém.

O povo desta cidade é um bando de curiosos em volta de um acidente de carro, e eu sou o acidente.

"Esse cara parece o... como é mesmo o nome dele?, o Ice-T." A voz atrás de Matty era de um jovem latino. Matty terminou de pregar o novo cartaz anunciando a recompensa no abrigo do ponto de ônibus perto do Lemlich, este com o retrato falado feito com base no depoimento de Eric Cash, o predador urbano genérico, com olhos de lince, que não parecia ninguém em particular mas que, eles haviam acabado por concluir, era melhor que nada.

"Vinte e dois mil?", perguntou o garoto.

"Isso."

"Hmm."

"Está sabendo de alguma coisa?" Matty permanecia de costas para ele, não querendo intimidá-lo.

"Eu?", perguntou o garoto, bufando. "Que nada."

"Vinte e dois mil é uma nota preta."

"Quer dizer, eu até ouvi falar que foi um crioulo lá do Brooklyn, sei lá."

"É mesmo? Onde foi que você ouviu isso?"

"Tipo assim, sabe, está no ar, sabe como é?"

"Mas foi alguém em particular que te falou?"

"Eu sei quem me falou, mas…"

"É? Quem foi que te falou?"

Como não houve resposta, Matty virou-se para pelo menos dar uma olhada no garoto antes que ele desaparecesse, mas não foi rápido o bastante.

E então atravessou a rua para atuar nos prédios do conjunto Lemlich, apertando os cartazes contra o peito, com um rolo de fita em torno do pulso feito um bracelete.

Às sete daquela noite, Alessandra, a namorada de Eric, entrou no restaurante com um homem, direto de Manila.

Depois de nove meses, aquele aparecimento inesperado, no meio de suas preocupações furiosas, deixou-o tão desorientado que os dois já estavam quase chegando à mesa quando Eric se deu conta de quem era ela.

"Nossa!", ele disse finalmente, parado ao lado da mesa.

"Carlos." O cara estendeu a mão. Usava um topete preto alto, como um astro do cinema mexicano de outrora.

"Por que você não me avisou que ia voltar?" Parado, agarrando o encosto de uma cadeira, lembrou-se do que gostava nela, aqueles olhos verdíssimos no rosto em forma de coração, o resto apenas o resto. Ela era inteligente, ele achava, isso era alguma coisa.

Eles tinham ficado juntos dois anos, um recorde para ele, mas no momento ele só conseguia se sentir confuso.

"Acho que é melhor você sentar pra ouvir isso, Eric", disse ela. "Eu e o Carlos…"

"Estamos apaixonados", ele concluiu a frase, olhando em volta. "Parabéns."

"Obrigado", disse Carlos, estendendo a mão outra vez.

"Então, fora isso, como vão as coisas?", Eric perguntou a ela.

"Vou me mudar pra Manila definitivamente."

"Oquei."

"Oquei?"

"O que você quer que eu diga?" Um engarrafamento se formando perto da porta.

"Você quer o apartamento?", ela perguntou.

Bree passou apressada carregando uma bandeja cheia de tira-gostos.

"Eric."

"Eu vou... não sei... não por muito tempo." Então, obrigando-se a se concentrar: "Vocês dois estão precisando de um lugar pra ficar aqui esta noite?".

"Seria constrangedor?"

"Tá de sacanagem comigo?", uma cliente gritou do lado de fora da porta de entrada. "Minha vida *toda* está lá dentro!"

Clarence, o porteiro, saiu correndo atrás do ladrão da bolsa, e todo mundo que estava no Berkmann meio que se levantou da cadeira para ver a perseguição, emoldurada pela vitrine da Norfolk Street. Clarence agarrou o sujeito pela nuca antes mesmo que ele saísse da moldura, e todo mundo começou a aplaudir.

"Eric?" Alessandra esperando.

"O quê?"

"Seria constrangedor?"

"O quê?"

"Passar a noite lá."

"Muitíssimo."

"Tudo bem", disse Carlos a Alessandra. "A gente pode ficar com a minha tia em Jersey City."

"Tudo bem?", indagou Eric.

"Claro", ela disse, hesitando, e depois: "Tá tudo bem com você?".

"Se está tudo bem?" Pensou em dizer alguma coisa inteligente, mas... "Você leu o jornal de hoje?"

"Sobre o quê?", ela perguntou.

"Esta cidade", disse Lester Kaufman, com a perna cruzada sobre a outra, a mão algemada pendendo lânguida da grade, "as pessoas estão se dando tão bem, sabe? Mas não se pode mais pedir porra nenhuma a ninguém. Nunca vi igual."

Matty concordou com um grunhido.

Clarence dissera a Matty que a primeira frase pronunciada por aquele sujeito quando ele o agarrou na frente do Berkmann, com a bolsa da mulher na mão, tinha sido: "Me solta que eu digo quem matou aquele garoto branco".

"Eu juro, cara", disse Lester a Matty pela décima vez nos últimos trinta minutos, "falei isso porque estava apavorado. Tipo assim, a primeira coisa que passou pela minha cabeça. Pelo que ainda resta da minha cabeça."

Infelizmente, Matty acreditava nele.

Lester bocejou como um leão, revelando uma bola de aço fosco cravada no meio da língua.

Iacone, que fora arrancado da cama para participar daquilo, bocejou também.

"Mas vou te contar uma coisa, cara, eu estou é muito preocupado com a minha namorada. Eu dei cem dólares pra ela comprar um negócio pra mim, tá ligado? Ela disse, quinze minutos, aí me deixou parado três horas, esperando. Eu não fazia ideia de onde ela estava, o que foi que aconteceu com ela. Quinze minutos… sabe, eu nunca que ia fazer uma coisa dessa se ela não tivesse me deixado ali até aquela hora, vendo todo mundo sair do restaurante pra fumar um cigarro, cada vez mais bêbado, um monte de bolsa dando sopa na calçada." Mais um bocejo titânico, e uma piscadela da bola de aço encardida.

"É foda", disse Iacone. Precisando de alguém, Matty o havia convencido a sair do dormitório com a promessa de um pagamento extra e transporte mais fácil.

"Quer dizer, tô fodido, eu sei, mas será que dava pra vocês darem uma olhada aí no computador, pra ver se ela está no sistema? Tô torcendo pra ela estar presa, só isso, e não coisa pior, mas…"

"Como é que ela se chama?"

"Anita Castro ou Carla Nieves."

Iacone levantou-se e foi até o computador da mesa de Yolonda.

"Onde foi que você arranjou esses cem dólares, Lester?", perguntou Matty.

"Onde?" Ele estremeceu, levou a mão à boca e tossiu. "Ah, cara, você vai é arranjar sarna pra se coçar, me fazendo uma pergunta dessa."

"É mesmo?"

"Sério."

Matty resolveu deixar por isso mesmo.

"Nada", disse Iacone do computador.

"Vocês atuam no Brooklyn?", perguntou Lester.

"Não, só em Manhattan."

"Dá pra dar uma olhada no Brooklyn? Ela compra lá na South Second, South Third. Em Manhattan não dá para descolar mais nada, isso aqui está muito fraco. Graças a vocês." Lester cruzou as pernas de novo, exibindo um pedaço de uma ceroula vermelha meio suja entre o calcanhar pálido e a bainha do jeans. "Porra, o que foi que aconteceu com ela? Ela ia me levar pro hospital. Eu estou com líquido nos pulmões."

"Problema nenhum, a gente manda levar você lá assim que a gente terminar."

"Nada", disse Iacone. "Ela tem um terceiro nome?"

"Ela não tá no sistema? Meu Deus. O que *você* acha que pode ter acontecido com ela?", perguntou a Matty. "E eu aqui, nessa... isso é crime doloso, não é?"

"Não necessariamente. Depende do que você falar, de como você falar, você sabe, essas coisas de sinceridade, arrependimento."

"Arrependido, eu estou *super*. Não ameacei ninguém, não fiz nenhuma ameaça, como é que se diz?, coisa de terrorista..."

"Tudo bem, deixa isso claro na sua declaração. Aliás, se você quiser, a gente até prepara a sua declaração pra você. Mas o que é que eu posso te dizer que você já não tenha ouvido um milhão de vezes? Você ajuda a gente, a gente te ajuda..."

"Você acha que isso pode entrar como furto simples? Eu nem... eu nem queria... só peguei a porra da bolsa que estava largada na calçada. Eu achava que ninguém ia nem reparar. Quando aquele negão começou a correr atrás de mim, eu disse: 'Pode ficar com ela'. Não deu nem pra eu abrir a merda da bolsa, nem sei o que tinha dentro dela. Tá na cara que eu não sou profissional, não tá?"

"Ah, deixa de modéstia, vai", disse Iacone, ainda na mesa de Yolonda.

"Sabe, a verdade é que hoje em dia a gente está catando comida no lixo, eu e a Anita, mas sabe, uns anos atrás, nós dois tínhamos uma loja juntos que valia uns duzentos mil dólares."

"É mesmo?" Foi a vez de Matty bocejar. "Que tipo de loja?"

"Tipo assim, sabe, butique punk?"

"Brincadeira."

"Dá pra me arrumar um cigarro? Meu Deus, eu tenho que ir pro pronto-socorro."

"Tá bom." Matty juntou as mãos. "Vamos lá, é pegar ou largar. Fodam-se os caras que mataram aquele garoto, eu só quero que você entregue uma gangue que assalta à mão armada, só quero uns nomes, qualquer gangue que você conheça que atue aqui no pedaço. Se a sua informação for quente, você não só vai sair limpo daqui como também nós te levamos no pronto-socorro, cuidamos de você e depois ainda vamos procurar a sua namorada."

"Gangue, mão armada?" Lester deu de ombros, cruzou as pernas outra vez, desviou a vista. "Sabe, antes ela usava o nome de Carmen Lopez. Era assim… tipo o nome de guerra dela num lugar lá em Massapequa. Ela era a dançarina do bar, dança exótica, era muito boa, muito popular, tinha até uns fregueses de sempre, que gostavam de ir lá ver ela, e ela ia na casa deles, de alguns, e pegava emprestado trinta, quarenta dólares, mas agora ela está grávida, quatro meses, quer dizer…" Apoiando a testa na mão livre. "Não sei não. De repente eu devia mesmo era ir pro interior. Por aqui tá ficando difícil, tá ligado?"

"Eu sei que te acordei, mas é que você deve estar doido pra saber o que aconteceu com os meninos ontem no tribunal, e aí achei que não ia se incomodar."

"Ah, que merda." Matty levou a mão ao rosto. No relógio, eram sete horas. "Desculpa." Cansado demais para inventar uma justificativa. "E aí, como é que foi...?"

"Bom, o Grandalhão escapou e já voltou ao serviço."

"E o Outro?"

"Você vai adorar."

"Adorar o quê?"

"Deixa eu te perguntar uma coisa. O teu apartamento é grande?"

"Adorar o quê, Lindsay?"

"E como é a vizinhança aí?"

"Adorar o quê?"

"Sabe o juiz da vara de família? Ele não está nem um pouco interessado no Eddie. Principalmente porque ele quase fez o irmão mais velho perder o emprego."

"Tá brincando."

"Disse que se pudesse, ele botava o Eddie no centro de ressocialização."

"Ele não pode fazer isso."

"Foi o que ele disse. Mas falou também que se o Eddie cometer alguma infração, por menor que seja, durante o período de condicional, nos próximos três anos, ele vai dançar legal."

"Meu Deus. Será que esse garoto vai endireitar?"

"Bom, deixa eu explicar melhor. Não foi a primeira vez que ele foi parar no juizado de menores."

"Você nunca me falou isso."

"Falar pra quê? O que você ia fazer?, pegar o carro, vir correndo até aqui pra ter uma conversa séria com ele?"

"Não sei." Não. "Ele é meu filho também."

"Que bom que você disse isso, porque agora eu vou chegar na parte que você vai adorar. O que o juiz quer é que o Eddie saia daqui, do condado. O conselheiro tutelar vai e diz que o pai dele é detetive em Nova York, certo? Aí o juiz, os olhinhos dele brilham, e ele recomenda *enfaticamente* que seria bom que o Eddie fosse morar com o pai, porque ele está precisando ser disciplinado pra valer, já que em matéria de disciplina eu pelo visto não estou com nada."

"E o que foi que você disse?"

"Eu concordei."

"Lindsay…"

"Acho que ele precisa de mais ou menos uma semana pra se livrar da droga que não foi encontrada, depois pega um ônibus e vai praí."

"Peraí, peraí. Pra começo de conversa, aqui não tem espaço."

"O Eddie diz que tem."

"Ele disse isso?"

"Que você tem um sofá-cama."

"Hmm."

"Ele tem merda na cabeça, mas tem bom coração. Acho que você vai gostar dele."

"Hmm." Então, recostando-se na cama: "Em que ano que ele está mesmo?".

Assim que desligou o telefone, Matty começou a discar o número da casa de Berkowitz, para saber como estavam os preparativos para a grande reinvestigação de domingo, mas aí lembrou que eram sete e pouco da manhã de sábado, e interrompeu a ligação antes de completar, dizendo a si próprio para ficar mais calmo.

Era seu dia de folga, e por isso tentou dormir de novo.

Dormir, que nada.

Todo mundo estava reunido em frente ao número 22 da Oliver para ver o novo cartaz.

"Quem é esse crioulo?", disse Devon. "Parece a Tempestade."

"Quem?"

"Tempestade, a garota dos X-Men, que tinha o poder de controlar o tempo."

"É mesmo, aquela cachorra era *foda*."

"Quem que era…" — Fredro estalou os dedos — "Jada…?"

"Halle Berry, Halle Berry."

"Ah, essa eu jantava na hora", disse Little Dap.

"Esse cara tem barba, maninho. *Ele* é que te jantava na hora."

Tristan riu como todos os outros, o hamster que estava sob sua responsabilidade olhava para ele espantado.

Garota dos X-Men. Cachorra.

Não se sentia insultado nem assustado nem paranoico, apenas fascinado, tentando se ver naquele desenho, querendo se ver, mas não conseguindo, do mesmo jeito como não conseguia se ver quando se olhava no espelho.

"Sabe quem é que parece?" Fredro batendo com os dedos no cartaz. "Como é mesmo o cara daquele filme, como é que chama, *Amor sob medida*, o… aquele cara de pele clara, olho bem claro?"

"Sei, sei, mas não sei o nome dele, não."

Crystal Santos, desconfiada e animada, saiu do prédio, e todos ficaram olhando para ela.

"Aí, quem é aquele crioulo de olho verde, trabalhou em *Amor sob medida*, tocava guitarra?"

"Ah, eu gosto dele", ela respondeu. "Também trabalhou em *Vovó… zona.*"

"Certo, como é o nome dele?"

378

"Sei não."

Little Dap cuspiu pela falha entre os incisivos. "Continuo achando que parece mulher."

Tristan inclinou a cabeça e aguardou o olhar de Little Dap, mas, como ele já esperava, o outro não olhou para ele.

Já no final da hora do almoço, o fornecedor de Harry Steele estava sozinho numa mesa comendo ovos mexidos, inclinando a cabeça para o lado cada vez que levantava uma garfada, depois avançando sobre o garfo antes que ele chegasse à boca.

"Posso falar com o senhor?"

O homem correu a vista pelo salão por um bom tempo, depois voltou a atacar os ovos. "O quê?"

Eric estava do outro lado da mesinha, em pé, as mãos apoiadas no encosto da cadeira vazia. "Estou pensando em abrir um negocinho, um negocinho."

"Um negocinho. Que tipo de negocinho?" Abocanhando o garfo mais uma vez.

Eric suspirou, tamborilou no encosto de madeira.

"Você está ou não está falando comigo?" O sujeito ainda não tinha olhado para ele.

Outro sorriso escrupuloso, depois: "O que é que o senhor acha?".

"O que é que eu acho? Acho que eu não sou telepata, então por que você não desembucha de uma vez?"

Eric desviou o olhar e passou o dedo no nariz.

"O quê?"

"Ah, pelo amor de Deus, o que é que o senhor acha?"

O fornecedor parou de comer por um instante, mas logo recomeçou.

"Qual é o meu nome?"

Eric sabia, mas deu um branco.

"Pois é. Eu venho aqui há seis meses, e você até hoje não falou comigo uma única vez, mas acha que pode vir direto me pedir uma coisa, assim sem mais nem menos. Por quê?"

Eric vasculhou o salão cavernoso, procurando uma resposta que parecesse razoável.

"É porque eu tenho, sei lá… essa cara de fuinha?" Olhando para ele pela primeira vez.

"Me desculpe." A cada dia, de mil maneiras, Eric afundava, simplesmente afundava.

"Eu venho aqui porque o dono, o *seu* patrão, por acaso é meu amigo. Venho aqui para comer tranquilo, e a porra do gerente dele, logo quem…"

"Peço mil desculpas. Estou muito estressado no momento."

"Eu leio os jornais."

"Eu sei, eu sei que não tenho…" Eric doido para voltar ao seu posto, pensando que a madeira era capaz de rachar, de tanto que ele a apertava. "Eu ficaria agradecido se o senhor não falasse nada com o Harry."

"Isso está na cara", remexendo a comida no prato com um garfo, fazendo cara de nojo. "Esses ovos parecem gelo."

Depois que todo mundo foi embora, Tristan arrancou o cartaz da parede, ao lado das caixas de correspondência do seu prédio, e com o hamster sob sua responsabilidade, e a vinte e dois enfiada atrás da calça, seguiu para o prédio de Irma Nieves, para fazer o quê…?

Mostrar a ela o cartaz e perguntar se ela conhecia esse cara? Perguntar se parecia com ele? Dizer que sabia quem… que era ele que… Não. Primeiro diria: Ah, me falaram que todo mundo estava aqui. Hã. Depois: Ih, você viu isso aqui? Ou então…

Quando chegou o elevador, aquele garoto gordo, o Donald, o que todo mundo chamava de Gameboy, estava lá dentro, os olhos dele pareciam dois chumbinhos numa caverna. E naquele momento, tal como todas as vezes que Tristan o via, ele estava carregando caixas de games: os de hoje eram *Tectonic II* e *NFL Smashmouth*.

Os dois se conheciam de vista, viam-se quase todos os dias, ou na escola ou em algum outro lugar no conjunto Lemlich, mas nunca conversavam direito.

"Você joga isso?", disse Tristan quando o elevador começou a subir.

"Jogo", respondeu Gameboy, olhando para o cartaz enrolado. "É aquele cara?"

Para testar, Tristan desenrolou o cartaz para o outro ver, e ficou olhando bem nos seus olhos minúsculos.

"Os caras ficaram em cima de mim por causa desse lance." A voz de Gameboy era aguda e ofegante. "Mas eu não falei porra nenhuma."

"Você sabe quem é?"

Gameboy lançou um olhar significativo sobre o hamster, depois olhou para o teto do elevador. "Pequenino tem orelha grande, sacou?"

Tristan não sacou.

Então, quando saltou em seu andar, o gordão: "O carinha nem é daqui".

Ninguém veio abrir a porta quando Tristan tocou a campainha do apartamento de Irma Nieves, se bem que, enquanto esperava o elevador, ele seria capaz de jurar que ouvira risos vindo lá de dentro.

Às oito daquela noite, Eric, pensando nas alternativas de descolar droga e não chegando a lugar nenhum, ouviu a chave na porta, um som que não ouvia há nove ou sabe lá quantos meses.

"Ah, desculpa." Alessandra recuou. "Achei que você estava no trabalho."

"Ora, esse apartamento é seu." Eric deu de ombros.

Ela se jogou no sofá-futon ao lado dele.

"Tudo bem?"

"A tia do Carlos estava me botando olho gordo."

"É mesmo?"

"Católica."

"Estou te ouvindo." Eric olhava fixo para a televisão, como se estivesse ligada.

"Você está diferente", disse ela.

"Eu sou diferente dele."

"Diferente de você."

"E aí, vai precisar do apartamento esta noite?"

"Acho que sim. É melhor começar a pegar suas coisas."

"Tudo bem." Ele começou a se levantar, reunir alguns objetos.

"Não precisa sair correndo."

"Não, eu sei, estou só…"

"Você vai pra onde?"

"Posso ligar pra umas pessoas", depois pensou: quem?

381

No breve silêncio que se seguiu, Eric imaginou-se batendo na porta do apartamento de Bree, tinha certeza de que ela morava com outras pessoas, imaginou-a levando-o para o quarto, aquele colchão no chão.

Arrasado, voltou a sentar no futon.

"Eu não queria expulsar você", disse Alessandra.

"Problema nenhum", evitando os olhos dela, e então: "E aí, como é que está indo a sua tese?"

"Bem."

"Ótimo."

Alessandra correu a vista pela sala devagar, ao mesmo tempo roendo o nó do polegar, um hábito que ele havia esquecido e que agora o comovera um pouco, mas não o bastante.

"Já viu o jornal?"

"O de ontem?"

"É." Eric se preparou para a porrada.

"Li", disse ela. "Não consigo acreditar que você quase morreu."

"O quê?"

"Dá pra ler nas entrelinhas, aquele cara, ele quase matou você."

Os olhos de Eric começaram a arder.

Ela se levantou e foi até sua estante de livros pornográficos, acariciou a fileira bêbada de lombadas, quase todas brochuras. "E aí, galera, sentiram a minha falta?" Então virou de novo para Eric. "É tão... tão estranho estar aqui de novo."

"Posso imaginar."

"Mas eu não queria expulsar você, não."

Matty havia ligado para o vice-inspetor quatro vezes no decorrer do dia; de manhã, foi informado de que o esquadrão de mandados estava sendo organizado, mas quanto às outras unidades que ele requisitara, Berkowitz ainda estava "providenciando".

À uma da tarde, disseram que o resto do pessoal estava "praticamente reunido".

Às quatro, a expressão usada foi "resolvendo uns probleminhas de última hora".

Às seis, atendeu a secretária eletrônica de Berkowitz, e Matty disse consigo mesmo que aquilo só podia significar que a noite de sábado se aproximava e o sujeito não queria ser incomodado.

Berkowitz dissera que, a menos que ocorresse um massacre, tudo ia ser tal como o combinado, e ele era um cara de palavra, até onde isso era possível para alguém na posição dele, de modo que o melhor era tomar mais uma cerveja.

Às oito, porém, o noticiário da televisão começou com o sequestro da neta de um pastor de Washington Heights que tinha conexões com o mundo da política, e Matty compreendeu que, mais uma vez, sua reinvestigação tinha ido para as cucuias.

Foi uma trepada engraçada.

Ele nem sabia se os dois iam dormir na mesma cama, não que agora houvesse uma alternativa, e ficou sentado no futon com a mesma roupa com que viera da rua, esperando que a água parasse de escorrer no banheiro para ver o que sairia de lá, e o que saiu foi ela nua em pelo, o corpo tenso e esguio e livre de conflitos, todo mamilos e quadris, e ele simplesmente se transformou em outra pessoa, despindo-se em silêncio e depois segurando-a, uma mão na nuca e outra no ventre, deitando-a no futon como quem guarda um instrumento musical raro no estojo. Não havia pressa, mas também não houve preliminares, simplesmente foi penetrando logo de cara, e seguindo no mesmo ritmo nem lento nem afobado, contendo-se mas enfiando até o fim, com uma concentração que jamais tivera antes. Nada poderia fazê-lo se apressar, nada poderia fazê-lo parar, e Alessandra começou a olhar para ele de lado — quem é você? —, o corpo dela rígido sob o dele, tensão contra tensão, mas ela não conseguiu se segurar e começou a gozar, depois gozou mais, e ele ainda não queria, não conseguia alterar o que estava fazendo em resposta, poderia continuar enfiando a noite toda, teria feito isso se ela não tivesse pressionado contra o peito dele, pedindo uma pausa, Eric saindo dela tal como havia entrado, como quem entra e sai de um bar, ainda a segurá-la, mas sem ter nada a dizer, apenas aguardando até ela estar preparada para continuar, depois penetrando-a de novo com a mesma firmeza enlouquecedora, Alessandra começando a envesgar um pouco de tanto olhar para ele, mas não conseguia encontrá-lo, e logo ela já não tinha mais forças para pedir outro intervalo, simplesmente foi apagando.

* * *

À meia-noite, vendo no noticiário as últimas informações sobre o seques-tro, já totalmente de porre no Waxey, Matty não conseguia se lembrar se a ex-mulher tinha telefonado mesmo naquela manhã, para dizer que o garoto ia se mudar para Nova York, ou se ele é que imaginara isso, e assim entrou no salão dos fundos, o mais silencioso, todo vermelho, do Chinaman's Chance, e começou a discar seu celular, para conferir.

"Alô."

Não sabia se ligara sem querer para Minette Davidson, ou se por acaso ela é que havia ligado para ele à meia-noite e dez, no exato momento em que ele abriu o telefone para ligar para a ex-mulher; fosse como fosse, a questão era complexa demais para elaborar no momento, por isso ele desligou o celu-lar, desconectando-se de todo mundo, e voltou para o bar.

Na manhã de domingo, mais uma vez Berkowitz se reduziu à secretária eletrônica.

E quando Matty ligou para um amigo do Esquadrão de Mandados para saber como tinham rolado as buscas preliminares nos conjuntos Lemlich e Cahan, foi informado de que não rolara busca nenhuma.

"Ah, cara, ontem à noite foi a maior zona por conta do sequestro da filha do pastor. A gente teve que ir lá pra Washington Heights, batemos em cinquenta apartamentos, e daqui a pouco vamos voltar lá pra ver mais cinquenta."

Sempre que ele ligava para alguém em Costumes, Narcóticos ou Patrulha, a pessoa em questão estava sempre, imagine só, "na rua", ou seja, muito provavelmente, em Washington Heights às voltas com o caso do sequestro, e ligaria de volta assim que chegasse.

Às três da tarde, no domingo, a garota voltou sozinha, simplesmente entrou na casa dos avós dizendo que tinha sido sequestrada por sete homens numa van com insulfilm nos vidros e levada para uma mansão onde seus olhos foram vendados e ela foi drogada. Ela não se lembrava do que tinha feito lá, nem do que tinham feito com ela, nem de como havia voltado para casa.

Apesar disso, às cinco da tarde todo mundo continuava na rua ou então tinha acabado de sair de folga depois de ter trabalhado dois turnos seguidos e mais alguma coisa, tudo isso para levar a tal menininha de volta para casa.

Às seis, Matty recebeu uma ligação de outro amigo seu de Narcóticos, que lhe contou a verdade em caráter confidencial: ninguém tinha sido chamado para ir até Washington Heights, porém tinham passado o dia todo na rua se preparando para dar buscas nos conjuntos Lemlich e Cahan à noite, conforme Matty havia pedido, mas que na última hora receberam ordem do tenente para debandar, sem nenhuma explicação.

Depois disso, Matty tentou várias vezes ligar para Berkowitz, sendo sempre atendido pela gravação, mas mesmo que tivesse conseguido falar com ele pelo telefone, sem dúvida Berkowitz poria a culpa nos escalões mais elevados, dizendo que seus superiores tinham ficado sabendo da história (bando de sacanas, tem em tudo que é lugar na polícia) e acabaram com a brincadeira, e que ele havia tentado, de todas as maneiras.

Matty jamais ficaria sabendo quem, na verdade, havia mais uma vez enterrado sua reinvestigação, mas no fundo não fazia diferença.

Fodido e mal pago duas vezes, que vergonha.

E assim, naquela noite ele ligou para cinco de seus detetives, todos fazendo hora extra sem autorização, e fez o possível com o efetivo de que dispunha, ou seja, basicamente policiar os cruzamentos mais próximos ao local do crime das três às cinco da madrugada, de uma hora antes até uma hora depois do horário do crime ocorrido dez dias antes; distribuir folhetos e fazer algumas entrevistas no local, ficando Yolonda na posição de volante, zanzando entre a esquina da Eldridge com a Delancey e o Oitavo Distrito para entrevistar todo mundo que tinha sido fisgado pela turma da Qualidade de Vida, todos muito satisfeitos por estarem fazendo hora extra.

Como era de esperar, não deu em porra nenhuma.

Assim, ao raiar do dia, Matty refez todos os seus planos.

SETE

CÃO QUE LADRA

Estavam sentados um diante do outro no Castillo de Pantera. Billy chegara ao Lower East Side tão depressa, atendendo ao chamado de Matty, que se não tivesse atendido o telefone pessoalmente em Riverdale, Matty ficaria pensando que o sujeito estava na esquina mais próxima o tempo todo. Àquela hora da manhã, as únicas outras clientes eram duas moças, cabelo raspado, macacão de roceiro manchado de tinta, uma delas fazendo seu pedido para a garçonete, que parecia uma índia centro-americana, num espanhol claudicante.

"Olha." Matty aproximou-se, baixou o tom de voz. "Eu sempre joguei limpo com você, né? Pois é, preciso te dizer que no momento a investigação toda está indo pro brejo."

"E o Eric Cash?"

"Nada."

"E se eu…?"

"Nem pensar."

"E se…?"

"Eu te expliquei exatamente o que era pra dizer pra aquele repórter, e não foi nada disso que saiu no jornal. Eu entendo que você esteja muito mexido…"

"Mexido…"

"É. Mexido. Mas a ideia era *atrair* o Cash, e não acabar com a raça dele."

"De repente eu devia falar com ele de novo", disse Billy. "Explicar…"

"Não. Deixa pra lá. A gente já forçou a barra, se continuar insistindo, a coisa pode acabar ficando ruim pra nós."

"Mas e se…?"

"Eu já falei, deixa pra lá."

Billy tentou dizer mais alguma coisa mas desistiu, mergulhando num estado de apatia alerta, como se aquele trecho de sua programação tivesse sido apagado.

"Olha aqui", Matty pôs a mão no braço do outro, para trazê-lo de volta. "O pessoal lá de cima quer mais é que esse caso caia no esquecimento, e eu não posso deixar que isso aconteça. *Nós* não podemos deixar."

"Certo."

"E a essa altura do campeonato, a única maneira de impedir que isso aconteça, a única maneira de não deixar esse caso esfriar ainda mais, é manter a opinião pública envolvida, e aí eu tive uma ideia… A recompensa no momento é de vinte e dois mil, mas e se a gente pudesse aumentar, sei lá, pra mais vinte mil? Isso daria motivo para uma nova entrevista coletiva."

Billy fez que sim.

Matty esperou.

"É isso, mais vinte." Matty inclinou a cabeça. "O que é que você acha?"

"Acho uma boa ideia", disse Billy, ainda parecendo um fac-símile de si próprio.

O sujeito não estava entendendo.

"O que eu estou te dizendo é que em alguns casos a família da vítima, quando tem condição, ela voluntariamente dá uma contribuição pra conseguir mais publicidade, pra jogar lenha na fogueira embaixo da bunda da chefia."

"Certo." Piscando repetidamente.

"Pois é. Você conseguiria levantar…"

"*Eu?*" Billy jogou-se para trás.

Ele não tinha aquela grana.

"Mil desculpas." Matty ficou vermelho. "Eu pensei…"

"Não. Peraí." Billy trocando de marcha, encucando.

"Olha, eu lamento", disse Matty. "Não sei por quê, mas eu estava achando…"

"Espera um pouco."

"Eu não queria te encostar na parede…"

"Eu falei pra *esperar!*" Uma bofetada verbal que deu um susto nas fazendeiras urbanas da outra mesa. "É, tem uma conta. Dele, deve ter uns vinte e cinco mil."

"Certo."

"Dinheiro acumulado que ele ganhou de aniversário, principalmente da mãe, que eu… que ela não quis esse dinheiro, aí… aí acabou ficando pra mim."

"Certo."

"Que ele ganhou de aniversário."

"Billy, eu não posso te dizer o que fazer."

"Como assim, 'eu não posso te dizer o que fazer'? Foi isso mesmo que você fez."

Matty levantou as mãos espalmadas. "Eu quero o melhor resultado possível."

"Meu Deus, eu preciso sacar esse dinheiro hoje?"

"Quanto mais rápido, melhor, mas…"

"*Caralho*", Billy explodiu, saiu intempestivamente do restaurante, e na mesma hora voltou. "Ele ganhou de *aniversário!*" Espalhando sua bile por todo o restaurante.

Eric estava num péssimo dia, tremendo tanto que não ousava pegar um prato. Alguns dos garçons olhavam de esguelha para ele, e também alguns fregueses, um deles dizendo, olhando para o outro lado ao sair: "Aqui se faz, aqui se paga".

Mas o pior de tudo era Bree, que continuava a arrancar pedacinhos de seu coração cada vez que passava por ele como se ele não estivesse ali. A única maneira de sobreviver àquele turno era se concentrar na sua estratégia de pular fora, e repetir a si próprio que, em muitos aspectos, ele já não estava mais lá.

Agora a coisa ficava mais fácil quando ele estava no apartamento; mais fácil, já que mais vazio, puramente físico, e enlouquecido; Eric surpreendendo a si próprio e a Alessandra nas duas últimas noites, fodendo como se durante toda a ausência dela não tivesse feito outra coisa senão estudar aqueles manuais de sexo e revistinhas pornográficas que ela deixara lá. Ele nunca conseguira se concentrar tanto, nem demorar tanto para gozar, em toda a sua vida, fazendo-a ter um orgasmo depois do outro, coisa que antes só era possível quando ele a chupava, a ponto de na manhã de domingo sua ex-namorada acordar, telefonar para Jersey City e dizer ao noivo filipino que precisava de mais um dia, até a manhã de segunda, só mais um dia, *mi amor*, obrigando Eric a transar mais uma vez logo depois de desligar o telefone. Alessandra achava que aquilo era sinal de uma paixão renovada entre eles, mas não era ela, não; era o efeito do que ela dissera na noite de sábado, que ele quase havia morrido. Não que Eric não soubesse disso, mas durante os dez dias que haviam se passado desde o assassinato ele não tivera um único instante de tranquilidade para reviver aquele momento, pensar nele, e o susto de vê-la saindo do banheiro nua em pelo, minutos após ter feito aquele comentário, o fez voltar ao número 27 da Eldridge Street, a bala tirando tamanha fina que daria para detê-la com a mão — se Eric havia passado todo o fim de semana fodendo daquela maneira, e ele esperava não ter de dizer isso a ela, era apenas para afastar aquela bala desgraçada.

Estava chegando o final do seu turno, teria uma hora de intervalo antes da segunda metade do turno duplo, e mal conseguia ficar em pé. Bateu o ponto e começou a caminhar os quatro quarteirões que levavam ao seu apartamento, lembrou-se de que Alessandra estava lá a sua espera, deu meia-volta, entrou de novo no Berkmann e foi dormir num dos depósitos subterrâneos.

A loja, a quatro quarteirões de sua escola, chamava-se BD Wing Funerary, e Tristan jamais vira nada semelhante: apenas réplicas feitas de papel de todos os produtos de luxo imagináveis, desde chinelos Gucci a celulares, maços de cigarro e uma casa de três andares, com um metro e vinte de altura, em que cada tijolo e persiana havia sido desenhado em escala.

"O que é isso?" Tristan segurava um fraque de papel embrulhado em plástico e dobrado, ficando do tamanho de uma camisa passada.

"Não é pra você, não", disse o proprietário, um chinês grisalho que estava de olho em Tristan desde o momento em que ele entrara.

"Não estou roubando nada. Isso é o quê, é pra criança?"

"Pra ninguém", disse o sujeito, inclinando a cabeça em direção à porta.

Do outro lado da Mulberry Street, no Columbus Park, estava rolando uma partida de basquete, um time de camisa, outro sem, todos garotos chineses, muito provavelmente, tal como ele, matando aula.

"Aí, cara." Gameboy surgiu de repente das sombras do fundo da loja, emergindo debaixo de suas próprias sobrancelhas, numa das mãos o que Tristan julgou ser uma pilha de dinheiro chinês falso, na outra duas caixas de vídeos.

"Ele está com você?", perguntou o velho.

"Está."

"Manda ele comprar alguma coisa ou então ir embora."

"Oquei." Gameboy fez que sim, depois inclinou a cabeça em direção a Tristan. "Qual é?"

"Você vem aqui?"

"Venho."

"O que é isso?"

"Maior loucura, né?"

"Compra alguma coisa ou então vai embora", disse o proprietário, atrás do balcão.

"Tá bom, tá bom." Gameboy despachou-o com um gesto. "Eu gosto de comprar aqui. Antes guardava lá em casa, tipo coleção, mas aí aquele cara me disse que dá azar, e…"

"O que é isso?"

"É tudo pra gente que morreu. É pra queimar no enterro de chinês, pro morto poder levar com ele pro além… Agora, tá vendo isso aqui?" Gameboy entregou a Tristan o dinheiro falso embrulhado. "Essa porra aqui é dinheiro do Banco do Inferno. Você queima pra subornar o rei do inferno, que aí o morto não tem que ficar lá muito tempo."

"No inferno?" Tristan olhava para aquele monte de imitações de papel, empilhadas em prateleiras, e queria tudo aquilo, uma de cada.

"E você nunca pode dar esses troços pra ninguém de presente, porque aí vira uma maldição. É que nem você dizer que deseja a morte daquela pessoa."

"Então por que é que você compra?"

"Às vezes eu gosto de queimar no terraço do meu prédio, sabe? E às vezes dou pra gente que eu quero que morra."

"Como é que você sabe disso tudo?"

393

"Sabendo." Então, mostrando a caixa do game *Berserker*: "Você joga isso?".

"Não."

"De repente eu te ensino em vinte minutos."

"Tá bom."

"Você mora no número 22 da Oliver?"

"Moro."

"E eu no 32 da St. James."

"Tá bom."

"Aparece lá um dia desses."

"Certo, combinado." Não; prendendo a respiração para não sentir o bodum do gordão.

"Eu moro no 12-D."

"Tá bom."

"Esse lance é fácil."

"Tá legal."

Gameboy foi até o balcão e pagou o pacote de dinheiro falso, Tristan foi atrás dele, roçando as pontas dos dedos nas pilhas de isqueiros de papel, cartões de crédito do Banco do Inferno e luvas de motorista perfuradas.

Saindo na Mulberry Street, Gameboy pegou um maço de dinheiro de um centímetro de espessura e o deu a Tristan. "Não estou te lançando maldição, não. Mas não esquece, é pra você queimar essas porras. Senão o rei do inferno vem aqui em pessoa pegar você."

"Tá certo." Tristan acenou e atravessou a rua, aparentemente para assistir à partida de basquete, mas na verdade para examinar direito o Rolex de papel que havia roubado da loja.

Eric tinha descido para o porão a fim de tirar um cochilo entre os dois turnos e dormiu por cinco horas, acordou em pânico, entrou correndo no vestiário para jogar água na cara, escovar os dentes e ajeitar o cabelo com a mão, depois subiu correndo, ainda enfiando a camisa dentro da calça.

A primeira pessoa que ele viu foi a recepcionista que o estava substituindo. "Por que ninguém me acordou?"

"Onde é que você estava?", afastando-se sem sequer olhar para ele.

Depois passou Bree, carregando uma bandeja cheia de bebidas.

"Está fazendo turno duplo?"

"Estou", dirigindo a ele um sorriso tenso e impessoal ao passar.

"Eu também", disse ele a ninguém.

Alguns minutos depois, voltando ao balcão de reservas depois de levar um grupo de quatro até a mesa, Eric viu um cliente sozinho à sua espera; um sujeito de trinta e poucos anos, camiseta listrada com decote canoa e boina.

"Um lugar?"

"Você é o Eric?"

Preparando-se para mais uma porrada, ficou olhando para o cara.

"O Paulie Shaw disse que você queria conversar."

"Paulie?"

O fornecedor; Eric precisou de um momento para localizar aquele nome, aquela conversa.

Nesse momento veio-lhe uma visão dos detetives do Oitavo Distrito envolvendo-o numa transação de drogas para obrigá-lo a cooperar; pensou em mais coisas saindo no jornal, pensou em se matar.

"Paulie Shaw", o possível agente da polícia tentou outra vez.

A camisa à la Picasso era um belo toque.

"Não te conheço", disse Eric.

"Tá bom, deixa pra lá." Deu de ombros e indicou o cardápio. "Me arranja uma mesa?"

Uma hora depois, Eric veio servir o café pessoalmente, sentou-se à mesa do francês de araque.

"Então, quem é você?"

"Morris."

Eric ficou em silêncio, tentando calcular algumas jogadas à frente.

Bree se aproximou, limpou a mesa sem olhar para ele nem uma vez.

"Vamos pra minha sala", disse Eric.

"Está bem. Então me diga", escolhendo com mais cuidado as palavras menos perigosas, "sobre o que é que eu poderia querer conversar…?"

Morris continuou a andar de um lado para o outro do porão, examinando os grafites nas vigas baixas. Então, sem desviar o olhar das mensagens singelas, enfiou a mão no bolso do jeans e entregou-lhe um papelote, mais parecia uma embalagem de açúcar, como aquelas usadas na Europa.

Eric abriu as pontas retorcidas: dava para quatro, cinco carreiras, uma boa corrida ao banheiro.

Constrangido por notar que suas mãos tremiam, devolveu o papelote. "Você primeiro."

"Eu não tô nessa."

"Eu também não."

Com um suspiro, Morris tirou uma esferográfica do decote canoa da camiseta e, usando a haste da caneta, cheirou metade do pó. "Agora vou passar a noite acordado", disse, entregando o resto para Eric. "Sua vez."

O pó fez seus olhos se encherem de lágrimas; Eric perguntou o preço de vinte e oito gramas antes mesmo de terminar de piscar para limpar a vista.

"Mil e duzentos", respondeu Morris.

"Vinte e oito gramas?" Toda a sua relutância foi embora quando sentiu aquela melodia no sangue. "Qual é, Maurice, eu não sou nenhum fodão do gueto, mas também não sou um caipira, não. Porra, qual é, cara?, não fode." Eric de repente cheio de marra.

"Ora, quanto é que você estava imaginando?"

"Setecentos."

"Engraçado."

"Engraçado?"

Morris contorceu-se num espasmo, por causa do pó. "Macacos me mordam, Popeye."

"O quê?"

"Então mil cento e cinquenta, e não se fala mais nisso. Hã", jogando a cabeça para trás como um cavalo.

"Setecentos e cinquenta."

"Você já me viu puxando carroça?"

"Oitocentos. Menos que isso não dá", disse Eric, e logo depois: "Quer dizer, *mais*."

"Olha", Morris andava de um lado para o outro com os braços rígidos, batendo palmas sem fazer ruído, "você pode ir lá no Lemlich e tentar descolar vinte e oito gramas por oitocentos dólares, e aí ou você sai de lá com um brilho de primeira ou não sai nunca mais, é ou não é?

"Mas isso aqui é negócio certo, seguro, garantido, pó de branco pra cliente branco. É caro mas vale a pena. Você malha duas, três vezes, e ainda dá pra vender, ou então, se você nem quiser ter trabalho, a vinte o papelote, cem a grama, você ainda assim ganha mil e seiscentos no pacote. É só dinheiro que chama dinheiro, meu caro; se não fosse assim, tudo que é mendigo era rei."

"Oitocentos e cinquenta."

"Vou passar a noite em claro à toa", murmurou Morris, então rabiscou um número de telefone no papel agora vazio e o entregou a Eric, junto com mais um papelote de lambuja, que ele tirou do bolso do jeans.

"Seguinte. Fica com isso, pensa mais um pouco, muda de ideia, liga pra esse número, tá bom?"

"Oitocentos e setenta e cinco."

"Até."

Rejuvenescido pelo pó e pela consciência de que tinha mais um papelote no bolso, Eric permaneceu no porão depois que Morris foi embora. Pensou em Ike Marcus, pensou em Bree, pensou que agora poderia beber a noite toda e ficar numa boa.

E aquela história de ir lá no Lemlich? Por que não? Os caras lá do conjunto que lucravam com a venda de vinte e oito gramas, que tinham um mínimo de competência para poder ter vinte e oito gramas para vender, não iam ser tão idiotas, tão porra-louca, a ponto de matar a galinha dos ovos de ouro.

Dinheiro chama dinheiro...

Ele daria um pulo num conjunto habitacional quando terminasse o seu turno; não, que saco, porra, ia mas era agora mesmo, arranjava alguém para ficar no seu lugar e ia logo.

Subiu a escada e foi até o balcão de reservas.

"Olha, estou com um problema pessoal, uma emergência", pondo a mão na recepcionista que o havia substituído antes, a garota olhando para o próprio braço como se ele o tivesse lambido. "Eu volto já."

Quando seguia em direção à porta, cruzou com Bree, que levava uma bandeja de sobremesas.

"Eu não quis ser dura com você daquele jeito", ela murmurou. "Você deve ter lá os seus motivos", e seguiu em frente antes que ele pudesse responder.

Eric respirou fundo, esfregou as mãos no rosto e voltou para o balcão de reservas.

Melhor deixar para o dia seguinte.

Às dez daquela noite, Matty estava em casa, preparando-se para ir até o número 27 da Eldridge, ficar um pouco no santuário e depois passar no No Name para conversar com a moça que preparava os drinques, quando seu celular tocou.

"Alô, oi, é a Minette Davidson. Eu estava pensando, preciso falar com você."

"Sim, claro."

"Eu estou aqui embaixo."

"Aí embaixo?" Então, compreendendo que ela imaginava que ele estava na delegacia: "Me dá dois minutos".

Minette estava sentada numa das cadeiras de plástico moldado parafusadas na parede no saguão em forma de cunha onde Matty vira o marido dela pela primeira vez, olhando para aquela mesma parede cheia de placas comemorativas acima da mesa da recepção.

"Oi."

Ela virou de repente e olhou para ele, parecendo um pouco esbaforida, os cabelos despenteados formando uma coroa, depois apontou para a inscrição sob o perfil em bronze de um policial chamado August Schroeder, morto em 1921.

"A DOR É UM PAÍS À PARTE", ela leu. "É isso aí."

"Vamos lá fora", disse ele.

Sendo aquele trecho dominado pelos imensos pilares da ponte, a vista que se tinha logo em frente da delegacia era a mesma às nove da noite e às cinco da madrugada: um deserto, salvo quando policiais entravam ou saíam de vez em quando, além do ruído incessante dos carros invisíveis que passavam lá no alto.

Ficaram os dois parados um ao lado do outro num silêncio melancólico; Minette, apesar do suéter grosso, apertava os braços contra o corpo na noite ainda agradável de outubro.

"E aí, como é que eu posso te ajudar?", ele disse por fim.

"O Billy passou o dia todo tentando arranjar vinte mil dólares pra recompensa, você está sabendo?" Os olhos dela corriam pelas sombras sem focalizar nada.

"Estou, sim."

"Ele disse que a ideia foi sua."

"Olha, até foi, mas…"

"Eu só queria conferir se era verdade."

"Quer dizer, nada garante…"

"Se foi você mesmo."

"Fui eu."

"Oquei", fazendo que sim, e ainda contemplando a paisagem árida. "Era só isso que eu queria ouvir."

"Não precisava vir até aqui. A gente podia ter falado pelo telefone."

"Desculpa."

"Não, não, o que eu quero dizer é que você não precisava ter esse trabalho."

"É… não… sabe, eu acho que estava precisando dar uma saída, mesmo, só uma saidinha."

"Sair de casa."

"Isso. Aquilo lá tem vezes que parece uma toca de leão, quer dizer, só uma saidinha."

"Claro", ele concordou, e então: "Cadê a sua… cadê a Nina?".

"Na casa da minha irmã, com os primos. Estou precisando de um tempo."

O sargento recepcionista saiu do prédio para fumar um cigarro, acenando para Matty com a cabeça, depois se afastando para lhes dar privacidade, mas logo em seguida chegou uma van, e depois quatro policiais de Costumes escoltando seis mulheres asiáticas algemadas, sendo a primeira da fila a mais alta, a mais bonita e a mais bem-vestida, as outras cinco parecendo camponesas: atarracadas, cara amassada, expressão atônita.

"Puta merda", gemeu o sargento. "Pérolas orientais."

"Desculpa o mau jeito, sargento", disse o policial da escolta.

399

"Onde é que eu vou agora?", ele perguntou, enquanto os outros policiais de Costumes riam.

"Está achando graça, é?", interveio a prostituta mais alta. "Eu ganho muito bem. Mais do que *vocês*."

"E daí? Minha mulher ganha mais do que eu."

"Ela também faz serviço completo?"

"Dizem que faz." Todos caíram na gargalhada outra vez.

"Sabe de uma coisa?", disse Matty, pondo a mão no braço de Minette. "Vamos lá pra cima."

Atravessaram a sala de reuniões vazia e entraram na sala do tenente, onde Matty baixou as persianas e a fez sentar num sofá de plástico ao lado de uma pilha de relatórios.

"Quer tomar alguma coisa?", perguntou, puxando uma cadeira para perto dela.

Ela fez que não, depois inclinou-se para a frente e cobriu o rosto com as mãos, Matty mais uma vez lhe dando um tempo, e então: "O que foi?".

"Eu não estava preparada pra isso", ela cochichou, ocultando os olhos.

Matty concordou com a cabeça, pensando: nem você nem ninguém.

"Eu adorava aquele menino, juro por Deus, mas…"

"Sabe de uma coisa?" Pôs a mão de leve no braço dela. "A gente faz o que tem que fazer."

"Como é que a gente sabe?" Escondia-se agora atrás do próprio punho.

Ele não sabia, mas dizer o quê?

"Olha, foi só há uma semana."

"Exatamente." Outro sussurro de derrota.

"Vou te dizer uma coisa." Matty se aproximou. "Você cuida da sua família, que eu cuido do resto."

Ele parecia firme como uma rocha, como se estivesse dizendo coisas que faziam sentido, mas não era só uma embromação de pensamento positivo; ele queria mesmo que ela fosse mais forte; era assim que Minette lhe parecia quando pensava nela, e agora queria muito que ela fosse forte de fato.

"Cuida deles. Você vai conseguir", disse Matty em voz baixa, esforçando-se ao máximo para parecer ao mesmo tempo sensato e dotado de poderes sobrenaturais de presciência, sua boca a poucos centímetros da cabeça baixa da mulher. "Eu sei que você vai."

Finalmente ela levantou os olhos, atraída pelo tom seguro de sua voz; olhou-o com uma intensidade desesperada e impotente.

"Eu sei que vai."

Olhava-o como se ele fosse uma rocha num mar revolto.

"Deixa que eu me preocupo..."

"Tá bom", disse ela, como se estivesse drogada, então estendeu as mãos e, segurando o rosto dele dos dois lados, enfiou a língua em sua boca. Matty só teve tempo de apoiar os dedos de leve nos ombros dela no momento em que ela já começava a se afastar, chocada, pronto, acabou.

Passaram um momento sentados em silêncio, os olhos arregalados de tanto pensar, os dois olhando para os lados como se cada um tivesse perdido uma coisa diferente, até que Minette se levantou e, sem dizer nada, saiu em direção à porta.

Ele compreendia que tinha sido um beijo do tipo foda-se o mundo, um protesto isolado, compreendia e aceitava; e assim, ao vê-la indo embora, não podia sentir outra coisa senão alívio; mas quando, já com uma das mãos na maçaneta, a mulher virou para ele, ofegante, como que confusa, como se aquilo não fosse o que ela esperava, e deu meio passo em sua direção, pedindo mais, depois caiu em si: não; isso foi o golpe final, Matty encurvou-se todo, como se tivesse levado um soco.

Ela virou outra vez e foi embora, fechando a porta sem fazer ruído.

"Meu Deus", exclamou Matty, enxugando os lábios, e depois se arrependendo do gesto.

Inquieto, agitado, tentando não pensar na coisa que não havia acontecido, Matty deu por si ainda na sala vazia uma hora depois que Minette saiu, examinando relatórios de crimes e encarceramentos, conferindo as tragédias daquele dia, classificando-as como colheres de chá para patrulhas e dores de cabeça para o esquadrão, não só crimes, é claro, como também ocorrências domésticas; sempre tinham o potencial de provocar coisas mais sérias; cadáveres encontrados e pessoas desaparecidas, pelo mesmo motivo.

O dia fora tranquilo: umas poucas queixas de assédio, duas agressões sem uso de armas, alguns furtos e uma lesão corporal qualificada já resolvida com a detenção do acusado.

Então uma pessoa desaparecida lhe chamou a atenção, Olga Baker; Matty conhecia a garota, vivia fugindo de casa, e a mãe dela, Rosaria, dava parte do desaparecimento religiosamente uma vez por mês, a garota sempre voltava para casa um ou dois dias depois, nada sério, mas da última vez que Rosaria ligou, talvez seis semanas antes, ele acabou tendo de ir lá, um apartamento bem cuidado nas Cuthbert Towers, um pouco melhor do que um conjunto habitacional, um lugar onde essas coisas não costumavam acontecer. Rosaria, trinta e muitos anos, talvez quarenta e poucos, baixa e sólida, com cabelo negro armado, sem mais nem menos perguntou a Matty se ele tinha filhos, o que levou à pergunta: você continua com a mãe deles? O que levou a esta outra: você gosta de dançar? O que o levou, por algum motivo que ele não sabia mais qual era, a sair correndo de lá.

Ele conhecia policiais que de vez em quando transavam com as testemunhas, transavam com suspeitas, com criminosas, com esposas, irmãs e mães de vítimas, e até mesmo com as próprias vítimas depois que elas se recuperavam. O policial entrava na vida delas, virada de pernas para o ar de repente pela maldade arbitrária do mundo, e então, com aquele terno e gravata, aqueles sapatos pretos pesadões, aquele corte de cabelo de homem direito, aquele ar de seriedade, ele se transformava em cavaleiro andante, pai, protetor... Tudo isso para dizer que às vezes a coisa vinha de bandeja, quando se era esse tipo de pessoa. Ele não era, não era mesmo.

O número do telefone estava no relatório.

"Rosaria, como é que você está, é o detetive Clark. Lembra de mim?... É, ele mesmo. Eu estou só querendo saber como é que vão as coisas. A Olga já voltou pra casa?" Enrolando. "Certo, nós estamos dando umas buscas... Mas, e você, como é que você está, está bem?... É mesmo?... Se você quiser, eu dou uma passada aí, para ver se... Problema nenhum... Ótimo."

Matty foi até o banheiro para escovar os dentes e ajeitar a roupa, saiu do banheiro, saiu da sala, depois voltou, deu uma busca por Henry Baker no computador, segundo o sistema o marido de Rosaria ainda estava em Green Haven, então foi para a rua.

Rosaria Baker, a rigor, não se enquadrava em nenhuma das categorias acima.

* * *

Ainda trincado, Eric chegou em casa, preparando-se para mais uma trepação desenfreada propelida pela morte, e encontrou Alessandra fazendo as malas, ou desfazendo as malas, não dava para saber, até que ele se deu conta de que as estantes estavam semivazias.

"Melhor se sentar antes de eu falar", ela disse.

"Sentar nada. Fala logo."

"Tá na hora de eu ir embora."

"É?" Eric tentou parecer magoado.

"Eu sinto muito."

"Tudo bem", disse ele.

"De repente estou sendo..."

"Não, nada disso. Nada disso", disse ele com ternura, mais que depressa.

"O Carlos vem aqui me pegar daqui a uma hora", disse ela, olhando para a cama.

Aquilo era muito bom; aquilo... ele devia fazer isso de vez em quando, Matty namorando no sofá como um adolescente, enfiando a mão dentro da blusa de Rosaria Baker, a dela se esfregando em sua coxa como se estivesse preparando massa de pastel, fazendo barulhinhos e cheirando a batom, a perfume, a laquê, usando meias com ligas e fechos, Matty pensando, por que é que não usam mais essas coisas, por que é que isso é fetiche, é uma coisa normal, é ótimo, tudo ótimo, tudo um infarto em câmera lenta, e então ouviu-se uma chave na fechadura e os dois começaram a se ajeitar e se endireitar, quando Olga Baker, quinze anos de idade, a pessoa desaparecida, entrou no apartamento; a porra do caso estava resolvido.

Rei do inferno
É meu chapinha
Eu entro no berro
Nem toco a campainha

Tristan fechou o caderno, contemplou os hamsters que respiravam em volta dele, agora toda noite o garotinho dormia de pau duro, parecia um periscópio em miniatura.

Levantou-se da cama e foi até o corredor. Parado diante da porta do quarto de casal, uma das mãos na maçaneta, estava tonto de medo. Ele não compreendia, não compreende — ele o *enfrentou*, a ele, com aquelas mãos rápidas de jogador de beisebol, levou e devolveu na hora, e então o outro recuou e chamou a polícia como se fosse uma mulherzinha; e no entanto ele se sentia assim; ele era capaz de matar, era um matador, e no entanto ele se sentia assim; como se estivesse entrando na jaula do leão.

Abriu uma nesga de porta, depois deitou-se no chão de bruços e entrou no quarto rastejando, o cheiro de gente dormindo de boca aberta lhe deu outra tontura, até que ele se viu embaixo da mesa de cabeceira do ex-padrasto. Levantou o braço, abriu a gaveta de cima só um pouco e dentro dela enfiou o Rolex chinês de papel, depois voltou a fechar a gaveta.

Um presente meu pra você.

"Eu tinha, eu *tenho* meus motivos." Eric estava vesgo de tão doidão de pé quando interceptou Bree, que subia a escada vindo do vestiário.

"Que foi?" Deu um passo atrás, afastando-se dele de modo a deixar claro que não faria diferença o que quer que ele dissesse naquele momento.

"Ontem à noite você me disse: 'Imagino que você teve os seus motivos'. Pois eu tenho."

"Oquei." Ela estava esperando, não para ouvir os motivos, mas para passar por ele. Eric não estava nem aí.

"Você podia, olha... Vamos lá embaixo um minuto", indicando o porão com a cabeça, e acrescentando em seguida: "Não vai rolar nada, juro."

"Pois é, aquela reinvestigação no fim de semana", o vice-inspetor Berkowitz falando no ouvido de Matty.

"Chefe, eu não estou nem pedindo."

"Por causa daquela enroladora, a tal filha do pastor..."

"Estou ouvindo."

"O maior desperdício de tempo e efetivos."

"Certo."

"Sabe de onde ela tirou aquela história de culto ao demônio?"

"De um filme?"

"É, mas qual filme?"

"Não sei." Matty cansado daquele jogo antes mesmo de ele começar de verdade, o cara jogando verde: "*O bebê de Rosemary*?".

"*De olhos bem fechados.*"

"Olhos o quê?"

"Você sabe, aquele que tem uma orgia numa mansão."

"Esse eu não vi."

"Tem uma mansão, todo mundo nu, usando, sei lá, umas máscaras de coruja."

"Não vi não."

"É difícil acreditar que o mesmo diretor que fez *Espártaco* tenha feito uma merda dessa."

Chega. "Olha, acabo de receber um telefonema, o cara resolveu botar vinte mil dele no bolo da recompensa, o que dá um total de quarenta e dois mil, por isso ele queria uma entrevista coletiva, pra anunciar."

"Cacilda! Que cara?"

"O Marcus."

"O pai?"

"Do bolso dele", disse Matty.

"Uma coletiva *agora*?"

"Depois de amanhã, pra ele ter tempo de fazer o depósito em juízo."

"Depois de amanhã."

"Isso."

"Eu te dou um retorno logo."

"Chefe, só quero te dizer uma coisa, ele não está pedindo permissão, não, ele está perguntando se a gente ajudaria ele a passar uma mensagem mais forte."

"Ué, você virou porta-voz do cara, agora?"

"O senhor está de sacanagem comigo? É justamente o contrário, porra. Eu estou fazendo o possível e o impossível pra isolar esse infeliz, pra ele não ficar torrando o saco de todo mundo. Mas se o senhor preferir eu passo o seu telefone pra ele, e aí o senhor fica agindo como intermediário, quem sabe aí não vai sobrar mais tempo pra eu tentar resolver essa merda desse caso em vez de ficar o dia inteiro sendo alugado."

"Pra quando ele quer isso?"

"Depois de amanhã. Na cena do crime. Se o senhor não assumir, transferir pro quartel-general ou pro Oitavo, vai virar um circo."

"Deixa eu dar uns telefonemas."

"Então o senhor topa?"

"Eu te dou um retorno."

Matty desligou, olhou para Billy, sentado à sua frente, meio envergonhado mas ao mesmo tempo ansioso.

"E aí, o que está acontecendo?" A boca aberta como uma dobradiça.

"O de sempre."

"Nada?"

"Você aprende depressa", disse Matty. "Vamos lá, vou te dizer o que você tem que fazer."

"É verdade... eu fiquei com medo", começou Eric, espirrando por efeito do ar do porão combinado com a grama de pó malhado que ele havia comprado, para provar, na frente do Hamilton Fish Park naquela manhã. "Uns... uns animais atacaram a gente na rua, mataram o cara que estava do meu lado, e eu? Eu saí correndo. Corri pra dentro do prédio. A gente vê uma arma e sai correndo. É a natureza humana, não é? Mas mesmo escondido, mesmo depois que o assassino foi embora, fiquei tão paralisado que nem pensei em telefonar pra emergência. Eu disse pros policiais que telefonei mas foi mentira. E no começo eles achavam que eu estava mentindo pra encobrir algum crime. Como se pra eles fosse inconcebível uma pessoa ficar tão assustada a ponto de mentir sobre uma coisa dessa só por vergonha. É, mas eles sabem desmontar uma mentira, esses caras. Eles podem não saber o que está por trás da mentira, podem achar que sabem, mas no começo não faz diferença pra eles, eles pegam na mentira, e vão lá, vão fundo, ficava me vendo me desmanchar na frente deles, como se estivessem torcendo pra que isso acontecesse mesmo. E aí... aí eu fiquei achando que a minha vida estava ameaçada outra vez. E eu só queria cair fora. Só queria cair fora daquela sala.

"E até o final eles não queriam acreditar que foi só porque eu estava com medo, pra eles era inconcebível. Quer dizer, eu acho que eles estavam fingindo que acreditavam, no final um dos policiais caiu de pau em cima de mim, numa última tentativa de me obrigar a confessar pra resguardar a minha... a minha hombridade, sei lá, mas dava pra ver que ele continuava achando que eu estava enrolando eles."

Bree estava parada, olhando para ele, como se houvesse outras pessoas no porão e ele estivesse monopolizando o tempo dela; Eric pensando: como é que as pessoas podem dar as costas para a gente tão depressa?

"Mas pior que o cara que me humilhava", seguiu Eric, instigado pelo pó, "era a outra, que me confortava."

"Deve ter sido terrível", comentou ela, antes que ele conseguisse entrar na questão de como o tom comedido da policial tivera um efeito demolidor sobre ele. Era como se aquelas bolinagens-relâmpago que tinham rolado ali embaixo algumas noites antes não tivessem passado de um sonho.

"E tem mais coisas, coisas que eu nem saberia colocar em palavras agora, quer dizer..." Não conseguiu fechar a frase.

"Meu Deus." Ela fez uma careta, os olhos saltando para a esquerda e para a direita como um ponteiro de relógio em forma de cauda de gato.

"Enfim", indicando vagamente a escada atrás dela; a prisioneira está liberada.

Ele esperou até que ela desaparecesse escada acima para cheirar o resto do papelote.

Como é que uma pessoa podia mudar tão depressa?

Uma hora depois de sair da sala de Matty, Billy estava mais uma vez ao lado de Mayer Beck, agora diante do número 27 da Eldridge, os dois olhando fixo para os últimos vestígios do santuário: agora só restavam alguns balões melancólicos reduzidos ao tamanho de bisnagas de borracha, a foto cada vez mais rasgada de Willie Bosket tremulando ao vento, e os últimos raios do sol refletindo nos cacos de um copo colorido que haviam sido varridos para junto do prédio.

"E aí?" Beck virou-se para ele, tirando um bloco de anotações do bolso de trás. "Alguma novidade?"

Eric aguardou até que o táxi anticrime se afastasse do Lemlich Houses, em seguida passou pela pracinha do outro lado da rua: quatro estabelecimentos pobres — uma pizzaria, uma lojinha de esquina, um restaurante chinês só de comida para viagem e uma lavanderia automática —, todos mais recuados do meio-fio do que os prédios que os ladeavam, os poucos metros quadrados adicionais de calçada servindo como uma arena natural para os rapazes que chegavam ali no momento, a maioria com bonés virados para o lado e camisetas brancas largonas que iam até abaixo dos joelhos.

Passar por eles algumas horas depois de entrar na pizzaria seria fácil; o difícil seria sair de lá com a fatia na mão e ficar ali parado, feito um saco de pancadas yuppie.

"Eu falei pra ele", disse Billy, amassando o tecido das calças, sentado diante da mesa de Matty. "Quinta-feira, uma hora."

"E ele está sabendo como é que vai ser", disse Matty, "que a chefia da polícia não está nessa."

"Está. Está sabendo, sim. Garantido."

"E você não desembestou?"

"Desembestei?"

"A dizer cobras e lagartos."

"Não. Eu não."

"Muito bem." Matty deu tapinhas na mão de Billy sobre a mesa. "Você fez o que era pra fazer."

Billy balançou a cabeça em agradecimento, continuou ali sentado.

"Eu te ligo." Matty fez menção de fazer outra coisa. "Assim que tiver alguma novidade."

"Posso ficar aqui um pouco?" Billy fez uma careta. "Não quero te atrapalhar."

"Acho que você devia ir pra casa, descansar pra…"

"Agora?", a voz de Billy começou a se alterar. "É só eu *olhar* pra minha cama que já começo a ter pesadelos."

Matty hesitou. "Tá bom. Claro, tudo bem. Pode relaxar aqui."

Após alguns minutos de cabeça baixa, voltado para o trabalho, com Billy sentado à sua frente imerso em seus pensamentos, Matty atraiu a atenção de

Mullins e fez um sinal para que o outro lhe telefonasse. "Quer alguma coisa, Billy? Um refrigerante? Um café?"

"Estou bem", ele disse, e então, inclinando-se para a frente: "Ontem à noite tive um sonho, sabe".

O celular de Matty tocou. "Clark."

"O que é que você quer?", perguntou Mullins.

"É sério?" Matty levantou-se de repente começou a anotar o endereço imaginário. "Estou indo já praí." Então, para Billy: "Tenho que resolver uma coisa".

"Tem a ver com o meu caso?"

"Nada a ver. Vou ter que passar umas horas na rua. Eu arranjo alguém pra te levar em casa."

Terminada a fatia, ele não sabia o que fazer com as mãos, para onde olhar.

Às dez da noite, o tráfico de pedestres entre aquela pracinha com quatro lojas e o Lemlich Houses, do outro lado da Madison Street, era constante, mas o grupo de rapazes com camisetas grandes como tendas permanecia mais ou menos no mesmo lugar, perto das lojas.

Quanto mais eles pareciam ignorá-lo, mais ele se sentia observado.

Não havia como abordá-los; ou será que ele devia...

Depois de alguns minutos torturantes, um dos camisetas largonas se afastou dos outros, atravessando a Madison e entrando no conjunto habitacional. Eric ficou pensando em talvez ir embora também; voltar para o Berkmann, aquilo não ia acabar bem.

Então um dos outros garotos, sem olhar para ele em nenhum momento, começou a caminhar devagar, na diagonal, em sua direção, a camiseta imensa e o passo lateral o faziam parecer um pinguim barra-pesada.

"O que é que o senhor quer, hein, seu guarda?", perguntou o garoto, ainda sem olhar para ele.

O medalhão de ouro, um dos três que ele usava pendurados no pescoço, proclamava seu nome: DAVID.

"Eu tenho cara de polícia?" Eric, perguntando a sério.

"Não devia."

"Não sou polícia, não."

"Tudo bem."

Eric começou a se afastar.

"E aí, seu guarda?", gritou o garoto, e quando ele virou para trás, todo o grupo finalmente se animou, rindo e fazendo pega-aqui.

"Esse aí não é polícia não." Big Dap fez um gesto de desprezo para o irmão do alto da rampa de entrada do prédio número 32 da St. James.

"Sei não", disse Little Dap. Ele havia atravessado a pracinha porque não sabia se aquele cara, que estava lá no dia do tiro, tinha voltado ali à sua procura.

"Eu *sei* que você não sabe", debochou Dap, depois fez sinal para Hammerhead, um dos caras mais velhos que sempre andavam com ele: vai atrás.

Enquanto Hammerhead atravessava a Madison num passo de corrida bem preguiçoso, Little Dap também saiu na disparada, com a intenção de ficar em casa até que aquela história terminasse, mas...

"Epa. Volta aqui, garotão. Pra ganhar, tem que participar."

"Ah, pera um pouco..." Mas seu irmão fez sinal para que ele se calasse.

"Eu tô nessa", disse Tristan, mas ninguém o ouviu, como sempre.

Humilhado mas pensando: melhor um babaca vivo, Eric continuou descendo a Madison em direção à Montgomery, depois imobilizou-se quando ouviu pés se aproximando dele correndo. "Aí, ô", sentiu uma mão em seu cotovelo.

O sujeito que estava puxando seu casaco era mais velho que os outros: vinte e tantos anos, com uma mosca embaixo do lábio e olhos tão esbugalhados que parecia ter visão lateral.

"Esses aviãozinho não sabe de nada. Que é que tu quer?"

"Nada."

"Quanto de nada?"

"Umas vinte e oito gramas." Não era sua intenção dizer isso...

"O quê?" Os olhos esbugalhados brilhando de surpresa. Meio quarteirão atrás deles, a garotada foi chegando e entrando em forma, assistindo à transação dos dois quadrados de calçada que ocupavam. Eric pensando: cai fora, começando a andar novamente.

"Epa, epa, peraí, peraí", o cara meio que rindo, segurando o pulso de Eric. "Isso aí é muita coisa, assim de repente. Mas tudo bem, a gente dá um jeito. Vem comigo", puxando-o de leve em direção ao conjunto habitacional.

"Leva a mal não" — Eric ficou meio de cócoras, como se num esqui aquático, para não sair do lugar —, "mas lá eu não entro não."

"Olha. Vou te falar uma coisa sobre mim porque eu sei que você não tem como saber." Continuava segurando a mão de Eric, que estava constrangido demais para pedir que o outro a soltasse. "Eu sou bolsista integral, estudo no Borough of Manhattan Community College, só faltam umas seis matérias pra eu me formar, quer dizer…"

"Em quê?"

"Em quê?" Depois: "Ciência."

"Eu não entro lá, não." Eric finalmente conseguiu soltar sua mão.

"Tá bom, então tira a roupa."

"Tirar pra quê, pra ver se tem grampo?"

"Isso mesmo."

"Olha, eu não tenho nem dinheiro comigo." Virando os bolsos do avesso.

"Tudo bem. Tô sem a mercadoria. A gente está só conversando aqui, de repente a gente avança pro próximo nível se estiver tudo certinho."

Combinaram de ir para o banheiro da pizzaria; os dois atravessaram o salão e passaram pelos caras de Bangladesh que preparavam a massa nos fundos.

O banheiro era maior do que precisava ser, mas o cheiro de desinfetante fazia os olhos se encherem de lágrimas.

O sujeito ficou de cócoras e foi apalpando Eric de modo meio aleatório, depois deu dois passos para trás.

"Certo, chefe, agora abaixa a cueca."

"Que merda", Eric falando só por falar, depois abaixando o jeans e desviando o olhar, segurando a cueca.

"Tá legal." O cara recuou mais ainda. "Não preciso ver mais que isso."

Não que ele tivesse muita experiência desse tipo de coisa, mas havia um toque desconcertante de falsidade em toda aquela encenação.

"Diz de novo o que é que tu quer?"

"Eu já disse."

"O quê?" O sujeito sorriu, os olhos protuberantes pulsando. "Quer me revistar pra ver se eu estou com grampo?" Abrindo bem os braços.

"Eu já disse."

"Disse, sim, já disse." Então: "Vinte e oito gramas é mil".

"Não dá."

"Então fim de papo."

"Tudo bem." Aliviado, Eric estendeu a mão para abrir a porta do banheiro.

"Epa, epa, epa." O sujeito agarrou a camisa de Eric por trás. "Quanto que tu pensou que era?"

"Me disseram setecentos."

"*Setecentos?*" Rindo. "Ora porra, aqui no pedaço quem que ia dizer setecentos?"

"Então eu ouvi errado." Estendendo a mão para pegar a maçaneta outra vez.

"Novecentos."

"Desculpa", disse Eric, "qual é o seu nome?"

"Eu perguntei o teu?"

"Tá bom, tudo bem. É tipo assim, eu digo setecentos e cinquenta, você diz oitocentos e cinquenta, eu digo oitocentos, você diz oitocentos e vinte e cinco, então tudo bem, oitocentos e vinte e cinco."

"Oitocentos e cinquenta."

"Tchau."

"Então tá bom, tá bom, oitocentos e vinte e cinco. Porra."

"Certo." Eric sentindo-se encurralado por aquela vitória. "Você me arruma em quanto tempo?"

"E você, quanto tempo?"

"Eu? A grana?"

"Hã hã."

"Meia hora." Só queria cair fora, desse no que desse.

"Peraí." O cara olhando para o teto, fazendo os cálculos de tempo. "Quarenta e cinco."

"Oquei, quarenta e cinco."

"Tá bom, a gente se encontra aqui."

"Aqui não." Eric pensando, pensando. "Em algum lugar mais pra dentro."

"Dentro do quê? Que porra é essa, *mais pra dentro?*"

"Ali na Orchard, Ludlow, Rivington, por ali."

"Ah. Em terra de *branco*, né?" Rindo. "É só dizer. Onde?"

"Onde?" Eric tentando ganhar tempo. "Tem um lugar que vende taco na esquina de Stanton com Suffolk, tá sabendo?"

"Esquina de Stanton com Suffolk, tô sabendo, sim."

"Tem um lugar que vende taco."

"Tem uma placa escrito TACO?"

"Imagino que sim."

"Então combinado."

"Quarenta e cinco minutos?"

"Quarenta e cinco."

Eric hesitou, então mais uma vez estendeu a mão na direção da porta.

"Aí, ô." O cara o fez se virar no último instante. "Dá pra ver que tu tá nervosão, hein?" Tirando um distintivo em forma de estrela do bolso e agarrando Eric pelo pulso. "E tem mais é que estar mesmo."

Eric ficou petrificado, com um meio sorriso de choque.

"*Ahahaha*", o sujeito caiu na gargalhada, recuando e batendo palmas. "Foi mal, foi mal." Mostrando o distintivo outra vez, um pedaço de metal fino com as palavras AGENTE SUPERSECRETO. "Foi mal, brincadeira sem graça."

"É." A testa de Eric estava coberta de suor.

O pior de tudo, quando ele foi preso, tantos anos antes em Binghamton, era ficar esperando que a coisa acontecesse dia após dia; assim, quando aquele babaca exibiu o distintivo no banheiro da pizzaria, Eric foi tomado por uma sensação de alívio. Voltando para casa a pé do Lemlich, tentava captar aquela sensação outra vez, como se o que tinha de acontecer já tivesse acontecido, o pato devidamente pago.

Aquilo não ia acabar bem; disso ele tinha certeza, porém sentia-se incapaz de deter os eventos.

Nas últimas duas semanas, ele sentia que pouco a pouco estava se transformando num daqueles seus fantasmas do Lower East Side; e os fantasmas, ele acreditava, não eram outra coisa senão reencenações automáticas, que tinham apenas uma vaga consciência de déjà vu.

E assim entrou como que flutuando no hall do seu prédio, flutuando subiu os cinco lances de escada tortos e entrou no apartamento esvaziado como se tivesse apenas uma vaga lembrança de já ter estado ali alguma vez.

Mas quando tirou o produto acumulado dos seus descontos do bolo de gorjetas de dentro de uma bota no fundo do armário e começou a contar os novecentos dólares, guardando setenta e cinco separadamente num dos bolsos como reserva de emergência para as inevitáveis confusões de última hora, alguma coisa dentro dele se transformou; era como se o valor bruto das notas que passavam de uma mão para a outra lhe dessem mais substância, substância e confiança; e pela primeira vez naquela noite foi capaz de ver a si próprio não como uma sombra impotente seguindo um roteiro predeterminado, e sim como um indivíduo que estava assumindo o controle, moldando as coisas conforme seu próprio interesse.

Tendo enfiado o dinheiro nos bolsos da frente do jeans, colocou vodca num copo e ficou olhando para a bebida. Jogou na pia.

Hoje não, meu caro.

Sentindo-se mais leve e alerta que nos últimos dias, saiu do apartamento e trancou a porta, desceu correndo a escada, chegou até as caixas de correio; pelo vidro da porta do hall dava para ver a Stanton Street; e então sentiu todo o fôlego fugir de seu corpo de repente.

De início, pensou que havia se colocado no caminho de alguma coisa que se movia a toda a velocidade, talvez uma bala, talvez mesmo *aquela* bala; levar um tiro, ele ouvira dizer, às vezes dava essa impressão, de uma martelada com força; mas quando olhou para cima, caído no chão ladrilhado imundo, e viu aqueles rostos do Lemlich, compreendeu que era apenas um soco no estômago desprevenido.

Um deles, com um lenço cobrindo o rosto até a altura dos olhos, imediatamente abaixou e começou a revistar seus bolsos, procurando o dinheiro da transação, a camiseta do garoto cobrindo a cabeça de Eric e lhe proporcionando uma visão íntima de um ventre tenso e um peito liso.

Então um dos outros sussurrou: "Peraí, peraí", e ele sentiu que estava sendo arrastado pelos tornozelos até o pequeno espaço embaixo da escada na parte de trás do hall, de onde não seriam vistos da rua, mais um soco perto dos olhos, seu cérebro virando um diapasão, depois mãos remexendo seus bolsos, uma voz dizendo: "Setenta e cinco? Ele falou oitocentos e tantos", depois mais um soco, ele ouvindo mais do que sentindo alguma coisa quebrar abaixo de seu olho, então: "Aha, ó aqui, ó", o resto de seu dinheiro sendo confiscado, depois outro rosto próximo do seu, sem máscara, hálito de chiclete: "A gente sabe onde você mora", depois um soco final, o olho direito inchando dentro da órbita, depois a porta da rua se abrindo, deixando entrar uma nesga de riso feminino despreocupado vindo de algum lugar no quarteirão, depois silêncio quando a porta fechou de novo, Eric pensando: agora chega.

Depois de passar o dia inteiro preocupado por ter envolvido Billy Marcus em uma coisa para a qual o sujeito estava completamente despreparado, quando chegou a noite Matty ficou pensando também em Minette Davidson outra vez, e assim, quase como num ato de penitência, voltou para o No Name a fim de se submeter à moça que preparava os drinques, foi até lá praticando o nome dela, Dora, Dora, Dora, sentindo-se um pouco menos cachorro por lembrar desta vez.

Mas quando atravessou as pesadas cortinas pretas e entrou no bar, a moça não estava lá.

A que a substituía atrás do balcão, porém, era tão caprichosa, distante e fascinante quanto ela, alta e esguia, olhos cor de ameixa e uma franja lisa negra, e serviu sua pilsner com um sorriso tenso que lhe deu vontade de conversar.

"Eu queria saber da Dora."

"Meu inglês…" Olhava para ele com os olhos apertados.

Ele fez um gesto indicando a impossibilidade de conversar ali, mas ela virou para o barman a seu lado, falando num idioma que, para Matty, parecia ser russo.

"Ela lamenta", disse o rapaz, "o inglês dela…"

"Deixa pra lá", Matty deu de ombros.

"O senhor disse que queria saber da hora?"

Tristan estava sentado no terraço de seu prédio, olhando para o East River, o fluxo musculoso do rio brilhando sob as pontes crivadas de luzes que seguiam em direção ao Brooklyn, quase todo às escuras. O que fora mesmo que o policial tinha dito naquela noite em que ele e Little Dap subiram correndo até ali? Uma vista de um bilhão de dólares para moradores de dez centavos. Mais ou menos isso. Ele contemplou as janelas do último andar do prédio mais próximo do complexo Lemlich, coisa de cinquenta metros dali, viu as pessoas lá dentro como se fossem ratos na toca, quase todo mundo vendo televisão ou falando no telefone.

> *Noite fechada*
> *Cidade iluminada*
> *E eu esperando*
> *Aqui no meu canto*
> *Feito um ninja*

Ele parou, não conseguindo encontrar rima para *ninja*, então mudou a ordem das palavras:

> *Um ninja à espreita*

Não vinha mais nada.

Fechou o caderno e foi até o lado oposto do terraço, até o lugar onde Little Dap o deixara pendurado de cabeça para baixo naquela primeira noite, de cabeça para baixo e olhando para a calçada de uma altura de quinze andares.

Tentou escrever ali.

> *Cair assim*
> *Pra dar fim*
> *Ao tormento*
> *O pensamento*
> *A chama insana*

Ele se debruçou sobre a beira, tentando se aproximar ao máximo da posição que Little Dap lhe havia imposto naquela noite. Com a grade baixa mordendo seus quadris, a porção do corpo solta no espaço maior do que a que estava no terraço, levantou os pés do cascalho e tentou se equilibrar. Conseguiu fazê-lo por alguns segundos, mas então começou a pender para a frente e foi obrigado a agarrar-se à grade sob o ventre para se segurar, uma emoção ruim.

Little Dap. Veadinho.

Tonto, mas empertigado, voltou para o outro lado do terraço, tirou a vinte e dois do bolso de trás do jeans, correu a vista por todas as janelas de salas de visitas do prédio mais próximo, todas aquelas tocas de ratos, virou a cabeça para o outro lado, disparou dois tiros e desceu correndo a escada.

Matty estava sentado à sua mesa, os cotovelos apoiados no mata-borrão, o *New York Post* aberto na sua frente e Berkowitz falando no seu ouvido.

"Qual é a desse cara…?"

"Chefe, eu te avisei ontem."

"Ele não vai fazer isso na cena do crime de jeito nenhum. Nunca vai conseguir permissão."

"Permissão? O que é que a gente vai fazer, prender o cara? Olha, ele não é má pessoa não, ele está só… está perdidão."

"Perdidão."

"Mesmo assim, eu não acho que seja má ideia, não, sabia? Porque se ninguém pegar o telefone e der um nome pra gente, nós não vamos chegar a lugar nenhum."

O vice-inspetor cobriu o fone com a mão para falar com outra pessoa, Matty fechou os olhos enquanto esperava.

"Mas então…", Berkowitz retomando o telefonema.

"E aí?" perguntou Matty. "A gente faz a coletiva, e aí nego começa a ligar pro disque-denúncia. Eu prefiro uma pista falsa a ficar sem pista nenhuma, a essa altura do campeonato."

Silêncio.

"O cara foi pra Miami hoje de manhã falar com os avós do filho dele, mas volta amanhã cedo pra fazer isso."

"Precisamos de uma carta de intenções do banco."

"Acho que já foi enviada pro senhor, por fax", Matty fazendo uma careta enquanto falava.

"Você está dando as cartas nesse caso, hein?"

"Falando sério, nem é minha obrigação, mas estou desesperado pra que aconteça alguma coisa, senão…"

"Ele quer isso pra quando?"

"Pra amanhã."

"Não sei não, temos que ver o que mais que está acontecendo. Sei que vai ter uma batida em Ridgewood esta noite, contra imigrante ilegal, e o pessoal de comunicação social na certa vai querer estar lá. Talvez sexta-feira seja melhor."

"Sexta-feira?"

"Me liga amanhã."

Matty desligou e olhou para Billy, do outro lado da mesa.

"Por que é que eu vou pra Miami?"

"Pra parecer que você é um sujeito ocupado."

"Mas na verdade eu não vou, não."

"Não."

"Sexta-feira…" Billy dando tapinhas na cabeça. "Sabe o que eu estava pensando? De repente eu devia contatar o Serviço de Atendimento às Vítimas."

"Com certeza." Matty concordou com a cabeça. "Você precisa de ajuda."

"Não, o que eu quis dizer, sabe, é eu trabalhar como voluntário, ajudar as *outras* pessoas."

Matty ficou olhando para o mata-borrão.

"Não sei não", disse Billy. "De repente não é uma boa ideia."

Little Dap, que, com base no que Tristan ouvira dizer, na hora da coisa não só estava se cagando de medo como também ficou o tempo todo com uma máscara igual à de Jesse James, era, no entanto, quem estava contando a história.

"Aí o cara, né: 'Epa, ei, peraí, qual é, galera?', né, e a gente arrastando ele pra trás da escada, enfiando a mão no bolso dele, e aí tinha setenta dólares num deles, o Hammerhead falou que era oitocentos, e o Devon caiu de pau nele, *pá, pá, pá,* 'Seu filho da puta enrolador!', aí eu ponho a mão no outro bolso e: 'Ih, ó a grana aqui', e o Devon: 'Eu estou cagando! Ele tinha mais é que avisar que estava no outro bolso!', e *pá, pá, pá.*"

Todo mundo rindo, jogando conversa fora no fim de tarde depois das aulas.

Estavam na porta do número 32 da St. James, sentados ou apoiados no corrimão já meio descascado da escada larga que levava à porta do saguão.

Como sempre, Tristan estava acompanhado de um dos hamsters, estendendo os dedos longos como suspensórios sobre a camisa do menino.

Ele se afastou um pouco dos outros e escolheu um lugar de onde, se chamasse alguém, a pessoa teria de vir até ele.

"Pô, Dev" — Little Dap bateu no peito com o punho cerrado —, "o carinha é cheio de marra."

"Aí." Tristan fez sinal com a cabeça para Little Dap, que o ignorou. "Aí, ó." Olhando fixo para o outro até que ele, com relutância, desceu do corrimão e se aproximou.

"Qual é, porra?"

"Me dá um dólar." Olhando para o outro lado enquanto falava.

"O quê?"

"Eu tenho que comprar um Nesquik pra ele." Correndo os dedos pela camisa do hamster.

"E daí?", Little Dap deu de ombros. "Então compra a porra do Nesquik pra ele."

"Me dá um dólar."

"Tu é *surdo*?", se afastando.

Esperando até que Little Dap voltasse a se empoleirar no corrimão, Tristan repetiu o pedido, sem levantar a voz, como se o outro estivesse a seu lado. "Me dá um dólar."

Little Dap olhou para ele.

"Me dá um dólar." Ficou olhando para ele até obrigá-lo a voltar.

Estalando a língua, Little Dap veio até ele pisando duro, e lhe passou uma nota. "Só pra tu fechar o bico", e voltou para seu poleiro de alumínio, sob o olhar de Tristan.

Estavam mais uma vez tocando campainhas de apartamentos, desta vez nos Walds, procurando a avó de um garoto que fora detido no trânsito na véspera, na Carolina do Norte, indo para Nova York com quatro sacolas de supermercado cheias de revólveres no banco da frente, inclusive três vinte e dois; não havia ninguém em casa; então foram para um restaurante cubano perto da Ridge para tomar um café.

Quando Yolonda foi ao banheiro, Matty saiu para a calçada e encontrou uma cena de crime do outro lado da rua nas Mangin Towers, o crime era tão recente que só naquele momento as pessoas estavam saindo dos lugares onde haviam se escondido na hora do tiroteio. Sem voltar para chamar Yolonda, tomou o café de um gole só e correu para o lugar, chegando na hora exata em que a ambulância estacionava, os paramédicos dentro dela permanecendo sentados até que a primeira viatura de polícia parou bem na frente deles, o corpo aguardando, paciente, na calçada.

Nos primeiros instantes, foi uma confusão de gente correndo para o local do crime ou fugindo de lá, policiais uniformizados reunindo, expulsando e detendo pessoas, ninguém dando atenção a eles, a trilha sonora uma cacofonia de gritos e choros e vozes masculinas irritadas, civis e municipais, dando ordens; Matty contentando-se em ficar só olhando enquanto a poeira não baixava.

Foi então que viu a garota na sombra, no corredor estreito entre os prédios, chorando baixinho. Com as mãos nos bolsos, ele se aproximou dela o bastante para poder conversar, porém desviou o olhar.

"Homem branco de terno", ela murmurou.

Matty apontou com o queixo para Yolonda, que estava atravessando a rua. "Prefere falar com ela?"

"Ela?" A garota fez cara feia. "Odeio essa mulher." Então inclinou a cabeça na direção de Jimmy Iacone, que saía de um carro naquele instante. "O gordão."

"Você conhece o Katz?" Matty perguntou sem olhar para ela.

"O meu primo cortava carne lá", disse ela, "antes daquela mulher botar ele na cadeia."

"Tá bom, vai lá pro Katz que o gordão vai atrás de você."

Ike tinha que ser enterrado outra vez. Estava estendido no futon no apartamento de Eric, e ao pé do futon havia agora um anteparo alto, o que era bom, porque assim Eric não via o corpo.

Então os dois caras que Eric estava esperando finalmente chegaram com o meio quilo de pó que ele havia encomendado. Deixaram tudo no escorredor ao lado da pia. O único problema é que ele tinha sido assaltado e por isso agora teria que ir para o prédio do Diners Club a pé para pegar o dinheiro para pagar, e aí teria de deixar aqueles sujeitos sozinhos ali com o corpo de Ike, mas não tinha outra opção. Queria aquele pó para a viagem que ia fazer logo depois do enterro. Iria direto para o norte, talvez até para algum lugar ao norte do Canadá, e realmente estava empolgado; essa seria, na verdade, sua recompensa, a viagem e o pó, por ter de passar por todo aquele segundo enterro, ideia da irmã do Ike.

Ao sair do apartamento, deixando os dois traficantes, o corpo e o pó lá dentro, constatou surpreso que seu prédio estava cheio de moradores de um século antes, todo mundo andando, correndo, subindo e descendo escadas carregando uma porrada de coisas — cortes de fazenda, baldes de água, penicos —, todo o prédio fedia a suor, gordura e excremento. Mas tudo bem, porque se alguém entrasse no seu apartamento enquanto ele estava na rua e visse o meio quilo de pó ali, a menos que fosse da gangue dos Hudson Dusters, não ia saber o que era aquilo, então...

Mas a meio caminho do prédio do Diners Club na Times Square, lembrou-se de uma coisa estranha a respeito de todos aqueles moradores que haviam voltado à vida: era bem verdade que usavam roupas da virada do século XX, com chapéus amassados, coletes gastos, vestidos de muitas camadas, mas tinham no mindinho da mão esquerda unhas longas e curvas, como todos os cafetões e vigaristas dos anos 70, unhas que serviam apenas para tirar pó de dentro de um saco plástico... isso era mau sinal. A única coisa a fazer era voltar correndo para a Stanton Street e ver se aqueles falsos imigrantes não estavam atacando seu estoque.

Não deu outra: foi só entrar na sua sala que viu mais de dez debruçados na pia cafungando. Mas espera aí, a cocaína continuava no escorredor; eles estavam por trás daquele anteparo, debruçados sobre o corpo de Ike, abaixando e cafungando com todo o cuidado, e por favor, meu Deus, me faz acordar, mas quando Eric acorda está num leito de hospital, o lado direito de seu rosto está pegando fogo, e é pior ainda.

* * *

Oito horas depois, logo após a meia-noite, Matty no terraço da delegacia fumando um cigarro e olhando para o Brooklyn.

A menina que estava chorando ao lado das Mangin Towers entregara o serviço completo para Iacone enquanto comia dois cachorros-quentes e tomava um refrigerante. O nome do criminoso era Spook; a vítima, que conseguiu sobreviver após uma cirurgia, era Ghost; as piadas motivadas pelos dois apelidos eram insuportavelmente previsíveis.* O motivo da briga, se alguém estivesse interessado, era uma outra garota chamada Sharon, que não gostava de nenhum dos dois e ainda por cima ia entrar para o exército na semana seguinte.

A garota contou toda a história para Iacone, dando inclusive a localização do quarto de Spook no apartamento de sua avó no Gouverneurs; mas em vez de ir para lá na mesma hora, pois o mais provável era que o garoto estivesse escondido em outro lugar, depois de se debater interiormente por alguns minutos Matty resolveu ficar onde estava.

A experiência lhe ensinara que, em matéria de autopreservação, a grande maioria dos debiloides do pedaço sofria de amnésia terminal; era só dar um tempo a Spook que ele voltaria para casa por conta própria, por isso o melhor era esperar; continuavam esperando.

Matty consultou o relógio; mais um cigarro, e pronto.

Seu celular tocou.

"Ah." Minette.

"Oi", disse Matty, tranquilo, como se esperasse o telefonema.

"Desculpa, eu pensei…"

"Aqui é o Matty Clark."

"Eu sei. Desculpa."

"Tudo bem?"

"O quê? É, tudo bem, sim."

"Que foi?"

"O Billy foi pra um hotel. O Howard Johnson, aí perto de vocês."

---

* Em inglês, tanto *spook* quanto *ghost* significam "fantasma". (N. T.)

"Meu Deus."

"Diz que precisa ficar perto da delegacia. Que vocês estão trabalhando juntos."

"Mas o que é isso? Todo mundo vai e volta pra casa. Pra isso existe condução."

"Olha. Se é isso que ele realmente precisa fazer... Mas deixa eu perguntar uma coisa. É isso mesmo que ele está fazendo? Ajudando vocês?"

"Acredite você ou não", Matty vendo lá do alto a equipe da Qualidade de Vida detendo um carro perto da Williamsburg Bridge, "no momento, está, sim."

"Isso é bom. Eu acho."

"Ele vai voltar pra casa."

"Eu sei." A voz dela estava grave e rouca.

"Então, você está bem?"

"Estou."

"Se não estivesse, você me dizia...?"

"Dizia, sim."

Por alguns segundos, o silêncio se estendeu entre eles como uma cortina pesada.

Então Yolonda se aproximou dele, vindo de trás. "Vamos ou não vamos pegar esse cachorro?"

A coisa toda foi mais fácil que entregar a correspondência: Matty, ladeado por Yolonda e Iacone, tocou a campainha, Spook veio ele próprio abrir a porta, descalço, com um sanduíche na mão. Havia uma pistola de dois disparos na mesa da cozinha atrás dele, que dava para ver perfeitamente da porta, onde todos eles estavam.

Matty disse: "Não vamos assustar a sua avó. Vem aqui pro corredor", e ele veio.

E foi só isso, porra.

O serviço perfeito, tudo certinho, desde a hora do crime até a hora das algemas. Era *assim* que se fazia. Era *assim* que tudo devia ser; Matty desejando, enquanto levava Spook, ainda calado e dócil, para o banco de trás de seu carro, jamais ter ouvido o nome de Marcus; nem de Ike, Billy, Minette, todos eles; imaginando que felicidade a sua vida não seria se aquele garoto de merda tivesse encontrado a morte na semana anterior apenas três quarteirões mais ao sul, no Quinto Distrito.

Na quinta-feira, Matty começou a ligar para Berkowitz às nove, deixando um recado depois do outro, cada recado um pouco mais mal-humorado que o anterior, com Billy sentado à sua frente girando um elástico em torno dos dedos de uma das mãos. Ainda faltavam vinte e quatro horas para a entrevista coletiva, pelos cálculos mais otimistas, e ele já estava de paletó e gravata. Às onze, ainda não tendo recebido retorno de Berkowitz e com Billy alternando entre ficar olhando para ele e passar períodos intermináveis no banheiro, Matty lhe disse para voltar para casa ou para onde quer que estivesse morando no momento, que ele o chamaria assim que tivesse alguma notícia.

Quando Eric abriu os olhos, havia dois detetives ao lado de seu leito, uma negra de terninho e um chinês de terno, gravata e colete.

"Como é que você está?", perguntou a mulher, lhe dizendo nomes incompreensíveis enquanto seu colega se afastava um pouco para receber um telefonema rápido. "Você quer nos contar o que aconteceu?"

"Acho que não."

"Você acha que não?", como se ele estivesse de sacanagem.

O outro detetive desligou o celular. "Desculpe."

"Ele não quer contar pra gente o que aconteceu", disse ela.

"É mesmo?"

"Foi culpa minha", explicou Eric.

"Tudo bem", ela deu de ombros. "Foi culpa sua. É só dizer pra gente quem mais estava envolvido."

"Ninguém." Fez uma careta ao dizer isso. O que devia ter dito era: *Eles me atacaram pelas costas.*

"Bom, se esse 'ninguém' voltar, ele pode querer terminar o serviço", disse o detetive chinês. Ele tinha um sotaque surpreendentemente forte para quem havia conseguido entrar para a polícia, pensou Eric, mas quem era ele para opinar sobre isso?

"Olha, a gente não pode obrigar você a falar."

"Eu sei."

A detetive deu de ombros, estava cagando e andando, mas assim mesmo emputecida com aquela resistência.

O celular do outro tocou de novo e ele se afastou para atender.

"Ai", Eric gemeu, e voltou a sucumbir ao efeito da droga que tinham lhe dado, o que quer que fosse.

Berkowitz só ligou para Matty à uma da tarde.

"E aí, novidades?"

O tom da pergunta disse a Matty tudo o que ele precisava saber a respeito da imaterialidade da entrevista coletiva.

"Bom, ele está aqui."

"Ele quem?"

Matty ficou olhando para o fone em sua mão. "O Marcus, ele voltou de Miami no voo da madrugada."

"É mesmo? Como é que ele está?"

"Vai ficar melhor amanhã depois da coletiva."

"Amanhã?", exclamou Berkowitz, como se fosse uma novidade para ele.

Era como se os dois representassem uma peça, sem poder reconhecer que estavam apenas recitando falas decoradas.

"Certo", disse Berkowitz. "Qual é a recompensa até agora?"

"Quarenta e dois mil dólares", disse Matty devagar.

"Tá bom, sabe de uma coisa? Depois eu te dou um retorno. Preciso falar com umas pessoas."

Uma hora depois, Billy voltou para a sala de reunião.

"O que está acontecendo?"

"Estou esperando um telefonema", disse Matty. "Continuo esperando."

"Meu Deus." Billy desabou na cadeira ao lado da mesa.

"Isso é que é tirar o corpo fora em alto estilo."

"Não sei como é que você aguenta." Billy fechou os olhos, seu hálito estava adocicado.

"Você bebeu?"

"Bebi, mas estou bem."

"Está mesmo?"

"Estou."

Matty ficou olhando para ele por um momento, calculando. "Sabe o que mais?" Pegou o telefone em sua mesa. "Que se foda."

"É, oi, chefe." Matty inclinou o fone para que Billy também escutasse.

"Eu ia te ligar agorinha mesmo", disse Berkowitz.

"Olha, eu preciso te dizer uma coisa" — Matty olhou para Billy —, "o cara, o Marcus, está enchendo a cara."

"É mesmo? Qual é o problema dele?"

"Qual é o problema? Ele viajou de madrugada pra fazer isso, e agora, dois dias depois, continua esperando pra saber se a gente está com ele ou não."

"Pois é, acabei de falar com o Upshaw sobre essa história. Parece que tem um problema com o dinheiro da recompensa."

"É mesmo?" Matty rabiscou com força no bloco, a ponto de furá-lo. "E qual é o problema?"

"É o dinheiro dele, sabe? Os vinte mil. Ele não fez o depósito em juízo da maneira correta. De acordo com a carta de intenção, está no nome dele, o que quer dizer que é ele que controla o pagamento. A gente não trabalha desse jeito."

"Mas que porra…?" Billy inclinou-se para a frente, bêbado, Matty lançou-lhe um olhar feroz que o calou.

"A carta de intenção, é?", disse Matty, levando um dedo aos lábios.

429

"No começo o Upshaw ia fazer a coisa, mas aí ficou nervoso, ligou pro Mangold, e o chefe disse que não tem que fazer coletiva nenhuma. Ele disse: 'Eu achava que já tinha ficado claro o que era pra fazer. Deixar a coisa morrer'."

"Deixar a coisa *morrer*?", Billy cochichou, Matty pensando: café.

"Eu estou sendo totalmente franco com você", disse Berkowitz.

"É mesmo? Então eu também vou ser franco. A carta do banco, o depósito em juízo, tudo foi feito de boa-fé, e o senhor e todo mundo aí nesse prédio sabe muito bem disso."

"A questão não é essa."

"Olha aqui, chefe, o cara fez uma viagem de avião e ele quer essa coletiva conosco. Ele *quer*."

"É, mas ele vai ter que entender."

Matty olhou para Billy como se quisesse socá-lo.

"Sabe de uma coisa? Vou mandar ele ligar direto pro senhor, porque eu não tenho nada a ver com isso, e se ele criar problema pra nós, não quero que todo mundo fique botando a culpa em mim."

"Tudo bem, manda ele me ligar."

"*Eu?*" Billy de repente ficou apavorado, e em seguida se desligou por completo, afundando em suas encucações sobre Ike como se mergulhasse debaixo dos cobertores.

Matty levou Billy de volta ao Castillo de Pantera, instalou-o numa mesa de canto e o encheu de café.

"Vou te dizer o que você tem que fazer. Primeira coisa: curar esse porre. Depois quero que você ligue pra esse cara, o vice-inspetor Berkowitz, e diga pra ele que você quer que essa coletiva aconteça. Você levantou a grana e agora quer que as pessoas comecem a ligar pro disque-denúncia. Menciona todos os cartões de repórteres que você tem e diz pra ele que esses vampiros querem mais é que você fale mal da polícia, que a gente meteu o pé pelas mãos desde o começo dessa história, mas você ficou na sua. Até agora não falou mal de ninguém, mas, vice-inspetor Berkowitz, eu vou acabar dando essa coletiva sozinho, e juro por Deus que vou soltar o verbo, vai sobrar pro senhor, pro seu chefe, o chefe dos detetives e o chefe de polícia, mas o *seu* nome vai ser o primeiro que eu vou mencionar, vice-inspetor Berkowitz, vice-inspetor Berkowitz, fica repetindo o nome dele assim, diz logo de saída."

"Você quer que eu ligue pra ele?"

Matty se apoiou na mesa e se inclinou para a frente. "Você está ouvindo o que eu estou dizendo?"

"Estou."

"Eu estou botando o meu cu na reta por você. Você tem consciência disso?"

"Tenho."

"Não faz parte do meu trabalho criar caso com esses caras. Está entendendo?"

"Então por que é que você está fazendo isso?" A pergunta saltou da boca de Billy como se fosse um sapo.

Matty hesitou por uma fração de segundo antes de dizer: "Pelo seu filho".

Ele hesitou o bastante para que Billy, por mais assustado e bêbado que estivesse, percebesse o que havia de falso naquela afirmação.

Mas o próprio Matty percebeu; usar o pai do garoto morto daquele jeito…

"Sabe de uma coisa?", disse Matty, a voz mais baixa. "Com todo o respeito pelo seu filho, e eu quero mesmo que essa história acabe funcionando em favor dele, mas o fato é que eles estão me sacaneando desde o começo dessa história, e eu estou de saco cheio. Só quero fazer o que eu tenho que fazer."

"Eu entendo", disse Billy, sem ênfase, e mais uma vez sua recusa em emitir qualquer juízo instigou Matty a avançar mais um pouco.

"Olha", disse Matty, "você quer que essa porra toda vá pro espaço?"

"Não." Billy bebendo um gole de café.

"Quer que eu repita tudo mais uma vez?"

"Não."

"Nada?"

"Não."

"Tá bom, meu irmão." Matty ligou para Berkowitz e pôs o celular na mão de Billy, como se fosse uma arma. "Eu quero ver."

Mas quando Berkowitz atendeu, Billy ficou tão apavorado que a primeira coisa que saiu de sua boca foi uma bobagem completa.

"Senhor Berkowitz, eu realmente gostaria que o senhor participasse comigo dessa entrevista coletiva. Se eu estiver lá sozinho não vou saber o que dizer", fechando os olhos depois, com raiva de si próprio.

"Olha, senhor Marcus", disse Berkowitz, sua voz chegando até Matty de longe, porém nítida, "primeiro eu queria dizer o quanto eu lamento a sua perda."

Billy parecia sentir gratidão por aquela voz tranquila e sóbria que se dirigia a ele. "Obrigado."

Matty devia tê-lo preparado melhor; será que o sujeito realmente achava que Berkowitz ia cair de pau em cima dele?

"Eu tenho dois filhos, e nem consigo imaginar o que o senhor está passando agora."

"Obrigado", disse Billy baixinho, olhando para Matty.

"E pelo que todo mundo me diz, o Ivan era um excelente garoto."

"Ivan?"

"Um rapaz de futuro."

"Ivan?"

Matty ou imaginou, ou ouviu de fato um farfalhar de papéis vindo do outro lado da linha.

"Senhor Marcus, pode me passar um número em que eu possa lhe dar um retorno?"

"Acho que não." Billy totalmente sóbrio de repente.

"Então talvez seja melhor a gente conversar pessoalmente."

"Talvez", disse Billy, frio; Matty por fim sentia-se calmo o bastante para sair do restaurante e fumar um cigarro.

Billy saiu alguns minutos depois.

"Onde?", perguntou Matty.

"Green Pastures, na East Houston."

"Quando."

"Uma hora e meia."

"Uma hora e meia?" Matty surpreso. "Tudo bem, que merda, vá lá... Primeiro você tem que ir pro lugar onde você está ficando e pegar todos os cartões de repórteres que você tem."

"Ele falou Ivan", disse Billy.

Matty acendeu mais um cigarro na bituca que estava fumando. "Não esquece disso."

Estavam os dois dentro do carro de Matty a meio quarteirão da Green Pastures, uma delicatéssen vegetariana fundada por pioneiros brancos em meados dos anos 70, situada bem no cu da East Houston, o sol poente tingindo-os de alaranjado no peito e no queixo.

Billy parecia estar respirando com muita dificuldade, como se sua indignação moral tivesse sido sufocada por um terrível medo de se expor.

"Billy." Matty agarrou seu bíceps. "Me escuta. Você está me ouvindo? Você está com cara de quem vai enfartar, mas foda-se. Fique puto. Você tem todo o direito de ficar puto, ouviu?"

"Não. Eu sei. Só não quero deixar ele na mão, você entende?"

Matty hesitou, ele quem, e então: "Isso não vai acontecer".

Billy concordou com a cabeça mais que depressa, depois saiu em direção à porta.

Matty agarrou-o pelo braço outra vez. "De novo. Chefe dos detetives de Manhattan?"

"Upshaw."

"Chefe dos detetives?"

"Mangold."

"Chefe da polícia?"

"Patterson."

"Pode ir."

Agarrou-o ainda mais uma vez, Billy com cara de quem estava prestes a vomitar.

"E onde é que eu estou?"

"Como assim?"

"O Berkowitz te pergunta: 'Onde que está o detetive Clark agora'. Você responde…"

"Como é que eu vou saber?"

"Beleza. Pode ir."

Billy foi direto para a porta, Matty segurou-o pela última vez. "Está com os cartões dos repórteres?"

"Caralho", exclamou Billy. "Esqueci."

Billy saiu do carro e foi em direção à delicatéssen, com cara de quem vai cometer seu primeiro assalto, enquanto Matty se sentia como mãe de *starlet*, rezando para que o pobre-diabo não entrasse em parafuso e estragasse tudo.

Olha só para ele; Matty observando impotente a cena, Billy passando direto pela delicatéssen e seguindo em frente até acabar a calçada na rotatória da FDR Drive.

Um instante depois, tendo Billy corrigido seu itinerário e dado meia--volta, Berkowitz estacionou seu carro particular, sem motorista, em frente à delicatéssen, e Matty afundou no banco. O vice-inspetor saiu, interceptou Billy com um aperto de mão, levou-o até a porta do carona e abriu para ele, como se Marcus fosse sua namorada, Matty pensando, meu Deus, eu vou ter que seguir um vice-inspetor, mas uma vez dentro do carro ficaram ali mesmo e começaram a conversar.

"Como eu disse ao senhor pelo telefone", Berkowitz apalpando os envelopes de antiácido no porta-copos que os separava, "não tenho palavras para exprimir o que sinto pela sua tragédia."

"Obrigado", disse Billy. Nervoso demais para encarar de frente o vice-inspetor, olhava para um time feminino de futebol que atravessava a passarela sobre a pista em direção ao parque que margeava o rio do outro lado da FDR Drive.

"Olha, eu acho incrível o senhor estar tão dedicado e interessado... só queria lhe garantir que estamos fazendo tudo o que é possível para fechar esse caso, de modo que o senhor possa viver o seu luto da maneira adequada."

"Maneira adequada?", disse Billy, soltando um pouco da raiva acumulada. "Quer dizer que eu estou sentado aqui com o senhor para me esquivar do processo de luto?"

Mais que depressa, Berkowitz levantou as mãos. "Isso eu não tenho como saber."

"Porque na minha opinião, sabe?", Billy finalmente virou-se para ele, "eu acho que estou vivendo o meu luto direitinho."

"Só estou tentando dizer, senhor Marcus" — Berkowitz pôs a mão no braço do outro —, "que compreendo que o senhor esteja ansioso para dar essa entrevista coletiva, mas eu trabalho nesse tipo de caso há trinta anos, e na relação com a mídia o que é realmente importante é o timing."

"O timing."

"Por exemplo, se a gente tivesse feito hoje como o senhor queria, ia dar página 12, e olhe lá. O senhor está acompanhando os jornais? Encontraram um bebê largado numa caçamba de lixo ontem à noite atrás do hospital Jacobi, no Bronx. Sem querer parecer insensível, né. Mas a gente ia parar no meio dos classificados de veículos."

"Oquei." Billy deu de ombros. "E amanhã?"

"Depende do que acontecer hoje à noite", disse Berkowitz, paciente. "Eu não tenho bola de cristal, não."

"Então o que é que o senhor recomenda, ficar quietinho no meu canto? Vocês não têm nenhuma prova, a coisa já está fria, vai acabar congelando. Eu quero uma entrevista coletiva."

"O senhor não está ouvindo o que eu estou dizendo."

"Estou ouvindo tudo." Billy parecia animado por ter recuperado a lucidez.

"Nós estamos do mesmo lado."

"O senhor sabe de uma coisa?" Um riso seco. "Se o senhor acha necessário me dizer isso, é porque a gente não está, não."

Berkowitz fez uma pausa, contemplando o trânsito que se acumulava atrás deles na FDR, sentido norte.

"Olha aqui." Juntou as mãos numa posição de súplica. "O senhor parece ser uma pessoa cheia de iniciativa. Eu respeito isso. Eu faria a mesma coisa se não tivesse o conhecimento de causa que tenho. E o que o senhor está pedindo simplesmente não vai acontecer. Vamos dar essa coletiva quando a gente conseguir o máximo de repercussão. Quando meus trinta anos de experiência me disserem: é agora."

"Não." Billy esfregou a mão na calça, livrando-se de alguns fiapos. "Aí o senhor dá a *sua* coletiva. Eu dou a minha quando eu quiser. O senhor não quer participar? Tudo bem. Mas eu lhe juro, eu estou elogiando a polícia desde o começo dessa história, e... bom, agora isso vai acabar, agora mesmo, e aí quando me perguntarem, como eles *vão* perguntar, ué, cadê a polícia?, vou responder com toda a franqueza. Vou dizer: eu tive um encontro pessoal com o vice-inspetor Berkowitz, que eu imagino que falava em nome do chefe dos detetives de Manhattan, o Upshaw, em nome do chefe dos detetives, o Mangold, em nome do chefe de polícia, o Patterson, e de acordo com esse vice-inspetor Berkowitz a atitude oficial em relação a divulgar o aumento dessa recompensa, a posição oficial..."

"Tá bom, tá bom." Berkowitz baixou a cabeça por um instante, como se estivesse cochilando, depois levantou-a, dando de ombros. "Entendi."

Do outro lado da rua, encolhido no banco do carro, Matty viu a coisa toda desdobrar-se em pantomima.

Era preciso reconhecer, pensou Matty: o vice-inspetor era um profissional; fez sua jogada, perdeu, mudou de lado, tocou para a frente.

Um instante depois, os dois saíram do carro e trocaram um aperto de mãos, Billy saiu andando, Matty de súbito temeu que o homem viesse direto para o seu carro, sob o olhar do vice-inspetor, sentindo-se um idiota ao cobrir o rosto com a mão e desviar o olhar, Billy voltando direto para a porra do carro, Matty quase morrendo até que de repente Billy mudou de direção, no último instante antes de abrir a porta do carro, entrando na Attorney, e teve bastante presença de espírito para não olhar nem uma vez para Matty nem para o carro, Matty pensando se não haveria um toque de vingança na coreografia daquele suspense.

Alguns minutos depois, Berkowitz ligou para seu celular.

"Alô, olha, a gente vai fazer, sim. Preciso dar uns telefonemas, combinar umas coisas, hoje já não dá mais, que tal amanhã à tarde, à uma hora?"

"Acho muito bom", disse Matty enquanto subia a Attorney à procura de Billy. "Como o senhor deve ter percebido, esse cara não está de brincadeira, não."

"É, deu pra perceber, sim."

"Seja como for, obrigado."

"Por um triz ele não entra direto no seu carro, hein?", disse Berkowitz, tranquilo.

Matty gelou.

"Não esquece de preparar toda a papelada."

"Obrigado, chefe."

"Foda-se", disse Berkowitz. "Eu teria feito a mesma coisa."

Quando finalmente encontrou Billy na esquina da Attorney com a Rivington, caminhando às cegas feito um urso, o passo cambaio, Matty percebeu o quanto lhe havia custado aquele confronto com Berkowitz, e por isso não o chamou pelo nome, apenas foi acompanhando-o com o carro, dando-lhe tempo para se refazer.

Trabalhando com a imprensa, levantando o dinheiro e enfrentando a polícia, Billy havia se saído muito bem, mas Matty sabia que aquela vitória era vazia; que Billy haveria de descobrir agora, se já não havia descoberto, que mesmo tendo conseguido o melhor resultado possível, não diminuiria aquela sensação esmagadora de antecipação que ele levava nas entranhas nos últimos dias, que o que quer que viesse a acontecer, independente do modo como se fizesse justiça, das homenagens e bolsas de estudo que se criassem, das crianças novas que viessem a surgir em sua vida, ele sempre levaria dentro de si aquela sensação acachapante de espera: esperar um coração tranquilo, esperar que seu filho parasse de aprontar e reaparecesse, esperar sua própria morte.

Matty o acompanhou até a esquina de Broome, e então finalmente buzinou, Billy virou-se em direção ao barulho mas não viu o carro, a dois metros dele.

Ao ouvir seu próprio nome, aproximou-se da porta do passageiro e pôs a cabeça na janela aberta.

"Não sei o que você disse a ele, meu irmão, mas deu certo."

"É mesmo?" Billy olhava para ele sem vê-lo.

"Sério." Matty esticou o braço e abriu com cuidado a porta do passageiro. "Você se saiu muito bem."

Quando Matty chegou em casa, havia um recado de sua ex-mulher na secretária eletrônica, dizendo-lhe que o Outro deveria chegar em um ou dois dias, e que ela voltaria a ligar no dia seguinte para dizer a hora e a companhia de ônibus. Lindsay só ligava para o telefone fixo quando não queria conversar com ele, caso contrário ligava para o celular. Matty sabia por que esta notícia estava chegando daquela maneira: Lindsay não queria lhe dar oportunidade de tirar o corpo fora.

Parado no meio da sala, Matty olhava para o sofá como se ele fosse um enigma. Em seguida, abriu-o, transformando-o numa cama. Aberto, o sofá ocupava toda a sala, todo o apartamento.

Mas, pensando bem, de que ele realmente precisava? Da cozinha, para fazer café; da varanda, para tomá-lo; e do quarto. Ele nunca nem via televisão.

Naquela noite, às onze horas, Gerard "Mush" Mashburn, tendo saído três semanas antes da prisão de Rikers Island, estava algemado no banco de trás do táxi da Qualidade de Vida, Geohagan sentado ao seu lado, Daley e Lugo no banco da frente.

Quando Daley calçou a luva de beisebol que estava enfiada entre o painel e a janela e começou a socá-la, distraído, Mush comentou: "Você tem que passar óleo de tungue nela".

"Passar o quê?" Daley virou-se para trás.

"Ih, não fode." Lugo sorriu no retrovisor. "Tremendo *Campo dos sonhos* no banco de trás."

"Eu conheci um interbases no colegial que usava gordura de toucinho", disse Mush. "A luva mais flexível que eu já vi."

"Você joga, Mush?", perguntou Geohagan.

"Jogava. Jardineiro-esquerdo, direito, primeira base, o que pintava. No terceiro ano, fui menção honrosa do condado."

"Sem sacanagem. Que condado?"

"Chemung, norte do estado. E olha que lá os caras jogavam muito."

"Então, por que é que você acabou assim?" Daley fez um gesto de quem dá tiros.

Mush virou para a janela, dando de ombros. Pra que perguntar por quê.

"Quer jogar no time da Qualidade de Vida?", perguntou Lugo. "A gente está sem um rebatedor de peso."

"É, boa ideia. Prende o cara e põe ele no time", disse Mush. "Trombadinha você espalha pelo jardim interno, né, porque eles sabem usar as mãos, correm depressa, os valentões você põe no jardim externo, e como receptor, é isso, põe um assassino, que aí os rebatedores fica tudo nervoso e erra."

Os policiais trocaram sorrisos, apontando para o humorista no banco de trás.

Percebendo, Mush foi se animando com a plateia, apenas leves sinais de ansiedade no gesto repetitivo e inconsciente de lamber os lábios.

"Já o técnico, ele não pode ser usuário de droga não, porque aí o cara que está correndo as bases vai ver o cara se coçando e virando a cabeça e não vai saber se é pra cagar, mijar ou dar corda no relógio."

A essa altura os policiais já estavam caindo na gargalhada, se sacudindo nos bancos.

"Agora, o arremessador, esse ia ser problema. Deixa eu pensar um pouco…"

"Não, não, esse eu matei", disse Lugo, mirando os olhos de Mush pelo retrovisor outra vez. "Sabe quem seria o cara perfeito? Qualquer um que você ligar agora e ele trouxer uma arma pra gente."

O briefing para a coletiva se realizou na sala do capitão no Oitavo Esquadrão, vinte e tantos repórteres socados na sala uma hora antes para se inteirar das regras do jogo.

O chefe de polícia não queria ter nenhuma participação naquele circo, e por isso passou o abacaxi para o chefe dos detetives, que o passou adiante para o chefe dos detetives de Manhattan, que o jogou para cima do vice-inspetor Berkowitz, que, para surpresa de Matty, disse que topava, afirmando que estava cismado com aquela história e tinha interesse pessoal em fechar o caso com uma prisão.

Nem Billy nem Minette haviam chegado ainda.

"Vamos lá." Berkowitz instalado em seu poleiro num canto da mesa do capitão. "Vamos resumir os detalhes do crime, anunciar o aumento da recompensa e pedir que o pai de Ike Marcus leia uma declaração." Correu o olhar pela sala apinhada, ignorando as mãos já levantadas.

"Levando em conta que a investigação está em andamento, não vamos falar sobre os progressos obtidos até o momento, nem dar nenhum detalhe sobre a investigação em si. Mayer."

"Vão falar sobre a detenção e soltura de Eric Cash?", perguntou Beck.

"Não, não toca nesse assunto, não. A gente não está aqui pra virar saco de pancada. O que a gente quer é resultado."

"Mas na verdade vocês estão sem pistas, certo?"

Berkowitz ficou olhando para Beck. "Ver acima."

Enquanto as mãos continuavam a se levantar, Matty saiu discretamente da sala e, do corredor, ligou para o celular de Billy. Atendeu a gravação. A saudação de Billy, gravada ainda no período pré-apocalipse, parecia estranhamente alegre.

Então ligou para o Howard Johnson, Billy pelo visto ainda não havia saído, mas o ramal do seu quarto estava ou fora do gancho ou ocupado.

Só lhe restava o celular de Minette, mas quando ele ligou quem atendeu foi Nina, com um "alô" inseguro e assustado.

"Oi, Nina, aqui é o Matty Clark, o seu pai está aí?"

Ao fundo, ouviu a voz de Minette: *"Billy...".*

"Meu pai?"

"Você, você está no hotel?"

"Estou."

"Billy, *levanta.*"

"Olha." Matty começando a andar de um lado para o outro. "Será que eu devia ir até aí?"

"Devia o quê?" A garota parecia estar falando de dentro de uma trincheira sob fogo cerrado.

"Será que..." Matty interrompeu-se; perguntar para uma criança, onde já se viu. "Posso falar com a sua mãe?"

"Mãe...", a voz de Nina mais fraca, voltada para o quarto. "É o Matty, o policial."

Matty, o policial.

"Oi, oi", Minette afobada. "A gente está indo, está indo."

"Quer que eu..."

"Não, tudo bem."

"Vocês vão conseguir..."

"Já disse que sim."

"... chegar na hora?"

"Vamos. Mas primeiro eu tenho que largar essa porra desse telefone", e desligou.

Eric acordou ouvindo o locutor do noticiário da NY1 na televisão colocada acima da cama de seu novo vizinho, um homenzarrão de idade e raça indeterminadas, as mãos, do punho até a base dos dedos, inchadas pelo uso de drogas, parecendo luvas de beisebol, os dedos reduzidos a palitos.

Na mesa de cabeceira de Eric havia uma cesta de vime da Berkmann, enviada por Harry Steele, contendo um sortimento de biscoitos Carr, um pouco de queijo tipo *burrata* embrulhado num pano, uma pera importada da Ásia e uma garrafa de Sancerre, mas sem saca-rolhas. Dizia o bilhete: "Qualquer coisa que eu puder fazer. H. S.".

Ele não conseguia encontrar o controle remoto da televisão, então, enquanto aguardava a alta, assistia à tevê do vizinho.

Uma tribuna fora instalada na Pitt Street, bem em frente à delegacia, com uma profusão de cabos de microfones e câmeras entrando no prédio como os tentáculos de uma medusa.

Matty estava ao lado do vice-inspetor Berkowitz, um inspetor do setor de imprensa da polícia e um cavalete com o esboço do predador genérico traçado segundo a descrição de Eric Cash.

Era uma e vinte, e nada de Billy, Matty de novo ligando para os celulares de todo mundo.

Berkowitz olhou ostensivamente para o relógio fazendo uma careta, depois empertigou-se, irritado. "Esse cara *não existe*."

Os fotógrafos e repórteres, todos com celulares encaixados no pescoço e cigarros no canto da boca, estavam ficando profundamente inquietos, copinhos de café vazios brotavam como cogumelos no teto e no capô das viaturas da polícia e carros particulares parados em quarenta e cinco graus ao longo do meio-fio.

"Inacreditável", murmurou Berkowitz. "Vocês dois tramaram essa cagada juntos, ou foi só você?"

Matty achou que não era o caso de responder.

Um marginal algemado sendo levado para dentro da delegacia tropeçou nos cabos e caiu de cara no chão. Quando foi levantado pelo policial que o prendera, tinha um arranhão no rosto.

"Vocês filmaram isso", ele gritou para a imprensa. "Vocês todos são testemunhas oculares!"

442

O policial que o prendera abaixou-se, pegou o chapéu do sujeito e o recolocou na sua cabeça antes de empurrá-lo para dentro.

"Esse cara que se dane", disse Berkowitz, e então se debruçou sobre a massa de microfones estendidos sobre a tribuna.

"Infelizmente, William Marcus, o pai de Isaac Marcus, foi chamado para resolver problemas urgentes de família, mas nós falamos com ele e seus familiares antes, junto com o Departamento de Polícia de Nova York..."

E então Matty os viu, os membros do clã Davidson-Marcus, do outro lado da esquina da Pitt com a Delancey, emergindo das sombras debaixo da Williamsburg Bridge, olhos esbugalhados, desmazelados, como uma criatura de muitas cabeças vinda do deserto.

Billy estava diante dos microfones, olhando para o repolho branco de papel amassado em suas mãos, os lábios se mexendo mas as palavras saindo embotadas.

"Junto com..." Billy olhou para os repórteres e fotógrafos, tossiu, mudou de marcha. "Toda existência...", depois parou para tossir outra vez.

Minette inclinou-se para o lado de Matty, cochichou: *"Aquela sala...".*

"Meu filho...", tossindo e tossindo como se fosse morrer de tanto tossir.

Por fim um dos repórteres se aproximou e entregou-lhe uma garrafa d'água, Billy desatarraxou a tampa bem devagar, aproveitando para recuperar a calma.

"Meu filho, Ike, amava esta cidade." Finalmente engrenou, olhando para as anotações. "Em particular, amava o Lower East Side, tanto o de seus ancestrais" — sem levantar o olhar, com um gesto gracioso estendeu a mão num arco abrangente, como que para indicar um reino — "quanto seu lar adotivo... Num momento em que abraçava amorosamente esse bairro... foi assassinado a sangue-frio, gratuitamente, por marginais oportunistas e inconscientes. Por margin... covardes..."

Berkowitz, com uma cara melancólica, as mãos cruzadas acima do cinto, inclinou-se para a frente tentando atrair o olhar de Matty.

Matty estendeu a mão e tocou no braço de Billy; o sujeito levou um susto, mas entendeu o recado.

"Meu filho, Ike, amava Nova York..."

Das quadras de basquete do outro lado da rua, ao lado do mercado de aves, as adolescentes que lá jogavam de repente encheram o ar com gritos obscenos e irreverentes, Billy fechou os olhos, o rosto vermelho.

"Meu filho, Ike, amava Nova York", trêmulo de raiva agora, "e esta cidade o devorou... Esta cidade tem sangue no focinho. Esta cidade..." Billy engoliu, e então deixou cair os papéis como se fossem lixo.

"O que é necessário para sobreviver aqui? Quem sobrevive? Os... os que já estão meio mortos? Os inconscientes?"

Berkowitz dirigiu outro olhar a Matty.

"A gente sobrevive pelo que a gente *tem*? Ou pelo que a gente *não* tem...?"

Matty fez menção de cutucá-lo outra vez, mas Minette cochichou: "Deixa ele".

"Será que ter *coração* é uma desvantagem? Ter inocência? Alegria de viver? O meu filho..." A boca de Billy se contorcia. "Eu cometi tantos erros... Por favor", olhando para a plateia reunida, "quem fez isso..."

"Muito impactante", murmurou Berkowitz para Matty logo depois que Billy saiu do púlpito e foi abraçado pela mulher, "mas ele esqueceu de falar do dinheiro."

Já vestido, Eric continuava sentado no seu leito hospitalar olhando para a televisão do vizinho muito depois de terminar a transmissão ao vivo da entrevista coletiva.

Uma auxiliar de enfermagem entrou, empurrando uma cadeira de rodas vazia.

"O senhor parece triste por estar indo embora", ela disse.

"O quê?"

"O que foi?" Levantando os pedais da cadeira para que ele se sentasse. "A nossa cozinha cinco estrelas?"

"Hoje não, meu caro", recitou seu vizinho, e depois mudou de canal.

Uma hora depois que a entrevista coletiva foi exibida ao vivo na NY1, Matty e o resto do esquadrão estavam imobilizados atrás de pilhas de pedacinhos de papéis rosados trazidos num fluxo constante do andar de baixo, os detetives rapidamente separando-os em duas pilhas, Relevantes e Perda de Tempo, a que continha pistas que valiam a pena investigar correspondendo a cerca de dez por cento do total, sendo os noventa por cento restantes obra de malucos, caguetes crônicos e, os favoritos de Matty, gente vingativa, que entregava os nomes de namorados infiéis, ex-namorados, ex-maridos que não pagavam pensão, senhorios desleixados e inquilinos caloteiros, que davam nomes de suspeitos da raça errada, da classe errada, da faixa etária errada e moradores do bairro errado; criminosos que moravam em Sutton Place, no Central Park West, em Chappaqua, no Texas, no Alasca no momento, mas é só onde ele está servindo agora; e como sempre, os donos do transporte compareciam em massa: vi esse cara ainda há pouco na minha bilheteria, no meu trem, no meu ônibus, no meu táxi, na minha van, nos meus sonhos; tudo isso ia sem exceção parar na pilha Perda de Tempo; mas como chamar de perda de tempo a acusação de uma velhinha de Brooklyn Heights, entregando o filho que morava no Havaí, mas que podia ter vindo de avião só para cometer esse crime, é o que ele faz o tempo todo; ou o telefonema a cobrar de um prisioneiro de Rikers Island, entregando o juiz que o condenara à prisão e querendo saber se podia receber os quarenta e dois mil em dinheiro vivo porque não tinha conta em banco; ou a denúncia de uma policial de Staten Island, que havia ligado para dedurar seu namorado, também policial, que tinha acabado de engravidar uma outra policial.

Porém havia também outra pilha, os dez por cento de Relevantes, as dicas inevitáveis; a turma do ouvi-dizer, gente que ligava para contar que um sujeito em Fort Lee, em Newark, em Bushwick, no Harlem, em Hempstead me falou, ou então eu ouvi ele falar que foi ele, ou que ele sabe quem foi, isso mesmo, esse cara tem uma arma, mas eu não estou sabendo de arma nenhuma; ou, melhor ainda, a pessoa ao telefone identifica o calibre correto da arma; mas mesmo no caso dessas ligações, ninguém sabia o nome verdadeiro de ninguém: só davam apelidos, Cranky, Stinkum, Half-Dead, House, por ser do tamanho de uma casa...

Os melhores de todos, é claro, eram os sujeitos que eles já conheciam ali da vizinhança, ligando para denunciar outro sujeito do pedaço que eles também conheciam; um cara cuja história pessoal se encaixava bem, que tinha amigos cuja história também se encaixava; fulano de tal, do Lemlich, que anda com beltrano, do Riss, e sicrano, da Lewis Street, todos eles tendo o pedigree necessário... Mas por enquanto não estavam recebendo nenhuma dica desse tipo.

"Sim, aqui é o detetive Clark do Oitavo Esquadrão, com quem eu falo?"

"Quem é que quer saber?"

Matty ficou olhando para o telefone. "O detetive..."

"Ah, sim, sim, eu estou ligando é por causa da recompensa, não é?"

"O que é que você tem pra dizer?" Matty mentalmente já pondo o telefone no gancho.

"Tem um garoto, o Lanny, eu ouvi ele contando vantagem, falando que foi ele quem apagou aquele cara, desde que deu no noticiário hoje."

"É mesmo? O Lanny tem arma?"

"Tem, sim."

"Você sabe o calibre?"

"Acho que é vinte e dois."

Matty despertou um pouco. "Como é que você conhece ele?"

"Ele esteve em Otisville com o meu irmão. Acabou de sair de lá."

"Quem?"

"O Lanny. Meu irmão continua preso."

"Não diga. Preso por quê?"

"O Lanny ou o meu irmão?"

"O Lanny."

"Assalto à mão armada, assaltou um garoto no Brooklyn."

Matty olhou para Yolonda; talvez houvesse alguma coisa naquilo.

"Sabe onde ele está agora?"

"No banheiro."

"Quando você diz que ele acabou de sair da prisão, foi há quanto tempo?"

"Hoje de manhã."

Matty levantou a caneta.

"Então, vocês vêm pra cá?"

Matty anotou o endereço. Não custava. Esse tipo de pessoa sempre conhecia alguém.

"Três caras ligaram denunciando um tal de Pogo, da Avenue D", disse Mullins, atrás de sua pilha de papel rosado.

"O Pogo da D?", retrucou Yolonda, detrás de sua pilha. "Esse eu conheço. É traficante. Esse não rouba ninguém."

"Na dúvida", disse Matty, "traz ele também."

"Ih, caceta, ó só o homem do queixo!"

Todos que estavam empoleirados no corrimão viraram-se para Tristan, que acabava de sair do prédio, e começaram a rir.

Era Big Bird, estava de volta depois de passar uns tempos na tal escola especial, cercado por seus admiradores.

"Cadê aquela sua coisinha, cara?" Big Bird agitando os dedos grandes como salsichas embaixo de seu cavanhaque.

"Nunca viu não?", murmurou Tristan, sem se dirigir a ninguém em particular. "Vocês me veem todo dia."

"Que foi que ele disse?"

"Ele disse alguma coisa?"

"Pelo menos agora a gente sabe por que você deixou crescer aquele troço", comentou Bird, fazendo uma careta.

"Mas você não sabe por que eu raspei", Tristan não conseguiu conter a réplica, embora, como sempre, ninguém o ouvisse.

Big Bird Hastings, que no ano anterior fora o melhor jogador de Seward Park, devia estar cursando o sexto ano de um cursinho perto de Baltimore para alunos bons de basquete e ruins de leitura; um colégio com professores particulares, em que o aluno tinha que usar gravata e falar sobre disciplina e pontualidade o tempo todo, mas alguma coisa acontecera pois Bird não só voltara para Nova York depois de apenas um mês como também se alistara no exército.

"Tudo bem, meu irmão", disse Bird. "Tu não tem medo de mostrar quem tu é. Tem muito nego aí que se tivesse uma cicatriz que nem a tua não ia nem sair de casa. Tu tem é *peito*, cara." Big Bird deu um tapinha no peito de Tristan com a mão esquerda. *"Peito."*

Tristan teve de se conter para não se abrir num sorriso.

"Tu quer vir com a gente hoje à noite?" Bird ainda se dirigindo a ele na frente de todo mundo. "Conheci uma garota ontem no centro de recrutamento lá no Bronx. Tem um bando de amiga dela que também se alistou, e elas me perguntaram se eu conheço uma galera aqui do pedaço pra fazer um programa, você sabe, tipo assim aprontar geral antes de encarar a barra-pesada… E aí, tu tá a fim?"

"Tô", disse Tristan com um sorrisinho.

A ideia de sair com as garotas era ótima, mas Big Bird dizer que ele tinha "peito" era como um sino de igreja badalando dentro de sua cabeça.

"Ô Bird, tem lugar pra todo mundo aí?" Little Dap indicou com a mão o Mercury Mountaineer de Bird, com placa de Maryland, parado junto ao meio-fio, depois lançou um olhar de ódio secreto para Tristan. Little Dap, veadinho.

"Lugar pro *Cicatriz*?", disse Bird, pondo a mão no ombro de Tristan. "Claro que tem." E foi andando em direção ao carro.

"A gente sai por volta das dez, certo?" Bird virando-se para trás, falando com a turma do corrimão, depois entrou no Mercury Mountaineer e se mandou, Tristan ficou olhando até o carro desaparecer na esquina.

Cicatriz.

"Esse tal de Steak Lips", perguntou Matty, a base de sua mão já começava a deixar uma meia-lua permanente na sua testa, "ele tem uma arma?"

Estava falando com a terceira das três pessoas que haviam ligado para falar de um certo Steak Lips, de White Plains, todos contando mais ou menos a mesma história.

"Tem."

"Que tipo?"

"Não sei não. Uma arma."

"E onde mora o Steak Lips?"

"Com a tia dele."

"Mas onde?"

"Ela mudou."

"Mas continua em White Plains?"

"Pode ser."

"Tá bom, eu vou fazer a pesquisa aqui, depois te dou um retorno."

Matty estava prestes a pesquisar o nome Steak Lips no banco de dados da cidade, na esperança de que houvesse alguém com esse nome no sistema, senão eles estariam lidando com um Steak Lips de White Plains, o que significava que ele teria que ir até lá, entrar em contato com a polícia local, pegar a foto de White Plains que eles tinham e prepará-la para mostrá-la aos três denunciantes, para que ficasse claro que todos estavam falando do mesmo Steak Lips; era isso que Matty estava prestes a fazer quando Eric Cash entrou na sala e a situação mudou totalmente.

Ele foi direto até a mesa de Matty. "O que é que eu tenho que fazer?"

"Cadê o seu advogado?", perguntou Matty, tranquilo.

"Esquece o meu advogado."

"O que foi que aconteceu com você?"

A cara do sujeito estava toda arrebentada.

"Por favor", disse Cash, "só me diz o que eu tenho que fazer."

A primeira coisa era mostrar a ele as fotos de procurados, os mais prováveis, e o cara olhou os vinte e cinco rostos com avidez, como se estivesse procurando amor, mas não reconheceu nenhum, o que não foi surpresa para ninguém.

"Certo", disse Matty, sentado na quina da mesa do tenente. "Bom, o que a gente tem que fazer agora é pedir pra você nos contar de novo o que aconteceu naquela noite."

"Eu já fiz isso."

"Já, mas sabe qual é a diferença desta vez?" Yolonda aproximou-se dele. "Eu fico constrangida de dizer isso, mas desta vez a gente está escutando de uma outra forma."

Passaram duas horas fazendo Eric relembrar cada momento daquela noite: cada bar, cada encontro, cada conversa com terceiros, e quando chegaram ao encontro fatídico, as exigências deles se tornaram extremamente minuciosas; os ângulos em que haviam chegado ao número 27 da Eldridge, eles e os marginais; a luz, quem estava onde, quem estava na frente de quem; qualquer vestígio de lembrança referente a feições, posturas, penteados, vestimentas; qualquer vestígio de lembrança referente ao que fora dito por eles mesmos, pelos marginais, em que ordem. Ele disse isso, depois o Ike disse aquilo, depois ele disse isso. Porque na primeira vez que você falou com a gente... Qualquer incoerência no relato de Eric era destacada com o máximo de delicadeza, reforçada por mais uma garantia de que agora ele era uma testemunha sagrada, e não um suspeito; então vamos voltar para a questão da luz, em que ângulo a luz incidia sobre quem, e a arma; desculpe, mas só mais uma vez, como é que você sabe que era mesmo uma vinte e dois? Então quem correu para onde, eles correram juntos ou separados, estavam correndo ou andando depressa, havia uma terceira pessoa, algum veículo, outras pessoas na rua... Duas horas, e ele não lhes deu nada mais do que tinha dado da primeira vez; no final, os três pareciam roupa secando no varal.

"Tá legal." Matty espreguiçou-se. "Agora acho que a gente devia examinar aquele retrato falado que você fez pra gente."

"Eu preciso dizer uma coisa", Eric falou, acariciando o maxilar fraturado, "eu estou mais inventando do que reconhecendo a figura."

"Mesmo assim", disse Matty, e então: "Quer comer alguma coisa antes?"

"Vamos logo", disse Eric, baixando a cabeça, apoiando-a nos braços cruzados.

Yolonda começou a massagear seus ombros. "Meu Deus", ela exclamou. "Parece que está cheio de bolas de golfe."

Quando o desenhista, levando um retrato quase idêntico ao que havia trazido duas horas antes, saiu da sala do tenente, Matty olhou para Yolonda com uma expressão de decepção impassível, e então, coisa rara nele, pôs a mão na testemunha exausta, o rosto todo fodido. "Tudo bem, Eric, muito obrigado por vir aqui. Eu sei que do jeito que a gente te tratou não foi fácil pra você."

"É só isso?"

"É muita coisa", disse Yolonda. "Amanhã a gente continua."

"De repente a gente devia voltar à cena do crime", disse ele. "Eu topo. Quem sabe eu não vou me lembrar de mais alguma coisa."

"Você quer ensinar padre a rezar missa?", perguntou Yolonda, amável.

"Não, não, não." Eric estendeu a mão em direção a ela. "É só uma sugestão."

"Eric", disse Matty. "Ela está brincando com você."

"O quê?"

"É pra diminuir a tensão", explicou Yolonda. "Você topa? Então vamos."

Levaram vinte minutos para encontrar a chave do carro, que não estava pendurada no claviculário onde devia estar, depois mais vinte para localizar o carro, que não estava estacionado onde devia estar. A pé, o número 27 da Eldridge ficava a dez minutos da delegacia, mas com raras exceções ninguém ia a pé a lugar nenhum.

Quando Yolonda foi abrir a porta do motorista, Eric aproximou-se dela e falou apressado em seu ouvido. "Posso ir sozinho com você? Só até lá."

"Por quê?"

"Ou então eu vou a pé com você, tanto faz."

"Mas por quê?"

"Preciso te dizer uma coisa." Seus olhos estavam vermelhos como se ele estivesse saindo de um incêndio.

Para não constranger Cash, Matty começou a se afastar como se essa fosse sua intenção desde o início. "Eu encontro vocês lá", fazendo sinal para que os dois fossem a sós.

Eric começou a falar antes mesmo que Yolonda enfiasse a chave na ignição. "É importante que você saiba que eu não sou quem você acha que eu sou."

"Eu acho que você passou um mau bocado", disse ela, tirando o corpo fora.

"Eu virei um inseto."

"Como assim, um inseto." Yolonda tomando o caminho mais longo para dar mais tempo a ele.

"Você me transformou num inseto naquele dia."

"Bom, o Matty partiu pra porrada, mas você tem que entender...", indicando com um gesto um carro de polícia.

"Não." A voz de Eric começou a fraquejar. "Foi você. Com uma única pergunta."

Yolonda virou-se para ele.

"Você me perguntou por que, depois de passar o dia inteiro falando com vocês sobre o que tinha acontecido, horas e horas recapitulando e repetindo, eu não perguntei nem uma vez como é que estava o Ike, não perguntei nem se ele estava vivo ou morto."

"Puxa."

Ela encostou o carro no meio-fio a três quarteirões da cena do crime e pôs o motor em ponto morto. Aquela conversa podia demorar.

"E eu não perguntei mesmo. Não perguntei porque estava morrendo de medo de vocês dois naquela sala, só pensava em sobreviver, nem me lembrei de perguntar. Dá pra imaginar isso? Ficar desse jeito? Que espécie de ser humano simplesmente esquece da vida do outro desse jeito? Abandona a coisa mais básica... Bastou passar umas horas com vocês pra eu virar um inseto. Mas fui *eu* que virei, você entende o que eu estou dizendo? Vocês não iam conseguir fazer isso sem mim. Vocês só fizeram a coisa vir à tona. Quer dizer, o que o assassino começou, vocês terminaram, mas a coisa já estava *em mim*, está me entendendo? Entende o que eu quero dizer?"

"Hã hã."

"E aí, quando vocês finalmente me algemaram, isso não foi nada, isso foi refresco. Três horas, três anos, algemas àquela altura, parecia que tinha tudo a ver."

"Certo", disse Yolonda, "desculpa."

"Mas eu sou uma pessoa muito melhor que isso."

"Oquei."

"Sou muito melhor do que tudo que eu já fiz."

"Eu estou ouvindo você."

"É importante pra mim você saber disso."

"Mas é claro."

"É importante *eu* saber disso."

"Você não devia ser tão duro consigo mesmo, sabia?"

Eric cobriu o rosto com as mãos e chorou.

"Você é um cara legal, tá bom?", dando a partida no carro outra vez.

Matty estava esperando em frente ao número 27, agora só restava do santuário o rosto de Willie Bosket olhando feroz para eles daquele pedaço de jornal rasgado e sacudido pelo vento, como se olhasse por detrás de sua própria imagem.

Quando saíram do carro, Matty trocou um olhar com Yolonda: o que era? Yolonda deu de ombros.

"Ele não tinha intenção de fazer aquilo", disse Eric, após permanecer um minuto parado no local do crime.

"Ele quem?"

"O cara da arma."

Matty e Yolonda se entreolharam, Eric perdido na sua visão interior.

"O cara da vinte e dois. Foi o Ike que provocou ele, e ele simplesmente puxou o gatilho. Aí ele se curvou assim" — Eric curvou-se, fechou os olhos —, "'Ah!' ou 'Que merda!' O outro cara, o que estava sem arma, agarrou o parceiro, e disse 'Vam'bora!', e eles caíram fora."

"Foram pra que lado."

"Em direção ao centro."

"Eric, não estou querendo pegar você, não, mas antes você falou que eles foram pro leste."

"Não. Pro centro."

Ou seja, rumo ao Lemlich.

"O cara da vinte e dois disse: 'Ah'. O outro disse 'Vam'bora', e eles foram embora."

"Disseram mais alguma coisa?"

"Não. Eu não… não."

"O cara que deu o tiro, ele se curvou depois de atirar, e o rosto dele estava na luz?"

"Pode ser, eu não…"

"Fecha os olhos e vê."

"Um lobo. Eu sei que foi isso que eu disse antes, mas…"

"Cabelo?"

"Cavanhaque. Isso eu disse desde o começo também. Tenho certeza, tinha cavanhaque."

"Cabelo?"

"Curto, mais pra curto."

"Liso, crespo, black power…"

"Black power não, talvez crespo, eu não…"

"Olhos?"

"Eu não… Eu não ia olhar pra ele desse jeito. Olhar nos olhos…"

"Às vezes a gente olha, mesmo sem querer."

"Não."

"Alguma cicatriz?"

"Eu não…"

"Idade."

"Dezoito, dezenove? Vinte e poucos? Desculpa, a arma, ela atrai a atenção da gente."

"Claro."

"Peraí. Acho que ele tinha uma cicatriz, talvez."

"Como assim, talvez?"

"Tinha uma coisa branca brilhando por baixo do cavanhaque."

"Coisa branca brilhando…"

"Sei lá. Como se tivesse uma falha na barba. Não sei, pode ser. Pode ter sido só a luz, a luz da rua, não sei."

"Uma falha?" Yolonda olhou para Matty, que anotou tudo.

"Eu… Isso está ajudando?"

"E muito", respondeu Yolonda, Matty concordando com a cabeça, Eric esmagado pela ausência de tensão, pela polidez.

Depois de mais vinte minutos frustrantes, cheios de "talvez" e "não tenho certeza", a porta do prédio ao lado se abriu e Steven Boulware saiu, olhando para eles do alto da escada, mochila jogada no ombro.

"Oi." Sorrindo ao descer a escada de pedra maltratada. "E aí, está avançando?"

"A gente continua trabalhando", respondeu Yolonda.

"É." Boulware olhava para a calçada de cenho franzido, as mãos nas cadeiras. "É, eu não sei nem… É como um pesadelo, um pesadelo ao vivo."

"Lembrou de alguma coisa?", perguntou Yolonda. "Alguma coisa que possa nos ajudar?"

"Quem dera. Se ajudasse, eu até inventava alguma coisa."

"Vai dar uma caminhada?" Matty indicou a mochila com a cabeça.

"Não, não", parando para refletir por um momento. "Um teste na televisão. Provavelmente vai ser em vão, mas..."

"Em *vão*?", explodiu Eric.

Boulware inclinou a cabeça e olhou para Eric como se ele fosse um pequeno enigma, Matty e Yolonda olhando ora para um, ora para o outro, para ver se dali saía alguma coisa.

"Mas" — Boulware ajeitou a mochila no ombro — "pra gente vencer, tem que batalhar, não é? Quer dizer..."

Apertou as mãos dos policiais e foi andando em direção à Delancey, enquanto Eric olhava primeiro para ele, depois para o céu, para os deuses.

"Sabe de uma coisa?", disse Matty. "Acho que a gente devia parar por hoje."

"Só isso?"

"Você estaria disposto a voltar amanhã, pra olhar mais umas fotos?", perguntou Matty.

"E por que não agora?"

"Por que não agora?", interveio Yolonda. "As pessoas acabam batendo pino de fazer coisa demais num dia só. Principalmente reconhecimento de foto."

"São centenas de rostos", completou Matty. "Não demora e a cabeça da gente dá nó. De repente, a foto do criminoso passa e você nem se toca."

"É, pra isso tem que estar com a cabeça fresca."

"A minha está fresquíssima, porra", insistiu Eric. "Vamos logo."

Parando num sinal no caminho de volta para a delegacia, viram Boulware, um táxi à sua espera junto ao meio-fio enquanto ele confortava uma moça que chorava na esquina da Delancey com a Essex, acariciando-lhe as costas.

Yolonda virou-se para Eric e pôs a mão em seu braço. "Quando eu me aposentar, quero escrever um livro", disse ela. "*Quando coisas boas acontecem com gente ruim*", depois recuou para olhá-lo nos olhos. "Sabe como é?"

"Obrigado", disse Eric, quase sem conseguir articular a palavra.

Cicatriz
A boca, o nariz
Ninguém reconhece
Todo mundo esquece
A arma que mata
Ninguém entende nada
É assim mesmo que eu queria
Eu solto na vida
De noite e de dia

Tristan ouviu a espreguiçadeira da sala de jantar sendo arrastada para seu lugar, ouviu o tema dos Yankees começar a tocar, ou seja, seria por volta de sete e meia, o que queria dizer que seu ex-padrasto estaria totalmente chapado por volta das nove e quinze, nove e meia, no mais tardar. Perfeito.

Cicatriz Cicatriz
Entra no carro, vamos rodar
Vamos dar só uma volta
Mas tua vida vai mudar

Ainda faltavam duas horas e meia.

Estava na cara que o álbum de fotografias não ia dar em nada, Eric se concentrando demais, curvado na cadeira, a boca entreaberta, querendo identificar o assassino e seu comparsa com tanto empenho que ficava tempo demais examinando cada tela com seis rostos, examinando cada um como se sua salvação dependesse do olho de peixe morto de um, do lábio arrebentado do outro.

Pelo andar da carruagem, Matty calculava que ele levaria mais de onze horas para ver tudo.

Quando já estava vendo fotos há quarenta e cinco minutos, um dos rostos o fez dar um salto na cadeira: Milton Barnes, um valentão vesgo com vinte e um anos de idade, morador do Lemlich.

"O que é?" Yolonda ampliou a imagem.

"Não", Eric falando mais depressa do que todos os nãos anteriores.

"Tem certeza?"

Matty se aproximou. "Hammerhead."

"Não. É que ele parecia, deixa pra lá." Eric passou o dedo trêmulo pela testa.

"Você nunca contou pra gente quem te deu aquela surra."

"É só, não…" Eric inclinou o queixo na direção da tela. "Pode continuar."

Matty voltou a sua mesa, fez uma anotação a fim de trazer Hammerhead Barnes para um reconhecimento, se bem que seria difícil encontrar cinco outros sujeitos parecidos, vesgos como ele.

"Quer descansar a vista um pouco?", ofereceu Yolonda.

Eric não desviava o olho da tela nem mesmo para responder. "Não precisa, não."

Durante a hora seguinte, Yolonda de vez em quando olhava fixo para Matty, até que por fim ele lhe deu autorização para inserir as fotos do Momento da Verdade. Dez minutos depois tudo terminou, a tela do monitor ficou escura, Yolonda virou a cadeira de Eric para ela.

"Eric, por hoje chega."

"Por quê?"

"Você está batendo pino."

"Não estou não."

"Nós agradecemos a sua dedicação, mas você não aguenta mais. Amanhã a gente recomeça de onde a gente parou."

"Eu não entendo, vocês ficam em cima de mim semanas pra eu vir, e aí quando eu finalmente venho vocês me mandam ir pra casa?"

"Deixa eu te mostrar uma coisa." Yolonda digitou algo no teclado, depois recostou-se, tapando a mão com a boca, e ficou examinando Eric, o gesto acentuando o tamanho de seus olhos.

Quando os seis rostos que compunham o Momento da Verdade apareceram na tela, Eric ficou olhando espantado, depois recuou, confuso.

"Isso é uma brincadeira?"

No monitor, havia fotos cortadas de modo que parecessem ser de homens procurados pela polícia, fotos de Jay-Z, John Leguizamo, Antonio Banderas, Huey Newton, Jermaine Jackson e Marc Anthony.

"O que é isso?"

"É uma tela que você olhou pra ela há cinco minutos e não disse porra nenhuma."

"O quê? Não."

"Isso mesmo."

"Isso é a coisa mais racista que eu já vi", disse ele, em desespero.

"Não, não", disse ela, com voz suave. "A gente tem uma só de brancos também."

"Eric, vai pra casa", disse Matty. "Amanhã a gente recomeça."

"Posso te dizer uma coisa?" Matty instalou-se no canto da mesa de Yolonda dez minutos depois que Eric foi embora. "Acho que esse cara estava nos dizendo a verdade desde o início, mesmo sem saber. Acho que ele não viu porra nenhuma. E vou te dizer mais uma coisa. Se a gente tiver sorte de prender o assassino, não vamos conseguir de jeito nenhum fazer o Cash participar do reconhecimento. Ele vai é atrapalhar tudo, fazendo uma identificação errada." Matty bateu na tela escura com o nó do dedo. "Fala sério, Yoli, esse cara é inútil."

Às nove e quarenta e cinco, por causa de uma porcaria de um atraso no meio da partida causado pela chuva em Boston, em vez de já estar no final da nona entrada, mais ou menos, o jogo estava ainda no começo da sexta. Mas sexta ou nona, seu ex-padrasto já havia passado tempo suficiente na frente da televisão para estar chapado; e quando Tristan olhou escondido por detrás da porta de seu quarto, viu que os olhos dele estavam fechados; mas havia algo nele, a imobilidade das pálpebras, a falta dos ruídos que ele costumava emitir quando dormia, que deu a Tristan a impressão de que o homem estava fingindo, estava esperando que Tristan tentasse atravessar a zona de perigo entre a cadeira e a televisão para poder chegar à porta da rua, estava aguardando um momento como este desde que Tristan lhe dera aquela surra mais de uma semana antes, e essa nova tática o assustou tanto que mais uma vez, apesar da sua vitória suada, ele não conseguiu criar coragem para sair, e assim ficou esperando no seu quarto até que os roncos começaram a soar na oitava entrada; mas quando por fim desceu, às dez e meia, Big Bird já tinha ido embora com todo mundo para a tal festa no Bronx, e as ruas estavam mortas.

Matty estava ao telefone, falando com um denunciante da pilha dos Relevantes, um negro de certa idade, proprietário de uma doceria perto de Red Hook, no Brooklyn, que teria ouvido uma garota comentar naquela manhã que estava precisando muito de dinheiro e sentia-se tentada pela recompensa, por causa de seus filhos, mas que não valia a pena porque ela acreditava que a gente acaba pagando aqui mesmo pelo que faz.

"Você conhece ela?"

"Conheço a voz dela", disse o homem.

"Podia me dar uma descrição?"

"Uma voz grave, eu diria que tom de caramelo, um sotaque porto-riquenho, conversando com uma garota afro-americana com um aparelho nos dentes que fazia uns barulhinhos de saliva."

Matty fechou os olhos, cochilou por três segundos.

"Mas e a aparência física dela?"

"Pela voz, a porto-riquenha era do tipo mignon, a garota negra era gorda."

"Pela voz?"

"Eu sou cego, meu filho."

Tristan voltou para o apartamento, atravessou a sala entre a cadeira e a televisão, Joe Torre no debate após o jogo mais parecia um papa-defuntos, entrou no quarto e, sem acordar nenhuma das crianças, pegou a vinte e dois debaixo do colchão. Voltou para a sala, colocou-se atrás da cadeira e apontou a arma para as costas do vulto debruçado, que roncava.

Não sabia se ainda tinha balas, e não tinha coragem de verificar, ficou simplesmente testando a pressão do gatilho e olhando para a televisão sem ver, o cano da arma quase beijando o couro cabeludo de seu ex-padrasto.

Apareceu Derek Jeter, depois um anúncio de *Sobrevivente: Ilha de Komodo*, depois o anúncio dos novos modelos compactos do Hummer, depois o noticiário das onze.

Hipnotizado pela televisão, perdeu a noção da hora, de modo que não sabia há quanto tempo a mulher do cara estava parada ali, mas lá estava ela, do outro lado da mesa de jantar, só olhando para ele com a arma apontada para a cabeça do marido. Os dois se entreolharam em silêncio, a mulher sem nenhuma expressão no rosto, Tristan incapaz de baixar a arma, e depois ela se limitou a voltar para o quarto sem dizer uma palavra, fechando a porta sem fazer barulho. Era o maior susto que Tristan levava desde aquela noite: pior ainda, mal conseguia se mexer, então seu ex-padrasto soltou um ronco súbito, bem alto, e, assustado, Tristan puxou o gatilho. A arma deu um estalo, estava vazia.

Ainda pensando no rosto sem expressão da mulher, Tristan voltou para o quarto e, tal como ela, fechou a porta sem fazer barulho.

O Mercury Mountaineer com placa de Maryland, cheio até não poder mais, de repente encostou no meio-fio da Clinton, bloqueando a rua estreita e obrigando Lugo a pisar no freio mais que depressa. Em seguida, o motorista esticou o braço por cima do carona para abrir a janela virada para a calçada e chamar três garotas sentadas na entrada de um prédio.

Lugo buzinou. "Vamos lá, meu chapa."

Sem tirar os olhos das garotas, o motorista apenas lhes mostrou o dedo médio levantado pelo retrovisor e continuou a conversar.

"Ah é, é?" disse Lugo a Daley e a Scharf e a Geohagan, e então acendeu a luz da polícia na capota do táxi.

Tendo encontrado três pelotas grudentas de maconha roxa embaixo do banco de Little Dap, Lugo e Daley estavam junto à máquina de xerox, copiando o conteúdo da carteira dele enquanto o garoto assistia à cena de sua cela minúscula.

"Ei, o último policial que me pegou falou que menos de dez dólares de fumo não dá cadeia não."

"Não me diga", respondeu Daley.

"E o cara era policial."

"O que é isso?" Lugo exibiu um cheque muito amarrotado, jamais endossado.

"O quê?" Little Dap apertou a vista por detrás das grades.

"Isto."

"Hein?"

"Quem é que tu conhece em Traverse City, Michigan?"

"Onde? Ah. Certo. Foi um cara que me deu isso. Um carinha aí que eu conheci."

"Que carinha? Diz o nome dele. E não vem com onda não, porque o nome dele está no cheque." Lugo escondeu o nome, como se estivessem jogando pôquer de mentiroso.

"Ah, cara, e eu lembro?"

"Tá bom… Então me diz uma coisa", interveio Daley. "Traverse City é famosa por quê? Esse carinha é teu amigo, então ele te falou. Se ele é de lá, ele deve se orgulhar muito disso."

"Eu não sei não. O que é?"

"É a capital da cereja dos Estados Unidos, seu cuzão, e eu acho que você não conhece o cara coisa nenhuma, só assaltou ele. Vamos ligar para lá amanhã cedo, enquanto isso você vai ficar aqui pra baixar o facho. E se for o que estou pensando, então é um crime interestadual."

"Xiii", fez Lugo.

"O quê?"

"Atravessar uma divisa interestadual pra cometer um crime."

"Eu não atravessei divisa nenhuma."

"A sua vítima atravessou."

"Eu não mandei ele vir aqui." Little Dap piscava como um navio na neblina.

"Quer dizer que ele foi sua vítima mesmo, não é?"

"O quê? Não. Eu não disse isso, não."

"Quer dizer que você assaltou alguém de outro estado? É uma transgressão liminar."

"O quê?"

"Uma transgressão liminar clássica."

"Além do mais, é uma região tombada pelo patrimônio histórico", Lugo observou para Daley, "ou seja…"

"Pré-indiciada."

"Ou seja, federal."

"É crime federal…"

"Quer dizer sentença federal."

"Puta que o pariu! É só um cheque, cara, e eu nem troquei ele!"

"A polícia federal vai tirar esse caso da mão da gente."

"Eu detesto esses putos, pra eles todo mundo é o Bin Laden. Eles nem ouvem a gente."

"Não estou me sentindo bem, não", engrolou Little Dap.

"Tá de sacanagem."

"Onde é que eu estou?" Girou a cabeça, depois apoiou na grade.

"A mais ou menos dez centímetros de uma prisão de segurança máxima."

"E se eu arranjar uma arma pra vocês?"

"Epa, isso é com a gente mesmo."

"Vocês sempre pedem arma."

"Sou todo ouvidos."

"Que merda… E se eu entregar pra vocês o cara que matou aquele garoto branco?"

"Todo ouvidos, meu irmão."

"Mas antes de eu falar, vocês têm que me dar imunidade. Sabe como é, tipo assim, o primeiro que fala leva? Vocês sabem como é que é."

"Todo ouvidos."

Lugo acordou Matty uma hora depois.

"E depois disso tudo, ele diz pra gente: 'Eu quero imunidade'."

"E vocês disseram…?"

"A gente vai ver o que pode fazer, mas por enquanto toma bastante vitamina C e complexo B."

"Muito bom." Matty levantou, esfregou a mão no rosto.

Não estava muito animado, não, mas mesmo assim…

"Enfim, é o que o garoto está dizendo, mas sabe lá."

"Tá bom, estou indo praí daqui a pouco." Então, pegando a camisa: "Mas então, como é que ele é, duro, mole?".

"Manteiga."

Depois de passarem seis horas repisando o depoimento, e depois repisando mais um pouco, a história de Arvin "Little Dap" Williams ainda se sustentava. Ele não sabia o sobrenome de Tristan, mas sabia onde ele morava, e quando Yolonda chegou na manhã seguinte, Matty já havia encontrado todas as informações básicas no banco de dados de residências.

Uma hora depois, quando Iacone e Mullins estavam no corredor, de onde não podiam ser vistos, Matty murmurou a Yolonda, enquanto batia na porta: "Tem certeza de que não quer ter mais uma conversinha a sós com ele?".

"Eu queria mais era agarrar esse escrotinho pelo cabelo e sair arrastando", disse ela, com os dentes cerrados.

Matty bateu outra vez, e uma mulher com luvas amarelas de faxina entreabriu a porta e ficou olhando por cima da corrente, depois abriu tudo ao ver o distintivo.

"A gente queria falar com o Tristan", disse Yolonda. "Ele não se meteu em nenhuma encrenca, não."

"Tristan?", o rosto enrugando de ansiedade enquanto ela olhava, num ato reflexo, na direção de um dos quartos. "Melhor esperar pelo meu marido."

"Vai ser rapidinho", disse Yolonda.

Deixando Iacone na sala, Matty, Yolonda e Mullins passaram por duas

463

crianças pequenas que assistiam televisão em silêncio e entraram no quarto, Matty empurrando a mulher para o lado com jeito antes de abrir a porta.

Tristan estava sentado ao pé da cama, debruçado sobre seu caderno espiral, seu livro de versos, de vez em quando olhando para as Regras da Casa do ex-padrasto e anotando rimas.

> *Regra da Casa quem não é otário faz tudo ao contrário*
> *Birita é só pra mim se mexer nela é o fim*
> *Droga é o fim do mundo é coisa de vagabundo*
> *Na rua só manda quem é fera*
> *na nossa galera*
> *deu mole já era*
> *malandro se intera*
> *Comigo é assim ou é não, ou é sim*
> *porque eu pego eu bato se for o caso eu mato*
> *por isso eu ti digo*
> *não brinca comigo*
> *porque contra o inimigo*
> *tudo que eu quero*
> *eu consigo*

Sombras escureceram a página, Tristan levantou o olhar, viu os três detetives à sua frente.

> *E se tu falar obedece?*

"Levanta, por favor."
"Peraí." Tristan ainda de cabeça baixa, rabiscando enquanto os mandava esperar com um gesto.

> *Melhor fazer uma prece*
> *Que um novo dia amanhece*

Então, duas mãos em seu bíceps o levantaram como se ele fosse uma criança, o caderno caindo no chão.

Era meio-dia e Eric estava tentando lembrar como é que se fazia para levantar da cama. Naquela altura dos acontecimentos, pelo visto ninguém se importava se ele era gente ou lixo, e isso o estava enlouquecendo.

O coro indiferente em sua cabeça incluía, entre outros, o pai de Ike Marcus, aqueles dois detetives e Bree.

Curiosamente, o próprio Ike Marcus não figurava entre eles; muito provavelmente por ter morrido sem saber o que Eric estava prestes a fazer ou não fazer por ele, mas sem dúvida em breve os dois teriam de se enfrentar em algum lugar.

Ali não havia departamento de assistência, comissão de queixas, centro de redenção.

Foi quando ele viu a cesta, presente de Harry Steele.

Eric estava sentado diante da ilha culinária de granito, iluminada pelo brilho multicolorido do vitral em forma de estrela de davi.

"Soube que você despediu o Danny Fein", disse Steele.

"Não estava precisando mais dele." Eric desviou o olhar, os joelhos tremelicando debaixo da mesa. Tendo passado metade da vida trabalhando para Steele, ele ainda ficava nervoso quando se via sozinho com ele fora de um restaurante.

"Tudo bem."

Eric bebeu um gole de café frio, depois ficou olhando para a borra no fundo da xícara como se fosse possível lê-la.

"O quê?", perguntou Steele.

"O quê?"

Steele suspirou pelo nariz, correndo os olhos inquietos pelo ambiente, avaliando, redesenhando. "Mais alguma coisa?"

Com bagos de umidade se formando nos cantos dos olhos, Eric deu o salto.

"Sou um ladrão."

"Você é um ladrão."

O silêncio voltou a se instaurar, acentuado pelo tique-taque de um relógio invisível.

"Eu desconto uma parte do bolo das gorjetas, uma ou duas vezes por semana, deve dar uns dez mil dólares por ano, nos últimos cinco anos. Talvez um pouco mais. Eu roubo todo mundo. Os garçons, o bar, os cumins, os boys. E você. Mais ou menos dez mil. Por ano."

"É sério?", disse Steele.

Eric não disse nada.

"Dez?"

"É."

"Eu imaginava que fosse uns vinte."

"O quê? Não."

"Por que você está me dizendo isso?"

"Por quê?"

"Era pra você não dizer nada."

"O quê?"

"Todo mundo me rouba. Só que depois ninguém vem me dizer isso pra me deixar puto." Então: "Dez", sacudindo a cabeça.

"Isso."

"Comparado com todo mundo que trabalha aqui? No bar? Na cozinha?"

A conversa não estava indo para o lado que Eric havia previsto.

"Qual é exatamente o seu problema?", perguntou Steele.

"O meu problema?"

"O que é, a sua consciência está te incomodando? E você quer que eu faça o quê?, que eu ponha você na rua, que eu te processe, que eu chame a polícia, o quê?"

"Eu quero te devolver o dinheiro", disse Eric, num ato reflexo.

"A mim, não. O negócio é com o bolo das gorjetas. Você tem que descobrir todos os cumins que trabalharam aqui nos últimos anos, todas essas garçonetes que ficam três semanas e depois tchau, vão embora sabe Deus pra onde."

Eric mergulhou num silêncio desalentado.

"Você sabe por que está me dizendo isso? Porque está se sentindo culpado, por causa do Ike Marcus, e você quer ser punido, ou perdoado, ou sei lá o quê." Steele balançou a cabeça, pasmo. "Dez mil. A baby-sitter do meu filho provavelmente rouba mais. Os meus *filhos* roubam mais. Meu Deus, você faz ideia de quanto *eu* tiro aqui?"

"Não."

"Pois isso é uma ótima notícia."

Eric olhou para os dedos, retorcidos entre as pernas.

"Você é um bom sujeito, Eric, eu sempre soube disso."

"Obrigado", cochichou Eric.

"E você é meu." Steele inclinou-se para a frente. "Como eu sou teu, não é?"

Eric vacilou por uma fração de segundo, depois: "É", e depois, numa explosão de gratidão: "É, sim".

"Você me procura na minha casa pra ser perdoado, ou reconhecido, e eu nem sei como te dar o que você merece… Tantos *anos* juntos, eu e você, você e eu. Você é como se fosse da família. Você *é* da família."

"Certo."

Steele levantou-se, Eric levantou-se também, mas o outro fez sinal para que ele sentasse e trouxe outra cafeteira para a mesa.

"Mas então" — servindo café — "você deve estar meio cansado desse bairro."

"Estou."

"Depois de comer o pão que o diabo amassou."

Eric não conseguiu dizer nada.

"Pois bem, vou lhe dar uma boa notícia… Estou abrindo uma outra casa."

"Ouvi dizer", a voz de Eric mais animada. "Harlem? Pra mim é uma boa."

"Isso por enquanto é um boato, mas eu vou te dizer o que já está certo."

"Diga lá."

"Atlantic City."

"Onde?"

"Eu tive umas reuniões com o Stiener Rialto, eles estão criando um espaço novo junto do cassino."

"Onde?"

"Você sabe, lá em Las Vegas tem as pirâmides, a torre Eiffel, o diabo… Pois bem, esses caras querem criar uma Pequena Nova York, histórica, três seções, o East Village Punk, o Times Square Bas-fond e o Espírito do Gueto do Lower East Side."

"Atlantic City?"

"Você sabe, cortiços, carroceiros, nada de sinagoga, é claro, mas uma leiteria, e pro pessoal com mais grana, um Berkmann."

Então, vendo a cara de "e eu com isso" de Eric: "Pois é, eu e você sabemos que dez anos atrás o Berkmann era uma espelunca, mas agora parece que é uma instituição secular, e qual é a diferença? Nesse bairro todo, é ou não é, é o que as imobiliárias querem que isso aqui vire, certo?".

"Atlantic City?"

"Além disso, ele já era. Desde que as pessoas descobriram o lugar, já era."

"É, não."

"Essa garotada toda daqui, eles se acham estrelas no grande filme da vida deles, eles não sabem de nada."

"Não."

"'Hoje não, meu caro'… porra, onde que esse cara achava que estava?"

"Não. É."

"Pensa só, Atlantic City. A artificialidade de lá vai ser a coisa mais autêntica."

"Claro." A tela de Eric estava em branco.

"Mas enfim, eu queria que você fosse pra lá."

"Certo."

"Preciso de uma pessoa de confiança."

"Certo."

"Alguém que não passe de dez mil."

"Certo."

"Tudo bem?" Steele serviu-lhe mais café.

"Tudo bem."

"Vai ser um recomeço pra você."

"É." Afundando, e então, se agarrando: "Posso te pedir um favor por conta disso?". Steele esperou.

"Me deixa oferecer um emprego decente lá pra uma pessoa. Pelo menos oferecer."

"Oferecer pra quem, aquela garçonete? Como é que ela se chama, Bree?" Eric recostou-se na cadeira.

"Ah, Eric, ela é uma menina, deixa ela viver o sonho dela um pouco."

"Tá bom."

"E nada de tentar vender pó no meu café."

"Não."

"Então tudo bem." Steele levantou-se, fez o sinal da cruz, "*Ego te absolvo*", depois desapareceu atrás de uma porta.

Eric ficou sentado, tentando entender o que acabara de acontecer.

Yolonda perguntou a Matty se ela podia trabalhar com o garoto sozinha; esse tipo de garoto era o barato dela, e tudo o que ela não queria quando começasse a fazer as perguntas maternais dela era um irlandês grandalhão e cabeçudo inibindo os bons fluidos. E ele sabia, com base na experiência, que com elementos como Tristan Acevedo, seria pura autodestruição não deixar Yolonda fazer o que ela sabia fazer melhor.

Não obstante, o garoto parecia inquebrantável, como se já tivesse se quebrado tantas vezes que não restasse mais nada para quebrar, era como se ele estivesse sentado na última fileira, durante uma aula chata, não conseguindo se interessar nem mesmo pelas mentiras que ele próprio dizia quanto ao lugar em que estivera naquela noite, ao modo como havia obtido aquela arma encontrada sob seu colchão; entediado de indiferença em relação a todas as contradições em sua narrativa que eram devidamente apontadas; indiferente ao próprio destino. Nada disso era um problema sério, já que tinham a arma e o depoimento de Little Dap, mas não valia a pena correr o risco de o garoto ficar mudo agora e depois disparar a falar durante o julgamento, revelando que Ike Marcus havia atacado sua irmãzinha ou coisa parecida, fazendo o promotor ficar com cara de besta.

Uma hora depois, Yolonda saiu da sala de interrogatório no final da primeira rodada para pegar um lanche para o garoto e descansar um pouco.

"Você está dando sono nele", disse Matty.

"Ele é do tipo durão retardado", disse ela, soprando um fio de cabelo para tirá-lo da frente do rosto. "Eu detesto isso. O tipo de garoto que está pouco se lixando se vai morrer ou não. É uma tristeza, sabe? Que se foda. Eu vou pegar ele."

Vinte minutos depois, munida de um refrigerante e um Ring Ding, voltou para a sala.

"Tristan, você foi criado aqui?"

"Fui." Olhando para o lanche. "Uns tempos."

"A sua mãe tinha problema?"

"Sei lá."

"Você morou com ela?"

"Um pouco."

"Que idade você tinha quando saiu de casa?"

"Eu saí várias vezes."

"A primeira vez."

"Primeiro ano."

"E por quê?"

"O quê?"

"Por que é que você resolveu sair?"

"Sei lá."

"Ela estava doente?"

"Estava."

"Por causa de droga?"

Ele deu de ombros.

"Você era muito pequeno."

Outro dar de ombros.

"Você foi morar com a sua avó?"

"Uns tempos."

"Depois onde?"

"Minha mãe de novo, uns tempos. O namorado dela. Sei lá."

"E que mais, como foi a sua infância?"

"Hã?"

"Como é que foi a sua infância?"

"Eu já falei."

"Me fala mais."

"Não sei mais, não."

"Você não sabe como foi a sua infância?"

"Não sei, não. Como é que foi a *sua*?", a pergunta dele um murmúrio irritado.

"A minha?" Yolonda recostou-se na cadeira. "Foi ruim. Eu morei com outras famílias, porque a minha mãe vivia doidona e não podia cuidar de mim e o meu pai estava preso por tráfico de heroína. A gente ficava horas na fila toda semana pra receber um pedaço de queijo dado pelo governo, aí a gente levava pra casa, cortava em pedaços menores e vendia pras bodegas. Uma merda de vida."

Era tudo inventado, fora o detalhe do queijo, mas aquilo atraiu a atenção do garoto.

Ela estendeu a mão mas não tocou na face esquerda dele, a cicatriz que ia dali até o canto esquerdo da boca, e depois saía pelo outro lado, continuando num zigue-zague até o lado direito do maxilar.

"Isso aí foi o quê?"

"Eu mastiguei um fio."

"Um fio?"

"Fio elétrico."

"O quê? Sorte sua que você não morreu."

Outro dar de ombros.

"Por quê?"

"Eu queria tocar fogo na minha casa."

"Por quê?"

"É segredo."

Era o que Yolonda imaginava. Já tinha tido muitas conversas com garotos do tipo de Tristan, e conhecia muito bem aquele seu olhar estranho, ao mesmo tempo esquivo e ardente.

"Quantos anos você tinha?"

"Sei lá. Cinco. Seis."

"Meu Deus", num tom de quem está prestes a chorar. "E quem que fez isso com você?"

"Eu te falei, fui eu que fiz."

"Não é disso que eu estou falando, Tristan."

"Ninguém fez nada comigo, não."

Yolonda ficou olhando para ele, apoiando o queixo nos nós dos dedos.

"Fez o quê?", ele disse.

"Foi aquele escroto que mora com você?"

"Não." Então: "Não vou te dizer, não". Então: "Mas não foi ele, não".

"Tá legal."

"E eu nunca fiz nada com eles."

"Com os pequenos."

"É." Desviando o olhar outra vez. "E não fiz porque não quis."

"Porque você sabe o que é certo e o que é errado."

Outro dar de ombros.

"Sabe, sim." Tocando-o no braço. "E por causa do que você passou. Você é forte. Mais forte do que as pessoas pensam."

Ela sentiu os tendões dele começarem a se descontrair sob seus dedos.

"Se a gente ficar amigos, eu e você", esperou até que ele a olhasse, "eu tenho uns segredos que vão te fazer ficar de queixo caído."

"Tipo o quê?"

"Meu pai foi preso, mas não foi por droga, não."

"Então por quê?"

"Olha pra mim que você vai responder a sua pergunta."

Ele não olhou para ela, não podia olhar, Yolonda sabia, já que temia ver sua própria experiência espelhada ali.

Antes assim, já que ela não gostava muito de mentir desse jeito.

Yolonda apertou a mão dele, solidária.

"Então, Tristan, esse *blanco* lá na Eldridge, você conhecia ele antes?"

"Antes do quê?"

"Daquela noite. Do incidente."

"Não."

"Que foi que ele fez com você?"

"Nada."

"Nada?" Então, aproximando-se, num sussurro: "Eu estou tentando te ajudar".

Ele olhou para a mão dela.

"Ele deve ter feito alguma coisa."

"Me assustou."

"Assustou como?"

"Ele foi chegando, tipo assim, muito perto, aí eu entrei numa, e pá."

"Pá. Quer dizer, atirou nele?"

"Sei lá. Pode ser."

"Diz pra mim. Diz o que você fez. Você vai se sentir melhor."

"Eu atirei nele."

"Oquei." Yolonda balançou a cabeça, acariciando-lhe a mão. "Ótimo."

Tristan expirou como uma bola furada, seu corpo lentamente afundando.

"Eu tenho saudade da minha avó", ele disse depois de algum tempo.

OITO

DEZESSETE MAIS VINTE E CINCO
DÁ TRINTA E DOIS

No Chinaman's Chance, estavam sentados um de frente para o outro na boate que, para os demais fregueses, estava fechada, um cheiro de cloro vindo do salão da frente.

"Eu não quero saber o nome dele." A voz de Billy estava trêmula.

"Eu entendo", disse Matty, pensando: então é melhor se mudar para a Groenlândia.

"Não quero ficar com o nome dele na cabeça."

"Claro."

"Não vou pedir para ver ele, não", disse Billy.

"Não seria uma boa ideia."

"Ele confessou que foi ele?"

"Confessou." Matty provou seu terceiro copo. Acendeu um cigarro. "Temos também o parceiro dele e a arma."

"Por quê?" Billy apertou os olhos como se estivesse olhando para o sol.

"Por que ele atirou?" Matty cuspiu um pedacinho de fumo da ponta da língua. "Parece que foi um assalto que deu errado. O que a gente imaginava desde o início."

Billy virou de costas de repente, para ocultar um surto anárquico de lágrimas, depois voltou-se para a frente outra vez. "Ele está arrependido?"

"Está, sim", mentiu Matty.

Ficaram em silêncio por um momento, ouvindo o som dos Chi-Lites vindo da jukebox no salão da frente, enquanto o empregado, praticamente um sem-teto, lavava o chão, se divertindo.

"Então, o que é que vai acontecer com ele", perguntou Billy.

"Ele tem dezessete anos, quer dizer, é menor de idade, mas vai ser tratado como adulto. O promotor vai pedir uma pena pesada, roubo seguido de morte, vinte e cinco anos é o automático."

"Hã", bufou Billy.

"O negócio é o seguinte." Matty inclinou-se para a frente. "O promotor anota esses casos todos, certo? Pois bem, esse garoto é morador de conjunto habitacional, ninguém vai defender ele, ele não tem família, não tem nada. Quer dizer, o promotor sabe que vai enfrentar um defensor público, e aí são favas contadas.

"Bom, o defensor público vai falar que o garoto é só um garoto, que ele não tem ficha na polícia, etcétera e tal, etcétera e tal, mas o promotor sabe que a parada está ganha, e aí ele vai fincar pé nos vinte e cinco anos. O problema é que pra ele conseguir isso a coisa tem que ir a julgamento, e isso o promotor nunca quer, e aí ele vai procurar você, como pai da vítima, e vai te dizer o seguinte: 'A gente até pode conseguir os vinte e cinco anos, mas pra você não ter que relembrar toda essa história de novo no tribunal, eu deixo o advogado dele pedir vinte anos e aí você toca pra frente com a sua vida'."

"Hã."

"Mas o que o promotor *não* vai te dizer é que depois que ele estiver lá na cadeia, vinte anos, se ele tiver bom comportamento, viram quinze."

"Quinze?" Billy levantando os olhos devagar. "Quantos anos ele tem mesmo?"

"Dezessete", disse Matty. "Ou seja, ele volta pra rua com trinta e dois anos."

Billy remexeu-se na cadeira como se suas costas estivessem doendo.

"Desculpa. Eu estou só tentando te mostrar como é que as coisas funcionam."

"Eu não quero saber o nome dele." Billy estrebuchando na cadeira.

"Eu entendo", disse Matty, paciente, botando em seu copo mais uns dois dedos de bebida da garrafa que ele havia surrupiado atrás do balcão escuro.

"Preso ou solto, ele vai estar sempre presente na minha vida."

O celular de Matty tocou.

"Com licença", virando para o lado.

"Você está com uma caneta?" Era a ex-mulher.

"Estou." Não pegou caneta nenhuma.

"Adirondack Trailways 4432, chega na rodoviária às quatro e quinze amanhã."

"Da manhã ou da tarde?"

"Adivinha."

"Tá bom, tanto faz", olhando de relance para Billy. Depois: "Espera aí, Lindsay." Matty baixou a voz, baixou a cabeça. "O que é que ele gosta de comer?"

"*Comer*? Qualquer coisa. Ele é um garoto, não é um peixe ornamental."

Não é um peixe ornamental; Matty desligou o telefone irritado; Lindsay sempre respondona, com aquele seu jeito de superioridade. Ele bebeu sua quarta dose até o final e olhou feroz para Billy.

"Deixa eu te perguntar… Você ainda está aqui no hotel?"

"Mais ou menos." Billy desviou o olhar.

"Mais ou menos?"

"Eu só preciso…"

"Porque eu queria te dizer uma coisa", prosseguiu Matty. "Você tem uma família legal, sabia?"

"Obrigado."

Matty hesitou, e aí… "Então não vá piorar as coisas."

"Piorar como?", perguntou Billy.

Matty hesitou mais um pouco; então, foda-se; inclinou-se para a frente, os cotovelos apoiados nos joelhos. "O que é que acontece?" Esperou pelo olhar de Billy. "Independente do que você fizer ou não fizer, vai ser uma barra muito pesada pra você e pra sua família por um bom tempo, certo? Mas juro por Deus, se você continuar aprontando desse jeito, daqui a pouco todo mundo na sua casa vai começar a aprontar também, e *aí* é que a barra vai pesar pra valer." Matty respirou fundo. "Quem foi que bebeu toda a vodca, ontem a garrafa estava cheia, cadê o meu remédio pra dormir, ontem o vidro estava cheio, aqui é o sargento Jones da polícia, a sua filha está aqui, a sua mulher, o seu marido, felizmente ninguém morreu, mas eles não passaram no bafômetro, se recusaram a fazer o teste do bafômetro, aqui quem fala é o vice-diretor Smith, seu filho estava brigando de novo, a sua filha estava fumando maconha de novo, tomou porre de novo, encontramos uma arma no armário dela, um saco de maconha no armário dela, aqui é da clínica Happy Valley pra dependentes químicos, aqui é da vara de família, aqui é da Oitava Delegacia, é do pronto-socorro, é do instituto médico-legal, pode ter sido um acidente, pode ter sido outra coisa, é pra isso que a gente faz autópsia, mas só pro senhor ficar sabendo, ela foi encontrada na sala dos fundos de uma boate, num quarto de motel, num terminal de ônibus, numa caçamba de lixo, esmagada numa árvore, num poste...

"A família Marcus, coitada, eles perderam aquele rapaz no ano passado, e agora mais essa."

Billy olhava espantado para ele, estendendo a mão, fazendo sinal para que ele parasse, mas Matty não conseguia parar.

"Você está me ouvindo? Todo mundo começa a fechar a porta um pro outro, e eu te garanto, eu aposto a minha aposentadoria que vai ter mais alguém na família que também não vai aguentar a barra."

"Não, você não entende."

"O que eu estou dizendo, meu Deus, é que se eu tivesse uma mulher..."

"Eu sei, eu sei."

"...e uma filha assim. A irmã, a garota."

"Nina", disse Billy, como se estivesse envergonhado.

"Você já tentou descobrir o que é que tem debaixo daquele curativo? Ou será que prefere não saber?"

Os joelhos tremelicando como pistões, Billy virou o terceiro copo como se estivesse atrasado para ir a algum lugar, mas não fez nenhuma menção de se levantar.

O celular de Matty tocou outra vez.

"De novo."

"O que foi?", perguntou Yolonda.

"Desculpa, eu pensei que..."

"Temos um presunto no Cahan."

"No Cahan?"

"Foi o que eu disse." Então: "Você parece estar mastigando vidro".

"O quê?"

"Você está chapado demais pra trabalhar?"

478

"Não, estou bem."

"Está mesmo?"

"Estou indo pra lá. Onde no Cahan?"

"Eu pego você", disse ela.

"Eu estou na Clinton, esquina com a Delancey."

"Ou seja, você está no Chinaman. Que merda, ainda é dia claro."

"Clinton com Delancey."

Matty desligou o telefone e levantou-se com dificuldade.

"Aonde você vai?", perguntou Billy.

"Meu Deus, eu estou torto."

"Posso ajudar?"

"Você já ajudou." Matty arregalou os olhos para entrar um pouco de ar nas órbitas. "Vá pra casa."

"Eu só preciso voltar..."

"Pra onde, pro hotel? Por quê. O que é que tem lá."

Billy olhava para ele.

"Billy" — Matty pôs a mão no joelho dele —, "o teu filho não está mais aqui. Vai pra casa."

Na sala escura, os olhos de Billy pareceram brilhar e depois se apagar, à medida que ele se entregava ao que Matty esperava que fosse a aceitação da realidade, embora continuasse sentado no mesmo lugar enquanto Matty passava cambaleando por entre as mesas vazias e saía pela porta lateral, para enfrentar seu próximo caso.

Quando chegaram ao Cahan, já havia um santuário em construção, humilde, de papelão, duas caixas abertas uma ao lado da outra para abrigar meia dúzia de velas. Algumas flores presas em celofane grampeado estavam largadas na calçada. Iacone e um rapaz recém-contratado, Margolies, da Divisão Anticrime, já estavam entrevistando testemunhas em potencial.

O corpo, com um tiro no coração, esparramado na calçada na frente de um banco de cimento no terreno do conjunto habitacional, era um garoto lá do Cahan, Ray-Ray Rivera, com uma camiseta branca grande demais para ele e uma bermuda comprida, a barriga formando um volume considerável até mesmo debaixo da camiseta grande como uma barraca.

Havia dois aglomerados diferentes de pessoas chorando em extremidades opostas da cena do crime, isolada por uma fita; numa das extremidades, um grupo de garotas adolescentes, e na outra, pessoas de idade, também em sua maioria mulheres, em torno de um homem baixo, atarracado, de cabelo branco, trajando uma *guayabera*, com o rosto vermelho tensionado pela dor.

Não havia rapazes, nem mesmo homens na mesma faixa etária da vítima.

O pessoal da Cena do Crime ainda não havia chegado.

"Os amigos dele são de foder", disse Iacone.

"Cadê eles?"

"Pois é."

"Mas eles estavam aqui?"

"Parece que sim. Nós vamos encontrar os sacanas. Onde será que eles foram?"

"E elas?" Yolonda indicando as garotas. "Você falou com elas?"

"Achei melhor deixar pra você."

"Tem câmera?" indagou Matty, olhando para a fileira de lojas do outro lado da rua.

"Todas pifadas", disse Iacone.

Yolonda examinou o grupo de velhos, cravou o olhar no homem que chorava no meio. "Que merda, eu conheço esse cara. É o dono daquela doceria perto da esquina, ele tem uma banca de apostas desde que eu era menina. Qual é, por que é que ele está aqui?"

"É o neto dele."

"Não fode, o neto? O filho dele morreu baleado também. Meu Deus, Matty, você se lembra lá na Sherrif Street, cinco anos atrás? O Angel Minoso? Minha nossa. Esse cara é banqueiro há quarenta anos aqui e nunca sofreu um arranhão. Agora é o *neto*?"

"Ele está sabendo de alguma coisa?", perguntou Matty.

"Acho que não", disse Iacone, "só chamaram ele depois que a coisa aconteceu."

Yolonda aproximou-se do cadáver. "Essas garotas aqui.", dirigindo-se ao policial novo. "Junta elas todas e leva pra delegacia."

"Já falei com algumas", disse ele.

"É mesmo?", calçando as luvas. "E aí?"

"Ninguém viu nada. Elas ouviram falar de um cara aí, um negro do Brooklyn. Mas parece que ninguém conhecia."

"Não? Então como é que elas sabem que ele é do Brooklyn?"

"Foi o que eu perguntei."

"É mesmo? E aí?"

O rapaz olhou para ela e depois para as garotas, das quais duas já estavam se afastando.

"Leva todo mundo pra delegacia."

Yolonda ficou vendo o rapaz se aproximar das garotas com os braços estendidos, como que para pegar as que estavam escapulindo.

"Quem é mesmo esse cara?", ela perguntou a Matty.

"Margolies, não sei o primeiro nome." Matty deu de ombros. "Vamos dar uma olhada nos recados que deixaram nas caixas também."

"É, mas não na frente das pessoas", disse Yolonda.

"Não digo agora", respondeu Matty, um pouco insultado, e depois se afastou, pensando na diferença entre o santuário de Raymond Rivera e o de Ike Marcus.

Ele iria para o túmulo jurando que sentia o mesmo por todas as suas vítimas, que se havia uma coisa que o fazia se empolgar mais por um caso do que pelo outro não era raça nem classe, mas inocência. Para ele, eram todas iguais, quer dizer, talvez umas fossem mais iguais que outras, mas mesmo que ele estivesse se enganando em relação àquele caso em particular, Yolonda é que era o grande ponto de equilíbrio, porque era essa a origem dela, era ali que ela sentia necessidade de brilhar, era ali que era mais fácil para ela localizar aquele grão de piedade genuína que a tornava tão eficiente no serviço.

Levantando o olhar, Matty viu um garoto com uma camiseta cor de marshmallow e cabelo raspado, parecido com a vítima, olhando para a cena por detrás do restaurante chinês da esquina do outro lado da rua, para ver o que estava acontecendo. Matty apontou o dedo para ele, fica aí onde você está, mas o garoto foi embora assim mesmo. Matty foi atrás, depois parou. Tal como Iacone, perguntou a si próprio: para onde ele estaria indo?

Quando voltou a se virar para Yolonda, ela estava dentro da faixa amarela, ajoelhada ao lado do corpo, olhando para ele um pouco perplexa, como se pudesse ressuscitá-lo se conseguisse lembrar como é que se faz isso.

"Sabe de uma coisa?", ela disse. "Eu conhecia esse garoto também. Quer dizer, eu nem cumprimentava ele, não, mas ele morava no prédio da minha avó. Eu via ele sempre no elevador."

"É mesmo? Era um garoto legal?"

"Acho que vendia fumo de vez em quando, mas não era má pessoa."

Ainda com um dos joelhos apoiado no chão, ela correu o olhar pelas paredes sujas do conjunto habitacional como se fosse um caçador, cobrindo a boca com a mão.

"Quer dizer que os amigos dele são de foder?", comentou, seca. "Vamos ver."

Então dirigiu a Matty aquele seu olhar.

Minha vez.

NOVE

TUDO SOB CONTROLE

O andar térreo do Hotel Stiener Rialto em Atlantic City era interminável. Ele levou cinco minutos para andar da entrada até o trecho em obras onde o parque temático nova-iorquino estava sendo construído, no andar do cassino. Apenas uma folha de plástico manchada o separava de uma seção vermelha e dourada cheia de caça-níqueis, e ele teve a impressão, grande novidade, que os incessantes gritos das serras e gemidos das betoneiras em nada abalavam a concentração dos jogadores de olhar esgazeado, segurando copos plásticos cheios de moedas.

A placa do Berkmann já havia sido instalada, mas o restaurante, metade do tamanho do original, ainda estava sendo construído, entre marteladas e zumbidos de motores.

A seis metros dali, imitações de fachadas de cortiços estavam sendo içadas e postas em seus lugares, pregadas em armações de madeira; algumas janelas eram enfeitadas com gatos e folhagens, outras com mães judias de braços gordos, cotovelos apoiados em travesseiros.

Saindo do bairro judeu, virando a esquina, chegava-se ao Times Square Land, cheio de fachadas de neon anunciando espetáculos de striptease, marquises de cinemas especializados em filmes de kung fu e um restaurante Automat* em pleno funcionamento.

E, virando a esquina de lá, entrava-se em Punktown, uma imitação de St. Marks Place por volta de 1977, cheia de cartazes, grafitagens, estúdios de tatuagem, lojas de discos de vinil e um restaurante/boate com trilha sonora de rock, o BCBG.

Eric tinha a impressão de que Harry Steele estava tentando despachá-lo para o inferno.

Então julgou ver um rosto conhecido, Sarah Bowen, a tal dos sete anões, discutindo com um sujeito com um terno caro e um capacete de operário, diante de uma reconstrução quase pronta do Gem Spa, que ficava na esquina de St. Marks Place com a Second Avenue.

Eric esperou até que os dois se separassem e abordou-a.

De início, ela também não lembrava direito quem era ele; uma questão de contextualização, pelo menos foi o que ela lhe disse e no que ele preferiu acreditar.

Sarah havia acabado de conseguir o emprego de recepcionista do BCBG.

"Aquele babaca quer que eu use um monte de alfinete de fralda na minha roupa como parte do uniforme, dá pra acreditar? A última vez que eu usei alfinete de fralda foi quando eu usava fralda."

"E eu, parece que vou ter que usar chapéu-coco e elástico na manga da camisa."

Foram conversar no deck ao longo da praia, onde as gaivotas comiam bitucas de cigarro, jogadores de tempo integral perambulavam como vampiros atingidos pela luz do sol e a areia parecia tirada do cantinho do gato.

"Meu raciocínio é o seguinte", disse ela. "Aqui eu vou ganhar mais, vou economizar mais, daqui a dois, três anos finalmente vou ter grana suficiente pra voltar pra Ottawa e abrir minha casa de massagem."

"É isso aí." Eric sentiu que começava a relaxar.

---

*Um precursor do fast-food moderno, muito comum nos Estados Unidos na primeira metade do século XX, em que refeições simples eram compradas diretamente em máquinas alimentadas por moedas ou cédulas.

"Mas então, quando é que você se muda pra cá?", oferecendo a ele um cigarro.

"Não sei se eu venho, não."

Ela lhe dirigiu um olhar prolongado, especulativo, depois voltou a contemplar as ondas. "Pois devia."

"Você acha?"

Ela deu de ombros, continuou olhando para o mar.

"Você lembra aquela vez, eu e você, coisa de um ano, um ano e meio atrás?", ele indagou.

"Daquele tempo, eu me lembro do meu nome e olhe lá", roçando uma unha comprida no queixo.

"Obrigado. Muito obrigado."

"Mas eu lembro, sim." E então: "Pra mim não foi um ano muito bom, não. Você já teve um ano assim?".

"Não." Eric por fim pegou um dos cigarros dela. "Sou um cara abençoado."

"É o que dizem", ela retrucou, sorrindo, solidária, enquanto acendia o cigarro dele, suas mãos em concha segurando as dele para proteger a chama. "Sabe, só porque você trabalha aqui não quer dizer que tem que morar aqui. Eu e mais alguns refugiados alugamos uma casa umas três cidades daqui, um casarão vitoriano, nos fundos tem uma reserva florestal. Tem um quarto sobrando. Tá a fim?"

"Refugiados de quê? Da cidade?"

"Cada um de uma cidade. Nova York, Filadélfia, sei lá. Estamos todos mais ou menos no mesmo barco, uma é recepcionista, o outro é gerente, não tem nenhum vagabundo, psicopata, nada disso… Quer dizer, se esse troço meio pornô, CBGB, BCGB ou seja lá o que for, não der certo, quem sabe a gente não tira disso tudo um seriado, um reality show, sei lá."

"Você esteve com o Ike naquela noite?" Eric surpreendendo a si próprio com a pergunta.

"Estive", disse ela, cuidadosa.

"E como foi."

"Como assim?"

"O cara que morreu comigo. Que estava comigo."

"Falando sério?", ela respondeu. "Eu não sabia nem o nome dele, só quando a polícia veio me procurar."

Eric esperou.

"Sei lá… Eu estava doidona, mas… Ele estava empolgadão, sabe? Parecia um cachorrinho grande. Mas muito fofo. E muito gratificante."

"Hã", querendo mais.

"Então, quer ou não quer o quarto?"

Eric olhou para o mar. Como é que um grande oceano, um dos maiores de todos, ele pensou, podia parecer um depósito de lixo, um beco perto da East Broadway numa inundação.

"Dou-lhe *uma…*"

"Gratificante", disse Eric. "O que é que você quis dizer quando falou que foi muito gratificante?"

"O Ike? Tipo… tipo assim, como se ele não conseguisse acreditar que estava transando comigo de verdade. Como se fosse a grande noite da vida dele."

"Ah." Eric suspirou.

"Dou-lhe *duas…*"

"Peraí. Meu Deus, eu só…"

"Dou-lhe…"

"Tá bom, tá bom." Deu a última tragada e jogou a guimba na areia embaixo do passeio. "Tô nessa."

Ele odiava a rodoviária; quinze anos antes, quando, no começo da carreira, trabalhava em Midtown North, a escorregadia vibração de predador/presa daquele lugar sempre lhe dava a impressão de estar debaixo d'água.

Mas antes disso, durante os três semestres que cursou a faculdade, ele passava por ali mais de dez vezes por ano, indo e vindo, entre a sua casa, no Bronx, e a SUNY Cortland, no interior do estado.

Naquela época, saltar do ônibus era sinal de que estava começando seu feriado, ele ia reencontrar os amigos, a família; Matty, ainda jovem, estava tão cheio de suas próprias sensações que não via o lugar tal como ele era, não via a si próprio pelos olhos dos carnívoros que o cercavam.

Agora, sentado à espera do ônibus que vinha de Lake George, ele perguntava a si próprio se o Outro teria a mesma impressão que ele da rodoviária, ao chegar ali, aquela pressão no peito gerada pelo silvo hidráulico das portas do ônibus se abrindo, aquela disposição franca para o que desse e viesse.

Quando o ônibus do garoto, que saíra de Montreal, por fim estacionou, Matty viu-se junto com umas poucas outras pessoas na plataforma de desembarque, os olhos fixos nas silhuetas dos passageiros que chegavam, iluminados por detrás pela iluminação da garagem subterrânea.

Nada do Eddie.

A primeira coisa que lhe ocorreu foi que o garoto havia escapulido em algum lugar entre Lake George e Nova York, garoto fujão, malandro. Maconheiro.

Não tinha o número do celular do filho, por isso ligou para a ex-mulher, mas quem atendeu foi a gravação. "Cadê ele, Lindsay? Estou parado aqui feito um babaca na frente do ônibus vazio. Me liga."

Com irritação crescente, começou a andar de um lado para outro, viu uma garota mais ou menos da idade de Eddie, pálida, com um ar não muito inteligente, mas com aquele olhar vazio e desconfiado dos fujões, e depois viu, ou imaginou que viu, os caçadores, silenciosos, alertas, solitários, deslocando-se com cuidado, pacientes, e concluiu que alguma coisa havia acontecido com seu filho.

"Lindsay, sou eu de novo. Liga pra mim. Por favor."

Ela retornou a ligação vinte minutos depois.

"Cadê ele?"

"Você estava esperando o ônibus das quatro e quinze? Ele perdeu esse ônibus."

"Onde é que ele está, você sabe onde ele está?"

"Sei, ele pegou o ônibus seguinte. Deve chegar em Nova York daqui a três horas, mais ou menos."

"Custava me ligar pra dizer isso?"

"Ele falou que ia ligar."

"É, porra, só que não ligou, e eu estou parado aqui que nem um idiota."

"Ele falou que ia ligar. O que é que eu posso fazer?"

Matty estourando de raiva, eu não preciso disso, eu não quero isso.

"Qual é o problema desse garoto?"

"Eu não sei, Matty, o celular dele pode estar sem bateria, ele pode estar chapadão, não sei o que se passa na cabeça dele."

"Me dá o número." Anotando em seu bloco com os mesmos garranchos apressados com que registrava milhões de informações sobre centenas de milhares de crimes em dezenas de milhares de noites. "Que horas que chega o ônibus dele?"

"Sete e meia, mais ou menos", respondeu Lindsay, e então: "Divirta-se", e desligou depois daquela gozação absurdamente desnecessária.

Matty sentou-se num banco ao lado da garota fujona, da garota que talvez tivesse fugido de casa, pensou em dizer alguma coisa a ela, achou melhor não dizer nada. Um homem de meia-idade veio do outro lado do salão, se aproximando, dirigindo a Matty um olhar prolongado e desconfiado, Matty fingindo não perceber, mas bem atento. Antes que o sujeito chegasse no banco, porém, a garota levantou-se para saudá-lo, abraçando seu pescoço, enquanto ele dizia, com a boca enfiada no cabelo dela: "Sua mãe está uma pilha", levantando depois a cabeça para dar uma última boa olhada em Matty.

Constrangido, Matty desviou o olhar rapidamente, depois ficou vendo os dois atravessarem a multidão, até evaporarem ao sol.

Lembrou-se de que Minette lhe dissera no outro dia como fora difícil para Billy largar a primeira mulher e o filho para ir viver com ela e a filha dela; quanto a ele, porém, o que mais lhe doera ao se separar de Lindsay e dos meninos fora constatar, nauseado, como era fácil ir embora.

Olhou para o telefone que tinha na mão e começou a discar o número do celular do Outro, disposto a engrossar com o garoto, cagar regra, mas acabou desistindo da ligação antes de digitar o último número.

Sete e meia: três horas para esperar. Resolveu ficar sentado ali esperando, fazer cara a cara o que tinha que ser feito.

Agradecimentos

Irma Rivera, Kenny Roe, Keith McNally, Dean Jankolowitz, Josh Goodman.

Bob Perl, Arthur Miller e o POMC, Steven Long e a equipe do Lower East Side Tenement Museum, Henry Chang, Geoff Grey.

Rafiyq Abdellah, Randy Price, o Sétimo Distrito

Judy Hudson, Annie e Gen Hudson-Price, só por estarem presentes.

Minha editora, Lorin Stein.

E John McCormack — meu grande amigo e mestre.

ESTA OBRA FOI COMPOSTA EM ELECTRA POR OSMANE GARCIA FILHO E
IMPRESSA PELA RR DONNELLEY EM OFSETE SOBRE PAPEL PÓLEN SOFT DA SUZANO PAPEL E
CELULOSE PARA A EDITORA SCHWARCZ EM JUNHO DE 2009